À PROPOS DES AUTRICES

Scarlet Wilson a inventé sa première histoire à l'âge de huit ans et n'a jamais cessé d'écrire depuis. Parce qu'elle a une formation d'infirmière et travaille dans le secteur de la santé, c'est tout naturellement qu'elle s'est spécialisée dans les romances médicales. Scarlet vit sur la côte ouest de l'Écosse avec l'homme de sa vie et leurs deux fils.

Autrice à succès, **Tina Beckett** a appris à faire ses valises avant d'apprendre à lire. Issue d'une famille de militaires, elle a vécu aux États-Unis, à Porto Rico, au Portugal et au Brésil. Outre les voyages, Tina aime câliner son chien, se promener à cheval et surtout passer du temps avec sa famille...

Pour **Emily Forbes**, la romance médicale n'a plus de secrets ! Après avoir écrit plus de trente romans se déroulant spécifiquement dans le milieu médical, l'autrice a en effet su se faire un nom auprès des lectrices de Harlequin. Elle a même reçu le prix de la meilleure romance d'Australie pour l'une de ses publications.

Sue MacKay vit avec son mari dans les magnifiques vallées des Marlborough Sounds, en Nouvelle-Zélande. Un cours d'eau, des oiseaux, des arbres... un cadre de vie propice à l'inspiration. C'est là que Sue s'adonne à ses passions : préparer de somptueux repas pour ses amis, déguster des vins fabuleux, se promener dans les collines ou faire du kayak dans la baie et, bien sûr, écrire des histoires !

Un duc à l'hôpital

*

Le rêve de Carly

*

Réunis par un secret

*

Une sage-femme à conquérir

Collection : SAGAS

Titre original :
CINDERELLA AND THE SURGEON

Ce roman a déjà été publié en 2020

HARPERCOLLINS FRANCE
83-85, boulevard Vincent-Auriol, 75646 PARIS CEDEX 13
Service Clients — https://www.harlequin.fr/contenu/contactez-nous
ISBN 978-2-2805-1793-5 — ISSN 2426-993X

Édité par HarperCollins France.
Composition et mise en pages Nord Compo.
Imprimé en avril 2025 par CPI Black Print (Barcelone)
en utilisant 100% d'électricité renouvelable.
Dépôt légal : mai 2025.

FSC
www.fsc.org
MIXTE
Papier issu de sources responsables
FSC® C159065

Pour limiter l'empreinte environnementale de ses livres, HarperCollins France s'engage à n'utiliser que du papier fabriqué à partir de bois provenant de forêts gérées durablement et de manière responsable.

SCARLET WILSON

Un duc à l'hôpital

INTÉGRALE
SAGES-FEMMES DE LONDRES

Traduction française de
C. DUTEIL

SAGAS

HARLEQUIN

1

Sur le chemin de l'hôpital où elle allait prendre son service, Esther McDonald se frotta les yeux pour la énième fois. Elle avait espéré que marcher le long de la Tamise la réveillerait, mais ce n'était pas le cas.

La veille, elle avait accepté une garde supplémentaire jusqu'à minuit dans un autre hôpital de Londres. Tout était bon pour arrondir ses revenus. Et elle prévoyait de rappeler l'agence de placement le jour même, pour voir s'ils avaient autre chose à lui proposer.

Non qu'elle fût mal rémunérée à son poste au Queen Victoria. Elle gagnait bien sa vie et adorait travailler aux soins intensifs néonatals. Mais en ce moment chaque sou comptait, et elle cumulait les postes.

Esther avait de la chance. Sa double formation lui offrait de nombreuses opportunités, aussi bien en tant qu'infirmière que comme sage-femme. Ses jours de repos, elle pouvait choisir des vacations à la dernière minute aux urgences du Queen Victoria. Mais son importante charge de travail n'était pas passée inaperçue aux yeux de la responsable du planning qui avait fait des réflexions, obligeant Esther à s'inscrire aussi dans une agence de placement pour augmenter ses revenus.

Elle franchit les portes de l'hôpital en même temps que la horde des employés assurant les premières gardes de la journée. Elle s'inquiétait pour Billy, un prématuré dont elle s'occupait depuis quelques jours aux soins intensifs. Né à six mois de gestation avec une anomalie cardiaque, il lui avait semblé particulièrement fragile quand elle avait quitté son service la veille. Sa jeune mère, qui ne quittait pas son chevet depuis sa naissance, paraissait de plus en plus mal, elle aussi. Et Esther espérait que le « fabuleux docteur » dont tout le monde parlait s'était enfin décidé à venir ausculter le nourrisson. Billy avait besoin d'une opération que seuls quelques rares chirurgiens cardiaques néonatals pouvaient réaliser. Problème, l'éminent médecin était allé en France opérer un autre bébé, et Billy devait attendre son retour.

Esther enfila sa tenue bleu pâle et attacha ses cheveux en queue-de-cheval en jetant un bref coup d'œil dans le miroir des vestiaires. Elle avait une mine épouvantable, et la couche de fond de teint vite étalée ce matin ne parvenait pas à cacher ses cernes sous les yeux.

Comme elle se dirigeait vers l'escalier, son estomac gronda. Elle était si fatiguée qu'elle n'avait pas eu le courage de se préparer un petit déjeuner. Elle allait devoir convaincre ses collègues de la laisser prendre la première pause. Un des scones tout frais du Queen Victoria comblerait aisément sa faim. Elle sourit à cette pensée.

— Bonjour, lança-t-elle d'une voix claire en pénétrant aux soins intensifs.

Elle rangea son sac et alla se laver les mains. Elle était aux anges quand elle entrait ici. Tout lui plaisait : la lumière, les sons, le personnel, les patients, et même l'odeur. Elle avait fait sa formation d'infirmière à Édimbourg et était venue à Londres finaliser celle de sage-femme. Seuls quelques centres spécialisés proposaient cette formation accélérée sur dix-huit mois, et ses années d'études d'infirmière lui avaient permis d'intégrer directement le programme de formation de sage-femme du Queen Victoria. Elle s'y était fait d'excellentes amies avec qui elle était restée en contact.

Elle avait toujours cru qu'elle finirait sage-femme dans une maternité, mais dès qu'elle avait mis les pieds aux soins intensifs néonatals, son cœur avait parlé : elle avait trouvé sa place. En raison de la vulnérabilité des tout-petits. Du rôle protecteur qu'elle jouerait auprès d'eux à l'aube de leur vie. De leurs infimes progrès observés au jour le jour.

Bien sûr, il y aurait aussi du chagrin. Son travail consistait à s'occuper autant des familles que des bébés. Mais c'était extraordinaire d'aider un prématuré à s'intéresser à sa mère pour la première fois. De le regarder prendre conscience du monde qui l'entourait. De voir sa réaction aux lumières et aux voix. Désormais, elle n'imaginait pas travailler ailleurs.

— Comment va Billy ? demanda-t-elle à sa collègue Ruth.

Elle consulta le tableau pour s'assurer qu'on lui avait attribué son patient préféré. Parfait. On lui avait confié Billy et la fillette du berceau voisin, née d'une mère diabétique.

Ruth poussa un soupir.

— Tu as l'air fatiguée.

— Je le suis. C'est curieux. En général, les gardes successives ne me gênent pas, répondit Esther en étirant son dos. Mais à moins de gagner à la loterie, je continuerai à prendre tous les postes qui se présentent.

Ruth lui jeta un regard perplexe et entreprit de lui donner les informations de la nuit avant de lui passer le relais.

— Billy a passé une mauvaise nuit. Sa saturation a chuté, sa sonde gastrique s'est déplacée, et on n'a pas pu avoir de radio pour voir si la nouvelle était bien placée. On n'a donc pas pu commencer à le nourrir.

De fait, il était impératif de s'assurer que la sonde nasogastrique était bien dans l'estomac et non dans les poumons du bébé avant de l'alimenter.

— Je vais rappeler la radio, dit Esther. Si Callum travaille, il enverra quelqu'un sans délai.

— Parfait, répliqua Ruth en souriant. Il t'écoute toujours.

— Autre chose ? demanda Esther en parcourant les fiches.

— Oui, le chirurgien cardiaque de Billy doit arriver aujourd'hui, j'ignore quand, mais tous les examens ont été faits, et j'espère qu'il pourra rapidement les étudier, ausculter le bébé et programmer l'opération.

Esther pria pour que ça se fasse dans la journée.

— Au fait, ajouta Ruth avec nonchalance. Il paraît qu'il est duc, un truc comme ça.

Esther avait commencé à examiner le dossier de la petite Laura, née à trente-six semaines par césarienne d'une mère atteinte de diabète de type 1. La glycémie de Laura avait été irrégulière les heures suivant sa naissance. Cela arrivait chez les bébés dont la mère était diabétique, et il n'était pas rare qu'un nouveau-né soit surveillé de près durant quelques heures. Les niveaux de Laura s'étaient stabilisés au cours de la dernière heure, et Esther n'avait que quelques vérifications à effectuer avant de la ramener auprès de sa mère.

Elle leva la tête.

— Qu'est-ce que tu as dit ?

— Que le nouveau chirurgien était prince ou duc, quelque chose comme ça, répondit Ruth en riant.

— Et alors ? répliqua Esther avec un haussement d'épaules. C'est pour ça qu'il est en retard ? Il n'a pas intérêt à faire passer mon Billy après ses autres occupations !

Ruth ramassa son sac avant de partir.

— Détends-toi. Il est peut-être célibataire, répondit-elle, lui jetant un regard éloquent qui la mit en rage. Je dis juste qu'il y a autre chose dans la vie que le travail, c'est tout.

Sur le seuil, elle se retourna pour sourire à Esther.

— Et veille à bien te tenir. Il ne faut pas que notre chirurgien vedette soit confronté à Crabbie Rabbie au lieu d'Esther la Super-Sage-Femme !

Le temps qu'Esther trouve un projectile à lui envoyer, Ruth avait filé. Secouant la tête, elle alla voir ses bébés.

On l'avait affublée de ce surnom peu après son arrivée ici comme étudiante sage-femme. Il faisait référence à Robert Burns, dit Rabbie, un célèbre poète du XVIIIe siècle, Écossais comme elle. « Crabbie » n'avait rien de flatteur, puisque le mot signifiait « grincheux » en anglais…

Étant déjà infirmière diplômée, elle avait assuré des gardes dans différents services tout en finalisant sa formation de sage-femme. Mais Esther n'était pas au mieux de ses capacités aux postes de nuit. Ce bouleversement biologique affectait son corps et son esprit, et avait tendance à la rendre grincheuse.

Un soir, elle s'en était prise à un interne qui, au lieu de demander de l'aide, s'évertuait à remettre une perfusion à un vieux monsieur qu'il faisait souffrir. Après quatre tentatives, elle avait craqué. Tout le service l'avait entendue le réprimander, son accent écossais décuplé par la colère. C'était un 25 janvier, jour où l'Écosse fêtait Robert Burns, son poète national. L'interne le savait, et il était parti en grommelant : « Du calme, Crabbie Rabbie », pour la plus grande joie du personnel. Esther n'avait jamais réussi à se débarrasser de ce surnom, même si elle avait appris à maîtriser son caractère volcanique.

— Des problèmes ? demanda une de ses collègues en s'approchant.

— Ils sont stables. J'attends les radios de Billy. Et je vais ramener Laura au service de maternité. Sa glycémie est bonne, et elle commence à pleurnicher. Elle doit avoir faim.

— Très bien. Fais ça, et prends la première pause. Tu as l'air d'en avoir besoin. Je garderai un œil sur Billy.

— Je dois avoir une sale tête pour que tu m'accordes cette faveur, dit Esther en riant.

— File avant que je change d'avis.

Esther revérifia les constantes de Billy et bavarda un moment avec sa mère, s'assurant que tout était soigneusement enregistré. Puis elle s'occupa de Laura et, dix minutes plus tard, le bébé était avec sa mère et tétait avec ardeur.

Sur le chemin de la cantine, Esther étira son dos douloureux, sans doute les effets de sa surcharge de travail. À la cafétéria, elle fut accueillie par l'appétissante odeur des scones frais. Deux minutes plus tard, elle avait choisi un grand café et un énorme scone avec beurre et confiture.

Son plateau à la main, elle regarda autour d'elle mais ne vit pas ses amies Carly et Chloe. Elle repéra une chaise libre dans un coin tranquille et alla s'y asseoir, trop fatiguée pour rechercher de la compagnie.

Le scone fut rapidement avalé et, dégustant son café, elle ferma les yeux. Près d'elle, la porte s'ouvrit avec fracas, et un groupe de personnes entra, parlant tous à la fois et riant bruyamment.

Esther grinça des dents. Cinq minutes de paix. C'était tout ce qu'elle demandait. Elle changea de position sur sa chaise.

Le brouhaha continuait. Les yeux mi-clos, Esther remarqua un type qui se distinguait des autres. Beau dans le genre docteur de série télé. Grand, athlétique, cheveux bruns ébouriffés. Son entourage semblait boire ses paroles, quêtant visiblement son approbation.

— On est dans un hôpital, pas dans un cirque, grogna-t-elle.

Elle jeta un coup d'œil à la pendule murale. Elle avait encore cinq minutes de pause. Mais pourquoi était-elle donc aussi fatiguée ? Habituée à faire des heures supplémentaires, elle le supportait plutôt bien en général. Pour une fois, elle prendrait sa pause jusqu'au bout.

— Esther ! Esther ! Réveille-toi !

Elle se dressa d'un bond. Liz, l'assistante administrative des soins intensifs néonatals, lui secouait l'épaule.

Esther jaillit de son siège, renversant sa tasse de café en équilibre précaire et éclaboussant son pantalon d'uniforme.

— Oh non ! lâcha-t-elle, regardant la pendule et voyant qu'elle avait plus de quinze minutes de retard.

— Abi m'a dit de venir te chercher. Le chirurgien est arrivé. Il s'occupe de Billy.

Esther considéra avec consternation la flaque de café qui s'élargissait sur le lino à ses pieds.

— Laisse, je m'en charge, dit Liz. File.

— Merci, Liz. Désolée. Je te revaudrai ça.

Elle courut dans le couloir menant aux soins intensifs néonatals, poussa la porte et fonça droit au lavabo pour se laver les mains. Entourée d'étrangers dont probablement le nouveau chirurgien, Abi haussa les sourcils en la découvrant.

— La sage-femme de Billy est arrivée. Elle va pouvoir vous mettre au courant de tout.

Après s'être séché les mains, Esther s'approcha.

— Bonjour, je suis Esther McDonald, dit-elle en regardant

autour d'elle pour déterminer laquelle de ces blouses blanches appartenait au chirurgien.

Abi lui tendit le dossier de Billy, et elle vit d'un coup d'œil qu'en son absence sa radio thoracique avait été faite et qu'on avait recommencé à le nourrir par sonde gastrique.

— Vous êtes la sage-femme ?

Elle sursauta au son de cette voix grave proche de son oreille. Elle se retourna. Les bras croisés sur la poitrine, l'homme la toisait d'un air réprobateur. Le service n'était pas assez grand pour contenir tous ces gens, et elle avait l'impression d'étouffer. Et sa tenue éclaboussée de café n'arrangeait rien.

Assaillie par un parfum frais d'après-rasage, elle plongea son regard dans des yeux d'un brun doré.

— Ce n'est pas vous qui dormiez à la cantine ?

Elle s'empourpra, brûlant d'indignation. Pour qui ce type se prenait-il à débarquer ici avec son aréopage ?

— Vous savez sûrement que nous limitons le nombre de visiteurs aux soins intensifs néonatals, remarqua-t-elle, acide. Les autres hôpitaux assouplissent peut-être les règles pour vous et votre entourage, mais pas le Queen Victoria.

Comptant mentalement les présents, elle en était à douze quand la voix grave du chirurgien retentit près d'elle, moqueuse.

— Je croyais qu'on était dans un hôpital universitaire. Connu dans le monde entier pour ses programmes de formation.

Esther travaillait depuis assez longtemps dans ce milieu pour reconnaître un médecin arrogant.

Elle ne supportait pas qu'on se montre dédaigneux avec elle. Plus d'une fois, elle avait abusé de son accent écossais pour remettre quelqu'un à sa place. Généralement les gens reculaient devant sa fureur. Si ce type continuait, il allait découvrir qui était Esther McDonald. Elle n'avait pas eu le temps de se renseigner sur lui, elle savait juste qu'il faisait partie des rares spécialistes capables de réaliser l'opération dont Billy avait besoin.

Imitant sa posture, elle croisa les bras pour le toiser avec un sourire hypocrite.

— Peut-être aimeriez-vous vous présenter et me dire pourquoi vous jugez vos besoins plus importants que ceux des bébés très spéciaux que nous avons ici ?

Voilà ! Elle aussi était capable de sarcasme.

Il inspira profondément, comme pour gonfler son torse athlétique. Mais Esther ne se laissait pas aisément intimider.

— Je suis Harry Beaumont. Je viens réaliser l'opération sur votre patient.

— Ah ! si vous êtes là pour opérer Billy, vous pouvez rester ! Tous les autres devront attendre dehors. Sauf si vous avez amené votre propre anesthésiste, qui pourra rester aussi.

Onze personnes échangèrent des regards anxieux.

— Nos bébés sont très sensibles à l'infection et ne doivent pas être mis en présence d'autant de monde. Les visiteurs sont strictement limités pour de bonnes raisons, leur dit-elle. Ne vous connaissant pas – et je n'aime pas accueillir des inconnus dans mon service – je suppose que vous êtes tous des professionnels médicaux ou des stagiaires. Il est donc inutile de vous expliquer les principes de prévention des infections, et vous comprendrez qu'un si grand nombre de personnes est inacceptable, même pour un chirurgien, conclut-elle en se tournant vers Harry Beaumont.

Le tic nerveux qu'il avait à la mâchoire en disait long sur sa colère. Mais elle s'en moquait.

Il y eut un long silence. Puis il inclina la tête.

— Francesca, restez, je vous prie. Que les autres attendent dehors, nous trouverons une salle de cours où je vous expliquerai le déroulement de la procédure en temps voulu.

Francesca, une petite rousse qui souriait à Esther d'un air complice, regarda sortir le groupe d'accompagnants.

— Je peux voir les radios de Billy ? demanda-t-il. J'aimerais les étudier avant que nous examinions l'enfant.

Esther leur fit signe de la suivre jusqu'à l'ordinateur.

— Vous avez un identifiant de connexion temporaire ?

Hochant la tête, Harry Beaumont s'approcha pour taper son code, et il ne tarda pas à froncer les sourcils.

— J'ai envoyé une liste de tests à effectuer pour Billy avant mon arrivée, et je vois qu'il en manque.

— Vraiment ? commenta Esther en scrutant l'écran.

Elle avait vérifié avant de quitter son service la veille, et il n'y avait plus que quelques examens à réaliser. Ruth lui avait dit que le reste avait été fait.

— Qu'est-ce que vous cherchez ? demanda-t-elle.

— Ses analyses sanguines de ce matin.

— Elles ont dû être faites, et n'ont probablement pas encore été enregistrées. Je peux appeler le laboratoire pour demander d'accélérer les choses.

— Comment ça, « elles ont dû être faites » ? s'écria-t-il, incrédule. Vous ne le savez pas ? Et pourquoi ne les a-t-on pas prescrites en urgence ?

Esther se raidit. Évidemment qu'elle aurait dû savoir si les examens sanguins de Billy avaient été effectués. Mais le phlébologue avait dû passer pendant qu'elle était en pause. Si elle n'avait pas été en retard, elle aurait pu s'en assurer.

Elle garda un visage impassible malgré son dos douloureux.

— Ces analyses de sang ont été prescrites hier soir. Nous ignorions alors quand vous veniez, et si vous aviez réservé un horaire au bloc pour l'opération de Billy. Si nous l'avions su, ces tests auraient été prioritaires, bien sûr.

Contrariée, elle décrocha le téléphone pour appeler le laboratoire. Qu'est-ce qui n'allait pas chez elle ? Elle se targuait d'être méticuleuse au travail et avait l'impression d'avoir commis une erreur. Tout revérifier était une seconde nature chez elle.

— J'ai l'habitude de travailler avec des professionnels. Il semble que les normes ici soient différentes des miennes.

— Je vous demande pardon ? s'écria-t-elle, indignée qu'il l'accuse de manquer de professionnalisme.

Mais Harry Beaumont n'avait pas fini.

— Pourquoi la sonde gastrique de Billy est-elle encore en place ? Pour que Francesca l'anesthésie, son estomac doit être vide. On aurait dû cesser de le nourrir il y a des heures.

Esther allait répliquer quand elle entendit une voix au bout du fil.

— Laboratoire, j'écoute, dit une voix lasse.

— C'est Esther, des soins intensifs néonatals. Je peux avoir les résultats sanguins d'un bébé qui doit partir au bloc ?

Elle écouta et remercia son interlocuteur, puis elle se tourna vers Francesca, ignorant délibérément Harry Beaumont.

— Les résultats de Billy seront accessibles dans cinq minutes. Un des appareils était en panne ce matin, mais il remarche. Les données de Billy étaient déjà enregistrées. On n'attend plus que son facteur de coagulation.

— Parfait, commenta Francesca en inclinant la tête.

Devant l'écran, Harry Beaumont étudiait l'échographie cardiaque prise la veille, qui confirmait que l'opération était urgente.

Esther s'approcha.

— J'ai bien des compétences, monsieur Beaumont, mais je ne suis pas voyante. Encore une fois, si vous nous aviez avisés de la procédure que doit subir Billy, nous aurions cessé de l'alimenter en temps voulu. En l'occurrence, sa sonde gastrique s'est délogée hier soir et a dû être remplacée. Billy avait déjà passé plusieurs heures sans nourriture, le temps qu'on replace sa sonde et vérifie que tout allait bien. On a recommencé à l'alimenter il y a moins d'une heure.

Elle s'arma de courage et le regarda en face.

— Celui qui n'est pas professionnel, c'est le chirurgien qui investit un service de soins néonatals avec un aréopage de douze personnes, sans considération pour les patients et leurs parents déjà suffisamment stressés. J'attends mieux d'un chirurgien de votre prétendue expérience !

Harry faisait de son mieux pour garder son calme, mais cette sage-femme mettait sa patience à rude épreuve. Elle avait le toupet d'être en colère contre lui, et l'irritation accélérait tant son débit qu'il devait se concentrer pour saisir ce qu'elle disait. Elle avait un accent écossais à couper au couteau. Explosif. Comme elle.

En bonne Écossaise qui se respecte, elle aurait dû être une rouquine au teint de lait. Mais elle avait les cheveux bruns attachés en queue-de-cheval, et une peau plutôt mate. Il était choqué par son uniforme souillé et les cernes sombres qui marquaient ses yeux bleus. Mais l'important, c'était qu'elle avait la charge du bébé qu'il s'apprêtait à opérer.

Du fait de sa spécialité chirurgicale, Harry passait sa vie dans les services de soins intensifs néonatals. Rares étaient ceux qui voulaient travailler sur des cœurs et des veines minuscules aux tissus si fragiles, et ces jeunes existences ne tenaient souvent qu'à un fil.

Le personnel ignorait visiblement que durant sa résidence au Queen Victoria des bébés malades du cœur viendraient y subir des interventions. Et qu'il irait opérer sur place ceux qui étaient intransportables. Il espérait trouver ici une base avec une équipe de soutien composée de collègues professionnels et fiables, mais ses premières impressions de cette sage-femme étaient plutôt défavorables. Il n'était pas question qu'elle s'occupe des soins postopératoires de Billy.

Ce qui l'irritait le plus, c'était la façon dont elle avait chassé son équipe de « ses » soins intensifs néonatals.

Et elle n'avait pas tort. On s'efforce toujours de limiter les proches contacts avec les prématurés. Leurs systèmes immunitaires n'ont pas achevé leur développement. Or, la plupart des gens sont porteurs de germes sans manifester de symptômes. Ce qui fait renifler un adulte peut être mortel pour un prématuré.

L'établissement avait beau être un centre hospitalier universitaire, Harry lui-même ne pouvait s'attendre que des soins intensifs néonatals accueillent autant d'étudiants et de stagiaires. Porté par l'enthousiasme du personnel qui l'accompagnait, il était si pressé d'aller voir son patient qu'il n'avait même pas réfléchi. Et il n'avait pas l'habitude de commettre ce genre d'erreur.

— Vous deviez savoir qu'on opérait Billy aujourd'hui, observa-t-il sèchement.

La sage-femme lui jeta un regard las.

— J'*espérais* que vous vous montreriez aujourd'hui, et que Billy n'aurait pas à patienter un jour de plus pour être opéré. Vous étiez *censé* arriver aujourd'hui, mais on ignorait quand. Je m'occupe à la fois du bébé et de sa mère, et si vous aviez un peu mieux communiqué, j'aurais pu aussi mieux préparer la maman à l'intervention.

Elle plaqua les mains sur ses reins et grimaça comme si elle souffrait.

— On a les résultats sanguins de Billy, annonça Francesca, détendant l'atmosphère pesante. Ses gaz du sang sont un peu bas à mon goût, mais c'était prévisible.

Elle soupira, et Harry éprouva à son égard une bouffée de sympathie. Ils travaillaient ensemble depuis longtemps, et Francesca était une bonne anesthésiste. Il fallait une grande compétence pour gérer ces nourrissons au bloc, et il dépendait totalement d'elle. Elle se leva.

— Je dois écouter sa poitrine. Je vais me laver les mains.

Ignorant Esther McDonald, Harry suivit Francesca jusqu'au lavabo de la salle de traitement et se lava les mains lui aussi. Sa priorité était le bébé, pas cette sage-femme qui semblait dormir debout.

Comme il reculait, il frôla son bras. Elle s'écarta d'un bond, mais il eut le temps de remarquer qu'elle était chaude.

— Vous êtes malade ?

— Quoi ?

— Vous êtes brûlante. Vous avez de la fièvre ? Si vous avez un problème respiratoire, vous mettez en danger la vie de tous ces bébés, dit-il en désignant les berceaux.

— Je n'ai pas d'infection respiratoire, aboya-t-elle. Ma poitrine est complètement dégagée.

Un instant étrange, il s'aperçut qu'il avait les yeux fixés sur ses seins sous sa blouse d'uniforme. Il se tourna vers Francesca.

— Nous devrions examiner ce bébé tous les deux.

Esther McDonald se planta devant lui.

— Non. Je connais mieux Jill, sa mère. Elle a besoin de soutien et me fait confiance.

Harry la foudroya du regard, et elle leva les mains.

— D'accord, je ne toucherai pas Billy pour l'instant. Quand vous aurez fini, j'irai aux urgences chercher un certificat de bonne santé. Mais vous n'examinerez pas Billy sans moi.

Harry pinça les lèvres.

— Alors, contentez-vous de parler à la mère.

Elle céda, exaspérée.

— Par ici, grommela-t-elle.

Harry et Francesca l'accompagnèrent dans une autre partie

du service où une jeune femme assise dans un rocking-chair contemplait son bébé dans sa couveuse. Harry avait été confronté à bien des parents anxieux, et les soins intensifs néonatals étaient un service très impressionnant. Les parents impuissants avaient l'impression que tout échappait à leur contrôle, et il savait leur apporter réconfort et soutien. Cette mère était visiblement très jeune. Ses cheveux ternes attachés en queue-de-cheval avaient grand besoin d'un shampooing, et il se demanda à quand remontait son dernier repas. Il comprenait pourquoi Esther McDonald était si protectrice à son égard.

— Jill, voici Harry Beaumont, le chirurgien qui va opérer Billy.

Harry s'accroupit pour être au même niveau que Jill et lui sourit gentiment.

— Ravi de vous connaître, Jill. Je viens examiner Billy. J'espère l'opérer aujourd'hui. Je peux l'ausculter ?

— Bien sûr, répondit Jill, les yeux pleins de larmes.

Elle était visiblement terrifiée. Harry se nettoya les mains avec une solution hydroalcoolique et ouvrit la couveuse. Après quelques instants, Jill commença à se détendre, tandis qu'il examinait Billy en lui parlant avec douceur.

— Bonjour, Billy, je viens voir comment tu vas. Je vais écouter ton cœur et tes poumons…

Prenant son temps, il écouta les poumons du bébé puis vérifia sa saturation en oxygène, sa sonde gastrique et la couleur de son teint. Les nourrissons aussi petits ont la peau presque translucide. Leur système circulatoire ne fonctionne pas normalement, et ils ne peuvent pas réguler leur température. Le fait d'anesthésier et d'opérer ces enfants comporte d'énormes risques.

— Vous voulez écouter ? proposa-t-il à Francesca.

Elle s'approcha et glissa les embouts du stéthoscope dans ses oreilles, pendant que Harry déplaçait le pavillon sur le petit torse.

Il sentait qu'Esther McDonald les observait avec curiosité. Il fut frappé par les similitudes entre elle et Jill. Toutes deux semblaient au bord de l'épuisement, et s'il le comprenait pour la jeune mère, il s'interrogeait sur l'état de santé de la sage-femme.

Sur un signe de Francesca, il reprit son stéthoscope et, approchant une chaise pour s'asseoir près de Jill, passa plusieurs minutes à lui expliquer en termes simples la procédure qu'allait subir Billy. Il sortit des feuilles qu'il avait préparées. Il donnait toujours aux parents de ses patients des notes claires qu'ils pourraient consulter plus tard, quand l'anxiété ne brouillerait plus leur jugement.

Esther McDonald ne le quittait pas des yeux. Il était normal que la sage-femme en charge du bébé écoute attentivement ses explications pour en discuter ensuite avec sa mère, mais curieusement cela irrita Harry sans qu'il comprît pourquoi.

— Des questions ? demanda-t-il à Jill qui secoua la tête. À présent, je vais fixer l'heure de l'opération. Cet après-midi, j'espère. Nous ne nourrirons pas Billy les prochaines heures, et l'opération devrait durer environ six heures. Vous pouvez venir au bloc pendant qu'on endort Billy. Et je viendrai vous donner des nouvelles sur le déroulement de l'intervention dès que nous aurons fini. D'accord ?

Jill acquiesça d'un signe de tête.

— Je vais m'entretenir avec votre sage-femme, puis je vous retrouverai dans un moment pour vous faire signer le formulaire de consentement.

Il lui sourit et regagna le bureau des infirmières avec Francesca et Esther McDonald. Pendant que Francesca rédigeait son rapport, Esther McDonald jeta à Harry un regard interrogateur.

— Vous ne préparez pas le formulaire de consentement ?

— Non. Jill a beaucoup de choses à assimiler, et je veux lui laisser un peu de temps pour réfléchir. Elle aura peut-être d'autres questions à poser avant de signer le formulaire.

Esther McDonald inclina la tête.

L'écoutait-elle *vraiment* ? Il regarda le tableau de service et vit qu'elle était de garde le lendemain.

Les jours suivants seraient cruciaux pour Billy. Il était essentiel que la personne en charge du bébé soit en possession de toutes ses facultés. Il ne pouvait pas laisser cette sage-femme s'en occuper.

— Vous êtes fatiguée. Pour ne pas dire épuisée. À mon avis, vous êtes malade. Vous ne devriez pas travailler, et encore moins vous charger de Billy. Les prochains jours, j'aurai besoin de quelqu'un de vigilant, au top de sa forme. Franchement, vous ne répondez pas à cette description, et je vais confier Billy à une autre sage-femme.

— Qu… Quoi ?

— Désolé, je ne veux pas que les soins postopératoires soient compromis après une opération aussi risquée.

— Comment osez-vous ? s'écria-t-elle, offusquée. Quoi ? Parce que du café a éclaboussé ma tenue et que je n'ai pas eu le temps de me changer, et que j'ai osé fermer les yeux à la cantine, vous décrétez que je ne suis pas apte à faire mon travail ? Mais pour qui vous prenez-vous ?

Il serra les mâchoires.

— Je crois que vous êtes malade, répliqua-t-il. Vous devriez vous faire examiner et prendre du repos.

Plusieurs personnes regardaient dans leur direction, conscientes d'un problème. Il détestait entrer en conflit avec le personnel quand il prenait de nouvelles fonctions.

— Ma priorité est mon patient, dit-il, calme mais ferme.

— Et ce n'est pas le cas pour moi ? rétorqua-t-elle, furieuse.

Devant son ordinateur, Francesca jeta un regard noir à Harry. Oh non ! Normalement, elle le soutenait toujours.

Il prit une inspiration.

— Esther, je me fie à ce que je vois. Je pense que vous avez de la température, et vous avez besoin d'un break. Vous avez accepté d'aller aux urgences vous faire examiner. Si vous le faisiez maintenant ?

Le visage sans expression, elle rassembla des tirages informatiques et attrapa la fiche de Billy au pied de la couveuse.

— Tenez, docteur Beaumont. Vérifiez mon travail. Voilà toutes les prescriptions que j'ai faites pour Billy pendant mes gardes des derniers jours. Voilà mes notes de soins. Avec tous les relevés de température, tension, pouls et fréquence respiratoire. Voilà les médicaments et l'alimentation que je lui ai donnés. Voilà le nombre de fois où j'ai ausculté ses poumons pour m'assurer qu'ils étaient dégagés. Le nombre exact de fois où il a mouillé et souillé ses couches. Et, conclut-elle en brandissant une dernière feuille, voilà l'inventaire des fois où j'ai dû courir après des médecins, solliciter d'autres services, quémander des résultats d'analyse et j'en passe, tout cela pour assurer les meilleurs soins à Billy.

Elle se tenait immobile et droite, et seul le léger tremblement de sa voix témoignait de son émoi.

— Je veux que vous preniez le temps d'étudier ce que j'ai fait. Parce que j'enregistre tout, *méticuleusement*. Et quand ce sera fait, je peux vous fournir les mêmes informations sur la mère, que vous pourrez vérifier par vous-même.

Elle se tut pendant qu'il jetait un coup d'œil à la liasse de papiers qu'elle lui avait remise.

— Malheureusement, je ne suis pas de garde vingt-quatre heures par jour, et je ne vous ai donné que ce qui me concerne. Les hôpitaux ont des urgences, comme vous le savez. Des machines de laboratoire tombent en panne. Des sondes gastriques se délogent et ne peuvent être replacées tant qu'on n'a pas fait des radios vérifiées par un médecin. Et je ne suis pas responsable des contraintes horaires des autres.

Elle avait raison. Il ne pouvait le nier. Ses notes étaient précises. Parmi les meilleures qu'il ait jamais lues, et il avait une grande expérience des soins intensifs néonatals.

Il l'avait trouvée chaude en l'effleurant, mais pendant sa longue diatribe, il n'avait pas perçu le moindre sifflement, la moindre raucité dans son souffle. Peut-être n'avait-elle pas d'infection. Sans doute avait-il exagéré les choses.

Mais il ne pouvait pas lui dire pourquoi. Ni lui parler de sa paranoïa relative au bien-être de ses patients.

Elle vint se planter devant lui.

— Vous savez, *Harry*, dit-elle avec son accent fort mais compréhensible, je suis contente que vous soyez là. Car même si vous êtes d'une arrogance rare, je sais à quel point Billy a besoin de cette opération. Et il passe en priorité pour moi. Toujours. Mais je ne vous le répéterai pas : ne me parlez plus *jamais* comme ça, et ne remettez plus *jamais* en question mon professionnalisme ni ma compétence au travail.

Elle le toisa, les mains sur les hanches.

— Je vous souhaite bonne chance pour l'opération de Billy. J'espère ensuite ne plus jamais vous revoir.

Et, tournant les talons, elle le planta là et s'éloigna.

Francesca sourit, ironique.

— Bravo, Harry. C'est ton premier jour à ce nouveau poste, et tu t'es déjà fait des amis, dit-elle en ramassant son sac. Mais honnêtement, avec elle, je crois que tu n'as aucune chance d'avoir le dernier mot…

2

Les signes étaient là, mais elle ne les avait pas vus, trop absorbée qu'elle était par son travail et son inquiétude pour Jill. Esther se maudit dans l'escalier descendant aux urgences. Il avait fallu que ce pontifiant nobliau, prince, duc, ou autre, s'en mêle pour qu'elle se décide à ouvrir les yeux.

Abi lui avait dit d'aller se faire examiner pendant qu'elle s'occupait de Billy, mais Esther savait déjà ce qui n'allait pas. En filant en salle de soins pour prendre sa température, elle avait constaté qu'elle avait une fièvre de cheval. Elle prit du paracétamol dans son sac et fonça aux urgences.

Rob, l'infirmier en chef de permanence, lui jeta un regard scrutateur.

— Ça va, Esther ?

— Je crois que j'ai une infection urinaire. Tu as cinq minutes à me consacrer ?

— Bien sûr, répondit-il avec un sourire en lui tendant un flacon de prélèvement. Réglons ça tout de suite.

Il fallut plus de cinq minutes, Rob étant un homme méthodique. Quand il sut que les problèmes rénaux dont elle avait souffert enfant l'avaient rendue sujette aux infections urinaires, il hocha la tête, trempa une bandelette dans l'échantillon d'urine, reprit sa température, et l'écouta préciser ses symptômes, la fatigue et les douleurs lombaires.

— Tu ne pouvais pas venir plus tôt ?

Elle soupira.

— Je me sentais un peu lasse, mais je n'ai pas eu mal au dos avant ce matin, et puis le nouveau chirurgien cardiaque néonatal est arrivé et m'a littéralement épuisée.

Rob acquiesça en prenant des notes.

— Quel médicament marche le mieux pour toi d'habitude ?

Elle cita l'antibiotique qui venait généralement à bout de ses infections, et il lui rédigea une ordonnance, puis alla lui chercher un flacon dans un placard.

— Ça t'évitera de courir à la pharmacie. Mais j'envoie quand même ton échantillon au labo pour m'assurer que tu as le bon antibiotique. Les résultats seront prêts demain. Tu veux que je t'appelle ?

Esther acquiesça avec gratitude. Le système informatique du Queen Victoria était si sécurisé que les employés n'avaient pas accès à leurs dossiers et résultats personnels.

— Parfait. Merci Rob.

— De rien. Il n'y a pas tant d'avantages à travailler pour le système de santé, autant prendre soin des nôtres. Tu vas poser un congé maladie ?

— Moi ? dit-elle en secouant la tête. Ce médicament agit rapidement. Demain à cette heure-ci, je me sentirai déjà mieux. D'ici là, je prendrai du paracétamol.

— D'accord, préviens-moi si tu as besoin d'autre chose.

— D'une tentative d'assassinat sur la personne d'un chirurgien en résidence, peut-être ?

— Il a énervé Crabbie Rabbie ? Waouh ! quel courage…

— Je lui ai dit à quel point je l'appréciais déjà. J'espère qu'il réparera le cœur de mon bébé et qu'il s'en ira.

Elle salua Rob et sortit du box, soulagée. Au moins maintenant, elle connaissait la cause de son extrême fatigue. Quelques jours d'antibiotiques, et elle retrouverait la forme.

Quittant les urgences, elle croisa Shirley, la directrice du service, qui avait les bras chargés, et lui tint la porte.

— Vous me sauvez la vie, merci.

— Avec plaisir.

— Pendant que je vous tiens, vous pourriez assurer une permanence jeudi ?

Esther jeta un coup d'œil au flacon d'antibiotiques glissé dans la poche de sa blouse. Jeudi. Dans trois jours. C'était son jour de repos, et elle avait de grandes chances d'aller mieux d'ici là.

— Bien sûr, répondit-elle.

— Super, commenta Shirley par-dessus son épaule en poursuivant son chemin.

— Tu as dépassé les bornes hier, attaqua Francesca sans préambule quand elle revit Harry le lendemain.

— Je ne veux pas que cette employée farfelue s'occupe de mon bébé, un point, c'est tout.

— *Ton* bébé ? répéta Francesca, haussant les sourcils.

— Les nourrissons que j'opère sont tous mes bébés.

— Épargne-moi les formules à l'eau de rose. Je te trouve dur avec Esther. Elle a renversé du café sur son uniforme et n'a pas eu le temps de se changer, et alors ? Qui ne l'a pas fait ? J'ai été appelée plus d'une fois pour un arrêt cardiaque en ayant renversé la moitié de mon déjeuner sur moi.

— Tu as aussi dormi à la cantine de l'hôpital ?

— Ça m'est arrivé, admit-elle avec un haussement d'épaules. Quand j'étais de garde toute la nuit et que je devais rester éveillée, je volais quelques minutes de sommeil quand je pouvais. Peux-tu affirmer ne l'avoir jamais fait ?

Il prit une profonde inspiration.

— D'accord, ça m'est peut-être arrivé.

Francesca lui jeta un regard froid.

— C'est la première fois que tu opères ici. Si tu dois être chirurgien résident, mieux vaut éviter de te mettre à dos tous ceux que tu croises.

— Qui est dur, là ?

Francesca commença à entrer des résultats dans un ordinateur.

— Bref, si j'étais toi, je ferais attention avec Esther. Il paraît qu'elle a un surnom.

— Un surnom ?

Francesca sourit.

— Ouais. Crabbie Rabbie.

— Quoi ?

— En rapport avec le célèbre poète écossais, j'imagine.

— Je sais qui est Robert Burns.

— Apparemment, on l'a surnommée ainsi peu après son arrivée ici. À cause de son fort accent écossais, et parce qu'elle ne prend pas de pincettes avec ceux qui l'importunent.

— Tu essayes de me faire passer un message, là ?

— Juste que tu viens clairement de te mettre dans la catégorie des importuns.

— Eh bien, merci...

La porte des soins intensifs néonatals s'ouvrit, et le personnel de jour entra. Notamment Esther.

Ses cheveux bruns étaient nattés en une tresse élaborée. Elle semblait encore fatiguée mais n'avait plus son air de déterrée. Elle portait un uniforme rose bonbon, le personnel des soins intensifs néonatals ayant des tenues de couleurs différentes, parfois même ornées de motifs enfantins. Cette teinte vive lui donnait incontestablement meilleure mine.

C'était curieux. Un autre jour – et avec n'importe qui d'autre – Harry aurait probablement admis qu'il la trouvait attirante. Mais il n'avait pas le temps pour ça. Il ne sortait jamais avec une collègue de travail. Il y avait trop de complications. Et on ne pouvait pas dire qu'Esther et lui avaient pris un bon départ.

Il voulait lui demander si elle était apte au travail. Si elle avait encore de la fièvre. Mais elle connaissait mieux que personne le danger d'exposer les bébés à des infections potentielles.

Francesca lui tapa sur le bras.

— Je vais voir un autre bébé. Tiens-toi bien et sois gentil.

Il la regarda s'éloigner en secouant la tête.

La veille, Esther avait eu du mal à trouver le sommeil. Toute la journée, elle avait aspiré à dormir, mais même dans son pyjama en pilou, blottie au creux de son lit douillet, elle n'avait cessé de repenser au nouveau chirurgien. Cet homme détestable lui volait même son sommeil !

Les canalisations craquaient, les radiateurs sifflaient, et une fête battait son plein à l'étage au-dessus. De plus, elle avait encore mal au dos. Mais rien de tout cela ne l'aurait empêchée de dormir, si le suffisant Harry Beaumont et ses propos blessants n'avaient pas hanté ses pensées.

Le pire était sa menace de confier Billy à une autre sage-femme. Cependant l'infirmière chef, l'Irlandaise Oona, avait le même tempérament fougueux qu'Esther, et elle n'apprécierait sûrement pas qu'un chirurgien résident s'immisce dans le fonctionnement de son service.

En poussant la porte du service, Esther vit Harry assis au bureau des infirmières. Il était 6 h 30 du matin, et à l'évidence la pire journée de sa vie venait de commencer.

Pour ne rien arranger, il était le charme incarné dans sa chemise bleu pâle un peu humide au col. Il venait apparemment de se doucher et était en pleine opération de séduction, assiégé par des employées béates et gloussantes.

Tendue, Esther attendit qu'on lui annonce qu'elle ne pouvait pas s'occuper du bébé dont elle avait la charge depuis des jours. Posant son regard hésitant sur le tableau, elle vit son nom à côté de celui de Billy Rudd et d'Akshita Patel. Ouf ! Soulagée, elle alla écouter le rapport de la nuit.

Elle sentait que Harry ne la quittait pas des yeux.

Elle l'ignora. L'opération de Billy s'était bien déroulée, et elle se précipita vers sa couveuse pour s'en assurer de visu, non sans avoir salué affectueusement Jill.

Billy avait meilleure mine. Esther avait remarqué son teint grisâtre, et aujourd'hui sa peau diaphane avait une couleur plus normale.

Une odeur vint titiller ses narines. Elle se crispa en identifiant le parfum boisé de Harry mais ne se retourna pas.

Jill s'était levée pour se préparer du thé dans la kitchenette du service.

— Tout s'est bien passé ? demanda-t-elle à Harry d'une voix égale, désireuse de se montrer polie.

— Oui et non, répondit-il à voix basse.

— Que voulez-vous dire ?

— L'opération a été plus longue que prévu. Nous avons

rencontré quelques problèmes, et finalement l'intervention aura duré huit heures.

Choquée, Esther se retourna pour lui faire face.

— Mais…

— Tout est sous contrôle. L'opération a été un succès. Billy devra être surveillé de près les prochains jours, mais…

Il s'interrompit et rencontra son regard.

— Mais les prochaines heures seront cruciales, reprit-il.

Elle se rembrunit, sentant qu'il l'accusait de quelque chose.

— D'après mon expérience, si quelque chose tourne mal, ça se passe en général dans les quarante-huit heures suivant l'intervention.

Autrement dit, le laps de temps durant lequel elle ferait partie de l'équipe chargée de surveiller Billy.

Relevant le menton avec défi, elle consulta l'horloge murale. L'opération avait dû se terminer bien après minuit. Harry était déjà là quand elle avait pris sa garde. Avait-il seulement dormi ?

— Vous logez près d'ici ? demanda-t-elle. Vous n'avez guère dû souffler entre les rotations.

— J'habite à Belgravia, non loin d'ici, mais je suis resté à l'hôpital la nuit dernière pour garder l'œil sur Billy.

Elle hocha la tête. Belgravia. Évidemment. Avec son titre de noblesse, il ne pouvait résider que dans ce quartier huppé. Pas comme elle, qui avait une heure de trajet chaque jour pour se rendre à son travail…

Il sortit un papier de sa poche et s'éclaircit la voix.

— J'ai laissé un mot à l'intention de l'infirmière de garde hier soir précisant toutes les surveillances dont Billy devait faire l'objet.

— Je connais les soins postopératoires, Harry. J'ai une bonne expérience dans ce domaine.

Sans la toucher, elle parcourut rapidement la liste. Pas de scoop. C'étaient les soins types prodigués à chaque bébé après une chirurgie, à l'exception d'un test pouvant aisément être prescrit avec le reste des examens sanguins.

Elle pinça les lèvres. Tout l'exaspérait chez ce type. Jusqu'à son après-rasage qui flottait entre eux comme une provocation.

— J'imagine que quand on se déplace beaucoup comme

vous, on ignore ce qui est normal dans un service. Mais inutile de vous inquiéter. La réputation d'excellence du Queen Victoria n'est pas usurpée.

Il ne portait pas la blouse blanche habituelle des médecins, et les yeux d'Esther étaient fascinés par ses muscles sous sa chemise bleu pâle. Admirablement coupée, elle mettait son corps en valeur, et les manches courtes attiraient l'attention sur ses biceps. Ce dont Esther se serait volontiers passé.

— C'est noté, répliqua-t-il, glacial. Mais j'aimerais quand même qu'on suive mes instructions postopératoires.

Elle ignora le papier qu'il lui tendait. Puis Jill les rejoignit, et pour ne pas qu'elle sente le malaise entre Harry et elle, Esther prit la feuille qu'elle fourra dans sa poche.

— Très bien.

Il hocha la tête et, tournant les talons, s'éloigna.

Elle réalisa les examens de routine de Billy avant de faire la même chose avec la fillette dont elle avait la charge.

Elle espérait que Harry comprendrait le message et qu'il quitterait les soins intensifs néonatals. Il devait être fatigué. Ou avoir mieux à faire.

Apparemment non, car il s'installa dans un coin près d'un téléphone et ouvrit son ordinateur portable. Il passa plusieurs coups de fil rapides. Il semblait être consultant sur un certain nombre de cas, au Royaume-Uni et en Europe.

Non qu'elle écoutât. Mais elle espérait qu'un appel le pousserait à partir.

De temps à autre, elle croyait sentir son regard posé sur elle, mais sans doute était-ce le fruit de son imagination. Plusieurs fois, pourtant, leurs regards se rencontrèrent, la faisant rougir.

Elle se connectait à un programme de monitorage des patients pour mettre à jour les données de Billy quand un petit éclair rose s'alluma en bas à droite de son écran. Quelqu'un d'autre était sur la page. Peut-être le laboratoire téléchargeait-il des résultats, à moins qu'un médecin étudie des radios ou des échographies. Puis l'éclair devint bleu, et la température d'Esther monta d'un cran.

Quelqu'un consultait les notes de soins infirmiers de Billy. *Ses notes.* Celles qu'elle n'avait même pas encore écrites. Et bien sûr, elle savait de qui il s'agissait.

Comment ce type osait-il la surveiller ? Elle ne se rappelait pas avoir été autant contrôlée, même pendant ses études d'infirmière. Quand elle était arrivée au Queen Victoria pour sa formation de sage-femme, il lui avait suffi de quelques gardes pour faire apprécier ses compétences. Bien sûr, on la supervisait pendant le travail et l'accouchement. Mais lorsqu'elle administrait des médicaments et rédigeait des notes, personne ne jugeait utile de passer derrière elle. Elle avait l'impression d'être scrutée au microscope.

Elle fut tentée de taper « Allez vous faire voir » sur le clavier. Le message serait transmis en temps réel. Mais le système était conçu pour garder en mémoire tout ce qui était noté. Même si elle effaçait le message juste après l'avoir écrit, on pourrait toujours le récupérer.

Destinée à empêcher les utilisateurs d'antidater des rapports, la précaution s'était révélée d'une utilité inattendue lors d'un incident. Ayant accidentellement enregistré des données dans le dossier d'un autre patient que le sien, une sage-femme les avait effacées mais, appelée pour une urgence, elle avait oublié de revenir entrer ses notes dans le dossier du bon patient. Le système avait pu prouver que l'enregistrement avait bien été fait, mais au mauvais endroit.

Ignorant Harry, Esther tapa les derniers résultats et observations concernant Billy, ainsi que des remarques personnelles. Puis elle ouvrit le dossier de Jill et ajouta quelques notes. La jeune mère était encore en observation et lui causait certaines inquiétudes.

Une heure plus tard, Harry était de retour près d'elle. Il ne dit rien, mais ses chaussures apparurent dans son champ de vision. De superbes souliers italiens en cuir faits main qui ajoutèrent encore à son irritation.

Elle attendit qu'il ait ausculté Billy.

— Pourquoi avez-vous vérifié mes notes ?

— Je ne vérifiais pas particulièrement vos notes, Esther, répliqua-t-il en balayant sa réflexion d'un geste.

— Si. Je m'en aperçois quand quelqu'un consulte la page sur laquelle je suis.

Il lui jeta un regard en coin.

— Je revoyais toutes les données sur Billy. Celles de sa naissance, ses premières radios, les résultats de ses tests, *tous* ses rapports médicaux et infirmiers. J'aime être prudent et avoir une vision d'ensemble de mes patients.

Il la fixa avec réticence.

— Je pense que les observations des sages-femmes et des infirmières en charge des patients sont essentielles. Elles remarquent souvent des choses que d'autres ne voient pas.

Il s'interrompit et passa la main dans ses épais cheveux ébouriffés avec dans les yeux quelque chose de troublant. De la peine. Du chagrin. Du regret.

— En faisant mes rapports au fil des ans, parfois après un événement grave ou même le décès d'un enfant, j'ai découvert qu'on peut souvent relever dans les notes du dossier de petits commentaires apparemment insignifiants, mais qui font sens dans leur globalité. Chaque donnée est comme la partie d'un puzzle. Un puzzle dont nous assemblons souvent les pièces trop tard.

Il se mordilla la lèvre. De toute évidence, il s'efforçait de contenir ses émotions, et Esther sentit sa colère retomber.

— J'ai appris à faire attention, ajouta-t-il avec un soupir. À lire toutes les notes quels qu'en soient les rédacteurs, et à tout garder en tête. Car enfin, quel est intérêt de rédiger tous ces rapports s'ils ne nous apprennent rien ?

Il avait rivé son regard doré au sien, ce qui la troublait. Oui, elle se sentait scrutée par lui. Oui, elle avait le sentiment que ses propos de la veille étaient injustifiés. Mais il venait de lui expliquer pourquoi il était si pointilleux, et elle le comprenait.

Il travaillait dans un grand nombre d'hôpitaux et, certains services hospitaliers étant mieux gérés que d'autres, il était normal qu'il ait pris l'habitude de rédiger des instructions postopératoires valables pour tous les personnels.

Elle avait peut-être laissé sa contrariété de la veille fausser son jugement.

Il se tenait à quelques pas, et elle voyait son torse se soulever sous sa chemise au rythme de sa respiration. Une chemise qui coûtait probablement une fortune.

Tous deux venaient de mondes si différents… Son accent chic irritait Esther autant qu'il l'intriguait. Quel effet cela faisait-il d'appartenir à la haute société ? Sa naissance privilégiée avait-elle garanti à Harry une place dans la meilleure école de médecine ? Ou était-ce un cliché ? Elle n'en avait pas la moindre idée.

Une chose était sûre, il n'avait pas eu à jongler entre les études et deux jobs à temps partiel, pour réussir. Esther n'était pas un génie. Elle avait dû travailler dur pour intégrer l'université d'Écosse. Sa formation de sage-femme à Londres n'avait été possible que grâce à une bourse généreusement attribuée par un milliardaire écossais à ses compatriotes qui en faisaient la demande. L'Écosse était un des rares endroits de la planète où les cours universitaires étaient gratuits. Mais si un jeune Écossais voulait faire des études en Angleterre, il devait s'acquitter des frais de scolarité, comme tout le monde. Esther avait pu intégrer le Queen Victoria parce que la bourse avait payé ses frais d'études, couvrant aussi son loyer durant sa formation, et elle était consciente de sa chance. Mais elle devinait que Harry Beaumont n'avait pas eu à se soucier de ces sordides questions matérielles.

Ses pensées dérivèrent. Harry avait-il déjà mis les pieds à Buckingham Palace ? Peut-être était-il l'ami d'un des princes dont il avait sensiblement le même âge.

Esther considéra ses bras musclés. Pratiquait-il l'aviron ? Vu ses antécédents, il avait probablement appartenu à l'équipe d'Oxford ou à celle de Cambridge.

Elle sursauta en entendant toussoter sur sa gauche et, tournant la tête, vit que Jill l'observait d'un air bizarre.

— Tout va bien, Jill ?

Le regard de la jeune mère alla de l'un à l'autre.

— J'allais justement vous le demander. Vous êtes là depuis un moment, il y a un problème avec Billy ?

Harry recula machinalement.

— Non, non, tout va bien. Je suis très satisfait de ses progrès… Bien sûr, nous allons continuer à le surveiller de près les prochains jours. Mais jusqu'ici il se remet bien.

Esther avait perçu son hésitation. Il ne voulait pas paraître trop confiant pour le cas où un problème surgirait.

Les mains sur ses hanches, Esther étira un peu son dos. C'était curieux. Elle devait encore prendre du paracétamol contre la fièvre, mais les antibiotiques auraient dû commencer à faire leur effet. Pourquoi restait-elle aussi fatiguée ?

Elle n'avait pas retrouvé l'appétit non plus. La veille, elle avait grignoté ce scone et n'avait rien pris jusqu'au soir où elle n'avait avalé qu'un bol de soupe. Et ce matin, elle avait sauté le petit déjeuner, se contentant d'un *latte* au caramel sur le chemin de l'hôpital. Et elle n'avait même pas faim.

Elle sourit à Jill.

— Comment ça va ? Je vais descendre à la cantine manger quelque chose. Vous voulez venir avec moi ?

Comme ses collègues, elle avait remarqué que Jill se nourrissait mal. L'hôpital fournissait des plateaux-repas aux parents des petits patients, mais Jill n'y touchait pas. De temps en temps, elle s'absentait sous prétexte d'aller chercher quelque chose à un distributeur, mais Esther en doutait. Il était temps d'essayer une autre approche.

— Mais si vous êtes avec moi, qui veillera sur Billy ? remarqua Jill avec appréhension.

— Moi, répondit la voix grave de Harry. Je compte rester ici une grande partie de la journée, alors dites-moi quand vous voulez y aller. Je me ferai un café et prendrai mon poste dans le siège le plus confortable du service.

Il désigna le fauteuil inclinable que Jill occupait près de la couveuse de Billy et que les autres parents lui enviaient.

— Vous promettez de ne pas le quitter ? Le personnel est très bien, mais c'est en Esther que j'ai le plus confiance. Je ne laisse jamais Billy plus de quelques minutes, sauf si elle reste à son chevet.

Il leva les mains en riant.

— Alors, qu'est-ce que je suis ? Une roue de secours ?

Jill rougit, et Esther donna un coup de coude à Harry.

— Un chirurgien qui connaît sa place, ça me plaît, dit-elle avec malice.

Ils avaient commencé du mauvais pied, mais elle le comprenait un peu mieux maintenant. Il n'était peut-être pas aussi arrogant qu'elle l'avait cru.

— On y va ? proposa Jill. Je prends mon sac.

Esther posa les mains sur son ventre.

— Avec plaisir... Je suis affamée !

— Je vais me faire un café, déclara Harry en se dirigeant vers la cuisine.

Avant de partir, Esther alla prévenir sa collègue que Harry surveillerait Billy durant sa pause.

Danielle haussa les sourcils.

— Le chirurgien ? Comment as-tu réussi cette prouesse ?

— Je n'ai rien fait, dit-elle, mal à l'aise, consciente que les chirurgiens n'avaient pas l'habitude de surveiller les nourrissons. Il l'a proposé. Il s'inquiète pour Jill. Je l'ai invitée à m'accompagner à la cantine, et elle refusait de laisser Billy.

— Ah ! très bien ! Essaye de lui faire prendre l'air pendant que tu y es. Elle en a besoin.

Danielle sortit des pièces de sa poche.

— Tiens, rapporte-moi une friandise. Mon régime me tue. J'ai besoin d'un shoot de chocolat.

— Entendu, répondit Esther en souriant. À tout à l'heure.

Elle alla jeter un dernier coup d'œil à Billy. Installé dans le fauteuil, Harry avait ouvert la couveuse et parlait doucement au bébé.

— Attention, Billy. Voilà Crabbie Rabbie. Il faut qu'on soit sages, ou on aura des ennuis.

Esther en resta bouche bée.

— Qui diable vous a parlé de ça ?

Ses collègues employaient souvent son surnom avec affection, mais elle ne s'attendait en aucun cas à l'entendre dans la bouche d'un chirurgien résident ! À l'évidence, les langues s'étaient déliées.

— Quoi ? demanda-t-il malicieusement. J'ai dit quelque chose ?

Elle se pencha sur la couveuse de Billy.

— Billy, ignore les mauvaises influences. Tu sais qui est ta chouchoute.

Elle effleura l'épaule de Harry en passant.

— Et je vous le confirme, vous avez intérêt à être exemplaire.

— On y va ? demanda Jill.

— Absolument, répondit Harry en souriant. Votre garçon est en bonnes mains. Prenez votre temps. J'attends ici.

Il jeta un bref coup d'œil à Esther pour un échange tacite. Oubliées les plaisanteries, Jill redevenait leur priorité. Ils prenaient sa santé très au sérieux.

Tenant la porte pour laisser passer la jeune femme, Esther regarda derrière elle, et une douce chaleur l'envahit. La plupart des chirurgiens ne pensaient qu'à leur prochaine intervention après une opération. Harry avait un point de vue beaucoup plus global, et c'était rassurant

Penché vers Billy, il lui parlait d'une voix douce, son café posé sur la table près de lui. Il se désinfecta avec du gel hydroalcoolique et glissa la main dans la couveuse, laissant le bébé agripper son doigt.

Un grand sourire illumina son visage.

Et Esther comprit que ses ennuis ne faisaient que commencer.

3

Cette nuit-là, Esther dormit très peu.

Le sommeil semblait être devenu une option pour elle et, en longeant la Tamise pour se rendre à l'hôpital, elle s'offrit un maxi café chez un vendeur ambulant.

Aux soins intensifs néonatals, elle constata avec soulagement que Harry n'était pas là. Elle n'avait pas envie qu'il remarque sa mine fatiguée. Il était parti en France voir un bébé qu'il avait opéré récemment.

Il avait été très strict sur la surveillance de Billy – presque autant qu'elle. Visiblement, il suivait de près ses petits patients.

Hier, ils semblaient avoir conclu une trêve fragile, et il n'avait pas critiqué ses compétences. Elle avait passé la majeure partie de la journée à s'occuper de Billy et sa mère, mais Harry n'était jamais loin. Elle s'était même demandé s'il ne la surveillait pas, et cette pensée l'avait tourmentée toute la nuit. Était-il resté pour évaluer ses aptitudes ?

Hantée par cette idée, elle avait passé en revue leurs conversations, son offre de garder Billy pendant qu'elle emmenait Jill à la cantine… où la jeune mère n'avait pas mangé grand-chose, d'ailleurs. Mais pour la première fois, celle-ci avait accepté de quitter le chevet de son fils et de dormir quelques heures dans un vrai lit, les soins intensifs disposant de deux petites chambres avec douche pour les parents.

Il n'y avait rien à signaler sur les soins postop de Billy, mais en lisant son compte rendu opératoire Esther s'était aperçue que la vie de l'enfant n'avait tenu qu'à un fil. Harry Beaumont était un grand chirurgien. Son intervention n'avait laissé qu'une fine cicatrice à Billy, et surtout ses petits poumons se gonflaient d'air, comme il se doit. La menace qui avait plané sur l'enfant semblait écartée.

Ce jour-là, Esther s'était lavé les cheveux et avait revêtu un uniforme impeccable. Elle avait même mis un peu de fond de teint pour dissimuler sa pâleur. Elle avait toujours été soignée au travail, pourquoi cela lui semblait-il encore plus important aujourd'hui ? Elle avait été presque contrariée en découvrant l'absence de Harry. Mais le soulagement l'avait emporté. Elle allait pouvoir se consacrer entièrement à Billy et sa mère, et oublier l'arrogant bellâtre aux yeux dorés.

Elle se sentit rougir. D'où lui venait donc cette pensée ?

Abi attira son attention en lui donnant un coup de coude.

— On a trouvé à quelle branche de la noblesse appartient notre chirurgien, déclara-t-elle avec un sourire triomphal, comme si c'était le scoop du siècle. Il vient du même coin que toi ! C'est un duc écossais. Le duc de Montrose.

Esther fronça le nez.

— Il n'a rien d'écossais. Tu as entendu son accent huppé ?

— Il n'y a donc pas de gens distingués en Écosse ? répliqua Abi en gloussant.

Esther ne put s'empêcher de sourire.

— Si, bien sûr. Mais pas dans ma région. Et les titres nobiliaires n'ont pas forcément de rapport avec le lieu de naissance ou l'endroit où on vit. Le prince de Galles n'est pas né et n'a pas été élevé au Pays de Galles, que je sache.

— C'est vrai, admit Abi. Je pensais juste que tu voudrais le savoir.

— Pourquoi diable as-tu cru que ça m'intéresserait ?

— Au cas où tu envisagerais de lui tordre le cou. Autant connaître son identité avant de le trucider, s'esclaffa Abi en s'éloignant.

Esther pinça les lèvres. Décidément, ses collègues ne se privaient pas de commenter ses débuts houleux avec Harry Beaumont. Tôt ou tard, ce dernier reviendrait examiner Billy. Avec de la chance, elle ne serait pas de garde, mais dans le cas contraire elle devrait faire attention aux vibrations qu'elle dégageait.

Il fallait qu'elle garde un sang-froid professionnel. Les patients étaient la priorité, et dans leur intérêt l'harmonie devait régner au sein du service. Elle pourrait se montrer polie sans forcément sourire.

— Esther, tu peux prendre un appel de Harry Beaumont ? Il voudrait un rapport sur Billy.

Elle se raidit et ramassa la fiche du bébé.

— Bien sûr.

Prenant le téléphone, elle afficha un sourire formel.

— Esther McDonald, la sage-femme de Billy. Je peux vous aider ?

Il y eut un bref silence.

— Ici Harry Beaumont, le chirurgien cardiaque néonatal qui a réalisé l'opération de Billy hier. Pouvez-vous me donner les dernières nouvelles ?

Un point partout.

Sans se départir de son sourire figé, elle lui résuma brièvement les observations concernant Billy et ses résultats d'analyse. Puis elle fit ce qu'elle faisait toujours. Elle lui exprima son ressenti. Elle croyait à l'instinct des professionnels de santé, qui ne devait jamais être ignoré.

— Billy va bien. Je crois qu'il est sur la voie de la guérison.

— C'est votre opinion professionnelle ? demanda-t-il sans qu'elle sût s'il se moquait d'elle ou pas.

— J'ai une bonne impression, répondit-elle.

— Bien. Merci pour les nouvelles. Je devrais être de retour demain. Je le verrai à ce moment-là. Comment va sa mère ?

Une fois de plus, il la surprit. Les chirurgiens qu'elle connaissait se préoccupaient rarement des parents.

— Elle dort pour la première fois depuis des jours. Elle s'est douchée et s'est lavé les cheveux. À son réveil, je l'enverrai à la cantine avec une collègue qui s'assurera qu'elle mange.

— Elle n'a vraiment aucun soutien ? Personne n'est venu rendre visite à Billy ?

Ses questions piquèrent la curiosité d'Esther. Il semblait vraiment concerné.

— Jamais quand j'étais là.

— Hum…

Elle devina qu'il réfléchissait. Peut-être n'était-il pas aussi mauvais qu'elle l'avait cru.

— Esther, juste une précision. Vous n'avez plus de fièvre ?

Voilà qu'il recommençait. En un sens, elle comprenait. Il voulait protéger le bébé qu'il avait opéré, mais la question était personnelle. Heureusement, elle n'avait rien à cacher.

— C'est réglé.

— Quelle en était la cause ?

Elle se braqua. Un état fréquent quand elle était en contact avec lui. Il la surveillait. Encore !

Elle décida de jouer cartes sur table.

— Rassurez-vous. Je n'ai pas de problème respiratoire, mais une infection urinaire après des antécédents dans ce domaine. Et je suis sous antibiotiques.

Elle parlait trop, mais il fallait qu'il la laisse tranquille.

Il y eut un silence, puis sa voix grave résonna à son oreille.

— J'espère que vous vous sentirez vite mieux, Esther.

Elle raccrocha, les oreilles bourdonnantes. Elle se sentait un peu chaude. Il était temps de prendre du paracétamol.

4

Le portable d'Esther vibra comme elle arrivait aux urgences.

— Bonjour, maman, tout va bien ?

Elle écouta sa mère lui donner les dernières nouvelles. Esther avait toujours un coup au cœur en voyant son nom s'afficher sur l'écran, redoutant le pire.

Sa mère avait combattu un cancer des années plus tôt et l'avait d'abord caché à sa fille pour ne pas perturber ses études. Esther avait été anéantie en découvrant qu'elle avait affronté seule cette épreuve. Et elle se sentait coupable de ne pas l'avoir soutenue au pire moment. Toutes deux avaient toujours été très proches et, son lourd traitement empêchant sa mère de travailler, Esther acceptait toutes les gardes qu'elle pouvait pour remédier au manque d'argent. Elle payait un loyer exorbitant à Londres, en plus du remboursement de l'emprunt pour la maison de sa mère à Édimbourg, qui arriverait à échéance dans deux ans. Et elle ne joignait les deux bouts que grâce aux heures supplémentaires.

— Je suis contente que tu ailles bien, dit-elle, soulagée.

— Je ne veux pas que tu te tues à la tâche, chérie. Je suis tellement désolée pour tout ça...

C'était un sujet récurrent entre elles, sa mère culpabilisant d'accepter le soutien financier de sa fille.

Mais comment faire autrement ? Son père était mort des années plus tôt, un homme merveilleux mais instable, qui avait passé sa vie à changer de métier. C'était sa mère qui faisait bouillir la marmite. Les emplois de son père tournant toujours autour de ses passions, il avait été doublure pour des compagnies cinématographiques et avait suivi une formation de cascadeur avant de travailler un peu partout comme guide touristique. Il adorait voyager et rentrer chez lui retrouver ses « petites femmes » qu'il régalait de fabuleuses histoires.

Sa femme et sa fille l'aimaient tendrement, mais son instabilité professionnelle avait compliqué la vie de son épouse, qui avait appris à compter chaque sou. Quant à Esther, elle avait compris très jeune que la stabilité de l'emploi est essentielle dans l'existence.

— Ça va, maman, ne t'inquiète pas. Tu m'as entretenue vingt-trois ans, je peux m'occuper de toi maintenant.

Elles bavardèrent quelques minutes avant de se quitter.

Esther jeta un coup d'œil au planning des urgences. Il était plein. La nuit promettait d'être chargée.

Gagnant la salle où avait lieu le passage des consignes, elle rencontra Rob, l'infirmier-chef de permanence.

— Je t'ai appelée hier. Tu n'as pas eu mon message te demandant de me rappeler ?

Elle secoua la tête. Il entra dans une salle de consultation, sortit une clé et ouvrit un placard fermé à double tour.

— Tes analyses montrent que ton antibiotique n'a pas d'effet. Il t'en faut un autre, dit-il en lui tendant un flacon étiqueté à son nom.

— Je me demandais aussi pourquoi je ne me sentais pas mieux… Très bien, je commence le nouveau.

Et joignant le geste à la parole, elle sortit un comprimé et l'avala avec une gorgée d'eau.

— Au passage des consignes, maintenant.

Le jeudi, une atmosphère particulière régnait aux urgences, et le personnel était dans l'expectative avant la tourmente du week-end. Aujourd'hui, la salle d'attente était bondée.

— Où dois-je aller ? demanda Esther.

— Tu peux t'occuper des box ?

— Pas de problème, répondit-elle.

Elle prit les fiches des patients concernés et les parcourut. Des points de suture. Un poignet fracturé. Un malade en attente d'un lit en pneumologie. Un autre à qui on devait poser un cathéter à cause d'une sténose de l'urètre. Et un vieux monsieur confus trouvé errant dans un parc voisin, au bord de l'hypothermie. De quoi l'occuper un bon moment.

Six heures plus tard, Esther n'avait toujours pas pris sa pause. Elle devait reprendre du paracétamol et une dose du nouvel antibiotique, mais n'avait pas eu une minute à elle.

— Où est l'infirmière des soins intensifs néonatals ? demanda une voix stressée. Quelqu'un a appelé un pédiatre ?

Elle écarta le rideau du box où elle venait de recoudre une plaie.

— Je suis là. Besoin d'un coup de main ?

Le médecin acquiesça.

— S'il vous plaît. J'ai un nouveau-né qui n'a pas l'air bien.

Hochant la tête, Esther retira ses gants et en enfila une autre paire en suivant rapidement le docteur. Elle comprenait son affolement. Il était nouveau dans le service et relativement jeune. Soigner des bébés pouvait être stressant, et la pédiatrie n'était pas à la portée de tous.

Dans le box, le bébé était dans les bras de sa mère, et Esther s'assit près d'elle.

— Bonjour. Je m'appelle Esther, je suis sage-femme et infirmière. Pouvez-vous me raconter ce qui s'est passé ? demanda-t-elle d'une voix calme.

Elle sentit un courant d'air dans son dos mais ne se retourna pas, concentrée sur le nourrisson.

— J'ai accouché chez moi la semaine dernière. Tout allait bien, puis son état a commencé à se dégrader. Il se nourrit mal et n'arrête pas de vomir. Il a le teint gris et suffoque.

Esther hocha la tête.

— Il faut que je l'examine. Comment s'appelle-t-il ?

— Jude.

Elle tendit les bras en souriant.

— Vous permettez que j'ausculte Jude ?

La femme hésita, et finit par lui confier le nourrisson, qu'Esther allongea doucement sur un chariot.

Elle sut avant même de se retourner que Harry se tenait derrière elle. Et après avoir vu le bébé, elle se félicita qu'il soit là.

Harry était entré dans le box derrière Esther. La pédiatrie avait reçu trois appels affolés des urgences. Il ignorait pourquoi Esther était là, mais il la laissa s'entretenir avec la mère angoissée. Elle gérait bien la situation, et il attendit qu'elle ait couché le bébé sur le chariot pour se placer de l'autre côté. Il salua la mère d'un signe de tête.

— Jude est né à terme ? demanda Esther.

— Il est né à trente-huit semaines, mais d'après la sage-femme il n'y avait rien d'inquiétant.

Harry prit son stéthoscope et sourit à la jeune mère.

— Je suis Harry, un des pédiatres. Je vais examiner Jude, si vous le permettez.

La femme acquiesça anxieusement, et il attendit qu'Esther pose un oxymètre digital au minuscule doigt de Jude.

Il avait appris à ne pas se présenter comme chirurgien pédiatrique, ce qui avait tendance à effrayer les parents. En l'occurrence, le pédiatre de garde était retenu par un cas de méningite, et quand Harry avait appris qu'un bébé avait des difficultés respiratoires, il avait offert de le remplacer.

Et il se réjouissait de l'avoir fait.

Le petit bonhomme utilisait tous ses muscles auxiliaires pour respirer. Il était en bradycardie, et sa saturation en oxygène laissait à désirer.

Sans un mot, Esther ouvrit l'arrivée d'oxygène et remit sa fiche à Harry. Il devait admettre qu'elle était efficace.

Elle plaça le bébé sous oxygène et prit un thermomètre auriculaire. Il ausculta la poitrine de Jude et ne fut pas surpris par ce qu'il entendait.

Jude avait une anomalie cardiaque qui serait confirmée par d'autres examens. En attendant, il attrapa l'échographe sans attendre un technicien et procéda à un examen rapide.

Esther parlait à voix basse au petit Jude, qui battait des cils et agitait ses petits membres. Sa peau était un peu sombre, mais pas au point d'inquiéter Harry, qui pourrait résoudre le problème avec une opération. Il était fréquent que des anomalies cardiaques ne soient pas décelées chez des nouveau-nés. Normalement, les plus sévères se voyaient lors de scans prénataux. Mais les moins graves pouvaient passer inaperçues.

Il alla s'asseoir à côté de la maman et se rendit compte qu'il ne connaissait pas son nom.

Comme si elle lisait dans ses pensées, Esther jeta un coup d'œil à la fiche abandonnée près du chariot et sourit.

— Claire, le Dr Beaumont va vous expliquer le problème de Jude.

Harry lui jeta un regard reconnaissant.

— Vous êtes accompagnée par quelqu'un ?

Claire secoua la tête, les yeux brillant de larmes.

— J'ai paniqué et je l'ai amené directement à l'hôpital. J'ai essayé de joindre mon mari et ma belle-mère mais personne n'a répondu. Je leur ai laissé un message.

— Vous voulez que j'aille voir en salle d'attente si l'un d'eux est arrivé ? proposa Esther.

Deux minutes après, elle revint en compagnie d'un homme et d'une femme mûre qui se précipitèrent vers Jude. L'homme passa un bras autour de Claire.

— Il a changé de couleur quand je le nourrissais, et ça n'a fait qu'empirer, dit-elle d'une voix tremblante, tandis que la grand-mère caressait tendrement la tête du bébé.

Harry se présenta, et prit le temps de leur expliquer le problème cardiaque de Jude, dessinant un croquis pour montrer comment une opération réglerait les choses.

Ils étaient bouleversés, et Esther alla leur chercher des mouchoirs en papier et une chaise pour la grand-mère, prise de faiblesse.

— Qui peut se charger de l'intervention ?

— Moi.

— Vous réalisez des opérations chirurgicales sur le cœur des bébés ? Ne faut-il pas être spécialiste pour ça ?

— Je suis chirurgien itinérant en résidence au Queen Victoria. La chirurgie cardiaque néonatale est ma spécialité.

— Combien de fois avez-vous pratiqué cette intervention ?

Harry réfléchit.

— Ce sera la vingt-septième.

Le soulagement des parents fut palpable. Esther prit des notes et sortit pendant qu'il s'entretenait avec la famille.

Quand elle revint, il venait de leur expliquer qu'on allait transférer Jude en néonatalogie et préparer son admission.

— C'est fait, dit Esther en lui tendant les papiers. On vient chercher Jude. Francesca l'examinera dans le service.

— Vous ne perdez pas de temps, remarqua Harry.

— Il paraît que je suis efficace, rétorqua-t-elle avec un sourire crispé.

Harry se leva. Lui en voulait-elle encore ? Il croyait pourtant leurs différends réglés. Un aide-soignant vint bientôt chercher le bébé, et il décida d'accompagner la famille.

Il réserva une salle au bloc opératoire pour le lendemain et s'entretint avec Francesca avant de redescendre aux urgences. Il trouva Esther en train de débarrasser un plateau de compresses ensanglantées.

— Blessure par balle, déclara-t-elle. Heureusement, ce n'était qu'une égratignure.

— C'est normal pour une sage-femme de soigner les blessures par balle ?

Elle battit des paupières.

— Je suis aussi infirmière. D'où ma présence aux urgences… Comment va votre bébé français ?

Il grimaça.

— Il a eu des complications postop et développé une embolie pulmonaire. Probablement pas plus grosse qu'une tête d'épingle, mais chez un bébé né à vingt-cinq semaines… Enfin, tout va bien maintenant. On n'a plus qu'à attendre.

— Comment se fait-il que vous soyez ici ?

— En rentrant de France, j'étais venu voir Billy quand on m'a transmis les messages des urgences. Le pédiatre de permanence s'occupait d'un cas de méningite, et j'ai proposé de le remplacer.

— C'est gentil de votre part.

— Vous me croyiez incapable de gentillesse ?

Elle inclina la tête de côté.

— Pour être franche, je ne sais pas que penser de vous, Harry Beaumont, ou devrais-je vous appeler monsieur le duc de Montrose ?

Il tiqua. Son titre le suivait partout. Même s'il ne l'utilisait que contraint et forcé à de rares occasions familiales.

Elle porta la main à sa bouche pour dissimuler un bâillement, et il fronça les sourcils.

— Excusez-moi, dit-elle, sortant de sa poche un flacon d'antibiotiques dont elle avala un comprimé.

— Vous n'allez pas mieux ? dit-il, remarquant qu'elle avait toujours aussi mauvaise mine.

Elle haussa les épaules.

— On a changé mon antibiotique. J'étais résistante au premier, je l'ai appris aujourd'hui.

— Alors vous êtes toujours crevée ?

Elle se tourna vers lui.

— Savez-vous comment sonne cette épithète avec un accent châtié comme le vôtre ? demanda-t-elle sans préambule.

— C'est mieux quand je dis Crabbie Rabbie ? répliqua-t-il avec un sourire espiègle.

Elle croisa les bras sur sa poitrine.

— C'est officiel. Je vous interdis de m'appeler ainsi. En fait, ajouta-elle en se dirigeant vers la porte, je vous interdis de prononcer un seul mot écossais. Je ne suis pas dupe pour ce titre de duc de Montrose. Vous êtes à peu près aussi écossais que le métro londonien...

Il ouvrit la bouche d'un air faussement horrifié.

— Esther McDonald, vous vous moquez de moi ?

— Je n'ai même pas commencé, Harry, répondit-elle en s'éloignant. Désolée, je dois filer.

Les choses allaient de mal en pis. Et Esther était de plus en plus épuisée. Se pouvait-il que le nouvel antibiotique ne lui convienne pas non plus ? Ce serait pour le moins inhabituel. Cela indiquait peut-être qu'elle avait une infection multirésistante, ce qui pouvait être grave.

Plus sa lassitude empirait, plus les patients affluaient. Elle passa du temps avec une jeune femme présentant des symptômes de grossesse qu'elle refusait de voir. Elle n'acceptait pas d'être enceinte et, son comportement devenant ingérable, Esther comprit que les médecins urgentistes n'étaient pas qualifiés pour s'occuper d'elle. Elle fit donc appel à une infirmière en psychiatrie qui découvrit que la patiente souffrait d'une maladie mentale et qu'elle se savait enceinte, mais avait arrêté son traitement pour ne pas nuire à son bébé. En l'absence de médication, son état mental se dégradait, et elle avait besoin d'aide.

Esther soigna ensuite une vieille dame qui s'était fracturé la hanche lors d'une chute et était restée par terre plusieurs heures avant qu'on la découvre. Elle souffrait d'hypothermie, et Esther dut d'abord la réchauffer avant qu'on l'examine en vue d'une opération.

À mesure que la soirée avançait, Esther se mit à avoir des démangeaisons qui commencèrent dans le dos avant de s'étendre à l'abdomen. Elle vérifiait la température de sa vieille patiente pour la cinquième fois quand Harry la surprit en train de se gratter le dos contre l'angle d'un mur.

Il s'immobilisa et la dévisagea.

— Esther, vous vous êtes vue dans un miroir ?

— J'ai l'air d'avoir le temps de m'admirer dans la glace ? répondit-elle d'un ton acerbe.

Il posa les mains sur ses épaules et la poussa vers les toilettes où un grand miroir occupait un pan de mur. Il alluma la lumière, et elle eut un hoquet de surprise en voyant les taches rouges qui marbraient son cou.

— Oh ! mince…, grommela-t-elle.

Elle souleva sa tunique pour examiner son ventre. Il était couvert des mêmes plaques rouges, avec en plus des traces de griffures.

— Vous pouvez regarder mon dos ?

Il se pencha et jeta un coup d'œil, au moment où un membre du personnel soignant passait par là. Il se redressa.

— Vous en êtes couverte. Regardez, les marques commencent à apparaître sur vos bras.

Elle baissa les yeux et vit une vilaine tache rouge à demi cachée par sa manche courte.

— Je comprends pourquoi ça me démangeait autant…

— Vous utilisez une nouvelle crème pour le corps ? Une nouvelle lessive ?

— Non… Oh ! bon sang ! marmonna-t-elle en sortant le flacon

d'antibiotiques de sa poche. Ce médicament, je ne l'ai jamais pris. Ça doit être ça.

Harry lui saisit le poignet et l'emmena en salle de soins avant qu'elle ait pu protester.

— Rob ! cria-t-il d'un ton autoritaire.

L'infirmier apparut dans la seconde.

— Vous avez la clé de l'armoire à pharmacie ? lui demanda Harry, tandis qu'Esther commençait à tousser.

Les sourcils froncés, Rob la dévisagea. Il sortit un jeu de clés de sa poche et le tendit à Harry.

— Je crois qu'Esther a une réaction allergique au nouvel antibiotique, dit-il. Je vais lui donner des antihistaminiques.

Rob s'approcha pour examiner Esther à son tour et scruter son cou.

— Tu as du mal à respirer ?

Elle secoua la tête mais fut prise d'une quinte de toux.

— L'éruption est étendue ? demanda-t-il.

Avec un soupir, elle souleva sa tunique.

— Eh bien ! Je vais noter ça dans ton dossier et te prescrire autre chose.

— Essayez celui-là, dit Harry en lui recommandant un autre antibiotique.

Il décacheta un flacon et prit deux comprimés qu'il glissa dans la main d'Esther. Elle avala l'antihistaminique avec un peu d'eau en réprimant une folle envie de se gratter au sang.

Elle n'avait pas spécialement prêté attention à ses démangeaisons, mais maintenant qu'elle avait vu les rougeurs, elle se serait arraché la peau pour les soulager.

Harry semblait inquiet, et elle ne savait qu'en penser. Elle s'appuya un instant à une table, épuisée.

Elle luttait contre l'infection depuis des jours. Elle s'était efforcée d'ignorer la fatigue, persuadée qu'elle disparaîtrait dès que l'antibiotique agirait, comme c'était déjà arrivé.

— Je dois retourner prendre les constantes de ma patiente, dit-elle à Harry. Merci pour votre aide. À plus tard.

— Attendez que Rob revienne avec le nouvel antibiotique. Vous devriez vous reposer un moment.

Comme Esther fronçait les sourcils, il leva les mains en signe de reddition.

— Je n'essaye pas de vous imposer quoi que ce soit…

Un instant elle crut qu'il allait l'appeler Crabbie Rabbie, mais il se contenta de sourire.

— Avez-vous fait un break aujourd'hui ? demanda-t-il.

Elle secoua la tête.

— Si on prenait un café ? Ne serait-ce que cinq minutes, dans la salle de repos du personnel ? Juste le temps que Rob fasse la paperasserie et apporte le nouveau médicament.

La perspective de s'asseoir cinq minutes était tentante.

— Et ma patiente ?

— Box 5 ? Je vais prévenir l'infirmière de garde que vous avez besoin d'une pause et demander que quelqu'un s'occupe de cette dame. Je déteste vous dire ça, Esther, mais vous faites une grave allergie aux antibiotiques, et on doit s'assurer qu'elle ne progresse pas. Soyons prudents.

Comme beaucoup d'infirmières, Esther ne savait pas s'arrêter. Elle avait accumulé les heures supplémentaires, et cinq minutes de repos ne suffiraient pas à la requinquer. Elle aurait dû prendre sa pause des heures plus tôt.

— D'accord, dit-elle de mauvais gré.

Harry s'éloigna à grandes enjambées pendant qu'elle allait dans la salle du personnel se faire chauffer de l'eau.

Un grand carton de cupcakes et de beignets d'un grand pâtissier trônait au centre de la table, et elle fut surprise qu'il en reste encore.

Harry revint comme elle sortait deux tasses propres.

— C'est réglé. J'ai dit à Rob où nous étions.

« Où *nous* étions. » Elle se tourna vers lui.

— Ça veut dire que vous comptez traîner dans le coin ?

Il acquiesça.

— Je surveille votre réaction. En mangeant des gâteaux, dit-il en la regardant se gratter.

Sans enthousiasme, elle mit une cuillerée de café lyophilisé dans les tasses qu'elle remplit d'eau chaude. Elle n'avait vraiment pas envie d'être aimable.

— Le lait est dans le réfrigérateur si vous en voulez, marmonna-t-elle en lui tendant une tasse.

Il se leva pour aller en chercher.

— Vous n'en voulez pas ?

Elle sourit.

— Pas ici. Je ne fais pas confiance aux dates de péremption du lait à l'hôpital. Je bois toujours mon café noir.

Il jeta un regard soupçonneux à sa tasse en s'asseyant.

— Merci pour le conseil. Mangez quelque chose, dit-il en poussant la boîte de gâteaux vers elle.

— Je me demande qui les a apportés, remarqua-t-elle, louchant sur un appétissant cupcake à la fraise.

— Moi.

— Vous avez acheté des pâtisseries pour les urgences sans même savoir que vous iriez ?

Il lui sourit.

— J'ai apporté plusieurs cartons. Un aux soins intensifs néonatals, un en pédiatrie, et un ici.

— Vous voulez gagner les bonnes grâces de chacun pour vous faire pardonner vos manières brusques ?

Il prit un beignet au chocolat et soutint son regard. Ses yeux avaient quelque chose d'électrique qui la troubla.

— On ne vous a jamais dit que vous n'aviez pas votre langue dans votre poche ?

Elle pouffa.

— Non. Pourquoi ? répondit-elle en grignotant son cupcake. Vous croyez que je suis insupportable ? Allez voir Oona, l'infirmière chef. Si vous m'avez trouvée culottée quand j'ai réagi à votre irruption dans mon service avec votre cour, sachez qu'Oona n'aurait fait qu'une bouchée de vous !

— Charmant... Alors, si c'est un hôpital universitaire, combien de personnes suis-je autorisé à amener aux soins intensifs néonatals ?

— Des étudiants ?

Il acquiesça.

— Deux. Et ils ont intérêt à respecter à la lettre les procédures de contrôle des infections.

Il lui tapota doucement la main.

— Arrêtez de vous gratter.

Il avait raison. Elle était en train de s'écorcher le cou sans même s'en rendre compte.

— Je me demande quand ces antihistaminiques vont commencer à faire effet, murmura-t-elle avec un soupir las.

— Pas avant une bonne heure, au mieux.

Maintenant qu'elle était assise, l'épuisement la submergeait, mais après leur altercation de l'autre jour, elle ne voulait pas lui montrer sa faiblesse. D'autant qu'elle avait des patients à voir et que ses collègues comptaient sur elle.

Mais Harry était gentil avec elle aujourd'hui. Il lui avait laissé de l'espace pour qu'elle s'occupe de la mère et de son bébé. Tous les médecins n'en faisaient pas autant. Certains se seraient immiscés dans son travail sans la ménager.

Elle devait admettre qu'il l'intriguait. Il avait dû énormément travailler pour décrocher le diplôme de chirurgien cardiaque néonatal. Quant à son titre de duc, il n'en avait soufflé mot à personne, mais ce genre d'information a tendance à vous rattraper.

Elle prit soudain conscience qu'ils étaient seuls dans la salle, et bien que Harry fût à l'autre bout de la table, son parfum flottait jusqu'à elle. Dans son état d'extrême fatigue, c'était presque hypnotique. Il fallait qu'elle sorte d'ici.

Elle se força à se lever.

— Je dois retourner aux urgences, j'ai encore une heure à faire avant la fin de mon service. Vous l'avez vu, c'est le chaos là-bas. Je ne peux pas rester ici à me gaver de gâteaux.

Elle avait atteint la porte, mais il l'avait suivie, et sa main frôla son bras.

— Même si vous êtes malade ?

Elle se passa la langue sur les lèvres. Elle ne pouvait pas prétendre être au top de sa forme. Elle se sentait de nouveau fiévreuse et voulait trouver Rob pour commencer son nouveau traitement d'antibiotiques.

Elle lui adressa un sourire crispé.

— Vous savez comment c'est dans les services de santé, dit-elle, se faufilant dehors avant qu'il ait pu réagir.

Elle n'alla pas au bout de sa garde.

Après avoir vu Billy aux soins intensifs néonatals et préparé l'opération de son nouveau patient, Harry descendit aux urgences pour prendre des nouvelles d'Esther.

C'était insensé. Il ne le comprenait pas lui-même, mais quelque chose l'attirait chez cette Écossaise au caractère bien trempé.

Elle n'avait sûrement aucune envie de le voir. Quoi qu'il en soit, même si leur relation était partie sur de mauvaises bases, Esther l'intriguait. Il avait observé ses interactions avec les autres, et le respect qu'elle inspirait était manifeste.

Depuis le couloir, il la regarda aller et venir entre les box, et fut bientôt rejoint par Rob.

— Son éruption semble avoir un peu diminué, mais ne devrait-elle pas être rentrée chez elle maintenant ? demanda Harry. Et vous aussi ?

Rob haussa les épaules.

— Vous savez ce que c'est, répondit-il, les yeux fixés sur Esther.

Elle ne les avait pas vus et soudain s'appuya contre le mur, manifestement à bout de forces.

Ils échangèrent un regard et s'approchèrent.

— Esther, dit Rob, je te renvoie officiellement chez toi. J'aurais dû le faire avant, mais pour être franc je pensais que tu réagirais plus vite aux antihistaminiques. Je suis désolé.

— Mais mes patients…

— Ils seront confiés à quelqu'un d'autre, la coupa Rob.

Elle vacilla un peu, visiblement soulagée.

— Très bien.

Il pencha la tête et la scruta.

— Il y a quelqu'un chez toi ?

Elle fronça les sourcils.

— Non. Pourquoi ?

— Je me demande si je ne devrais pas te garder en observation cette nuit, dit Rob, consultant Harry du regard.

— Pas question, répondit-elle sèchement.

— Esther, tu ne devrais pas partir. Imagine qu'il t'arrive quelque chose en pleine nuit ? Que tu te sentes mal ? Comment reviendras-tu ici ?

Esther jeta à Harry un regard affolé, et il fut touché par les cernes sombres qui marquaient ses yeux bleus.

Aucun médecin n'aime voir un collègue dans cet état.

Il n'avait pas envie de s'éloigner. C'était étrange. Quelques jours plus tôt, il était à couteaux tirés avec elle et doutait de ses compétences. Et voilà qu'il découvrait qu'elle travaillait à la fois aux urgences et aux soins intensifs néonatals. Il y avait une histoire derrière tout cela, et il était curieux de la connaître. Maintenant qu'il avait vu Esther à l'œuvre, il connaissait son dévouement. Mais il ne comprenait pas pourquoi elle assurait autant de gardes au détriment de sa santé. Il n'était pas expert dans ce domaine, mais il lui semblait qu'Esther était au bord du burn-out.

Elle secoua doucement la tête, visiblement résolue à rentrer chez elle.

— Merci de vous être occupé de moi tout à l'heure, dit-elle à Harry, tout en se grattant machinalement le cou.

Il leva la main.

— Ne bougez pas, tous les deux. Je reviens.

Allant décrocher le téléphone mural, il appela d'abord les soins intensifs néonatals, puis la pédiatrie.

« Rentre chez toi, Harry, lui dit son collègue de garde. S'il y a un problème avec un de tes patients, je t'appelle sur ton portable. Tu peux me faire confiance. »

Harry raccrocha. C'était loin d'être facile pour lui, de confier ses patients à d'autres. Peut-être parce qu'il était chirurgien expert itinérant depuis de nombreuses années et ne fréquentait pas ses collaborateurs assez longtemps pour être rassuré sur leurs compétences.

À moins que cela vienne de son éducation. Aucun enfant ne souhaite avoir des parents qui se désintéressent de lui. Le duc et la duchesse se devaient d'avoir un héritier. Un enfant qui perpétuerait le nom de la famille. Rien d'autre. Harry avait mis longtemps à se rendre compte que sa relation avec ses parents n'était pas tout à fait normale. La plupart des enfants pensionnaires comme lui passaient régulièrement du temps chez eux. Pas Harry.

Toute son enfance, il avait cru qu'il ne méritait pas d'être aimé, et avait passé son adolescence rebelle à chercher l'amour chaque fois qu'il le pouvait. Aujourd'hui pourtant, il avait du mal à se lier aux autres. La médecine avait été pour lui une bénédiction. Un objectif. La chirurgie, son but. Il avait réussi à tenir le cap jusqu'à ce que la mort de son père fasse dérailler une de ses premières opérations chirurgicales.

Deux jours seulement après sa première chirurgie cardiaque néonatale, il avait dû rentrer chez les siens pour organiser les obsèques. Impossible de se dérober à ses responsabilités. Non seulement il était impensable qu'un fils n'assiste pas aux funérailles de son père, mais les journaux à sensation en auraient fait leurs gros titres. Et puis, sa mère étant décédée des années auparavant, Harry était le seul à pouvoir prendre les dispositions nécessaires.

Contraint de laisser le nourrisson qu'il aurait voulu surveiller de près, il avait failli à son devoir de médecin. Et le pire s'était produit. Le bébé était mort en son absence.

Sa première chirurgie avait ainsi été marquée par un drame terrible, dévastateur pour lui, et qui avait bien failli ruiner sa carrière naissante.

Nul ne sait si on aurait pu sauver le nourrisson. Mais la tragédie avait laissé en lui une marque indélébile. Ces bébés étaient sous sa responsabilité.

Son statut de chirurgien itinérant n'en était que plus lourd à porter. Au début, il avait aimé voyager, travailler avec des équipes différentes, éprouver plusieurs techniques d'approche. Il y avait quelque chose de grisant à pratiquer sa spécialité chirurgicale aux quatre coins du globe. Mais aujourd'hui, il ressentait une certaine lassitude à être en perpétuel mouvement. L'idée d'avoir sa propre équipe, formée par lui et sur laquelle il pourrait compter, commençait à faire son chemin dans son esprit.

Quant à s'imaginer passer la nuit dans un lit qui serait le sien, c'était une perspective séduisante. Un mirage.

Il revint vers ses deux collègues, sa décision prise.

— Très bien, Esther. Je vous ramène chez vous.

— Quoi ? s'écria-t-elle, interloquée.

— C'est facile. Vous avez deux options. Ou Rob vous admet en observation, ou je vous raccompagne à votre domicile et je veille sur vous cette nuit.

Elle voulut protester, mais il poursuivit :

— Je n'en parlerai à personne, et vous n'avez pas besoin de le dire à qui que ce soit. Mais il est hors de question que vous restiez seule dans cet état. Si vos symptômes empirent durant la nuit, je vous ramènerai ici.

Rob approuva, les bras croisés sur sa poitrine.

— Ça me paraît une bonne idée, mais le choix t'appartient, Esther. Tu as besoin de rester sous surveillance les dix prochaines heures. À toi de voir où tu veux les passer.

Exaspérée, elle céda.

— D'accord, d'accord. Laissez-moi aller me changer.

Elle se dirigea vers le vestiaire des femmes pendant que Harry entrait chez les hommes pour troquer sa blouse blanche contre une veste de ville. Il attendait encore qu'on lui attribue un bureau. D'ici là, il lui fallait un endroit sûr où laisser ses affaires.

Comme il sortait ses clés de voiture de sa poche, il vit Esther à la sortie des urgences. Elle regardait à droite et à gauche, hésitant à courir sous la pluie battante.

Il la rejoignit.

— Chez vous ou chez moi ? demanda-t-il.

— Pourquoi vous faites ça ? murmura-t-elle.

À vrai dire, il s'était posé la même question.

— Parce qu'il le faut, répondit-il simplement. C'est la seule solution.

Il y eut un long silence, puis les épaules d'Esther se voûtèrent légèrement, comme si elle se résignait.

— Ce serait trop long d'aller chez moi. Vous devez être fatigué. Je suis sûre que vous habitez plus près.

Peut-être n'avait-elle pas envie qu'il voie où elle vivait.

— Venez, dit-il, s'engageant sur le parking et ouvrant les portes de sa voiture avec la télécommande. Détendez-vous. On dirait que je suis en train de vous kidnapper, ajouta-t-il en riant. Rob sait que vous êtes partie avec moi. Si on ne vous revoit plus, il lancera la police à mes trousses.

— Voilà qui est rassurant, répliqua-t-elle avec une grimace.

Comme ils atteignaient la voiture, elle s'immobilisa sous l'averse et leva vers lui un regard interrogateur.

— C'est une blague ?

— Quoi ? Vous la trouvez trop luxueuse ?

Elle ouvrit la portière de l'Aston Martin bleu marine et se glissa à l'intérieur, tandis qu'il s'asseyait à côté d'elle.

— Qu'importe, après tout. Tant qu'elle roule… Dois-je vous appeler James Bond ou monsieur le duc ? ajouta-t-elle en s'adossant au confortable siège.

Il sourit.

— Harry sera parfait, merci, répondit-il en démarrant. Je crois vous avoir dit que j'habitais près d'ici. Et vous ?

— Je vis à Dagenham, rien à voir avec Belgravia, dit-elle, vaguement ironique.

Il n'était pas surprenant qu'elle soit fatiguée. Elle avait au moins deux heures de métro à faire chaque jour pour se rendre à l'hôpital.

— Comment se fait-il que vous travailliez autant ? fit-il alors qu'il s'insérait dans la circulation.

Les yeux déjà à demi fermés, elle poussa un soupir.

— Ma mère a besoin d'un soutien financier. Elle a eu un cancer, et bien qu'en rémission elle n'a pas encore récupéré de la chimio et de la radiothérapie. Comme elle ne peut pas reprendre le travail, c'est moi qui rembourse son emprunt. Mais il ne reste plus que deux ans à couvrir.

Elle avait parlé d'un ton monocorde, et il devina qu'elle ne lui aurait jamais raconté cette histoire, si elle avait été dans son état normal.

Il comprenait maintenant pourquoi elle accumulait les heures de travail. Elle se sentait responsable de sa mère.

Il éprouva un sentiment de malaise. Apparemment, Esther et sa mère étaient très proches. Lui n'avait jamais connu ces liens étroits avec ses parents. Il avait été plus heureux en pension et à l'université qu'il ne l'avait jamais été dans l'immense propriété familiale. Comme il avait été soulagé de s'installer dans la maison de Belgravia pour ne plus avoir à vivre sous le même toit qu'eux…

Esther avait désormais les yeux clos, et sa respiration était régulière. Elle dormait profondément.

Des mèches folles s'étaient échappées de sa tresse. Il laissa son regard s'attarder sur ses longs cils, et se demanda pourquoi il ne les avait pas remarqués plus tôt.

Derrière eux, un véhicule klaxonna, et il accéléra, poussant l'Aston Martin qui se faufila dans la circulation au son de la musique douce flottant dans l'habitacle.

Esther dormait à poings fermés. On voyait encore le bord d'une plaque rouge au creux de son cou. Les antihistaminiques auraient dû agir depuis des heures. Sa réaction était visiblement plus sérieuse qu'ils n'avaient cru.

Se garant dans le parking de sa demeure, il coupa le contact et descendit de voiture. L'ascenseur du sous-sol aménagé pouvait le conduire directement au dernier étage de la maison, où se trouvaient les chambres.

Il ouvrit la portière côté passager. Esther dormait toujours.

— Esther, chuchota-t-il. Je vais vous porter.

Elle murmura quelque chose, et comme ça ne ressemblait pas à un non, il la souleva dans ses bras, ramassa son sac et referma la porte d'un coup de hanche.

Au dernier étage, il alluma l'interrupteur du coude et prit le couloir en direction d'une des chambres inoccupées.

Elles étaient toutes joliment aménagées dans de doux tons pastel. Il déposa Esther sur un lit et lui retira ses chaussures. Ne voulant pas qu'elle s'affole à son réveil, il ferma les lourds rideaux et alluma la lampe de chevet qu'il régla en mode veilleuse.

La salle de bains contiguë était pourvue en affaires de toilette, et elle y trouverait tout le nécessaire. En lui retirant sa veste, il sentit un objet dans une poche. L'antibiotique, bien sûr. Il fallait qu'elle le prenne.

Il posa le flacon sur la table de chevet et vit que Rob avait ajouté des antihistaminiques. Il remplit un verre d'eau dans la salle de bains et prépara les comprimés qu'elle devait avaler.

— Esther, chuchota-t-il, vous devez prendre votre antibiotique et un antihistaminique. D'accord ?

Il lui glissa les cachets dans la main. Les yeux clos, elle les fourra dans sa bouche. Harry referma sa main autour du verre d'eau, qu'elle porta à ses lèvres. Puis elle retomba sur le lit et roula sur le côté.

Harry remonta la couverture jaune pâle sur elle et la borda. Il écrivit un mot sur le carnet près du lit et sortit en refermant la porte derrière lui.

Il reviendrait la voir dans quelques heures.

5

Il y avait longtemps qu'Esther ne s'était pas sentie aussi bien, aussi reposée. Elle était enveloppée par une douce chaleur, comme si elle dormait dans un cocon douillet.

Un subtil parfum de citron flottait dans l'air.

Elle se redressa d'un coup pour observer l'espace inhabituel, les murs jaune pâle, le mobilier inconnu. Elle avait l'impression d'être Dorothy du *Magicien d'Oz* s'éveillant dans un royaume magique.

Au pied du lit, il y avait un plateau avec une grande théière dont le bec crachait un filet de vapeur, une tasse et sa soucoupe en porcelaine, un pot de lait, et une petite assiette avec des tranches de citron.

Elle avait un goût désagréable à la bouche. Elle se leva du lit en s'efforçant de comprendre où elle était. Elle aurait dû crier, hurler. Mais elle ne ressentait aucune panique.

Sur la table de chevet, son flacon d'antibiotiques était posé à côté d'un verre d'eau. Elle prit un comprimé et alla jusqu'à la salle de bains. Dans le grand miroir, son reflet n'avait rien d'agréable. Mais les luxueux accessoires et flacons divers disposés autour du lavabo blanc et sur le petit meuble attenant faisaient vraiment envie.

Son cerveau embrumé commençait à s'éclaircir. Sa garde la veille au soir aux urgences. La surcharge de travail. Elle se gratta machinalement, puis retourna dans la chambre pour examiner le flacon d'antibiotiques. Bien sûr. C'était son nouveau traitement.

Elle était encore tout habillée, on lui avait juste retiré ses chaussures et sa veste qui étaient posées sur une chaise à haut dossier dans un coin de la pièce.

La mémoire lui revint tout à fait. Harry. Elle avait accepté de rentrer avec Harry. Ils étaient montés ensemble en voiture, mais elle n'avait aucun souvenir de son arrivée ici. Elle laissa échapper un gémissement. Elle avait dû s'endormir…

Elle sentit ses joues s'enflammer. Il l'avait portée jusque dans la chambre. Le duc Harry était donc costaud.

Elle se passa la langue sur ses lèvres sèches et se servit du thé. Elle n'était pas pressée d'aller le retrouver. Il était encore tôt, et elle avait le temps de se doucher et de s'arranger un peu avec les produits cosmétiques de la salle de bains. Allant jusqu'à la fenêtre, elle en écarta de lourdes tentures.

Le toucher du luxueux tissu la surprit, et elle le caressa doucement. Dehors, tout était tranquille. Par les fenêtres aux vitres en damier, elle regarda les voitures de luxe stationnées dans la rue. La maison semblait située sur une place. Elle ne voulait même pas savoir combien pouvait valoir une telle demeure dans ce quartier huppé.

Elle but son thé puis ouvrit le robinet de la douche et se déshabilla avant d'enfiler le beau peignoir blanc suspendu à la porte de la salle de bains. Attachant ses cheveux sur sa tête, elle se glissa sous le jet brûlant, et il ne lui fallut pas longtemps pour recouvrer ses esprits. Après s'être frictionnée pour se sécher et enduite de lotion à la rose, elle se sentait beaucoup mieux. Les vilaines plaques rouges de la veille avaient disparu. Elle se brossa les dents, mais au moment de remettre ses vêtements de la veille elle hésita. Harry l'avait portée dans la chambre et mise au lit. Serait-ce abuser de lui demander de lui prêter un T-shirt ?

Ouvrant la porte, elle sentit une agréable odeur de cuisine.

Elle s'engagea dans un couloir au sol couvert d'un épais tapis, descendit une volée de marches, et pénétra dans une cuisine à la blancheur immaculée.

Debout au milieu de la pièce devant une assiette de toasts, Harry remuait des œufs brouillés.

— Oh ! Esther ! Comment vous sentez-vous ?

Elle s'avança vers l'îlot central et s'installa sur un tabouret pour le regarder cuisiner. Il semblait détendu. Il n'était visiblement pas gêné par ce qui s'était passé la veille, et elle en remercia le ciel, car la situation aurait pu être embarrassante.

— Je suis désolée, dit-elle. J'ai dû m'endormir hier soir.

— Ce n'est rien. Comment vous sentez-vous, ce matin ?

— Bien, je crois. Je n'ai plus ces démangeaisons insupportables. Mais une chose me tracasse.

— Quoi donc ? demanda-t-il, haussant les sourcils.

Elle sourit.

— J'attends juste de savoir si vous n'allez pas me poursuivre en justice pour vous avoir ruiné le dos.

Éclatant de rire, il poussa l'assiette de toasts vers elle.

— Mangez. Vous devez mourir de faim.

— En effet. Et dire que vous savez aussi cuisiner !

Elle beurra un toast et y étala des œufs brouillés, pendant que Harry prenait place en face d'elle.

— Vous en voulez ? demanda-t-il en prenant la cafetière.

Elle acquiesça, et il la servit.

— Pourquoi êtes-vous aussi gentil avec moi ?

— Je suis *gentil* ?

Ses yeux sombres la scrutèrent. Il s'était douché, et les pointes de ses cheveux ébouriffés étaient encore humides. Il avait de fines rides d'expression autour des yeux, signe qu'il souriait beaucoup. Pas avec elle, pourtant.

— Oui. Vous l'êtes.

Elle se rappela ce qu'elle lui avait raconté la veille et se raidit sur son siège.

— Vous avez eu pitié de moi…

Il leva la tête, l'air surpris.

— Quoi ?

— Hier soir. Je vous ai fait des confidences que je n'aurais pas dû vous faire. Et vous m'avez prise en pitié, murmura-t-elle, sur la défensive.

— Je ne vous ai pas aidée par pitié, Esther, mais parce que vous êtes une collègue et que je m'inquiétais pour vous. Vous étiez manifestement épuisée, dit-il en souriant. Et vous aviez eu une réaction allergique à l'antibiotique. Je me suis occupé de vous, c'est tout.

Elle sourit, hésitante.

— Où en sont vos rougeurs ? demanda-t-il.

— Ça devient personnel maintenant ?

Il fronça le nez, amusé.

— En tout cas, j'ai vu certaines parties de votre corps. Les plaques ont disparu ?

— On dirait, oui.

— Alors, pas de réaction allergique au dernier antibiotique ?

— Non, heureusement ! Ce serait catastrophique si je développais une résistance aux médicaments.

— Vous m'avez dit être sujette à ces infections ?

— Oui, répondit-elle sans s'offusquer. Enfant, j'ai eu des problèmes rénaux, et quand je suis fatiguée, ils tendent à refaire surface. En général, je remarque vite les symptômes et je me soigne. Mais cette fois, j'ai trop attendu, sans doute parce que j'étais prise par le travail. C'est la première fois que je fais une allergie aux antibiotiques.

— Vous avez une idée de ce qui a pu causer ça ? Quelque chose a changé ? Un problème médical ? Une grossesse peut-être ? demanda-t-il, soutenant son regard.

Elle pouffa.

— Encore faudrait-il que j'aie un partenaire, répondit-elle avec son franc-parler habituel. Non, impossible.

— Alors, pas d'âme sœur ?

Elle haussa les épaules.

— Je suis peut-être trop grincheuse, comme l'indique mon surnom...

— Ou peut-être êtes-vous trop difficile.

— Il n'y a pas une duchesse planquée quelque part ? dit-elle, cherchant une échappatoire. Dois-je m'attendre à voir une dame vêtue de satin surgir dans le couloir ?

Elle voulait savoir, tout en redoutant sa réponse. Que lui arrivait-il, bon sang ? La vie privée de Harry ne la concernait pas.

— Il n'y a pas de duchesse, répondit-il avec un sourire. Pas d'âme sœur. Je n'ai pas le temps. En fait, je ne reste jamais assez longtemps quelque part pour me faire des amis, alors nouer une relation…

Une ombre passa sur son visage, il ne lui disait pas tout.

— Alors, en tant que notre nouveau chirurgien résident… Combien de temps allez-vous rester ici ? demanda-t-elle, curieuse.

— Tout dépend de la gentillesse du personnel.

Esther posa ses couverts. Les œufs brouillés étaient délicieux, et elle avait tout mangé. Elle se tritura une mèche de cheveux.

— Généralement, quand on débarque dans un nouveau lieu de travail, on vient se présenter au personnel et on se montre aimable.

— Et je ne l'ai pas été ? fit-il, amusé.

— Non. Vous avez fait preuve d'une rare arrogance et vous le savez.

Il éclata d'un rire sonore.

— Je comprends mieux d'où vous vient votre surnom de Crabbie Rabbie…

Elle haussa les épaules.

— Vous allez réaliser beaucoup d'opérations au Queen Victoria ? demanda-t-elle pour savoir à quelle fréquence il serait dans les parages.

Flirtait-il avec elle ? Si c'était le cas, devait-elle en faire autant ? Certes, elle n'était pas intéressée par une relation permanente – elle n'avait pas le temps pour ça –, et ne se rappelait même pas à quand remontait son dernier rendez-vous avec un homme. Mais c'était peut-être le moment de songer à s'amuser un peu…

— Quelques-unes, répondit Harry. L'équipement opératoire du Queen Victoria est flambant neuf. On me garantit l'accès au bloc pour opérer des bébés de quatre comtés. Je pourrais ainsi réaliser des interventions sur six bébés par an environ.

Elle esquissa un sourire. Il était une sorte d'invité occasionnel. Trop peu présent pour bouleverser sa vie. Mais assez familier pour qu'elle puisse partager de bons moments avec lui.

Il riva son regard au sien.

— Il se trouve que j'ai plusieurs interventions programmées au Queen Victoria. Je serai donc dans le coin les prochaines semaines.

Les prochaines semaines. Cela sonnait comme une promesse aux oreilles d'Esther.

— Vous allez devoir vous habituer à moi, déclara Harry avec un sourire. Si vous l'aviez su dès le début, vous seriez-vous opposée à moi ?

— Je crois, oui, répondit-elle en riant. Ça semblait inévitable.

Comme il tendait la main, elle crut qu'il allait toucher ses doigts sur la table, mais il n'en fit rien.

— On dit que les contraires s'attirent, murmura-t-il.

Elle se rembrunit. Bien sûr, tous deux n'avaient rien en commun. Londonien comme elle, Harry ne pouvait ignorer qu'elle vivait dans un quartier défavorisé bien différent du sien. Mais s'agissait-il vraiment de cela ? Harry parlait-il de fortune et de prestige ? Cherchait-il à lui rappeler qu'elle vivait dans le dénuement et ne ferait jamais partie de l'élite sociale à laquelle il appartenait ?

Cette pensée lui causa une douloureuse brûlure.

— Ce genre d'association ne marche jamais, observa-t-elle froidement en se levant.

Soudain, elle avait envie de partir, de fuir cette luxueuse demeure. Ses tableaux et son mobilier avaient certainement plus de valeur que l'appartement qu'elle louait !

— Merci de vous être occupé de moi hier soir, ajouta-t-elle, le cœur lourd. Mais je dois partir à présent.

Elle baissa les yeux sur son peignoir et se rappela qu'elle n'avait aucun vêtement de rechange. Eh bien, elle pouvait toujours remettre ceux de la veille, non ?

— J'imagine que je ne peux pas vous emprunter quelque chose à me mettre.

Le visage grave de Harry retrouva son amusement.

— Vous voulez des vêtements à moi ?

Elle haussa les épaules.

— Pourquoi pas ? Je n'ai jamais porté de chemise sur mesure de Bond Street et je ne suis même pas sûre que ça m'aille. Mais si vous aviez un T-shirt et un bas de jogging, ça ferait l'affaire. Je vous les rendrai sans tarder.

— Suivez-moi, dit-il en se levant de table.

Lui emboîtant le pas, elle monta l'escalier et comprit qu'il l'emmenait dans sa chambre. Sur le seuil, elle étouffa un cri admiratif. La pièce était immense. Vert pâle, lumineuse, ensoleillée.

Ses yeux furent attirés par le lit gigantesque. Il était fait avec soin avec la courtepointe bien tendue, une révélation pour Esther dont tous les amis hommes retrouvaient chaque soir leur lit défait tel qu'ils l'avaient laissé le matin.

Il ouvrit la porte d'un immense dressing.

— C'est scandaleux qu'un homme ait un pareil dressing, grommela-t-elle malgré elle.

Il la regarda en riant.

— Esther McDonald, seriez-vous sexiste ?

— Bien sûr que non.

Curieusement, le vestiaire contenait peu de vêtements. Il y avait un certain nombre de costumes impeccables sur des cintres, des souliers bien cirés sur des étagères et d'élégantes chemises rangées par couleur. Mais un quart seulement de l'espace était occupé.

— Dites-moi que vous avez des T-shirts…

Hochant la tête, il ouvrit un tiroir. Ils étaient là, soigneusement alignés.

Elle poussa un soupir.

— Harry, c'est vous qui vous occupez de tout ça ?

— Non, évidemment. Je passe tellement de temps à voler d'un hôpital à l'autre et à consulter que je ne sais même pas comment fonctionne le lave-linge. Et je n'aurais pas le temps de tout ranger aussi bien.

Les bras croisés, elle s'adossa au mur.

— Voilà donc comment vit l'autre moitié de la planète.[1]

Elle plaisantait, mais n'en pensait pas moins. Il y avait un réel fossé entre eux.

Il sortit un pantalon de jogging gris et un T-shirt blanc.

— Ça vous va ?

— Parfait, merci.

Le tissu soyeux du T-shirt lui donna envie de regarder l'étiquette, mais elle résista à la tentation. Harry hésita devant un autre tiroir.

— Question délicate…

— Je vous écoute, dit-elle, haussant les sourcils.

1. Référence au livre de photojournalisme *How the Other Half Lives* de Jacob Rüs. (NdE)

— Vous voulez des chaussettes et des sous-vêtements ?

Elle éclata d'un fou rire irrépressible.

— C'était une question idiote ? dit-il, l'air sérieux.

— Non, mais je regrette que la situation ne soit pas inversée, ça aurait été trop drôle que je propose de vous prêter ma lingerie.

— Ce serait intéressant, remarqua-t-il en s'esclaffant. J'adore penser à ce que vous m'offririez...

— Ne vous emballez pas. Vous seriez déçu.

— Oh ! j'en doute ! répliqua-t-il, les yeux pétillant de malice.

C'était reparti. Le courant qu'elle avait cru sentir un peu plus tôt passa de nouveau entre eux. Elle n'avait donc rien imaginé.

Le téléphone de Harry vibra, et il le sortit de sa poche. Adossée au mur, elle l'écouta donner ses instructions pour un bébé d'un autre service et se rappela l'avoir entendu parler du même enfant quelques jours plus tôt. Son visage était grave, presque tourmenté. Elle avait été offensée par sa façon de s'adresser à elle, même si elle avait commis une faute en s'endormant à la cantine. Mais elle se rendait compte à présent qu'il adoptait le même comportement avec tous ceux qui s'occupaient de ses petits patients.

— Pourquoi faites-vous ça ? demanda-t-elle quand il eut raccroché. Pourquoi parlez-vous au personnel aussi rudement ? Vous voulez sans doute tout contrôler, mais vous devez faire confiance à vos collaborateurs. Une bonne équipe fonctionne dans un climat de confiance.

— Il ne s'agit pas de ça, mais de donner les soins appropriés aux nourrissons que j'ai opérés, répliqua-t-il, tranchant.

— Nous voulons tous le bien de ces bébés. Nous voulons tous qu'ils vivent. Nous voulons tous leur donner le meilleur départ possible dans la vie. C'est pour ça que nous faisons ce métier. Alors, pourquoi agissez-vous ainsi ?

Incapable de résister, elle posa la main sur son bras – Harry en parut troublé. Il ouvrit la bouche mais se tut. Alors, il la regarda. Il la regarda *vraiment*. Et elle eut l'impression qu'il laissait tomber le masque qu'il arborait toujours.

— Après ma première chirurgie cardiaque néonatale, j'ai dû partir plusieurs jours. J'avais laissé des instructions strictes pour les soins postopératoires. Mais en mon absence le petit Joe a fait une embolie pulmonaire. À mon retour, il était mort, murmura Harry. Jamais je n'aurais dû partir, même pour cette affaire familiale que j'étais le seul à pouvoir gérer... Joe était sous ma responsabilité, et si j'étais resté, j'aurais pu empêcher le drame.

Les pièces du puzzle se mettaient en place. Esther sentit son cœur se serrer, quand elle réalisa que Harry vivait dans la culpabilité.

— C'est donc pour ça que vous êtes aussi pointilleux dans vos instructions ?

Il acquiesça.

— On peut me traiter de paranoïaque. Mais être confronté à la mort d'un nourrisson vous change à jamais. Je fais chaque jour en sorte que cela ne se reproduise plus.

— Je suis aux soins intensifs néonatals depuis longtemps, Harry. Vous savez comme moi qu'on ne peut pas tout prévoir, même avec la meilleure volonté du monde.

— Je sais, répondit-il, l'air tourmenté. Mais j'essayerai toujours, encore et encore.

Comme il refermait la main sur la sienne, une douce chaleur l'envahit. Elle avait envie de l'aider à son tour.

— C'est pour ça que vous traitez le personnel de cette façon ? Vous avez peur ?

Il resta silencieux un moment puis inclina la tête.

— Vous disposez d'une bonne équipe au Queen Victoria, Harry. Vous pouvez nous faire confiance pour bien nous occuper des bébés. Vous devez nous donner une chance, nous laisser vous montrer de quoi nous sommes capables.

Il lui avait révélé une petite part de lui, mais ne lui avait pas tout dit, elle en était persuadée.

— Pourquoi avez-vous dû vous absenter, Harry ?

Il soutint son regard.

— Mon père est mort. J'ai dû aller organiser ses obsèques, car j'étais son seul parent.

— Oh ! Harry ! dit-elle en touchant sa joue des doigts.

Il ferma les yeux, sa mâchoire se durcit.

— Ne soyez pas désolée pour moi. Nous n'avions jamais été proches, lui et moi. Je n'ai pas eu une vie de famille idyllique, déclara-t-il en s'écartant. J'ai presque reproché à mon père d'avoir gâché ma première opération en mourant ! Que dites-vous de ça ? Quel homme cela fait-il de moi ?

Sa gorge se noua. Les paroles de Harry reflétaient une grande souffrance. S'il avait de l'animosité envers son père, il éprouvait aussi du regret. Et le chagrin le rongeait.

En tout cas, elle connaissait maintenant la raison de son comportement. Il devrait apprendre à faire confiance à ses collègues, elle comprise.

L'atmosphère avait changé entre eux. Chacun avait révélé un peu de lui-même. Comme Harry, elle refusait toute pitié, mais ils se comprenaient mieux. Elle savait pourquoi il était aussi maniaque, et il savait pourquoi elle travaillait aussi dur.

Elle se passa la langue sur les lèvres. Troublée par son regard intense, elle frissonnait dans son épais peignoir.

S'il avançait seulement d'un pas…

Elle prit une inspiration. Elle était ridicule. Mais sa peau lui disait autre chose. Et la façon dont Harry la regardait…

— Je crois que je vais accepter votre offre, murmura-t-elle d'une voix rauque.

Il y eut un moment de flottement.

— Quelle offre ?

— Les sous-vêtements, répondit-elle avec un mince sourire.

Il ne bougea pas, comme s'il cherchait le sens de ses paroles, tandis qu'un étrange courant électrique passait entre eux.

Harry ouvrit le tiroir et lui tendit un boxer en jersey et des chaussettes noires. Elle les prit d'une main tremblante. Leurs doigts se frôlèrent.

Et avant d'avoir réalisé ce qui se passait, elle sentit sa main se refermer sur son poignet et l'attirer vers lui.

Elle n'attendit pas que ses lèvres se posent sur les siennes. Elle se haussa sur la pointe des pieds et noua les bras autour de son cou.

Plaquant les mains sur ses hanches, il s'empara de sa bouche pour un baiser avide, passionné, qui en disait long sur sa frustration.

Elle sentait son corps échapper à son contrôle. Elle avait conscience d'être nue sous son peignoir, alors que Harry était tout habillé.

Il enfouit une main dans ses cheveux entortillés sur son crâne en un chignon flou. Tout en l'embrassant, elle respira le parfum frais de son gel douche et glissa les doigts dans ses cheveux encore humides.

Leur baiser perdit de sa fougue. Ils avaient conscience de ce qui pouvait arriver. Et Esther n'était pas prête pour ça. Quelques jours plus tôt, elle détestait ce type. Et voilà qu'elle était à moitié nue dans son dressing et l'embrassait à perdre haleine, après avoir écouté ses confidences ! Que lui arrivait-il, bon sang ?

Leurs bouches se séparèrent et, front contre front, ils savourèrent l'instant en reprenant leur souffle. Il n'y avait aucune gêne entre eux. Pas de regret. Ils étaient deux adultes consentants. Cela faisait longtemps qu'Esther n'avait pas été embrassée comme ça, et son cœur palpitait dans sa poitrine.

Harry sourit.

— Eh bien, c'était inattendu…

— Effectivement, répondit-elle, faute de trouver mieux.

Elle recula et ramassa le boxer et les chaussettes qui avaient atterri sur le sol.

— Je ferais mieux de m'habiller.

Harry battit des paupières, comme s'il revenait de loin.

— Oui… J'ai une opération. Je dois aller à l'hôpital.

Comme elle sortait du dressing, il lui saisit le bras.

— Mais je vous raccompagne d'abord chez vous.

— Pas question. D'ailleurs, quelle heure est-il ? Vous avez l'habitude d'arriver tôt à l'hôpital, et on doit déjà vous chercher. Traverser toute la ville pour me ramener ne fera que vous retarder davantage.

— Il est à peine 6 heures. Mon intervention est à 13 heures, j'ai tout le temps de vous raccompagner.

Elle savait qu'elle aurait dû refuser. Elle connaissait les problèmes de circulation dans Londres, d'autant que Harry devrait se rendre ensuite au Queen Victoria. Mais ses protestations restèrent coincées dans sa gorge.

Elle adorait son métier et ne rechignait pas à travailler dur. Mais elle n'avait pas de temps pour le reste. Elle était émue qu'on ait pris le temps de s'occuper d'elle, pour une fois. Sa mère était retournée en Écosse, et hormis la poignée d'amis avec lesquels elle avait fait sa formation, elle n'avait pas de relations proches. Juste quelques collègues.

— Accordez-moi cinq minutes, dit-elle en s'efforçant d'ignorer l'immense lit de Harry qui lui inspirait des idées insensées.

Elle quitta la pièce, cernée par les témoignages de la fortune de son hôte. Harry était duc, pourquoi diable s'intéresserait-il à une modeste sage-femme issue du fin fond de l'Écosse ? Elle n'était pas son genre, et il n'était pas le sien.

Dans sa chambre, elle s'habilla à la hâte et fourra ses vêtements dans son grand sac à main. Il y avait quelque chose d'étrangement intime dans le fait de porter le boxer de Harry. Il était trop grand pour elle, comme les autres habits de Harry, aussi retroussa-t-elle le bas du pantalon de jogging.

Harry l'attendait dans le vestibule. Il appuya sur un bouton, et un ascenseur apparut comme par magie.

— Vous avez un ascenseur privé ? fit-elle, incrédule.

Elle entra dans la cabine avec un soupir.

— Moi qui croyais que vous aviez monté les étages en me portant dans vos bras ! ajouta-t-elle en riant. C'est nettement moins galant de me pousser dans un ascenseur et de presser un bouton.

Il sourit, espiègle.

— Je peux vous assurer que je ne vous ai pas poussée. Mais j'avoue que l'ascenseur m'a aidé.

— Si encore, vous vous étiez froissé quelque chose…

Il tourna vers elle son regard pétillant tandis que la porte de la cabine s'ouvrait sur le sous-sol.

— Oh ! je crois qu'on peut considérer que c'est fait…

Il lui tint la portière pendant qu'elle s'installait dans la voiture et lui indiquait son adresse.

La traversée de Londres fut fluide, et ils bavardèrent pendant le trajet. De leurs patients, de leurs collègues. Harry lui posa des questions sur sa mère, et elle satisfit sa curiosité. En revanche, elle garda le silence sur son père. Elle l'aimait de tout son cœur, mais refusait d'admettre qu'il avait été un rêveur pathologique. Raison pour laquelle avoir un travail et une vie stables était si important pour elle aujourd'hui.

Elle mourait d'envie d'en connaître davantage sur Harry,

sur ses relations avec ses parents, notamment. Il n'avait dit que peu de choses, mais son ressentiment à l'égard de son père était palpable, et elle se demandait pourquoi.

Cependant, elle ne voulait pas se montrer indiscrète. Un baiser ne lui donnait pas le droit de l'interroger sur sa vie personnelle.

Elle sentit son estomac se nouer quand ils pénétrèrent dans Dagenham. Elle n'avait pas honte de son logement, seulement il était tout le contraire de l'élégante demeure de Belgravia. Plusieurs réverbères de la rue étaient cassés et, situé à l'entresol, son appartement aux fenêtres fêlées ne voyait pas la lumière du jour. Il aurait tenu tout entier dans l'immense suite parentale de Harry, et elle détestait l'idée qu'il pourrait la juger là-dessus. Hélas ! les loyers étaient hors de prix à Londres, et elle ne pouvait pas s'offrir mieux.

Comme ils arrivaient devant l'immeuble, son téléphone bipa à deux reprises. Elle le sortit de son sac et sourit pendant que Harry se garait.

— Un problème ?

— Non. Vous avez dû rencontrer mon amie Chloe, qui travaille aux urgences et couvre le service de secours aériens. Elle vient de prendre sa garde et a appris que je ne me sentais pas bien hier. Elle veut avoir de mes nouvelles.

— Elle vous a envoyé deux SMS ?

— Oh ! non ! Le second vient de mon amie Carly, sage-femme aussi. La troisième du trio, Isabella, est en Nouvelle-Zélande en ce moment.

Le cœur d'Esther se gonfla de tendresse. Elle avait parfois l'impression d'étouffer à Londres. Mais elle n'avait qu'à décrocher son téléphone pour que ses amies soient là pour elle.

Toutes comprenaient pourquoi elle devait travailler autant. Et Chloe ne manquait pas de l'informer des heures supplémentaires qu'elle pouvait faire aux urgences.

— Elles me sont chères, et on se soucie les unes des autres.

Avec un hochement de tête, Harry coupa le contact. Il n'avait fait aucun commentaire au sujet de la façade de l'immeuble, et elle en fut soulagée. Passer de la demeure chic de Harry à son minable entresol coincé entre des boutiques délabrées la mettait mal à l'aise.

Déjà, il s'empressait de lui ouvrir la portière.

— Vous avez hâte de vous débarrasser de moi ? dit-elle.

— Non. Je m'assure que vous n'allez pas vous précipiter chez vous sans m'avoir embrassé.

Plaquant les mains sur ses hanches, il s'empara de ses lèvres, et elle ne résista pas. Elle noua les bras autour de son cou et se pressa contre lui. Ils n'avaient rien en commun, mais son corps lui disait le contraire.

Harry n'allait pas rester. Elle pouvait se consacrer à son travail sans s'engager avec lui. Cela faisait si longtemps qu'on ne l'avait pas embrassée… Était-ce aussi bon pour Harry que ça l'était pour elle ?

Au bout d'un moment, elle s'écarta à regret.

— Reposez-vous bien. Je vous verrai à l'hôpital, dit-il.

Sur ces mots, il regagna l'Aston Martin et bientôt démarra en agitant la main.

Restée seule, Esther fut prise de doutes. Devait-elle se sentir heureuse ou triste ? Harry ne lui avait pas demandé son numéro. Il ne lui avait rien promis.

Prenant une profonde inspiration, elle aperçut le visage familier d'un employé de l'hôpital de l'autre côté de la rue. Il la salua d'un signe de tête et continua son chemin vers la gare ferroviaire.

Elle s'empourpra. Génial. Il n'avait rien dû manquer du baiser fougueux qu'elle avait échangé avec Harry… Elle qui aimait la discrétion s'était surpassée !

Avec un soupir, elle descendit d'un pas léger l'escalier menant à son appartement. Elle pouvait toujours essayer de se convaincre du contraire, elle était amoureuse de Harry Beaumont.

6

Esther avait passé la journée vautrée sur le canapé à croquer du chocolat et à boire du thé. Sa première journée de repos depuis un mois.

À son réveil le lendemain matin, elle se sentait beaucoup mieux. De toute évidence, les antibiotiques agissaient enfin, et elle n'avait plus aucun symptôme d'allergie.

Ce fut d'un pas alerte qu'elle se rendit à l'hôpital en longeant la Tamise. Quand elle arriva aux soins intensifs néonatals, tout était calme. La nuit avait dû être tranquille.

La relève se passa sans heurt, et elle fut ravie de retrouver Billy. D'après sa fiche, il commençait à prendre un peu de poids, et la cicatrice de son opération était propre.

Son téléphone bipa dans sa poche, et elle jeta un coup d'œil. Carly.

Prends une pause. Besoin de te voir à la cantine.

Elle fronça les sourcils. Que se passait-il ?

À la cafétéria, Chloe et Carly l'attendaient devant deux tasses de café fumant et une assiette de scones. Également sage-femme dans un dispensaire, Carly passait peu de temps à l'hôpital, et sa présence éveilla les soupçons d'Esther.

— Qu'est-ce qu'il y a ? demanda-t-elle en prenant place face à ses amies. Vous avez un truc à me dire ?

Carly la dévisagea d'un air espiègle.

— Faut-il te faire la révérence ?

— J'ignore complètement de quoi vous parlez.

Chloe fit la grimace, tandis que Carly se mettait à tapoter des doigts sur la table.

— En arrivant à l'hôpital, Viktor s'est fait un plaisir de raconter à tout le monde qu'il t'avait vue embrasser Harry Beaumont tôt hier matin. Apparemment, il te raccompagnait chez toi !

Esther resta un moment interdite.

— Oh non ! grogna-t-elle, se rappelant soudain l'employé de l'hôpital qu'elle avait croisé dans sa rue.

— Oh si ! répliqua Carly d'un air jubilatoire. Et maintenant, raconte. Je veux connaître tous les détails.

— La rumeur se répand dans l'hôpital, c'est ça ? fit Esther, affolée.

— Ouais, répondit Chloe en haussant les épaules, mais comme je suis ton amie, je ne me contenterais pas des ragots. Je veux des faits ! Alors as-tu, ou n'as-tu pas, passé la nuit avec Harry Beaumont, notre duc préféré ?

Esther sentit ses joues s'enflammer en pensant à Harry. Ça devenait une habitude… Heureusement, ses amies ne la jugeraient pas.

— Alors que je travaillais aux urgences, j'ai fait une allergie aux antibiotiques. J'étais fatiguée depuis des jours à cause d'une infection. Mon premier traitement n'avait eu aucun effet, et malheureusement le second a provoqué chez moi une crise d'urticaire. Harry m'a prescrit des antihistaminiques et m'a examinée.

— Il t'a *examinée* ? dit Chloe d'une voix aiguë.

Esther lui décocha un coup de coude.

— Ne te fais pas d'idées. J'étais dans un sale état et, en raison de cette allergie, je devais rester sous surveillance. Harry a proposé de me raccompagner mais je me suis endormie dans sa voiture. À mon réveil, j'étais chez lui.

— Où habite-t-il ? demanda Carly.

— Dans une maison de Belgravia.

Ses deux amies soupirèrent en chœur.

— Après tout, il est duc, remarqua Chloe.

— Alors, tu as passé toute la nuit *seule* ? demanda Carly, visiblement déçue.

— Oui, répondit fermement Esther. Seule.

— Et la scène de débauche devant chez toi hier ? demanda Chloe en tartinant généreusement un scone de confiture.

Esther tritura sa queue-de-cheval.

— Ah ! ça...

— Oui, *ça*. Viens-en au fait, on n'a pas toute la journée.

Incapable de soutenir le regard inquisiteur de ses amies, Esther beurra son scone.

— Eh bien... Il m'a préparé le petit déjeuner le matin.

— Au lit ? demanda Carly.

— Non, à la cuisine. Après avoir pris une douche, je suis allée lui demander de me prêter des vêtements de rechange. Nous sommes entrés dans son dressing, et à ce moment-là...

— À ce moment-là, *quoi* ? la pressa Carly.

Esther poussa un soupir.

— Nos mains se sont touchées pendant qu'il me passait des vêtements et... Eh bien, il s'est passé un truc.

— *Un truc* ? s'écrièrent ses amies à l'unisson.

Elle ne pouvait pas leur raconter le reste. Ni leur dire ce qu'il lui avait confié. C'était personnel.

— Oui. Vous savez comment c'est quand on rencontre quelqu'un et que soudain on a cette sensation... Et il m'a embrassée.

— Et ?

— Et je lui ai peut-être rendu son baiser, admit-elle.

— Une minute, dit Chloe. Tu échanges maintenant des baisers avec ce type arrogant que tu prétendais détester il y a trois jours ?

— Hum...

— Et ensuite, il t'a raccompagnée et embrassée devant chez toi ? demanda Carly.

Tout en hochant la tête, Esther mordit dans son scone, pressée de mettre fin à cet interrogatoire en règle.

Tout sourire, ses amies échangèrent un regard entendu.

— Tu parles d'un retournement de situation !

— Alors, on doit te faire la révérence ? conclut Carly avec malice.

— Oh ! arrêtez, toutes les deux ! J'ignore ce qui va se passer maintenant, si toutefois il se passe quelque chose. Harry est juste de passage. Il ne m'a même pas demandé mon numéro de téléphone. Il a juste dit qu'il me verrait au travail.

Tout en parlant, elle se rendit compte qu'elle s'était probablement fait des illusions à propos de cette histoire.

Un lourd silence s'installa.

— Eh bien, ça ne veut rien dire, déclara finalement Chloe avec désinvolture. Il attend peut-être de voir comment tu vas réagir.

— C'est ça, s'empressa de renchérir Carly. Il attend que tu prennes l'initiative !

— Ou alors, je ne l'intéresse pas tant que ça, dit Esther en se levant. Je vous laisse, ma pause est terminée.

Tandis qu'elle quittait la cafétéria, Esther ignora les regards braqués sur elle. Tout l'hôpital devait savoir qu'elle avait embrassé Harry Beaumont, les potins se répandant plus vite qu'une maladie infectieuse dans cet espace clos.

Les prochains jours, elle devrait faire profil bas. Avec un peu de chance, les curieux trouveraient vite une nouvelle victime à se mettre sous la dent.

7

Harry remarqua immédiatement l'atmosphère étrange qui régnait aux soins intensifs néonatals. L'état de Billy progressait favorablement, et deux jours plus tôt l'opération du petit Jude s'était bien passée. Il avait envisagé de demander à la surveillante du service de confier les deux bébés à Esther pour simplifier le travail, mais c'était peut-être présomptueux. Oona ne semblait pas apprécier qu'on lui dise comment gérer son personnel.

Il se dirigea vers Francesca, qui examinait le nourrisson qui serait opéré le lendemain.

— Qu'est-ce qui se passe ici ? murmura-t-il.

Elle rit doucement.

— Tu ne le sais pas ? Toi et une certaine sage-femme suscitez beaucoup d'intérêt. Il semblerait que tu te sois montré affectueux envers notre fougueuse collègue.

— Oh non ! d'où ça sort ?

Il détestait être l'objet de ragots au travail et avait appris à ne pas prêter le flanc aux potins. Jusqu'à aujourd'hui.

— On me l'a dit aux urgences. J'en déduis que c'est vrai.

— Peut-être, répondit-il laconiquement.

Elle lui tapota le bras avec un grand sourire.

— C'est bon, les relations, Harry.

Agacé, il alla rejoindre Esther pour examiner Billy. Il ouvrit la bouche, mais elle lui imposa le silence.

— Donnez-moi une minute.

Surpris, il attendit près de la couveuse de Billy pendant qu'elle allait frapper à la porte du cabinet de toilette.

— Jill, vous allez bien ?

Elle répéta sa question d'une voix plus forte, sans se soucier d'attirer l'attention.

N'obtenant pas de réponse, elle sortit une pièce de sa poche, s'en servit pour déverrouiller la porte, et passa la tête à l'intérieur.

— Urgence ! hurla-t-elle en se glissant dans la pièce.

Tout le personnel se mit en branle. Harry se précipita, jeta un coup d'œil dans le cabinet de toilette, et vit Esther accroupie près de Jill. La patiente s'était évanouie derrière la porte et gisait dans une mare de sang.

— J'ai besoin d'un chariot, dit Esther.

— Possible hémorragie post-partum ! cria-t-il au personnel. On peut avoir un brancard ?

Esther déplaça Jill qui bloquait la porte, et Harry se faufila dans la minuscule pièce, muni du matériel.

— Elle a un pouls ? demanda-t-il.

Sa spécialité était les nourrissons, mais il avait souvent dû faire face à des urgences obstétriques et soigner leurs mères.

La sirène d'urgence se mit à hurler.

Esther leva vers lui son visage blême.

— Je le sens à peine, répondit-elle, palpant le cou de Jill.

Le volume de sang répandu sur le sol était impressionnant, et il y avait de nombreux caillots. Visiblement, Jill avait eu un malaise en allant aux toilettes.

— Comment avez-vous compris ? demanda-t-il à Esther.

— Je l'ai trouvée pâlotte quand elle a dit qu'elle allait aux toilettes.

Harry avait déjà posé une voie centrale à la patiente, et Esther entreprit d'installer la perfusion de Gelofusine destinée à compenser l'importante perte sanguine.

Francesca apparut à la porte et leur tendit un ballon et un masque que Harry mit à Jill, en détresse respiratoire.

— Perfusion en place ! cria Esther quelques instants plus tard.

Déjà, elle se redressait en tenant la poche d'où s'écoulait goutte à goutte le médicament.

Une sage-femme glissa le buste dans la pièce exiguë pour poser un tensiomètre à Jill. Deux secondes après, Francesca revenait avec des gants qu'elle lança à Esther et Harry.

— Chariot arrivé ! cria quelqu'un.

Robin, un brancardier, se faufila par l'ouverture de la porte. Il portait une tenue de bloc et des gants jetables. Avant que Harry ait pu changer de position pour l'aider, il se pencha et souleva Jill dans ses bras. Bientôt, il étendit la patiente sur le chariot, autour duquel sept autres personnes se tenaient prêtes à intervenir. Une sage-femme prit la poche de perfusion des mains d'Esther pendant que Francesca saisissait le ballon et le masque à oxygène pour suivre le chariot que le brancardier poussa en toute hâte vers les urgences.

Harry regardait la mare de sang sur le sol quand Oona surgit.

— J'appelle l'agent d'entretien. Attendez ici, vous deux. Je vais vous chercher des tenues propres, puis vous irez vous doucher et vous changer. Vous ne pouvez pas vous promener dans les couloirs dans cet état.

Elle revint peu après et leur remit des tenues, avec un sac de blanchisserie.

— Je suis sûre que vous ne verrez pas d'inconvénient à vous changer l'un devant l'autre, dit-elle avec un sourire en coin.

Elle savait…

— Esther, je vous remplace auprès de vos patients. Je sais que vous voudrez prendre des nouvelles de Jill.

Esther et Harry se regardèrent en silence, choqués par ce qui venait de se passer.

Voyant les yeux embués d'Esther, il s'approcha et l'enveloppa de ses bras. Elle tremblait de tout son corps. Et il était aussi bouleversé qu'elle.

Les urgences étaient fréquentes dans un hôpital. Mais cela ne signifiait pas qu'elles n'impactaient pas le personnel.

Il savait que Jill était maintenant en bonnes mains, meilleures que les siennes. Lui n'était pas obstétricien, et la jeune mère allait certainement être conduite directement au bloc opératoire.

Il demeura immobile, les bras autour d'Esther qui sanglotait éperdument. Elle mit plusieurs minutes à se calmer.

— Pardon, murmura-t-elle finalement en s'essuyant les joues.

Pauvre Jill. Elle n'a personne, et Billy n'a qu'elle… Pourquoi n'a-t-on rien remarqué ? Pourquoi n'ai-je rien vu ?

Il posa une main apaisante sur son bras.

— Elle n'avait peut-être aucun symptôme, à moins qu'elle ait caché son état, de peur qu'on lui demande de quitter le chevet de Billy.

Baissant les yeux sur son pantalon ensanglanté, elle se dirigea vers la pile de tenues propres. Sans le regarder, elle retira sa tunique et la remplaça par un haut propre, puis enleva son pantalon. Elle mouilla des serviettes en papier sous le robinet et se lava grossièrement les jambes avant d'enfiler un bas propre. De son côté, Harry en fit autant, mais quand il vit l'état de ses chaussures, il les fourra dans le sac en plastique. Heureusement, il avait des souliers de rechange dans son vestiaire.

Quand ils sortirent du cabinet de toilette, le silence régnait au service des soins intensifs néonatals. Seul le bourdonnement des moniteurs était perceptible.

Machinalement les pas d'Esther la conduisirent à la couveuse de Billy.

— Je vais aller voir ta maman pour m'assurer qu'elle va bien, mon trésor, chuchota-t-elle au bébé.

Alarmé par son visage ravagé, Harry glissa le bras autour de ses épaules et l'entraîna.

— Allons d'abord prendre une douche. Je vous retrouve ensuite devant les vestiaires, et nous irons voir Jill ensemble.

Alors qu'ils remontaient le long couloir, plusieurs têtes se tournèrent vers eux, mais il laissa son bras sur ses épaules. Il se moquait du qu'en-dira-t-on.

Devant les vestiaires, Esther leva vers lui ses jolis yeux bleus.

— Merci, dit-elle d'une voix rauque avant de baisser la tête.

— Non, merci *à vous*, répondit-il, lui prenant le menton pour qu'elle le regarde à nouveau. Vous avez su d'instinct ce qui se passait et vous avez réagi. Jill aurait pu se vider de son sang.

Il appuya le front contre le sien.

— Ayez confiance, Esther. Nous l'avons trouvée à temps.

Elle chercha ses mains et les serra dans les siennes un moment.

— On se retrouve dans dix minutes, dit-il en s'écartant à regret.

— Dix minutes, répéta-t-elle en entrant dans le vestiaire des femmes.

Tout était sa faute, Esther en était persuadée. Elle était arrivée à l'hôpital la tête dans les nuages, et avait manqué de concentration.

Depuis l'admission de Billy, les examens postnatals de Jill étaient effectués chaque jour. Ce matin-là, la jeune mère ne s'était plainte d'aucune douleur ni d'inconfort. Ses saignements étaient normaux, et elle n'avait pas de fièvre. D'après sa fiche, son utérus se contractait bien. Que s'était-il passé ? En prenant sa garde, Esther avait trouvé Jill très pâle et, heureusement, son instinct l'avait poussée à réagir quand elle avait vu que la jeune mère s'attardait dans le cabinet de toilette.

Elle se frictionna la peau sous la douche, regardant l'eau rose devenir peu à peu limpide. Elle se douchait rarement à l'hôpital où les serviettes trop rêches râpaient la peau, et elle se sécha rapidement avant de passer une tenue propre.

Harry avait été bon avec elle. Très gentil. D'un grand soutien. Tout le monde les avait vus ensemble et supposait à tort qu'ils entretenaient une liaison. Devait-elle se réjouir ou s'attrister qu'ils se soient arrêtés à un chaste baiser ?

Elle n'aimait pas précipiter les choses dans une relation. Elle n'était pas sûre que Harry veuille aller plus loin avec elle et n'était même pas capable d'y voir clair dans ses propres sentiments. Ils étaient issus de milieux sociaux radicalement différents, et beaucoup de choses l'irritaient chez lui. L'argent facilite la vie. Et cette aisance suintait dans la voix, le maintien, la façon de s'habiller de Harry.

Esther était fière d'elle et de son éducation. Voulait-elle vraiment fréquenter un homme qui pouvait malgré lui la faire se sentir inférieure ? Elle n'avait pas besoin de ça.

En sortant du vestiaire, toutefois, elle fut immédiatement troublée par la vue de Harry, adossé au mur du couloir. Il avait remis sa blouse blanche et portait de nouvelles chaussures et une tenue propre. Son cœur bondit dans sa poitrine, clarifiant ses sentiments.

— Elle est en salle d'opération 5, dit-il vivement. Venez.

Ils attendirent près d'une heure que l'obstétricienne de Jill, le Dr Gillespie, sorte de la salle d'opération. Elle leur tendit la main, le visage grave.

— Merci à tous les deux. Ma patiente est encore là parce que vous avez réagi rapidement.

— Que s'est-il passé ? demanda Esther d'une voix rauque.

Le Dr Gillespie retira son calot.

— Une partie de son placenta n'avait pas été expulsée. J'ignore pourquoi elle n'a pas parlé de ses symptômes. J'ai bien cru qu'il faudrait lui faire une hystérectomie.

— Vous ne l'avez pas faite ?

— Non, Dieu merci. Mais elle aura besoin d'une surveillance étroite lors de ses futures grossesses.

Esther poussa un soupir de soulagement. Jill était vivante. En sécurité. Billy avait encore sa maman.

Le Dr Gillespie les salua avant de retourner au bloc.

— Il faut que je prévienne le personnel des soins intensifs néonatals, dit Esther.

— Bien sûr. Allez-y.

Elle sourit et, se hissant sur la pointe des pieds, l'embrassa sur la joue.

— Merci, Harry.

Quelqu'un toussota en passant près d'eux.

À son tour, Harry sourit.

— Donnons-leur de quoi cancaner, dit-il en l'attirant à lui.

8

Esther fixa quelques secondes l'enveloppe qu'on avait glissée sous sa porte. Elle bavardait avec sa mère au téléphone tout en grillant des toasts, quand la lettre avait attiré son attention.

Elle passa les doigts sur le papier de qualité. C'était sûrement une erreur. Pourtant son nom figurait bien au recto. Il n'y avait pas d'adresse. Juste son nom en lettres élégantes. *Mme Esther McDonald.*

Intriguée, elle décacheta l'enveloppe et en sortit un épais carton d'invitation.

> *Lord et lady Brackenridge ont le plaisir de convier le duc de Montrose et son invitée au gala de la fondation caritative Avistock à Eglinton Hall.*

Un post-it en forme de dinosaure était collé sur l'invitation, et elle reconnut l'écriture de Harry.

> Voulez-vous m'accompagner ? Cette soirée est donnée chaque année au profit d'enfants défavorisés, et je ne veux pas les décevoir en n'y assistant pas. Harry.

Esther se laissa choir sur le canapé, prise d'un fou rire inextinguible. Un gala ? Elle ? Harry était-il fou ?

Elle tourna et retourna le carton entre ses doigts. Il avait dû revenir le glisser sous sa porte la veille. Pourquoi n'avait-il pas frappé ? Pourquoi ne lui avait-il rien dit à l'hôpital ?

Esther ne savait pas trop où ils en étaient. Tout l'hôpital était maintenant persuadé qu'ils couchaient ensemble. Jamais elle n'était sortie avec un collègue. C'était une situation inédite et déroutante.

Elle caressa l'élégant carton. Un gala. Depuis quand une fille issue d'un des coins les plus défavorisés d'Écosse était-elle invitée à aller au bal avec un duc ?

Voilà qu'elle souriait comme une idiote, à présent. Peu importe que ce soit ridicule. Peu importe que cette invitation mette en évidence l'abîme social qui les séparait. Pour un soir, ce serait plaisant de se glisser dans la peau d'une autre. Sa tenue pouvait être un problème, car elle n'avait rien de convenable dans son dressing et n'avait assurément pas les moyens de s'offrir une robe du soir. Mais les amies servent à ça, non ?

Sans prendre le temps de réfléchir, elle envoya un SMS à Carly et Chloe.

Les filles, je suis invitée à un gala de bienfaisance. Vous connaissez ma garde-robe. Mon costume de princesse Leia et mon pantalon doré sexy ne feront pas l'affaire. L'une de vous a une tenue à me prêter ?

Immédiatement, Chloe lui envoya une série d'émoticônes rieuses suivies d'une suite de points d'interrogation. Mais la réponse de Carly accéléra les battements de son cœur.

J'ai exactement ce qu'il te faut. Une robe du soir pailletée bleu marine. Te la déposerai aux SIN dans la journée.

Esther réprima un cri de triomphe. Elles avaient à peu près la même taille, et la robe lui irait assurément.

Parfait. Maintenant que ce détail était réglé, elle devait se soucier du reste. Notamment de ce qu'elle allait ressentir en jouant les Cendrillon d'un soir…

Harry n'était pas certain d'adopter le comportement adéquat dans cette situation nouvelle pour lui.

Tout l'hôpital le croyait en couple avec Esther. Or, cela ne l'ennuyait pas particulièrement, dans la mesure où il n'était que de passage.

Il avait souvent entendu dire qu'il ne fallait pas mêler travail et plaisir. Mais au fil des ans, il avait connu pas mal de collaborateurs qui entretenaient des liaisons avec des collègues de travail. Certaines sérieuses, d'autres non.

En recevant l'invitation, il avait immédiatement songé à Esther. Il s'était rendu chez elle, avait joint un message au carton et l'avait glissé sous sa porte. Et le lendemain, aux soins intensifs néonatals, elle lui avait dit en souriant qu'elle serait ravie de l'accompagner à la soirée.

Il n'avait pas réfléchi. Il n'avait pas pensé qu'assister à ce gala priverait Esther des heures supplémentaires dont elle avait besoin, la contraignant en outre à s'acheter une tenue de soirée qu'elle n'avait probablement pas. Il aurait aimé lui offrir une robe du soir, mais craignait qu'elle se sente insultée.

Devant son immeuble, il tira sur les manches de sa veste de smoking, verrouilla sa voiture, et descendit les marches sombres menant à l'entresol. Il eut à peine le temps de frapper qu'Esther ouvrit la porte, un grand sourire aux lèvres.

Un parfum de fleur d'oranger flotta jusqu'à lui.

Derrière elle, la pièce était petite mais ordonnée. Sur le sol en stratifié, un grand canapé moelleux rouge faisait face à une table basse trônant sur un tapis de couleurs vives. Une kitchenette immaculée occupait le mur du fond.

Il y avait des photos de famille un peu partout. Sur le manteau de la cheminée, sur les murs, sur les tables. On y voyait des personnes joyeuses qui s'enlaçaient en souriant à l'objectif.

Son cœur se serra. Ses parents ne s'étaient pas comportés ainsi, et il n'avait jamais connu ces élans de tendresse.

Un instant, il envia cette existence simple et chaleureuse, puis s'empressa de chasser cette pensée.

Il revint à Esther, et un « waouh ! » admiratif lui échappa.

Elle portait une robe longue bleu marine. Les épaules et les mancherons étaient en voile parsemé de paillettes, le bustier ruché soulignait sa taille fine, et le tissu vaporeux de la jupe effleurait ses pieds en bruissant au moindre mouvement. Sa chevelure brune relevée en chignon d'où s'échappaient quelques mèches rebelles accentuait le bleu intense de ses yeux fixés sur lui. L'effet était saisissant.

Esther rayonnait. Elle irradiait d'une lumière dont elle n'avait visiblement pas conscience.

— Vous n'êtes pas mal non plus, dit-elle. Je n'ai pas tous les jours l'occasion de vous voir en smoking.

Il la contempla sans retenue. Les hôpitaux sont des lieux étranges où l'on croise les mêmes personnes dans les mêmes tenues sans avoir jamais le temps de les observer vraiment.

Ce soir, il remarquait tout. La brillance des cheveux d'Esther. La souplesse de sa longue jupe vaporeuse. Le tissu soyeux qui épousait ses formes. Il la découvrait avec un regard neuf.

— Je ne le porte pas au quotidien, heureusement, répondit-il en tirant sur son col. C'est une occasion spéciale, ce soir.

— Oui, murmura-t-elle avec timidité.

Pendant un instant, il souhaita que le temps s'arrête. Pour qu'il puisse contempler Esther tout son soûl. Comme il aurait voulu oublier le gala, fermer la porte derrière lui et l'embrasser à perdre haleine...

Son titre avait toujours été lourd à porter. Pourtant ce soir, en conduisant Esther au bal, il accomplissait son devoir de duc avec plaisir.

Leur rencontre avait été houleuse, mais il appréciait chaque jour davantage la compagnie de la jeune femme. En fait, il était même impatient de passer ces quelques heures avec elle. À son insu, Esther lui faisait ressentir des émotions nouvelles.

— Prête ? demanda-t-il. Votre carrosse vous attend.

Quelques minutes plus tard, ils traversaient Londres en direction d'Eglinton Hall.

— Parlez-moi de lord et lady Brackenridge, dit-elle, confortablement adossée à son siège. Et de ce gala.

— Je les connais depuis l'enfance. Leurs deux filles sont un peu plus jeunes que moi. Ils avaient un fils, Gavin, mort d'un cancer quand nous étions adolescents. Ils ont organisé leur premier gala de bienfaisance quelques années après son décès. Ils choisissent chaque année de soutenir une nouvelle œuvre caritative au profit d'enfants, et je les ai toujours suivis. À l'origine, l'invitation était destinée à mes parents, mais c'est moi qui y réponds depuis dix ans.

— Vous n'avez pas de frères et sœurs ?

— Non. J'ai été un désagrément suffisant pour eux.

— Que voulez-vous dire ? demanda-t-elle, surprise.

Il se reprocha son commentaire. Mais il était trop tard.

— Ils n'étaient pas vraiment faits pour avoir des enfants.

— Pourquoi ?

Il haussa les épaules.

— Ils m'ont eu par devoir, essentiellement.

Elle garda le silence un moment.

— J'avoue ne pas bien comprendre.

Il se fraya un chemin dans la circulation dense, les mains crispées sur le volant.

— Le titre de duc se transmet de père en fils. Mes parents ont veillé à ce qu'il soit transmis aux générations futures, voilà tout.

Du coin de l'œil, il la vit froncer le nez.

— Et s'ils avaient eu une fille ?

Il rit doucement.

— Ils l'auraient probablement méprisée et auraient cherché à engendrer un héritier mâle. Heureusement pour tout le monde, ce n'est pas arrivé. Ma mère n'a supporté qu'une grossesse, et quand je suis né elle a décidé que ça ne se reproduirait plus.

— On se croirait au Moyen Âge...

Harry acquiesça.

— Dans ma famille, les enfants étaient faits pour être vus, pas entendus. J'ai eu une nourrice jusqu'à mes cinq ans. Puis j'ai passé mon temps en pension – souvent même pendant les vacances – et ensuite à l'université.

— Je n'arrive pas à concevoir une vie pareille. Oh ! pardon, je ne voulais pas...

Il posa la main sur sa jambe.

— Tout va bien, Esther. C'est ainsi. J'avais un toit au-dessus de la tête et j'étais bien nourri. Beaucoup d'enfants n'ont pas cette chance. Pour ce qui est de lord et lady Brackenridge, ce sont les seuls adultes à m'avoir témoigné de l'affection quand j'étais petit. Évidemment, j'ignorais alors qu'ils voulaient me caser avec une de leurs filles.

— Votre vie a tout d'une série télé, observa-t-elle, sidérée.

— Oui... Je suis le héros ou le méchant ?

Elle couvrit sa main de la sienne.

— Vous êtes le héros, dit-elle, les yeux pétillants. Mais je vous remonterai les bretelles si vous faites un écart.

Il éclata de rire.

— Ne vous inquiétez pas. Ce sont des gens très bien. Ils ont vite compris que je n'étais pas l'homme qu'il fallait à Penelope ou Priscilla.

— Penelope et Priscilla ? Elles s'appellent vraiment comme ça ? remarqua-t-elle avec incrédulité.

— Mais oui. Elles faisaient partie de ma bande d'amis, mais je ne les ai pas vues depuis un moment. Priscilla est avocate et, aux dernières nouvelles, elle sortait avec un riche homme d'affaires. Quant à Penelope, elle s'est fiancée trois ou quatre fois, chaque bague se révélant plus grosse que la précédente. Je crois qu'elle fréquente un acteur actuellement.

— C'est donc ainsi que vit l'autre moitié du monde, nota-t-elle, abasourdie.

Il pressa sa main.

— Rassurez-vous, vous devriez vous amuser ce soir.

Était-ce Esther ou lui-même qu'il cherchait à tranquilliser ? Peut-être avait-il commis une erreur en l'invitant.

Certes, la sage-femme grincheuse s'était métamorphosée en princesse de conte de fées pour un soir, mais il la sentait nerveuse. L'avait-il mise mal à l'aise en évoquant ses rapports difficiles avec ses parents ? Elle adorait sa mère et pouvait ne pas avoir apprécié sa franchise.

Il avait tout fait pour oublier cette partie de sa vie. Pourtant son héritage était toujours là, son titre le lui rappelait chaque jour. Quoi qu'il en soit, il préférait se présenter comme Harry Beaumont, chirurgien, que comme Harry Beaumont, duc de Montrose.

En engageant sa voiture dans l'allée d'Eglinton Hall, il avait déjà décidé qu'ils ne resteraient que le temps nécessaire. S'il le fallait, il prétexterait une urgence pour pouvoir s'éclipser.

— Il y a beaucoup de monde, murmura Esther.

Ils rejoignirent la file de luxueuses voitures qui s'arrêtaient devant l'entrée. Des valets en livrée ouvraient les portières des invités, avant d'aller garer les véhicules.

Quand vint leur tour, Harry adressa à sa compagne un sourire, puis lui offrit son bras pour monter les marches du perron.

Ils allaient passer une bonne soirée. Il y veillerait.

Cendrillon était allée au bal dans un carrosse tiré par des chevaux, et Esther arrivait en Aston Martin. Question d'époque.

La robe de Carly était une pure merveille. Ramassant la jupe dans une main, Esther monta l'escalier au bras de Harry, puis ils pénétrèrent dans un gigantesque hall de réception.

La demeure était magnifique avec ses impressionnants murs de pierre sable, ses élégantes fenêtres et ses quatre tours d'angle. C'était un superbe manoir comme en possèdent les gens de la haute société, aussi vaste que le musée de Glasgow qu'Esther avait visité avec son école étant enfant.

Qui pouvait habiter un tel lieu ?

Le sol de l'immense hall constitué de minuscules carreaux noirs et blancs avait l'aspect du marbre. Malgré les boiseries sombres qui recouvraient les murs, l'endroit donnait une impression de clarté et d'espace, brillamment éclairé par un impressionnant lustre en cristal.

À l'entrée d'une salle sur la droite, des serveurs portaient des plateaux d'argent garnis de flûtes. Harry salua quelques personnes, nullement impressionné par le cadre grandiose. Il entraîna Esther vers la salle de réception où les invités bavardaient à voix basse en dégustant du champagne.

Elle bénit Carly. Sa robe avait probablement coûté moins cher que celles des dames présentes, mais Esther ne détonnait pas parmi elles. La plupart portaient des robes longues. Certaines de toute beauté. Quelques-unes audacieuses. D'autres un peu étranges.

Presque tous les hommes étaient en smoking. Aucun n'était aussi beau que Harry, comme en attestaient les regards féminins posés sur lui. Mais il avait glissé un bras autour de sa taille en entrant et ne la lâchait plus. Et elle était infiniment troublée par ce contact.

— Harry ! s'écria une voix grave.

Un homme de haute taille s'approchait, la main tendue, et Harry la serra vigoureusement.

— Je suis ravi que tu sois venu. Tu pourras toujours m'aider à me cacher quand j'en aurai marre, ajouta le nouveau venu avec malice.

Harry sourit.

— Lord Brackenridge – David – permettez-moi de vous présenter mon amie Esther McDonald.

L'homme mûr serra cordialement la main d'Esther.

— C'est un plaisir. Les amis de Harry sont toujours les bienvenus. Sabrina, Harry est là, dit-il à la femme qui se trouvait derrière eux.

Leur hôtesse portait un fourreau de satin noir, et un élégant chignon retenait ses cheveux gris sur sa nuque. S'approchant avec grâce, elle étreignit affectueusement Harry, qui l'embrassa en retour.

— C'est bon de te revoir, Harry.

L'affection de Harry pour le couple était évidente, et Esther se réjouit qu'il ait pu recevoir d'eux ce dont ses propres parents l'avaient privé.

Lady Brackenridge n'était pas seulement élégante, elle possédait un charme suranné qui ajoutait encore à sa grâce. Elle posa des questions à Esther sur son travail et parut sincèrement intéressée par ses réponses.

— Je suis heureuse que Harry ait amené une amie, lui murmura-t-elle à l'oreille.

— Merci de m'accueillir. Harry m'a dit que vous organisiez le gala chaque année en mémoire de votre fils. J'ai été navrée d'apprendre ce qui lui était arrivé.

La vieille dame lui pressa doucement le bras.

— C'était il y a longtemps. Mais Gavin me manque tous les jours... Harry et lui étaient très amis. J'ai toujours veillé sur Harry, dit-elle avec tendresse.

— Il semble très attaché à vous. Il m'a parlé de ses relations difficiles avec son père.

— Vraiment ? commenta Lady Brackenridge, un peu surprise. Il a bien fait... Harry ne ressemble en rien à son père. Ni à sa mère d'ailleurs. J'ai toujours espéré que Harry et son père se rapprocheraient avant la mort du duc, mais hélas… La vieillesse n'a fait qu'aggraver son irascibilité irrationnelle, et le pauvre Harry en a fait les frais.

Elle se pencha vers Esther et posa la main sur sa joue.

— Peut-être apporterez-vous à Harry la joie à laquelle il aspire depuis toujours, mon enfant…

Le cœur d'Esther se serra. Elle était touchée par la gentillesse de la vieille dame, mais craignait qu'on attende trop d'elle.

La priant de l'excuser, son hôtesse se détourna pour accueillir un invité, tandis qu'une annonce se faisait entendre.

— Mesdames et messieurs, vous êtes aimablement priés de prendre vos places à table pour la suite de la soirée.

Harry apparut comme par magie et lui offrit son bras. Elle était en train de digérer les paroles de lady Brackenridge et se sentait prise de panique. Tout cela était temporaire. Elle était là pour s'amuser. Elle glissa le bras sous celui de Harry, et ils franchirent la double porte avec la foule des invités.

La salle grandiose était décorée dans les tons blanc et or. Une vingtaine de chaises dorées entouraient chaque grande table nappée de damas blanc. Harry donna leurs noms, et on leur communiqua leur numéro de table. Prenant sa place, Esther prit le carton posé devant eux.

Un programme pour des enchères… Bien sûr. C'était une vente de charité au profit d'une œuvre venant en aide à des enfants défavorisés.

On allait mettre aux enchères les articles listés sur le programme, de très beaux lots. Une tournée shopping dans un luxueux magasin londonien. Quatre billets pour la très populaire finale de la coupe d'Angleterre de football. Quatre entrées et quatre billets d'avion pour assister à la finale de la coupe d'Europe de football. Une loge pour un spectacle new-yorkais à l'affiche depuis des années dont les billets se vendaient à prix d'or. Des billets VIP pour le concert d'une des plus grandes pop stars du moment. Entre autres.

La bouche sèche, Esther vida d'un trait sa flûte de champagne. Un serveur apportait les hors-d'œuvre, et elle dissimula un sourire devant la taille microscopique du contenu des assiettes.

Harry se pencha vers elle, frôlant sa joue.

— Pourquoi souriez-vous ?

Il était si proche qu'elle aurait pu compter ses cils et les éclats dorés de ses prunelles fauves.

— Je me disais que si un type servait ça dans un pub en Écosse, on lui couperait la tête.

Il rit doucement.

— J'adore vos expressions loufoques.

— J'en ai encore en réserve, dit-elle avec un clin d'œil.

— Et je veux toutes les entendre, chuchota-t-il en se rapprochant.

— Harry ! s'exclama une voix derrière eux, les faisant sursauter.

Il se racla la gorge.

— Penelope ! Je suis content de te voir.

Une superbe blonde aux cheveux ramassés sur une épaule et moulée dans une robe rouge cerise s'assit de l'autre côté de Harry. Elle se jeta à son cou et l'embrassa sur les joues – juste un peu trop près de la bouche – laissant la trace de son rouge à lèvres sur sa peau comme pour y apposer sa marque. Esther se raidit sur sa chaise, tandis qu'une bouffée de parfum capiteux hors de prix flottait jusqu'à elle.

Harry étreignit la jeune femme avec un enthousiasme plus mitigé et s'adossa à sa chaise, permettant à Esther de mieux voir sa voisine qui était une beauté.

— Penelope, je te présente une amie, Esther McDonald, qui m'accompagne ce soir.

Penelope passa le bras devant Harry pour tendre à Esther une main parfaitement manucurée aux ongles rouge cerise.

— Ravie de vous connaître, Esther, dit-elle, rayonnante.

Esther lui serra la main plus mollement qu'elle ne l'aurait voulu. Comme Penelope jetait un coup d'œil à ses ongles courts d'infirmière, elle regretta de ne pas les avoir vernis avant de sortir.

Penelope se pencha, un bras autour du cou de Harry.

— Comment vous êtes-vous rencontrés, tous les deux ?

Quelle voix ! Exquise. Sucrée comme du sirop. Aux intonations harmonieuses. Esther avait conscience de son fort accent écossais qui l'avait souvent aidée à remettre des ivrognes à leur place aux urgences. Et elle en était fière.

Mais ce soir ? Elle se sentait fruste. Grossière.

Elle s'efforça de bien articuler en maîtrisant son accent.

— Nous nous sommes connus au travail, répondit-elle, ignorant le regard que lui lançait Harry. Je suis sage-femme aux soins intensifs néonatals.

Penelope battit des cils.

— Où ça ?

— Un service de prématurés.

Penelope frappa la poitrine de Harry… et y laissa la main.

— Oh ! bien sûr ! Suis-je sotte.

Son regard alla de l'un à l'autre, et son sourire s'élargit.

— Alors vous vous êtes rencontrés au boulot. Trop chou.

Harry s'agita sur sa chaise. Esther réalisa soudain qu'il l'avait présentée à Penelope et à ses parents comme une « amie ». Une qualification neutre. Sans importance.

Tous deux n'avaient même pas encore parlé de leur relation, et elle se sentait blessée.

Elle se donnait un mal fou pour ne pas réagir à l'attitude possessive de Penelope envers Harry. La jeune femme prenait un malin plaisir à montrer comme elle était à l'aise avec lui.

La belle blonde leva la main, et un serveur accourut.

— Mon poison habituel, lui commanda-t-elle. Et pour Harry aussi. Choisissez le vôtre, Esther.

Sur une impulsion, Esther nomma un vin tonique très connu en Écosse, persuadée qu'on ne trouverait pas cette boisson vulgaire dans un endroit aussi chic.

Était-ce parce qu'elle ne se sentait pas à sa place et voulait montrer qu'elle ne comptait pas se plier à leurs règles ? Elle n'aimait même pas ce vin et n'en avait pas bu depuis l'adolescence. Mais elle avait besoin de sortir ses griffes.

Penelope papillonna des cils en souriant.

— Jamais entendu parler.

Elle donna le nom au serveur qui s'empressa de disparaître.

Un homme en smoking monta sur le podium au fond de la salle pour annoncer le début des enchères. Penelope regarda Esther, tout excitée.

— Sur quoi voulez-vous enchérir ?

Esther ravala son irritation. Elle savait que Penelope ne voulait pas la mettre mal à l'aise. Elle n'était pas méchante. Peut-être croyait-elle juste que tous les invités étaient aussi fortunés qu'elle. Mais Esther lui avait dit qu'elle travaillait avec Harry. Pensait-elle vraiment qu'une employée des services de santé avait de l'argent à dépenser à un gala de charité ?

En voyant les enchères grimper pour atteindre des sommets, Esther prit rapidement conscience qu'il fallait avoir le cœur bien accroché pour y participer.

Elle se sentait oppressée, comme si les murs de la salle se refermaient sur elle. Le serveur reparut avec leur commande. Il sourit à Esther et posa un grand verre devant elle.

— On n'a pas de vin des moines, dit-il avec un accent écossais trahissant ses origines, manifestement au fait que le vin commandé était fabriqué par des religieux. Alors je vous ai apporté l'autre boisson préférée de nos compatriotes.

Assaillie par les souvenirs, Esther éclata de rire en voyant le liquide bleu couronné de rouge. Elle n'avait jamais été une grande buveuse, mais cette boisson évoquait les salles des fêtes défraîchies et les joyeuses soirées d'été de son adolescence.

— Qu'est-ce que c'est ? demanda Harry, penché vers elle.

— Un peu de mon passé…

Elle but une gorgée et grimaça.

— Qu'est-ce qu'il y a dedans ?

— De la vodka et du porto. Goûtez.

Il s'exécuta et fronça le nez.

— Ça a goût de…

Esther cita une célèbre boisson gazeuse aux fruits.

— C'est ça, dit-il en levant les mains.

— Harry Beaumont, merci pour votre enchère !

Esther pâlit, tandis que Penelope pouffait, la main sur le bras de Harry.

— Imbécile. Tu sais ce que tu viens de gagner ?

Il s'adossa à sa chaise, détendu, bien qu'un peu surpris.

Penelope consulta son programme.

— Un séjour de deux jours dans un cottage en Écosse !

Harry haussa les épaules.

— J'ai offert combien ?

— Vingt mille.

— Oh ! ça va ! dit-il, impassible.

— *Ça va* ?

Toutes les têtes se tournèrent vers Esther, interloquée. Harry venait de dépenser vingt mille livres par erreur, et cela ne semblait pas le troubler le moins du monde ! À combien se chiffrait donc sa fortune ?

Cette pensée lui procura un sentiment de malaise.

Penelope lui adressa un sourire rassurant.

— Pas de souci. C'est de l'argent de poche pour lui.

Pétrifiée, Esther s'adossa à sa chaise, compatissant de tout son cœur avec la pauvre Cendrillon. Elle se sentait coincée dans un nouveau genre de conte de fées un peu pervers.

Elle suivit les enchères dans une sorte de brouillard.

L'argent était tout pour elle, dans un sens bassement matérialiste. Elle comptait chaque sou. Il le fallait, pour aider sa mère. Cinq jours sur sept, elle apportait son déjeuner au travail, et ne s'autorisait un café au bord de la Tamise que deux fois par semaine. Elle ne se rappelait pas à quand remontait son dernier achat de vêtement. Pourquoi s'en offrir de nouveaux alors qu'elle avait de quoi se vêtir dans son placard ?

Elle songea à sa vie en Écosse, si différente de *ça*. Cet endroit n'était que de la poudre aux yeux. Échangerait-elle ses parents et sa modeste maison en Écosse contre une vie sans amour comme celle de Harry ? Jamais.

Elle respira lentement, en apparence imperturbable. Harry enlaçait ses doigts, et elle aimait les petits frissons qui la parcouraient.

Il ne fallait pas. Harry et elle n'avaient rien en commun.

Elle le regarda bavarder avec la splendide Penelope. Celle-ci s'efforçait gentiment d'inclure Esther dans leur conversation. Mais ils parlaient de relations communes qui ne graviteraient jamais dans les mêmes cercles qu'elle.

Plus elle les observait, plus elle sentait se creuser le fossé qui la séparait de Harry. Penelope lui convenait mieux. Elle était belle, intelligente, adaptée à son mode de vie.

Pas comme Esther, avec ses heures supplémentaires et son appartement miteux.

Elle avait beau être assise à cette table de gala dans la jolie robe de Carly, sa fragile assurance l'abandonnait.

Les enchères s'achevèrent. Les invités se levèrent pendant qu'on déplaçait les tables, et un orchestre entra par une porte latérale. De la musique s'éleva, et les serveurs commencèrent à circuler parmi les convives avec des plateaux de boissons.

Harry voulut lui prendre un verre, mais Esther refusa.

— Non merci. Je veux garder l'esprit clair pour demain.

— Vous travaillez encore ?

— Juste mon service normal aux SIN, acquiesça-t-elle. J'ai hâte de retrouver mes bébés et de voir Jill.

La musique changea, et il lui tendit la main.

— Vous dansez ?

— La techno ou la *ceilidh* des Highlands ? demanda-t-elle d'un air effronté.

— Je pensais à quelque chose de plus lent, dit-il, l'attirant à lui pour l'entraîner dans un slow langoureux.

La raison d'Esther avait beau lui répéter qu'ils n'étaient pas assortis, son cœur n'écoutait pas et battait follement au contact du corps de Harry.

Glissant la main vers la peau nue de son cou, il écarta quelques cheveux échappés de son chignon d'un geste doux comme le frôlement d'une aile de papillon.

Il sourit, rien que pour elle.

— Ça va ?

Mille réponses lui vinrent à l'esprit. Mais elle le savait vulnérable depuis qu'il avait évoqué ses parents dans la voiture, et elle ne voulait pas l'accabler.

— Je suis juste confrontée à un mode de vie qui m'est inconnu, répliqua-t-elle d'un ton désinvolte.

Il fronça les sourcils en se mouvant lentement au rythme de la musique.

— Vous n'êtes pas bien ? Vous voulez partir ?

Son regard fit le tour de la salle et s'arrêta sur le bar où Penelope dégustait du vin en bavardant avec quelqu'un.

Esther se raidit. Ce fut plus fort qu'elle. Était-il lassé de sa présence ? Voulait-il retrouver la compagnie de ses pairs ?

— Vous voulez que je m'en aille ? murmura-t-elle.

Il s'immobilisa et la dévisagea.

— Non. Pourquoi dites-vous ça ?

— Je… Je…

Les mots s'étranglèrent dans sa gorge. Elle était en train de tout gâcher.

La main sur sa nuque, il approcha son visage du sien, la bouche à quelques centimètres de la sienne.

— Esther, je suis désolé si je vous ai mise mal à l'aise. J'ai pensé que vous vous amuseriez à cette soirée. Je n'ai pas réfléchi, j'aurais peut-être dû…

Elle posa un doigt sur ses lèvres pour lui imposer le silence.

— Ce n'est pas votre faute, Harry. Nous sommes juste différents. Nous menons des vies différentes, venons de milieux différents.

— Les contraires s'attirent, dit-il, les yeux dans les siens.

Elle sourit malgré elle.

— Quelqu'un m'a déjà dit ça.

Il s'inclina pour l'embrasser.

— Alors faites-lui confiance. Je crois savoir qui c'est. Un type bien. Je crois qu'il voudrait vous emmener dîner.

Elle mourait d'envie de nouer les bras autour de son cou pour l'embrasser fiévreusement, mais c'était déplacé parmi ces centaines d'invités triés sur le volet.

— C'est vrai ? demanda-t-elle en s'écartant.

— Absolument.

Il lui prit la main et, jouant des coudes, traversa la salle pour l'emmener dehors. Sortant son téléphone de sa poche, il passa un appel et, quelques instants plus tard, sa voiture s'immobilisait devant eux. Il lui ouvrit la portière.

— Où allons-nous, Harry ? demanda-t-elle, bouclant sa ceinture.

— Là où j'aurais dû vous emmener plus tôt.

Elle tourna la tête pour voir le magnifique manoir disparaître à leur vue.

— Et vos amis ?

Il stoppa la voiture sur le bas-côté et la regarda.

— C'est vous qui m'intéressez.

Elle ne sut que répondre. La circulation était plus fluide à cette heure tardive, et ils traversèrent Londres sans encombre avant de se garer dans une rue qu'elle ne connaissait pas.

Descendant de voiture, il lui tint la portière et se pencha pour soulever légèrement le bas de sa robe.

— Que faites-vous ? protesta-t-elle d'une voix aiguë.

— Je regarde vos chaussures et je me demande si elles résisteront aux pavés... Vous voulez que je vous porte ?

Sans lui laisser le temps de considérer la question, il la souleva dans ses bras et commença à descendre la rue en marchant d'un bon pas.

Elle ne put s'empêcher de rire. Il s'arrêta bientôt devant une porte laquée rouge, et se décida à la poser à terre.

Comme il frappait, elle recula pour examiner la façade et vit un discret panneau en français accompagné des célèbres étoiles récompensant les meilleurs restaurants du monde.

La porte s'ouvrit, et un petit homme les accueillit avec un sourire jovial.

Harry le salua, prit la main d'Esther, et ils montèrent une volée de marches. Ils pénétrèrent dans une salle de restaurant petite, accueillante et... vide.

Elle tourna vers lui son regard surpris.

— Où sont les clients ?

— L'endroit est à nous pour la soirée.

Leur hôte reparut et tendit la main à Esther en souriant.

— Armand. Je suis votre chef personnel, ce soir.

Esther écarquilla les yeux, incrédule.

— Quoi ? Il n'en est pas question.

Armand haussa les épaules avec désinvolture.

— Que dire ? Je suis redevable à Harry. Il me demande le restaurant pour la soirée, le restaurant est à lui.

Leur désignant une table, le restaurateur agita la main et gagna la cuisine. Il s'immobilisa sur le seuil.

— Des allergies ?

Esther secoua la tête.

— Des aliments que vous détestez ?

Elle fit signe que non.

— Parfait, alors laissez-moi vous créer une petite merveille à ma façon. Sers-toi du vin, Harry, dit-il avant de retrouver ses fourneaux.

Esther secoua la tête, interloquée.

— Comment diable pouvez-vous avoir un restaurant étoilé à votre disposition toute une soirée ?

Harry lui avança une chaise.

— Officiellement, l'établissement est fermé depuis hier pour réaménagement, et je savais qu'il serait vide ce soir. Les travaux ne commencent pas avant la semaine prochaine.

— Armand est un de vos amis ?

Occupé à choisir une bouteille de vin, il sourit.

— En fait, Armand a fait ses deux premières années de médecine avec moi. Mais il a changé d'orientation. Il rêvait secrètement de devenir chef cuisinier, et il a écouté son cœur.

Elle le regarda verser du vin dans leurs verres. La situation était vraiment surréaliste. Elle but une gorgée de vin.

— En quoi vous est-il redevable ?

Harry s'assit en face d'elle avec un grognement étouffé.

— Je lui ai apporté mon soutien financier pour ouvrir son premier restaurant.

— Oh ! dit-elle, ne sachant que dire, mais consciente que l'aide devait être substantielle.

— Il m'a tout remboursé, remarqua Harry en souriant. Il ne me doit rien. C'est juste une façon de parler.

Elle porta son verre à ses lèvres. Elle se sentait un peu mieux depuis qu'ils avaient quitté Eglinton Hall.

— Je n'arrive pas à croire que vous ayez réservé un restaurant entier pour moi.

— Pourquoi ? Vous ne pensez pas en être digne ?

Il avait touché un point sensible. Bien dans sa peau, elle était sûre d'elle dans son travail où elle se savait compétente. Mais ce soir, dans ce manoir de rêve, elle s'était sentie mal à l'aise. Et elle n'avait eu qu'une envie, en partir.

Mais son trouble était plus profond. Quand son père était passé d'un job à l'autre, se déchargeant sur son épouse de la sécurité financière de la famille, Esther en avait vu les effets dévastateurs sur sa mère qui avait perdu toute estime d'elle. Son père n'avait pas compris que son comportement affectait les femmes de sa vie. Et en le voyant courir après des emplois qui l'éloignaient des siens, Esther avait eu le sentiment qu'elle n'était pas digne de le retenir. Qu'elle n'en valait pas la peine.

Elle n'en parlait jamais. Ce serait admettre que les jolis souvenirs qu'elle gardait de son père étaient idéalisés. Qu'il avait blessé ses proches. Oui, Harry avait touché une corde sensible.

— Vous en êtes digne, reprit-il sans la quitter des yeux.

Le téléphone d'Esther bipa, et elle s'empressa de le sortir.

— Ma mère… Je vais répondre, si vous permettez.

Harry eut une expression étrange. Du regret ? Elle envoya un SMS à sa mère et rangea son téléphone.

Peu après, Armand apportait deux belles assiettes dont les arômes parfumés étaient déjà un régal en soi.

— Bonne dégustation ! lança-t-il avant de regagner sa cuisine, vif comme un feu follet.

Esther saisit ses couverts. Quand un plat sentait aussi bon, c'était un crime de le faire attendre.

Elle apprécia à leur juste valeur chacun des plats cuisinés par Armand. La taille des portions était parfaite, la nourriture exquise, le vin succulent.

Dans cette salle de restaurant dont ils étaient les seuls clients, ils purent enfin se détendre.

— Vous avez pris vos marques au Queen Victoria ? demanda-t-elle comme ils terminaient leur dessert.

— Je crois. Nous venons de fixer des protocoles entre hôpitaux pour que mes patients y soient transférés sur ma requête.

— Alors vous serez au Queen Victoria plus souvent ?

— Oui. Ce sera désormais la base où je recevrai les patients envoyés par d'autres comtés.

— Vous ferez toujours des opérations à l'international ?

— Bien sûr. Je vais où sont les bébés, et je descends dans des hôtels anonymes du monde entier. Mais je passerai davantage de temps au Queen Victoria. Les installations destinées aux parents sont nettement supérieures à celles que j'ai pu voir ailleurs.

Esther hocha la tête. L'hôpital n'avait pas seulement des lits pour les parents. Il mettait aussi à leur disposition des appartements où les familles pouvaient séjourner si leurs enfants étaient hospitalisés durant une longue période.

Pourquoi le questionnait-elle ainsi sur son travail ? Pourquoi, surtout, certaines de ses réponses la décevaient-elles ? C'était ridicule. Rien n'avait changé : Harry était toujours en transit, et ne serait jamais sédentaire à Londres. Alors pourquoi cette perspective lui nouait-elle l'estomac ?

— Vous n'aimeriez pas occuper un poste permanent ? Avoir votre propre équipe de soignants ? Vivre chez vous au lieu de dormir dans des chambres d'hôtel ?

Il se raidit.

— Chez moi ? Qu'est-ce que ça veut dire ? demanda-t-il d'une voix étrangement rauque.

Le cœur d'Esther se serra. Harry ignorait-il ce qu'était un foyer ? Comment un enfant pouvait-il grandir sans connaître la chaleur et la tendresse dont elle n'avait jamais manqué ?

— Chez soi, c'est l'endroit où l'on peut être soi-même. Où l'on se sent bien, entouré de ses proches. Un lieu où l'on n'a pas besoin de porter un masque.

Elle sursauta en voyant Harry se lever. Faisant crisser sa chaise sur le sol, il lui tendit la main.

— Esther, voulez-vous venir chez moi ce soir ?

Elle retint son souffle. Il ne lui demandait pas simplement de rentrer avec lui à Belgravia, dans sa belle maison de catalogue. Elle savait ce qu'il voulait. Toutes les craintes, toutes les incertitudes qu'elle avait eues à Eglinton Hall l'assaillirent de nouveau.

Elle était avec Harry. Le type qu'elle avait détesté avant qu'il lui vole un peu de son cœur. Jusqu'ici, ils s'étaient juste embrassés. Mais elle ne pouvait pas ignorer le désir qui embrasait son corps chaque fois qu'elle le voyait. Chaque fois qu'elle sentait son après-rasage. Chaque fois que leurs peaux se touchaient.

Ces dernières heures, elle s'était laissé submerger par l'abîme qui les séparait. Mais était-ce juste envers Harry ?

Ni l'un ni l'autre n'avait choisi de naître dans le milieu d'où il était issu. Ils étaient juste deux personnes dont les vies s'étaient entremêlées.

Cela ne durerait pas éternellement. Harry ne resterait pas.

Mais voulait-elle vraiment ignorer le feu qui couvait entre eux ? Concentrée sur son travail, elle avait oublié ce que c'était que d'être liée à quelqu'un.

Tous deux vivaient à des années-lumière l'un de l'autre, et pourtant elle ne s'était jamais sentie aussi proche d'un homme. Elle n'avait pas besoin d'éternité. Ni d'âme sœur. L'alchimie entre eux lui disait à quoi elle aspirait, ici, maintenant.

Elle tendit la main vers lui.

— Oui, répondit-elle avec franchise.

9

Du jour au lendemain, ils incarnèrent le couple dont tout l'hôpital parlait. Et Harry trouva cela tout naturel.

Un peu de désordre s'installa dans son élégante demeure de Belgravia. Une brosse à dents surgit dans la salle de bains, avec du shampooing et du déodorant pour femme, et même un sèche-cheveux rose. Un jean fut laissé dans un fauteuil de la chambre, avec un petit sac rempli de lingerie féminine.

De la marmelade de citron et certains biscuits firent leur apparition dans les placards de la cuisine. Sa machine à café inutilisée depuis des mois reprit du service. Il avait perdu la notice d'utilisation et ne se rappelait pas les différentes fonctions qu'Esther trouva en quelques minutes.

Il se mit à la chercher partout, à la cantine, aux urgences, et chaque fois qu'il entrait aux soins intensifs néonatals, même quand il savait qu'elle n'était pas de garde.

Malgré ses tentatives pour la persuader de lever le pied, elle persistait à faire des heures supplémentaires. Elle avait besoin d'argent pour sa famille et était trop fière pour accepter son aide. Peu lui importait qu'il puisse lui rédiger un chèque sans affecter le solde de son compte bancaire.

Toute conversation sur ce sujet la blessait. Même quand il lui offrait des cadeaux – parfum, fleurs, livres – elle se crispait et lui reprochait de dépenser son argent pour elle.

Elle avait beau économiser chaque sou, Esther était la personne la moins matérialiste qu'il ait connue.

Les femmes qu'il avait connues avant elle acceptaient volontiers les cadeaux, les voyages, voire les voitures. La plus directe lui avait même remis un catalogue de grand joaillier en encerclant plusieurs articles, dont une bague de fiançailles hors de prix au diamant gros comme une noix.

Esther était tout le contraire. Elle ne voulait rien, et n'attachait pas de valeur aux objets. Un message écrit, une carte, une barre chocolatée cachée sous son oreiller, la rendaient infiniment plus heureuse.

Il avait l'impression que sa fortune lui déplaisait. Pourtant, ils n'en parlaient jamais. Comme si elle l'acceptait, mais refusait qu'elle affecte leur relation.

Un en sens, il se réjouissait qu'on ne puisse accuser Esther de courir après son argent, le sujet préféré des tabloïds. Mais d'un autre côté, il déplorait qu'elle répugne à accepter son aide financière. Il avançait prudemment, parce qu'il la respectait et ne voulait pas nuire à leur relation.

Elle avait rencontré plusieurs de ses amis. Penelope lui avait envoyé des SMS malicieux, lui disant avoir beaucoup aimé Esther et le priant de la prévenir quand elle devrait s'acheter un chapeau pour le grand jour. La plupart de ses fréquentations étaient des collègues chirurgiens, et Esther s'entendait parfaitement avec eux.

Il avait dû insister un peu pour être présenté à Chloe et Carly, ses deux amies sages-femmes, et elles lui avaient beaucoup plu. Chloe avait un petit garçon adorable avec qui il avait joué pendant que les trois copines papotaient, et il avait adoré ça. Il avait apprécié qu'Esther ne se sente pas obligée de l'intégrer à leur conversation. Elle l'avait traité comme s'il était destiné à rester, et cela ne lui avait pas déplu, loin de là.

De retour à la maison, ils avaient bavardé pendant qu'il préparait une omelette. Puis le portable d'Esther avait bourdonné.

— Shirley, la directrice des urgences, me propose des gardes supplémentaires la semaine prochaine, annonça-t-elle.

— Non, dit-il impulsivement.

— Comment ça, non ?

Trop tard pour reculer, il était temps de lui dire ce qu'il avait sur le cœur.

— Tu travailles tous les jours, et nous passons rarement du temps tous les deux, comme un couple normal. On pourrait prendre une journée ensemble, avec une nuit où nous n'aurions pas à nous lever à 5 heures du matin pour aller travailler. Crois-le ou pas, mais j'aime me réveiller près de toi, ajouta-t-il avec un sourire triste. Alors, on essaye de le faire au moins une fois par semaine ?

Bouche ouverte, elle ne disait rien. Il ne savait pas ce qu'elle avait en tête, et appréhendait sa réaction.

Soudain, les yeux d'Esther pétillèrent.

— Ce serait chouette de s'endormir et se réveiller dans les bras l'un de l'autre, admit-elle.

Il s'approcha, et elle glissa les bras autour de sa taille pour subtiliser son téléphone dans la poche arrière de son jean.

— Laisse-moi voir ton planning. Il est inutile que je refuse ces gardes si tu n'es pas libre.

Elle jeta un œil à l'écran et releva la tête.

— C'est bon pour samedi prochain. Nous aurons officiellement notre premier jour de repos – et notre première nuit – ensemble.

Il leva triomphalement le poing.

— Victoire !

Esther était déboussolée. Elle était habituée à travailler sept jours sur sept, et ce jour de repos en compagnie de Harry lui donnait l'impression d'être constamment en vacances. Ils dînaient dans de grands restaurants, allaient au théâtre, faisaient de longues balades dans les parcs londoniens, montaient dans la grande roue – le *London Eye* – pour admirer la ville illuminée la nuit.

Elle s'efforçait de ne pas penser à l'argent. C'était son problème, pas celui de Harry.

Mais les meilleurs moments, elle les passait blottie contre lui sur le canapé devant la télévision. Elle n'allait plus guère dans son appartement maintenant. C'était plus simple de rester chez lui. Elle avait apporté quelques affaires dans la maison de Belgravia, dont son livre de recettes préféré, une photo encadrée de sa mère, et la plupart de ses vêtements. Et sa vie ressemblait à un conte de fées.

Au travail, elle s'était habituée aux regards et aux murmures sur son passage. Les hôpitaux étaient tous pareils. Bientôt, une nouvelle histoire supplanterait la leur, et les potins à leur sujet diminueraient.

En attendant, elle savourait avec bonheur son existence de rêve.

Se frottant les yeux, elle s'arrêta devant le distributeur de billets. Elle détestait les gardes de nuit qui perturbaient son horloge biologique. Elle glissa sa carte dans l'automate et tiqua devant le solde de son compte. C'était impossible…

Elle tapa sur d'autres touches. Le chiffre ne changea pas.

Elle envoyait chaque mois la même somme d'argent à sa mère, mais ces derniers temps elle avait pu lui virer quelques centaines de livres en plus grâce à ses heures supplémentaires.

Ce mois-ci, l'argent manquait. Et elle savait pourquoi.

Harry.

Elle s'adossa au mur, la gorge nouée. Elle refusait souvent les gardes supplémentaires ces temps-ci. Elle en faisait encore une par semaine, mais manifestement cela ne suffisait pas.

Esther n'était plus aussi économe. Elle allait à la cantine plusieurs fois par semaine au lieu d'apporter son repas. Elle refusait que Harry règle tout quand ils sortaient, même s'il insistait. Les achats apparemment anodins de pop-corn et de café s'additionnaient. Harry n'y était pour rien, mais auprès de lui elle avait oublié ses priorités.

Il était temps qu'elle se ressaisisse.

Elle sortit son portable et répondant à Shirley qui lui proposait plusieurs gardes, elle les accepta toutes.

Puis elle envoya un SMS à l'agence de placement en demandant à travailler l'unique journée libre qui lui restait ce mois-ci.

Elle relut le SMS de Harry reçu un peu plus tôt.

Je regrette que tu ne sois pas avec moi cette nuit… À demain matin.

Avec un sourire, elle remit le téléphone dans sa poche. Il faudrait qu'elle lui parle tôt ou tard.

Il comprendrait.

Harry dormait déjà quand son portable sonna. Il scruta l'écran.

— Penelope ?

— Pardon de te réveiller, Harry, dit-elle d'une voix tremblante qui ne lui ressemblait pas.

Il se redressa dans son lit.

— Qu'est-ce qui ne va pas ?

Il l'entendit prendre plusieurs inspirations.

— Je regrette, c'était idiot de ma part. Je n'aurais pas dû t'appeler.

— Penelope, dis-moi ce qui se passe, dit-il, les sens en alerte. Où es-tu ?

Elle nomma un célèbre night-club londonien.

— Je suis venue avec Lance Derby.

Harry leva les yeux au ciel. Il n'aimait pas beaucoup ce banquier arrogant.

— Il a trop bu – *nous* avons trop bu en fait – et…

— Et quoi ? demanda Harry, se levant et ramassant ses vêtements.

— Il m'a fait des avances.

— Qu'entends-tu par là ?

— Je suis désolée, Harry, dit-elle dans un sanglot. J'ai l'impression d'être une ado. Je n'aurais pas dû te déranger…

— À quel endroit es-tu, exactement ? dit-il en enfilant son T-shirt.

— Dans les toilettes, chuchota-t-elle dans l'appareil. C'est l'endroit le plus sûr que j'ai trouvé. Il attend devant la porte. Je l'ai entendu hurler après des gens. Il veut me raccompagner, mais je refuse de sortir tant qu'il n'a pas dessoûlé.

— J'arrive aussi vite que je peux, promit Harry.

Penelope poussa un soupir, soulagée.

— Mais Harry, je ne sais pas si on te laissera entrer… C'est une soirée privée.

Harry alla jusqu'à la desserte et fouilla dans son courrier.

— Je crois que j'ai reçu une invitation, un instant… Oui, c'est bon.

Jetant un coup d'œil dans le miroir, il comprit que le club sélect ne le laisserait pas entrer en tenue de jogging.

— Ne bouge pas. Je me change et j'arrive.

Il mit un costume, une chemise et une cravate en un temps record et sauta dans sa voiture. Heureusement, les rues de Londres étaient moins encombrées à cette heure tardive, et il ne mit pas longtemps à arriver à la boîte de nuit.

Il agita son invitation sous le nez du portier et, pénétrant dans le club, il vit Lance en train de faire les cent pas devant les toilettes des femmes. En état d'ébriété avancé, il avait un comportement tapageur exécrable et criait après un type.

Sans hésiter, Harry l'attrapa par la peau du cou et le fond du pantalon, le soulevant pratiquement de terre, et fonça vers la sortie, sous les yeux affolés du personnel.

— Lâchez-moi, lâchez-moi ! protesta Lance d'une voix pâteuse avant de reconnaître Harry. Oh ! c'est le preux chevalier en personne… Va te faire voir, Harry. Tu as eu ta chance. Penelope rentre avec moi.

Il se débattait comme un forcené, mais Harry tenait bon. Attirés par le bruit, des clients du club accouraient pour observer la scène.

Dans l'entrée, Harry s'immobilisa. En arrivant, il avait remarqué des paparazzis au bout de la rue, sans doute à l'affût d'un scoop dans ce quartier à la mode fréquenté par les célébrités, et il ne tenait pas à attirer leur attention.

— Il y a un taxi dehors ? demanda-t-il.

Le portier jeta un coup d'œil dans la rue pendant que Harry maintenait fermement Lance, qui essayait de se dégager.

— Oui, monsieur.

— Vous pouvez m'ouvrir la porte ?

L'employé s'exécuta, et une clameur se fit entendre dehors.

— Prêt ? On y va ! cria Harry.

Il jeta sans ménagement Lance dans le taxi qui attendait. Lançant quelques billets au chauffeur, il lui donna l'adresse de l'homme qu'il connaissait depuis longtemps.

Harry attendit que le taxi s'éloigne puis, rectifiant sa tenue, rentra dans l'établissement.

Il frappa à la porte des toilettes des femmes, et patienta un moment avant de pousser la porte.

— Pen ? Tu es là ? C'est Harry. Lance est parti. Je l'ai mis dans un taxi et l'ai renvoyé chez lui.

La porte d'une des cabines s'ouvrit prudemment, et Penelope

sortit en chancelant, le visage strié de larmes. Elle s'effondra dans les bras de Harry.

— Je suis désolée de t'avoir appelé au milieu de la nuit. Dis à Esther que je regrette sincèrement.

— Ce n'est rien. Esther travaille, et elle aurait trouvé normal que je vienne à ton secours.

Il prit une inspiration.

— Il t'a touchée ? Il t'a fait quelque chose ?

Elle secoua la tête en évitant son regard.

— Il n'est pas allé jusque-là. Il a bu comme un trou et a été explicite sur ce qui m'attendait... J'ai cru pouvoir m'éclipser, mais quand je suis allée aux toilettes, il s'est posté devant pour m'attendre, dit-elle d'une voix chevrotante. Je n'étais pas sûre qu'on vienne à mon aide si je sortais...

Tremblant de rage, Harry prit le visage de son amie entre ses mains.

— Personne ne doit te traiter de la sorte, Pen. Personne ne doit attenter à ta sécurité. Je te protégerai toujours, sache-le. Et si tu te sens menacée, appelle-moi, de jour comme de nuit. Les amis sont faits pour ça.

Soutenant enfin son regard, elle s'abandonna contre lui avec soulagement.

— Je suis contente que tu aies pu venir me chercher, Harry. Tu veux bien me raccompagner chez moi ?

— Bien sûr.

— Attends-moi quelques instants, dit-elle en croisant son reflet dans le miroir.

Elle se bassina le visage et se recoiffa pour retrouver une apparence soignée. Et il lui laissa le temps de se ressaisir.

— Je suis prête, dit-elle d'une voix plus normale en sortant des toilettes. Merci encore. Pardon de t'avoir dérangé en pleine nuit, mais je savais que je pouvais compter sur toi.

— Je serai toujours là pour toi, Penelope.

Elle glissa le bras sous le sien. Ils sortirent dans la rue et se dirigèrent vers la voiture de Harry.

— Monsieur le duc ! Penelope !

Ils se retournèrent machinalement, juste au moment où

crépitaient des flashs. Secouant la tête avec agacement, Harry ouvrit la portière de la jeune femme.

— Navré pour ça. Je les avais vus, mais j'ai cru qu'ils étaient au club en bas de la rue.

— Pas de souci, répondit Penelope en bouclant sa ceinture. Ramène-moi chez moi. J'ai hâte que cette nuit s'achève.

Le téléphone d'Esther sonna alors qu'elle était au poste des infirmières des soins intensifs néonatals. Son cœur bondit quand elle vit le nom sur l'écran. *Maman.*

Elle se dirigea vers le fond de la salle.

— Maman, que se passe-t-il ? Tout va bien ?

Elle se figea en reconnaissant la voix d'une voisine de sa mère.

— Esther, je suis désolée de vous appeler si tard. C'est Gladys. Il y a eu un accident...

— Où est ma mère ? Elle va bien ?

— Oui... Je crois. On vient de l'emmener en ambulance, car elle a inhalé de la fumée, mais elle s'en remettra. Je vais suivre l'ambulance, mais elle voulait que je vous prévienne d'abord.

— Elle a inhalé de la fumée ? Qu'est-ce qui s'est passé ? s'écria-t-elle, attirant l'attention de ses collègues.

— Je suis navrée, mon petit, mais... la maison s'est embrasée. Les pompiers sont sur place. Ils ignorent comment le feu a pris et pensent avoir maîtrisé l'incendie, mais... Pour être franche, Esther, votre maman ne pourra pas y retourner. Le toit a été endommagé, et la cuisine...

Esther s'adossa au mur, refoulant ses larmes.

— J'arrive tout de suite, dit-elle en s'essuyant les yeux. Dites-lui que je serai là dès que possible.

Elle avait à peine raccroché que ses collègues l'entouraient en lui proposant leur aide.

— Je vais m'occuper de tes patients.

— Tu peux prendre un congé spécial.

— Je te réserve une place sur le premier vol pour l'Écosse ?

Elle hocha la tête, s'efforçant de rassembler ses pensées.

— Harry, murmura-t-elle. Je dois prévenir Harry.

Ses collègues se regardèrent.

— Il ne vaudrait mieux pas.

— Pourquoi ? demanda-t-elle avec étonnement.

Il y eut un silence gêné, puis une de ses collègues prit son portable et effectua une recherche pour trouver les derniers posts en ligne sur Twitter.

Le duc aurait-il trouvé sa future épouse ?

Le tweet remontait à une heure plus tôt. Il était accompagné d'une photo de Harry en costume. Penelope était pendue à son bras, toujours aussi glamour. Il semblait inquiet, peut-être parce qu'il savait qu'on le photographiait. Mais sa compagne était détendue. La main posée sur la poitrine de Harry, elle le regardait comme un sauveur.

Esther sentit son estomac se nouer.

Harry lui avait envoyé un SMS un peu plus tôt en prétendant être couché. Seul. Manifestement un mensonge, qui la rendait malade de colère et d'humiliation.

Car cette photo racontait une tout autre histoire. Il n'y avait rien de pire qu'une humiliation publique.

— Je suis vraiment désolée, ma chérie, dit Caroline, une sage-femme plus âgée. Mais tu dois te concentrer sur ta mère. Le reste peut attendre.

Esther avait confiance en Caroline, qui avait toujours été de bon conseil. Elle la laissa l'enlacer.

— Prends tes affaires. Je t'accompagne en bas pour voir si je peux te trouver un taxi.

Les pensées se bousculaient dans la tête d'Esther, et une colère brûlante coulait dans ses veines. Elle avait envie d'appeler Harry et de lui dire le fond de sa pensée. Mais avant tout, elle devait rassembler des affaires et filer à l'aéroport. Ce qui n'apaisait en rien la souffrance de son cœur meurtri par l'effroyable trahison.

Reviendrait-elle un jour ici ? Tout dépendrait de l'état de sa mère dont les besoins seraient toujours sa priorité.

Esther releva le menton avec défi. Peut-être cet incident était-il providentiel, tout compte fait. Son histoire avec Harry n'avait pas d'avenir. Leur rupture arrivait juste plus tôt que prévu. La tête dans les nuages, elle avait eu le tort de se montrer trop confiante et ne pouvait s'en prendre qu'à elle-même.

Elle n'avait vécu que trop longtemps dans la peau de Cendrillon. Tout le monde sait que les contes de fées n'existent pas.

10

Harry se leva tôt, après une nuit sans sommeil.

Le temps qu'il raccompagne Penelope à son domicile, elle s'était ressaisie, et sa peur avait fait place à la colère, ce dont il ne pouvait la blâmer.

Il était content qu'elle l'ait appelé et ravi d'avoir pu lui venir en aide. Et il recommencerait sans hésiter.

Mais retrouver son lit vide lui avait paru étrange. Il s'était habitué à avoir Esther près de lui, et son absence laissait un grand vide. Il aimait la chaleur de son corps collé au sien, la douceur de sa peau.

La maison semblait désertée.

Il se figea. Vide, sa vie l'avait été pendant très longtemps. Mais il avait été élevé ainsi, dans l'isolement, la solitude.

Il ne s'était jamais ouvert à personne comme il l'avait fait avec Esther. Il n'avait jamais rien partagé avec qui que ce soit, avant leur rencontre. Bien sûr, il avait des amis, des collègues, et une grande famille.

Mais qui pensait vraiment à lui ? Qui avait de la considération pour lui ?

Il se remémora le soir où il avait reçu l'appel au sujet de son père, et le regret le submergea. Il ne prétendait pas l'avoir aimé. Pourtant il déplorait de ne pas avoir eu l'occasion de lui parler une dernière fois. Son père était mort peu après son attaque. Il n'avait connu ni la souffrance ni la maladie, et quelque part Harry l'avait cru immortel.

Ces derniers temps, en voyant la relation forte qui unissait

Esther à sa mère, il avait éprouvé du regret. S'il avait vécu, son père serait peut-être resté l'homme égocentrique et haïssable qu'il avait connu. Mais peut-être pas.

C'est pourquoi Harry avait gardé un vide au cœur. Un sentiment d'inachevé. Il regrettait de ne pas s'être rendu dans la propriété familiale au moins une fois avant la disparition de son père.

Il rêvait secrètement que son père ait fini par regretter toutes ces années gâchées, la façon dont il avait traité son fils et l'avait méprisé, mais ils n'avaient pas eu le temps de se réconcilier.

Toute sa vie, Harry s'était senti isolé. Seul. Jusqu'à ce qu'Esther abatte les barrières qu'il avait édifiées autour de lui pour se protéger. Elle le défiait. Elle l'excitait. Elle remplissait sa vie de joie, et compatissait avec lui les jours de tristesse. Assis sur son canapé le soir, il ne se sentait bien que si elle était près de lui.

Esther l'aidait à combler les manques de son existence, les parties de lui que ses parents lui avaient volées.

Les liens étroits qui unissaient Esther à sa mère lui faisaient l'effet d'une leçon de vie. Il n'avait plus honte de déplorer le fiasco de sa relation avec son père. Même si Harry n'avait jamais eu de bons rapports avec lui, il avait secrètement aspiré à en avoir. Il aurait aimé connaître cet amour partagé, ce respect mutuel, cet intérêt réciproque qu'Esther entretenait avec sa mère. Pour la première fois, il s'autorisait à le penser, même s'il était trop tard. Cela ne faisait pas de lui un homme faible. Juste un être humain.

Esther allait bientôt finir son service. S'il partait maintenant, il pourrait lui apporter son café préféré avant qu'elle rentre à la maison. Sa maison.

Leur maison.

Son cœur se serra. Il ne lui avait pas encore posé la question.

L'idée lui trottait dans la tête depuis plusieurs jours. Mais il ne voulait pas lui faire peur, au risque de la faire fuir.

Était-ce normal de demander à une femme de s'installer chez soi après seulement quelques semaines de relation ?

Harry avait tellement envie qu'elle dise oui…

Et puis, il avait un secret à lui confier, qui pourrait donner un coup de pouce à leur relation naissante.

Il y songea durant le trajet jusqu'à l'hôpital. Sa main tremblait quand il régla le café, et cela le fit sourire. Il aimait cette nervosité. C'était une bonne nervosité. Il aurait peut-être pu choisir un meilleur moment et un endroit plus romantique que l'entrée de l'hôpital pour lui demander de s'installer chez lui, mais il ne voulait pas attendre.

Il tenait à le faire maintenant, quand tout allait si bien entre eux.

Il consulta sa montre. La relève était plus longue que d'habitude, et il se décida à monter aux soins intensifs néonatals. Il avait des patients à y voir, de toute façon.

— Bonjour ! lança-t-il joyeusement en franchissant les portes du service.

Accueilli par un silence pesant, il s'avança et posa les deux cafés sur le bureau.

— Où est Esther ? demanda-t-il.

Une sage-femme détourna les yeux. Une autre lui jeta un regard meurtrier. Les deux dernières l'ignorèrent carrément.

Il s'adressa à la plus proche.

— Qu'est-ce qui se passe, Caroline ? Esther va bien ?

Caroline pinça les lèvres.

— Elle a reçu un appel urgent hier soir. Il y a eu un incendie chez sa mère, et Esther a dû se rendre en Écosse.

— Quoi ? s'écria-t-il, sortant son portable dont il examina les messages. Mais elle m'aurait appelé ou envoyé un SMS…

— Monsieur le Volage, dans mon bureau, maintenant, dit une voix au fort accent irlandais.

Il se tourna vers Oona.

— Je ne peux pas. Je dois parler à Esther.

La petite femme bien charpentée se planta devant lui.

— Ce n'était pas une requête.

Déconcerté, Harry la suivit en pianotant le numéro d'Esther sur son téléphone. Sa perplexité s'accrut encore quand Oona referma la porte d'un coup de pied.

— À votre place, je ne m'attendrais pas trop qu'elle réponde, déclara-t-elle, croisant les bras sur sa poitrine.

— Quoi ? dit-il, levant les yeux.

— Après vos prouesses d'hier soir, je doute qu'elle ait envie de vous parler.

Il fronça les sourcils en entendant biper son portable. Penelope. Il lut la première ligne du SMS. *Oh non !*

— Qu… Quelles prouesses ?

Oona agita la main.

— Vous avez passé une bonne nuit, j'espère ?

— Quoi ?

Elle lui jeta un regard dur.

— Vous paraissez remarquablement frais et dispo pour quelqu'un qui est resté dehors jusqu'à 2 heures du matin.

Le cœur de Harry manqua un battement.

— Comment le savez-vous ?

Elle le regarda avec dégoût.

— Tout le monde est au courant, Harry. Si vous voulez jouer les don Juan, ayez la décence de ne pas le faire en public.

— J'ignore totalement de quoi vous parlez, dit-il, résistant à la tentation de lire le message de Penelope.

— Les mots qui me viennent ne seraient pas professionnels, et je m'abstiendrai de les prononcer. Mais on est dans mon service, Harry, et j'attends que mon personnel soit traité avec respect. On ne vous a peut-être pas appris à ne pas mêler travail et plaisir, mais quand ça tourne mal comme aujourd'hui, tout le monde peut être affecté. Le personnel, les patients, et leurs parents. L'humiliation publique d'un membre de mon équipe ne peut que créer une atmosphère délétère qui nuit à la guérison des bébés.

Il commençait à s'affoler. Le téléphone d'Esther sonnait dans le vide. Elle était peut-être dans l'avion.

— Si vous m'expliquiez ce dont vous m'accusez, Oona, au lieu de parler par énigmes.

Grinçant des dents, elle sortit son portable de sa poche.

— Vous et votre « promise » affolez les réseaux sociaux depuis que vous avez quitté ce club à l'aube. Et, oui, Esther l'a vu. C'est pourquoi je doute qu'elle vous réponde. Vous n'auriez pas pu choisir un pire moment pour la trahir.

Il fut saisi d'effroi devant le titre affiché sur l'écran.

Penelope Brackenridge sera-t-elle la nouvelle duchesse de Montrose ?

Mais la photo était encore pire, compromettante même à ses propres yeux. Il savait qu'elle était trompeuse, mais il connaissait les journalistes. Et il sentit son cœur sombrer quand il pensa qu'Esther avait été confrontée à cela, alors qu'elle était folle d'inquiétude pour sa mère.

Il se redressa et regarda Oona droit dans les yeux.

— Ce n'est pas ce que vous croyez. Penelope et moi sommes amis d'enfance. Elle m'a appelé hier soir, car elle se sentait menacée, et je suis allée la chercher pour la raccompagner chez elle.

Il était furieux de devoir s'expliquer, mais il le faisait pour Esther. Il comprenait pourquoi elle ne répondait pas à ses appels.

Harry se tourna pour sortir. Il devait trouver un remplaçant pour aujourd'hui et probablement demain, puis il réserverait une place dans le premier vol pour l'Écosse.

Sur le seuil, il se retourna. Il devait des explications à Esther, mais il voulait surtout être à ses côtés dans l'épreuve qu'elle traversait.

— Sachez que je le referais sans hésiter pour tout ami, homme ou femme, dont la sécurité serait menacée. Quoi qu'il en soit, jamais je ne tromperais, Esther, car je l'aime.

Ignorant le regard incrédule d'Oona, il sortit du bureau et prit son téléphone. Il n'avait pas d'opérations programmées les prochains jours, mais plusieurs bébés auraient besoin d'une chirurgie à la naissance, et il prit les dispositions nécessaires pour qu'ils n'aient pas à pâtir de son absence.

Francesca vint à sa rencontre.

— Tu vas bien ? demanda-t-elle.

— Non, répondit-il avec franchise. Mais ça va s'arranger.

Elle ne posa pas de questions, mais lui pressa le bras.

— Tu peux me laisser tes instructions.

Il déchira une feuille d'un carnet.

— J'étais justement en train de le faire. Merci, dit-il en l'étreignant. Appelle-moi en cas de problème.

— Je veillerai à ce qu'il n'y en ait pas.

Le silence du service ne l'inquiétait plus maintenant. Il comptait sur Oona pour lancer la nouvelle qui se répandrait dans tout l'hôpital comme une traînée de poudre.

Il venait d'avouer au monde son amour pour Esther.

Cela n'avait pas été prémédité, mais maintenant il fallait qu'il parle à la femme de sa vie.

11

Esther avait l'impression d'avoir retenu son souffle durant tout le voyage, et il fallut qu'elle voie sa mère et la prenne dans ses bras pour pouvoir respirer de nouveau.

Sa mère était là. En vie.

Qu'importait qu'elle soit dans un lit d'hôpital, dans la chemise bleue réglementaire. En l'étreignant, Esther sentit l'odeur de fumée qui imprégnait encore sa peau et ses cheveux.

Refoulant ses larmes, elle s'assit au bord du lit et lui prit les mains.

— Je suis si heureuse que tu sois sauve. Que s'est-il passé ?

— Je ne sais pas. D'après les pompiers, la machine à laver serait en cause. Je dormais dans ma chambre et quand j'ai ouvert les yeux, il y avait de la fumée partout, dit sa mère d'une voix chevrotante. J'ai pris mes pantoufles et mon peignoir, et me suis précipitée dans l'escalier. Mon sac était près de la porte, et je l'ai attrapé en sortant. Je n'ai même pas pu m'approcher du salon tant la chaleur était intense...

Esther tremblait. Elle avait vu des brûlés aux urgences, aidé à ranimer des personnes intoxiquées par la fumée d'un incendie. Dire que cela aurait pu arriver à sa mère...

— Dieu merci, tu t'es réveillée et tu as pu fuir, dit-elle en la serrant dans ses bras.

— Il était inutile de faire ce voyage, murmura sa mère. Tu es très occupée, et tu ne dois pas t'inquiéter pour moi.

Esther lui caressa la joue.

— Je m'inquiéterai *toujours* pour toi, maman. Tu es ce que j'ai de plus cher au monde.

— Mais il ne devrait pas en être ainsi. Tu devrais avoir une vie à toi, t'amuser…

La gorge d'Esther se noua. Elle avait dit à sa mère qu'elle fréquentait un homme sans lui donner de précisions.

Sa mère la fixait, les yeux brillant de larmes.

— Tu ne vas pas pouvoir rester dans la maison, maman, il y a trop de dégâts. Gladys te propose de dormir chez elle.

— Ne te fais pas de souci pour moi. Je vais gérer. Je ferai évaluer les dommages et je contacterai les assureurs. Repose-toi, et laisse-moi m'occuper du reste.

Planté depuis un moment devant la petite maison incendiée, Harry vit s'approcher une voisine.

— Vous cherchez Mme McDonald ?

— Oui… Et Esther, sa fille.

— Venez avec moi. Esther doit passer la nuit chez moi après sa visite à l'hôpital. Je vais préparer du thé.

En un clin d'œil, une grosse théière apparut sur la table de la cuisine, avec un assortiment de tasses disparates, une assiette de biscuits et d'épaisses tranches de cake.

— Je m'appelle Gladys, dit son hôtesse en s'asseyant en face de lui. Vous êtes le petit ami d'Esther ?

Il ne sut que dire. Il voulait être plus que cela encore, mais il ne pouvait guère se présenter ainsi avant d'avoir vu Esther.

— Je suis Harry, l'ami d'Esther, dit-il en lui tendant la main. Nous travaillons ensemble.

— Il paraît que c'est la seule façon de la voir, ces temps-ci.

— En effet, elle travaille énormément.

Comme Gladys acquiesçait, on sonna à la porte, et Esther entra. Elle se figea. Pâle, les yeux cernés, elle semblait exténuée.

— Harry… Comment… ?

Gladys se leva d'un bond.

— Prends du thé, ma chérie. Tu as l'air d'en avoir besoin. Je dois aller faire une course, et puisque tu es là, je te laisse avec Harry quelques minutes.

Dès qu'elle fut partie, Harry s'approcha d'Esther, qui semblait pétrifiée. Il voulut glisser un bras autour d'elle, mais elle recula.

— Ne me touche pas, dit-elle en posant son sac sur la table. Qu'est-ce que tu fais là ?

Des larmes de colère noyaient ses yeux bleus, et il s'en voulut d'en être la cause.

— Il ne s'est rien passé. Tu dois le savoir, Esther.

— Vraiment ? Je sais juste que tu as prétendu passer la nuit dans ton lit alors qu'en réalité tu te trouvais dans un night-club avec Penelope ! fit-elle, tremblant de tout son corps.

— Comment va ta mère ?

Visiblement prise de court, elle inspira longuement.

— Elle va bien. Elle a inhalé de la fumée, et on la garde en observation par mesure de sécurité.

Elle s'assit sur une chaise, et il lui servit du thé. Il avait mille choses à dire, mais devait d'abord s'occuper d'elle.

— Je ne peux même pas voir la maison avant le retour du chef des pompiers, ajouta-t-elle. J'ignore si on va sauver quelque chose.

— Ce n'est qu'une maison, Esther. Tu as toujours ta maman, et elle va bien.

— Je sais, admit-elle dans un sanglot. En arrivant à l'hôpital, je n'arrêtais pas de penser aux brûlés que j'ai soignés et j'étais terriblement oppressée...

Il comprenait. Même après le départ des patients, l'odeur de fumée imprégnait l'air des urgences, avec celle, encore plus horrible, de la chair brûlée. Et Esther avait cru que sa mère avait vécu ça...

Il se leva pour la prendre dans ses bras. À sa grande satisfaction, elle ne lutta pas.

— Qu'est-ce que tu fais là, Harry ? demanda-t-elle après un moment. Pourquoi es-tu venu ?

— D'après toi ? Je suis venu parce que je t'aime, Esther, et je ne voulais pas que tu sois seule dans un moment pareil.

Elle se raidit et recula, l'air bouleversé.

— Mais cette photo... tes mensonges...

— Je t'ai dit la vérité : j'étais dans mon lit au début de la nuit.

Puis Penelope m'a appelé – elle avait des ennuis avec un type. Elle était ivre et m'a demandé de venir la chercher.

— Mais que... ? murmura-t-elle d'une voix à peine audible.

Il se pencha vers elle.

— Tu sais qu'il n'y a rien entre Penelope et moi. Je l'aime comme une sœur, et en un sens j'aimerais qu'elle le soit, car au moins j'aurais une famille digne de ce nom.

Elle se rassit avec un soupir. Et leva vers lui ses yeux bleus.

— Tu veux bien me parler de ton père ? De tes parents ?

— J'ai été conçu pour être un héritier. Mes parents ne voulaient pas d'enfants. Ils m'ont donné le jour par devoir.

— Mais qui s'occupait de toi à la maison ? Et pendant les vacances scolaires ? Tu devais passer du temps avec eux, non ? Ne me dis pas qu'ils t'ignoraient.

Il prit une profonde inspiration.

— Esther, tu sembles avoir passé ton enfance entourée d'amour. C'est normal pour toi. Mais mon univers est tout autre. Enfant, je trouvais naturel d'avoir des parents qui ne me regardaient pas quand j'entrais dans une pièce, et ne se souciaient pas de moi ni de ce que je ressentais. J'ai été élevé par une flopée de nounous qui se succédaient et, pour la plupart, partaient avant que j'apprenne à les connaître. Une domestique a travaillé sept ans chez mes parents, et c'est la seule qui ait jamais ri et plaisanté avec moi. Étant en pension, je ne voyais pas les autres gamins avec leurs parents, et je croyais que ce que je vivais était normal.

Devant le regard triste d'Esther, Harry inspira afin de se donner du courage. Il était là pour lui dire qu'il l'aimait et qu'il voulait vivre avec elle. Il fallait qu'elle lui donne une chance.

Il prit sa main et la serra.

— Ma relation avec mes parents a faussé ma vision de la vie. Comment aimer quand on n'a jamais reçu d'amour ? J'ai cru longtemps être incapable de m'attacher, jusqu'à notre rencontre. Tu es si facile à aimer, Esther..., déclara-t-il, soutenant son regard bleu.

Elle posa sa tasse qui tinta sur la table. Le comprenait-elle enfin ?

— Pourquoi ? demanda-t-elle simplement.

— Parce que tu ne m'as jamais rien demandé. Tu ne me supportais même pas, au début, dit-il avec un doux sourire. Et puis, j'ai vu la relation que tu développes avec tes patients et leurs familles. Je t'ai vue travailler dur parmi tes collègues. Tu donnes toujours le meilleur de toi.

— Et ça me rend facile à aimer ?

— Bien sûr. Cela montre que tu as un très grand cœur et que tu sais aimer. Et ta priorité est de t'occuper de ta mère, de veiller à son bien-être.

Il s'interrompit un instant, hésitant à poursuivre.

— Tu sais, j'ai toujours espéré que mes parents puissent m'aimer. Quand mon père a eu son attaque, j'ai compris que c'était fini, qu'il n'y aurait pas de rédemption possible. Jamais je ne l'entendrai s'excuser pour la façon dont il m'a traité, jamais il ne me dira qu'il m'aime… Oui, je voulais être aimé. Me sentir digne de l'être. J'aurais voulu que mes parents soient fiers de moi.

Il soupira.

— Les gens pensent que j'ai tout parce que je suis riche, mais je n'ai pas eu le dixième de ce que tu as reçu. J'ai passé mon existence à garder mes distances avec les autres. À me protéger pour ne pas souffrir. Tu es la seule dont j'ai été capable de m'approcher. J'aime ce que tu partages avec ta mère. Votre complicité, vos échanges. Chez toi, il y a des photos des tiens partout, en train de s'embrasser, de s'enlacer.

Il toussota pour s'éclaircir la voix.

— Tu n'imagines pas comme j'aurais aimé connaître ça. Je ne l'avais jamais admis jusqu'ici, pas même à moi.

Les yeux d'Esther étaient embués de larmes, et il regretta de lui avoir montré sa vulnérabilité.

— Je n'ai jamais été maltraité. Je n'ai jamais eu froid ni faim. Je n'ai manqué de rien, sauf d'amour.

— Avoir un toit ne peut suffire à un enfant. Tu as souffert de négligence, Harry.

Elle se rapprocha de lui. Son parfum floral flottait dans la pièce.

— Tu m'as emportée dans un conte de fées, reprit-elle d'une voix un peu triste. Je ne cherchais pas un prince ni un duc, mais j'en ai trouvé un…

Il glissa les mains autour de sa taille.

— Et c'est bien ou mal ?

— Les deux, répondit-elle en s'asseyant sur ses genoux. Mais tu idéalises ma relation avec ma mère. Sais-tu qu'elle m'a d'abord caché qu'elle avait un cancer ?

— Ah bon ?

— Elle a attendu pour me l'annoncer, parce qu'elle craignait que je m'inquiète, pour elle mais aussi pour notre situation financière, affectée du fait qu'elle ne pourrait plus travailler. Elle n'avait pas envie de faire peser ce fardeau sur mes épaules. J'ai été blessée quand je l'ai découvert, mais j'ai compris qu'elle avait agi par amour.

Elle poussa un soupir.

— Et mon père n'était pas parfait. Je l'adorais, mais enfant je ne comprenais pas que son comportement irresponsable mettait une énorme pression sur ma mère, contrainte de cumuler les emplois pour subvenir aux besoins de la famille. Découvrir cela plus tard m'a profondément affectée.

Elle leva vers lui son regard lourd de chagrin.

— Comment pourrais-je quitter ma mère dans la situation où elle se trouve maintenant ?

Harry avait vu la maison endommagée par le feu. Il faudrait des mois pour la remettre en état, si toutefois c'était possible. Esther avait déjà pris sa décision. Elle resterait soutenir sa mère et ne rentrerait pas à Londres.

Il la scruta, la gorge serrée. Il n'avait pas prévu sa réaction, pourtant évidente pour qui la connaissait.

— On peut trouver un arrangement, dit-il.

— Comment ? Avec toi à Londres et moi ici ? Tu sais comme moi que c'est impossible.

Un coup fut frappé à la porte, et Gladys entra avec un sac de courses, accompagnée d'un grand gaillard en uniforme.

— Le capitaine des pompiers est là, Esther, annonça-t-elle d'un ton d'excuse. Il veut bien que vous alliez prendre des affaires dans la maison.

— Je vais t'aider, dit Harry en prenant sa veste.

Elle hésita un instant.

— D'accord, acquiesça-t-elle d'une voix tremblante.

Cinq minutes après, Esther avait mis un casque de chantier et enregistré les instructions du pompier. Ils avaient parlé rapidement des affaires qu'elle voulait récupérer dans la maison. Une partie du toit menaçait de s'effondrer, et cette zone était interdite d'accès, avec la cuisine.

— Préparez-vous au pire. Le salon est entièrement recouvert par la suie.

Harry posa la main sur son épaule quand ils franchirent le seuil du pavillon, et elle lui en fut reconnaissante.

L'odeur âcre de la fumée lui brûla la gorge. Les affaires les plus anciennes de sa mère étaient complètement carbonisées, mais curieusement ses vieux rideaux de velours étaient intacts, bien que noircis par la fumée.

Harry s'affaira pour rassembler les photos de famille pendant qu'elle ouvrait le placard sous l'escalier et sortait le carton contenant les documents bancaires et les polices d'assurance de sa mère. Il fallait aussi récupérer les albums photo et quelques objets sentimentaux.

— Et l'étage ? demanda-t-elle.

— Je préfère envoyer l'un de mes gars à votre place, répondit le chef des pompiers. Dites-moi ce qu'il vous faut.

Quelques minutes plus tard, la plupart des vêtements et des chaussures de sa mère s'entassaient dans des cartons. Enfermées dans une vieille armoire démodée, les affaires étaient peu noircies par la suie, et une lessive en viendrait aisément à bout.

— Je crois que nous avons l'essentiel, dit Esther.

Le capitaine hocha la tête.

— Nous devons sécuriser la maison en attendant que les réparations soient effectuées. Vous risquez de ne pas y revenir avant un bon moment.

Elle acquiesça, les larmes aux yeux. C'était la maison où elle avait grandi, où elle s'était forgé les souvenirs que Harry lui enviait tant. Mais ce n'était que ça. Des souvenirs. Elle avait encore sa mère, dont elle devait résoudre les problèmes. Comme elle ramassait les derniers objets qu'elle voulait emporter, une vague de tristesse la submergea.

Bien sûr qu'elle allait rester auprès de sa mère. Mais elle était peinée pour Harry. Il était resté stoïque quand elle lui avait dit qu'elle ne rentrerait pas à Londres, et il n'était pas question de lui demander de tout abandonner pour elle.

Quand il avait évoqué sa triste enfance, elle avait eu envie de le prendre dans ses bras. Mais à quoi bon ? Deux fois, il avait dit les mots que toute femme espère entendre de la bouche de l'être aimé. Mais elle ne pouvait pas lui avouer qu'elle l'aimait aussi, alors qu'elle ne rentrerait pas à la maison avec lui.

« La maison. » Le mot lui transperça le cœur. Elle se sentait chez elle dans la demeure de Harry. Simplement parce qu'il était là. Allongé près d'elle dans le grand lit. Blotti contre elle sur le canapé. Préparant des œufs et des crêpes dans la cuisine pour le petit déjeuner ou tard le soir. Il était partout dans la maison, dont elle avait fait son foyer.

— Ça va ? demanda-t-il, enlaçant ses épaules.

Elle refoula ses larmes. Elle voulait lui dire qu'elle partageait ses sentiments. Mais à quoi bon, alors qu'ils ne pouvaient pas être ensemble ? Elle allait devoir chercher un nouvel emploi. N'importe quoi ferait l'affaire. Il y avait une maison de retraite dans le quartier, elle pouvait y déposer un CV. Elle n'aurait pas le même salaire qu'à Londres, mais ça irait pour commencer.

— Merci, dit-elle en serrant la main du capitaine des pompiers, soudain impatiente de quitter cette maison qu'elle avait tant aimée.

Elle se dirigea rapidement vers la demeure de Gladys.

— Si j'allais nous acheter du café ? proposa Harry.

Elle approuva d'un signe de tête. Il avait dû sentir qu'elle avait besoin d'être seule.

Elle commença à jeter un coup d'œil aux papiers de sa mère. Mais l'appel qu'elle passa à sa compagnie d'assurance lui causa un choc.

— Quoi ? Que voulez-vous dire ? Non réglés... Quand ?

Les relevés bancaires de sa mère étaient soigneusement rangés dans une chemise. Les feuilletant rapidement, Esther trouva les prélèvements automatiques. Les yeux fixés sur le relevé de compte, elle déglutit en constatant que des prélèvements avaient été refusés par la banque.

C'était impossible. Seigneur, non. Pas maintenant.

Son interlocutrice se montra gentille mais claire. Dès que les paiements avaient été refusés, des lettres de rappel avaient été envoyées à sa mère qui avait eu trente jours pour les régler, faute de quoi sa police d'assurance avait été annulée.

Esther raccrocha, abasourdie.

— Qu'est-ce qu'il y a ? demanda Gladys.

Esther regarda la pendule. La conversation avait duré plus d'une heure.

— Ma mère... n'était plus assurée, bredouilla-t-elle.

Sans répondre, Gladys s'assit en face d'elle.

— Mais je lui envoyais de l'argent..., poursuivit-elle. Ces dernières semaines, j'ai fait moins de gardes, pourtant je lui virais chaque mois le montant dont elle avait besoin. Je n'ai simplement pas pu lui donner de supplément...

— Tout a augmenté, Esther, répondit Gladys d'un ton empreint de sympathie. La nourriture, le gaz, l'électricité. Et même les impôts locaux.

— Quoi ? Elle ne me l'a pas dit...

Gladys soutint son regard.

— Elle savait à quel point tu travaillais dur et ne voulait pas t'accabler davantage. Et puis, elle regrettait tant que tu ne t'autorises pas à avoir une vie privée...

Esther tressaillit. Elle ignorait que sa mère s'était confiée à Gladys. Les larmes lui montèrent aux yeux. Après son père, c'est elle qui avait trahi sa mère...

— Mais elle n'a pas réglé ses dettes et elle va tout perdre !

Bouleversée, elle ne voyait pas comment sortir de cette impasse. Elle devrait prendre une nouvelle hypothèque sur la maison pour effectuer les réparations, mais était-ce possible sur une maison endommagée par le feu ?

En outre, toute la cuisine devrait être remplacée, ainsi que le toit. Sans parler du mobilier détruit.

La tête entre ses mains, Esther se sentait totalement impuissante.

— Qui va tout perdre ?

Elle se retourna en entendant la voix de Harry.

— Je vais peut-être vous laisser, dit Gladys en se levant.

— Restez, je vous en prie, répondit Harry. Esther et moi allons sortir prendre un peu l'air.

Hébétée, Esther n'arrivait plus à réfléchir. Elle saisit machinalement la main que Harry lui tendait.

— Marchons jusqu'à l'hôpital, dit-elle. C'est bientôt l'heure des visites, et je veux voir comment va maman. Gladys, ne parlez de ça à personne, s'il vous plaît. Je vais voir ce que je peux faire.

Gladys acquiesça pensivement.

Luttant pour tenir le coup, Esther alla jusqu'au bout de la rue avant d'éclater en sanglots. Harry l'entraîna dans une aire de jeux voisine et l'assit sur une balançoire. Il posa les mains sur ses épaules.

— Dis-moi ce qui s'est passé.

— Je ne lui envoyais pas assez d'argent... Elle n'a pas payé ses cotisations d'assurance. Elle n'est plus assurée... Je ne sais pas comment on va réparer la maison... C'est ma faute.

Le cœur de Harry se serra. Quand il l'avait connue, Esther travaillait comme une forcenée, et il l'avait encouragée à prendre du repos pour être avec lui. Les nuits ne lui suffisaient plus, il voulait plus. Il était responsable de la situation et ne pouvait pas la laisser s'accuser à sa place.

Il se pencha pour écarter une mèche de sa joue humide.

— Ça peut s'arranger, Esther.

— Comment ? demanda-t-elle, les yeux noyés de larmes.

Il sortit un trousseau de clés de sa poche.

— Je ne suis pas allé acheter du café. J'ai appelé une agence immobilière et récupéré les clés d'un logement à louer à quelques rues d'ici. Ta mère peut s'y installer tout de suite, en attendant que tout soit réglé.

Elle regarda fixement les clés.

— Mais tu ignorais tout...

— J'ai vu la maison et je savais que ta mère ne pourrait pas y retourner de sitôt. Et puis, vu le caractère de sa fille, je me doutais qu'elle n'aimerait pas s'éterniser chez sa voisine.

Esther prit plusieurs inspirations. Elle était si perturbée qu'elle n'avait même pas pensé à ce qu'ils feraient ce soir.

— Nous pouvons tous loger là-bas. L'agent immobilier a pu me faire visiter les lieux. C'est propre et meublé. Nous devons juste aller chercher des draps et des serviettes avant de récupérer ta mère à l'hôpital.

— Mais il faut que je te rembourse la location… Combien je te dois ?

— Rien.

— Non. Pas question.

— Esther, si je ne t'avais pas persuadée de prendre des jours de congé, tu aurais continué à envoyer à ta mère l'argent dont elle avait besoin. C'est ma faute, pas la tienne. Et j'en suis sincèrement désolé.

— Comment peux-tu croire une chose pareille ?

— Je te voulais, Esther. Je te voulais toute à moi. Je voulais ton temps, ton attention. Être avec toi m'a ouvert les yeux sur beaucoup de choses. Tu as mis de la joie dans ma vie, alors que je m'en croyais indigne…

Elle secoua la tête.

— J'ai abandonné ma mère, Harry… Je t'ai dépeint ma vie sous un jour flatteur, et c'est vrai que j'ai une belle relation avec ma mère. Mais mon père était instable, rêveur, et il lui a mené la vie dure. Il l'a déçue. Aujourd'hui, c'est à mon tour…

— Comment ça ?

— Ma mère me répétait sans cesse que je travaillais trop dur. Qu'il fallait un équilibre entre travail et vie privée. Mais je n'ai rien voulu entendre… Je n'en faisais qu'à ma tête, je mettais mon corps à rude épreuve… Et puis je t'ai rencontré, Harry, dit-elle en plongeant son regard bleu dans le sien. J'ai découvert la joie de s'amuser. J'avais beau me répéter que c'était une relation sans lendemain, mon cœur ne voulait rien savoir. J'aurais dû mettre fin à tout cela avant qu'il soit trop tard…

Elle s'attendait qu'il proteste. Mais il s'assit sur la balançoire voisine et enlaça ses doigts.

— En venant ici aujourd'hui, je m'attendais à devoir m'expliquer au sujet de la photo. Je croyais pouvoir dissiper ce malentendu, et que tout s'arrangerait alors pour nous.

Elle se figea, glacée.

— Et tu ne le crois plus ?

Contre toute logique, elle avait envie de protester. De le serrer très fort et de lui crier qu'il y avait sûrement un moyen de tout arranger.

— Nous sommes si différents, remarqua-t-il tristement.

— C'est vrai. Et si j'en avais le courage, je te dirais que les contes de fées n'existent pas. Pas pour les gens comme moi.

Il la dévisagea douloureusement.

— Alors, pourquoi es-tu la seule à compter vraiment pour moi, quoi qu'il arrive ? demanda-t-il en secouant la tête. Je ne te mérite même pas, Esther. Je ne suis pas assez bien pour toi. Tu as un cœur énorme, et il est facile de t'aimer, mais je ne suis pas comme toi.

— Pourquoi penses-tu ne pas être assez bien pour moi ?

Il baissa la tête.

— Parce que tu sais vivre. Aimer. Embrasser l'existence. Mon expérience de l'amour est très différente de la tienne. Pour ne pas dire inexistante. Je ne pourrai jamais être celui que tu voudrais que je sois.

Le cœur d'Esther se serra. Elle aimait Harry. Elle l'aimait tant que c'en était douloureux. Et voilà qu'il se croyait indigne d'elle !

— Mais il faut commencer quelque part, Harry. Chaque jour de ton existence, tu apprends à aimer quelque chose. Une personne, un animal, un plat, un moment. Une vision, un son, un goût. C'est tout cela qui construit celui que tu es, et de mon point de vue tu n'es pas si mal.

Un sourire triste aux lèvres, il secoua la tête.

— Je vais te confier une chose que je n'ai jamais dite à personne, murmura-t-il d'une voix à peine audible. En apprenant la mort de mon père, une partie de moi a été soulagée de ne plus avoir cette épée de Damoclès au-dessus de la tête. Mais d'un autre côté, j'étais encore le petit garçon de cinq ans avide de l'amour de ses parents. Je voulais tant être comme tout le monde...

Il tendit la main pour lui caresser la joue.

— Tu es la première personne qui m'ait donné l'impression

que, peut-être, j'étais quelqu'un de bien. Digne d'être aimé. Tu te moques de mon titre de duc comme de ma profession. J'ai cru qu'une aventure passagère avec toi serait plaisante mais, Esther, ce n'est pas mon truc. Pendant longtemps, j'ai cherché l'amour, et maintenant que je l'ai trouvé, je ne veux plus le lâcher. Je veux te suffire, Esther. Et je refuse de vivre cette existence sans toi, conclut-il en la regardant dans les yeux.

Elle tendit une main tremblante et glissa les doigts dans ses cheveux.

— Ce que tu m'as raconté à propos de ton père m'a fendu le cœur pour l'enfant que tu étais. Il faut du courage pour admettre qu'en dépit du mal qu'il t'a fait, tu as aspiré jusqu'au bout à te rapprocher de lui.

Il ferma les yeux.

— Cinq minutes. Je me serais contenté de cinq minutes avec lui, durant lesquelles il aurait enfin posé un regard aimant sur moi. Mais ça n'est pas arrivé. Et je dois vivre avec.

Elle prit son visage entre ses mains.

— Tu es digne d'amour, Harry. Je t'aime tant que mon cœur est près d'éclater. Je n'ai jamais aimé personne comme je t'aime, et ça ne m'arrivera jamais plus. Mon cœur t'appartient, Harry Beaumont. Il est tout à toi.

Elle vit des larmes briller dans ses yeux.

— Mais c'est la pagaille ici en ce moment, reprit-elle en soupirant. J'ai tant à faire. Je dois aider ma mère à retrouver une vie normale.

— Alors c'est non ? demanda-t-il à voix basse.

— Pas du tout ! répondit-elle du fond du cœur.

Il se leva et l'attira à lui.

— Dis-moi ce que tu veux, Esther. De quoi tu as besoin.

Quelque part, c'était ce qu'elle avait toujours voulu sans le savoir. Elle n'avait même pas osé se rêver dans le rôle de Cendrillon. Son aspiration avait toujours été simple : gagner sa vie pour devenir indépendante.

— J'ai besoin d'un peu de temps pour tout régler, dit-elle avec douceur. Merci pour les clés de la maison. Grâce à toi, maman aura un toit au-dessus de la tête en attendant que j'arrange cette histoire avec son assureur.

— Ou tu peux me laisser régler les choses…

Elle pinça les lèvres.

— Si je disais oui, ça ne me ressemblerait pas.

Il lui adressa un sourire éblouissant.

— Je ne t'aimerais pas si tu étais différente.

Il ferma les yeux un instant et hocha lentement la tête.

— Et s'il se passait quelque chose qui permette à ta mère de retrouver un toit ?

Elle rit doucement.

— Qu'est-ce qui pourrait bien arriver ?

— Je ne sais pas, moi. Un billet de loterie. Une manne tombée du ciel. Une pension oubliée de ton père. Une vieille police d'assurance égarée qui vous serait reversée…

Elle retint son souffle. Il savait que son orgueil ne lui permettait pas d'accepter de l'argent de lui, aussi lui offrait-il une échappatoire. Une façon d'arranger les affaires de sa mère, avec un petit coup de pouce de sa part.

Elle lui caressa les cheveux.

— D'où sors-tu donc ? murmura-t-elle à voix basse.

Il faisait ça pour elle. Pour lui permettre de sauver la face et préserver sa fierté.

— D'un endroit effrayant plein de petits bébés, lui chuchota-t-il à l'oreille. C'est là que je me sens le plus chez moi, et toi aussi, je crois.

Esther avait les yeux brillants de larmes. Elle avait commencé la journée en croyant que l'homme qu'elle aimait l'avait trahie, et qu'elle devrait quitter pour toujours son travail adoré.

Et voilà que Harry était à ses côtés et lui offrait une opportunité de rester avec lui en gardant son travail.

— J'ai encore une chose à te dire, reprit-il calmement en la serrant contre lui. Et j'espère que c'est ce que tu veux entendre. J'ai accepté un poste permanent au Queen Victoria, avec ma propre équipe. J'ai dit oui, parce que j'ai enfin trouvé l'endroit où je me sens chez moi : avec toi. Je t'aiderai à résoudre les problèmes de ta mère, car tu n'as pas à porter ce fardeau sur tes seules épaules. Je suis là, Esther. Et je compte bien rester.

Elle s'écarta légèrement pour le dévisager.

— Harry ?

Il posa un doigt léger sur ses lèvres pour la faire taire.

— Je sais que tu as des centaines de questions. Mais commençons par la plus importante. Je t'aime, Esther. Pour le meilleur et pour le pire, je veux être à tes côtés. Et je n'aimerai jamais personne d'autre que toi.

— C'est une question ?

Il sourit.

— Tu vas me trouver dingue, mais maintenant que j'ai trouvé une femme à aimer, je veux le crier au monde entier, dit-il avec douceur. Alors quand les problèmes de ta mère seront réglés, que dirais-tu de rendre notre relation plus permanente ? Veux-tu vivre avec moi, Esther ? demanda-t-il, les yeux dans les siens. Veux-tu m'épouser ?

Folle de joie, elle éclata de rire.

— Tu veux te marier ?

— Oui... Une minute, pourquoi tu ris ?

— Tu me vois en Duchesse de Montrose ? *Moi* ? dit-elle, incapable de s'arrêter.

Il la souleva dans ses bras et la fit tournoyer autour de lui.

— Absolument, répondit-il en la reposant avec douceur, laissant leurs corps se frôler. Pourquoi pas ? Tu es Écossaise. Au moins, tu seras authentique dans cette famille !

Elle noua les bras autour de son cou.

— C'est moi que tu veux, ou n'importe quelle Écossaise ferait l'affaire ?

— C'est toi que j'aime, n'en doute pas une seule seconde, murmura-t-il contre sa bouche. Alors, ça veut dire oui ?

— Ça veut dire oui !

Et ils scellèrent d'un baiser cette promesse d'amour éternel.

12

— Quel gentil jeune homme, remarqua la mère d'Esther, confortablement installée sur le canapé du salon.

Elle couvait Harry des yeux depuis qu'elle l'avait rencontré à l'hôpital et qu'il avait pris ses dispositions pour l'installer dans son logis provisoire.

Elle caressa le tissu velouté du divan.

— C'est si bien ici. Vous avez eu de la chance de trouver ça dans un délai aussi court. On peut voir la côte jusqu'à Leith. Je n'ai jamais eu de vue sur la mer.

— Ça te plaît ? demanda Esther, ravie.

— C'est le logement de mes rêves, répondit sa mère avec enthousiasme.

Harry s'approcha, des papiers à la main.

— Tant mieux, car rien ne vous oblige à en partir. Cet appartement était à louer avec option d'achat. Une fois votre maison restaurée avec l'argent de l'assurance, vous pourrez la vendre et emménager ici, si vous le souhaitez.

Esther prit sa main. Il n'y avait pas d'argent de l'assurance, bien sûr, et ils étaient convenus de ne pas le dire à sa mère.

— Mais ce logement ne vaut pas plus cher que ma petite maison ?

Évidemment, si. Mais Harry rejeta l'argument d'un revers de main.

— Il s'agit d'un appartement, pas d'une maison. Esther pourra s'occuper des formalités de vente et d'achat, et si vous préférez l'appartement, vous pourrez l'avoir.

Il se pencha pour regarder par la fenêtre.

— Vous avez raison, on a une jolie vue sur la mer…

Sa mère remonta la couverture sur elle tout en regardant nerveusement Esther.

— Si je m'installais ici, je n'aurais plus de jardin à entretenir. L'immeuble est neuf et a une entrée sécurisée et un ascenseur. Et puis, il y a une chambre pour vous, si Harry et toi venez me rendre visite…

Esther sentit de nouveau ses yeux s'emplir de larmes. De bonheur cette fois. Elle s'assit près de sa mère et la serra dans ses bras. La vieille dame était reposée et avait repris des couleurs.

— Laisse-nous nous charger de tout, maman, dit-elle en échangeant un regard complice avec Harry.

Il s'agenouilla devant elles.

— Une dernière chose…

Sous le regard ébahi d'Esther, il sortit un petit écrin de sa poche. Quand diable avait-il trouvé le temps de se rendre dans une bijouterie ?

Sur le velours scintillait une magnifique émeraude sertie de diamants.

— Héritage familial, expliqua-t-il. Cette bague appartenait à la dernière duchesse de sang écossais, mon arrière-arrière-grand-mère. J'ai pensé qu'elle t'irait à merveille.

Il sortit le bijou de son écrin.

— Esther McDonald, tu as apporté le soleil, la vie et la joie dans mon existence, et j'espère te rendre la pareille. Maintenant, et à jamais. Veux-tu faire de moi le plus heureux des hommes en devenant mon épouse ?

La gorge nouée par l'émotion, elle acquiesça et lui tendit la main pour qu'il glisse la bague à son annulaire.

Avec un cri de joie, sa mère applaudit pendant qu'il soulevait Esther et la faisait virevolter autour de lui.

Il la reposa et lui chuchota à l'oreille :

— Alors, madame la duchesse de Montrose, quel sera votre premier souhait ?

Elle le fixa, les yeux pétillants de malice.

— Ce sera pour plus tard, mon doux seigneur, et uniquement pour vos nobles oreilles.

Et elle l'embrassa, éperdue de bonheur.

TINA BECKETT

Le rêve de Carly

INTÉGRALE
SAGES-FEMMES DE LONDRES

Traduction française de
EVELINE CHARLÈS

SAGAS
HARLEQUIN

Titre original :
MIRACLE BABY FOR THE MIDWIFE

Ce roman a déjà été publié en 2020.

Prologue

Adem Kepler se rappelait le trajet nocturne comme si c'était la veille… La couverture rugueuse qui lui écorchait la joue, les nids-de-poule dans la route, les lumières clignotantes de l'avion qui les avait transportés vers un autre pays.

Il n'avait compris que bien plus tard à quel point son petit frère était malade ; à quinze ans, tout ce qu'il voyait, c'était que sa mère n'arrêtait pas de pleurer et que son père gardait la bouche serrée.

Il savait désormais que la décision de ses parents avait sauvé la vie de Basir, mais à l'époque il n'en avait aucune idée.

Il savait également désormais que les tumeurs du cerveau touchent tout le monde, quels que soient l'âge, la nationalité ou le sexe.

Mais adolescent, il ressentait surtout colère et frustration de laisser tous ses amis derrière lui.

La première année avait été difficile. Il fallait apprendre une nouvelle langue, appréhender une nouvelle culture. Pourtant, lentement, le jeune garçon furieux était devenu un homme qui comprenait le sacrifice que ses parents avaient fait.

La gravité de la maladie qui avait frappé Basir aurait dû cimenter la famille, elle avait eu l'effet contraire. Les disputes continuelles entre son père et sa mère s'étaient muées en un silence empreint de rancune. Le père d'Adem s'était totalement investi dans le restaurant qu'il avait ouvert, et il avait passé de plus en plus de temps hors de la maison.

Adem avait conscience que la plupart des décisions qu'il avait prises dans sa vie s'expliquaient par son enfance, même celle de s'engager dans la neurochirurgie. C'était aussi pour les mêmes raisons qu'il avait milité auprès du directeur du Queen Victoria pour l'ouverture d'un dispensaire dans l'un des quartiers les plus pauvres de la ville. Quand on lui en avait offert la direction, il avait sauté sur l'occasion.

Cela lui permettrait de faire la différence pour des patients comme Basir, il en était persuadé. Le nouveau dispensaire aiderait les personnes en difficulté, qu'il s'agisse de maladies, de problèmes familiaux ou de grossesses.

S'il avait ainsi la possibilité de changer la vie d'une seule personne pour le meilleur, cela en vaudrait la peine. C'était le but qu'il s'était fixé en faisant des études de médecine et en dirigeant le dispensaire. Rien ni personne ne s'interposerait entre son objectif et lui.

Jamais.

1

Cinq années plus tard.

Carly Eliston remontait les couloirs de l'unité de soins intensifs néonatals, une robe longue en soie bleue posée sur le bras. Carly avait cédé à une impulsion irraisonnée en l'achetant, mais ne l'avait jamais portée par la suite. Le bustier orné de paillettes n'était pas des plus discret ! Son amie Esther, qui lui avait emprunté la robe, avait insisté pour la lui rendre. La tenue avait apparemment fait son petit effet, puisque Esther et Harry Beaumont étaient tombés amoureux et allaient se marier.

Carly s'interrogeait. Peut-être aurait-elle dû la porter, elle aussi…

Non ! Elle n'avait nullement besoin d'un homme dans sa vie. Une seule rupture sentimentale lui suffisait. Par bonheur, son ex-fiancé avait un poste dans un autre hôpital, il était marié et avait un enfant en route.

C'était ce qu'il avait toujours voulu : une famille et des enfants. Le fait que Carly n'ait qu'un seul ovaire rendait les grossesses peu probables pour elle, mais Kyle lui avait juré qu'il ne rompait pas avec elle pour cette raison.

Pendant un an, ils avaient tenté en vain de concevoir un bébé. Chaque fois qu'elle avait ses règles, Carly était plus désespérée, jusqu'à ce qu'un jour Kyle…

C'est du passé, Carly. Laisse ça derrière toi.

Jamais elle n'avait ressenti une telle nécessité de donner une impulsion nouvelle à sa vie !

Elle s'apprêtait à pousser une porte quand celle-ci s'ouvrit brusquement sur un homme.

Adem Kepler… Génial ! Le médecin, qui dirigeait le dispensaire où elle travaillait, avait une réputation de don Juan, ce qui était l'une des raisons pour lesquelles elle l'évitait dans la mesure du possible. D'après la rumeur, il n'entretenait que des relations superficielles avec les femmes. Et s'il y avait bien quelqu'un sur qui elle n'aurait pas voulu que la magie de cette robe opère, c'était bien lui… Même si son cœur battait follement chaque fois qu'elle le croisait.

Et quand il arborait ce petit sourire sardonique, elle était perdue !

— Vous allez quelque part ? demanda-t-il.

Elle s'efforça de ne pas se laisser distraire par son sourire ou son léger accent. Après tout, elle avait beau avoir passé dix ans en Angleterre, le sien trahissait encore son origine américaine.

— Désolée, je ne m'attendais pas que la porte… J'allais au parking, déposer cette robe dans ma voiture, et me rendre au dispensaire.

Adem effleura la soie du bout des doigts.

— Ravissant, mais pas vraiment votre style. Elle a l'air vraiment sophistiquée ! Si je m'en souviens bien, la soirée de collecte de fonds pour l'hôpital n'est pas avant l'an prochain.

— La soirée…

Oh ! Il pensait qu'elle avait emprunté la robe pour une réception. Il n'y aurait eu aucun mal à cela, bien entendu, mais il semblait penser qu'une telle tenue ne lui convenait pas.

Elle avait acheté cette robe avec l'espoir de donner un nouveau souffle à sa relation avec Kyle… Une semaine plus tard, il lui annonçait qu'il la quittait…

Elle se redressa.

— Ce n'est pas parce que vous n'avez pas été assez *chanceux* pour me voir dans cette tenue que je ne la porte pas.

Tu ne l'as jamais portée, Carly.

— Bon, fit-elle, peut-être à une autre fois. Pour l'instant, si vous voulez bien m'excuser…

Elle attendit un instant, mais il ne bougea pas. Il ne lui bloquait pas exactement le passage, mais la porte s'était refermée derrière lui, et elle devait le contourner.

— Vous avez une minute ? demanda-t-il. Je voulais justement vous voir au dispensaire. Nous devons parler de quelques changements à apporter au programme des sages-femmes visiteuses.

— Les habitantes de ce quartier ont besoin d'avoir accès aux soins que nous pouvons...

— Du calme ! On ne va rien supprimer. J'étais justement ici pour réclamer des subventions supplémentaires. Comme elles nous sont accordées, nous aurons deux échographes portables de plus. Mais il nous faudra aussi des techniciens supplémentaires et des sages-femmes formées à l'usage de ces machines.

Le cœur de Carly se mit à battre plus vite. Elle avait déjà réclamé ces échographes portables, sans succès.

— J'aimerais faire partie de ces sages-femmes.

— J'y ai pensé, justement. On pourrait en discuter en buvant un thé, vous ne pensez pas ?

— D'accord. Je vous retrouve à la cafétéria quand j'aurai posé ma robe dans la voiture ?

— Parfait.

Cinq minutes plus tard, Carly se dirigeait vers la cafétéria. Se retrouver nez à nez avec Adem Kepler devait l'avoir émue plus qu'elle ne le pensait, parce que dès qu'il avait été hors de vue, elle avait eu l'impression que tous ses muscles se relâchaient. Elle avait même dû s'appuyer quelques secondes à un mur, tant ses jambes tremblaient.

Mais des échographes portables...

Il ignorait à quel point elle les avait voulus et comme ce serait une aide précieuse. Les sages-femmes n'auraient plus à demander aux patientes d'aller à l'hôpital faire les échographies. Certaines d'entre elles n'avaient pas confiance dans les établissements publics, hôpitaux compris.

En entrant dans la cafétéria, Carly repéra immédiatement Adem, qui s'était installé dans un coin de la salle. Elle inspira profondément, puis lui adressa un sourire radieux et se dirigea vers le comptoir pour commander un café. Parfois, ses origines américaines prenaient le dessus, et elle optait pour la boisson noire et amère que sa mère buvait en permanence. Après y avoir ajouté une dose de crème, elle rejoignit Adem.

Elle se laissa quasiment tomber sur une chaise face à lui. Il prit un petit pot argenté et versa dans sa tasse un liquide sombre qui semblait épais.

— Je ne vois pas de sachet de thé, dit-elle. C'est du café ?

— Oui, mais à la manière turque. Je mouds les grains moi-même, et je le prépare dans mon bureau. Je vois que vous ne buvez pas de thé non plus.

— Non. Comme la vôtre, mon ascendance remonte parfois à la surface.

— Votre mère enseigne la musique à l'université internationale ?

Elle hésita, sans savoir pourquoi.

— Oui. C'est pour cette raison que je suis venue à Londres il y a plusieurs années. J'avais le choix entre poursuivre mes études ici ou aux États-Unis, j'ai préféré rester près de ma mère.

— C'est la même chose pour moi. Quand mes parents se sont installés dans le quartier de Hackney, j'étais encore au lycée. Mon père a un restaurant, pas loin du dispensaire. Il aurait souhaité que je prenne sa succession, mais par bonheur mon frère a montré plus de dispositions que moi dans ce domaine.

— Vous n'avez pas de sœurs ?

— Non. Et vous ?

— Je suis fille unique. Nous ne sommes plus que toutes les deux, ma mère et moi. Mon père était archéologue, mais il est mort au cours d'une fouille quand j'avais dix ans.

— Ça a dû être dur.

Elle sentit qu'elle commençait à se détendre, et sourit.

— Oui, mais j'ai gardé de bons souvenirs de lui.

Enfant, elle avait été un véritable garçon manqué. Elle adorait faire des trous dans le jardin et prétendre y trouver des os qu'elle nettoyait soigneusement avec une brosse.

— Vous n'avez pas voulu être archéologue ?

— Non. Je l'avais envisagé, mais ma mère a fait une fausse couche et perdu le bébé qu'elle attendait. Par la suite, elle n'a pas pu en avoir d'autre ; c'est sans doute ce qui a suscité mon intérêt pour le suivi prénatal et l'accouchement.

Cet intérêt était devenu doux-amer, quand elle-même avait à son tour rencontré des problèmes de fertilité.

— Je suis désolé, dit-il. Pour votre mère, pas que vous vous soyez intéressée aux bébés.

Bébés.

La façon dont il avait prononcé ce mot la fit frissonner. Elle n'avait pas dit que les enfants la passionnaient, mais c'était ainsi qu'il avait compris ses explications.

— Je m'intéresse aux mamans et *ensuite* aux bébés.

Il but une gorgée de café et fixa un instant le fond de sa tasse.

— C'est ce que je voulais dire, bien entendu, dit-il en levant ses yeux sombres vers elle.

Cette fois, le frisson de Carly n'avait rien à voir avec les enfants et tout avec l'homme qui lui faisait face. Seigneur ! Qu'est-ce qui n'allait pas, chez elle ?

— Bien entendu, fit-elle en décidant de changer de sujet. Alors comme cela, nous allons avoir des échographes portables. Comment se passera la formation ?

— Je me suis renseigné quand j'ai fait la demande. Si j'ai bien compris, pour celles qui ont un diplôme d'infirmière… Ce qui est votre cas, à ma connaissance… Vous bénéficierez d'une formation d'un an. Elle sera de deux ans pour les autres sages-femmes. L'autre option étant que si vous prenez un échographe en consultation, vous demandiez qu'un technicien vous accompagne.

— Cela pourrait marcher. Nous aurons suffisamment de techniciens ?

— Évidemment, il nous en faudrait davantage.

— Frieda est technicienne ici, à l'hôpital. Comme nous sommes amies, elle acceptera éventuellement de nous accorder bénévolement une heure ou deux par semaine.

Il posa sa tasse sur la table.

— Vous faites cela ? Des heures supplémentaires non payées ?

— Euh… Ça pose un problème ?

— C'est juste que je ne vois pas pourquoi vous le feriez.

La nouvelle ne le réjouissait manifestement pas…

— L'hôpital compte lui-même sur des bénévoles pour un certain nombre de tâches, répondit-elle. Par ailleurs, je ne veux pas ponctionner plus que nécessaire les subventions. Après tout, on ne nous donnerait peut-être pas ces échographes portables si nous exigions d'être rétribuées pour chaque seconde passée au dispensaire. Je sais que j'ai droit aux congés payés, mais si je peux aider, j'aime bien faire cadeau de quelques heures.

— C'est compris, Carly.

La façon dont il prononça son prénom la fit délicieusement frissonner. Elle fit immédiatement marche arrière. Il avait beau être médecin, il n'en était pas moins homme… Et un homme qui la troublait. La dernière chose qu'elle voulait, c'était s'engager dans une relation problématique avec un collègue, comme cela avait été le cas avec Kyle. Sans compter qu'Adem était aussi son patron. Elle avait le droit de fantasmer à son propos, mais il ne fallait surtout pas qu'il le sache.

— Rassurez-moi, dit-elle, ce n'est pas un problème ? Je ne suis pas prise tous les soirs, et ce n'est pas comme si je travaillais cent heures par semaine.

Récemment, un couple d'amis avait tenté d'organiser un dîner à quatre pour elle. Mais chat échaudé craignait l'eau froide. Elle n'avait pas vraiment envie de se précipiter dans une nouvelle histoire. Les heures supplémentaires étaient une bonne excuse pour décliner les invitations de ce genre.

Sa rupture avec Kyle lui avait laissé un goût amer. Et s'il l'avait quittée à cause de son infertilité, elle n'avait pas envie d'expliquer ses problèmes à un autre homme.

Elle but une gorgée de café tiède.

— Je ferais bien de partir, si je ne veux pas être en retard au travail, dit-elle. Merci de m'avoir prévenue de l'arrivée prochaine de ces machines. Vous savez quand on les aura ?

— Pas encore, mais vous serez la première à être au courant.

— Encore merci… Un jour, j'aimerais bien goûter à ce café turc, fit-elle sans savoir pourquoi.

Il la fixa un instant.

— J'en ferai pour vous un de ces jours, Carly.

Soudain, des réactions qu'elle croyait avoir définitivement étouffées se manifestèrent… Ses mamelons durcirent, et elle se mit à respirer très vite.

Ne te laisse pas avoir par le charme de cet homme.

— À plus tard.

— À très vite.

Elle se força à déposer calmement sa tasse et sa cuillère sur un chariot, puis poussa la porte de la cafétéria et retrouva le monde réel. Un monde où Adem était un médecin ordinaire, incapable d'appuyer sur des ressorts qu'elle avait fait en sorte de désactiver. Certains d'entre eux avaient manifestement décidé de reprendre leur autonomie...

Après le départ de Carly, Adem prit conscience qu'il savait très peu de choses à son propos. Elle n'était visiblement pas du genre à se confier facilement. Lorsqu'il avait vu la robe, il l'avait presque insultée en disant la première chose qui lui était passée par la tête.

Bien entendu, cette jeune femme avait une vie privée et pouvait parfaitement porter des tenues de soirée lors de réceptions dont il n'avait pas connaissance.

Il avait entendu parler de fiançailles rompues, mais, n'appréciant pas particulièrement les potins, n'avait pas cherché à en savoir davantage. Cela ne le regardait pas, d'autant qu'il n'excellait pas vraiment lui-même dans le domaine des relations amoureuses. Il laissait cela à son frère, aujourd'hui marié et aspirant à la paternité.

L'espace d'un instant, Adem imagina Carly dans cette robe bleue, avec sa peau claire et ses cheveux roux.

Bon sang !

Ce n'était pas comme s'il venait de s'apercevoir à quel point elle était séduisante. Il le savait depuis longtemps et s'en était à plusieurs reprises fait la réflexion.

À cet instant, il aurait préféré n'avoir jamais remarqué à quel point elle était ravissante.

Carly suspendit la robe dans sa penderie. Elle se réjouissait que sa magie ait fonctionné pour Esther, qui formait un couple génial avec Harry.

Tant mieux, si certaines de ses amies d'enfance et de faculté avaient trouvé l'amour de leur vie ! Quant à elle... Avait-elle vraiment été amoureuse de Kyle, ou seulement séduite par la perspective de se marier et de fonder une famille ? Aujourd'hui, elle prenait même conscience que cette union aurait été une énorme erreur.

Au moins, elle était libre !

Libre de faire ce qu'elle voulait de sa vie, sans être influencée par quiconque. Libre aussi de faire l'amour avec qui elle voulait et quand elle le voulait.

Elle jeta un coup d'œil à la robe bleue qui avait tant surpris Adem. Comme elle aurait voulu qu'il la voie dans cette tenue !

Cela n'arrivera pas, Carly.

Elle connaissait Adem Kepler depuis l'ouverture du dispensaire, cinq ans auparavant. C'était même lui qui l'avait reçue, lors de son entretien d'embauche.

Seigneur ! Le face-à-face avec un beau médecin à la peau mate et aux cheveux sombres l'avait privée de toute capacité de réflexion. Son pied droit avait entamé une petite danse, pendant qu'il détaillait pour elle les qualités requises pour le poste, et elle avait été obligée de décroiser les jambes et de poser le pied au sol pour l'empêcher de bouger.

Le phénomène s'était reproduit à plusieurs reprises, chaque fois qu'ils se croisaient, en fait, et quand Adem avait commencé à hanter ses rêves, Carly avait décidé qu'il valait mieux l'éviter autant que possible. Évidemment, ce n'était pas très facile !

Tout cela pour découvrir qu'il la trouvait trop banale pour porter une robe de soirée sexy ! Eh bien... Si l'occasion se présentait, elle lui prouverait qu'il se trompait !

La sonnerie de son téléphone, posé sur sa coiffeuse, l'arracha à ses réflexions.

Ce n'est pas lui. Il n'a aucune raison de t'appeler chez toi.

Elle consulta pourtant l'écran le cœur battant, et fronça les sourcils. Naomi Silver était une patiente enceinte de près de neuf mois. Elle aussi, elle avait eu des problèmes de stérilité pendant cinq ans, si bien que son mari et elle avaient adopté une petite fille. Et c'était alors, au moment où ils ne s'y attendaient plus, que Naomi était tombée enceinte.

Jamais Naomi ne l'aurait appelée sur son téléphone personnel sans raison sérieuse...

— Allô !

Pour toute réponse, Carly entendit quelqu'un renifler.

— Naomi ? Tout va bien ?

— Je... J'ai tellement peur !

— Que se passe-t-il ? Où êtes-vous ?

— À la maison. J'ai horriblement mal à la tête. Je... Est-ce que ça peut être un AVC ?

Plusieurs diagnostics fusèrent dans l'esprit de Carly. Prééclampsie. Éclampsie. Mort fœtale. Le débit de Naomi ne semblait pas affecté, mais Carly ne voulait prendre aucun risque.

— Vous pouvez venir à l'hôpital ?

— Pas au dispensaire ?

Carly réfléchit un instant. Au dispensaire, pratiquer une césarienne était possible, mais il n'y avait pas l'équipement nécessaire pour une IRM.

— Non, au Queen Victoria.

— Je pense que oui. Mon mari pourra m'amener.

— Très bien. Je vous retrouve là-bas.

Dès qu'elle eut raccroché, Carly retira ses leggings et son T-shirt de nuit, mit une jupe et un chemisier noirs et enfila les chaussures à talons compensés qu'elle mettait d'ordinaire quand elle allait à l'hôpital. Tout en pestant contre elle-même, elle appela l'homme qu'elle s'efforçait d'oublier. Elle n'eut que son répondeur et laissa un bref message lui demandant s'il pouvait la retrouver au Queen Victoria.

Et s'il était en compagnie d'une femme ?

Carly tenta de refouler les images qui se pressaient dans son esprit. Ce n'était vraiment pas le moment !

Elle jeta un coup d'œil à sa montre. Il n'était que 19 heures. S'il n'avait pas son message, il y aurait certainement un neurochirurgien de garde.

Elle prenait ses clés de voiture quand la sonnerie de son téléphone portable retentit.

Adem.

— Je suis désolée de vous déranger, dit-elle aussitôt, mais j'ai une patiente, Naomi, qui présente des symptômes inquiétants. Elle est en route pour le Queen Victoria.

— Quels symptômes ?

— Elle a une migraine terrible et elle est terrifiée alors qu'elle n'est pas du genre à s'inquiéter pour rien. Je pars immédiatement.

— J'y serai dans cinq minutes. À tout de suite.

Il raccrocha. Aussitôt, elle s'inquiéta… Et s'il ne s'agissait que d'un simple mal de tête ? Sauf que des symptômes de ce genre n'étaient pas à négliger, chez une femme enceinte. Et puisque Adem avait proposé de se rendre à l'hôpital sans qu'elle le lui demande, il n'avait pas modifié ses projets à cause d'elle.

Du moins l'espérait-elle.

Comme elle devait traverser la ville, le trajet lui prit un peu plus de temps qu'elle ne l'escomptait ; quand elle arriva, Adem était déjà aux urgences. Il était en jean et chemise blanche à col boutonné, une tenue à la fois décontractée et chic. La bouche soudain sèche, Carly fit de son mieux pour refouler sa réaction habituelle.

— Désolée de vous avoir fait venir.

— Vous ne me l'avez pas demandé, alors ne vous excusez pas.

Il avait raison, ce qui n'empêchait pas qu'elle culpabilise.

— Vous alliez sortir ? demanda-t-il.

— Sortir ?

— Vous êtes très élégante.

Ah ! Elle portait d'ordinaire une blouse blanche quand elle travaillait et s'habillait de toute façon plus simplement pour aller au dispensaire.

— Non, mais je suis souvent en jupe quand je viens à l'hôpital. Ici, l'atmosphère est très différente.

— J'aurais dû m'en douter.

— Comment cela ?

Il n'eut pas le temps de répondre, car sa patiente remontait l'allée, un bras posé sur son ventre comme pour le protéger. Son mari lui tenait l'autre main et portait leur fille, Tessa, sur la hanche.

Seigneur ! Naomi serait anéantie si quelque chose arrivait à son bébé.

— La voilà !

Attrapant un fauteuil roulant, Carly sortit en hâte de l'hôpital sans attendre Adem et fit immédiatement asseoir Naomi.

— Qu'est-ce qui lui arrive ? demanda Douglas, son mari, avec une inquiétude évidente.

Douglas et Naomi, qui habitaient un quartier défavorisé de la ville, faisaient de leur mieux pour subvenir aux besoins de leur fille et du bébé à naître.

Adem, une lampe-stylo à la main, se pencha vers la future mère.

— Je suis le Dr Kepler. On m'a dit que vous souffriez d'une migraine.

— Oui. C'est horrible ! J'ai appelé Douglas à son travail, ce que je n'ai jamais fait de ma vie.

Adem jeta un coup d'œil au mari.

— Je suis content que vous soyez venus. Nous allons vous emmener à l'intérieur dans une minute. Est-ce que vous pouvez suivre la lumière ?

Allumant sa lampe, il donna un certain nombre de consignes à Naomi en dehors de l'hôpital.

— Pupilles égales et réactives, ce qui est bon signe, dit-il. Maintenant, on va vous conduire dans une salle d'examen, vous, Douglas et… ?

— Tessa.

Adem sourit.

— Douglas, vous pouvez venir avec Tessa, si vous le souhaitez.

— Oui, s'il vous plaît.

— Carly, est-ce que vous voulez bien vous occuper de l'enregistrement ? Je vais vérifier quelque chose, je reviens tout de suite.

Il rentra dans l'hôpital sans fournir d'autres explications. Avait-il trouvé quelque chose d'ennuyeux, malgré sa remarque sur les pupilles ?

Douglas voulait pousser lui-même sa femme à l'intérieur, aussi Carly prit-elle Tessa dans ses bras. Tout en parlant doucement à l'enfant, elle gagna l'accueil pour expliquer la situation.

— Allez dans le box n° 3, lui dit la réceptionniste. C'est une soirée plutôt calme. On viendra prendre les infos dans une minute. Je dirai au Dr Kepler où vous êtes.

Adem était donc passé par l'accueil ? Ne le voyant nulle part, elle se demanda s'il avait dû annuler un rendez-vous. Il était habillé comme pour aller au restaurant. À cette idée, elle sentit son cœur battre plus vite.

Mais après tout, il s'était lui aussi étonné de son élégance...

Ça ne te regarde pas, Carly.

Sans doute pas, mais tant mieux s'il croyait qu'un homme l'avait invitée à dîner en ville. Surtout après sa réaction à propos de sa robe bleue.

Elle aurait une ou deux choses à lui montrer, si l'occasion se présentait.

Vraiment, Carly ? Parce que tu n'as pas montré une chose ou deux à un homme depuis... Eh bien jamais.

Même sa relation avec Kyle avait été... comment dire... monotone. Y compris quand ils essayaient de faire un bébé.

Un jour, son amie Frieda lui avait dit qu'elle ne savait pas s'amuser. Peut-être celle-ci avait-elle raison, après tout.

Mais pourquoi pensait-elle à cela ?

Elle conduisit Naomi, Douglas et Tessa dans le box nº 3.

— Vous pouvez vous allonger sur la table d'examen, Naomi ? Je voudrais écouter le cœur du bébé.

Par bonheur, elle avait pensé à mettre son stéthoscope dans la poche de sa jupe avant de partir. Quand Douglas reprit Tessa dans ses bras, elle éprouva un petit pincement au cœur, vite réprimé.

— Je vais juste baisser un peu votre pantalon, dit-elle à sa patiente.

Un coup de talon du bébé, visible à travers la peau de sa mère, la rassura aussitôt sur son état de santé. Murmurant un merci, elle fit courir le pavillon du stéthoscope sur le ventre rond de Naomi, s'arrêtant à divers endroits pour écouter. Enfin, elle trouva ce qu'elle cherchait.

Là ! Les battements du cœur du bébé étaient forts, ni trop lents ni trop rapides.

— J'entends votre bébé, dit-elle en se redressant. En dehors du mal de tête, est-ce qu'autre chose vous a semblé inhabituel ? Pas de saignements ? Ou un signe que la poche des eaux serait rompue ?

— Non. J'étais en train de faire la vaisselle et tout à coup j'ai eu si mal à l'arrière de la tête que j'ai dû m'appuyer à l'évier pour ne pas tomber.

Adem les rejoignit à cet instant.

— On va vous faire passer une IRM dès qu'ils auront terminé avec un autre patient. Où se situe exactement la douleur ? demanda-t-il en approchant de la table.

Naomi désigna un point, juste au-dessus de la base de son crâne. Ce n'était pas bon signe. Carly sentit sa gorge se serrer. C'était près du tronc cérébral, la partie du cerveau qui contrôlait des fonctions telles que la respiration ou le rythme cardiaque.

— Depuis combien de temps avez-vous mal ?

Naomi haussa les épaules.

— Environ deux heures. J'ai appelé Carly parce que ça ne passait pas.

Adem jeta à Carly un coup d'œil dont la signification lui échappa. S'il osait lui reprocher de donner son numéro personnel aux patientes, il allait l'entendre ! C'était ce que faisaient les sages-femmes. Les bébés venaient quand ils le décidaient et il lui était souvent arrivé d'accoucher une patiente en pleine nuit.

Bien sûr, elle aurait pu appeler une sage-femme de garde, mais elle était farouchement protectrice, quand il s'agissait de ses patientes. Elle s'efforçait de les suivre d'un bout à l'autre de la grossesse, et jusqu'à l'accouchement chaque fois que c'était possible.

Naomi rejeta la tête en arrière en gémissant.

— Ça recommence. C'est par vagues.

Sans attendre qu'Adem le lui demande, Carly tira le chariot sur lequel se trouvait le tensiomètre. Elle passa le brassard autour du bras de Naomi et le gonfla.

— 12-6, annonça-t-elle un instant plus tard.

— Dans la normale, dit Adem.

Une infirmière vint demander à Douglas de l'accompagner pour lui donner quelques informations. L'hôpital et le dispensaire étaient jumelés, aussi suffirait-il de quelques clics pour trouver le dossier de Naomi.

Adem jeta un coup d'œil au mari.

— Si nous ne sommes pas là quand vous reviendrez, c'est

qu'on nous aura appelés pour l'IRM. L'infirmière vous indiquera où nous trouver. Ou bien l'un d'entre nous viendra vous prévenir.

Après le départ de Douglas, Carly et Adem se remirent à chercher la cause de la migraine. Puis le téléphone d'Adem vibra. Il jeta un coup d'œil à l'écran avant de se tourner vers Carly.

— Ils nous attendent.

De nouveau, il était en mode professionnel. Quel que soit le courant qu'elle avait senti passer entre eux, c'était terminé. D'ailleurs, elle s'était probablement trompée à ce sujet... Encore un tour de son inconscient, comme dans ses rêves !

Ils aidèrent Naomi à s'installer dans le fauteuil. Par bonheur, les symptômes ne s'étaient pas mués en torpeur ni en perte de connaissance. Restait ce mal de tête intense, à la localisation inquiétante.

Pendant qu'Adem poussait le fauteuil en direction de l'ascenseur, Carly courut prévenir Douglas puis retrouva Adem et Naomi devant l'ascenseur. Quand les portes s'écartèrent, tout ce qu'elle pouvait faire, c'était espérer que tout se passe bien pour Naomi et son bébé.

2

Naomi était étendue sur la table coulissante.

— Nous allons effectuer une angiographie à résonance magnétique, dit Adem, ce qui nous permettra d'examiner spécifiquement les vaisseaux de votre crâne. Je veux vérifier si votre mal de tête n'est pas causé par un problème de circulation sanguine.

Naomi posa la main sur son ventre.

— Et si c'est le cas ?

— Nous aviserons à ce moment-là. Notre obstétricien ne va pas tarder à arriver pour vous examiner.

— Je veux que Carly m'accouche.

Carly prit la main de sa patiente.

— Faisons un pas à la fois, d'accord ? Le plus important, c'est de vous garder en bonne santé, vous et le bébé. Ni vous ni moi ne voulons vous mettre en danger d'une façon ou d'une autre.

Adem apprécia que Carly soit capable de confier sa patiente à quelqu'un d'autre s'il le fallait. Décidément, elle était un véritable atout pour le dispensaire.

Mais il avait eu un véritable choc lorsqu'il avait vu son numéro s'afficher sur l'écran du téléphone. À tel point qu'il n'avait pas décroché et avait dû la rappeler un peu plus tard. Carly paraissait hors d'haleine, ce qui lui avait donné quelques idées…

Mais il faisait totalement erreur ! Il aurait dû savoir que cette sage-femme froide et calme ne pouvait pas l'appeler pour une raison personnelle.

Et c'était exactement ce dont il avait besoin pour la chasser de son esprit et se concentrer sur son travail.

Le dossier médical de Naomi indiquait que sa mère était morte d'une hémorragie cérébrale pendant qu'elle accouchait de son cinquième enfant. Cet élément suffisait pour devoir vérifier qu'aucun anévrisme ne se cachait quelque part dans la matière grise de la jeune femme. Parfois, les facteurs génétiques étaient prédominants.

— Bien sûr, dit Naomi, je ne veux rien faire qui puisse nuire à mon fils ou ma fille. D'accord, alors. Est-ce que Douglas et Tessa sont là ?

— Dans la salle d'attente, oui. Cela ne devrait prendre qu'une vingtaine de minutes. Nous serons très vite revenus.

Et s'il s'agissait d'un anévrisme, comme il le soupçonnait ? Ils devraient décider s'ils pratiquaient d'abord une césarienne et traitaient ensuite l'anévrisme, ou l'inverse.

Pendant que le technicien réglait la machine, l'infirmière avait déjà posé un cathéter et injecté le produit de contraste. Le technicien tendit des écouteurs à Naomi, pour qu'elle puisse écouter de la musique et également communiquer avec eux.

— Tout va bien ? demanda Adem.

— Je suis juste un peu nerveuse.

— C'est parfaitement normal. Vous n'êtes pas claustrophobe ? Nous avons besoin que vous restiez parfaitement immobile pendant un certain temps. Vous allez entendre un bruit répétitif, mais c'est aussi parfaitement normal.

— Pour autant que je le sache, je ne suis pas claustrophobe.

— Parfait. Si jamais vous ressentez quelque chose de ce genre, le mieux est de fermer les yeux. Cela suffit, la plupart du temps. Mais si vous êtes prise de panique, dites-le-moi.

Il tendit une sonnette à Naomi.

— Vous pouvez appuyer sur le bouton et également nous parler.

— D'accord.

Le technicien aida Naomi à positionner les écouteurs sur ses oreilles, puis ils gagnèrent tous l'espace d'observation.

— Maintenant, dit le technicien, vous allez entrer dans la machine. Bougez le moins possible.

La table d'examen coulissa jusqu'à ce que la tête et les épaules de Naomi soient dans l'appareil.

— Je mets la machine en marche et je vous envoie un peu de musique, poursuivit le technicien.

Consultée sur ses préférences, Naomi indiqua qu'elle adorait les morceaux classiques, particulièrement la musique symphonique, et Carly proposa l'orchestre symphonique de Londres. Le technicien fouilla dans ses sélections jusqu'à ce qu'il trouve ce qu'il cherchait.

Adem se tourna vers Carly.

— Vous aimez la musique classique ?

— Ma mère était violoncelliste, j'ai baigné toute ma vie dans la musique classique. Si je n'avais pas aimé ça, ma mère m'aurait reniée.

Adem, intégrant cette information, fixa un instant Carly avant de se tourner vers l'écran. Prenant place près de lui, Carly croisa les jambes. L'un de ses pieds se balançait d'avant en arrière, comme s'il avait du mal à rester totalement immobile. Adem se rappela l'avoir remarqué une ou deux fois auparavant.

— Eh ! dit-il en lui touchant le bras. On va trouver de quoi il s'agit.

— Je l'espère, répondit-elle. Il n'y a pas de personne plus gentille que Naomi. Elle a eu une enfance difficile, et sa famille est plus importante que tout pour elle. Elle m'a dit que le fait d'être mère donnait un sens à sa vie. Elle fait le ménage dans l'un des hôtels les plus luxueux de la ville, mais elle est en congé de maternité pour quelques mois.

Carly s'interrompit, le regard soudain assombri.

— Elle a eu beaucoup de mal à être enceinte, dit-elle, et je suis sûre qu'elle doit avoir très peur.

— C'est son premier accouchement ?

— Oui. Tessa a été adoptée.

— Je vois. J'étais étonné que vous soyez venue la retrouver à l'hôpital.

Le pied de Carly s'immobilisa.

— Naomi avait besoin de moi.

Comme de nombreuses autres personnes, s'il en croyait les cernes qui soulignaient les yeux de Carly.

— Ce n'était pas une critique.

— Désolée. En réalité, je m'inquiète pour Naomi comme pour toutes les femmes qui ont des problèmes de fertilité.

La précision le surprit. La propre mère de Carly avait-elle connu ces difficultés ?

Le technicien se tourna vers eux.

— Nous approchons de la fin, et jusqu'à présent je n'ai rien constaté... Attendez une minute ! Qu'est-ce que c'est ?

Se levant d'un bond, Adem se pencha vers l'écran.

— *Kahretsin.*

Sans s'en apercevoir, il avait lâché un juron dans sa langue maternelle.

— Il y a un souci ? demanda Carly.

— Elle a un anévrisme au niveau de l'artère cérébelleuse postéro-inférieure.

— J'imagine que ça veut dire à l'arrière de la tête, là où elle a mal. Il y a un saignement ?

— Pas encore, mais c'est important, et si ça arrive...

Adem ne termina pas sa phrase.

— Par bonheur, elle vous a signalé la douleur immédiatement, reprit-il. Elle a eu beaucoup de chance que celle-ci se manifeste, d'ailleurs. Nombre d'anévrismes ne sont pas détectés avant l'hémorragie.

— Qu'est-ce qu'on va faire, maintenant ? demanda Carly.

— Je dois examiner les scans et consulter d'autres spécialistes, puisqu'il y a une grossesse à prendre en compte. Ce sera un travail d'équipe, mais pour l'instant je vais demander son hospitalisation pour que nous puissions la surveiller. J'ai cru comprendre que vous étiez d'accord pour passer le relais à un obstétricien.

— Bien entendu. Adem... C'est peut-être le seul enfant qu'elle pourra avoir.

— Nous parlons de sa vie, en l'occurrence. Mais je comprends ce que vous voulez dire. Je vais passer quelques coups de fil pendant qu'on l'installe dans une chambre, ensuite je viendrai la voir.

Carly devait être bien consciente qu'il souhaitait le meilleur pour Naomi et son enfant !

— J'aimerais m'asseoir près d'elle, avec son mari. Je ne leur donnerai aucune précision, sinon que vous étudiez les scans et que vous viendrez très vite.

Adem jeta un coup d'œil à sa montre.

— C'est parfait. Vous avez mangé ?

— Non, mais ça va.

— Après avoir passé une journée entière au dispensaire avant de venir ici dans la soirée ? Vous avez avalé quelque chose depuis votre café ?

Café qu'il lui avait d'ailleurs proposé de préparer pour elle… Une énorme erreur, parce que cette idée ne cessait de lui trotter dans la tête. Ce qui n'était au départ qu'une phrase polie avait tourné à l'obsession.

Elle redressa la tête.

— Et vous ?

La question ressemblait fort à un défi auquel il avait très envie de répondre.

— Non, c'est pourquoi j'espère bien qu'on pourra se restaurer tous les deux quand on sortira d'ici.

Elle eut un petit sourire.

— Désolée. Ma mère est très indépendante, et je suis un peu comme elle. En revanche, j'aimerais savoir ce qui est envisagé pour Naomi, alors on pourrait peut-être en profiter pour en parler.

— C'était aussi ce que j'envisageais. Choisissez où vous voulez aller, je ne tarderai pas à vous rejoindre auprès d'elle.

Le traitement était en place, et Adem et Carly attablés tous les deux dans un restaurant indien. Il attendit qu'ils aient commandé pour rapporter sa discussion téléphonique avec les autres spécialistes. Il avait parlé avec Raphael Dubois, l'un des obstétriciens de l'hôpital, à qui il avait expliqué la situation. Dans la mesure où l'accouchement était encore éloigné, ils préféraient tous les deux traiter l'anévrisme le plus tôt possible.

— On procédera par voie endovasculaire, dit Adem. C'est la méthode la moins invasive.

— Alors vous n'aurez pas besoin d'ouvrir la boîte crânienne ?

Elle n'était pas experte en neurochirurgie, mais savait quelques petites choses. Le placement d'un clip à la base de l'anévrisme nécessitait généralement une craniotomie sous anesthésie générale. Une autre procédure consistait à introduire un cathéter dans l'artère fémorale et à le faire remonter jusqu'à l'anévrisme où il libérerait un tube fin et souple pour exclure l'anévrisme de la circulation sanguine.

— Non. Pas d'opération lourde, répondit-il.

Le serveur déposa les plats sur la table avec un geste théâtral qui fit sourire Carly.

— Il a l'air de bien s'amuser, dit-elle quand il fut parti.

— Oui. On a besoin d'enjoliver les choses, parfois, pour profiter de l'instant présent, répondit Adem avec une petite grimace qui fit battre plus vite le cœur de Carly.

Elle se rappela son amie Frieda, qui lui reprochait souvent d'être trop prudente. Était-ce ainsi que les autres la voyaient ? Coincée ? Incapable de faire quoi que ce fût d'inattendu ?

Dans son obsession de maternité, elle avait peut-être perdu de vue ce qui pouvait rendre la vie amusante, mais l'idée que cet homme la voie ainsi lui était insupportable.

— Je sais profiter de la vie aussi bien que n'importe qui, fit-elle d'un ton catégorique.

Dressant les sourcils de façon ostentatoire, il se carra dans son fauteuil et croisa les bras sur son torse. Il ne la croyait manifestement pas ! Il était peut-être temps de faire quelque chose de tellement imprévisible que les yeux d'Adem Kepler sortiraient de leurs orbites.

— Ce n'est pas parce que vous ne m'avez pas vue dans cette robe bleue que je ne sais pas comment la porter. Je suis capable de prendre du bon temps, et bien plus que vous l'imaginez, fit-elle d'une voix suave.

Il resta quelques secondes sans réaction. Quelle horreur, sa pathétique tentative de flirt le laissait froid !

Oups !

Finalement, un muscle de sa mâchoire tressaillit une fois, puis deux.

— Pardon ?

C'était le moment d'éclater de rire pour lui montrer qu'elle plaisantait, mais elle était bien trop orgueilleuse pour cela.

— Vous m'avez très bien entendue.

— Certes, mais je ne vous crois pas.

Aïe ! Ce type l'attirait vraiment… Et depuis leur première rencontre, mais elle s'était aussi promis de ne rien faire à ce sujet.

Mais après tout, pourquoi pas ?

Rien ne le lui interdisait. Ce n'était pas comme si elle attendait quoi que ce fût de lui. Il venait de dire qu'il fallait profiter de l'instant présent, alors autant saisir celui-là. Adem était renversant et légèrement dangereux, le genre d'homme qu'elle ne croiserait sans doute plus jamais.

Que se passerait-il si elle poussait le jeu plus loin ?

Le risque, s'il la repoussait, était que son orgueil en prenne un coup. Mais c'était sûrement moins douloureux que lorsque votre fiancé vous laissait tomber.

Levant son verre d'une main plus ferme qu'elle ne l'espérait, elle le vida d'un trait puis passa la langue sur le bord, comme pour capter la dernière goutte de vin.

Seigneur, qu'était-elle en train de faire ?

Devenait-elle folle ?

Adem avait suivi sa mimique des yeux. Une tache rouge apparut sur son cou, tandis qu'il croisait son regard.

— Carly…

Le moment de vérité était venu. Jusqu'où était-elle capable d'aller ? Mue par un courage qu'elle ne se connaissait pas, elle posa son verre, se pencha vers lui par-dessus la table et plongea dans ses prunelles sombres.

— Il me semble me rappeler que quelqu'un a proposé de me faire un café turc.

— En effet. Vous avez une date en tête ?

— Pourquoi pas maintenant ? Je parie que si je vous demandais de ne pas toucher à la nourriture et de quitter le restaurant avec moi, vous n'oseriez pas.

— Ah bon ?

Quelques terrifiantes secondes, il ne bougea pas, puis sortit son portefeuille de sa poche et posa quelques billets sur la table. Il se leva ensuite avec une brusquerie qui surprit Carly et lui prit la main.

On y était. Il la prenait au mot.

Le serveur vint vers eux.

— Il y a un problème, monsieur ?

Adem jeta un coup d'œil à Carly.

— Je ne crois pas… À moins que vous n'ayez juste voulu me mettre au défi, Carly ?

D'accord… Il lisait en elle comme dans un livre, mais elle allait lui montrer qu'il ne la connaissait pas.

Elle bomba le torse.

— Il n'y a pas de problème, dit-elle au serveur. Nous venons juste de réaliser que nous devions aller quelque part.

Adem désigna l'argent.

— Cela devrait largement couvrir notre commande.

L'homme écarquilla les yeux.

— Oui… Merci, monsieur.

Entraînant Carly derrière lui, Adem zigzagua parmi les tables en direction de la porte. Un sentiment d'irréalité la submergea, accompagnée d'une exaltation qu'elle croyait ne jamais avoir éprouvée… même pas avec Kyle.

D'ailleurs, elle n'avait jamais joué à ce genre de jeu avec son fiancé, ni avec aucun homme d'ailleurs.

Une fois dehors, il se tourna vers elle.

— Vous n'aviez pas faim ?

Il était un peu tard pour poser la question.

— Je suis affamée.

Elle s'efforça de donner une tonalité sensuelle à ce mot. Elle crut avoir échoué lamentablement jusqu'à ce qu'il réponde :

— Moi aussi.

Lui, au moins, n'avait pas d'effort à faire pour être sexy ! Cette voix rauque donnait l'impression qu'il venait de sortir du lit après une longue nuit à faire l'amour.

Elle frissonna à l'idée que c'était ce qu'ils allaient faire.

Ils marchèrent jusqu'à la voiture d'Adem.

— Vous voulez que je vous ramène à l'hôpital, pour récupérer votre véhicule ?

— Est-ce qu'on peut faire ça plus tard… Après le café ?

Il lui jeta un coup d'œil de côté.

— Bien sûr, si cela ne vous ennuie pas que je vous raccompagne beaucoup plus tard. Quant au café, il attendra peut-être une autre occasion.

Elle se mordit la lèvre.

— Ce n'est pas vraiment de café, dont j'ai envie.

— C'est ce que j'espérais.

Elle allait sans doute lui infliger une énorme déception, parce qu'elle n'était pas la femme qu'elle faisait semblant d'être... Mais elle apprenait vite, quand elle le voulait.

Et il y avait nombre de choses qu'elle souhaitait apprendre avec Adem, même si plus jamais elle n'avait l'occasion d'utiliser ces nouvelles connaissances.

Avec Kyle, le sexe avait en quelque sorte été insipide, et encore plus à l'époque où ils étaient obsédés par le désir de faire un enfant. Il n'y avait plus eu aucune spontanéité, aucune envie.

Rien à voir avec ce qu'elle éprouvait maintenant.

Adem lui ouvrit la portière, et elle s'installa sur le siège passager. Tandis qu'elle cherchait maladroitement à saisir la ceinture de sécurité, il se pencha pour l'embrasser.

Et ce baiser...

Bouche contre bouche, une main glissée dans ses cheveux, il suscitait en elle des désirs dont elle ne se serait jamais crue capable auparavant. Ressentant le besoin de s'agripper à quelque chose, elle referma la main sur la ceinture.

Seigneur. Le terme « insipide » ne pourrait jamais être associé à cet homme ! Puis il s'écarta, ferma la portière et contourna la voiture.

Carly parvint difficilement à boucler la ceinture de sécurité de ses mains tremblantes.

Il se glissa derrière le volant, et se tourna aussitôt vers elle :

— Vous êtes sûre ?

Sûre de quoi ? Que coucher avec lui était sage, ou qu'elle mourait d'envie de coucher avec lui ? C'était deux questions totalement différentes. Elle répondait « oui » sans hésitation à la seconde. Quant à la première... Eh bien, elle y réfléchirait plus tard.

— Oui.

Il ne l'embrassa pas une seconde fois, mais démarra et roula à une vitesse qui en disait long sur ses intentions.

— On va chez vous ? demanda-t-elle.

— Oui. C'est tout près.

La main d'Adem, sur le levier de vitesse, produisait un curieux effet sur Carly, d'autant qu'il le caressait sans cesse du pouce.

Jamais cinq minutes ne lui avaient paru aussi longues... Ou si courtes. Cinq minutes au terme desquelles son univers allait basculer dans l'inconnu.

Il s'arrêta devant un immeuble dominant la Tamise, à la façade arrondie et aux balcons circulaires. Carly se mordit la lèvre. Elle était habituée à moins de luxe. La carrière universitaire de sa mère et sa participation à des concerts suscitaient l'admiration de ses camarades de classe, à l'époque, mais son salaire était loin d'être élevé.

Adem entra dans un parking souterrain.

— C'est toujours d'accord ? Je vous trouve bien silencieuse.

Ah bon ?

Elle lui jeta un coup d'œil. Elle ne passerait probablement jamais plus une nuit pareille de toute sa vie... Oui ! Elle voulait en faire l'expérience !

— Tout à fait.

Un instant plus tard, dans l'ascenseur, Adem appuya sur le bouton du quatrième. Dès que les portes se refermèrent, il se tourna vers elle. Lui prenant le visage en coupe dans ses paumes, il le scruta pendant une seconde ou deux. Ses doigts caressèrent ses tempes avant de suivre le dessin de sa mâchoire.

— Bon sang ! J'ai envie de vous embrasser, mais je dois m'abstenir pour ne pas donner au portier une idée de ce qui va se passer ensuite.

Le portier ? Elle leva les yeux vers la caméra, pointée droit sur eux. Elle eut un rire nerveux.

— Si je comprends bien, pas de scène sortie d'un livre érotique ?

Il se pencha pour lui murmurer à l'oreille :

— Intéressant... Je garde cette idée en tête pour plus tard.

Seigneur ! Elle ignorait totalement à quoi il pouvait faire

allusion, mais des possibilités toutes plus excitantes les unes que les autres lui traversèrent l'esprit.

La prudence avait toujours été son mode opératoire, mais à l'idée qu'elle allait se conduire d'une façon aussi inhabituelle, elle fut parcourue par un long frisson.

Posant la main sur la nuque d'Adem, elle lui mordilla l'oreille.

— Je vous le rappellerai.

— J'ai hâte de vous posséder, dans mon lit, et dans une centaine d'autres endroits dont devant ma baie vitrée.

Comme elle le fixait, le souffle coupé, il éclata de rire.

— Ne vous inquiétez pas, mon cœur. À part moi, personne ne vous verra.

Elle n'était pas inquiète, mais le désir montait en elle... Du moins, dans certaines parties de son corps.

— À moins que le verre ne casse et que nous culbutions à l'extérieur.

— Le verre est très épais et très solide. On peut faire quasiment n'importe quoi, contre cette vitre, dit-il en lui prenant le visage entre les mains.

Sous son regard assombri, elle déglutit avec peine. Elle avait pris ses paroles pour une plaisanterie, mais y voyait désormais un défi. Quoi qu'il en soit, le souvenir de cette nuit fabuleuse resterait gravé en elle jusqu'à la fin de sa vie.

— C'est presque trop beau pour être vrai, répondit-elle.

Le sourire d'Adem déclencha une envolée de papillons dans son ventre.

— Nous en reparlerons après la visite, dit-il.

— La visite ? demanda-t-elle d'une voix enrouée.

— Vous n'étiez pas au courant, Carly ? Nous allons expérimenter une pièce après l'autre, une surface après l'autre, jusqu'à ce qu'il ne nous reste plus une once de force.

Les portes de la cabine s'ouvrirent si soudainement qu'elle sursauta. L'attrapant par la taille, Adem l'entraîna sur le palier, qui donnait sur trois portes. Pourvu que l'isolation phonique des appartements soit performante !

Plaquant Carly contre la porte de droite, Adem murmura :

— Il n'y a pas de caméra, ici.

Sa bouche couvrit celle de Carly, dont les sens s'enflammèrent. Il posa les mains sur ses fesses et l'attira contre lui, et elle lui noua les bras autour du cou.

Une petite fraction d'elle espérait que les voisins ne les voyaient pas par les judas, mais au fond cela lui était bien égal.

Adem pressait son bassin contre le sien, aussi n'avait-elle aucun doute sur l'intensité de son désir. Si cela continuait ainsi, ils allaient faire l'amour sur le palier...

— Vous n'avez aucune idée de l'effet que vous m'avez fait, au restaurant, dit-il.

Sa main descendit le long de sa jambe, puis ses doigts se glissèrent derrière son genou et l'encerclèrent.

— Je mourais d'envie de faire ça, murmura-t-il.

Resserrant son emprise, il souleva la jambe de Carly. Elle sentit l'intérieur de sa cuisse frôler celle d'Adem, tandis que son pied quittait le sol et que sa jupe se retroussait.

Que comptait-il faire, exactement ? Tout ce qu'il avait à faire, c'était ouvrir une fermeture Éclair et tirer sur un slip.

Elle ferma les yeux... Finalement, elle le désirait tellement qu'elle s'en moquait bien !

Il s'écarta brusquement, et le pied de Carly retomba sur le sol.

— J'ai besoin d'être dedans, marmonna-t-il.

Si c'était le cas, pourquoi venait-il de...

Il pressa son front contre le sien, comme s'il lisait dans ses pensées.

— À l'intérieur, dans mon appartement, pour être en vous.

Elle eut un petit rire.

— J'ai cru un instant que nous...

— Moi aussi.

Sortant une carte de sa poche, il la fit glisser près de la poignée. Il y eut un déclic, et la porte s'ouvrit. Dès qu'ils furent rentrés, il la referma du pied, puis prit la main de Carly et la conduisit dans la salle de séjour. Un canapé de cuir noir se détachait du parquet ciré. Adem devait avoir une femme de ménage. Carly ne l'imaginait pas chassant les moutons de poussière sous le canapé.

Cette simple idée la fit rire.

Il s'immobilisa et se tourna vers elle.

— Il y a quelque chose de drôle ?

— Non… Je… Non.

La prenant par les épaules, il la guida jusqu'à l'immense baie vitrée donnant sur l'un des balcons qu'elle avait remarqués d'en bas.

Elle comprit à cet instant qu'elle voulait cela.

Elle voulait tout ce qu'il avait à lui offrir. Peut-être s'en repentirait-elle le matin venu, mais il serait toujours temps d'y penser à ce moment-là.

Quand il l'embrassa dans le cou, un long frisson la parcourut des pieds à la tête. Il lui sembla que tout ce qu'elle était capable de faire, c'était garder les yeux ouverts pour voir jusqu'où il allait l'emmener.

Une petite part de son esprit enregistrait ce qui se passait pour s'en souvenir plus tard, tandis qu'il glissait les doigts dans ses cheveux tout en lui déposant une pluie de baisers sur la nuque.

Malgré tout, elle jeta un regard de côté pour vérifier qu'aucune autre fenêtre n'était visible.

— Je vous promets que personne ne nous voit, murmura-t-il.

Comment le savait-il ? En avait-il déjà fait l'expérience ?

Ne pense pas à ça ! Contente-toi de profiter du moment.

Tournant son visage vers lui, il s'empara de sa bouche, et pendant qu'il défaisait les boutons de son chemisier, elle sentit un courant d'air froid lui effleurer la peau.

Bientôt, elle fut en soutien-gorge et en jupe. Abandonnant ses lèvres, Adem lui caressa les épaules, puis les bras et les hanches. Ses mains se refermèrent sur le tissu de sa jupe, qu'il retroussa peu à peu jusqu'à ce qu'il atteigne la peau nue de ses cuisses. Lorsqu'il parvint au slip en dentelle, il passa les doigts sous l'élastique et fit glisser le sous-vêtement le long des jambes de Carly.

— Faites un pas en avant, dit-il en s'écartant.

Elle fit ce qu'il demandait, surprise qu'il remette sa jupe en place. Il prit son portefeuille dans sa poche et en sortit un sachet carré.

— Tu es prête, Carly ?

Elle l'était depuis qu'ils avaient quitté le restaurant.

— Oui.

— Alors, sois la bienvenue. Voici la première étape de la visite.

Tandis qu'Adem mordillait la nuque de Carly, elle se laissa aller contre son torse. Bon sang ! Cette femme ne ressemblait à aucune autre. Si convenable et prudente au travail... Crispée, même. Et là, elle frémissait sous ses mains et acceptait de participer à un jeu exhibitionniste avec lui. Il n'allait pas la dénuder, même s'il avait envie de voir jusqu'où elle était capable d'aller. Il aurait parié qu'elle se tiendrait nue devant lui, s'il le lui demandait.

Il pressa leurs joues l'une contre l'autre.

— *Sent çok istyorum*... J'ai tellement envie de toi.

Les mots lui vinrent dans sa langue natale, disant à Carly tout ce qu'il avait envie de faire avec elle... de *lui* faire.

Posant la main sur les cuisses d'Adem, elle tenta de monter vers son sexe en érection, ce qui n'était pas facile vu qu'elle était face à la baie vitrée et qu'il se trouvait derrière elle.

— Oui, oui, oui..., murmura-t-elle, comme si elle était aussi pressée que lui.

Lui prenant les poignets, il les souleva et les pressa contre la vitre.

— Garde tes mains tranquilles, tu pourras t'en servir plus tard. Sur moi... ou sur toi, dit-il en souriant.

Oui ! Il adorerait voir ça.

Il glissa ensuite les mains autour de la poitrine de Carly et trouva ses seins, encore protégés par le soutien-gorge en dentelle. Leur rondeur emplit ses paumes, tandis qu'il la plaquait contre la fenêtre. Il prit ses mamelons entre le pouce et l'index, et les soumit à une douce pression. Elle poussa un gémissement qui envoya des vibrations jusque dans son sexe dressé.

Seigneur ! Il lui fallut fournir un énorme effort pour ne pas descendre la fermeture Éclair de son pantalon et s'enfoncer en elle. Il allait le faire... très bientôt. Il voulut lutter contre la tentation en se frottant contre les fesses de Carly, ce qui eut l'effet contraire.

Une fois encore, il retroussa sa jupe et découvrit totalement ses fesses.

— Adem...

La supplication, émise d'une voix enrouée, porta l'excitation d'Adem à son comble. Il baissa son pantalon et s'autorisa quelques délicieuses secondes d'un contact peau contre peau.

Ouvrant le sachet, il déroula le préservatif sur son sexe puis prit Carly par les hanches pendant quelques instants. Ses doigts trouvèrent ensuite une humidité tiède.

— *Tanri*, Carly.

Ils avaient à peine commencé, pourtant il éprouvait le plus grand mal à se maîtriser. Il la caressa en plaçant son sexe à l'entrée de son vagin. Il y resta quelques secondes, puis s'enfonça en elle et demeura parfaitement immobile. Seuls ses doigts continuaient à presser doucement le clitoris de Carly.

Comme si elle ne pouvait pas tenir un instant de plus, elle se frotta à la main qui la torturait. Ses mouvements se transmirent à une partie de l'anatomie d'Adem déjà soumise à rude épreuve. Il fit glisser le pouce le long du bouton de chair déjà pressé entre ses doigts. Elle se mit à haleter et à bouger frénétiquement.

Le monde, de l'autre côté de la vitre, se mit à tournoyer, se résumant au reflet de Carly, dont les seins se balançaient au rythme de ses va-et-vient.

Puis elle poussa un cri aigu, et il s'enfonça en elle, encore et encore. Le plaisir qu'il réprimait explosa, se déversant à travers lui en un long flot. Il aurait voulu qu'il ne finisse jamais.

Serré contre Carly, il lui murmura à l'oreille comme il se réjouissait qu'elle soit là et à quel point il avait envie de recommencer.

Pour l'instant, il refusait d'entendre la sonnette d'alarme que ce torrent d'émotions avait déclenchée en lui.

Il fit pivoter Carly pour qu'elle soit face à lui et constata qu'elle se mordait la lèvre. Se penchant vers elle, il l'embrassa jusqu'à ce qu'elle arrête.

— Tout va bien ?

Elle ouvrit ses grands yeux verts et le regarda avant de sourire.

— Hum... Je ne peux pas parler. Je n'en ai pas envie, mais je suis très contente que cette vitre ait tenu.

L'éclat de rire vint de loin, quelque part à l'intérieur de lui, balayant tous les doutes qui avaient pointé en lui.

— Moi aussi. J'ai d'autres choses dont nous pourrons tester

la résistance, mais le lit me tente… ainsi que la table de la salle à manger… le fauteuil du bureau.

Elle écarquilla les yeux, mais sans cligner.

— Je suis prête pour la prochaine étape de la visite.

Il la souleva dans ses bras et l'emporta dans sa chambre.

3

Quand Adem se réveilla, il était seul dans son lit, et il y avait un message sur la table de chevet. Près de lui, l'oreiller portait encore la marque laissée par la tête de Carly. À cette vue, il éprouva la même flambée d'émotion que pendant la nuit.

Au lieu de caresser le creux du bout des doigts, il tapota l'oreiller pour effacer toute trace.

De nouveau, la sonnette d'alarme retentit. Seulement cette fois, elle avait la force d'un ouragan… Au point qu'il se redressa brusquement.

Il fallait que ça s'arrête… Et tout de suite !

Le mariage de ses parents était loin d'être harmonieux, mais ils s'étaient engagés pour la vie, même s'il était clair qu'ils ne s'aimaient plus. Parfois, son père était difficile à vivre. Il travaillait dur, sans jamais s'accorder un instant de répit.

Adem avait passé la plus grande partie de son adolescence à cacher ce qui se passait à son frère. Il ne fallait pas que Basir s'en veuille d'avoir contraint sa famille à s'exiler en Angleterre à cause de sa maladie.

Au début, Adem lui en avait voulu, tout en prenant soin de ne pas le lui montrer. Par bonheur, cela n'avait pas duré longtemps, et Basir ne semblait pas en avoir eu conscience. En fait, il était apparemment le seul d'eux quatre à avoir appris comment aimer. Il avait même choisi de travailler avec leur père au restaurant, et il parvenait à calmer ses sautes d'humeur.

« Grâce à l'amour », disait-il.

L'amour.

Comment diable son frère avait-il découvert ce sentiment ? Parce que ce n'était certainement pas à la maison ! Adem pensait qu'il ne le reconnaîtrait pas lui-même, si par hasard il frappait à sa porte.

D'ailleurs, il était presque certain de ne pas en avoir la moindre envie.

Sautant hors du lit, il prit une douche avant de se rappeler que Carly lui avait laissé un message. Elle n'était vraisemblablement pas dans la cuisine, en train de préparer le petit déjeuner, puisqu'il ne restait aucun signe de sa présence.

Qu'aurait-il ressenti, si elle l'avait fait ?

Il n'en savait absolument rien.

Une serviette autour de la taille, il entra dans sa chambre et prit le papier.

Merci pour la visite. Jusqu'à ce matin, je n'avais pas remarqué qu'on voyait la grande roue depuis vos fenêtres. Je suis repartie vers le monde réel. Je prends le métro pour récupérer ma voiture.

C'était tout ce qu'elle trouvait à dire ? Elle n'avait pas remarqué qu'on voyait la grande roue depuis ses fenêtres ? Il devait sans doute s'estimer heureux qu'elle ne s'en soit pas rendu compte pendant qu'ils...

À moins que ce ne soit le cas.

La journée, qui avait mal commencé, allait en empirant. Parce qu'il était certain de n'avoir rien vu qu'elle pendant toute la nuit.

Il poussa un juron.

Quelque part, ce qui était censé être léger, amusant – depuis quand n'avait-il pas utilisé ce mot ? – s'était mué en route sombre, pleine de méandres. Il craignait de ne pas voir ce qui se cachait au prochain tournant.

Laissant échapper un long soupir, il resserra la serviette autour de sa taille et gagna la salle de séjour. Il n'était que 7 heures du matin et son service commençait à 9 heures.

Jetant un coup d'œil à son téléphone, il vit que Basir avait essayé de le joindre environ une demi-heure auparavant. Curieuse coïncidence, pour lui qui venait d'évoquer le passé. Avait-il été averti de cet appel par son subconscient ?

Absurde !

Quoi qu'il en fût, il rappellerait son frère plus tard.

À quelle heure Carly était-elle partie ? Ils ne s'étaient pourtant endormis qu'aux premières lueurs de l'aube. D'ailleurs, s'il était malin, il devrait peut-être se reposer encore une heure.

Non. Une seconde ! L'hôpital ! Il devait voir leur patiente présentant un anévrisme.

Leur...

Kahretsin. Il aurait parié que Carly se trouvait à son chevet.

Se reprochant d'avoir oublié Naomi, il allait retourner dans sa chambre, quand quelque chose, sur la baie vitrée, attira son regard... Des sortes de marques.

En approchant, il comprit exactement ce que c'était.

Des empreintes de mains. Aussitôt, des images prirent vie dans son esprit, il crut entendre des bruits et éprouver les sensations qui les accompagnaient. Son corps réagit immédiatement, en dépit de tout ce qu'ils avaient déjà fait la nuit précédente.

D'accord. Appeler son frère et l'écouter évoquer sa vie idyllique attendrait qu'il ait bu quelques tasses de café.

Un café qu'il n'avait pas eu l'occasion de préparer pour Carly. Grinçant des dents, il se rendit dans la cuisine, prit un spray nettoyant et des serviettes en papier. Et de la même façon qu'il avait effacé le creux dans l'oreiller, il effaça les traces révélatrices.

Mais pas les souvenirs.

Reculant d'un pas, il regarda la vitre. Personne n'aurait pu deviner que Carly y avait posé les paumes.

Alors, il se planta devant la baie vitrée et vit la grande roue. Aussi sûr que le soleil se levait à l'Est, il savait que chaque fois qu'il l'apercevrait, cela lui évoquerait Carly, les mains pressées contre la vitre.

Il jura plus fort, laissant la colère et la frustration balayer les émotions plus douces que cette image suscitait en lui. Comme le désir de la revoir très vite.

Mais comme elle l'avait écrit, il était temps de regagner le monde réel avant de faire quelque chose qu'il regretterait vraiment.

Comme tomber amoureux d'elle ?

Ça n'arriverait pas. Il ne ressemblait pas à Basir.

Contrairement à son frère, il n'était jamais tombé amoureux, et ce n'était pas une nuit de plaisir qui allait y changer quelque chose.

Du moins, tant qu'il ferait en sorte de ne pas coucher de nouveau avec elle.

Carly faisait de son mieux pour se concentrer sur ce qu'Esther et son mari lui disaient, alors qu'elle avait senti qu'Adem venait d'entrer dans la pièce. C'était absurde ! On ne pouvait pas deviner l'identité de quelqu'un sans le voir.

Espérant se tromper, elle jeta un coup d'œil par-dessus son épaule. Eh bien non ! Adem était bien là. Il venait visiblement de prendre une douche et s'était changé, alors qu'elle portait toujours ses vêtements de la veille. Elle avait quand même réussi à se doucher dans la salle de gymnastique de l'hôpital, pour se débarrasser de son odeur.

Au réveil, elle avait eu un instant de panique en ne reconnaissant pas le lieu où elle se trouvait. Puis ce qu'ils avaient fait lui était revenu à l'esprit, pour sa plus grande horreur. Elle n'aurait jamais dû se laisser aller ainsi. Jamais.

Évidemment, il n'y avait rien de mal à cela. Sauf que cet épisode avait laissé en elle une empreinte plus profonde qu'elle ne s'y était attendue. C'était pour cette raison qu'elle avait quitté l'appartement en toute hâte et s'était rendue aussitôt à l'hôpital, espérant en être repartie avant qu'Adem arrive. Et elle savait qu'il ne tarderait pas, puisqu'il dirigeait l'équipe de spécialistes en charge de Naomi.

Elle avait mis Esther au courant de la situation médicale de Naomi, et comme son amie travaillait en néonatalogie, elle l'avait amenée dans la chambre.

En apercevant Adem, Esther écarquilla les yeux.

— Il est là à cause de toi ? demanda-t-elle en se tournant vers Carly.

Qui ça ? Adem ?

Oh ! Esther faisait allusion à l'opération de Naomi, pas à sa relation avec lui. D'ailleurs, cette relation n'existait pas.

Une minute plus tard, Esther trouva une excuse polie pour s'esquiver. Avait-elle deviné quelque chose ?

— Je comprends, dit Carly, le devoir t'appelle ailleurs.

— Je suis ravie d'avoir fait votre connaissance, dit Naomi avec un sourire.

— Et moi la vôtre. J'ai hâte de voir votre petit bout de chou.

Après avoir leur avoir dit au revoir, Esther quitta la pièce. Aussitôt, Adem s'approcha de Carly, qui sentit son cœur s'emballer. Elle se força à respirer calmement tout en espérant qu'il n'avait rien remarqué.

— Quelque chose est arrivé ? demanda-t-il en indiquant du regard la porte qui venait de se refermer.

Il s'interrogeait sur les raisons de la visite d'Esther.

— Tout va très bien. Les constantes de Naomi sont bonnes, ainsi que le rythme cardiaque du bébé.

— Parfait.

Adem se dirigea vers Naomi et posa une main sur le matelas.

— Comment va votre tête ?

— Mieux. Peut-être que ce que vous avez vu sur le scan n'est pas grave, finalement ?

La voix de Naomi vibrait d'un espoir qui émut Carly. C'était l'aspect le plus difficile de son travail. Elle pouvait bien se reprocher son implication excessive, elle aimait ses patientes. Souvent, elle les suivait au cours de leurs grossesses successives, et par la suite elle recevait des photos de leurs enfants, qui grandissaient et changeaient.

Parfois, elle avait le sentiment que les autres avançaient alors qu'elle-même faisait du surplace. Elle s'imaginait prenant racine sur le trottoir pendant que les gens filaient à côté d'elle, en direction d'heureux avenirs.

Elle en perdrait certains de vue, comme Esther, par exemple.

Était-ce pour chasser cette impression qu'elle avait fait l'amour avec Adem ? Pour se prouver qu'elle faisait partie du flux des vivants ?

La voix d'Adem l'arracha à sa rêverie :

— Je vais revoir tous les examens, mais je ne pense pas qu'il y ait d'erreur. L'équipe se réunit ce matin, et nous allons planifier la procédure la plus sûre pour vous et votre bébé. Vous avez déjà fait la connaissance d'Esther McDonald.

— Oui. Et tout le monde est vraiment très gentil avec moi, répondit Naomi en prenant la main de son mari. Je suis contente que vous soyez passé me voir, parce que si vous deviez choisir entre le bébé et moi, pendant l'intervention, je veux que notre enfant soit prioritaire.

— Eh ! arrête ! dit Douglas en déposant un baiser sur le front de sa femme. Tu l'as entendu ? Il veut que vous soyez sains et saufs *tous les deux*.

L'homme jeta un regard à Adem.

— Quand prendrez-vous une décision, à propos de ce que vous allez faire ?

— Ce matin, je l'espère. J'ai déjà appelé le Dr Dubois, l'un de nos obstétriciens. Et bien entendu, Carly sera là aussi.

Ah bon ? Elle l'avait demandé, sans savoir si sa requête serait acceptée.

— C'est ce que je souhaite, dit-elle. Mais ce matin, je suis censée travailler au dispensaire.

Adem se tourna vers elle.

— J'ai téléphoné pour demander qu'on vous remplace, si vous êtes d'accord. Je peux vous emprunter Carly quelques minutes ? fit-il à l'intention du jeune couple.

— Bien sûr.

Le cœur de Carly fit des bonds affolés dans sa poitrine. Que pouvait-il bien lui vouloir ? Pourvu que cela n'ait pas de rapport avec la nuit précédente ! À moins qu'il ne lui rappelle qu'il n'était pas question de mêler plaisir et travail. Non qu'elle ait l'intention de coucher de nouveau avec lui, d'ailleurs.

La nuit avait été trop…

Un véritable séisme. Elle n'avait pas d'autre expression pour la décrire.

Par ailleurs, elle était un peu gênée d'avoir oublié sa brosse à cheveux dans la salle de bains avant de quitter l'appartement en toute hâte. Avec un peu de chance, Adem l'aurait jetée à la poubelle, plutôt que de la lui rapporter et d'évoquer du même coup ce qui s'était passé entre eux.

Elle franchit lentement la porte et attendit qu'il la referme derrière eux. Il ne paraissait ni content ni mécontent, mais elle devinait en lui une sorte de circonspection qui n'existait pas la nuit précédente.

Sur ce plan, ils avaient quelques points communs… Mais il y en avait d'autres…

Seigneur, Carly ! Laisse tomber ! Il suffit qu'il prononce quelques mots dans sa langue natale pour que tu te pâmes à ses pieds.

Non. Elle s'était pâmée bien avant cela.

Mais c'était terminé. Maintenant !

Elle décida d'attaquer la première :

— Écoutez… Si c'est à propos de… l'incident de la grande roue…

Elle avait le don de choisir les pires comparaisons.

— … ne vous inquiétez pas à ce sujet. Je n'espère pas d'autres visites ou quoi que ce soit d'autre.

La bouche d'Adem frémit légèrement.

— Je ne voulais pas vous parler de cela, mais puisque vous abordez le sujet…

Il se dirigea vers la borne d'accueil et prit un sac en papier derrière le comptoir. Ce dernier paraissait trop gros pour ne contenir qu'une brosse à cheveux. Et il avait l'air plus lourd, aussi.

— Je ne comprends pas, dit-elle.

— Je suis connu, dans ce restaurant. Ils ont décidé de mettre notre repas dans des barquettes à emporter et de me les faire livrer chez moi. C'est votre part.

Elle se sentit virer au rouge tomate. Les propriétaires avaient-ils l'habitude de ce genre de situation ? Avaient-ils déjà agi de la sorte pour Adem ? Pis encore, savaient-ils pourquoi Adem et elle étaient partis aussi vite ?

— Ils vous rendent souvent ce service ?

Il fronça les sourcils.

— Jamais. Ils ont cru que l'un de nous était malade.

Elle se mordit la lèvre.

— Désolée, Adem. C'est juste que ça a été…

Que pouvait-elle dire ? Que la nuit avait été longue ? Que c'était un événement comme il n'en arrive qu'une fois dans toute une vie ? Et que cela ne se reproduirait pas ?

— Je comprends, dit-il. Vous avez laissé autre chose, mais je suis parti si vite de chez moi que j'ai oublié de vous le rapporter.

Il était parti vite ? Pourquoi ?

— Pas de souci. J'en ai d'autres à la maison, je n'en ai pas besoin.

— Ça vous arrive souvent ? demanda-t-il, comme en écho à la question qu'elle lui avait posée.

Mais il ne fronçait plus les sourcils, et son ton était de nouveau léger.

— Pareil que vous, fit-elle en riant. On est bons, alors ?

— Si nous pouvons tous les deux laisser cet épisode derrière nous, je crois que oui.

Il l'avait apparemment déjà fait auparavant. Pour elle, ce serait plus difficile, mais si elle faisait de gros efforts, elle oublierait cette nuit.

Du moins, l'espérait-elle.

Et si elle en était incapable ?

Il était clair qu'en ce cas ses relations professionnelles avec Adem en pâtiraient. Alors mieux valait qu'elle y parvienne. Lui prenant le sac en papier des mains, elle le plaça entre eux comme si elle pouvait ainsi par magie entamer le processus d'oubli.

— À quelle heure est la réunion de ce matin ? demanda-t-elle. Et vous êtes certains que le dispensaire me trouvera une remplaçante ? Je suis presque sûre d'avoir deux rendez-vous ; et si l'une de mes patientes commence le travail, il faudra que j'y aille.

— Si cela arrive, je vous dirai plus tard ce que l'équipe a décidé. Mais vous connaissez Naomi mieux que personne, et j'espère que vous pourrez nous dire si nous passons à côté de quelque chose d'important.

— Merci. Je veux vraiment l'assister jusqu'au bout, et elle le souhaite aussi. Vous l'avez entendue, hier.

— Oui. Et je vous veux au bloc avec nous. Je suis certain qu'elle sera rassurée si elle sait que vous êtes là.

Il souhaitait sa présence en salle d'opération ? Elle digérerait cette information plus tard. Pour l'instant, elle agrippait les poignées du sac en papier, toujours entre eux.

— Est-ce que j'ai le temps de rentrer chez moi pour me changer ? demanda-t-elle.

Elle avait imaginé passer chez elle avant de se rendre au dispensaire. Adem semblait frais et dispos, et elle ressentait, malgré sa douche, un besoin urgent de passer des vêtements propres.

— La réunion est fixée à 10 heures, ce qui vous en laisse.

— Très bien. Je serai là, sauf s'il y a un problème avec l'une de mes patientes.

— À tout à l'heure, donc.

— Vous retournez auprès de Naomi ?

— Oui. Je veux qu'elle sache exactement à quoi s'attendre, si nous devons effectuer une craniotomie.

— Vous pouvez lui dire que je repasserai la voir dans la journée ?

— Bien sûr.

Elle attendit qu'il ait poussé la porte de la chambre pour se diriger vers la sortie. Elle avait largement le temps de se changer et de réfléchir à la façon dont elle se comporterait dorénavant en sa présence.

En tout cas, elle mangerait le soir même le contenu du sac, pour que ce repas ne reste pas dans son réfrigérateur plus longtemps que nécessaire.

Ensuite, peut-être Adem et elle seraient-ils capables de repartir du point où ils étaient avant ce malheureux épisode. Pour sa part, elle comptait imiter le comportement de la tortue et retourner à sa petite vie tranquille. Et la prochaine fois qu'elle serait attirée par un homme du genre d'Adem, il fallait espérer qu'elle aurait retenu la leçon et ne céderait pas à cette attirance.

Basir et sa femme attendaient Adem dans son bureau au dispensaire. Adem ignorait la raison exacte de cet entretien, mais son frère lui avait assuré que c'était important.

Ça devait l'être, pour que Basir s'absente du restaurant. Mais pourquoi ne pas en parler au téléphone ? Et pourquoi Adeline était-elle là ?

Adem sentit sa gorge se serrer, son frère faisait-il une récidive ? Basir ne lui avait pas encore transmis les résultats de ses dernières analyses.

— Tout va bien ?

Basir et Adeline échangèrent un regard qui accentua le mauvais pressentiment d'Adem. Du moins, jusqu'à ce qu'Adeline émette un petit rire qui lui évoqua celui de Carly, durant la nuit. Le son eut au moins l'avantage de balayer ses inquiétudes.

— Que se passe-t-il ? demanda-t-il.

Chaque fois qu'il voyait son frère en bonne santé et heureux, il avait l'impression d'avoir fait le bon choix en le prenant sous son aile, des années auparavant.

— On a quelque chose à te demander.

Adem fronça les sourcils.

— De quoi s'agit-il ?

— On a besoin d'une sage-femme.

Quelques secondes, le cœur d'Adem s'emballa. Bien sûr, Basir ne faisait pas allusion à Carly !

— Pardon ?

Basir arbora un large sourire.

— On va avoir un bébé.

Adem, qui s'était assis derrière son bureau, se leva d'un bond pour serrer son frère dans ses bras.

— Toutes mes félicitations à tous les deux, dit-il en souriant à sa belle-sœur.

— Merci, répondit-elle. Après trois ans de mariage, il nous a semblé que le moment était venu, tu comprends ?

Non, il ne comprenait pas, mais il aurait bien voulu. Il ne se voyait pas lui-même avoir des enfants, que ce soit maintenant ou plus tard. Bien qu'il se réjouisse pour son frère, cette simple idée le terrifiait, en ce qui le concernait. Peut-être parce qu'il avait dû prendre très jeune de grosses responsabilités dans un foyer malheureux. D'une certaine façon, il lui semblait avoir déjà élevé un fils. Et la charge de faire ce qui lui paraissait le mieux pour son frère l'avait presque détruit émotionnellement.

Mais il ne regrettait rien, surtout quand il voyait le visage de Basir resplendir de joie.

Mais recommencer ?

Il n'en était pas question.

— Qu'est-ce que papa en pense ?

Pourvu que leur père se réjouisse pour le jeune couple, au

lieu de se lamenter des effets que cette grossesse aurait sur son commerce.

— Je ne le lui ai pas encore dit, mais je pense qu'il sera content, même s'il a toujours cru que tu serais le premier à lui donner un petit-fils.

La surprise paralysa un instant Adem. Où son père était-il allé chercher une idée pareille ?

— Je ne...

— Tu es l'aîné, Adem. Pour lui, c'est une sorte de devoir.

Basir avait l'air d'énoncer une évidence.

— Je suis très loin du compte, répondit Adem. Mais je me réjouis pour toi.

— Merci.

— Si on en revenait à la question de la sage-femme ? dit Adeline. Est-ce que je devrai être suivie ici, au dispensaire, ou bien faudra-t-il aller à Queen Victoria ?

Adem retourna s'installer derrière son bureau.

— Tu peux être suivie ici, bien sûr. Toutes nos sages-femmes sont...

Basir secoua la tête.

— Nous n'avons pas besoin de toutes les sages-femmes, juste d'une. Quelqu'un qui te donne l'impression que tu occupes une place particulière dans son cœur et son esprit.

Bien entendu, son frère ne se référait pas à la relation particulière qu'Adem avait avec une certaine sage-femme, dont le visage venait de surgir dans son esprit.

Mais Carly ne lui donnait pas l'impression d'occuper une place particulière dans son cœur. Il avait eu besoin de sexe, et elle lui en avait offert, rien de plus.

Il serra les dents. Ce n'était pas du tout cela, et il le savait très bien. Quoi qu'il en soit, Carly était l'une des meilleures sages-femmes du dispensaire.

Allait-il conseiller quelqu'un d'autre à Basir sous prétexte que ce serait plus facile pour lui ? Alors, que devait-il faire ? Dire la vérité à son frère ? À savoir qu'il avait une totale confiance en Carly ?

Une autre aurait dit à Naomi d'aller se coucher et de voir si elle se sentait mieux le lendemain matin. Mais pas Carly. Elle avait retrouvé le couple à l'hôpital, elle avait été aux côtés de sa patiente pendant toute la procédure d'hospitalisation.

Prenant une inspiration profonde, il hocha la tête.

— Oui, il y a une sage-femme exceptionnelle, au dispensaire.

— Comment s'appelle-t-elle ?

— Carly Eliston. Tu en es à combien de semaines, Adeline ?

— Six. Nous voulions être sûrs avant de t'en parler. Et nous attendrons encore quelque temps avant d'annoncer la nouvelle à papa.

Adeline faisait allusion au père de Basir et d'Adem, puisque le sien était décédé trois ans auparavant, juste avant leur mariage.

— Je comprends. Je vais en parler à Carly et voir avec elle si elle peut prendre une nouvelle patiente. Si c'est le cas, je vous donnerai son numéro de téléphone.

L'une des grandes qualités de Carly risquait d'être un problème. Elle portait un tel intérêt à ses patientes qu'il aurait du mal à l'éviter, si elle prenait Adeline en charge.

Mais il n'avait pas le choix.

— Tu crois qu'elle pourrait refuser ? demanda Basir.

— Je n'en sais rien. Ça dépendra de son emploi du temps.

Sans compter qu'elle préférerait peut-être ne rien à voir à faire avec lui et les membres de sa famille…

— C'est tout à fait compréhensible. Tu peux lui en parler ?

— Bien sûr. Je te tiendrai au courant.

Soudain, Adem eut envie que le jeune couple s'en aille au plus vite.

— Tu peux repréciser le nom de cette personne qui te plaît tant ?

Bon sang ! Fallait-il vraiment que son frère formule les choses de cette façon ?

— Carly Eliston. Et ce n'est pas qu'elle me plaît ! J'ai juste dit que c'était une excellente sage-femme.

Basir lui jeta un coup d'œil bizarre, comme s'il avait perçu quelque chose au-delà des mots. Quelque chose qu'Adem était certain de ne pas avoir exprimé.

En tout cas, il l'espérait.

Il se leva de nouveau, prêt à mettre un terme à l'entretien.

— Encore toutes mes félicitations. Je vais contacter Carly et je vous tiens au courant.

En réalité, il allait la voir dans la journée, au moment de l'intervention. Il lui transmettrait la demande de Basir et d'Adeline… Ou bien il leur dirait qu'elle était surchargée et en parlerait à quelqu'un d'autre.

Pour préserver sa paix d'esprit.

Mais il savait déjà qu'il ne pouvait pas se comporter ainsi. Cela faisait bien longtemps qu'il faisait passer son frère avant ses états d'âme.

Tant pis, même si les huit mois à venir risquaient d'être les plus longs de sa vie.

Naomi allait bien, mais sa tension avait un peu augmenté, et l'équipe avait décidé de suivre l'avis d'Adem et de la traiter par cathétérisme endovasculaire.

Carly, en tenue chirurgicale, chaussons de papier aux pieds, se trouvait déjà au bloc quand Adem arriva, les mains levées pour qu'une infirmière lui enfile des gants.

— Tout le monde est là ?

Il lui jeta un regard sans s'adresser précisément à elle.

Regrettait-il de l'avoir invitée ? Elle tint la main de Naomi pendant qu'on lui administrait les produits anesthésiants. Juste avant de fermer les yeux, la patiente lui jeta un regard affolé, puis s'endormit. La gorge de Carly se serra. Sans avoir elle-même traversé une telle expérience, elle imaginait sans peine ce qui était passé par l'esprit de Naomi quand on avait poussé son lit dans la salle d'opération.

Reverrait-elle son mari et sa petite fille ?

Son bébé irait-il bien ? Serait-il normal ?

Juste avant l'arrivée d'Adem, Carly s'était penchée vers Naomi pour lui murmurer :

— Je suis là, Naomi, et je ne vous quitterai pas.

Et si Adem le lui demandait ?

Mais pourquoi l'aurait-il fait ? Ils s'étaient croisés au dispensaire, ces deux derniers jours, mais il ne lui avait pas adressé la parole. C'était comme s'il l'évitait.

Ou bien était-ce elle, qui l'évitait ?

Raphael Dubois était à l'hôpital, au cas où on aurait besoin de lui. Et la néonatalogie était avertie aussi. Esther avait promis à Carly qu'elle viendrait au moindre signe inquiétant, avant même l'appel officiel aux soins intensifs pédiatriques. Ils étaient donc parés pour toutes les éventualités.

Adem s'approcha de la table et demanda qu'on injecte le produit de contraste. Il fit ensuite une petite incision dans l'artère fémorale de Naomi et introduisit le cathéter dans l'ouverture. Sur l'écran, l'anévrisme ressemblait à un fruit étrange lié à sa branche par une tige.

— Je vais arriver dans la zone, il me faudra le microcathéter dans un instant.

D'après ce que Carly avait compris pendant la réunion, Adem allait introduire un tube très mince et flexible à l'intérieur du premier cathéter qu'il était en train d'utiliser. Il contenait un ressort de platine qui remplirait l'anévrisme, causerait sa coagulation et l'exclurait de la circulation sanguine tout en l'empêchant de se rompre.

— Très bien. Je suis en place.

L'infirmière de bloc donna à Adem le microcathéter, qui fit le même parcours que le cathéter. La procédure était sans douleur, mais il sembla à Carly qu'elle durait un siècle ; pourtant on l'avait prévenue qu'elle ne devrait rester debout que pendant deux heures.

Cela ne lui posait aucun problème, mais, à chaque seconde qui passait, quelque chose pouvait mal tourner.

Bien sûr, elle avait connu des moments difficiles pendant des accouchements. Mais là, la partie du corps affectée pouvait être difficile à traiter, et la moindre erreur était potentiellement fatale.

Le visage d'Adem exprimait une concentration intense, mais ses mains étaient remarquablement sûres, sa respiration aussi calme que d'habitude.

Comment savait-elle à quoi ressemblait la respiration « normale » d'Adem, d'ailleurs ? Elle ferma un instant les yeux pour bloquer les images qui surgissaient dans son esprit.

Elle en avait une connaissance… intime.

Pour l'instant, en tout cas, il incarnait la confiance en soi. Elle se rappela qu'elle masquait ses émotions, quand elle s'inquiétait pour une patiente. Si elle n'en avait pas été capable, elle aurait aussi bien fait de démissionner.

Il en allait sans doute de même pour Adem.

— On y est, les gars !

Cela signifiait sans doute qu'il était prêt à mettre le ressort en place. D'une chiquenaude, il fit apparaître sur l'écran un fil de l'épaisseur d'un cheveu, qui effectua une série de sortes de boucles. Ces dernières remplirent rapidement la poche de sang.

— Envoyez la décharge électrique... Maintenant !

Le fil se détacha du cathéter, si bien qu'il resterait à l'intérieur de l'anévrisme une fois la procédure terminée.

À la surprise de Carly, Adem ne retira pas immédiatement le premier cathéter. Au lieu de cela, il fixa l'écran, les yeux plissés.

Un peu comme il l'avait regardée en la pénétrant... Seigneur ! Comment pouvait-elle avoir de telles pensées en un moment pareil ? Par bonheur, son visage était en partie dissimulé par le masque !

Elle respira lentement jusqu'à ce qu'elle ait repris une parfaite maîtrise d'elle-même. Quand elle se concentra de nouveau sur l'écran, elle vit que l'anévrisme paraissait moins « brillant », même si ce n'était sans doute pas le terme adéquat.

— L'emplacement me paraît bien, et l'aspect de l'anévrisme aussi, déclara Adem. On va pouvoir sortir.

Le retrait du cathéter s'effectua beaucoup plus rapidement que son installation, ce qui était normal puisqu'il avait fallu trouver le meilleur « chemin » pour l'amener jusqu'au cœur du problème.

Et pour elle ? Quel était le meilleur chemin ? Celui qui la mènerait au cœur du problème avec Adem ?

— On va mettre le dispositif de fermeture en place, dit-il.

Levant les yeux vers elle, il expliqua :

— Je ferme l'incision que j'ai faite dans l'artère avec une éponge hémostatique en collagène. C'est plus rapide qu'une compression manuelle, et cela va permettre à la patiente de rentrer plus vite chez elle. Cela se dissoudra dans quelques semaines.

D'accord... Très intéressant.

— Merci pour l'explication.

Une infirmière retira le matériel nécessaire à la procédure

qui venait d'avoir lieu, puis Adem hocha la tête en direction de l'anesthésiste.

— On peut la réveiller.

Quand, un peu plus tard, Naomi battit des paupières, Carly vit Adem prendre une profonde inspiration. Peut-être n'était-il pas aussi serein qu'il en avait l'air. Elle-même réalisait à quel point ses muscles avaient été contractés pendant toute la durée de l'intervention.

Elle avait toujours pensé qu'Adem était un excellent chirurgien, mais le voir en pleine action gonflait son cœur d'admiration. Peut-être parce que Naomi était sa patiente et qu'elle se réjouissait que tout se termine bien, mais elle sentait que c'était plus que cela.

L'anesthésiste murmura quelques mots à la patiente avant de retirer le tube endotrachéal.

— Comment vous sentez-vous ?

Les yeux de Naomi se focalisèrent sur le visage du médecin.

— Comment ça s'est passé ? Mon bébé ?

Sa première pensée allait à son enfant !

Adem prit la main de la jeune femme.

— Tout s'est très bien passé, et votre bébé va bien. Nous allons vous emmener dans quelques minutes en salle de réveil, ensuite vous pourrez vous reposer un peu.

Naomi chercha Carly du regard et la trouva. Un petit sourire aux lèvres, elle acquiesça d'un signe de tête.

— Je vais l'accompagner et attendre l'arrivée de son mari avec elle, dit Carly. J'irai ensuite au dispensaire.

— Très bien, répondit Adem. Une autre intervention m'attend, ensuite j'aurai terminé mon service. J'ai déposé votre… article manquant… dans votre bureau. Plus tard, je voudrais vous parler, quand vous aurez une minute.

Son article manquant, à savoir sa brosse à cheveux.

Pourquoi Adem avait-il besoin de lui parler ? Elle ne le savait pas plus que la raison pour laquelle son cœur avait fait des bonds dans sa poitrine à cette idée. Elle finirait bien par oublier la folle nuit de la baie vitrée, de la grande roue et de la brosse oubliée.

Mais après tout, elle ne pouvait plus rien y changer.

Alors pourquoi ne pas chérir le souvenir de ce qui avait été une nuit extraordinaire ?

4

— Mon frère attend un bébé, et il cherche une sage-femme.

Carly ne savait pas exactement à quoi elle s'attendait, mais certainement pas à cela.

Après l'intervention de Naomi, elle était passée de l'exaltation à la peur. Après tout, Adem aurait pu vouloir revenir sur cette fameuse nuit.

— Votre frère ?

— Oui. J'aurais dû commencer par vous dire que sa femme et lui attendent leur premier enfant et qu'ils n'ont pas encore de sage-femme.

— Le frère qui travaille avec votre père ?

Il eut un petit sourire.

— C'est exact, puisque c'est le seul frère que j'ai.

— Oh oui ! j'aurais dû m'en souvenir !

En sa présence, elle perdait toute capacité de réflexion, ce qui n'était pas bon… Pas bon du tout !

— Vous souhaitez que je suive la grossesse de votre belle-sœur ?

— Oui… Enfin, si vous avez de la place. Ils sont déjà patients du dispensaire.

— Puis-je vous demander pourquoi vous vous adressez à moi ?

Il fronça les sourcils et prit appui contre le mur blanc du hall d'entrée du dispensaire.

— Il faut une raison ? Ah ! vous pensez que ça peut avoir un rapport avec l'autre nuit ? Je peux vous assurer que ce n'est pas le cas. Je dirais même que cela m'a fait réfléchir à deux fois avant de leur parler de vous.

Elle posa un regard horrifié sur lui. Avait-il trouvé l'expérience si désagréable que cela ?

— Je ne comprends pas...

— Je ne voulais pas rendre la situation encore plus embarrassante qu'elle ne l'est déjà, répondit-il. Pour nous deux.

D'accord. Sur ce point, il avait raison, en tout cas en ce qui la concernait. Une part d'elle se réjouissait qu'il soit gêné, lui aussi. Cela voulait dire qu'il ne reléguait pas ce souvenir dans les oubliettes, comme si rien ne s'était passé entre eux.

— D'accord. C'est compréhensible.

— Vous avez le droit de refuser.

— Sûrement pas ! Je souhaiterais les rencontrer le plus vite possible. Vous savez que j'aime suivre mes patientes dès le début de leur grossesse.

— C'est pour cette raison que je leur ai parlé de vous.

Une douce chaleur se répandit en elle.

— Je suis flattée.

— Croyez-moi, cela n'a rien à voir avec de la flatterie. Je savais qu'avec vous ma belle-sœur bénéficierait des meilleurs soins.

— À cause de Naomi ?

— Pas seulement. Je vous ai observée, et bien que vous soyez un peu trop impliquée émotionnellement avec vos patientes, du moins à mon avis, je sais aussi que vous ne laissez rien passer.

— Euh... Merci.

Il se mit à rire.

— C'était un compliment.

Elle ne put s'empêcher de sourire.

— Je n'en étais pas sûre.

— Je vais leur dire de vous appeler pour fixer un rendez-vous avec vous dans les deux prochains jours, si c'est possible.

— Ce sera parfait. J'ai hâte de faire leur connaissance.

Il s'écarta du mur.

— Merci beaucoup.

— Pas de problème.

Du moins, elle espérait qu'il n'y en aurait pas.

Moins d'une heure plus tard, son téléphone portable se mit à vibrer.

— Mademoiselle Eliston ? Basir Kepler à l'appareil. Je suis le frère d'Adem Kepler, le directeur du dispensaire.

Elle savait exactement qui était Basir, mais elle était surprise qu'il l'appelle si rapidement, et aussi qu'Adem lui ait donné son numéro personnel.

La voix de Basir, grave et teintée d'un léger accent, ressemblait beaucoup à celle d'Adem, mais il paraissait plus jeune.

Ou peut-être simplement un peu moins cynique.

Trouvait-elle vraiment Adem cynique ? Peut-être. Une chose était certaine : il savait masquer ses émotions... Sauf cette fameuse nuit, dans son appartement.

Seulement il ne s'agissait pas d'émotion, mais de désir sexuel. Ou pis encore, de besoin physique.

Sauf qu'il était tellement sexy. Tellement... concentré.

Elle s'éclaircit la voix.

— Adem vient de me parler de vous.

Elle prit trop tard conscience qu'elle n'aurait sans doute pas dû utiliser le prénom de son patron. Pourvu que Basir ne se fasse pas de fausses idées !

Des idées fausses ? Lesquelles ? Pendant qu'elle faisait l'amour avec Adem, elle était certaine de ne pas l'avoir appelé « M. Kepler ». Mais elle ne voulait pas non plus laisser croire à Basir que son frère et elle avaient une histoire, parce que ce n'était pas le cas.

Ce n'était qu'une aventure, et ça le resterait.

Pour éviter toute question personnelle, elle entra immédiatement dans le vif du sujet :

— Parlez-moi de vous et de vos projets pour l'accouchement.

— Adeline est près de moi, je préfère vous la passer.

Carly oublia Adem – du moins temporairement – pendant qu'elles discutaient. C'était le premier enfant du couple, qui envisageait une naissance à domicile.

Carly sentit l'exaltation monter, comme chaque fois qu'elle parlait avec une nouvelle patiente. Peut-être vivait-elle à travers elles une joie qui lui était refusée. Mais l'enthousiasme d'Adeline était aussi très communicatif, et le couple paraissait très heureux.

Elle sentait en Basir un épanouissement véritable qui manquait à son frère.

Un quart d'heure plus tard, il était convenu qu'Adeline et Basir viendraient la voir au dispensaire. Plus tard, elle irait chez eux prévoir tout le nécessaire pour l'accouchement.

— J'ai été ravie de discuter avec vous, dit-elle en guise de conclusion. J'ai hâte de vous rencontrer.

— Merci, dit Adeline. Adem a une très haute opinion de vous.

Ah bon ? Cette révélation sidéra littéralement Carly.

— Eh bien... Je suis contente de pouvoir vous aider. On se voit la semaine prochaine.

Après avoir raccroché, Carly laissa échapper un soupir. Que cela lui plaise ou non, Adem allait forcément être impliqué dans cette grossesse. Ils se croiseraient plus souvent qu'auparavant... Du moins jusqu'à la naissance du bébé.

Carly allait être la sage-femme d'Adeline. La veille, elle était passée voir Adem dans son bureau pour l'avertir qu'elle avait rencontré son frère et sa belle-sœur. La gêne qu'il avait éprouvée en lui transmettant la demande des futurs parents n'avait fait que croître tout au long de la journée.

Adem hésitait à l'attribuer à Carly ou à Basir.

Bien sûr, son frère avait le droit d'être heureux, et Adem avait lui-même tout mis en œuvre pour cela. Mais le bonheur de Basir lui rappelait comme ils étaient différents.

Non qu'il veuille lui-même avoir une épouse et des enfants. Et surtout pas s'il s'agissait de satisfaire les attentes de leur père.

D'ailleurs, il était content de ce qu'il avait ; le travail et...

Le travail.

Il posa son stylo sur son bureau. Était-il en train de devenir comme son père, un obsédé du travail au point d'en oublier tout le reste, y compris sa femme et ses fils ?

Tu n'as pas de femme et de fils, Adem.

Certes, mais il avait mis tout son cœur et son énergie dans la création de ce dispensaire, à l'exclusion de toute autre préoccupation. S'il avait eu le choix, il aurait baptisé le dispensaire « Centre de soins Basir Kepler », mais son frère n'aurait sans doute pas apprécié qu'on lui rappelle ses épreuves passées.

Basir avait une capacité à tourner la page qu'Adem ne possédait pas. Encore un point qui les différenciait. Adem avait des relations tendues avec leur père, alors que Basir travaillait avec lui au restaurant et lui succéderait sans doute un jour.

Mais tout cela n'avait que très peu d'importance, finalement. Basir ferait un père merveilleux, à en juger par sa relation avec Adeline.

Son téléphone, posé sur le bureau, se mit à sonner. Adem jeta un coup d'œil à l'écran, son frère l'appelait. Il décrocha aussitôt.

— J'ai appris que tu avais une sage-femme, dit-il.

— Exact. Et Addy l'aime déjà. On doit la rencontrer de nouveau dans une heure pour remplir quelques papiers, et nous aimerions que tu sois là, au cas où on oublierait quelque chose.

— Je te rappelle que je n'ai jamais eu besoin d'une sage-femme, Basir.

En fait, si, mais pas tout à fait de la même façon que son frère.

— Je sais, mais tu connais Carly.

En effet, et un peu mieux qu'avant. La dernière chose qu'il voulait, c'était s'asseoir et la regarder entamer le suivi prénatal d'Adeline.

— Je ne sais pas… Je suis plutôt occupé.

— Allez, Adem ! On est très excités et on a envie de partager cette expérience avec la famille. En plus, tu travailles au dispensaire.

— D'accord, je vais m'arranger.

Mais comment aurait-il pu voir Carly sans penser à ses empreintes sur la baie vitrée de sa salle de séjour ?

Carly était nerveuse, sans savoir exactement pourquoi. Ce n'était pas la première fois que les membres d'une famille assistaient à une consultation, et ce ne serait pas la dernière.

Mais il s'agissait d'Adem.

Elle essayait de se persuader que sa présence la gênait parce qu'il était le directeur du dispensaire, mais elle savait bien que ce n'était pas la seule raison de sa nervosité. Elle ne pouvait s'empêcher de s'interroger. Quelles options d'accouchement choisirait-il pour son propre enfant ?

Préférerait-il que cela se fasse chez lui, ou à l'hôpital ?

Elle ne le saurait sans doute jamais, à moins qu'il ne se marie et lui demande d'assister son épouse. Il y avait peu de chances pour qu'il le fasse, mais, dans le cas contraire, elle n'était pas certaine d'en être capable, sans bien comprendre pourquoi.

— Le suivi prénatal se fera principalement ici, au dispensaire, dit-elle au jeune couple. Du moins jusqu'à ce que la date de la naissance approche. Ensuite, moi ou un membre de mon équipe vous rendra visite chez vous. Il faudra au moins un rendez-vous pour que nous mettions tout en place. Au téléphone, vous m'avez dit que vous aviez fait des recherches à propos des accouchements à domicile.

Adeline acquiesça.

— En effet, et nous souhaitons avoir votre avis, puisque nous penchons pour un accouchement dans l'eau. Comme Adem est neurochirurgien, nous nous sommes dit qu'il pourrait aussi nous dire ce qu'il en pense.

Du coin de l'œil, Carly vit Adem se raidir.

— Je suis sûr que Carly pourra vous aider à prendre la bonne décision, dit-il.

Craignait-il qu'elle ne soit blessée que le couple lui ait demandé d'être présent ? Rien n'aurait pu être plus éloigné de la vérité.

— Je serai heureuse de connaître votre opinion.

— Je ne suis pas expert en la matière.

— Peut-être pas, dit Basir, mais tu fais partie de notre famille et tu es très compétent dans ton domaine. Comme nous avons choisi une solution qui sort un peu des sentiers battus, on aimerait savoir si tu l'approuves.

— Les accouchements sous l'eau sont pratiqués depuis longtemps, dit Carly, et ils sont de plus en plus courants. Nous devrons mettre certaines choses au clair, mais, pour autant que la grossesse se passe bien, il n'y a pas de contre-indications.

— Vous avez eu des patientes qui ont accouché sous l'eau ? demanda Adeline.

— Oui. Nous avons même une piscine, au dispensaire. Ce qui

m'amène à la question suivante. Comment comptez-vous vous en procurer une ?

Ce fut au tour de Basir de répondre :

— Cela a fait partie de nos recherches. Nous avons trouvé l'entreprise qui nous la fournira. Ensuite, soit nous la garderons pour une autre grossesse, soit nous la revendrons. Ils nous ont dit comment faire.

Basir tendit une carte à Carly, qui y jeta un coup d'œil.

— J'ai travaillé avec eux. Ils ont très bonne réputation.

— Tant mieux. Et toi, Adem, que penses-tu des accouchements sous l'eau ?

— Tu me demandes mon avis en tant que médecin ?

— Bien sûr. Est-ce qu'il y a un risque que le bébé manque d'oxygène, au moment de la naissance ? On dit que la méthode est sans danger, mais je préfère être sûr.

— Carly en sait sans doute davantage que moi sur la question, mais pour ce qui est de l'oxygène, il n'y a pas de problème, puisque le bébé est toujours relié à sa mère par le cordon ombilical.

— Les bébés ne sont immergés que pendant quelques secondes, dit Carly, Adem a donc raison de dire qu'il n'y a pas de danger. Mieux vaut cependant ne pas acheter la piscine tout de suite. Vous le ferez quand nous serons certains que tout se passe selon nos vœux.

— Dans combien de temps ?

— Je dirai six mois.

— Je comprends, dit Adeline, et puisque Adem a l'air d'accord, faisons cela.

Jetant un coup d'œil en direction d'Adem, Carly constata qu'il n'avait pas l'air satisfait. Était-ce parce qu'il n'appréciait pas la méthode d'accouchement sous l'eau ?

Un quart d'heure plus tard, Basir et Adeline s'en allèrent. Comme Adem s'apprêtait à les suivre, Carly lui demanda de rester.

La porte refermée, elle alla droit au but :

— Le choix de votre frère et de son épouse vous contrarie ?

— Pourquoi cette question ?

— Je ne sais pas trop. Vous paraissiez mécontent, lorsqu'ils ont confirmé leur décision.

— Ce n'est pas mon enfant.

— Non, mais c'est votre nièce ou votre neveu. Et si vous réprouvez l'accouchement sous l'eau, mieux vaut le dire tout de suite. Personnellement, j'aimerais savoir ce que vous en pensez.

— Pourquoi ?

— Vous êtes le directeur du dispensaire. J'aimerais croire que vous soutenez les parents qui font ce choix.

— Bien entendu. Seulement, en tant que neurochirurgien, la perspective d'opérer à domicile est inenvisageable. Mais il ne s'agit pas d'une craniotomie, et il est clair que certaines personnes sont plus rassurées si elles accouchent dans un environnement familier.

— C'est vrai. Donc, c'est d'accord ? Je ne voudrais pas que Basir et Adeline s'engagent dans cette voie pour rencontrer un obstacle plus tard.

— Croyez-moi, si j'avais une objection, vous le sauriez.

— Merci. C'est bon à savoir.

Il lui jeta un regard pénétrant.

— Rien d'autre ?

— Non.

— Parfait. À plus tard.

Après son départ, elle se demanda comment elle avait pu passer de la nervosité à une attitude défensive, puis au découragement, en moins d'une heure.

En fait, elle savait pourquoi, mais elle s'en voulait d'être si affectée par cet homme. En sa présence, son rythme cardiaque s'accélérait dangereusement. Pourtant, il ne semblait pas avoir la moindre intention de passer une autre nuit avec elle.

Seigneur ! Elle avait déjà survécu à une rupture. La dernière chose dont elle avait besoin, c'était d'offrir son pauvre cœur en pâture à un homme et d'attendre qu'il le piétine.

Parce que, cette fois, elle avait le sentiment qu'elle ne s'en remettrait pas.

5

Depuis l'annonce de la grossesse d'Adeline, Adem avait à peine eu le temps de respirer. Et ce matin, il était confronté à la souffrance d'une famille qui devait faire un choix terrible.

Une semaine auparavant, il y avait eu un carambolage sur la M1. Trois personnes étaient décédées, et des douzaines d'autres avaient été blessées. Adem avait traité la plupart des patients présentant un traumatisme cérébral.

Et aujourd'hui, il s'était rendu au chevet d'une fillette de cinq ans dont la famille le suppliait de lui donner un peu d'espoir. Mais le tracé de l'électrocardiogramme était sans appel. Après l'accident, le cerveau de l'enfant avait gonflé. L'équipe avait effectué une craniotomie et enlevé de l'os pour réduire la pression. En vain. Finalement, une hernie s'était formée au niveau du tronc cérébral.

À ce stade, le respirateur était la seule solution pour maintenir leur fille en vie. La maman, un bras dans le plâtre, l'avait imploré d'une façon déchirante de sauver son enfant. D'habitude, il parvenait à maintenir ses distances dans ce genre de situation. Il ne savait pas si cette capacité était due à son enfance ou à sa formation professionnelle.

Mais, quelle que soit la réponse, il allait devoir traverser un moment encore plus difficile aujourd'hui.

L'équipe qui s'occupait des dons d'organes attendait de pouvoir discuter avec la famille. Il ne pouvait pas imaginer ce que c'était, que d'être parent et d'avoir à affronter la mort d'un enfant. Il n'avait jamais suffisamment aimé une femme pour envisager de fonder une famille. Heureusement, son frère était heureux en ménage, et il serait bientôt père. Ce n'était pas son cas à lui et, comme il n'y avait personne à l'horizon, il n'y aurait pas non plus d'enfant dans un avenir proche. En tout cas, il ne ferait pas la même erreur que ses parents, il ne ferait pas grandir sa progéniture dans un foyer malheureux.

Il laissa échapper un soupir.

Où ses pensées le menaient-elles, aujourd'hui ?

Bien entendu, ce n'était pas la première fois que l'un de ses patients mourait, mais jamais quelqu'un d'aussi jeune. Réalisant qu'il fixait la fenêtre depuis au moins un quart d'heure, il fit pivoter son siège et s'accouda à son bureau. Puis il se frotta les tempes du bout des doigts tout en essayant de penser à autre chose qu'à ce père et cette mère, confrontés en ce moment au pire des choix.

On frappa à la porte.

On y était. Il leur avait donné son numéro de téléphone pour qu'ils l'appellent en cas de besoin, mais quelqu'un les avait peut-être guidés jusqu'à sa porte. Ils voulaient sans doute réclamer des examens supplémentaires. N'avaient-ils pas compris qu'il ne restait pas la moindre lueur d'espoir ?

Prenant une profonde inspiration, il se leva et alla ouvrir la porte.

Carly...

— Il y a un souci avec Adeline ? demanda-t-il aussitôt.

— Non. C'est Naomi...

Soudain, il sentit qu'il ne pourrait pas supporter un échec de plus. Elle dut sentir quelque chose, car elle lui posa une main sur le bras.

— Elle va bien, ne vous inquiétez pas. Je voulais juste vous dire que son bébé est né ce matin par césarienne. Ils sont en pleine forme tous les deux. Votre intervention a été un succès.

Il battit des paupières.

— C'est la meilleure nouvelle de la journée. Je devrais plutôt dire la seule.

— L'accident de voiture ?

— Vous êtes au courant.

— C'est passé aux infos. Je vous ai vu à la télé.

Il se rappelait vaguement avoir vu des journalistes à la sortie de l'hôpital, mais il évoluait dans une sorte de brouillard, à ce moment-là. Il était focalisé sur cette petite fille qu'il ne pouvait pas sauver.

— Je n'ai parlé à personne.

— Non, mais les caméras vous ont suivi pendant que vous regagniez votre voiture. Une voix off disait que, grâce à vous, plusieurs vies avaient été sauvées dans deux hôpitaux différents.

Un poignard lui transperça le crâne.

— *Kahretsin.* Pas toutes.

Une heure. Il leur avait demandé de rester une heure avec leur fille avant de prendre une décision.

Sans lui en demander la permission, Carly passa près de lui et entra dans la pièce.

— Qu'est-ce qui se passe ?

Il secoua la tête, la gorge soudain trop serrée pour parler.

Elle le fixa un instant avant de fermer la porte et de lui prendre les mains.

— Racontez-moi.

La douleur qui lui enserrait la poitrine remonta jusqu'à ses lèvres. Il serra les dents. Si cela continuait, il allait s'effondrer devant Carly.

Lâchant ses mains, elle l'enlaça en silence et posa la joue sur son épaule. Ils demeurèrent ainsi pendant ce qui lui sembla une éternité, jusqu'à ce qu'il parvienne à maîtriser son émotion.

— Ça va aller, murmura-t-elle.

Non, ça n'irait pas. Il n'était même pas sûr que ça irait un jour. Cette enfant lui rappelait ce qui aurait pu arriver à Basir quand on lui avait ôté sa tumeur, plusieurs années auparavant. Sauf que cette fois cette petite fille ne deviendrait pas une adulte en bonne santé, apte à fonder une famille. Sa vie avait été stoppée net.

— Pas cette fois, répondit-il.

Passant un doigt sous le menton de Carly, il leva son visage vers lui. Elle ignorait ce qu'il affrontait, mais ses yeux verts étaient humides de larmes.

Avant qu'il comprenne ce qui se passait, il était en train de l'embrasser pour oublier, dans les bras qui l'enlaçaient toujours, l'horrible injustice de la vie.

Posant les mains sur sa nuque, elle lui rendit son baiser et le retint, comme pour l'aider à traverser la tempête qui faisait rage en lui.

Sans le lâcher, elle fit quelques pas en arrière jusqu'à buter contre le bureau. Leur ardeur mutuelle décupla, atteignant des sommets presque insupportables.

Il la voulait, ici et maintenant.

Il avait besoin d'oublier ce qui se passait en dehors des limites de cette pièce.

Adem souleva Carly et l'assit sur la table, ignorant le bruit de sa boîte à stylos tombant à terre. Tout ce qu'il lui fallait, c'était éprouver quelque chose qui ne soit pas tragique.

Quelque chose qui ressemble… à la vie.

Les mains de Carly se posèrent sur sa ceinture, qu'elle défit rapidement pendant qu'il retroussait sa jupe sur ses hanches et baissait sa culotte dont elle se débarrassa d'un coup de pied.

Ensuite, quand il fut libéré de toute entrave, elle noua les jambes autour de ses reins.

Il glissa la langue dans sa bouche, étouffant ses gémissements. Désormais, ils étaient chair contre chair, et plus rien ne les séparait.

— Une minute !

Réunissant tout ce qu'il lui restait de raison, il sortit son portefeuille de la poche arrière de son pantalon et y trouva le petit sachet qu'il cherchait.

Lorsqu'il fut prêt, il attira Carly contre lui et s'enfonça en elle. Passant un bras sous ses fesses, il la souleva de façon à s'enfouir plus profondément en elle.

Extase. C'était le seul mot qui convenait pour décrire ce qu'il ressentait… Ce qu'*elle* lui faisait ressentir.

Abandonnant la bouche de Carly, il lui murmura à l'oreille :

— Tu me rends fou, Carly.

Il ne parvint pas à dire autre chose, parce qu'elle l'attira tout contre elle.

— Adem… Je ne crois pas que je vais pouvoir me retenir.

Une minute plus tard, elle eut tout le corps agité de mouvements frénétiques. C'était tout ce qu'Adem avait besoin de savoir. Il se retira et plongea de nouveau en elle, puis ses coups de boutoir se firent de plus en plus rapides jusqu'à ce qu'il parvienne enfin à la libération émotionnelle qu'il recherchait. Des mots qui n'appartenaient à aucune langue franchirent de ses lèvres.

Quand ce fut terminé, il était épuisé. Toute l'impuissance et le chagrin qu'il renfermait en lui avaient été balayés par Carly. C'était presque comme si elle avait perçu sa détresse et trouvé le seul moyen de la lui faire oublier.

La gratitude le submergea, mêlé d'un désir ardent comme il n'en avait jamais éprouvé. Mais, au moment précis où il reculait légèrement pour lui sourire, une petite secousse à la base de son crâne se mua en gigantesque séisme.

Il venait de faire ce qu'il s'était juré de ne plus faire... l'amour avec elle.

— *Lanet Olsun !*

Il s'écarta brusquement d'elle, dont le visage exprimait la plus grande confusion. Quelques secondes plus tard, elle était debout devant lui et faisait un pas de côté, manquant tomber. Il la rattrapa juste à temps. La prenant par les épaules, il plongea dans ses grands yeux verts.

— Désolé, Carly, je n'en avais pas l'intention.

— Ne vous excusez pas. Je suis aussi responsable que vous de ce qui vient de se passer. C'est... C'est arrivé, c'est tout.

Ici, dans son bureau, où n'importe qui pouvait entrer, y compris les parents de cette petite fille. S'il avait été capable de réfléchir, il se serait abstenu d'un acte aussi inconsidéré, mais l'empathie de Carly lui avait fait oublier tout le reste.

Il n'avait pas d'excuse. Absolument aucune, même si elle acceptait de partager la responsabilité avec lui.

Pendant ce temps-là, les parents étaient restés au chevet de leur fille, et rien n'avait changé, finalement.

— La journée a été très difficile, dit-il.

— Et j'ai encore ajouté un souci de plus.

Non ! Elle avait tenté de le réconforter, et c'était lui qui l'avait embrassée. C'était lui qui avait été incapable de se maîtriser.

— Vous vous trompez. Mais je n'aurais pas dû faire ça.

Une lueur de colère dans les yeux, elle répliqua :

— J'en ai bien conscience, mais il est inutile de vous flageller, puisque c'est fait.

Bien sûr ! Tu n'as fait qu'aggraver les choses.

Et s'il n'avait pas eu la présence d'esprit de prendre un préservatif ? Bon sang ! Elle aurait pu tomber enceinte. Et dans ce cas, l'en aurait-elle informé ? Ou bien aurait-elle avorté ?

— Vous utilisez un moyen de contraception ?

— Euh... Non. Si je m'en souviens bien, vous avez pris les précautions nécessaires.

— Exact. Mais il se trouve que j'ai grandi dans un foyer désuni, ce que je ne souhaite à personne. C'est pourquoi je tiens à m'assurer que vous...

Elle eut un rire amer.

— Rassurez-vous, il n'y a aucun risque pour que je tombe enceinte. Je dois avoir mes règles demain et, de toute façon, quand j'ai essayé d'avoir un enfant, ça n'a pas marché.

— Je ne comprends pas.

— Moi non plus, mais c'est mieux ainsi.

Il lui effleura la main.

— Je suis désolé, quelle qu'en soit la raison.

Elle le fixa un moment avant de répondre :

— Vous avez assez de soucis pour que je n'y ajoute pas mes propres problèmes.

Quoi qu'elle en pense, ses problèmes étaient devenus les siens. Aujourd'hui, il n'était pas très fier de lui... Il avait fait l'amour sur une impulsion subite, et sans réfléchir aux conséquences.

Cela ne lui ressemblait pas.

— Tenez-moi au courant, malgré tout.

— Si quelque chose d'inattendu se produit, je vous en parlerai. Mais je suis certaine que tout ira bien.

Tout n'allait pas bien. Un jour était passé, puis deux. Le troisième jour, Carly se réveilla avec une légère envie de vomir. Pourtant, il ne pouvait pas s'agir de nausées matinales ! Pas après une année d'efforts vains ! En outre, elle avait fait l'amour avec Adem trois jours auparavant, et il fallait deux semaines pour qu'une grossesse se manifeste par des nausées.

Une pensée lui traversa l'esprit, et elle fit de rapides calculs.

Trois jours ne suffisaient pas, en effet, mais si on comptait trois semaines ?

C'était impossible ! Quand ils avaient fait l'amour ensemble dans son appartement, il avait toujours utilisé des préservatifs.

Toujours ?

Réfléchis, Carly !

Bien sûr, cette méthode de contraception n'était pas sûre à 100 %... Mais comment y croire ? Kyle et elle avaient tenté en vain de faire un enfant pendant des mois.

S'il y avait la moindre chance que...

Son téléphone vibra, la faisant sursauter. Elle jeta un coup d'œil à l'écran. Bon sang ! C'était Adem. Sans doute se demandait-il pourquoi elle ne l'avait pas appelé. Pour l'instant, elle n'avait aucune réponse à lui fournir.

Mais elle le pourrait si elle descendait acheter un test de grossesse.

Et si elle était enceinte ?

Ce serait une sacrée ironie du sort !

Il lui sembla que son cœur explosait dans sa poitrine. Il y avait simplement un léger problème : Adem ne voulait pas d'enfants. La façon dont il lui avait demandé si elle utilisait un moyen de contraception ne laissait aucun doute à ce sujet.

Est-ce qu'il lui proposerait de payer l'avortement ?

Non. C'était peut-être une solution pour d'autres femmes, mais pas pour elle. Si elle attendait un bébé, elle voudrait le garder. Mais elle dirait clairement à Adem qu'elle n'attendrait aucune aide de sa part.

Sa mère s'était débrouillée seule, après la mort de son père. Cela n'avait pas été facile pour elles deux, mais grandir auprès d'une mère qui travaillait dur avait forgé son indépendance.

Elle pouvait le faire ! Elle adorait son métier, et la maternité l'aiderait à mieux comprendre ses patientes.

Et elle pourrait compter sur sa mère, qui serait ravie de la nouvelle, que sa fille se marie ou non.

Bon sang ! Elle en était déjà au berceau et aux couches !

Commence par faire le test, Carly, ensuite tu t'occuperas d'Adem et du reste.

Une heure plus tard, elle avait la réponse. Elle était bel et bien enceinte, et la conception datait forcément de trois semaines. Par bonheur, elle ne travaillait pas de la journée.

Elle attendait un bébé ! Un bébé !

Avec le recul, elle se réjouissait de ne pas être enceinte de Kyle. Leur mariage aurait forcément mal tourné.

Prenant son téléphone, elle décida qu'il valait mieux en parler à Adem, mais ce ne fut pas son numéro qu'elle chercha dans le répertoire de son téléphone. Elle appela la seule personne à qui elle voulait parler tout de suite : sa mère.

Trois sonneries plus tard, la douce voix de Madelaine retentit à l'autre bout du fil, apaisant immédiatement Carly. Ces tons graves lui rappelaient le violoncelle dont sa mère jouait si bien.

— Salut, maman, on pourrait déjeuner ensemble ?

— Bien sûr, mon cœur. Tu as un souci ?

Les larmes jaillirent aussitôt. Elle n'était pas certaine d'avoir un « souci ». C'était simplement le partenaire et le timing qui avaient changé. Tout ce qu'elle savait, c'était qu'elle avait besoin d'être conseillée par quelqu'un en qui elle avait totalement confiance. Elle aurait pu appeler l'une de ses amies de l'hôpital. Chloe et Esther seraient heureuses de l'aider. Mais elle ne voulait pas gâcher le bonheur tout neuf d'Esther en partageant ses problèmes avec elle. Et Chloe était vraiment surchargée de travail, ces temps-ci.

Soudain, elle n'eut pas la patience d'attendre d'être assise dans un restaurant pour lâcher la nouvelle :

— Je suis presque certaine d'être enceinte.

— Oh ! Carly, tu en es tout à fait sûre ? Et… Tu es heureuse ?

— Je ne crois pas me tromper, non. Et comme je ne le sais que depuis ce matin, je ne sais pas trop ce que j'éprouve.

— Tu es enceinte de combien ?

— De trois semaines.

— Pourquoi ne pas venir à la maison ? Je préparerai une quiche pendant que tu m'en parleras.

— Je prends une douche et j'arrive. Oh ! et… maman ?

— Oui ?

— Merci.

— De rien, ma chérie. Tout va bien se passer.

N'était-ce pas les mots qu'elle avait employés avec Adem, dans son bureau, juste avant de l'accueillir en elle ?

Oui ! Et elle avait beau se faire des reproches, il était clair qu'elle était déjà enceinte, à ce moment-là.

Elle lui avait menti sans le savoir.

Cinq heures plus tard, Carly sortit un peu apaisée de chez sa mère. Mais dès qu'elle fut au volant de sa voiture, elle comprit qu'elle n'allait pas rentrer immédiatement chez elle.

Elle devait la vérité à Adem.

Prenant une profonde inspiration, elle sortit son téléphone de son sac et l'appela. Lorsqu'elle n'obtint que le répondeur, tout son courage s'évapora.

Tant pis ! Elle le rappellerait plus tard.

Mais lorsqu'elle remit le téléphone à sa place, il se mit à vibrer. C'était lui... Forcément ! Décrochant immédiatement, elle porta l'appareil à son oreille.

— Allô !

— Carly ? Désolé. J'avais laissé mon téléphone dans mon bureau pour aller chercher de l'eau et me faire un café. La sonnerie s'est interrompue au moment où je revenais.

Elle se rappela le petit pot argenté qu'il avait à la cafétéria. C'était là que tout avait commencé, mais il ne voudrait sans doute désormais plus rien avoir à faire avec elle.

Surtout si elle refusait d'avorter, ce qu'il allait sûrement envisager. Elle allait lui faire savoir qu'elle était prête à élever son enfant toute seule.

— Pas de problème. Écoutez, il y a un endroit où on pourrait se voir ?

Il y eut un long silence, à l'autre bout du fil.

— Je suppose que vous n'êtes pas au dispensaire, dit-il enfin. Vous voulez qu'on se retrouve chez moi ?

Non. Elle prit soudain conscience qu'il lui fallait un endroit neutre. Ses yeux tombèrent sur un panneau indiquant la direction de Hyde Park.

— Vous avez encore beaucoup de travail ?

— J'ai encore quelques questions mineures à régler et je m'en vais.

Et je vais vous fournir un certain nombre de questions majeures à régler… De celles qu'on n'expédie pas en un jour ni même en quelques semaines.

— Vous pourriez aller à Hyde Park ? Je n'en suis pas loin et je peux vous attendre.

— Dites-moi où, dans le parc, et je vous rejoindrai.

Elle lui fixa rendez-vous dans un endroit où elle savait qu'ils auraient un peu d'intimité. Elle aurait pu suggérer l'un des restaurants tout proches, mais elle ne voulait pas que d'autres puissent entendre ce qu'elle avait à dire.

Dix minutes plus tard, elle descendait un sentier bordé d'arbres. En arrivant aux jardins italiens, où elle avait donné rendez-vous à Adem, elle trouva un banc situé en face de l'un des bassins. Les jets d'eau projetaient des milliers de gouttelettes, telles des plumes jetées au vent. C'était exactement l'atmosphère dont elle avait besoin.

Ces vaguelettes l'apaisaient, lui insufflant un peu de son courage perdu. Le plus dur était derrière elle, maintenant qu'elle lui avait proposé cette rencontre.

Mais ce silence, au téléphone…

Elle ne pouvait le blâmer d'être pris de court et imaginait très bien ce qu'il devait ressentir, en roulant vers Hyde Park au volant de sa voiture. Pourtant, lui dire la vérité était encore la meilleure chose à faire. Même s'il ne voulait rien avoir à faire avec ce bébé, elle pourrait de toute façon compter sur sa mère.

En cet instant, une petite personne grandissait en elle. Ce qu'elle croyait impossible était arrivé. Instinctivement, elle posa la main sur son ventre, le cœur empli d'amour et d'espoir.

Fermant les yeux, elle se concentra sur la brise légère qui lui caressait le visage et le corps.

Pendant leur nuit d'amour, Adem n'avait pas remarqué les petites cicatrices dues à la chirurgie laparoscopique qu'elle avait subie pendant son adolescence. Elle n'avait pas non plus éprouvé le besoin de lui en parler, indiquant seulement qu'elle avait tenté d'avoir un enfant sans y parvenir.

Rejetant la tête en arrière, elle s'efforça de jouir de l'instant tout en prêtant l'oreille aux bruits, autour d'elle... Le clapotement de l'eau, le bruissement des feuilles, les conversations des gens qui passaient.

Soudain, quelqu'un s'assit auprès d'elle, faisant légèrement pencher le banc sur le côté. Elle se tourna vers le nouveau venu.

— Bonjour.

— Bonjour, Carly.

L'espace de quelques secondes, leurs regards s'accrochèrent, puis Adem baissa les yeux vers les mains de Carly, toujours posées sur son ventre. Elle les retira d'un geste brusque.

Comment allait-elle s'y prendre ? Fallait-il lâcher la nouvelle d'un trait ?

Il lui évita de réfléchir davantage :

— Je suppose que vous n'avez pas eu vos règles, malgré ce que vous disiez.

Elle faillit s'étouffer.

— Euh... Non. Et comme j'avais une légère nausée, j'ai décidé de faire un test de grossesse.

— C'est un peu tôt, non ?

— Au bout de deux jours, oui, mais pas après trois semaines.

Était-ce son imagination ? Elle eut le sentiment qu'il éprouvait un brusque soulagement.

— Si vous vous posez la question, dit-elle, je n'ai couché avec personne d'autre.

Il changea d'expression. Seigneur ! Avait-il espéré qu'elle portait l'enfant d'un autre ?

— J'avais apparemment raison de m'inquiéter d'un moyen supplémentaire de contraception.

Elle serra les mains l'une contre l'autre, sur ses genoux.

— Vu mon histoire, je ne pensais pas que c'était possible.

— *Cehennmem.*

Le mot roula sur la langue d'Adem. Quel que soit son sens, il n'avait rien à voir avec ce qu'il lui avait murmuré en turc pendant l'amour.

— Je ne sais pas ce que ça veut dire.

— Désolé. Seulement je n'ai jamais voulu… Donc, le test est positif ?

Il n'avait jamais voulu quoi ? Avoir des enfants ?

— Oui.

Il laissa échapper un profond soupir.

— Qu'est-ce que vous comptez faire ?

— Je suis contente que vous le formuliez de cette façon. C'est mon problème, et je n'attends rien de vous. Je veux ce bébé, c'est ma décision. J'en ai besoin.

— Pourquoi ?

La question arriva si vite qu'elle n'eut pas le temps de trouver de mensonge cohérent.

Ce fut la vérité qui sortit :

— Je vous ai dit que j'avais essayé de concevoir un enfant mais que cela n'avait pas marché, et, au bout d'un an, mon fiancé et moi avons rompu.

— Vous aviez fait des examens ?

— Non. Je connaissais déjà la raison de cet échec. Adolescente, j'ai fait une torsion de l'ovaire, et on a dû me l'enlever, ce qui ne m'en laisse qu'un. Normalement, cela aurait dû suffire, mais ça n'a pas été le cas, et j'en ai déduit que je n'aurais jamais d'enfants.

Elle le regarda avant de conclure :

— Mais maintenant, j'en attends un.

— Oui. Vous en attendez un, Carly.

— Comme je vous l'ai dit, je n'espère pas…

— C'est aussi mon bébé, dit-il d'un ton sans appel. Bien entendu, je veux faire partie de sa vie, mais je n'envisage pas… le mariage.

Elle tâcha d'ignorer le pincement au cœur qu'il venait de lui infliger.

— Je n'ai jamais parlé de mariage, je ne veux pas me marier. J'ai été fiancée, et cela s'est soldé par un désastre. Vous vouliez être tenu au courant, c'est pourquoi je vous en parle.

Il ne s'attendait manifestement pas à une telle véhémence, car il leva la main en signe d'apaisement.

— D'accord. D'accord. Je n'avais pas compris que j'étais un aussi mauvais parti, dit-il avec un petit sourire.

Elle ne put s'empêcher de le lui rendre, heureuse qu'il ne paraisse pas lui en vouloir de garder le bébé.

— Je n'avais pas réalisé non plus que j'étais un aussi mauvais parti.

Tendant le bras, il lui caressa la joue avec une tendresse qui la fit frémir.

— Je vous l'ai dit, j'ai grandi dans un foyer désuni. Croyez-moi, vous êtes un très bon parti, mais pour un homme meilleur que moi. Il est clair que je ne suis pas du bois dont on fait les maris.

— Je suis sûre que si la bonne personne se présente...

Il haussa légèrement les épaules. Laissant retomber la main, il fixa le bassin.

— J'en doute. Quoi qu'il en soit, si vous gardez ce bébé, vous pouvez compter sur moi.

— Comme je l'ai dit, je n'ai besoin de rien. Ma mère me soutiendra, et j'ai un très bon système d'assurance.

— Hum... Je vais devoir réfléchir.

— À quel propos ?

— À la façon dont je vais annoncer la nouvelle à mes parents. Ils sont très vieux jeu. Je les aime, mais... Eh bien, nous n'avons pas toujours la même façon de voir les choses. Basir semble avoir le monopole du bonheur, dans la famille, et je m'en réjouis pour lui.

— Je suis sérieuse, Adem. Vous n'avez pas à jouer un rôle qui vous déplairait.

Il se tourna vers elle.

— Mais il ne s'agit pas d'un rôle, comme dans une pièce de théâtre. Je vais être père et je souhaite faire partie de la vie de cet enfant. C'est juste que je dois réfléchir à la façon dont je vais m'y prendre.

Qu'entendait-il par-là ? Avait-il l'intention de lui donner de l'argent pour les besoins du bébé, sans passer de temps avec lui ? Elle devait mettre immédiatement les choses au clair.

— Je ne veux pas de votre argent, pas plus que d'un oncle bienveillant qui passe de temps en temps. Je veux pour lui de la stabilité, la même dont j'ai moi-même bénéficié. Ou bien cet enfant saura que vous êtes son père, ou bien il est inutile de vous engager à quoi que ce soit.

Il lui mit la main sur le bras.

— Eh ! Je ne voulais rien dire d'autre. J'ai simplement besoin d'un peu de temps pour établir une stratégie. Ce bébé va changer beaucoup de choses, y compris notre relation professionnelle.

— Pourquoi ? Les gens font des enfants tout le temps.

— Oui, mais je dirige le dispensaire. Je ne veux pas de rumeurs à propos de ce qui s'est passé entre nous. Je dois donc décider si je démissionne ou non avant que ça se sache.

Cette perspective horrifia Carly. Elle n'avait même pas envisagé cette possibilité. Elle avait pensé aux changements qui allaient survenir dans sa propre vie, sans imaginer que celle d'Adem serait elle aussi bouleversée.

— Non ! Il n'y a aucune raison pour ça !

— Il peut y en avoir, au contraire. Vous travaillez au dispensaire, et j'en suis le directeur. La nouvelle peut être mal interprétée.

— Je n'avais pas l'intention de crier sur les toits que vous êtes le père du bébé. Vous faites du bon travail au dispensaire, Adem.

— Vous aussi.

— Et si c'était moi, qui démissionnais ?

Elle n'en avait pas la moindre envie. Elle adorait son travail, aider des patientes comme Naomi était ce dont elle avait rêvé toute sa vie.

— Non, dit-il. Le fait est que nous n'aurions jamais dû coucher ensemble, pour commencer. Et puisque nos actes ont toujours des conséquences, je veux les affronter.

Il effleura un instant le ventre de Carly du regard.

— Pour ce que ça vaut, fit-il, je suis heureux que vous ayez décidé de garder le bébé. Tout comme je me réjouis pour vous que vous soyez enceinte. Laissez-moi seulement quelques jours pour réfléchir à la suite.

Elle acquiesça d'un calme signe de tête, alors qu'elle passait fébrilement toutes les possibilités en revue. Si Adem démissionnait, elle serait anéantie. Mais s'il choisissait de dissimuler sa paternité, elle le serait tout autant.

Ou bien, il pouvait décider d'élever cet enfant avec elle...

Bien sûr, elle préférait cette dernière solution.

6

Adem passa la semaine suivante partagé entre l'optimisme et la peur. Son frère et lui avaient grandi dans un foyer en proie à des tensions multiples. Ce qu'il en avait dit à Carly n'était que la partie émergée de l'iceberg.

Dès que la santé de Basir s'était améliorée, leur père avait consacré tout son temps à la réussite de son restaurant, et leur mère avait paru soulagée qu'il passe de longues heures à travailler. Lorsqu'ils étaient ensemble, le silence glacial qui régnait entre eux était pire que des disputes. En public, ils souriaient et échangeaient des propos corrects, mais ils étaient profondément malheureux, et leur sens du devoir leur interdisait d'envisager le divorce.

Adem avait dit à Carly qu'en ce qui le concernait le mariage était exclu. Il savait qu'il l'avait blessée, même si elle avait aussitôt affirmé qu'elle n'en voulait pas non plus.

Il la croyait : cette sorte de véhémence n'était pas feinte. Mais, contre toute raison, il en avait été blessé à son tour.

La grossesse d'Adeline rendait son frère fou de joie. Peut-être parce qu'il avait trouvé « la bonne personne », comme disait Carly. La personne qui pouvait guérir toutes les plaies du passé.

Quant à lui, il ne savait même pas s'il était capable de s'engager dans une relation durable et harmonieuse. Ne risquait-il pas de reproduire le schéma paternel en se focalisant sur son travail ? Il ne souhaitait à aucun enfant de grandir dans la même atmosphère que lui.

Se levant d'un bond, il décida de prendre l'air pour s'éclaircir les idées. Une fois dans le hall, il vit arriver Naomi avec son mari, leur fille et le bébé. Venant à leur rencontre, Carly leur sourit et leur fit signe de la suivre dans son bureau.

Adem ne put s'empêcher de rejoindre le petit groupe. Dès qu'elle l'aperçut, Carly perdit son sourire.

C'était sa faute... Les retours impromptus de son père à la maison causaient la même réaction dans sa famille.

Lorsqu'il approcha, Naomi lui adressa un signe amical.

— Comment allez-vous, docteur Kepler ?

Adem serra les mains des parents, et celle de Tessa.

— Très bien, merci. Et vous ? Vous vous adaptez à la présence d'un nouveau-né dans la maison ?

Ce n'était pas une pique, mais Carly se raidit immédiatement.

— Nos cernes parlent pour nous, répondit Douglas. Quand nous avons adopté Tessa, elle avait presque deux ans, si bien que nous avons raté l'allaitement et les changements de couches en pleine nuit.

En dépit de ses yeux injectés de sang, le jeune père paraissait en extase devant le nouveau membre de sa famille.

Soulevant le bébé dans ses bras, Naomi décocha une petite tape à son mari.

— Ce n'est pas toi qui la nourris la nuit.

— Je ne suis pas équipé pour... Mais sérieusement, doc, vous devriez essayer un jour. Il n'y a rien de comparable au premier regard de cette petite personne que vous avez contribué à créer.

Malgré lui, Adem jeta un coup d'œil à Carly, dont le visage semblait plus rose que d'habitude.

— Je suis sûr que c'est spécial.

— Oui. Et nous vous sommes très reconnaissants, à tous les deux. Grâce à vous, Naomi est en bonne santé.

— Tant mieux. Vous n'avez plus de migraines, Naomi ?

— Plus du tout. Je ne sais pas comment vous remercier.

— Remerciez surtout Carly. C'est elle qui m'a demandé de vous examiner. Elle aurait pu vous dire de prendre de l'ibuprofène.

— Naomi ne serait plus là, dit Douglas, et Charlotta non plus.

— C'est un très joli prénom, dit Adem en souriant. Je peux la voir ?

Le visage du bébé était dissimulé par une couverture que Naomi repoussa délicatement, révélant un joli nourrisson d'une semaine au crâne recouvert d'un duvet foncé. Charlotta était bien réveillée et tentait de concentrer son regard curieux sur son environnement.

Agrippée au cou de son père, Tessa déclara :

— Lotta m'aime bien.

— Bien sûr, répondit Douglas.

— Et moi aussi, je l'aime.

La gorge un peu serrée, Adem jeta un nouveau coup d'œil à Carly. Aurait-elle d'autres enfants, après la naissance du leur ? Et si oui, avec qui ? Bon sang, il n'arrivait pas à se la représenter avec un autre.

— Je m'apprêtais à conduire cette petite famille dans mon bureau, pour examiner Naomi, dit Carly.

Le ton était plus sec qu'il ne s'y attendait, mais depuis leur conversation dans le parc ils ne s'étaient plus parlé. Il allait falloir qu'ils s'asseyent tranquillement et discutent de leurs attentes respectives.

Des attentes ? En avait-il ?

Bon sang ! Il commençait à le penser, ce qui était mauvais signe. Peut-être était-ce pour cette raison qu'il s'était immergé dans le travail, ces derniers jours.

Bon sang de bonsoir !

Oui, ils devaient éclaircir les choses, mais ce n'était visiblement pas le bon moment. Alors, quand ?

— J'aimerais faire faire une IRM à Naomi, dit-il, pour m'assurer que l'anévrisme est bien isolé. Je vais lui prendre un rendez-vous, si vous êtes tous d'accord.

— Je donne le sein à Charlotta, dit Naomi, inquiète. Cela n'aura pas d'incidence sur l'allaitement ?

— Non. Je vais en parler avec le pédiatre de l'hôpital, mais nous avons eu deux patientes dans ce cas, et il n'y avait aucune contre-indication.

— En ce cas, nous sommes d'accord, dit Douglas.

Sa femme rit.

— Tu ne m'as même pas laissé le temps de donner mon avis.

Oui, bien sûr. Vous n'imaginez pas comme cette intervention m'a soulagée. Vous en avez fait beaucoup du même genre ?

— Quelques-unes, et la vôtre s'est très bien passée. Carly, je peux vous parler une minute, avant que vous receviez Naomi ?

Elle hésita quelques secondes. Elle voulait peut-être lui faire comprendre qu'elle n'en avait pas envie, ou bien qu'il avait tort de l'approcher au dispensaire.

— Bien sûr. Permettez-moi de les installer dans mon bureau, auparavant.

Lorsqu'elle eut refermé la porte sur la famille, Carly désigna d'un signe de tête un bureau vide, sur la droite. Elle s'installa derrière la table, et Adem prit place face à elle.

— Maintenant que nous avons tous les deux eu le temps de réfléchir, je voudrais que nous précisions quelques détails. La situation n'a pas changé ?

— Je suis toujours enceinte, si c'est ce que vous voulez savoir. Mais… Je ne veux pas que vous en soyez affecté, Adem. Je ne vous ai pas vraiment donné le choix, et si vous m'aviez demandé d'avorter, j'aurais refusé. Je ne vous en voudrais donc pas si vous décidiez d'abandonner.

Il battit des paupières, puis fronça les sourcils.

— Je crois avoir été clair à ce sujet. Je suis prêt à assumer les conséquences de mes actes, quelles qu'elles soient.

— Les conséquences ? On dirait une punition.

— Ce n'est pas ce que je voulais dire.

— Très bien, mais sachez que je n'ai pas l'intention de clamer sur les toits que je suis enceinte, du moins tant que ça ne se verra pas. Et si on me demande qui est le père, je dirai simplement qu'il ne fait plus partie du décor.

Adem ne comptait pas s'effacer, surtout après avoir vu le visage de Douglas illuminé par la joie. La suggestion de Carly était difficile à encaisser.

— Et quand elle courra vers moi, dans le hall du dispensaire, et entourera mes jambes de ses petits bras, vous direz encore que le père ne fait plus partie du décor ? Alors, je vous le dis tout net : il n'en est pas question !

— Vous avez dit « elle » ?

— « Il » ou « elle », peu importe. C'est le genre de chose que j'aimerais aborder avec vous avant que les gens commencent à poser des questions.

— Je suis d'accord, mais pour l'instant je ne vois pas vraiment ce que nous pouvons faire. Si vous comptez démissionner, je nierai que vous soyez le père jusqu'à mon dernier souffle. Le dispensaire a besoin de vous.

— Et de vous aussi, Carly. Mais personne n'est irremplaçable.

— Dites ça à votre enfant, quand il sera né.

— Touché. D'accord, dites-moi où on peut se voir, et nous chercherons des solutions.

— Pas ici ou à l'hôpital, en tout cas.

Il eut une idée :

— Mes parents ont un bateau dans une marina, sur la Tamise. Il y a peu de chances que des oreilles indiscrètes nous entendent. Mais si vous avez des nausées, ça peut poser un problème.

— J'adore être sur l'eau. Quand j'étais petite, nous faisions du rafting dans des rapides, aux États-Unis.

— Nous ne pourrons pas aller très vite, sur la Tamise, à cause des restrictions de vitesse, mais il y a un taud, et nous pourrions emporter un pique-nique. Aucune pression… Je veux juste que nous examinions toutes les solutions pendant que… vous en êtes encore au début.

— C'est une bonne idée, répondit-elle en souriant. Ça peut être amusant, à condition que vos parents n'y voient pas d'inconvénient.

— C'est le bateau familial. Mon frère et moi nous en sommes déjà servis, mais, en ce moment, Basir et Adeline ont d'autres préoccupations. S'il y a un problème, je vous le ferai savoir, d'accord ?

Elle se leva.

— D'accord, dit-elle en souriant. Je m'occupe du déjeuner, puisque vous nous procurez le bateau.

— Je vous appelle dans quelques jours pour que nous fixions le jour et l'heure, répondit-il en se mettant debout à son tour.

Elle lui effleura la main.

— Parfait. Et pour ce que cela vaut, je ne regrette pas ce qui s'est passé.

Comme elle s'éloignait, il répondit à voix trop basse pour qu'elle l'entende :

— Moi non plus, Carly. Moi non plus.

Et pour la première fois depuis qu'elle lui avait annoncé sa grossesse, il se rendit compte qu'il était sincère.

Trois jours plus tard, Carly déclina la proposition d'Adem de passer la chercher ; sans très bien savoir pourquoi, elle préférait le retrouver à la marina.

Craignait-elle ce qui pouvait se passer entre eux ?

En vérité, depuis qu'il l'avait invitée à cette sortie en bateau, elle se réjouissait d'avance. Pourtant, elle ne comprenait pas pourquoi elle lui avait effleuré la main et affirmé ne rien regretter.

Était-ce vrai ?

Oui, oui et encore oui ! Mais elle avait beau lutter contre les sentiments qu'il lui inspirait, ils ne cessaient de croître, et elle ne savait pas comment y mettre fin.

Ce devait être à cause du bébé... ou des hormones. Quoi qu'il en fût, elle désirait toujours autant Adem, mais ne se voyait pas dans le rôle de la copine avec qui on passe un bon moment de temps à autre.

Avant qu'elle lui annonce sa grossesse, ils auraient pu devenir amis. Et maintenant ? Ce qu'elle éprouvait pour lui brouillait complètement les limites qu'elle s'était fixées. Très bien, il n'y avait qu'une seule façon de les rétablir.

Elle devait affirmer son indépendance, faire comprendre à Adem que, au final, c'était elle qui prendrait les décisions, concernant ce bébé.

« Et quand elle courra vers moi, dans le hall du dispensaire, et entourera mes jambes de ses petits bras ? »

En entendant cela, elle s'était aussitôt représenté une petite fille aux nattes brunes et au même sourire que son père courant, bras écartés, vers lui. C'était une image qu'elle ne parvenait pas à chasser de son esprit.

Ce qui lui rappelait ce qui devait être leur priorité à tous les deux : faire la différence entre leurs envies et ce qu'il y avait de mieux pour leur enfant et pour elle.

Elle n'en était pas moins là, son petit panier à la main, avec ce plaisir et cette impatience qui ne cessaient de grandir en elle.

Ce n'est pas une balade en gondole avec ton amoureux, Carly.

Ah bon ? En ce cas, pourquoi y avait-il de la viande, du fromage et des grappes de raisin, dans son panier ? Le genre de mets qui se dégustait à deux, la main dans la main.

Mais pas cette fois.

Adem parut sur un ponton, ses cheveux noirs ébouriffés par le vent, vêtu d'un short qui révélait des jambes musclées et bronzées.

De quoi avoir l'eau à la bouche…

Rappelle-toi, Carly, tu veux affirmer ton indépendance.

Elle prit soudain conscience que sa robe rose dévoilait ses mollets pâles et ses pieds blancs. D'ailleurs, ses tongs de cuir n'étaient peut-être pas le meilleur choix, mais il était trop tard pour le regretter.

Adem vint vers elle et lui prit le panier des mains.

— Je suis content que vous soyez venue.

— Je vous avais dit que je viendrais.

— Exact, mais je me demandais si vous le feriez.

Elle se força à sourire.

— Vous découvrirez que je tiens toujours parole.

— Moi aussi.

Faisait-il allusion à son engagement de faire partie de la vie du bébé ? La conversation pouvait très vite devenir pénible, aussi décida-t-elle de changer de sujet.

— Où est le bateau ?

— À peu près au milieu du ponton. C'est *L'Ankara.*

— Comme la ville ?

— C'est là que mes parents sont nés, dit-il en cheminant près d'elle sur les planches de bois. Et là qu'ils se sont mariés.

— Depuis combien de temps habitez-vous en Angleterre ?

— J'avais quinze ans quand nous sommes arrivés ici.

— Le restaurant de votre père doit avoir du succès s'il peut posséder un bateau.

— Il travaille très dur. Dans ce domaine, il a réussi.

Mais pas dans d'autres ? Adem lui avait parlé de l'atmosphère déplorable dans laquelle il avait grandi. Était-ce pour cette raison qu'il tenait à jouer son rôle de père ? Pour combler un manque qu'il avait lui-même éprouvé pendant son enfance ? Elle avait peur de le lui demander. Tout ce qu'elle voulait, c'était qu'il aime son enfant pour ce qu'il était, pas parce que c'était un moyen de guérir ses blessures.

L'impatience descendit d'un cran.

L'Ankara était blanc et d'une propreté immaculée. Ce n'était pas un yacht, mais il était plus grand qu'elle ne l'avait imaginé. Un taud blanc était installé à l'arrière de l'embarcation, au-dessus du gouvernail et de quatre sièges. Il y en avait quatre autres permettant aux passagers de prendre le soleil sur le pont.

Adem sauta à bord et posa le panier sur l'un des sièges, puis il tendit la main à Carly. Elle hésita avant d'accepter finalement son aide. Comme il ne lâchait pas tout de suite ses doigts, elle sentit un frémissement la parcourir.

Seigneur ! Ce genre de sensation n'était censé se produire qu'au deuxième trimestre de la grossesse ! Et de toute façon, Adem lui avait fait cet effet bien avant qu'elle soit enceinte. Si elle espérait que cela disparaîtrait comme par enchantement, elle faisait erreur.

— J'aime beaucoup votre robe, dit-il.

Le cœur de Carly cessa une seconde ou deux de battre.

— Merci. Je ne crois pas vous avoir jamais vu en short auparavant.

Il eut un sourire en coin.

— Je ne vous rappellerai pas dans quelle tenue vous m'avez vu ou non.

Bien sûr ! Elle l'avait admiré dans toute la splendeur de sa nudité et le lui rappeler n'allait pas l'aider non plus... Surtout si elle l'imaginait maintenant sans son short.

Elle s'abstint de tout commentaire.

S'emparant du panier, il gagna l'espace couvert où se trouvaient le gouvernail et le tableau de bord.

— On dirait que la journée va être belle, dit-elle pour retrouver un terrain neutre.

— Oui. Quand nous nous arrêterons, nous déferons en partie le taud pour profiter de la brise. Il fait plutôt chaud, là-dessous.

— J'imagine...

Depuis une minute, elle avait de plus en plus chaud.

— Prête à jouer ? demanda-t-il.

L'image de la baie vitrée de son appartement surgit en elle.

Du calme, Carly. Il parle simplement de la promenade en bateau. Qu'est-ce qui ne va pas, chez toi ?

— Je suis prête pour la navigation quand vous le serez.

Il défit les amarres et mit le moteur en marche. Quelques minutes plus tard, ils sortaient de la marina et voguaient sur la Tamise.

Assise sur un siège, Carly tâchait de profiter de la vue. Elle ignorait leur destination, mais ce n'était pas pour le moment le premier de ses soucis.

Adem lui jeta un coup d'œil.

— Comment vous sentez-vous ? Je ne vous ai pas demandé si vous aviez des nausées.

— Jusqu'à maintenant, tout va bien.

En réalité, elle était plutôt contente d'échapper à l'hôpital et au dispensaire, ne fut-ce que quelques heures. Sur ce point, il avait raison. Elle avait besoin de lâcher prise de temps à autre et de s'amuser. Elle n'en avait pas eu conscience jusqu'à cette fameuse nuit. Pour une fois, son esprit n'était pas focalisé sur ses patientes.

C'était peut-être dû au fait qu'un accouchement pouvait survenir d'une minute à l'autre. Elle jeta instinctivement un coup d'œil à l'écran de son téléphone et ne vit qu'un SMS de sa mère.

— Vous n'avez pas le droit de travailler, dit Adem.

Elle fronça le nez.

— Je ne peux pas prévoir à quel moment mes patientes vont ressentir les premières contractions.

— Si cela arrivait maintenant, vous n'y pourriez rien, à part sauter par-dessus bord.

— Je n'en ai pas l'intention, répondit-elle en riant.

Elle appréciait ce bavardage, qui allégeait l'atmosphère.

— Je le sais. Mais je sais aussi que bientôt votre vie sera un peu plus compliquée.

Quoi ? Oh ! il faisait allusion à sa grossesse… Adieu, le bavardage léger ! Cependant il avait raison : les choses allaient changer du tout au tout, mais elle ne voulait pas y penser pour l'instant.

— Où allons-nous ? demanda-t-elle pour changer de sujet.

— Je pense à une petite marina. On devrait y arriver dans une heure. Regardez la grande roue !

Elle leva les yeux. Bizarrement, elle n'était jamais montée dans l'une de ces cabines, sans doute parce qu'elle n'appréciait pas particulièrement les hauteurs. Elle se surprit à chercher du regard l'appartement d'Adem.

Cette fois, sa peur du vide n'avait pas paru la gêner. Il était clair que son esprit était bien trop occupé par ce qu'Adem était en train de lui faire.

Elle jeta un coup d'œil à son ventre.

Qu'allaient-ils décider ?

Elle n'en avait aucune idée.

Elle était toujours plongée dans ses réflexions quand il baissa le régime du moteur pour s'engager dans une section du fleuve où des bateaux de toutes tailles mouillaient. Cela allait de grands voiliers à des embarcations plus petites que celle d'Adem.

Ainsi, une heure avait déjà passé ? Carly se leva et aida Adem à amarrer le bateau. Elle détestait l'admettre, mais tout cela l'amusait beaucoup. Il régnait entre eux une sorte de camaraderie qu'elle n'avait jamais expérimentée auparavant, pas même avec Kyle.

Quoi qu'il en soit, ce bébé les lierait à jamais…

Si quelqu'un le lui avait dit un an auparavant, elle l'aurait traité de fou. Elle n'avait pas choisi cette voie, mais maintenant qu'elle l'avait empruntée, elle tâcherait d'en tirer le meilleur.

Au moment où elle allait prendre le panier, une vaguelette souleva le bateau.

— Oups !

Elle s'agrippa à la rambarde à l'instant précis où Adem la prenait par la taille et l'attirait contre lui.

— Ça va ?

— J'ai été prise par surprise, mais je ne crois pas que je serais tombée.

— Vous n'avez pas encore le pied marin, ça viendra avec le temps.

Elle n'en était pas si sûre, vu qu'elle avait de plus en plus les jambes en coton. Mais cela n'avait rien à voir avec le bateau et tout avec l'homme qui la serrait contre lui.

Il la soutint jusqu'à l'un des sièges et s'assit, les sourcils froncés, près d'elle.

— Vous vous sentiriez mieux, si nous avions un peu plus d'air ?

— Je vais bien, je vous assure.

— D'accord, je reviens tout de suite.

Il défit alors une partie du taud, et presque immédiatement, une douce brise caressa les cheveux et les épaules nues de Carly. C'était délicieux.

Rejetant la tête en arrière, elle s'écria :

— Que c'est agréable !

— Tout à fait.

Elle s'aperçut qu'il la couvait des yeux avec la même intensité que lorsqu'ils étaient dans son appartement. Seigneur ! Elle déglutit, tâchant de calmer son cœur qui s'était subitement emballé.

Il se tourna pour prendre le panier.

— Vous avez faim ?

C'était bizarrement le cas. Elle avait prévu des biscuits salés au cas où ses nausées reviendraient, mais, pour l'instant, tout allait bien.

— Je suis affamée, vous voulez dire !

Il souleva le couvercle et disposa le repas sur la petite table dont les pieds étaient vissés dans le pont. Carly avait l'impression qu'ils partageaient un repas romantique en tête à tête.

Ridicule ! Ils étaient là pour planifier la suite des événements !

— Ça a l'air bon, dit Adem.

— Aux USA, la plupart des pique-niques comportent du poulet frit, mais je vis en Angleterre depuis assez longtemps pour préférer la viande en conserve, le fromage et les fruits.

— En Turquie, ce serait encore autre chose. Mais je suis comme vous, je me suis habitué aux coutumes d'ici.

Elle acquiesça d'un signe de tête. Les yeux tournés vers le rivage, elle se tut un instant.

— À quoi pensez-vous ? demanda-t-il.

— À l'étrangeté de la situation. Vous ne trouvez pas bizarre que nous soyons tous les deux ici pour tracer les grandes lignes d'un avenir que, pour l'instant, je serais incapable de décrire ?

— Je sais.

— Et vos parents ? Vous ne pourrez pas leur cacher la vérité très longtemps.

Pour sa part, elle n'aurait pas pu laisser sa mère dans l'ignorance.

Se rappelant qu'Adem trouvait ses parents « vieux jeu », elle demanda :

— Ils n'exigeraient tout de même pas que vous m'épousiez parce que je suis enceinte ?

Tout en parlant, elle les servait tous les deux dans les assiettes en carton qu'elle avait apportées.

— Ils sont issus d'une culture très différente, répondit Adem après un bref silence. Et ils ne se sont pas mariés par amour.

— Quoi ?

Était-ce parce que sa mère attendait un enfant ?

— C'était un mariage arrangé. Je sais que c'est dur à comprendre d'un point de vue occidental, mais, dans leur cas, il s'agissait d'une alliance entre deux familles.

— Waouh ! Et ils sont heureux ? Ils ont eu deux enfants, après tout.

— C'est un peu compliqué. Ils ont vécu ensemble pendant de nombreuses années. Je ne suis pas certain qu'on puisse parler de bonheur, mais c'est tout ce qu'ils ont jamais connu tous les deux. Je suis presque certain que mon père a été infidèle.

— Si c'est le cas, pourquoi votre mère est-elle restée avec lui ?

— Elle est la seule à pouvoir répondre à cette question. Tout ce que je sais, c'est que je n'imiterai jamais leur exemple.

— Vous ne voulez pas vous marier ?

— Je ne vois aucune raison de le faire.

Avant maintenant.

Est-ce que cette pensée traversait l'esprit d'Adem comme le sien ? Il y avait quelque chose d'incroyablement triste, dans cette affirmation.

— Votre frère a pourtant fait ce choix. Et l'amour ?

— S'il existe, je ne l'ai jamais ressenti.

Malheureusement, Carly, elle, n'était pas loin d'éprouver ce sentiment.

— J'y crois, dit-elle. Même si ma seule relation sérieuse s'est mal terminée.

Elle était même surprise que sa rupture avec Kyle n'ait pas affecté cette conviction. En tout cas, elle devait absolument réprimer les pulsions qu'Adem suscitait en elle.

Des pulsions ? Cela ressemblait davantage à...

Non ! N'y pense pas maintenant.

La seule sorte d'amour valable était celui d'une mère pour son enfant, celui qu'elle vouait déjà à l'être minuscule qui se trouvait en elle.

La voix d'Adem l'arracha à ses pensées :

— Parlons de votre grossesse. Et pour répondre à votre question, oui, je devrais probablement en parler à mes parents, mais plutôt après la naissance du bébé.

La perspective d'accoucher sans lui attristait profondément Carly, mais elle n'avait aucun droit de réclamer sa présence. Et elle ne savait même pas pourquoi elle la souhaitait.

Sa mère serait là, en tout cas.

— Votre frère et sa femme s'apercevront tôt ou tard que je suis enceinte, à moins que je ne demande à une autre sage-femme de les suivre.

— Non. Ils tiennent absolument à ce que ce soit vous. En fait, j'ignore totalement comment je vais gérer cette situation.

Rassemblant tout son courage, elle prit sa fourchette et s'apprêta à poser la question qui lui trottait dans la tête. D'une façon ou d'une autre, il fallait qu'elle sache.

— Vous pensez être présent, quand le bébé naîtra ? Parce que je préférerais le savoir tout de suite.

7

« Être présent » ? Qu'entendait-elle par là ?

— J'ai déjà précisé que je voulais m'impliquer dans la vie du bébé, répondit Adem.

Carly, secouant la tête, planta sa fourchette dans un morceau de viande qu'elle porta à sa bouche. Ses gestes étaient saccadés, comme si elle était troublée.

— Je sais, mais je ne parle pas de ça. Est-ce que vous serez là pendant l'accouchement ?

Il n'y avait pas encore pensé, mais une petite voix intérieure lui souffla de faire attention à ce qu'il allait répondre.

— Oui. À moins que vous ne le souhaitiez pas.

La fourchette s'immobilisa à mi-chemin entre les lèvres et l'assiette de Carly, qui ferma un instant les yeux avant de le regarder. Il comprit qu'il avait fourni la bonne réponse.

— Et vos parents ? demanda-t-elle. Vous m'avez bien dit que vous les avertiriez après la naissance.

Il ne répondit pas vraiment :

— La situation sera un peu délicate si vous accouchez à l'hôpital, où tout le monde nous connaît.

— Je veux que mon bébé naisse chez moi. Il n'y aura que ma mère et la sage-femme dans la pièce. Et vous, si vous le voulez bien.

Il s'efforça de réprimer le début de panique qui montait en lui. Soudain, il n'était plus aussi sûr de vouloir assister à l'accouchement... Allait-elle lui demander de l'accompagner aux séances de préparation ?

Cela n'implique pas que tu l'épouses, Adem. Tu dois juste soutenir la mère de ton enfant.

— Je devrais peut-être rencontrer votre mère avant la naissance, dit-il.

Il ne voulait pas se retrouver dans une chambre avec une femme qu'il ne connaissait pas et qui lui en voudrait peut-être de ne pas épouser sa fille. Sa propre mère aurait réagi de cette façon, en tout cas. Elle allait d'ailleurs avoir beaucoup de mal à comprendre qu'il ne demande pas la main de Carly.

— Vous en avez envie ?

Il mit quelques secondes à réaliser que Carly répondait à sa question.

— Je crois que ce serait une bonne idée.

— Si vous craignez sa réaction, je vous rassure, elle est absolument ravie.

— Elle voudra sûrement faire ma connaissance à un moment ou à un autre, non ?

— Je vais lui en parler, et nous fixerons une date. Vos parents souhaiteront aussi me connaître. Vous pensez qu'ils me détesteront ?

— Non. Je les décevrai, mais pas vous.

Il n'y avait pas de doute à ce sujet, mais il menait sa vie comme il l'entendait, tout comme Basir menait la sienne.

— Ils vous en voudront de ne pas m'épouser ?

— Exact.

— Vous pourriez leur dire que c'est moi qui ai refusé.

Ce n'était pas une mauvaise idée, sauf que ses parents harcèleraient alors Carly sans relâche.

— Pourquoi ne pas me laisser gérer mes parents ?

— Excusez-moi, je ne voulais pas me mêler de ce qui ne me regarde pas.

La voyant jouer avec la nourriture du bout de sa fourchette, il devina qu'elle avait mal interprété ses paroles. Tendant le bras, il passa un doigt léger sous son menton.

— Eh ! Je sais que vous voulez m'aider ! Simplement, je ne veux pas vous mettre dans une situation embarrassante. Si je leur disais cela, ils insisteraient auprès de vous, et je serais finalement obligé de leur dire de nous laisser tranquilles.

— Je comprends, et ce n'est sûrement pas ce que je souhaite. Nous avons plusieurs mois devant nous, on a le temps d'y réfléchir.

— Je suis d'accord.

Le repas se poursuivit dans une ambiance plus légère. Ils listèrent des prénoms de bébés et se demandèrent à quoi leur enfant ressemblerait.

Elle voulait un prénom qui rappelle leurs deux pays d'origine et lui espérait que le bébé hériterait de la beauté de sa mère. La brise qui repoussait sa chevelure rousse en arrière révélait des pommettes hautes et une peau claire. Mais lui-même ayant le teint mat et des cheveux sombres, le résultat risquait d'être intéressant.

Si on lui avait dit que de telles pensées trotteraient un jour dans son esprit, il n'y aurait pas cru.

— J'allais oublier ! s'exclama-t-il. Les échographes portables vont être livrés la semaine prochaine. Un technicien viendra nous en montrer le fonctionnement. Avec tout ça, j'ai failli ne pas vous en parler.

— Génial ! Je n'imaginais pas que ça irait aussi vite.

— Moi non plus.

— Si ma grossesse était plus avancée, je me proposerais bien comme cobaye.

— Je suis certain que nous aurons beaucoup de volontaires parmi les patientes.

— Peut-être bien Adeline.

Carly termina son repas et but un verre d'eau. Elle avait apporté une bouteille de vin pour Adem, mais il avait opté pour l'eau sous prétexte qu'il devait ramener le bateau à bon port. Réalisant que le plus important pour lui était d'être en compagnie de Carly, il fit intérieurement marche arrière.

Était-il en train de jouer au papa et à la maman ?

Il avait dit à Carly qu'il ne voulait pas s'engager, alors à quoi rimait cette petite promenade en bateau et cette conversation pour savoir s'il assisterait ou non à l'accouchement ? Au début, cela semblait une bonne idée… Jusqu'à ce que cela ne le soit plus. Sans doute à l'instant où il l'avait trouvé tellement belle, assise sur ce siège. Il avait eu une folle envie de l'embrasser, de toucher son ventre à tous les stades de la grossesse.

Certains jeux étaient dangereux. Il était temps d'y mettre un terme.

— Vous êtes prête à rentrer ?

Elle devina peut-être son changement d'humeur, car elle répondit aussitôt :

— Bien sûr. Quand vous voulez.

Elle avait l'air d'une dure à cuire, la plupart du temps, mais parfois elle laissait paraître une vulnérabilité qui le frappait en plein cœur. Et il se détestait d'être celui qui en était responsable.

Exactement comme maintenant. Ou quand il lui avait dit qu'il ne se marierait jamais. Mais prétendre le contraire aurait été cruel, aussi valait-il mieux être clair.

Il aida Carly à ranger les restes dans le panier, puis ils larguèrent les amarres et regagnèrent la marina. Carly fut silencieuse pendant tout le trajet, mais il ne voyait pas quoi lui dire pour alléger l'atmosphère.

Quand il était avec elle, avoir les idées claires semblait au-dessus de ses forces, mais il était urgent de corriger cela avant de dire ou faire quelque chose d'irrémédiable.

Au milieu de la nuit, Carly reçut un appel l'avertissant que l'une de ses patientes avait commencé le travail. Après avoir passé cinq heures sur le bateau avec Adem, elle était épuisée. Cette sortie avait bien commencé, mais au retour il s'était montré très distant. Lorsqu'elle avait perçu ce changement d'humeur, elle s'était tue à son tour. Il avait porté le panier jusqu'à sa voiture, puis ils s'étaient dit au revoir. Ensuite, elle avait démarré en trombe, persuadée qu'il regrettait déjà son invitation.

De son côté, elle n'était plus aussi sûre de vouloir qu'il assiste à l'accouchement ou qu'il fasse la connaissance de sa mère.

Lorsqu'elle arriva chez sa patiente, la future mère était au lit, son mari auprès d'elle. Il l'aidait à trouver le bon rythme respiratoire, il la touchait, lui massait les pieds et le dos, toujours là où elle avait besoin de lui.

Tâchant de ne pas imaginer Adem dans ce rôle, Carly se concentra sur la situation ;

— Bonjour, Gloria. Comment ça se passe ?

— Bien. À peu près pareil que pour nos deux premiers enfants, dit la jeune femme en agrippant la main de Ned, son époux. Je ne sais pas ce que je ferais sans lui.

Carly se força à sourire, mais la douleur sourde qui l'habitait décupla. Elle avait sous les yeux le scénario idéal de son propre accouchement, sinon que c'était elle qui était dans le lit et Adem qui lui murmurait des paroles d'encouragement.

Mais cela n'arriverait pas. Au mieux, il serait assis dans la pièce, tandis qu'elle regarderait ailleurs et s'efforcerait désespérément de lui cacher sa souffrance.

Non ! Elle ne voulait pas de cela ! Elle n'avait pas besoin de lui, quoi que son cœur en pense.

Elle examina le col de Gloria, dilaté de huit centimètres.

— Je vais tout préparer, lui dit-elle. Vous voulez quelque chose ?

— Juste des glaçons, mais Ned va s'en occuper.

Celui-ci porta un verre aux lèvres de sa femme et l'aida à y prendre un cube de glace qu'elle mit dans sa bouche. Pendant ce temps, Carly posait ses instruments sur une serviette propre étalée sur la table de chevet.

Elle devrait peut-être demander à sa mère de l'accompagner aux séances de préparation à l'accouchement. Adem serait là en observateur, s'il le voulait, mais elle n'était pas prête à partager cette intimité avec lui.

Pourtant elle avait eu de tels espoirs…

Devrait-elle aussi renoncer à l'idée qu'il serait là quand leur enfant ferait ses premiers pas ? Ou aux anniversaires ? Il y avait tant d'occasions à ne pas manquer !

Tu es injuste, Carly. Laisse-lui le temps de s'adapter à la situation.

Pour l'instant, en tout cas, mieux valait se concentrer sur sa patiente. La dilatation était maintenant de neuf centimètres, et le col était presque effacé.

À dix centimètres, elle déclara :

— Très bien, Gloria, poussez quand vous en sentirez le besoin.

Ned avait choisi de se poster à la tête du lit pour soutenir le moral de sa femme. Ils formaient une bonne équipe, tous les deux. Une équipe qui fonctionnait très bien dans d'autres domaines de la vie, pas seulement à l'occasion de cet accouchement.

Encore quelque chose qu'elle ne partagerait pas avec Adem.

Tu travailles avec lui au dispensaire, ça ne compte pas pour rien.

En effet. Et ils s'étaient occupés ensemble de Naomi. Mais ce n'était pas la même chose. De toute façon, ils n'avaient pas le choix : il leur fallait prendre ce qu'ils avaient, sinon ils n'auraient rien du tout.

La voix de Gloria l'arracha à ses pensées :

— J'ai besoin de pousser.

Durant un quart d'heure, il y eut une succession de fortes contractions et de poussées, puis la tête du bébé apparut et ensuite une épaule. Carly la tira dehors, ainsi que la seconde. Dès que ce fut fait, sa mère poussa une fois de plus, et le bébé sortit. Carly l'enveloppa dans une serviette et la montra à ses parents.

— Vous avez une petite fille.

Adem avait évoqué une fille. Ils avaient parlé du prénom Derya Ann, que Carly adorait parce qu'il faisait référence à leurs deux cultures.

Après avoir posé le bébé sur la poitrine de Gloria, Carly examina le cordon et constata qu'il y avait encore un pouls.

Ned se pencha vers sa femme et déposa un baiser sur son front.

— Elle est magnifique... comme toi.

De sa main libre, Gloria parvint à attirer son mari vers elle.

— À nous deux, nous avons fait ce beau trésor.

Carly effleura son ventre du bout des doigts. Gloria avait raison. Le nourrisson n'était pas le produit de l'un ou l'autre parent, il était le fruit de leur amour, une addition de deux identités et de leurs gènes à tous les deux.

Il y avait un proverbe qui disait que posséder deux éléments sur trois, ce n'était pas si mal. Même si l'amour n'y était pas, Adem et elle avaient tous les deux contribué à la formation du petit être qui se trouvait dans son ventre.

Leur bébé.

Pourquoi tous ces doutes, en ce cas ? Parce qu'Adem et elle n'avaient rien à voir avec Ned et Gloria. Cette dernière tirait de son couple un sentiment de sécurité que Carly n'éprouverait jamais.

— Ned, le pouls a cessé de battre. Vous voulez couper le cordon ?

— Oui, s'il vous plaît.

Après lui avoir remis le ciseau chirurgical, Carly clampa le cordon le plus près possible du ventre et montra à Ned comment procéder. Ce fut terminé en quelques secondes.

Une heure plus tard, Carly avait fini de remplir son rapport et nettoyait ses instruments.

— Je vais vous laisser avec votre bébé, dit-elle au couple.

Les deux premiers enfants, qui ne s'étaient pas réveillés pendant l'accouchement, verraient leur petite sœur le lendemain matin.

Gloria prit la main de Carly.

— Merci beaucoup ! Nous n'aurions pas réussi sans vous.

— J'ai adoré être là et je suis contente que tout se soit bien passé.

Elle sourit au nourrisson, qui tétait déjà.

— Appelez-moi si vous avez la moindre inquiétude, dit-elle.

— Comptez sur nous, et encore merci.

Carly quitta la maison et monta dans sa voiture. Maintenant que l'adrénaline ne faisait plus son effet, elle était épuisée.

Le premier feu venait de passer au rouge. Tout ce qu'elle voulait, c'était rentrer chez elle et se coucher. Dans trois heures, elle commençait son service au dispensaire. S'il n'y avait pas eu Adem, elle aurait demandé à une collègue de la remplacer pendant deux heures. Elle ne voulait pas qu'il sache qu'elle avait été appelée en plein milieu de la nuit. Mais c'était ridicule ! Lui-même n'aurait pas hésité à se rendre à l'hôpital à une heure tardive, si on lui avait demandé d'opérer un patient présentant un traumatisme crânien.

Les mains posées sur le volant, elle attendait que le feu passe au vert. Quand ce fut le cas, elle démarra et s'engagea dans le carrefour. Du coin de l'œil, elle perçut un mouvement et appuya sur la pédale de frein, mais pas assez vite pour éviter le choc. Le véhicule heurta le côté de sa voiture, qui se mit à tournoyer. Le pied toujours enfoncé sur la pédale de frein, Carly sentit sa tête partir à droite et à gauche sans pouvoir la contrôler. Quand le mouvement cessa, elle avait une main sur le ventre et resta immobile pendant ce qui lui sembla une éternité. Quelque chose de chaud lui coulait le long de la tempe.

Lorsqu'elle défit sa ceinture de sécurité, elle s'aperçut avec terreur qu'elle ne l'avait pas suffisamment baissée sur ses hanches. Sa tête n'avait pas heurté le pare-brise, mais son corps avait poussé la ceinture avec une force terrible.

Prise de nausées, elle se pencha sur le côté et vomit sur la banquette. La rue était déserte, et aucun bruit ne lui parvenait de l'autre voiture. Les passagers étaient-ils blessés ? Tendant le bras, elle se mit en quête de son téléphone, qu'elle trouva par bonheur presque tout de suite dans son sac.

Son bébé ! Elle avait très mal dans la poitrine, preuve que le choc avec la ceinture avait été violent.

Jetant un coup d'œil à l'écran, elle constata avec soulagement que le dernier appel provenait d'Adem, quand il l'avait appelée pour lui dire que les échographes arrivaient le lendemain. Sans réfléchir, elle pressa le bouton. Quand sa voix ensommeillée lui parvint, elle réalisa qu'elle aurait dû appeler les urgences. Raccrochant aussitôt, elle forma le numéro que tout le monde connaissait par cœur. D'une voix tremblante, elle décrivit la situation et donna sa localisation.

— Ne bougez pas, répondit la voix inconnue. Les secours sont en route.

Levant la main, elle chercha la source du saignement. Elle avait dû se cogner la tête, elle sentait des élancements.

La sonnerie de son téléphone retentit. Pensant qu'il s'agissait du standard de l'hôpital, elle décrocha.

— Carly ? fit la voix d'Adem. Vous avez essayé de me joindre ?

— Je...

Soudain submergée par l'émotion, elle eut un sanglot.

— Où êtes-vous ?

— À un carrefour...

Elle essaya de voir un panneau, mais elle avait mal aux yeux. Pourtant, un instant plus tôt elle avait fourni sa localisation aux urgences. Elle n'en avait plus aucun souvenir.

— Je ne sais pas lequel, dit-elle. J'ai été appelée pour un accouchement, cette nuit. Une petite fille, comme la nôtre.

Qu'est-ce qu'elle disait ? Elle ne savait pas si elle attendait une fille !

— Carly !

Elle battit des paupières.

— J'ai eu un accident. Je crois… Une ambulance.

— Qui était votre patiente ? Donnez-moi son adresse.

— Hum… J'ai envie de dormir.

— Non ! Dites-moi où vous êtes.

Elle ouvrit la bouche pour lui répondre, mais aucun son ne franchit ses lèvres. Elle fit alors ce dont elle rêvait depuis qu'elle avait quitté Gloria et Ned : elle posa la nuque sur le dossier de son siège et ferma les yeux. Elle percevait encore la voix d'Adem, dans le lointain, mais celle-ci devint moins audible lorsqu'elle lâcha le téléphone.

Laissant échapper un soupir, elle oublia la douleur et la peur pour sombrer dans l'inconscience.

Derya Ann. Dors bien, mon bébé.

8

Adem passa en courant devant les admissions des urgences, ignorant les regards étonnés des membres du personnel, dont certains le connaissaient. Tout ce qu'il savait, c'était que Carly avait eu un accident de voiture, que l'autre conducteur s'en était sorti sans une égratignure alors qu'il était ivre mort.

Cet abruti avait brûlé un feu rouge !

Bien sûr, Adem ne figurait pas sur la liste des personnes à avertir en cas d'accident fournie par Carly. Il était donc là en tant que médecin et non en tant que père de son enfant. Il avait appris qu'elle avait eu un choc à la tête, ce qui lui avait rappelé la fillette qu'il n'avait pu sauver.

À 4 heures du matin, l'hôpital était plus calme que pendant ses heures de travail. Il frappa donc à la porte de la première salle d'examen et passa la tête dans l'entrebâillement. Carly était là, inconsciente, ainsi que Dane Hampton, l'un des neurochirurgiens.

— Comment va-t-elle ?

— Adem ? fit le médecin, étonné. J'ignorais que tu étais de service cette nuit.

— C'est compliqué. Elle travaille au dispensaire. Comment va-t-elle ?

— Elle souffre d'une petite commotion cérébrale. On va lui faire des radios pour s'assurer qu'il n'y a rien d'autre.

— Elle est enceinte.

Les mots sortirent sans qu'il puisse les arrêter. Mais puisque

Carly n'en avait parlé qu'à sa mère, il voulait que l'équipe médicale soit au courant avant de faire des radios.

Dane jeta un coup d'œil à l'écran de l'ordinateur.

— Ce n'est pas dans son dossier. Tu en es certain ?

— Oui. Comme je l'ai précisé, elle travaille au dispensaire et elle me l'a dit.

— Grossesse suspectée, ou confirmée ?

Carly avait-elle fait un autre test ? Il n'en savait rien.

— Elle en est tout à fait sûre.

— Très bien. Combien de semaines ?

— C'est récent. Aujourd'hui, ça devrait en faire quatre.

Dane eut un petit bruit de gorge.

— Elle a des marques produites par la ceinture de sécurité sur la poitrine et l'abdomen.

Adem jura sourdement. Le bébé allait-il bien ? Mais pour l'instant, il s'inquiétait surtout pour Carly.

— Elle a repris conscience ? demanda-t-il.

— Pas encore. J'ai vu sur son dossier qu'elle avait été appelée pour un accouchement. Elle a juste eu le temps de donner sa localisation aux secours.

À quatre heures du matin ? Elle devait être épuisée.

— Tu n'as rien constaté d'autre, en l'examinant ?

— Ses pupilles sont normales et réactives, sa tension et sa température sont normales. Pour autant que je le sache, elle s'est juste cogné la tête.

À cet instant, Carly ouvrit les yeux. Adem s'approcha du lit, réprimant l'envie de lui prendre la main.

— Comment vous sentez-vous ?

— Le bébé ?

— Je suis certain qu'il va bien.

Elle ferma les yeux quelques secondes.

— Si c'est un garçon, on n'a pas encore trouvé de prénom.

Dane posa un regard perçant sur Adem, puis lui fit signe de le rejoindre dans un coin de la pièce.

— Il y a quelque chose que je devrais savoir ?

C'était à Carly de décider si elle souhaitait que leur relation soit connue de leurs collègues. Dane n'était pas du genre à colporter des potins, pourtant Adem n'avait aucune raison de lui raconter qu'il avait couché avec Carly.

— Comme je l'ai dit, c'est compliqué. Je veux juste m'assurer qu'elle va bien.

— Je fais tout pour cela, mais si tu as une liaison avec cette *patiente*, je vais te demander de me laisser gérer la situation.

— Je comprends.

— Je vais finir de l'examiner, ensuite je sortirai pour te dire ce qu'il en est. Merci de m'avoir dit qu'elle est enceinte. J'ai prévenu sa mère, et elle arrive.

Génial ! Il n'aurait vraiment pas choisi ce moment pour faire sa connaissance, mais le sort en avait décidé autrement.

— Merci. Si tu peux garder tout ça pour toi, je t'en serai reconnaissant.

— Tant que Carly ne me dit rien sur ce qui s'est passé entre vous, les relations entre collègues ne me regardent pas. J'ai moi-même rencontré ma femme à l'hôpital, dit Dane avec un sourire.

La différence, c'était que Carly et lui n'étaient ni mariés ni fiancés...

— Je serai dans mon bureau, dit Adem.

— D'accord. Je vais faire une échographie. À quatre semaines, le sac gestationnel devrait être visible. Mais nous ne connaîtrons sans doute les effets du choc sur la grossesse que dans deux jours. Si elle fait une fausse couche, ce sera probablement dans ce délai.

Retourner dans son bureau était pénible, mais Adem ne pouvait exiger de demeurer auprès de Carly. D'ailleurs, n'avait-il pas déjà clairement établi qu'il était réfractaire à tout engagement, même s'il voulait faire partie de la vie du bébé ?

Aux yeux des administrateurs de l'hôpital et de la loi, Carly était la seule qui pouvait l'autoriser à avoir connaissance de son dossier.

Dès qu'elle irait mieux, il le lui demanderait. Si elle ne l'avait pas appelé, il n'aurait pas su qu'elle avait eu un accident jusqu'à ce qu'il constate son absence au dispensaire, le lendemain matin.

Tout cela lui déplaisait fortement.

Et si elle avait été tuée ?

Ou si elle avait fait une hémorragie cérébrale ?

Fermant les yeux, il se frotta l'arête du nez du bout des doigts pour endiguer un début de migraine.

Et si elle ne voulait pas de lui sur sa liste de personnes de confiance ? Il n'avait aucun droit de l'exiger, bien qu'il soit le père du bébé.

Mais il ne s'agissait pas seulement de l'enfant. Il s'inquiétait vraiment pour elle.

Bon sang ! S'il voulait rencontrer sa mère, il devrait peut-être se rendre dans la salle d'attente, au lieu de se cacher dans son bureau. Mais comme il se levait, son téléphone sonna.

Dieu merci !

— Carly ? Vous allez bien ? Le bébé ?

Une voix de femme lui répondit, mais ce n'était clairement pas celle de Carly.

— Madelaine Eliston à l'appareil, la mère de Carly. Elle m'a demandé de vous appeler. Est-ce que vous…

— Est-ce que je suis le père du bébé ? Oui.

— Carly souhaite que nous nous voyions. C'est possible ?

Ce n'était pas exactement ainsi qu'il avait imaginé cette rencontre… Ou plutôt, il n'avait rien imaginé du tout. Il prenait conscience du même coup qu'il ne pourrait sans doute pas cacher très longtemps la vérité à ses parents et qu'il avait même eu tort de l'envisager. Carly faisait beaucoup mieux face à la situation que lui.

— Elle subit encore des examens ?

— Oui. Une échographie, pour l'instant. Vous voulez bien me rejoindre dans la salle d'attente ?

— J'arrive tout de suite.

Un instant plus tard, il prenait l'ascenseur pour le rez-de-chaussée. Il reconnut instantanément la mère de Carly. Avec ses cheveux roux et son visage serein, elle ressemblait beaucoup à sa fille.

— Madame Eliston ?

— Oui. Vous êtes le Dr Kepler ?

— Oui, mais appelez-moi Adem, s'il vous plaît.

— Sachez que je suis très heureuse pour Carly et qu'elle est elle-même folle de joie.

— Merci. Je suis très heureux aussi.

Et c'était sincère. Cet accident lui avait permis de voir où étaient ses priorités.

Et s'il était trop tard ? Impossible ! Ils ne pouvaient pas perdre ce bébé maintenant !

— Les médecins vous ont dit quelque chose ? demanda-t-il.

— Carly a très mal à la tête, mais on m'a dit que c'était normal, après une commotion cérébrale. Je n'arrive pas à croire qu'un ivrogne lui soit rentré dedans. Quand les gens changeront-ils de comportement ?

— Ce n'est pas pour bientôt, malheureusement.

Un médecin se dirigeait vers eux, mais ce n'était pas Dane, cette fois. Il s'agissait de l'obstétricien qu'Adem avait consulté quand Naomi avait été hospitalisé, Raphael Dubois.

Il jeta un coup d'œil à Adem, puis à Madelaine.

— Vous êtes la mère de Carly ?

— Oui.

Le médecin fronça légèrement les sourcils.

— Je croyais que Dane s'occupait du bilan neurologique ?

— C'est exact, dit Adem. Je suis un ami de la famille.

Il n'avait pas su comment se présenter, et en voyant Madelaine pincer légèrement les lèvres, il devina qu'elle n'appréciait pas le choix de ses termes. Mais il était trop tard pour revenir en arrière.

— Très bien. Nous avons fait l'échographie et constaté la présence du sac gestationnel. Nous espérons que le choc causé par la ceinture de sécurité n'entraînera pas de fausse couche... C'est-à-dire, si elle souhaite garder l'enfant.

— C'est le cas, dit Madelaine avant Adem.

C'était une bonne chose, car Raphael aurait pu s'étonner qu'un « ami » de la famille sache que Carly souhaitait la poursuite de cette grossesse.

— Parfait. Le Dr Hampton voudrait la garder en observation jusqu'à demain. Ensuite, elle devra prendre une semaine de congé, pour que nous soyons sûrs qu'il n'y aura pas de conséquences fâcheuses. Vous pensez que Carly pourrait habiter chez vous pendant quelque temps, madame ?

L'idée déplut à Adem, sans qu'il sache vraiment pourquoi. Il voulait Carly chez lui, avec lui, afin de pouvoir garder un œil sur elle et le bébé.

— Bien sûr.

— Très bien. Dès qu'elle sera installée dans une chambre, vous pourrez la voir tous les deux.

— Merci.

Après le départ du médecin, Madelaine sourit à Adem.

— Elle m'a dit que vous étiez un homme bien, et je la crois.

Elle avait dit cela ? À cet instant, il n'en était lui-même pas si sûr.

— Merci. C'est une jeune femme merveilleuse.

— Oui. Je ne connais pas les détails, mais elle pense que vous voulez ce qu'il y a de mieux pour le bébé.

— Il n'y a aucun doute à ce sujet.

— C'est bon à savoir. Je suppose que vous voulez aussi ce qu'il y a de mieux pour Carly ? Un homme l'a quittée alors qu'elle vivait une expérience très douloureuse. Je ne veux pas qu'elle soit blessée de nouveau.

Madelaine faisait évidemment allusion à l'ex-fiancé de Carly. Bien sûr, il ne lui voulait que du bien, mais était-ce au point de lui sacrifier son propre confort, s'il était contraint de changer sa vie, ne serait-ce qu'un peu ?

En ce cas, il n'était pas aussi « bien » que Carly le supposait. Lui, pour sa part, ne savait pas exactement quelle place elle occupait dans son existence. N'était-elle que la femme avec qui il avait partagé quelques heures passionnées ? Ou davantage ?

Il l'ignorait totalement ! En revanche, il savait qu'elle s'était glissée dans son esprit comme personne auparavant. Et ce constat l'inquiétait. Fallait-il en déduire que sa vie, telle qu'il la concevait, allait lui exploser en pleine figure ?

Lui qui s'était juré de ne jamais ressembler à son père !

Madelaine attendait toujours une réponse.

— J'aime à penser que oui, dit-il. Je tiens beaucoup à elle.

Madelaine scruta son visage de longues secondes en silence.

— C'est tout ce que j'avais besoin d'entendre, dit-elle enfin. Je vous remercie.

Sur ces mots, elle vint vers lui et le serra brièvement dans ses bras. Elle n'aurait sans doute pas dû déjà le remercier. Il était tout à fait capable de faire ou de dire quelque chose qui ferait du mal à Carly, même sans le vouloir. Par exemple, il avait été très prompt à écarter toute possibilité de mariage, et il commençait à le regretter.

Une infirmière vint vers eux.

— Vous pouvez voir Carly, maintenant. Il semble qu'elle aura un œil au beurre noir dans la matinée.

La gorge d'Adem se serra. Carly aurait de la chance, si elle n'avait qu'un œil au beurre noir. Elle aurait pu être tuée, gravement blessée ou… perdre le bébé.

— Je vous laisse entrer la première, dit-il à Madelaine.

— Je pense que nous devrions y aller ensemble. Ainsi, elle saura que nous avons fait connaissance sans nous sauter à la gorge.

— Vous pensez qu'on aurait pu ?

— Non, mais Carly m'a suppliée d'être gentille avec vous, répondit Madelaine en riant.

Madelaine semblait très douce, mais, comme toutes les mères, elle pouvait sans doute défendre son enfant bec et ongles.

— D'accord. Elle sera contente que vous vous soyez conformée à sa demande.

Madelaine sourit encore, ce qui accentua sa ressemblance avec sa fille.

— Elle a beaucoup de respect pour vous, dit-elle. Elle m'a dit que vous faisiez du bon travail pour les habitants du quartier. Elle est très excitée à l'idée que le dispensaire va disposer d'échographes.

Carly avait parlé de lui à sa mère. Leurs deux familles n'auraient pas pu être plus différentes. Il parlait peu de son travail à ses parents, qui ne lui posaient d'ailleurs aucune question.

— J'en suis très content aussi. Le dispensaire va y gagner en autonomie.

— C'est aussi ce que Carly pense. On y va ?

Carly eut la surprise de voir sa mère et Adem entrer ensemble dans sa chambre.

— Salut ! lança-t-elle.

Ce n'était pas ainsi qu'elle avait envisagé de faire les présentations.

D'autant plus que son cerveau était plutôt embrumé, pour le moment.

S'approchant du lit, sa mère déposa un baiser sur sa joue.

— Nous étions inquiets tous les deux, dit-elle.

— Je l'étais un peu aussi.

Il sembla à Carly que sa voix venait de très loin.

Les médecins ne l'avaient toujours pas rassurée, au sujet du bébé… Et si elle faisait une fausse couche ?

Eh bien, Adem n'aurait plus aucune raison de lui proposer une promenade en bateau ou de s'asseoir dans un parc avec elle.

Le seul moyen de savoir comment il réagirait, c'était que cela ait lieu… Mais elle ? Comment supporterait-elle la perte de ce bébé ?

Derya Ann, je t'en supplie, ne t'en va pas !

Elle serait anéantie ! Cet enfant tellement désiré, et depuis si longtemps, ne pouvait pas mourir à cause d'un stupide accident de voiture. Elle aurait dû être plus attentive, en s'engageant dans le carrefour.

— Comment va l'autre conducteur ?

Sa mère eut un petit rire amer.

— Il n'a rien, et c'est parfaitement injuste. Il était ivre, il brûle un feu rouge et il s'en sort sans une égratignure.

— Tant mieux.

Madelaine lui prit la main.

— Le docteur dit que tu as une commotion cérébrale, mais que ça devrait aller.

— Je sais. Il est passé me le dire. Je suis surprise que ma tête n'ait pas résisté à un petit choc.

— C'était plus qu'un petit choc, ma chérie. Ta voiture est fichue.

Adem n'avait toujours rien dit, ce qui rendait Carly de plus en plus nerveuse. Peut-être était-il gêné par la présence de sa mère, qui pouvait être intimidante. Avait-elle dit quelque chose qui avait déplu à Adem ?

Pourtant Carly lui avait demandé d'être aimable avec lui. En même temps, Adem n'était pas une petite fleur fragile, il était tout à fait capable de se défendre lui-même.

Soudain, elle n'y tint plus : il fallait qu'elle le fasse parler.

— Adem, quand êtes-vous arrivé ?

Il fit quelques pas en direction du lit.

— Vous m'avez averti que vous aviez eu un accident, puis plus rien. Comme je ne savais pas où vous étiez, j'ai foncé à l'hôpital.

Il s'exprimait d'une voix tendue, la même que lorsque sa petite patiente était entre la vie et la mort. Il s'était donc inquiété.

Pour le bébé ?

Elle pouvait le comprendre.

Mais il n'y avait pas que cela. Ce qu'elle lisait dans les yeux d'Adem était différent.

— Eh ! Je vais bien.

Elle aurait voulu lui tendre la main et le rassurer, mais elle doutait qu'il la prenne en présence de sa mère.

Comme si elle lisait en elle, sa mère se pencha pour l'embrasser sur la joue.

— Je vous laisse un instant. Je vais voir si je peux trouver un café correct.

— Merci d'être venue, maman.

— Tu es toute ma vie, mon cœur. Je ne voudrais pas être ailleurs.

— Je sais.

— Je reviens dans un quart d'heure.

C'était certainement une façon de les prévenir que le temps leur était compté. Oh ! ou peut-être craignait-elle de les trouver en train de s'embrasser, à son retour !

Il y avait peu de chances pour que cela arrive. Carly avait vraiment mal à la tête, mais sans doute ne souffrait-elle pas autant que Naomi, avec son anévrisme.

Après le départ de sa mère, Carly se tourna vers Adem en s'efforçant de sourire.

— Je n'ai jamais bu ce café turc que vous m'avez promis.

Il ne répondit pas, et Carly commença à s'inquiéter.

— Vous ne m'avez pas dit où vous étiez.

Ce fut les premiers mots qu'il prononça.

— Je suis désolée, Adem. Je n'avais pas les idées claires. En rentrant, j'ai pensé à beaucoup de choses et je conduisais machinalement. Il était tard, et j'étais très fatiguée. Tout cela combiné, je ne savais plus où j'étais, tout à coup.

Il lui prit la main.

— Vous vous sentez vraiment bien ?

— Oui. Je voudrais seulement que le bébé aille bien, lui aussi. Si elle devait ne pas s'en sortir...

— Vous aussi, à ce que je vois !

— Quoi donc ?

— Vous pensez que c'est une fille.

Elle pouffa et porta aussitôt la main à sa tête.

— Ouille ! Rire me fait mal. Mais oui, je pense déjà à elle comme à Derya Ann. Il va falloir qu'on trouve un prénom de garçon.

— Pourquoi pas Derin ?

— Je n'aime pas du tout Derin.

Il lui pressa légèrement les doigts.

— D'accord, on exclut Derin. Vous préféreriez Derin Dexter ?

— Non.

— On en parlera plus tard.

Prenant une chaise qui se trouvait contre un mur, il la tira jusqu'au lit et s'assit.

— Si j'ai bien compris, vous avez été appelée par une patiente ?

Elle se crispa aussitôt.

— Oui. C'est mon boulot.

— Ce n'était pas une critique. Je sais à quel point vous êtes attachée au bien-être de vos patientes. Je voudrais juste m'assurer que, dans ces cas-là, le dispensaire soit au courant. Que se serait-il passé, si vous aviez été inconsciente et incapable d'appeler les secours ? J'aurais aimé savoir où vous chercher.

Il aurait aimé savoir où la chercher ?

Cette simple phrase fit vibrer une corde sensible en elle. Cela signifiait qu'il s'était inquiété pour elle, pas seulement pour le bébé.

— Oui, monsieur le Directeur, j'ai signalé mon déplacement. J'ai aussi prévenu les urgences, pour qu'on sache où j'étais. Sans compter que ma voiture est équipée d'un système de réponse vocale que je peux utiliser pour demander de l'aide et j'ai aussi un GPS qui peut être tracé. Il y avait peu de chances pour que je reste très longtemps au milieu de la chaussée. Quelqu'un m'aurait vue et m'aurait porté secours.

— D'accord... Je veux vous demander quelque chose.

— Je vous écoute.

— Votre mère m'a demandé si je voulais ce qu'il y avait de mieux pour vous.

— C'est ma mère. Elle est obligée de poser ce genre de questions.

— Et elle a raison. Si vous avez un jour l'impression que ce n'est pas le cas, j'aimerais que vous me le disiez.

— Certainement pas ! Il n'y a que moi qui sais ce qui est bon pour moi. Sur ce point, je ressemble à ma mère. J'ai appris à veiller sur moi et j'accorde beaucoup d'importance à mon indépendance. Alors, si vous croyez savoir… C'est peut-être faux… Ou…

Elle se tut un instant.

— Posez-moi de nouveau la question quand ma tête ne sera pas pleine de coton.

— Désolé. Parlons d'autre chose. Le Dr Hampton pense que vous devriez être hébergée par un proche pendant une semaine. Il s'est adressé à votre mère, mais vous pourriez vous installer chez moi.

— C'est une très mauvaise idée.

Il lâcha la main de Carly, qui comprit que sa blessure affectait vraiment son jugement.

— Je voulais dire que c'est une mauvaise idée parce qu'on a vu ce qui se passe quand je viens chez vous. On risque de reprendre la visite de…

Portant la main à son ventre, elle grimaça de douleur.

— Ça va ?

— Oui. C'est juste l'endroit où la ceinture m'a retenue. J'aurais dû la placer en dessous de mon abdomen, mais j'étais fatiguée et j'avais hâte de rentrer chez moi. Je ne referai pas cette erreur.

— D'accord. Alors, pourquoi ne pas vivre avec moi ? À moins que… Est-ce que vous accepteriez, si nous étions mariés ?

— Mais nous ne le sommes pas.

Il se pencha vers elle pour la regarder dans les yeux.

— On pourrait l'être, Carly.

L'intensité étrange qu'elle perçut dans sa voix remua quelque chose au plus profond d'elle. Un désir ardent qui la terrorisa. Il ne l'aimait pas. C'était à cause du bébé. Rien de plus, rien de moins. Ainsi qu'elle le lui avait dit un instant auparavant, personne ne savait mieux qu'elle ce qui était bon pour elle. Et après la rupture de ses fiançailles, elle était devenue experte en autoprotection. Le signal d'alarme venait justement de retentir.

— Non, ce n'est pas possible.

— Nous nous entendons bien, nous travaillons bien ensemble, dit-il en tentant de sourire. On est même d'accord sur le prénom de notre fille.

Avait-il conscience de ce qu'il était en train de dire ? C'était à peu près ce qu'il lui avait raconté à propos de ses parents, des raisons qui les avaient poussés à se marier. L'amour n'en faisait pas partie…

Pas question ! Elle avait beau avoir mal à la tête, elle savait exactement ce qu'elle voulait.

— Non, dit-elle d'un ton ferme. Je ne me marierai pas avec vous. Ni maintenant ni jamais.

Le mariage exigeait un amour mutuel. Sans cela, elle ne pourrait pas se marier. Pas même avec Adem.

Il ouvrait la bouche pour répondre quand Madelaine entra dans la pièce. Carly se réjouit de ne pas avoir à entendre un nouvel argument qui aurait semblé logique à n'importe qui, sauf à elle.

De toute façon, rien ne la ferait changer d'avis.

Elle sourit à sa mère. Celle-ci évoqua son prochain concert, qui devait avoir lieu quelques semaines plus tard, et répéta à quel point elle aimerait qu'Adem vienne écouter l'orchestre.

Carly perdit rapidement le fil de la conversation. Tout ce qu'elle voyait, c'était le regard vide d'Adem. Une expression qu'elle ne comprenait pas, mais qui l'emplissait d'appréhension.

Il aurait dû se réjouir, pourtant, mais il paraissait… perdu.

Non ! Elle se trompait certainement. Adem ne l'aimait pas, il lui avait même dit un jour qu'il doutait que l'amour existe. Mais alors, qu'est-ce qui l'avait poussé à la demander en mariage ?

L'exemple de son frère ? Le jugement de ses parents ?

Le plus probable était qu'il voulait s'assurer que son bébé soit en sécurité. Non, pas *son* bébé, *leur* bébé.

Adem se leva et lui adressa un sourire qu'elle devina forcé.

— J'ai un rendez-vous, ce matin, mais je repasserai vous voir. Appelez-moi, si vous avez besoin de moi.

Elle n'en avait nullement l'intention, mais n'allait pas le dire en présence de sa mère.

— À tout à l'heure. Merci d'être venu.

— Pas de problème.

Sauf qu'elle soupçonnait qu'il y en avait un, mais elle ignorait lequel. Elle attendrait qu'ils soient seuls pour lui poser la question.

Mais Adem ne revint pas et ne téléphona pas pour avoir de ses nouvelles. Pensant qu'il était très occupé, Carly s'installa le lendemain chez sa mère, comme prévu. Ils auraient tout le temps de discuter plus tard, d'autant qu'elle ne gardait qu'un souvenir confus de leur discussion à l'hôpital. Elle se rappelait qu'Adem l'avait demandée en mariage et qu'elle avait refusé parce que la vie commune nécessitait selon elle un amour mutuel.

Et pour l'instant, il était unilatéral…

Cette pensée fut comme une révélation : elle aimait Adem, sans doute depuis le soir où elle lui avait demandé de quitter le restaurant avec elle.

C'était la raison pour laquelle cette demande en mariage, qui aurait dû la faire sauter de joie, produisait l'effet contraire. Parce que c'était le sens du devoir qui avait poussé Adem à la faire. Finalement, il empruntait le même chemin que ses parents.

Et elle avait refusé. Non parce qu'elle ne souhaitait pas se marier avec lui, mais parce qu'il le faisait pour de mauvaises raisons.

Mais si elle se trompait ? Si les raisons d'Adem n'étaient pas aussi mauvaises qu'elle le supposait ?

9

Carly ne voulait pas de lui.

Adem était assis dans son bureau. Deux échographes avaient été livrés, et un technicien viendrait dans l'après-midi leur en expliquer le fonctionnement, mais Carly ne serait pas présente. Elle devait encore rester deux jours chez sa mère. Il avait décidé de ne pas l'appeler, mais il savait par Raphael que la grossesse se passait bien.

Ce devait être vrai, puisque Carly ne l'avait pas contacté non plus. Cette demande en mariage l'avait peut-être horrifiée au point qu'elle ne voulait même pas le voir.

Qu'avait-elle dit, déjà ?

« Je ne me marierai pas avec vous. Ni maintenant ni jamais. »

Elle avait vu clair en lui et avait eu parfaitement raison de refuser. Les mots qu'il avait prononcés avaient surgi de nulle part. Elle lui avait pourtant bien dit un jour qu'elle ne se marierait que par amour. Ce à quoi il avait répondu qu'il n'avait jamais rien éprouvé de tel et qu'il doutait même que ce sentiment existe.

Et voilà qu'il était assis là, à se demander pourquoi il avait l'impression d'avoir été renversé par un camion et laissé pour mort.

Peut-être parce qu'une émotion en laquelle il n'avait jamais cru lui avait sauté à la gorge. Ça ne pouvait pas être vrai ! C'était forcément en rapport avec le bébé.

Sauf que lorsque Carly l'avait appelé et que sa voix s'était éteinte, à l'autre bout du fil, la terreur qu'il avait éprouvée n'avait aucun lien avec l'enfant.

Elle ne concernait que Carly.

Son téléphone sonna. Baissant les yeux, il constata que son frère tentait de le joindre. Il n'avait pas la moindre envie de lui parler, mais c'était peut-être important.

Il se carra dans son fauteuil et décrocha.

— Allô !

— Adem, qu'est-ce qui se passe, exactement ?

Il n'avait jamais entendu Basir élever la voix. En l'occurrence, son frère était visiblement en colère.

— De quoi parles-tu ?

— Notre sage-femme démissionne.

— Quoi ?

— Je viens juste de l'avoir au téléphone. Elle m'a dit qu'elle quittait le dispensaire pour travailler au Queen Victoria et prévenait toutes ses patientes qu'elle continuerait de les suivre si elles acceptaient d'accoucher dans cet hôpital.

Carly avait toujours effectué des accouchements à domicile. Elle lui avait dit et répété que le dispensaire faisait du bon travail, dans le quartier. Alors, qu'est-ce qui pouvait la pousser à...

Lui, bien sûr ! Lui et sa stupide demande en mariage ! N'était-il pas justement en train de se demander comment ils allaient continuer à travailler ensemble ?

Clairement, elle avait décidé que ce ne serait pas seulement difficile... mais que ce serait impossible !

Si bien qu'elle démissionnait ?

— Je te promets que je n'en savais rien, Basir. J'ai appris qu'elle avait eu un accident de voiture, il y a quelques jours, et qu'elle était très secouée. Je vais lui parler.

— Elle m'a aussi dit qu'elle était enceinte et que son accouchement et celui d'Adeline auraient lieu à un mois d'écart.

Il était temps de dire la vérité, au moins à son frère.

— Ce bébé est le mien.

— Pardon ?

— Je suis le père du bébé de Carly.

— Mais...

— C'est vrai, on n'en a parlé à personne, et peut-être que sa décision a un rapport avec tout ça. Je lui ai demandé de m'épouser, et elle a refusé.

— Mais pourquoi ?

— Sur le coup, j'ai été estomaqué, mais je commence à comprendre ses raisons.

— Waouh, Adem ! Tu l'aimes ?

Il y avait au moins un membre de la famille qui mettait le doigt sur ce qui était vraiment important.

En fait, cela en faisait deux, parce que la question de son frère venait de faire mouche.

Il était amoureux de Carly.

— Je pense que oui, mais je suis presque sûr d'avoir tout gâché. Je vais lui parler, mais je ne peux rien promettre.

— Ne promets rien et contente-toi de lui parler. Formons une génération de Kepler différente de la précédente et laissons-nous guider par nos cœurs.

— Je ne sais pas si j'en suis capable.

— Tu l'es, mais tu ne le sais pas encore.

Basir raccrocha, laissant Adem fixer un point imaginaire. Son frère avait raison, mais il n'était pas certain de suivre son conseil. Au moins, il pouvait dissuader Carly de démissionner du dispensaire, en faisant ce qu'il avait envisagé quand il avait appris sa grossesse.

Ainsi qu'il le lui avait dit, personne n'était irremplaçable.

Il était donc confronté à la décision la plus difficile qu'il avait jamais prise. Pour le bien de Carly et même le sien.

Quel autre choix avait-il, de toute façon ?

Après une profonde inspiration, il décrocha son téléphone.

Carly écouta le message trois fois, elle n'en croyait pas ses oreilles. Adem démissionnait ?

Basir avait dû lui rapporter leur conversation téléphonique. Il aurait sans doute fallu qu'elle avertisse d'abord Adem, mais elle n'avait pas voulu qu'il essaye de la faire changer d'avis.

Comment aurait-elle imaginé qu'il démissionnerait pour qu'elle n'ait pas à le faire ?

Elle pouvait s'y attendre, pourtant !

Quel gâchis ! Et maintenant, il l'avait coiffée au poteau puisqu'elle n'avait même pas envoyé sa demande de transfert. Elle avait voulu prévenir ses patientes avant.

Si elle maintenait sa décision, ils travailleraient tous les deux à l'hôpital, par une curieuse ironie du sort.

Elle ne souffrait plus de maux de tête, le bébé allait bien, et elle aurait dû s'en réjouir. Elle n'avait pas revu Adem, mais cela n'avait rien de surprenant, vu la façon dont ils s'étaient quittés.

Il se sentait sans doute aussi gêné qu'elle. Mais maintenant qu'elle allait mieux, elle pouvait très bien aller le voir dans son bureau et lui demander de reprendre leur relation là où ils l'avaient laissée avant son accident.

Était-il déjà trop tard ?

Son message précisait qu'il ferait part de sa décision au prochain conseil d'administration du Queen Victoria, mais qu'en attendant il travaillerait le plus souvent dans son bureau, à l'hôpital. Ainsi, disait-il, elle ne serait pas obligée de le voir.

Mais pourquoi ne voudrait-elle pas le voir ?

Pourquoi ? Pourquoi ? Pourquoi ?

À l'idée que leurs chemins ne se croiseraient plus jamais, elle se sentait défaillir, elle qui avait pourtant envisagé la première de quitter le dispensaire.

La dernière phrase du message était absurde : « Au dispensaire, tout continuera comme avant. »

C'était faux ! Absolument faux !

L'esprit de Carly bouillonnait, tandis qu'elle passait leur dernière discussion en revue.

Elle avait perçu une sorte d'urgence dans la voix d'Adem, quand il l'avait demandée en mariage. Après qu'elle lui avait répondu qu'elle ne l'épouserait jamais, il s'était comporté bizarrement, et elle s'était dit qu'ils en reparleraient plus tard. Ensuite, il était parti en disant qu'il repasserait, mais il ne l'avait pas fait, et jusqu'à ce message, sur le répondeur, elle n'avait pas eu de nouvelles de lui.

Pourtant, il paraissait extrêmement inquiet, juste avant qu'elle perde connaissance dans sa voiture, et aussi plus tard, à l'hôpital.

Et il lui avait proposé de l'épouser.

« On pourrait l'être, Carly. »

La façon dont il l'avait dit.

La façon dont il la regardait.

Était-il sincère ? Et s'il n'agissait pas par devoir ? Il n'avait jamais parlé d'amour. Il n'avait même pas laissé entendre que c'était ce qui motivait sa demande.

Malgré la froideur de sa voix, sur le répondeur, Carly savait qu'Adem tenait à elle, puisque c'était exactement ce qu'il avait dit à sa mère dans la salle d'attente.

Il prétendait n'avoir jamais été amoureux, mais il avait peut-être changé. Elle l'aimait, mais se pouvait-il que ce soit réciproque ?

Des images se pressaient dans la mémoire de Carly. Elle-même, les mains collées à la baie vitrée. Eux deux, dans le parc, quand elle lui annonçait sa grossesse. Ou sur le bateau, lorsqu'ils avaient ri ensemble en égrenant des prénoms. Et à l'hôpital, lorsqu'il se tenait près de son lit, le visage marqué par l'inquiétude.

Peut-être se sacrifiait-il par amour pour elle, en démissionnant du dispensaire, de la même façon qu'elle était prête à le faire pour lui.

Allait-elle laisser la situation s'enliser ?

Certainement pas !

Elle était tombée amoureuse de cet homme en dépit de ses tentatives pour échapper aux flèches de Cupidon. Le moins qu'elle pouvait faire maintenant, c'était de mettre le principal intéressé au courant.

Elle devait simplement trouver le bon endroit, pour qu'il ne puisse pas s'enfuir. Là où elle pourrait lui expliquer très exactement ce qu'elle éprouvait pour lui.

Et elle connaissait le lieu parfait.

Tout ce qu'elle avait à faire, c'était obtenir l'aide d'une brillante violoncelliste.

10

Adem ne savait pas pourquoi il était là.

Shepherd Hall avait été construit pour impressionner, avec ses colonnes de marbre et ses marches brillantes menant à la salle immense où de si nombreux concerts s'étaient tenus.

Son billet à la main, Adem se trouvait au bas de l'escalier. Bousculé par le flot de gens qui passait près de lui, il hésitait encore. La mère de Carly l'avait appelé pour l'inviter au premier concert de la saison, et elle avait insisté jusqu'à ce qu'il accepte.

Elle ignorait peut-être qu'il ne travaillerait bientôt plus au dispensaire, ou que Carly et lui ne s'étaient plus parlé depuis qu'il était venu la voir à l'hôpital.

Il avait failli lui dire qu'il avait d'autres projets, mais une force inconnue l'avait contraint à accepter. Peut-être espérait-il apercevoir Carly dans la foule.

C'était peu probable.

Bon sang ! Il les aimait, elle et le bébé. Mais au lieu de résoudre les problèmes, cela n'avait fait que les aggraver.

À moins, évidemment, qu'il ne lui parle. Qu'il ait avec elle une longue conversation. Ils avaient essayé, sur le bateau, et il avait fait une tentative à l'hôpital, mais ils n'étaient pas sur la même longueur d'onde.

Alors pourquoi ne pas tenter une nouvelle explication ?

Il n'avait pas exactement ouvert son cœur à Carly, lors de cette ridicule demande en mariage. Elle avait pu croire qu'il se conformait au même sens du devoir que ses parents.

Basir avait suggéré que leur génération pouvait prendre un nouveau départ, et c'était en partie à cause de lui qu'Adem avait accepté l'invitation.

Mais Carly était-elle ici, quelque part ? Il y avait un moyen de s'en assurer. S'arrachant au flot humain, il sortit son téléphone de sa poche et la trouva parmi ses contacts. Au moment où il allait l'appeler, une main se posa sur son bras.

Il jeta un coup d'œil de côté, prêt à faire des excuses, quand des yeux verts rencontrèrent les siens.

— Carly ?

Avec ses cheveux roux réunis sur le sommet de sa tête, le trait noir qui soulignait ses cils, elle était méconnaissable. Et cette robe…

Bon sang, ce n'était pas la bleue qu'elle portait sur le bras, à l'hôpital, plusieurs semaines auparavant ! Celle-ci était d'un noir corbeau et moulait son joli corps comme un gant, avant de former un nuage autour de ses jambes.

Elle était splendide, sophistiquée, l'incarnation parfaite de la princesse de conte de fées.

— Bonjour, Adem. Je vois que vous avez un billet, vous aussi.

— Oui. Un cadeau de votre mère. Vous croyez qu'elle joue les marieuses ?

— Ce n'est pas son genre, répondit-elle en lui serrant le bras. Mais moi, j'en serais capable.

Elle ressemblait à la sirène qui lui avait fait quitter le restaurant juste pour la tenir dans ses bras. La sirène qui l'avait réconforté quand il sombrait dans le désespoir.

La sirène qui maintenant portait son enfant.

Et il espérait avoir bien compris ce qu'elle venait de dire.

— Vous jouez les marieuses ?

— Oui, mais je suis à la fois la marieuse et la future mariée. Ça vous intéresse ?

Lui prenant le visage entre ses paumes, il scruta son ravissant regard. Oui, il voyait en elle la séductrice, mais aussi la jeune femme vulnérable qui s'efforçait de se frayer un chemin dans la vie.

Et ça lui convenait parfaitement, puisqu'à cet instant il se sentait lui aussi vulnérable et tâchait d'en faire autant.

— Ça m'intéresse, dit-il, mais à une condition.

Elle fronça légèrement les sourcils.

— Laquelle.

— On ne joue plus, et tu me dis exactement ce que tu ressens pour moi.

Un lent sourire étira les lèvres de Carly.

— Rien de plus facile, puisque je t'aime, dit-elle en lui passant les bras autour de la taille. Moi aussi, j'ai une condition.

— D'accord.

— Je veux que tu déchires ta lettre de démission.

— C'est comme si c'était fait. Comment envisages-tu les choses, si nous ne quittons le dispensaire ni l'un ni l'autre ?

— Je ne veux pas causer de problèmes, et si les gens...

Il la fit taire d'un baiser.

— Il y a pas mal de couples de médecins, à l'hôpital. Pourquoi pas un chirurgien et une sage-femme ? Il fut un temps où nous nous entendions bien, je crois. Et avant que tu objectes quoi que ce soit, ce n'est pas pour cela que je t'ai demandé de m'épouser mais parce que je t'aimais. J'avais tellement peur que tu refuses que je t'ai donné une raison logique et que j'ai laissé de côté la plus importante de toutes. La seule qui vaille la peine qu'on dise oui ; l'amour.

Il posa le front contre le sien.

— Carly Eliston, acceptes-tu de m'épouser ? Mais parce que nous nous aimons, cette fois.

— Oui ! Mille fois oui ! Parce que nous nous aimons.

Ils échangèrent un long baiser empli de promesses. Quand Adem se redressa, Carly était hors d'haleine, souriante et rayonnante.

Quant à lui, il lui semblait voguer sur un nuage.

— Si on allait dans la salle, pour écouter le concert ? demanda-t-il.

— Oui. Et ensuite, on ira chez toi.

Il lui passa un bras autour de la taille, et ils montèrent les marches ensemble.

— Tu lis dans mes pensées, dit-il en riant. Sache que j'ai prévu tout un programme de visites, avec des escales très excitantes.

Et lorsqu'ils furent assis dans l'obscurité et que l'orchestre commença à jouer, il se pencha vers elle pour lui décrire chacune des destinations érotiques qu'il avait en tête.

Épilogue

Quelques jours plus tard, Adem annonça la nouvelle à ses parents. Carly, venue le soutenir, lui tenait la main. Il lui avait parlé de la relation tendue entre ses parents, ajoutant qu'il souhaitait que leur union soit totalement différente.

Si cela était possible, Carly ne l'en aimait que davantage.

À mesure qu'Adem expliquait à son père à quel point il aimait Carly et que leur amour mutuel serait le fondement de leur union, le visage sévère de celui-ci s'adoucit.

— Si je comprends bien, je vais être grand-père deux fois ?

— Oui.

La mère d'Adem jeta un coup d'œil à son mari.

— Ce sont de merveilleuses nouvelles, tu ne trouves pas, Selim ?

— Tout à fait.

Il se passa alors quelque chose d'étrange. Selim passa un bras autour de la taille de sa femme. Celle-ci écarquilla un instant les yeux avant de se tourner de nouveau, un léger sourire aux lèvres, vers son fils et sa fiancée.

Adem se pencha pour déposer un baiser sur la tempe de Carly. Il était plus démonstratif que ses parents, mais, d'après ce qu'il lui avait dit, un geste aussi simple qu'un bras autour de la taille constituait un pas de géant par rapport à ce qu'ils avaient vécu auparavant.

Peut-être était-ce un nouveau départ pour tout le monde, du moins Carly l'espérait-elle. En tout cas, elle comptait bien ne jamais revenir à la vie qu'elle menait auparavant.

Bien sûr, elle avait aussi l'intention de conserver son indépendance, mais elle ne connaîtrait plus jamais la solitude. Son bébé et elle allaient être aimés pour ce qu'ils étaient.

Elle ne considérerait jamais ce bonheur comme acquis et profiterait de chaque seconde passée avec l'homme qu'elle aimait.

Et elle savait qu'Adem l'aimait aussi. Plus tôt ils seraient mariés, mieux ce serait. Non parce qu'ils y étaient obligés, mais en raison de leur amour mutuel.

Et cet amour les soutiendrait tout au long de leur vie.

EMILY FORBES

Réunis par un secret

INTÉGRALE
SAGES-FEMMES DE LONDRES

Traduction française de
CHRYSTELLE POULAIN

SAGAS

HARLEQUIN

Titre original :
REUNITED BY THEIR SECRET DAUGHTER

Ce roman a déjà été publié en 2020.

1

Chloe Larson essuya une larme furtive avant d'apporter sur la table le gâteau au chocolat surmonté de trois bougies.

Sa fille adorée avait déjà trois ans ! C'était à peine croyable.

— Joyeux anniversaire, Lily ! Joyeux anniversaire, trésor ! Allez, souffle !

Après que la petite fille eut soufflé et eut été chaleureusement applaudie, Chloe enleva les bougies et prit un couteau, mais Lily protesta.

— Moi ! Ze veux couper avec mamie Susan !

Chloe passa le couteau à sa mère, essayant de masquer sa déception.

Lorsque, à vingt-quatre ans, elle avait choisi de devenir maman solo, sa mère l'avait soutenue à fond, et depuis celle-ci contribuait largement à l'éducation de Lily. On ne pouvait pas s'étonner que la puce soit très attachée à sa grand-mère.

— Fais un vœu, trésor, dit celle-ci.

— Ne réduisez pas le gâteau en miettes, ce serait dommage, commenta Tom, le frère cadet de Chloe.

— Mais non, tonton, regarde ! Ze te sers en premier, voilà ! Et tonton Guy, il arrive bientôt ?

— Tu l'as vu ce matin, intervint Chloe. Il travaille à la caserne ce soir. On va lui mettre un morceau de côté.

Après avoir englouti sa part, Lily se tourna vers Tom.

— Ze voudrais faire encore du vélo. Tu veux bien, dis ?

Ses oncles avaient offert à Lily un vélo rose avec des serpentins accrochés au guidon, un klaxon fée et, bien sûr, les incontournables roulettes à l'arrière. Elle avait donc passé l'après-midi à monter et descendre la ruelle située derrière la maison sous la surveillance de Tom.

— Allons-y, princesse, répondit-il en riant.

Malgré son jeune âge — il n'avait que vingt et un ans —, Tom exerçait déjà le métier d'ambulancier. Cela ne l'empêchait pas d'avoir de l'énergie à revendre quand il s'agissait de jouer avec Lily, dont il était complètement gâteux, comme tout le monde !

Chloe mesurait sa chance d'être aussi bien entourée par sa famille et par ses copines, toujours fidèles au poste : cet après-midi-là, deux d'entre elles, Carly et Esther, participaient aux réjouissances.

Après que sa mère, son frère et Lily furent sortis dans la cour, elle les regarda en riant.

— Ouf, un peu de calme ! Prendras-tu un autre verre de crémant, Esther ? Carly, désolée, tu te rattraperas plus tard.

Si la première tendit sa coupe sans se faire prier, Carly, enceinte de quelques semaines, s'empara du gâteau avec un soupir gourmand.

— J'ai trouvé mon bonheur, déclara-t-elle. J'ai toujours envie de chocolat…

— Tchin, à Lily ! Quel vœu ferais-tu, Chloe, si c'était ton anniversaire aujourd'hui ? demanda Esther. Tu dois avoir des rêves plein la tête…

Chloe leva les yeux au ciel.

Depuis leur rencontre à l'école de sages-femmes, Esther, Carly, Isabella qui vivait maintenant à l'étranger et elle-même avaient partagé beaucoup de choses. Elles étaient unies comme les cinq doigts de la main et se comprenaient souvent sans parler. Les filles avaient-elles deviné sa lassitude ? Elle avait beau affirmer qu'elle ne regrettait rien, qu'elle avait fait un choix et qu'elle l'assumait, sa vie était parfois compliquée…

— J'ai tout pour être heureuse, répondit-elle d'un ton ferme. Je n'arrête pas de vous le dire.

— Et si l'homme idéal débarquait un jour ? insista Carly. Tu ne l'enverrais pas promener, j'espère ?

Maintenant qu'Esther et Carly avaient trouvé leur alter ego — elles étaient toutes les deux sur le point de se marier —, elles voyaient tout en rose. Incorrigibles romantiques, elles auraient voulu que tout le monde connaisse le même succès.

Sauf que les choses ne fonctionnaient pas ainsi pour tout le monde…

Si Chloe avait jadis cru au grand amour, elle était tombée de haut. Elle se réjouissait sincèrement du bonheur des autres sans plus y croire pour elle-même. Tout ça, c'était fini.

— Non, il ne me manque rien, affirma-t-elle, péremptoire.

En disant cela, elle n'était pas loin de la vérité, car son quotidien laissait peu de place aux fioritures. Entre son poste aux urgences de l'hôpital londonien Queen Victoria et sa famille, elle n'avait guère le temps de bâtir des projets. Elle n'avait d'ailleurs pas quitté la maison où elle avait grandi et où Tom vivait encore lui aussi.

Son histoire pouvait sembler tristounette, mais elle menait plutôt bien sa barque. Elle payait un petit loyer à sa mère et contribuait au budget commun. Elle s'entendait très bien avec ses proches. Sa fille avait la chance de s'épanouir dans un environnement stable et aimant, alors que demander de plus ?

Une rencontre masculine de temps à autre. Une relation, même brève…

Non, ce n'était pas son genre. En revanche, croiser le chemin d'un homme stable et sérieux ne lui déplairait pas, mais à quoi bon rêver ? Le destin en avait décidé autrement. Il était peu probable qu'elle ait une seconde chance.

— À quand remonte ton dernier rencard ? questionna Esther.

— Je… Ça fait un bail.

— Mais encore ? renchérit Carly.

— J'ai dîné avec un copain de Guy, voyons… En novembre, il me semble.

— Quoi ? Mais on est en mars ! s'écria Esther d'un ton indigné.

— Je sais. Mais il y a eu les fêtes, et puis, je n'aime pas beaucoup sortir l'hiver. Le temps a passé.

— Tu devrais t'inscrire sur un site de rencontres, suggéra Carly. Au moins, tu pourrais démarrer quelque chose tranquillement. Même en pyjama si ça te chante.

Chloe haussa les épaules.

— Bof…

Elle ne tenait pas à faire cette expérience. Elle ne souhaitait pas voir des photographies retouchées ni consulter des profils « améliorés », voire mensongers. De même qu'elle refusait de s'exposer sur la Toile.

— Penses-y quand même, souffla Esther. J'aimerais bien que tu viennes accompagnée à mon mariage. Harry pourrait peut-être te présenter un ami… Ou alors, on demandera à Adem, ajouta-t-elle, songeuse, en pivotant vers Carly.

— Bien sûr ! s'exclama cette dernière.

— Merci de vous inquiéter pour moi, mais je suis très bien comme je suis. Et laissez vos hommes en dehors de ça, par pitié !

— On ne veut que ton bien, tu sais, marmonna Esther, penaude.

— Je sais, oui, répondit Chloe, radoucie. Et rassurez-vous, si je rencontre quelqu'un, vous serez les premières informées.

Elle s'abstint d'ajouter que, ce jour-là, les poules auraient des dents.

Elle ne voulait pas gâcher la fête. Le quotidien la rattraperait bien assez vite.

Chloe reposa l'album illustré sur la table de chevet puis se glissa discrètement hors des couvertures.

Lily dormait à poings fermés, son petit coude écorché — elle était tombée de vélo — replié au-dessus de la tête. Comme elle était mignonne avec ses boucles blond vénitien, ses joues rondes et ses taches de rousseur ! Aux dires de sa mère, elle était le portrait craché de Chloe au même âge.

Mais si la ressemblance était évidente, il y avait aussi des différences.

Aujourd'hui, Chloe se teignait les cheveux en blond doré, une habitude prise à l'adolescence car elle détestait ses reflets roux. Et surtout, elles n'avaient pas les mêmes yeux. Les siens étaient brun foncé, alors que Lily avait hérité du magnifique regard gris de Xander Jameson…

Sa fille rêvait-elle d'avoir un papa ? Elle était encore petite, mais comment réagirait-elle plus tard ?

Pour avoir grandi sans père très jeune — il était décédé quand elle avait sept ans — Chloe savait qu'une mère, si aimante et dévouée soit-elle, ne pouvait pas pallier le manque. La sienne avait élevé ses trois enfants de manière remarquable, mais le vide était toujours là.

Elle réprima un soupir et gagna la porte sur la pointe des pieds en se demandant pour la dix-millième fois ce qu'était devenu Xander, l'homme qui avait ravi son cœur quatre ans plus tôt en Australie.

Elle participait à un échange avec le service d'ambulances aériennes australien. Dès le premier jour dans le bush, elle avait craqué pour ce grand blond aux allures de Viking. Certes, il connaissait des problèmes personnels, mais elle était sûre de pouvoir le consoler, au moins provisoirement. Elle savait que l'histoire ne durerait pas plus d'un mois, mais à l'époque, elle ne voyait pas au-delà d'une amourette de stage.

Cette liaison de « vacances » convenait également à Xander, qui sortait d'un divorce houleux. Tout aurait donc dû aller pour le mieux dans le meilleur des mondes... À un gros détail près : elle était tombée amoureuse.

Jusqu'alors, ça ne lui était jamais arrivé. Elle ne faisait pas confiance aux hommes. La seule relation qu'elle avait connue à l'âge de vingt ans s'était soldée par un fiasco : son ami l'avait trompée. En le découvrant, elle avait pensé que l'histoire se répétait : le mariage de ses parents avait été plombé par les infidélités de son père. Néanmoins, elle avait relativisé et avait vite oublié Steven.

Avec Xander, tout avait été différent. Elle avait laissé son cœur près de lui, et au retour elle s'était sentie très mal. Elle avait vite compris que la tristesse et le changement d'hémisphère n'étaient pas seuls en cause : elle était enceinte.

Elle avait alors cherché à joindre Xander, sans trop rêver d'une issue heureuse, mais parce qu'elle trouvait cela normal. Seulement, il avait disparu de la circulation.

Était-il retourné à Adélaïde, sa ville natale ?

Leurs collègues restés sur place n'avaient pu lui fournir aucun renseignement. Ses lettres étaient revenues avec la mention « destinataire inconnu ». Et Xander n'ayant manifestement pas de profil sur les réseaux sociaux, elle n'avait jamais pu le retrouver.

Sa vie aurait-elle été différente si elle avait réussi à le contacter ?

Sans doute pas. À l'époque, il lui avait dit que sa femme avait demandé le divorce parce qu'elle voulait des enfants. Il était resté évasif, mais elle avait supposé qu'il refusait la paternité, même à long terme.

Au moins, en perdant sa trace, elle s'était évité une discussion pénible !

Elle avait choisi de garder son bébé et pris toutes les décisions nécessaires. Après la naissance, elle avait été trop occupée pour poursuivre sa quête, et l'histoire s'était arrêtée là. Mais dire qu'elle avait oublié Xander serait un mensonge car le regard lumineux de sa fille lui rappelait tous les jours l'homme qu'elle avait aimé.

Allons, elle en était toujours au même point, elle tournait en boucle. Or, on ne construit pas une vie sur des regrets. Devait-elle écouter ses amies, voir d'autres hommes, entamer un nouveau chapitre de sa vie ?

Elle manquait d'énergie pour cela. Elle n'était même pas sûre de le vouloir. Lily et sa famille suffisaient à son bonheur.

Cet après-midi-là, au milieu de sa garde, Chloe se sentait déjà épuisée.

La journée était pourtant loin d'être finie. De retour à la maison, elle devrait encore s'occuper de Lily et s'atteler ensuite comme chaque soir aux tâches ménagères. Comment pourrait-elle mener de front carrière et vie personnelle ? Où trouverait-elle le courage de se préparer pour un rendez-vous galant ? Esther et Carly ne comprenaient vraiment rien !

Elle pénétra dans le box 4, armée de son habituel sourire malgré la fatigue.

— Je vais vous mettre sous perfusion, Penny, dit-elle d'un ton doux. Les médicaments agiront très vite.

La future mère allongée sur le lit était arrivée en début d'après-midi, épuisée et surtout très déshydratée. Elle eut l'air dubitatif.

— Ah bon ? Vous êtes sûre ? Je n'ai pas bien compris les explications du médecin.

— Vous souffrez d'*hyperemesis gravidarum*. C'est le terme

médical pour parler des nausées et vomissements sévères quand ils dépassent la matinée et se prolongent dans la journée. C'est très désagréable, mais cela passera.

— Quand ?

— En général, les choses s'améliorent en milieu de grossesse.

— Génial ! Encore trois mois à attendre...

La jeune femme eut un hoquet et empoigna le haricot posé sur sa table pour vomir.

Après la crise, Chloe lui essuya doucement le visage à l'aide d'une serviette-éponge humide.

— Voilà. Rallongez-vous, suggéra-t-elle.

— On ne peut rien faire pour arrêter ça ? questionna Penny d'un ton plaintif.

— Dans certains cas, absorber de la nourriture liquide, comme des smoothies, aide à régler le problème. On recommande un régime hyper protéiné et riche en hydrates de carbone. Il faut absolument limiter les graisses. Le gingembre et la vitamine B6 marchent bien aussi.

— Tous ces vomissements, ça ne risque pas de nuire au bébé ?

— Pas au sens strict du terme, mais indirectement, oui. Si vous ne gardez rien, il n'absorbe pas les nutriments nécessaires, et il pourrait avoir un petit poids à la naissance. Nous allons vous surveiller de près. Le médecin vous a prescrit des antivomitifs et une solution de réhydratation. On ne va pas vous hospitaliser, mais j'ai déjà transféré votre dossier à la maternité. Vous avez rendez-vous là-bas vendredi, dans trois jours. Il y a beaucoup moins d'attente qu'aux urgences, et en plus, cela réduira les risques que vous attrapiez la grippe ou un virus quelconque.

Elle inscrivit les renseignements sur une feuille qu'elle joignit à l'ordonnance.

— Je vous laisse tout ça sur la table de chevet. Reposez-vous pendant que le produit passe dans la perfusion. Je reviendrai...

Elle s'interrompit quand l'infirmière en chef passa la tête dans l'encadrement de la porte.

— Chloe ? Le service d'ambulances aériennes vient d'appeler. Ils ont besoin d'une sage-femme. Es-tu dispo ?

— Oui, sans problème. Nous venions justement de finir. Je

vous abandonne, Penny. Bon courage ! On se recroisera peut-être à la maternité.

— Merci… beaucoup.

Chloe quitta le box puis courut vers les ascenseurs pour rejoindre le dernier étage.

L'hôpital disposait d'un héliport, et elle avait obtenu de pouvoir couvrir les missions aériennes en relais avec deux autres sages-femmes.

Faire du sauvetage à plein temps l'aurait obligée à basculer sur un poste d'infirmière urgentiste, mais malgré sa spécialisation en traumatologie, elle ne le souhaitait pas. Elle aimait trop son métier, et ce compromis lui plaisait bien.

Jane, une collègue, l'attendait à la sortie de l'ascenseur, brandissant une salopette orange fluo.

Habituée à réagir vite, Chloe s'habilla, empoigna la mallette que Jane avait préparée puis grimpa l'escalier qui débouchait sur le toit.

L'hélicoptère était là, prêt à décoller.

Elle baissa la tête instinctivement — même si elle n'était pas assez grande pour que les pales l'atteignent —, monta dans l'appareil et prit son siège habituel.

Neil, un des ambulanciers de service, ferma la porte, tandis qu'elle renouait ses cheveux en une queue-de-cheval basse pour pouvoir enfiler le casque réglementaire.

Rick, le deuxième infirmier secouriste, était déjà installé sur le siège face à elle. Il devait y avoir un médecin au bout de la rangée, mais sachant que le temps était compté, elle n'avait pas regardé de qui il s'agissait.

— Chloe, je te présente le Dr Alexander Jameson. Il remplace Eloise qui s'est fait opérer du genou la semaine dernière.

Elle s'arrêta net, le bras à demi enfilé dans son harnais.

Elle hallucinait ! Elle avait sûrement mal compris ce qu'avait dit Rick. Elle avait trop pensé à Xander ces derniers temps et voilà qu'elle entendait son nom !

Tête basse, elle fit mine de batailler avec les attaches de son harnais.

— Il arrive tout droit du pays de Galles, précisa Rick.

Elle exhala un soupir discret.

Le nouveau médecin était donc gallois, pas australien. Elle avait effectivement compris de travers. Elle était sauvée.

Sourire aux lèvres, elle releva la tête… et eut un violent coup au cœur tandis que sa vision se brouillait. Elle ferma les paupières, paniquée.

Quand elle les rouvrit, l'image de Xander dansa devant elle. Comme il la regardait fixement, elle demeura immobile.

L'air lui manquait, elle ne pouvait plus respirer.

C'était fou, insensé. Impossible !

Et pourtant, oui, c'était bien lui.

Le casque dissimulait ses cheveux blonds mais soulignait l'ovale parfait de son visage aux pommettes hautes. Une barbe de deux jours recouvrait son menton volontaire. Ses lèvres sensuelles étaient légèrement pincées, et un pli discret lui barrait le front.

Elle connaissait bien cette expression. En Australie, déjà, il avait parfois l'air grave ou perplexe, comme s'il portait le poids du monde sur ses larges épaules. Dans ces moments-là, elle effleurait tendrement cette ride pour essayer de le décrisper, et elle y parvenait souvent.

Ce qu'elle n'avait jamais vu, en revanche, c'était cette lueur choquée au fond de ses prunelles grises.

Il était probablement sidéré, lui aussi…

En une fraction de seconde, elle se retrouva propulsée trois ans et neuf mois en arrière, par un beau matin d'été austral. Déjà à l'époque, elle s'était retrouvée pétrifiée devant Xander. Il était si beau qu'elle était restée sans voix, les bras et les jambes coupés. Elle avait fondu au premier regard, et aujourd'hui encore il produisait sur elle cet effet dévastateur.

Heureusement qu'elle était assise…

Dire qu'elle avait consacré des heures, des jours entiers à le chercher. Et il se trouvait en chair et en os devant elle, là, dans cet hélicoptère !

Elle avait souvent craint qu'il ne lui soit arrivé malheur, mais il était apparemment en pleine forme.

2

— Xander, Chloe est une de nos sages-femmes formées aux secours aériens. Elle…

Chloe n'entendit pas la fin des présentations. Elle avait croisé les doigts pour contenir le tremblement de ses mains, espérant que Rick et Xander n'auraient rien remarqué.

— Bonjour, Chloe, dit ce dernier d'un ton calme.

Il n'avait pas feint de la rencontrer pour la première fois. Il lui avait épargné les traditionnelles formules de politesse. D'ailleurs, il avait l'air plus contrarié qu'enchanté.

— Bonjour, répliqua-t-elle d'une voix tremblante.

Pourquoi faisait-il cette tête ? Il ne savait rien. Il ignorait quel impact il avait eu sur sa vie. Il l'avait sans doute oubliée depuis belle lurette alors qu'elle pensait à lui tous les jours…

Comme il n'était pas assis en face d'elle, mais au bout de la rangée opposée, à côté de Neil, elle s'autorisa à l'observer discrètement.

L'orange fluo n'est pas une couleur très flatteuse, mais il la portait bien. Cela rehaussait son teint bronzé, et elle se demanda où il avait pu prendre le soleil. Pas au pays de Galles, en tout cas. Il avait dû arriver récemment au Royaume-Uni.

Malgré l'épaisse combinaison, il semblait un peu amaigri, mais encore plus affûté. Elle avait toujours admiré son torse large, ses longues jambes, sa silhouette à la fois élégante et musclée. Elle avait aimé se blottir contre lui. Elle avait cent fois remis en place sa chevelure blonde ébouriffée, balayée du côté droit. Se coiffait-il toujours ainsi ?

Avec le casque, c'était impossible à dire…

Allons, elle s'égarait. Elle ne devait pas oublier pourquoi elle était là. Elle avait cherché Xander en vain. Elle avait même perdu espoir de le retrouver. Elle n'était plus à quelques heures ou quelques jours près pour discuter. Les considérations personnelles attendraient.

— Qu'est-ce qu'on a ? demanda-t-elle à Rick.

— Une querelle entre époux qui a dégénéré. La femme a reçu un coup de couteau. Trente ans, enceinte de son quatrième enfant, huit mois de grossesse. D'après les ambulanciers sur place, le travail aurait débuté.

Comme souvent, l'intervention s'annonçait délicate. On réservait les secours aériens au cas les plus graves, et c'en était un de toute évidence.

Chloe inspecta le contenu de sa mallette, qu'elle compléta avec quelques fournitures prises dans les rangements des accoudoirs.

Le regard de Xander pesait sur elle, mais elle évitait de tourner la tête vers lui.

Elle devait se calmer avant de lui adresser la parole. Ils allaient travailler ensemble et quels que soient ses sentiments, ses doutes et ses interrogations, elle devrait les mettre de côté. Elle n'aurait pas droit à l'erreur.

Le vol en hélicoptère dura à peine dix minutes.

Pendant la descente, Chloe avisa une ambulance et deux fourgons de police garés dans un quartier résidentiel. Suivant les indications de la base, Simon, le pilote, se posa sur un ancien terrain de tennis à deux rues de la maison où se jouait le drame.

Quelques gamins curieux s'étaient rassemblés à proximité pour voir l'atterrissage. L'hélicoptère ne passait, il est vrai, jamais inaperçu…

Dès que Rick eut ouvert la porte, Chloe se pencha pour prendre le cylindre à oxygène fixé au siège central. Elle constata alors, trop tard, que Xander faisait le même geste. Leurs doigts se frôlèrent, et elle ressentit comme une décharge électrique.

Sa peau fourmillait, elle avait du mal à respirer.

Et Xander l'avait à peine touchée ! C'était absolument ridicule !

Elle retira sa main, empoigna sa mallette, gagna la sortie et suivit Neil et Rick sans un regard en arrière, déterminée à rester calme et professionnelle.

Comme ils atteignaient leur but, deux policiers sortirent d'une maison, encadrant un homme menotté qu'ils firent monter dans un des véhicules.

En apparence, la demeure des époux Winston ressemblait à toutes celles du quartier. Certes, le jardin était plus négligé que les autres, mais comme souvent dans les cas de violences conjugales, rien ne laissait deviner ce qu'il se passait entre les murs.

— Par ici, entendit-elle lorsqu'elle franchit le seuil derrière les infirmiers, suivie par Xander.

La victime, prénommée Shania, se trouvait dans la cuisine située au fond du couloir. Allongée par terre, elle était blême et avait la poitrine en sang. Elle respirait avec difficulté tandis que deux secouristes, un homme et une femme, s'affairaient autour d'elle.

— Son mari l'a poignardée du côté droit, expliqua l'infirmière en apposant un gros pansement sur la plaie. On vient juste de pouvoir approcher. Il a fallu attendre que la police… fasse son travail.

Son collègue, qui s'était chargé d'ausculter la patiente, releva la tête.

— Insuffisance respiratoire, annonça-t-il. Pouls rapide, violentes douleurs thoraciques. Elle doit avoir un pneumothorax. Pour le bébé, on n'a pas eu le temps de vérifier à quel stade en est le travail.

En tout cas, Shania souffrait d'hypoxie, un manque d'oxygénation des tissus. Il fallait agir vite !

L'infirmière les équipa tous de gants, puis Xander s'agenouilla près de la future mère. Il procéda à une auscultation minutieuse et se rembrunit.

— J'ai besoin d'une grosse seringue et d'une aiguille de 14, s'il vous plaît.

Prompte à réagir, l'infirmière lui prépara un angiocathéter et des compresses imbibées de désinfectant. Après avoir nettoyé la poitrine de Shania, il chercha l'espace intercostal sans cesser de parler à la jeune femme pour expliquer ce qu'il faisait.

Il se montrait calme et méthodique. Il travaillait rapidement, mais sans précipitation, une attitude propice à rassurer la malheureuse qui souffrait beaucoup. En Australie, Chloe avait eu maintes fois l'occasion d'admirer ses méthodes. Elle avait beaucoup appris à son contact, et il n'avait visiblement pas changé.

À cette minute précise, elle devait se focaliser sur Xander le médecin, rien d'autre. Elle devait occulter le fait qu'ils étaient agenouillés côte à côte et qu'ils se touchaient presque. Il était aujourd'hui un simple collègue. Penser qu'il aurait pu être l'homme de sa vie ne donnerait rien de bon.

Dès qu'il eut inséré l'aiguille dans le thorax de Shania, on entendit l'air s'échapper de la cavité pleurale. Il retira l'aiguille au bout de quelques secondes, laissa le petit tube en place et se détourna pour lire les constantes sur le monitoring : la poitrine de Shania avait recommencé à se soulever, la saturation en oxygène remontait.

Il l'ausculta de nouveau et prit le sparadrap que Rick lui tendait pour fixer le cathéter en place. Ceci fait, ils posèrent une perfusion d'antidouleur à la future maman, après quoi Rick équipa celle-ci d'un masque à oxygène.

Rassurée, Chloe avait commencé à chercher son matériel dans sa sacoche. Elle allait bientôt entrer en scène et ne voulait rien laisser au hasard.

— Comment vous sentez-vous ? demanda Xander d'un ton apaisant.

Shania gémit en portant les mains à son abdomen, qui s'était déformé sous le coup d'une grosse contraction.

Comme la future maman ne souffrait plus de la poitrine, elle se focalisait maintenant sur d'autres douleurs plus « normales ». Celles de l'accouchement.

Chloe croisa le regard de Xander. Il lui adressa un sourire furtif, et elle eut aussitôt l'impression qu'ils se connectaient comme autrefois.

— À toi de jouer, chuchota-t-il.

Elle l'avait toujours trouvé beau, mais lorsque son visage s'éclairait, il était irrésistible. Il n'avait plus l'air triste ou inquiet. Il semblait revenir à la vie après un long sommeil...

L'espace était exigu, et ils se frôlèrent en échangeant leurs places. Elle inspira à fond pour maîtriser son trouble.

— Je m'appelle Chloe, je suis sage-femme, dit-elle gentiment. Je vais regarder où on en est, d'accord ?

— D'accord..., bredouilla Shania.

Logiquement, le rythme cardiaque du bébé aurait dû se situer dans une fourchette comprise entre cent dix et cent soixante pulsations par minute. Hélas, le monitoring confirma bientôt les soupçons de Chloe : à cent deux battements par minute, on avait une souffrance fœtale.

— On va vite aller à l'hôpital, Shania, annonça-t-elle, d'un ton calme néanmoins.

— Non ! Qui va garder... mes gosses ?

— Où sont-ils ? questionna Xander.

Une policière qui s'était jusqu'alors tenue en retrait s'avança.

— On les a confiés à une voisine.

— Pouvez-vous demander à cette dame si elle accepterait de les garder plus longtemps ? demanda Xander.

— J'y vais tout de suite.

Chloe se tourna vers Rick, soucieuse.

— Prépare une civière, s'il te plaît. Je vais faire un rapide examen interne.

Les contractions revenaient à un rythme beaucoup trop rapproché à son goût. Et quand elle eut fini d'inspecter le col de Shania, elle se redressa en secouant la tête.

— Oubliez. On ne va nulle part.

— Je veux... pousser, articula Shania, tout essoufflée.

— Je sais. Le bébé arrive.

Malgré les circonstances, cet enfant serait là d'une minute à l'autre. Et même si la situation était critique, nul ne pouvait ralentir la marche de la nature.

— Je veux pousser !

— D'accord, Shania, je suis prête. C'est quand vous voulez.

L'antalgique que Xander avait administré à la patiente l'avait calmée, mais heureusement elle avait encore de l'énergie. Et bientôt, après quelques efforts, une petite tête couronnée de noir apparut, franchissant le périnée.

— C'est super, Shania ! commenta Chloe d'un ton encourageant. À la prochaine contraction, poussez très fort.

Elle avait déjà vérifié que le cordon ombilical n'était pas enroulé autour du cou du bébé. Apparemment, tout était en ordre et vu les circonstances, plus vite ce bout de chou naîtrait, mieux cela vaudrait pour lui ou elle.

Quelques minutes plus tard, une petite fille atterrit dans les mains tendues de Chloe. Elle paraissait saine et sauve... À un gros détail près : elle ne respirait pas !

Habituée aux urgences, Chloe l'enveloppa dans une couverture spéciale et la frictionna vigoureusement. Au bout de trente secondes, le résultat escompté se produisit : la fillette poussa un cri, ténu mais bien réel.

— Félicitations, dit-elle, émue. C'est une jolie petite fille.

Après avoir coupé le cordon ombilical, elle mesura le score d'Apgar qui sert à évaluer l'état clinique d'un nouveau-né. La puce avait les extrémités bleues et respirait lentement, mais contre toute attente, le résultat au bout d'une minute était de 8 sur 10. Un chiffre inespéré !

Elle emmaillota la fillette dans une couverture de survie, lui glissa un petit bonnet sur la tête puis, avec douceur, la cala dans les bras de Shania.

— Avez-vous pensé à un prénom ?

— Tonya, chuchota la jeune maman, l'air émerveillé.

Elle semblait avoir tout oublié d'un coup de baguette magique. Elle contemplait sa fille avec adoration et se rendit à peine compte qu'elle expulsait le placenta.

La policière revenue de chez les voisins resta bouche bée devant un tel spectacle.

— Le bébé est déjà là ! C'est incroyable ! commenta-t-elle. Je ne pensais pas... Mais rassurez-vous, Mme Langton gardera vos aînés aussi longtemps que nécessaire. Vous pouvez partir tranquille à l'hôpital.

Trop fatiguée pour argumenter, Shania se laissa installer sur la civière, et Chloe poussa un soupir de soulagement.

À cinq minutes, le score d'Apgar du bébé était de 9 sur 10. Cette petite s'en tirait vraiment bien !

L'avenir de la famille s'annonçait, hélas, plus complexe.

Après le décollage de l'hélicoptère, Xander aborda tout de suite ce point délicat.

— La police viendra recueillir votre plainte à l'hôpital, Shania, annonça-t-il.

La jeune femme secoua la tête.

— Je ne vais pas porter plainte.

— Mais pourquoi ? s'écria-t-il.

— Qui s'occupera des gamins si Greg va en prison ? La voisine ne va pas les garder éternellement. J'ai besoin de lui chez nous. Je n'ai pas le choix. Quand il aura dessoûlé, ils le relâcheront. J'espère juste qu'il n'ira pas au pub et qu'il rentrera directement.

— Greg est en garde à vue, objecta Xander. L'histoire aurait pu très mal finir. Je ne crois pas qu'ils vont le libérer tout de suite. Vous avait-il déjà frappée ou maltraitée avant aujourd'hui ?

— C'est moi qui ai commencé, protesta Shania, éludant la question.

— Expliquez-moi…

— Au moment des premières contractions, comme Greg avait bu, j'ai voulu sortir pour demander à Mme Langton de me conduire à l'hôpital. Du coup, il s'est fâché. Il ne voulait pas mêler les voisins à ça. Je pense qu'il avait honte. Il m'a barré le passage, alors j'ai attrapé un couteau, mais il me l'a enlevé, et… Quand j'ai voulu repousser son bras, la lame a basculé vers moi. C'est ma faute. Rien ne serait arrivé si je n'avais pas pris ce couteau. C'était un réflexe stupide.

L'expression indignée de Xander montrait que cette version ne lui plaisait pas. Il avait toujours été dévoué et prêt à aider les gens. Chloe et lui partageaient le même besoin de voler au secours des plus faibles.

— La lame n'a pas « basculé », Shania. Votre mari vous a poignardée ! s'exclama-t-il. Il doit être condamné pour cela.

— Avez-vous… des enfants, docteur ?

— Non.

Chloe eut l'impression qu'il détournait le regard.

Regrettait-il de ne pas avoir fondé de famille ? Quatre ans plus tôt, il ne le souhaitait pas, mais peut-être avait-il changé d'avis ? Comment prendrait-il la chose s'il apprenait la vérité pour Lily ?

— Moi, j'en ai quatre, maintenant, reprit Shania. Je ne travaille pas. Que voulez-vous que je fasse ?

Xander hésita, et Chloe en devina la raison : il ne connaissait pas les aides en vigueur au Royaume-Uni. Quand il l'interrogea du regard, elle prit le relais.

— Il existe plusieurs solutions, dit-elle d'un ton rassurant. Si vous le souhaitez, Shania, je demanderai à une assistante sociale de passer vous voir. Elle verra ce qui convient le mieux à votre situation.

Le chemin serait probablement ardu, car, faute de crédits, les services sociaux ne faisaient pas de miracles. Et surtout, il faudrait que Shania quitte son mari, ce qui était loin d'être gagné. La jeune femme avait déjà dû entendre ce genre de discours sans oser franchir le pas...

Mais chaque chose en son temps. L'hélicoptère venait d'atterrir sur le toit de l'hôpital, et déjà une équipe médicale au grand complet se précipitait pour les accueillir.

Tandis que Xander accompagnait Shania en chirurgie, Chloe suivit le pédiatre et l'infirmière puéricultrice vers le service de réanimation néonatale où la petite Tonya allait être admise.

Dans le couloir, elle se rendit compte que ses mains tremblaient et soupira.

Ses retrouvailles avec Xander avaient accentué le stress lié à l'intervention. Elle avait beau faire, elle avait encore du mal à y croire !

Elle réussit néanmoins à transmettre ses observations à ses collègues de façon calme et professionnelle avant de regagner les urgences.

Mais elle se sentait toujours mal à l'aise.

Et si Xander passait par là ? Peut-être avait-il un rapport d'intervention à remplir ?

Cette pensée ne la quitta pas pendant les deux heures suivantes, si bien que, au moment de quitter l'hôpital, elle avait développé une bonne migraine.

Xander n'était finalement pas revenu. Elle ne savait pas si elle devait s'en réjouir ou le regretter…

Xander abandonna en soupirant sa pinte de bière vide sur le comptoir du bar.

Pour une fois, il ne songeait pas au travail.

Il avait reçu un gros choc cet après-midi-là en revoyant Chloe. Leurs retrouvailles avaient ravivé des souvenirs profondément enfouis.

S'il avait pensé à elle en venant à Londres, c'était sans nourrir trop d'espoir de la retrouver… Et pourtant, elle avait reparu dans son univers, belle et lumineuse comme jamais. Elle n'avait guère changé. Tout au plus avait-elle pris quelques rondeurs qui lui allaient à merveille. À vingt-sept ans — six de moins que lui —, elle avait l'air à peine moins juvénile.

En revanche, elle avait gagné en maturité et en assurance. Son calme, son efficacité l'avaient impressionné pendant l'accouchement de Shania. Il avait toujours su qu'elle deviendrait une excellente professionnelle, et il en avait la confirmation.

Il ferma les paupières, sidéré par la force des images qui lui revenaient d'un coup.

Les boucles blondes de Chloe. Sa magnifique chevelure étalée sur sa poitrine après l'amour. Sa peau qui sentait bon le lait après-soleil. Ses lèvres douces, enivrantes…

Non, il n'avait rien oublié. Il se rappelait tout comme si c'était la veille.

À l'époque, Chloe avait redonné des couleurs à sa vie. Il sortait de deux années difficiles, et au moment de leur rencontre, il n'allait pas très bien. Quoi de plus normal ? Lutter contre le cancer puis découvrir l'infidélité de sa femme, cela l'avait épuisé sur les plans physique et mental. Son espoir de fonder une famille se trouvait réduit à néant. Il ne pouvait plus se raccrocher qu'à sa carrière.

Dans le vide sidéral où il évoluait, Chloe lui avait fait du bien. Elle lui avait permis d'oublier le passé provisoirement. Cela n'avait pas tout résolu, mais au moins avait-il franchi un cap. Elle avait apaisé son âme. Elle lui avait apporté joie et sérénité au moment où il en avait besoin.

Avait-il été heureux depuis ? Il devait admettre que non. Jamais il n'aurait cru que l'absence de Chloe lui laisserait un tel vide. Il s'était senti très seul, au point d'avoir des regrets...

Comment les choses auraient-elles évolué s'il avait trouvé le courage de lui raconter son histoire ? S'il avait eu la force d'ouvrir son cœur meurtri ?

Hélas, il ne le saurait jamais.

Ils s'étaient rencontrés à un trop mauvais moment pour qu'il puisse envisager une relation sérieuse. Être trompé par la femme qu'il aimait depuis dix ans — son épouse, son amour de jeunesse — lui avait laissé un goût amer. Après cet échec cuisant, il avait jugé prématuré de refaire confiance à quelqu'un. Il aurait eu besoin de temps pour connaître Chloe, or, il n'avait eu qu'un mois. C'était trop peu pour envisager un avenir commun, même si cette idée, bizarrement, lui avait traversé l'esprit.

Afin d'y voir plus clair en lui-même, il avait ensuite choisi de parcourir le monde. Mission après mission, il avait voulu combler son vide intérieur sans y parvenir. Et maintenant qu'il avait revu Chloe, il comprenait mieux pourquoi.

Partout où il se trouvait, *elle* lui avait manqué.

Cet après-midi-là, passé l'effet de surprise, il avait ressenti une impression de calme absolu. Un poids énorme s'était envolé de sa poitrine, comme s'il pouvait enfin respirer librement. Tout ça par la grâce de cette rencontre stupéfiante, inattendue...

Il avait failli aller retrouver Chloe pour l'inviter au pub après le service, mais il y avait renoncé. Il avait préféré attendre, réfléchir.

Cette situation était par trop déstabilisante. Certes, il s'agissait d'une coïncidence, mais la vie lui avait démontré que les choses arrivaient rarement par hasard.

La première fois qu'il avait vu Chloe, c'était justement dans un bar — celui du Palace Hotel à Broken Hill, Australie. Elle avait franchi la porte dans un rayon de soleil, silhouette gracile surmontée d'un visage à l'ovale parfait, encadré de boucles d'or...

Il avait reçu un choc. Pendant quelques secondes, il s'était demandé s'il n'avait pas une vision. Il avait beaucoup travaillé ce jour-là. Et puis, il venait d'entamer sa deuxième bière alors qu'il ne buvait presque jamais…

Il n'avait même pas cherché à comprendre pourquoi Chloe s'avançait vers lui. Cela lui avait paru naturel, comme si un fil invisible les reliait. Il avait mis quelques instants à se rendre compte qu'elle n'était pas seule : une infirmière du service de secours aériens l'accompagnait.

Quand leur collègue avait fait les présentations, il avait failli sauter de joie. Savoir que cette apparition divine rejoignait son équipe avait été la meilleure nouvelle de la semaine. Du mois. Des deux dernières années.

À partir de ce moment-là, le monde extérieur n'avait plus existé. Il s'était focalisé sur Chloe, lumineuse et pleine de vie, dont le sourire l'avait envoûté en trois minutes chrono.

Après avoir bu un verre, leur collègue s'était éclipsée car elle commençait tôt le lendemain. Chloe et lui avaient dîné au bar. Ils étaient restés à bavarder de tout et de rien jusqu'à la fermeture. Elle avait flirté avec lui. Elle lui avait effleuré le bras, la cuisse. Il avait failli céder à la tentation tout de suite.

Deux choses l'en avaient empêché. D'abord, il se trouvait trop vieux pour elle. Pas forcément en âge — il allait fêter ses vingt-neuf ans —, mais dans sa tête. Il avait vécu tant de choses difficiles qu'il avait presque l'impression d'être centenaire. Ensuite, il se considérait comme un gentleman. Sauter sur une fille le premier soir, très peu pour lui.

Sa résistance n'avait toutefois pas duré bien longtemps. Le lendemain, Chloe et lui avaient de nouveau dîné ensemble, et à partir de là ils ne s'étaient plus quittés. Ils avaient entamé une relation brève mais intense, étant sur la même longueur d'onde : l'un et l'autre souhaitaient vivre l'instant présent sans s'engager sur la durée.

Dans ces conditions, il n'avait pas voulu risquer de tout gâcher en lui racontant ses malheurs. D'ailleurs, il avait presque réussi à les oublier. Il était devenu accro à leurs soirées, à leurs nuits. Elle lui faisait tellement de bien…

Et puis un jour, comme prévu, elle était partie.

La chute avait été brutale. Il se sentait plus seul que jamais, et quatre ans plus tard, il en était toujours au même point : rien ni personne n'avait pu le tirer du gouffre où il se trouvait.

3

Chloe se laissa tomber sur un siège en soupirant.

Elle détestait le métro aux heures de pointe. La journée avait été épuisante, et l'atmosphère confinée lui donnait mal à la tête.

Quand elle ferma les paupières pour occulter la lumière crue des néons, un paysage lointain lui revint d'un coup en mémoire, comme si une force invisible la propulsait dans le temps et l'espace pour la ramener à Broken Hill.

Dans le bush, l'air sentait bon l'eucalyptus et la terre humide. On pouvait admirer les étoiles chaque nuit au lieu de vivre dans un brouillard pollué. Là-bas, il y avait tellement d'espace qu'on ne se bousculait jamais. Elle passait des jours entiers seule avec Xander, le pilote et les patients auxquels ils rendaient visite en hélicoptère.

Bien que courte, cette période demeurait très présente en elle. Il n'y avait aucun danger qu'elle l'oublie. Elle avait rapporté d'Australie un souvenir très spécial…

Les bruits et la chaleur étouffante du métro s'estompèrent. Elle eut l'impression qu'une brise tiède lui caressait le visage, comme le soir où elle avait vu Xander pour la première fois.

À cette époque, elle avait déjà passé deux mois en Australie — un à Adélaïde et un autre à Port Augusta. Néanmoins, elle attendait avec impatience ces dernières semaines de formation au cœur du bush. Elle s'était préparée à vivre une expérience particulière, sachant que les conditions sur le terrain seraient difficiles. Elle avait anticipé ce séjour, et en arrivant, elle était fin prête.

Personne, en revanche, ne lui avait dit qu'elle allait rencontrer l'amour.

La tradition voulait qu'un membre de l'équipe accueille les nouveaux venus. Janet l'avait donc invitée à boire un verre au Palace Hotel, une imposante bâtisse en brique rouge qui avait servi de décor à de nombreux films.

Elle s'était réjouie de découvrir les célèbres fresques qui couvraient l'endroit des murs aux plafonds et qui avaient fait la renommée des lieux. Pourtant, au bout de trois mètres, elle n'avait plus rien vu, hormis l'homme à la beauté hallucinante qui se trouvait seul au bar.

Grand, mince, blond et bronzé, il ressemblait à un acteur de cinéma. Avec son nez droit, sa mâchoire volontaire et ses larges épaules, il aurait pu incarner n'importe quel héros. Néanmoins, ce n'était pas une vedette sur papier glacé. Le Dr Alexander Jameson était son chef de mission !

En le voyant de plus près, elle avait su immédiatement que son regard gris cachait un mystère. Loin de la décourager, ce caractère énigmatique lui avait plu. Son instinct l'avait toujours poussée vers les personnes malheureuses, sans doute parce que, gamine, elle s'était sentie responsable de sa famille après la trahison de son père...

Au fond, peu importaient les raisons de son attirance pour Xander. Elle avait su dès les premières minutes qu'ils finiraient ensemble et que ce serait magique.

Elle n'avait pas été déçue.

Si le retour avait été différent de ce qu'elle imaginait avec une grossesse imprévue à gérer, elle ne regrettait rien. Certes, son existence était moins simple qu'autrefois, mais elle se débrouillait. Elle espérait juste que le retour de Xander n'allait pas compliquer trop les choses.

— Descends un peu de ce vélo, Lily. Si tu allais faire de la balançoire pour changer ?

Chloe soupira en voyant la mine dépitée de sa fille. Elle s'en voulait de l'avoir contrariée, mais elle était fatiguée, et elle avait besoin de s'asseoir.

Elle récupéra le vélo puis se laissa tomber sur le banc qu'occupait déjà sa mère près des balançoires.

Celle-ci lui jeta un regard inquiet.

— Ça n'a pas l'air d'aller. Tu as des problèmes à l'hôpital ?

Infirmière libérale, elle aussi connaissait par cœur les aléas du métier. Cependant, elle n'aurait jamais pu deviner ce qui la perturbait !

— J'ai eu une insomnie la nuit dernière, avoua Chloe. Les services aériens ont engagé un nouveau remplaçant. C'est… C'est Xander.

— Quoi ? Ton Xander ?

— Ce n'est pas *mon* Xander, mais… Oui. Il va travailler ici quelques semaines.

— Quelle drôle de coïncidence ! Il a peut-être découvert la vérité pour Lily. Qui sait ?

— Cela m'étonnerait. Personne n'a pu faire le rapprochement entre nous deux. Et puisqu'on n'avait aucun contact, comment aurait-il su que je travaillais à Londres, au Queen Victoria par-dessus le marché ?

— Pour le coup, c'est énorme ! Que comptes-tu faire ?

— Je n'ai pas le choix. Je vais tout lui dire. Il faut juste que je trouve le bon moment. J'y ai réfléchi une bonne partie de la nuit.

— Comment va-t-il réagir, d'après toi ?

— Aucune idée. J'ignore tout de sa vie, mais une chose est sûre : il n'a jamais cherché à me revoir. Je n'ai pas dû beaucoup lui manquer !

Sa mère leva les sourcils.

— Ça, tu n'en sais rien. Et cela n'a aucun rapport avec la paternité. Il sera peut-être ravi, même si vous n'avez plus de relation personnelle.

— Les deux sont liés, en général. Regarde papa…

— Ton père m'a quittée, mais il n'a jamais voulu vous abandonner, tes frères et toi. Comment aurait-il pu imaginer qu'il allait mourir si jeune ? On ne peut jamais savoir de quoi l'avenir sera fait. Voilà pourquoi je suis d'accord sur le principe. Tu dois dire la vérité à Lily et à Xander. Il ne faut pas garder ça pour toi. Et je pense qu'il n'y aura jamais de moment idéal.

— Non, mais tout de même… Je vais essayer d'aller à la pêche aux informations. Il a peut-être une femme, des enfants. Si c'est le cas, mon annonce risque de le contrarier.

Pour elle qui planifiait tout et détestait les imprévus, il était inconcevable qu'elle ne se renseigne pas un minimum. Elle voulait absolument savoir où elle mettait les pieds.

— Je ne veux pas courir le risque qu'il rejette Lily, ajouta-t-elle.

— Arrête de chercher mille prétextes. Ce ne sera que reculer pour mieux sauter.

Elle en avait conscience, mais cela ne lui donnait pas plus de courage. Heureusement qu'elle n'allait pas voir Xander tous les jours ! On l'appelait une à deux fois par semaine pour des missions de sauvetage. Avec un peu de chance, un autre médecin se trouverait à bord la prochaine fois qu'elle monterait dans l'hélicoptère…

Sa mère lui entoura affectueusement les épaules.

— Il n'y a pas cinquante façons de savoir comment les choses vont tourner. Parle à Xander le plus vite possible.

Elle soupira.

— J'ai besoin de réfléchir, maman. J'essaierai de faire au mieux.

— Je te fais confiance, ma chérie.

Depuis trois jours, Xander se sentait énervé et tendu, chose qui lui arrivait rarement.

Ce n'était pas le volume de travail qui le déstabilisait, mais le besoin de revoir Chloe. Il se demandait quand l'équipe allait avoir besoin d'une sage-femme, et si c'est elle qui serait appelée cette fois-là.

À force de penser à elle non-stop, il allait perdre la tête ! Mathématiquement, il avait assez peu de chances de la croiser. Peut-être devrait-il donner un coup de pouce au destin ?

Ce soir-là, n'y tenant plus, il descendit aux urgences du Queen Victoria après sa garde.

Chloe, apprit-il, se trouvait à la maternité.

Il y monta à son tour.

En sortant de l'ascenseur, il avisa au fond du couloir une fine silhouette surmontée d'une masse de boucles blondes : Chloe poussait le fauteuil roulant d'une patiente.

Il la suivit à distance pour ne pas la déranger.

Parvenue au service de réanimation néonatale, elle inséra son badge dans la fente de la porte et entra. Quelques minutes plus tard, elle ressortit seule.

Il s'avança vers elle, l'air détaché, les mains dans les poches.

— Xander ! Qu'est-ce que tu fabriques ici ?

— Je voulais prendre des nouvelles de Shania, improvisa-t-il.

Elle lui sourit, comme si cette réponse lui faisait plaisir.

— C'est gentil de ta part. Physiquement, elle va bien. Quant au reste… Elle a vu deux fois l'assistante sociale. Elle n'a encore pris aucune décision, mais elle réfléchit à la suite.

— Tant mieux ! Et sa petite puce ?

— Tonya se porte comme un charme. Je viens justement d'emmener Shania la voir. Elle se sent mieux et passe de plus en plus de temps avec elle.

— C'est génial… As-tu terminé ta garde ?

— Non, pas encore. Pourquoi ? ajouta-t-elle en appuyant sur le bouton de l'ascenseur.

— Parce que je voulais t'inviter à prendre un verre ce soir.

— Pourquoi ? répéta-t-elle.

Interloqué, il dansa d'un pied sur l'autre.

Il ne s'était pas attendu à cette question.

— Pour discuter un peu. Je ne pensais pas te voir à Londres et… J'aimerais bien savoir ce que tu deviens, depuis tout ce temps.

— Désolée, je ne peux pas.

— Tu ne peux pas ce soir, ou pas du tout ?

Le portable de Chloe bipa au moment où elle allait répondre. Elle jeta un coup d'œil sur l'écran puis s'engouffra dans l'ascenseur.

— Il faut que je me dépêche, dit-elle sans répondre à sa question. À un de ces jours.

Les portes se refermèrent sous son nez, et il eut l'impression d'être un parfait imbécile.

Qu'avait-il espéré au juste ? S'il était toujours célibataire, Chloe ne l'était probablement plus. Le fait qu'elle ne porte pas d'alliance

— il avait remarqué ce détail — ne voulait rien dire. Elle devait avoir quelqu'un dans sa vie. La meilleure option était sans doute de la laisser tranquille. À quoi bon s'accrocher au passé ?

Une petite voix intérieure lui soufflait pourtant de ne pas renoncer trop vite. Quatre ans plus tôt, il l'avait laissée partir et l'avait regretté amèrement. Il voulait éviter de faire la même bêtise.

Cette fois, il n'abdiquerait pas avant de savoir à quoi s'en tenir.

Pour la vingtième fois depuis une heure, Chloe jeta un coup d'œil discret sur sa montre.

Elle était furieuse contre elle-même. Pourquoi avait-elle accepté la proposition saugrenue d'Esther ? Cet apéritif « arrangé » avec Stephen, un anesthésiste ami de Harry, était le plus mauvais plan de l'année !

Ce fiasco n'était pas la faute de Stephen, un gentil garçon. Ils n'avaient juste rien en commun. Et surtout, elle ne cherchait pas à « se caser ».

En quatre ans, personne n'avait pu remplacer Xander dans son cœur, et depuis qu'elle l'avait revu, elle pensait à lui sans arrêt. C'était sa compagnie qu'elle souhaitait, pas celle d'un autre...

Que faisait-il en ce moment même ? Aurait-elle accepté son invitation si elle avait été libre ?

À vrai dire, elle l'ignorait. Sa proposition d'aller boire un verre l'avait prise au dépourvu. Elle avait pensé à Lily. Elle avait commencé à paniquer et s'était réjouie que son téléphone sonne au bon moment.

Néanmoins, une chose était certaine : elle aurait *voulu* être avec lui malgré les incertitudes liées à leur histoire. Elle se serait moins ennuyée qu'avec Stephen, lequel s'évertuait à entretenir un semblant de conversation !

Encore un petit effort. Il avait fini son verre. Elle pourrait bientôt partir.

— ... Et donc, tu as vécu plusieurs mois en Australie ? demandait Stephen.

Faute de mieux, la discussion était revenue sur le travail. Un grand classique.

— Oui, répondit-elle en s'efforçant au calme. J'ai participé à un programme d'échanges entre services. Comme les secours aériens m'ont plu, j'ai postulé au Queen Victoria pour continuer à en faire.

— Qu'as-tu pensé de l'Australie ?

— J'ai adoré. Y es-tu déjà allé ?

— J'y ai passé un an pour mon service militaire. Personnellement, j'ai détesté. Je garde un très mauvais souvenir de la chaleur suffocante, des mouches… Et on ne parle même pas des conversations des gars du coin. Tout tourne autour du sport, c'est ridicule !

Hormis sur les mouches, elle était en désaccord total avec Stephen. Elle avait aimé le climat de l'Australie, le style de vie décontracté. Elle avait aimé… Xander.

Elle soupira intérieurement.

Même s'ils évoluaient dans la même sphère professionnelle, Stephen et elle n'avaient rien à se dire. Ils perdaient leur temps. Heureusement qu'il s'agissait d'une prise de contact et pas d'un dîner ! Ce qu'il lui fallait à présent, c'était une bonne raison de partir.

Elle s'excusa donc et descendit aux toilettes. Là, elle appela sa mère et la pria de lui envoyer un texto quelques minutes plus tard pour dire que Lily était fiévreuse et qu'elle devait rentrer. Le procédé n'était pas joli joli, et Stephen ne serait sans doute pas dupe, mais tant pis.

Elle remonta l'esprit léger, contente de son stratagème. Mais occupée à ranger son téléphone dans son sac, elle fonça tête baissée sur un client qui se trouvait en haut de l'escalier.

— Désolée, monsieur, je… Xander !

Elle se figea sur place. En trois secondes, son cœur s'était mis à cogner follement dans sa poitrine.

— Qu'est-ce que tu fais là ? demanda-t-il. Je croyais que tu n'étais pas libre ce soir.

— Non, parce que… je suis déjà accompagnée.

— Ah, d'accord.

Que signifiait ce « d'accord » ? Xander était-il déçu ? Comment lui faire comprendre qu'elle n'avait pas l'habitude de sortir ? Elle ne pouvait pas lui raconter sa vie en trente secondes, d'autant qu'elle risquait de se trahir.

— Et toi ? Tu es venu avec quelqu'un ? s'enquit-elle.

— Non, je suis seul… Allez, ne fais pas attendre ton copain. Bonne soirée, conclut-il en s'écartant.

Elle passa devant lui sans rien dire.

Sa soirée avait maintenant toutes les chances d'être meilleure. Il fallait juste que Stephen disparaisse de la circulation, et si sa mère jouait bien le jeu, c'était une question de minutes.

Xander suivit Chloe du regard quelques secondes avant de rejoindre le bar.

Après s'être installé, il fit signe au serveur de lui apporter sa bière habituelle et appuya les coudes sur le comptoir, dépité.

Pourquoi cette femme le perturbait-elle à ce point ? Lui d'habitude calme et réfléchi, il perdait tout bon sens dès qu'elle se trouvait dans les parages.

Il avait été d'autant plus déstabilisé qu'il ne s'attendait pas à la voir. Les infirmières et les médecins fréquentaient un pub plus proche de l'hôpital. Lui, il avait choisi celui-ci par commodité car il était tout près de son logement de fonction, que l'ambiance était chaleureuse et la nourriture excellente. Or, il détestait cuisiner le soir…

Perdu dans ses réflexions, il vit à peine le barman poser un verre devant lui. Et il eut l'impression d'halluciner quand une voix familière s'éleva contre son oreille.

— Puis-je m'asseoir ?

Il tourna la tête, médusé.

Chloe était bien là, souriante.

Il sentit son cœur bondir : avait-elle renoncé à ses projets pour lui ?

Cette simple idée le mit en joie, tandis qu'une exaltation familière se réveillait au creux de sa poitrine.

— Et ton ami ? demanda-t-il, alors que Chloe se perchait sur le tabouret voisin du sien.

— Il est parti. Et moi, j'ai fait semblant de partir, et je suis revenue.

— Quoi ? Mais non !

Quand elle éclata de rire, une incroyable sensation de bien-être l'envahit. Il ne s'était pas rendu compte autrefois à quel point il aimait son rire.

— C'était un premier rendez-vous, et on n'avait aucun atome crochu, alors…

— Ce sont des choses qui arrivent. Puis-je réitérer mon invitation, maintenant ? ajouta-t-il, malicieux.

— Avec plaisir… Si je ne te dérange pas.

— Bien sûr que non, au contraire. Je n'attendais personne.

Il avait bien quelques amis à Londres, mais ils étaient mariés et pères de famille. Il les voyait à la salle de sport ou les week-ends, pas la semaine.

— Je viens dîner ici tous les soirs parce que j'habite le quartier, précisa-t-il.

Au même moment, le serveur lui apporta une assiette copieusement garnie d'un hamburger et de frites. Il sourit à Chloe.

— As-tu dîné ?

— Non, mais je n'ai pas faim. Je me contenterai d'un verre.

— Un gin tonic ?

— Oui, s'il te plaît, confirma-t-elle en se penchant pour prendre une frite dans son assiette.

Ce geste-là, elle l'avait souvent fait à Broken Hill. Elle commandait un plat mais finissait toujours par picorer chez lui. Quels bons souvenirs il gardait de cette époque !

— Alors, raconte… Qu'est-ce qui n'a pas marché avec ton gars ?

Elle s'esclaffa. Elle ne semblait pas déçue, mais plutôt soulagée et même contente. Il trouvait sa bonne humeur contagieuse, sa beauté irrésistible.

— Stephen n'était pas mon genre, répondit-elle.

— Parce que tu as un genre, toi ?

— Oui, comme tout le monde !

Chloe n'en revenait pas que Xander se soit rappelé sa boisson favorite. Ce détail lui faisait plaisir, comme le fait qu'il semble apprécier sa compagnie.

Plus elle y pensait, et plus elle se félicitait d'être revenue. Après une brève hésitation, elle avait rappelé sa mère pour lui dire qu'elle avait croisé d'autres amis et qu'elle ne rentrerait pas tout de suite. Puis elle avait fait demi-tour sur le trottoir, direction le pub, en scrutant les environs pour vérifier que Stephen était bien parti. Il n'aurait plus manqué qu'elle le croise à nouveau !

Quand Xander poussa son verre vers elle, sa jambe frôla la sienne sous le bar, et elle sentit un long frisson la parcourir.

C'était idiot, mais son corps réagissait comme autrefois. Rien n'avait changé.

— Je ne sais pas si tout le monde a un genre, répliqua Xander en souriant, mais je suis curieux de connaître le tien. Vas-y, dis-moi tout.

Elle but une gorgée de gin tonic pour balayer son trouble.

— J'aime les gens dynamiques, dit-elle enfin. Les personnes ouvertes, curieuses, partantes pour de nouvelles aventures. À condition qu'on les choisisse ensemble, évidemment. Bref, j'aimerais rencontrer quelqu'un qui mette du sel dans ma vie.

Comme Xander autrefois. Il avait été le seul, l'unique à lui faire éprouver ce genre de choses.

— Tu parles d'alchimie naturelle, je pense.

Elle opina en reposant son verre.

Ils avaient toujours été sur la même longueur d'onde. D'ailleurs, être assise là au bar, près de lui, avait quelque chose d'étrangement familier.

Sur le plan physique, Xander n'avait rien perdu de son pouvoir de séduction. Néanmoins, elle s'étonna de lire la même tristesse dans son regard. À l'époque, elle avait attribué cette mélancolie à son divorce, mais cinq ans après, il aurait dû tourner la page, non ?

Elle eut envie de poser la main sur son bras pour le réconforter, comme autrefois, et s'en abstint de justesse.

Elle n'était plus une jeune fille insouciante, mais une mère célibataire. Elle ne pouvait plus agir de manière aussi irréfléchie !

— Depuis quand habites-tu le pays de Galles ? demanda-t-elle pour balayer ses souvenirs.

Il fronça les sourcils d'un air perplexe.

— Je n'ai jamais vécu là-bas.

— Ah bon ? J'avais cru comprendre...

— J'ai fait un remplacement de six mois au service de secours héliportés de Cardiff. J'ai fini il y a quinze jours et, sincèrement, j'étais heureux que mon contrat se termine. L'hiver est rude là-bas. J'aurais plutôt dû y passer un été, conclut-il en souriant.

— Et cet été, justement, où iras-tu ?

L'air de rien, elle voulait se renseigner. S'il quittait Londres d'ici quelques semaines, pourquoi lui parler de Lily ? Cette confession risquait de mettre son équilibre familial en danger, or, elles étaient très heureuses ainsi. De plus, rien ne garantissait que Xander prendrait bien la nouvelle. Boire un verre en souvenir du bon vieux temps, c'était une chose. Accepter sa paternité, c'en était une autre.

— Je n'ai rien décidé, répondit-il.

— Tu vis... seul ?

— Oui. On est encore célibataires tous les deux. C'est dingue, non ?

Elle haussa les épaules, faussement désinvolte.

— Ce sont les hasards de la vie.

— Je ne crois pas aux coïncidences, Chloe.

Heu... Moi non plus, en fait.

Xander la tenait prisonnière de son regard, et elle comprit qu'elle était perdue. Quand il lui repoussa une mèche folle derrière l'oreille, elle dut se retenir de se jeter dans ses bras.

— Je suis vraiment content de t'avoir retrouvée, murmura-t-il. T'ai-je dit que j'habite au coin de la rue ?

Impossible de se méprendre sur cette invitation à peine déguisée. Néanmoins, elle ne pouvait pas céder à la tentation. Plus maintenant. Elle devait s'échapper avant de faire une bêtise.

— Oui, tu me l'as dit.

— Aimerais-tu venir boire un café chez moi ?

— Je ne bois jamais de café le soir, répliqua-t-elle en souriant.

— Oui, je m'en souviens. J'ai aussi des sodas et du gin...

— Ça ne t'embête pas si on remet ça à plus tard ? Je commence tôt demain.

— Mais non, pas du tout. Je comprends très bien.

Elle descendit de son tabouret, puis enfila sa veste.

— Je vais attendre un taxi avec toi, proposa Xander.

— Pas la peine. Je vais prendre le métro.

— C’est imprudent à cette heure-ci.

— Je rentre toujours en métro après mes gardes à l’hôpital, tu sais.

— Hum.

Xander la suivit dans la rue. Avisant un taxi, il fit un grand signe au conducteur, qui s’arrêta le long du trottoir.

— Laisse-moi régler ta course, s’il te plaît. Je serai plus tranquille.

— D’accord. Comme tu veux.

Il ouvrit la portière arrière de la voiture, mais au moment où elle allait monter, il la retint par la main.

Elle pivota vers lui et se figea, le cœur battant, les joues en feu.

— Tu dois vraiment y aller ? demanda-t-il d’une voix caressante.

Incapable d’articuler le moindre son, elle opina.

Alors il se pencha vers elle, et elle frissonna en sentant le contact tiède de sa bouche contre son oreille.

— Et si tu mettais un peu de sel dans ta vie, Chloe ?

Avant qu’elle ait pu répondre, il tourna légèrement la tête et l’embrassa sur les lèvres.

Ce fut d’abord un baiser léger, puis plus insistant, et elle y répondit de toute son âme.

Elle retrouvait le goût de Xander, la chaleur de son corps pressé contre le sien, la douceur de son étreinte. Le temps et l’espace s’étaient abolis d’un coup, comme s’ils n’avaient, chacun, vécu que pour l’instant magique où ils se retrouveraient dans les bras l’un de l’autre.

Les lèvres entrouvertes, elle explora la bouche gourmande de Xander. Il lui effleurait maintenant le visage, le cou, les épaules, et elle eut l’impression de perdre pied quand il glissa une main sous sa chemise pour lui caresser le dos.

Une ligne de feu lui irradia le ventre, et elle épousa plus étroitement son corps musclé, tous les sens en alerte.

Était-il possible de se consumer de désir à ce point ? Elle croyait avoir tout oublié, mais aujourd’hui, elle revenait à la vie après un long sommeil...

— Vous montez, oui ou non ?

La voix courroucée du chauffeur la fit sursauter. Elle s’écarta de Xander qui la dévisageait intensément. Il lui sourit et, du bout de l'index, traça le contour de son visage.

— Alors, qu'est-ce que tu décides ? chuchota-t-il.

Elle hésita.

Ce baiser l'avait propulsée dans un monde magique dont elle n'avait pas envie de sortir. Pour autant, céder à la tentation serait une très mauvaise idée. Xander l'ignorait, mais elle n'était plus la Chloe d'autrefois.

— Je vais rentrer, répondit-elle d'une voix rauque. C'est mieux comme ça.

Il opina et l'embrassa légèrement sur la joue. Tandis qu'elle s'installait, il contourna la voiture pour glisser un billet au conducteur, puis, planté sur le trottoir, il la regarda partir en lui envoyant un dernier baiser.

Elle se rejeta contre la banquette et ferma les paupières.

Même si elle était déçue et frustrée, elle était convaincue d'avoir pris la bonne décision. Elle n'était plus seule à présent. Xander venait de réapparaître dans sa vie, mais elle devait bien réfléchir à la place qu'elle souhaitait lui donner.

4

Chloe traversa le tarmac au pas de course. Au moment de monter à bord, elle vit la haute silhouette de Xander se profiler derrière la vitre de l'hélicoptère, et elle sentit son pouls s'accélérer.

C'était ridicule, mais elle attendait depuis trois jours de le revoir. Leur baiser lui avait mis le cœur en fête, réveillant un fol espoir en son cœur. Elle avait beau se traiter d'idiote et se dire que Xander n'avait peut-être pas éprouvé les mêmes émotions, rien n'y faisait, elle flottait sur un petit nuage.

Allons, elle devait rester prudente. La dernière fois qu'elle avait flotté sur un nuage de ce genre, elle était tombée enceinte...

Xander l'accueillit par un sourire lumineux, qu'elle lui rendit volontiers. Néanmoins, se sentant rougir, elle se concentra sur les attaches de son harnais.

Il n'aurait plus manqué que leurs coéquipiers soupçonnent quelque chose !

— Nous sommes appelés pour un accident de voiture sur l'autoroute, expliqua Rick. Deux ambulances et les pompiers sont déjà sur place. Il y a quatre patients. Deux personnes incarcérées et inconscientes, une troisième qui souffre de contusions légères. La quatrième personne est une femme enceinte de trente-six semaines en arrêt cardio-respiratoire. La réanimation est en cours.

— Elle aura sans doute la priorité, mais on refera le point en arrivant, commenta Xander.

La situation était susceptible d'évoluer rapidement. D'ici quelques minutes, les pompiers auraient peut-être réussi à désincarcérer les deux victimes bloquées. L'état de la future mère se serait peut-être amélioré, ou alors elle serait morte. Il y avait toujours beaucoup d'imprévus dans une expédition de secours aériens, et Chloe savait par expérience que mieux valait s'attendre au pire. Dans ce cas précis, elle comptait d'ailleurs cinq victimes potentielles, car à trente-six semaines de gestation, le bébé était viable...

Neuf minutes après le décollage, Simon se posa dans un champ en bordure de la M25, une des autoroutes menant à Londres.

Durant la phase d'approche, Chloe avait repéré les gyrophares des ambulances dans le brouillard près des voitures accidentées. Elle avait également vu que les pompiers découpaient toujours un amas de tôles broyées, signe que les opérations étaient loin d'être finies.

Elle se dépêcha de sortir et courut vers le lieu d'intervention, suivie par Rick et Xander.

Deux hommes en blanc étaient agenouillés auprès d'une jeune femme inerte, allongée sur une civière posée à même le sol. La femme était intubée, et l'un des ambulanciers actionnait un ballonnet à oxygène.

Un peu plus loin, sur la bande d'arrêt d'urgence, un secouriste pansait le front d'une dame d'âge mûr assise à l'arrière d'une ambulance. Cette personne avait-elle un lien de parenté avec la future mère ? C'était probable. Qui d'autre aurait pu dire que la malheureuse était enceinte de trente-six semaines ?

— Trente ans, arrêt cardiaque, annonça l'infirmier réanimateur. Elle a eu trois milligrammes d'atropine et huit d'épinéphrine en intraveineuse. Trauma crânien, cyanose de la face et hématome abdominal causé par la ceinture. On a peur qu'elle ne fasse une hémorragie interne.

— Il y a un échographe portable dans l'hélico, répondit Xander. Peut-on la bouger ?

— On peut essayer...

Les quatre hommes se mirent en devoir de déplacer la civière sans cesser la réanimation, tandis que Chloe maintenait la perfusion en place.

Sitôt dans l'hélicoptère, Xander découpa le T-shirt et le pantalon de la jeune femme, dont l'abdomen semblait extrêmement tendu.

L'échographie révéla bientôt ce qu'ils espéraient tous : le cœur du fœtus battait.

— Hémorragie interne, mais les saignements ont l'air de s'estomper, indiqua Xander. Vous réanimez depuis combien de temps ?

— Quatorze minutes. Elle était déjà en arrêt quand on est arrivés, six minutes après l'accident, précisa l'infirmier qui manipulait le ballonnet.

— On risque de les perdre tous les deux. Il faut tenter quelque chose.

Chloe comprit immédiatement de quoi il s'agissait : hélas, ils n'avaient qu'une seule option.

— Que veux-tu faire ? demanda Rick.

— Une césarienne, répondit Xander. Chloe m'assistera. Vous trois, vous continuerez la réanimation.

— As-tu déjà opéré en dehors d'un hôpital ? chuchota-t-elle.

— Une fois.

Son air triste lui fit comprendre que cela s'était mal passé. Néanmoins, elle refusait d'envisager une issue négative. Il fallait sauver cet enfant !

Elle se hâta de préparer les instruments nécessaires puis badigeonna l'abdomen de désinfectant. Ensuite, tout alla très vite : quatre minutes plus tard, Xander mettait au monde un petit garçon, qu'il lui tendit pour le premier examen.

— Aucune trace de méconium, cordon intact, placenta intact, précisa-t-il.

Le bébé était rose, mais flasque, et il ne pleurait pas. Il ne réagissait pas non plus aux stimuli, et elle n'observa aucun mouvement respiratoire tandis que le cœur battait à soixante battements par minute. Au bout du compte, elle releva un score d'Apgar de 3 sur 10.

C'était limite. Très limite. Le temps pressait, mais elle devait agir sans paniquer.

Elle frictionna vigoureusement le bout de chou à l'aide de serviettes pour le réchauffer et le stimuler en même temps. Sans succès, hélas. Après l'avoir emmailloté, elle prit donc de l'oxygène dans sa mallette.

Xander, qui recousait l'abdomen de la patiente, lui jeta un coup d'œil par-dessus son épaule.

— As-tu besoin d'aide ?

— Oui. Le bébé ne respire toujours pas. Prépare-toi à le ventiler, s'il te plaît.

Il enfila une paire de gants propres puis se posta près d'elle. Néanmoins, malgré l'apport d'oxygène, le rythme cardiaque restait lent et la petite poitrine, désespérément immobile...

— On change de place, décida Xander. Je vais lui administrer de l'épinéphrine.

Suivant ses indications de dosage, elle prépara une seringue équipée d'une aiguille intra-osseuse. Il injecta le produit dans la moelle du tibia, et elle se mit à pomper l'oxygène dans le ballonnet placé sur la bouche minuscule de leur patient.

Ce qu'ils attendaient se produisit enfin : le nourrisson commença à respirer spontanément, bien que de manière désordonnée. Elle releva un score d'Apgar de 6 sur 10 au bout de cinq minutes car les réflexes demeuraient absents, mais le rythme cardiaque était remonté à cent pulsations, et la peau était bien rose, signe d'une bonne oxygénation.

On avait frôlé la catastrophe ! Le bébé devrait être suivi de près à l'hôpital.

Xander donna bientôt le feu vert pour décoller.

Chloe ne quitta pas son protégé du regard durant le trajet, et le suivit après l'atterrissage jusqu'au service de réanimation néonatale.

Certes, elle n'était plus responsable des soins, mais elle voulait veiller sur lui, car il n'avait plus de maman, hélas.

Le chef des urgences avait officiellement prononcé le décès de la mère, qui n'avait jamais recommencé à respirer malgré les efforts de Xander, de Rick et de l'infirmier secouriste. Qui allait s'occuper de cet enfant ? Il fallait espérer que le père serait présent dans l'histoire.

Puis elle se rappela la dame âgée assise dans l'ambulance.

Qui était-elle ? Serait-ce la grand-mère du bébé ? Si oui, quelqu'un l'avait-il informée du drame qui touchait sa famille ?

Elle ne put s'empêcher de penser à sa propre situation.

Qui élèverait Lily s'il lui arrivait malheur un jour ? Bien sûr, sa mère était encore jeune, mais elle avait déjà éduqué trois enfants toute seule et ne méritait pas cela. Quant à ses frères, ils avaient leur propre vie. Ne serait-ce pas égoïste de sa part de cacher à Xander qu'il avait une fille ?

Si elle-même ne pouvait plus s'occuper de Lily, il devrait prendre le relais. Serait-il à la hauteur de la situation ? Quatre ans plus tôt, il ne souhaitait pas fonder de famille, mais peut-être avait-il changé ?

Allons, elle s'égarait. Le drame dont elle venait d'être témoin lui faisait broyer du noir. Laisser des hypothèses alarmistes tourner en boucle dans son esprit ne lui apporterait rien de bon. Elle devait se reprendre, très vite.

Chloe avait attendu d'avoir des nouvelles rassurantes du bébé pour quitter l'hôpital. Au bout d'une heure, il s'avérait que le pronostic était plutôt bon.

Le pire était passé. Il allait s'en sortir.

Au moment de gagner l'ascenseur, elle réalisa qu'elle portait toujours sa salopette maculée de sang et monta au dernier étage se changer.

Elle agissait comme un automate, les mains tremblantes. Aurait-elle seulement l'énergie d'aller jusqu'au métro ?

Il le faudrait bien. Elle ne pouvait pas rester là toute la nuit… Elle devait se ressaisir !

Mais, une fois dehors, elle sentit ses genoux fléchir. Elle traversa la rue et alla s'asseoir sur un banc. Elle voyait les gens passer dans un brouillard, elle flottait au-dessus du monde.

— Chloe, ça va ?

Elle se retourna et croisa le regard inquiet de Xander. Posté près d'elle, il la considérait en fronçant les sourcils.

— Oui, je… Non. Pas vraiment.

Consternée, elle sentit des larmes brûlantes lui inonder les joues.

— C'est à cause du bébé ?

— Non, il va bien… Mais sa mère est morte, ajouta-t-elle dans un sanglot.

— Oui, je sais. C'est terrible.

Elle essuya ses larmes d'un revers de main.

— Je suis désolée. Je ne sais pas ce qui m'arrive.

En réalité, elle le savait pertinemment. D'habitude, elle arrivait à cloisonner vie personnelle et travail, sauf que, aujourd'hui, elle n'y était pas parvenue.

Le retour de Xander avait-il déclenché cette hypersensibilité ? Ses deux mondes étaient entrés en collision de manière inattendue, et les événements du jour lui avaient fait mesurer l'étendue du problème : Lily n'avait qu'un parent. Si elle-même avait un accident ou tombait malade, l'avenir de sa fille serait impacté.

C'est à peine si elle remarqua que Xander s'asseyait près d'elle. Elle émergea de sa torpeur quand un bras solide s'enroula autour de ses épaules.

— Ne t'excuse pas, répondit-il gentiment. La charge émotionnelle de nos métiers est parfois dure à supporter.

Elle s'abandonna contre lui en frissonnant. La brise printanière restait fraîche le soir. Elle peinait à se réchauffer malgré la présence de Xander.

— Tu es gelée. On s'en va, décréta-t-il, péremptoire, en la faisant se lever.

— Où veux-tu aller ?

— Chez moi. J'habite à deux cents mètres d'ici.

Incapable de protester, elle se laissa guider le long de la Tamise. Xander la tenait par la taille et ne la lâcha pas lorsque, quelques minutes plus tard, ils pénétrèrent dans le hall d'un immeuble récent.

Dans l'ascenseur, elle s'alanguit contre sa poitrine, apaisée par les battements réguliers de son cœur. Puis, tel un automate, elle le suivit dans un couloir moquetté d'un épais tapis, jusqu'à une porte qu'il déverrouilla à l'aide d'une carte magnétique.

Le vestibule de l'appartement débouchait sur un grand séjour avec cuisine ouverte. Après avoir allumé les lumières, Xander la fit asseoir sur le canapé et s'éclipsa quelques instants. Elle l'entendit ouvrir des portes de placard et mettre de l'eau sur le feu, mais elle ne se retourna pas, fascinée par la vue magnifique qui s'offrait à elle.

Ce logement ultramoderne était certes sans âme, mais les

baies vitrées offraient un panorama imprenable sur la ville. De là où elle se trouvait, elle distinguait le Parlement, Big Ben et la fameuse grande roue baptisée London Eye. Les gens qui se pressaient sur les trottoirs ressemblaient à des fourmis. Impossible de savoir s'ils étaient heureux ou malheureux. Tout avait l'air différent vu d'en haut...

— Tiens, ça va te réchauffer.

— Merci.

Xander venait de poser deux tasses de café et une assiette de biscuits sur la table basse. Il versa une goutte de brandy dans chaque mug puis s'installa à côté d'elle.

Elle eut l'impression que l'espace se rétrécissait d'un coup. La cuisse de Xander contre la sienne lui procurait une délicieuse sensation de chaleur... Elle crispa les doigts sur l'anse de son mug pour contenir ses tremblements. Ses mains lui faisaient l'effet de deux blocs de glace que rien ne parviendrait à réchauffer.

Elle rompit le silence, un peu gênée.

— La dame qui était à l'arrière de l'ambulance... Je me demande qui elle est.

— C'est la grand-mère du bébé, répondit Xander.

— J'imagine qu'on lui a appris les deux nouvelles, la mauvaise et la bonne ?

Il soupira.

— Tout à fait. C'est sa réaction qui t'inquiète ?

— Oui, mais pas seulement. Qui va s'occuper de ce petit garçon ? A-t-il un père ?

— Je crois que oui.

— Il devrait avoir sa maman aussi.

— On a fait tout ce qui était humainement possible pour la sauver, Chloe.

— Je le sais bien. Ce n'est la faute de personne, mais... C'est tellement injuste !

Xander lui tapota la main.

— Il est inutile de se tracasser quand on n'a aucun pouvoir sur les choses. C'est une leçon que la vie m'a apprise.

— Et moi, j'ai appris que c'est mieux de grandir avec ses deux parents ! J'avais sept ans quand mon père est mort, ajouta-t-elle.

Xander lui entoura les épaules et l'attira contre lui.

— Je suis désolé, chuchota-t-il. Veux-tu m'en parler ?

— C'est une histoire banale. Il était policier. Il est mort en service.

— Oh ! Chloe ! Ça a dû être vraiment dur pour ta famille.

— Oui. Ma mère nous a élevés seule, mes deux frères et moi.

Elle s'abstint de préciser que son père avait déjà quitté la maison lorsqu'il avait été tué. Elle lui en avait beaucoup voulu d'être parti. Ensuite, elle avait culpabilisé parce qu'elle n'avait pas eu le temps de se réconcilier avec lui. Elle avait longtemps gardé cette colère enfouie, et ses souvenirs demeuraient teintés d'amertume.

Elle leva sa tasse et but son café à petites gorgées.

Elle détestait évoquer le passé. Quatre ans plus tôt, elle n'avait rien dit de tout cela à Xander, et d'ailleurs, elle n'avait pas appris grand-chose de lui non plus. Ce genre d'échanges ne leur avait pas paru nécessaire.

Mieux valait qu'elle s'en aille. C'était la meilleure option pour éviter de trop s'épancher.

Elle posa son mug et voulut se lever, mais Xander couvrit ses deux mains des siennes.

— Tu as encore froid, Chloe.

Avant qu'elle ait pu réagir, il prit le plaid posé au bout du canapé, il lui en couvrit les épaules, et elle ne résista pas lorsqu'il la maintint serrée contre lui.

Qu'elle le veuille ou non, sa présence lui faisait du bien. Il l'attirait comme un aimant. Ça avait toujours été le cas…

— Personnellement, j'ai du mal à m'habituer au climat anglais, ajouta-t-il en souriant.

— Quand as-tu quitté l'Australie ?

— Je voyage depuis bientôt quatre ans. Je rentre à Adélaïde entre deux missions. Avant le pays de Galles, j'ai travaillé au Canada et en Afrique du Sud. Et encore avant, j'ai collaboré avec Médecins Sans Frontières. Ceci dit, c'est la première fois que je pars aussi longtemps. Je n'ai pas revu ma famille depuis plus d'un an. Je comptais rentrer à la fin de mon remplacement à Londres, mais…

— Mais ?

Il l'enveloppa d'un regard intense.

— Je ne suis plus sûr de vouloir partir. Disons que... Je crois au destin.

Elle y croyait aussi, mais avec prudence. Le destin peut apporter de bonnes ou de mauvaises choses. Il lui avait donné Lily tout en la privant de Xander...

— Peut-être la vie nous a-t-elle réunis pour une raison particulière ? ajouta-t-il.

Elle sursauta violemment.

Il ne croyait pas si bien dire, mais il risquait de tomber de haut !

En théorie, le moment semblait idéal pour lui parler de Lily, sauf qu'elle n'en avait pas le courage. Elle se sentait trop épuisée, physiquement comme mentalement. C'était peut-être lâche, mais tant pis.

Avec douceur, Xander lui souleva les jambes et les posa sur ses genoux. Puis il captura sa main et lui embrassa le bout des doigts.

— Tu m'as manqué, Chloe.

Elle s'abstint de répondre « moi aussi », craignant de révéler son secret. Si elle disait un mot de trop, le reste suivrait, or elle n'était pas prête pour cela.

Xander et elle avaient-ils perdu quatre ans précieux ? Leur histoire aurait-elle pu fonctionner ?

À son grand désarroi, les larmes jaillirent de nouveau.

— Ne t'en fais pas, c'est juste une mauvaise journée. Ça ira mieux demain, chuchota-t-il, se méprenant sur les causes de son désarroi.

Comme elle ne réagissait pas, il enchaîna.

— Veux-tu rester dîner ? Je pourrais commander du chinois ?

— Je... Je ne peux pas.

Sa mère et Lily l'attendaient à la maison. Elle n'avait pas prévu de rentrer tard, et elle voulait être à l'heure pour coucher la petite. Sa fille — *leur fille* — avait besoin d'elle. Cette petite puce resterait toujours sa priorité absolue.

Autant ne pas se mentir : elle voulait que les choses aillent plus loin avec Xander. L'alchimie qui existait entre eux n'avait pas disparu. Mais cette fois, il ne se passerait rien avant qu'ils aient eu une discussion sérieuse...

— Et on pourrait se voir demain ou dimanche ?

La question la fit sursauter. Absorbée dans ses réflexions, elle ne s'était pas rendu compte que Xander parlait toujours.

— Demain, ça va être difficile. Une de mes amies se marie dans quinze jours. Je suis demoiselle d'honneur, et on a un tas de choses à préparer.

— Et dimanche ?

— J'ai un repas de famille... Puis-je t'appeler plus tard ? On essaiera de trouver un moment.

— Ça marche. Passe-moi ton téléphone, je vais enregistrer mon numéro dessus.

La manipulation faite, elle rangea son mobile dans son sac, puis elle se leva et enfila son manteau.

— Attends, je te raccompagne, dit Xander. On va te trouver un taxi.

— Mais...

— Il n'y a pas de « mais ».

À cette heure-ci, ils n'eurent pas longtemps à attendre. Avant que Chloe monte en voiture, Xander lui donna un tendre baiser.

— Je resterai près du téléphone, dit-il.

Elle lui sourit.

— Le bon point avec un portable, c'est qu'on l'a toujours sous la main.

Il l'embrassa de nouveau.

— J'attendrai quand même. Avec impatience.

Planté sur le trottoir, Xander regarda le taxi s'éloigner, à la fois déçu et inquiet.

Chloe allait-elle lui téléphoner ? La balle était dans son camp. Elle semblait en avoir envie, mais quelque chose l'empêchait visiblement de renouer avec lui.

Étrange, tout de même. Leur attirance mutuelle n'avait pas disparu. La petite flamme était toujours là, et Chloe avait bien dû le sentir. En tout cas, lui, il aurait voulu franchir une nouvelle étape !

Quatre ans plus tôt, il avait été incapable de s'engager dans une relation. La maladie, la chimiothérapie, le divorce avaient laissé encore trop de traces pour qu'il impose ses problèmes à quelqu'un, surtout à une femme aussi gaie et lumineuse que Chloe Larson.

Il n'avait pas prévu de s'attacher à elle, et pourtant c'était arrivé. Néanmoins, cela n'avait rien changé au problème : il avait besoin de temps pour se reconstruire.

À présent, la situation était différente. Il allait bien et avait tiré un trait sur le passé. Seule ombre au tableau, il n'était pas heureux. Rien ni personne n'avait pu combler le vide laissé par Chloe le jour de son départ. Il ne l'avait jamais remplacée… Sans doute parce qu'elle était irremplaçable.

Et maintenant, il croisait les doigts pour qu'elle revienne dans sa vie, en espérant qu'il ne soit pas trop tard.

— Alors, ton apéro s'est bien passé, l'autre soir ?

Chloe jeta un regard oblique à Esther.

Elle avait envoyé à celle-ci un SMS résumant le fiasco de la soirée, mais pour une fois, la nouvelle n'avait pas dû se propager, puisque Carly venait de poser la question qui fâche.

Elles s'étaient donné rendez-vous dans un magasin de robes de mariée pour choisir des tenues de demoiselle d'honneur. Si ses amies semblaient juger l'endroit idéal pour cette conversation, elle-même n'avait aucune envie d'épiloguer.

— Non, répondit-elle en soupirant. C'était la catastrophe. Une perte de temps. On n'avait rien à se dire. Esther le sait déjà, je lui ai demandé de ne plus jouer les marieuses.

— Tu as peut-être baissé les bras trop vite, protesta Carly.

— Absolument pas. Et d'ailleurs, au final, j'ai passé une excellente soirée.

Elle s'interrompit, car une vendeuse venait d'entrer dans le salon d'essayage où elles se trouvaient, apportant plusieurs tenues de styles et de coloris variés.

Après le départ de la jeune femme, Carly sélectionna une robe rose, puis elle se tourna vers Chloe.

— Qu'entends-tu par « excellente soirée » ?

— Je ne suis pas rentrée tout de suite.

— Quoi ? s'écria Esther. Espèce de cachottière !

— Tu ne méritais pas d'avoir un scoop, considérant la galère où tu m'avais envoyée ! Mais bref… Après le départ de Stephen, un gars au bar m'a proposé un verre, et j'ai accepté.

Elle se glissa dans une robe de cocktail vert émeraude, tout sourire.

— Remonte la fermeture, Esther, s'il te plaît.

La future mariée s'exécuta, bouche bée. Visiblement, elle digérait l'information.

— Tu as le numéro de ce type ? demanda-t-elle enfin. Tu vas le revoir ?

— Oui. Il est médecin au service de secours héliportés.

— Super ! Non, pas de rose, c'est trop vif. Le vert, peut-être… Je voulais dire, vas-tu le revoir en dehors du travail ?

— Sans doute.

— Quand ? insista Carly.

— Je ne sais pas encore. On doit caler une date.

— Pourquoi ne l'amènerais-tu pas à l'anniversaire de Harry, jeudi soir ? suggéra Esther. Je n'inviterai pas Stephen, c'est promis, ajouta-t-elle en riant.

Chloe envisageait plutôt une sortie en tête à tête, mais au fond, pourquoi pas ? Elle se sentirait moins tendue en présence d'autres personnes. Et puis, elle ne serait pas obligée de parler de Lily…

— Je vais y réfléchir, déclara-t-elle. Bon, ce n'est pas tout ça, mais on a des robes à trouver.

Carly lui fit un clin d'œil.

— D'accord. J'aime bien la bleu marine, là…

Esther hocha vigoureusement la tête.

— Oui, elle est super. Sobre, élégante, tout ce que j'aime. Essayez-la donc.

La conversation s'arrêta là, au grand soulagement de Chloe.

Elle estimait qu'elle en avait déjà trop dit. Mais, connaissant les filles, ce n'était sans doute que partie remise.

5

— Alors, on s'amuse bien ?

Chloe pivota vers Guy en souriant.

Toutes les femmes présentes aux portes ouvertes de la caserne lançaient des regards admiratifs vers son jeune frère, qui portait magnifiquement la tenue de pompier. Toutefois, ces demoiselles perdaient leur temps si elles espéraient capter l'attention de Guy. Il était fou amoureux de Hannah, la petite amie avec qui il sortait depuis deux ans et qui serait bientôt sa fiancée.

— Lily s'éclate, répondit-elle.

Chaussée de bottes en caoutchouc, sa fille sautait dans les flaques d'eau qui inondaient le sol après la démonstration de la lance à incendie, comme tous les autres gamins.

Guy s'esclaffa.

— C'est à toi que je posais la question. Je ne t'ai pas invitée que pour Lily. Je voulais que tu rencontres des gens. Mes collègues célibataires, par exemple...

— Mais qu'est-ce qui te prend ?

— À ce train-là, tu vas finir vieille fille. Tu passes toutes tes soirées avec maman. Il faudrait quand même fréquenter des gens de ton âge.

— Ah non, tu ne vas pas t'y mettre ! protesta-t-elle.

— Comment ça ?

— Tout le monde essaie de me caser. Esther, Carly et toi êtes en couple, et tant mieux pour vous. Mais tu sais que je fonctionne autrement. Je ne crois pas à l'amour éternel.

Son entourage la croyait échaudée par le divorce de ses parents, mais le problème était ailleurs. Elle avait déjà donné son cœur à quelqu'un — à Alexander Jameson — et l'histoire s'était mal terminée. Bien sûr, elle était très heureuse d'avoir Lily, mais aucun homme n'avait pu remplacer Xander…

— As-tu pensé à maman ? fit Guy. Elle voudrait peut-être refaire sa vie…

Elle dévisagea son frère, estomaquée.

Jamais, au grand jamais, elle n'avait vu la question sous cet angle !

— Maman t'a dit quelque chose ? Est-ce qu'on la gêne, Lily et moi ?

Guy éclata de rire et secoua la tête.

— Bien sûr que non. Je voulais juste te secouer un peu. Sérieusement, Chloe, tu n'as aucune vie personnelle. Fais quelque chose !

— Écoute, c'est… C'est un peu compliqué en ce moment.

— Pourquoi ?

Elle n'hésita qu'une seconde. Malgré son jeune âge — vingt-trois ans —, Guy avait la tête sur les épaules et une grande intelligence émotionnelle.

— Xander est à Londres, lâcha-t-elle. Il travaille au service de secours héliportés.

— Xander ? *Le* Xander d'Australie ?

Guy jeta un coup d'œil en direction de Lily, que leur mère avait emmenée s'asseoir au volant d'un camion de pompiers.

— Oui, indiqua-t-elle.

— Il sait ?

— Pas encore, mais je vais lui parler. Il faut juste que je trouve le bon moment. Il vient d'arriver, et il va recevoir un choc. On doit d'abord refaire connaissance.

— Agirais-tu de la même façon s'il avait été un amant de passage ? Prendrais-tu autant de précautions ?

— Je n'ai jamais eu d'amant de passage ! protesta-t-elle.

Elle n'aurait pas pu accepter une nuit d'amour avec Xander et jouer les indifférentes le lendemain. Entre eux, il y avait beaucoup plus, même si l'issue était connue dès le départ.

— Toi, tu voudrais savoir ? reprit-elle.

— Naturellement, quelle question ! À ta place, je n'attendrais pas. Plus tu tardes, plus il risque de te reprocher ton silence. Et il aura raison.

Elle soupira.

— Je ne vais pas garder le secret longtemps. Il part dans trois semaines.

— Alors, débrouille-toi pour passer un maximum de temps avec lui. Pourquoi ne dînerait-on pas ensemble tous les quatre, un de ces soirs ?

— Tu veux dire… Toi et Hannah, et Xander et moi ?

— Oui, pourquoi pas ? Tu n'auras qu'à lui dire que, en tant que pompier, j'aimerais avoir quelques infos sur ses missions de sauvetage. Cela nous donnera l'occasion de faire connaissance. Quoique… Hannah est en période d'examens, et elle est épuisée. On devrait plutôt demander à Tom.

— Ah non ! protesta-t-elle.

Elle imaginait déjà ses frères mettant Xander sur le gril. C'était inenvisageable.

— Avec vous, il pensera que c'est l'Inquisition, reprit-elle. Et puis, il faut bien que Hannah mange le soir aussi. Elle ne doit pas s'épuiser au travail.

— Sincèrement, elle m'inquiète. Je la trouve très tendue. Elle dort mal, elle s'agite, elle est fatiguée en permanence. Je ne sais pas quoi faire pour l'aider.

— A-t-elle consulté ? Elle a peut-être attrapé un virus ou une mononucléose.

— Non. Elle dit que c'est le stress.

— Mange-t-elle bien, au moins ?

— Chez elle oui, parce que sa maman cuisine beaucoup. Le midi à la fac, je n'en suis pas sûr.

— Hum. Je pense que vous allez venir dîner à la maison, tous les deux. Si on va chez toi, elle risque encore de se fatiguer. Et je lui parlerai. Ce serait bien qu'elle voie le médecin.

— Oui, effectivement. J'ai hâte qu'on s'installe ensemble après ses examens. Au moins, je pourrai la surveiller tous les jours.

Elle tapota l'épaule de son frère.

— Cela viendra vite, répliqua-t-elle gentiment. Il faut juste avoir un peu de patience.

Ce dimanche matin, en montant dans l'hélicoptère, Xander se félicitait d'être de garde. Au moins, le travail lui occuperait l'esprit et l'empêcherait de penser à Chloe.

Malgré sa promesse, celle-ci ne lui avait pas téléphoné, et même s'il avait son numéro, il s'était abstenu de l'appeler pour ne pas lui mettre la pression.

Avait-elle conscience que le temps filait vite ? Il avait déjà effectué la moitié de son contrat, et il rentrerait chez lui d'ici trois semaines…

En tout cas, c'était ce qu'il avait prévu avant de la revoir. Au fond, rien ne l'obligeait à partir puisqu'il avait une ascendante anglaise — sa grand-mère maternelle. Pour cette raison, il avait une autorisation de séjour permanente.

Mais pourquoi s'éterniser si sa relation avec Chloe n'évoluait pas ?

Agacé, il mit son casque pour écouter les informations relayées par Jeff, le pilote.

— On ne sait pas grand-chose, dit celui-ci. Jeune femme, vingt-deux ans, inconsciente. Sa mère l'a trouvée en train de convulser sur le carrelage de la salle de bains. Aucun antécédent d'épilepsie.

Tandis que l'appareil prenait de la hauteur, il s'absorba dans la contemplation du magnifique paysage urbain qui s'offrait à sa vue.

Le soleil matinal se reflétait dans les eaux scintillantes de la Tamise. Vu d'en haut, tout était calme et silencieux…

Le calme avant la tempête.

Ici ou en Australie, son métier ne changeait pas. Il l'exerçait juste dans un cadre différent, mais il devait admettre que les bruns et les ocres de la terre australe lui manquaient parfois.

Voyant que Jeff entamait ses manœuvres d'approche, il se focalisa sur le présent.

Ce n'était pas le moment d'avoir le mal du pays. Il avait une mission à accomplir.

— Elle est là !

Guidés par la mère de famille, Xander et Rick débouchèrent dans la salle de bains où se trouvait leur patiente.

Les deux secouristes dépêchés sur les lieux avaient mis la jeune femme en position latérale de sécurité. Ils leur confirmèrent que celle-ci respirait, mais sans avoir repris connaissance.

Allongée sur le carrelage, elle avait une coupure au front. Du sang séché maculait la racine de ses cheveux noirs et sa joue gauche.

— Tension 15 sur 10, annonça l'infirmier qui vérifiait les constantes. Rythme cardiaque 92. Saturation en oxygène 97 %. Température 38, 6 °C.

Xander se rembrunit. Agenouillé près de la patiente, il avait déjà palpé son bras nu et avait trouvé sa peau moite, chaude.

Pourquoi était-elle hypertendue ? Pourquoi avait-elle de la fièvre ?

Il prit une petite torche dans sa mallette et vérifia que les pupilles de la jeune fille réagissaient à la lumière.

Par chance, c'était le cas. On pouvait très certainement éliminer le traumatisme crânien. C'était déjà quelque chose, mais cette perte de conscience ne lui disait rien qui vaille.

Il pivota vers la maman qui, plantée sur le seuil, se tordait les mains d'angoisse.

— Que s'est-il passé ? demanda-t-il d'un ton doux.

— Elle... est allée se coucher tôt hier soir. Elle ne se sentait pas bien. Vers minuit, je suis allée la voir. Elle dormait. Et puis, ce matin, je l'ai entendue tomber. J'ai couru à la salle de bains. Elle avait des convulsions. Ça s'est vite arrêté, mais je n'ai pas pu la réveiller.

Quand la mère fondit en larmes, le second infirmier lui entoura les épaules en un geste de réconfort.

Cette crise était, au bas mot, inquiétante et la pauvre dame l'avait bien compris.

— Y a-t-il des personnes épileptiques dans vos familles ? s'enquit Xander.

— Pas que je sache.

— D'accord. Et quand vous dites qu'elle ne se sentait pas bien... Quel était le problème ? Avait-elle mal quelque part ?

— Elle avait la migraine et très mal au ventre.

— Des nausées ?
— Il me semble que non. En tout cas, elle n'a pas vomi.
— Avait-elle bu de l'alcool ?
— Non, pas du tout ! Elle est en pleine période d'examens. J'ai cru qu'elle se rendait malade à cause du stress.
Xander hocha la tête.
Tout en glanant des informations, il menait son examen clinique. Il remarqua ainsi que sa patiente, de corpulence mince, avait les mains et les pieds très gonflés. Et lorsqu'il glissa un stéthoscope sous son T-shirt ample, il nota sans surprise une respiration irrégulière et un pouls rapide.
Avec l'aide de Rick, il installa les électrodes de l'électrocardiographe. Pourquoi la jeune femme avait-elle un ventre si tendu alors qu'elle était presque maigre ? C'était incompréhensible. Sauf si...
Palpant l'abdomen, il sentit une masse dure dans le quadrant supérieur droit, juste au-dessous du foie.
Voilà. Il avait sans doute identifié le problème.
— Se pourrait-il que votre fille soit enceinte, madame ?
La maman le considéra d'un air effaré.
— Quoi ? Mais non !
— En êtes-vous certaine ?
Tous les symptômes concordaient. Et s'il avait vu juste, la patiente était en train de faire une prééclampsie. Or, cette montée de tension pouvait être extrêmement dangereuse.
— Oui ! Elle a toujours ses règles... Du moins, je crois.
— Électrocardiogramme normal, annonça Rick.
Xander était pourtant sûr d'avoir touché juste. Il aplatit la main sur l'abdomen de la jeune fille, attendit... Au bout de quelques secondes, il sentit un mouvement très net sous sa paume. Il y avait un pied ou un coude à cet endroit-là. C'était une évidence.
Il remit son stéthoscope en place et posa l'extrémité sur le ventre à la recherche d'un rythme cardiaque fœtal. Il se concentra, perçut un écho vigoureux...
Cent trente-cinq pulsations par minute. Bingo !
— Peux-tu poser une perfusion de glucose et d'antibios, Rick, s'il te plaît ? Fais aussi un prélèvement sanguin pour un bilan complet, et ensuite, on fonce à l'hôpital.

— Mais… Que se passe-t-il ? demanda la maman d'un ton anxieux.

En théorie, il n'avait pas à donner d'informations confidentielles, mais vu la situation, il n'avait guère le choix.

— Votre fille est enceinte, expliqua-t-il. Elle fait très probablement une crise de prééclampsie, à savoir de l'hypertension associée à l'apparition de protéines dans les urines. La seule solution est de faire une césarienne en urgence. Pour cela, nous avons besoin de votre consentement.

La dame s'accrocha au bras de l'infirmier comme si elle allait tomber.

— Je sais que vous avez reçu un choc, mais le temps presse, reprit gentiment Xander.

— Bien sûr. Je… Je comprends. Faites le nécessaire. Je vous en prie, sauvez ma fille… Et son bébé.

Chloe et ses collègues se trouvaient déjà sur le toit de l'hôpital quand l'hélicoptère apparut.

Dès la fin des manœuvres, elle se précipita vers Xander et Rick, qui avaient jailli de l'appareil en poussant un brancard.

Xander tendit une fiole à l'infirmière urgentiste :

— Carla, tu fonces au labo ! Bilans prioritaires, je veux les résultats le plus vite possible. Merci.

Puis il se tourna vers Chloe.

— Prééclampsie, ajouta-t-il. Sans doute pas très loin du terme.

— Sans doute ? répéta-t-elle, surprise.

— C'est un peu compliqué. La maman ignorait que sa fille était enceinte. On a une future mère inconsciente et aucun suivi médical. J'ai fait des mesures pour évaluer la taille du bébé. À mon avis, il a passé les trente-quatre semaines.

Chloe, qui se tenait au pied de la civière, distinguait un ventre très légèrement arrondi, bien en deçà de la moyenne. Mais la jeune fille, dont le visage était recouvert d'un masque à oxygène, paraissait grande. À cet âge-là, la peau et les muscles sont fermes. Sa morphologie avait-elle rendu la grossesse invisible ou presque ?

— Il faut faire une échographie, ajouta Xander. On n'a pas eu le temps à bord. Il y a un appareil portatif au bloc, j'imagine ?

— Bien sûr. Raphaël Dubois, un de nos obstétriciens, attend déjà en bas. J'ai aussi fait descendre l'anesthésiste de garde et deux infirmières.

Tout en parlant, ils étaient entrés à l'intérieur. Ils coururent vers les ascenseurs, où l'échange d'informations se poursuivit, Xander résumant ce qu'il s'était passé.

— J'imagine que la mère a dû recevoir un choc, commenta Chloe. A-t-elle signé le formulaire ?

— Oui. Nous avons l'autorisation d'opérer.

Quand la porte de l'ascenseur s'ouvrit, ils se ruèrent dans le couloir, Xander poussant et Chloe dirigeant la civière. Alors, tout se passa très vite. Une infirmière les orienta vers la salle 2, où l'équipe d'obstétrique prit le relais.

Tout se déroulait le mieux du monde, mais quand l'anesthésiste retira le masque à oxygène du visage de la patiente, Chloe eut un violent coup au cœur.

— Oh ! mon Dieu ! Hannah ! s'écria-t-elle.

— Tu la connais ? demanda Xander.

— C'est ma future belle-sœur, la copine de mon frère Guy !

— Te sens-tu capable de m'assister ? intervint Raphaël.

— Oui, répondit-elle d'un ton ferme. Ça ira. Je veux rester.

Mille questions se bousculaient dans sa tête. Pourquoi Guy et Hannah avaient-ils gardé le secret ? Ce devait être une erreur de diagnostic… À moins que Guy lui-même ne sache rien ? Cet enfant était peut-être d'un autre père ?

Non, impossible. Hannah et Guy s'aimaient profondément. Il devait y avoir une explication logique.

Balayant ses interrogations, elle se rapprocha de la table. Quand le biper de Raphaël sonna, il regarda le message en fronçant les sourcils.

— J'ai les résultats du labo. Enzymes du foie élevés et plaquettes basses. Il n'y a pas une minute à perdre.

Ainsi, Xander avait touché juste.

Chloe le chercha du regard, mais il avait disparu de son champ de vision. Sans doute avait-il quitté le bloc.

Elle aurait tant voulu qu'il reste…

Habituée aux urgences, l'équipe prépara Hannah pour l'opération en un temps record. Après l'anesthésie, Raphaël incisa l'abdomen, et moins de trois minutes plus tard sortit de l'utérus un petit garçon qui avait l'air en bonne santé.

Comme souvent, Chloe s'occupa des premiers soins : nettoyage des yeux et des voies respiratoires, pesée, toilette. À deux kilos huit cents grammes, ce bout de chou devait être né près du terme, et il se portait bien. Pour preuve, son score d'Apgar s'élevait à 8 sur 10 !

La pédiatre confirma rapidement que tout était en ordre. Le Dr Granger demanda néanmoins le transfert du bébé en réanimation néonatale, où le nouveau-né resterait quelques heures en observation.

Chloe l'y emmena elle-même, bouleversée, en songeant que cet adorable petit bonhomme était son neveu. Le fils de Guy… Guy qui ne savait probablement rien !

Tiraillée entre l'envie de rester et la nécessité de prévenir son frère, elle passa le relais et descendit au vestiaire pour récupérer son téléphone.

Guy travaillait ce jour-là, mais elle devait absolument lui laisser un message. Et, bien sûr, elle l'accueillerait elle-même quand il arriverait à l'hôpital. C'était la moindre des choses.

Chloe arpentait le hall des urgences lorsqu'elle vit Guy, toujours en uniforme, franchir les portes coulissantes comme une tornade.

Elle se précipita vers lui et le prit dans ses bras.

— Que s'est-il passé ? s'écria-t-il. Hannah va bien ?

Dans son SMS, Chloe lui avait juste dit qu'Hannah avait été hospitalisée pour un malaise, mais que ses jours n'étaient pas en danger. Elle n'avait pas parlé du bébé, trouvant difficile d'expliquer la situation par texto.

— Elle est groggy, répondit-elle. Ça ira mieux demain.

— Où est-elle ? Je veux la voir !

Préférant lui apprendre la vérité et le rassurer à l'abri des regards indiscrets, Chloe entraîna son cadet vers une des salles familiales.

— Assieds-toi, suggéra-t-elle, le poussant vers une chaise. Hannah est en réanimation. Elle a dû être opérée.

— Mais… De quoi ?

Elle avait anticipé ce moment, réfléchi aux mots qu'elle allait employer, sans trouver de formule idéale. La meilleure solution était de ne pas tourner autour du pot.

— Savais-tu qu'elle était enceinte ?

— Enceinte ? répéta Guy en se levant d'un bond. Quoi ? Mais non ! C'est pour ça qu'elle n'allait pas bien ?

Il marqua une pause, puis ajouta plus calmement :

— Essaies-tu de me dire qu'elle a fait une fausse couche ?

— Non ! J'essaie de te dire qu'elle vient d'avoir un bébé.

Cette fois, Guy la dévisagea comme si elle avait perdu la raison.

— Je n'y crois pas. Répète un peu ça…

— Hannah a eu un bébé, déclara-t-elle en détachant les mots. J'ai assisté à l'accouchement.

Elle lui laissa le temps d'absorber le choc, le fit rasseoir, puis lui raconta les événements de la journée.

— Un bébé… Un bébé… C'est incroyable, bafouilla-t-il. Est-il viable ?

— C'est un petit garçon en parfaite santé. Il est magnifique.

— Et Hannah va bien aussi ?

— Ils vont très bien tous les deux.

Le visage de Guy se décrispa d'un coup. Il se releva en souriant.

— Je peux les voir ?

Surprise, elle le considéra. N'avait-il plus de questions à poser ? Cette révélation extraordinaire lui avait peut-être fait perdre le sens des réalités. Par exemple, il ne semblait pas mettre sa paternité en doute…

Elle ouvrit un placard, d'où elle sortit une paire de gants et une tenue de bloc.

— Bien sûr, mais il faut d'abord te laver les mains et le visage, et enfiler ça. Je vais t'emmener au vestiaire.

Après qu'il se fut changé, ils gagnèrent la nursery, car le bébé, en pleine forme, avait déjà quitté la réanimation néonatale. Elle présenta Guy comme son frère et le père du nourrisson, ce qui leur valut de chaleureuses félicitations de la part des puéricultrices.

Penché sur le berceau de son fils, il eut un sourire émerveillé. Il semblait heureux et pas inquiet pour deux sous.

— Oh… Mon petit gars est adorable, chuchota-t-il. Mais dis-moi, il est déjà gros pour un prématuré.

— Il n'est pas prématuré. Nous pensons que Hannah était enceinte de trente-sept semaines au moins.

Guy eut un sursaut et pivota vers elle.

— C'est impossible ! Je ne savais même pas qu'elle était enceinte.

— Apparemment, sa mère non plus. Et même moi, quand je l'ai vue pour la dernière fois, il y a trois semaines, me semble-t-il…, je n'ai rien remarqué alors que je suis sage-femme.

— Pourquoi ne nous a-t-elle rien dit ?

Il n'y avait qu'une raison logique, mais Chloe préféra se taire. Son silence dut néanmoins la trahir, car Guy secoua vigoureusement la tête.

— N'y pense même pas ! Je suis le père de ce bébé. Hannah ne m'aurait jamais trompé.

Elle opina sans répondre. Si Guy croyait à ce scénario, elle-même n'avait aucune raison d'en douter. Après tout, il était le mieux placé pour faire confiance à son amie.

— Il y a peut-être une autre explication, hasarda-t-elle. Il se pourrait qu'elle ne se soit aperçue de rien.

— Quoi ? Une femme doit bien se rendre compte qu'elle est enceinte !

— Pas toujours. Hannah est grande, sportive, avec des abdos fermes. Le bébé avait la place de se loger dans son ventre sans qu'elle grossisse trop. De plus, il arrive que certaines femmes enceintes aient des saignements légers. Si c'était le cas, elle ne s'est peut-être jamais posé la question.

— Donc, pour toi, elle n'était pas malade à cause du stress, mais « juste enceinte » ? questionna Guy en traçant des guillemets dans les airs.

— Le gynéco nous en dira plus, mais oui, c'est possible.

À présent, elle s'en voulait presque d'avoir douté de Hannah. Elle avait cherché l'explication la plus simple, mais en médecine, tout ne l'est pas forcément…

Elle pivota vers le berceau et sourit.

— Veux-tu prendre le bébé ?

— J'ai le droit ?

— Bien sûr.

Elle souleva le bout de chou avec délicatesse et le cala dans les bras de Guy, qui contempla son fils, l'air émerveillé.

— Il est trop beau !

Chloe était à cent pour cent d'accord. Né par césarienne, son neveu avait la peau rose et lisse, les traits reposés. Le crâne avait une forme parfaite, signe qu'il ne s'était pas encore engagé dans le périnée lorsque Hannah avait eu ses convulsions.

Émue, elle se rappela quel bonheur c'était de tenir son bébé dans les bras pour la première fois. L'amour et la joie inconditionnelle que l'on éprouve à ce moment-là se reflétaient maintenant sur les traits de Guy. Malgré son jeune âge, il serait un excellent père. Après tout, elle-même avait eu Lily à vingt-quatre ans, et elle s'en était sortie !

— Je voudrais voir Hannah, chuchota-t-il.

— Oui, c'est normal. Monte en réa, je vais m'occuper de ce jeune homme.

Disant cela, elle prit son neveu et le cala au creux de son coude. Il eut un adorable bâillement, se rendormit, et elle le contempla, émerveillée. Puis elle releva la tête.

— La mère de Hannah est là-haut. Elle devra quitter la chambre et attendre dans le couloir. Les malades en réa n'ont droit qu'à un visiteur à la fois.

— Tu ne viens pas ?

— J'aimerais bien, mais je voudrais passer du temps avec Lily. Viens donc dîner à la maison ce soir. Tu ne vas pas rester tout seul.

— D'accord. Merci, grande sœur. Merci pour tout.

Après le départ de Guy, elle câlina un moment le bébé endormi puis le replaça dans son berceau.

Elle devait partir, à présent. Sa nouvelle journée — celle de maman — allait bientôt commencer.

Elle gagna l'ascenseur, attendit.

Comme par hasard, les portes s'ouvrirent sur Xander, qui se trouvait déjà dans la cabine.

Rien qu'à le voir, elle eut envie de pleurer. La fatigue et les émotions du jour l'avaient rendue hypersensible et elle aurait mille fois préféré ne pas tomber sur lui.

— Chloe ? Ça va ?

Elle s'adossa à la paroi pour résister à l'envie de se serrer contre lui.

— Bof. Rude journée, répondit-elle d'une voix tremblante. Ce n'est pas tous les jours qu'on voit naître son neveu, surtout dans ces circonstances.

— Ton frère était-il au courant ?

— Non, personne ne savait. Ni la mère de Hannah ni Guy.

— Mais il pense être le père ?

— Il en est certain, et ce n'est pas à moi d'en juger.

— Oui, je comprends… Comment va le bébé ?

— Très bien. Il se porte comme un charme.

— Et Hannah ?

— Elle se remet doucement. Elle est stable. Tu as sauvé deux vies ce matin, Xander. Merci pour eux.

Il lui sourit.

— Mais de rien, voyons. Je n'ai fait que mon travail… Comment Guy a-t-il réagi ?

— Aussi bien que possible. Il est sous le choc. On l'est tous, d'ailleurs.

— Je m'en doute. Ce n'est pas banal, alors qu'on est sans enfant le matin, de découvrir qu'on est papa l'après-midi !

Elle sentit son cœur tressauter.

N'était-ce pas le bon moment pour parler de Lily ?

Ils se trouvaient dans un ascenseur à l'hôpital. Elle était épuisée. On avait vu mieux comme conditions…

Mais peut-être n'y aurait-il jamais de bon moment. À ce train-là, Xander allait partir sans connaître la vérité !

— Guy va-t-il demander un test ADN ? s'enquit-il.

— Aucune idée. Je crois qu'il n'y a même pas pensé. Tu le ferais, toi ? ajouta-t-elle, la bouche sèche.

— Oui, sans doute.

Sa réponse, somme toute logique, lui déplut, mais elle essaya de se raisonner. Xander avait été cruellement déçu par son ex-épouse autrefois. Il devait avoir du mal à accorder sa confiance.

Le « bip » indiquant que l'ascenseur était arrivé à destination la tira soudain de ses réflexions.

Ils avaient atteint le rez-de-chaussée sans que personne d'autre n'emprunte l'ascenseur. Un exploit !

Dans le hall, Xander se tourna vers elle.

— On n'a toujours pas calé de date. Serais-tu dispo pour boire un verre maintenant ?

— Malheureusement non, j'ai invité Guy à dîner. En revanche, si tu es libre jeudi soir, je sors avec mes meilleures amies. Je leur ai un peu parlé de toi, et… Elles aimeraient faire ta connaissance.

Jamais elle n'aurait dû proposer cela, mais les mots étaient sortis tout seuls. Son instinct réclamait la compagnie de Xander. C'était plus fort qu'elle.

— Ah bon ? répliqua-t-il, l'air étonné.

— Oui. Elles sont très sympa.

Au moins, au pub, ils se trouveraient en terrain neutre avec d'autres personnes. Elle gagnerait encore quelques jours avant la discussion qui l'effrayait tant.

— C'est d'accord. Veux-tu que je vienne te chercher ? proposa-t-il.

— Non !

La simple idée qu'il se présente chez elle la terrifiait. Néanmoins, comme il la regardait d'un air étonné, elle lui sourit pour adoucir sa réaction.

— C'est une soirée d'anniversaire, on va dans un pub près d'ici, reprit-elle d'un ton plus calme. Je passerai chez toi. On gagnera du temps.

Ce lundi matin, Chloe venait de sortir d'un box de soins quand elle vit Shirley, une collègue, s'approcher d'elle.

— Je te cherchais. Pourrais-tu prendre ta pause maintenant ? demanda celle-ci.

— Oui, je ne suis pas trop débordée. Pourquoi ?

— Hannah a repris conscience. Ils l'ont transférée à la maternité. Elle te réclame.

Tout l'hôpital était informé de la situation. À vrai dire, cette naissance spéciale n'était pas passée inaperçue.

— J'y vais tout de suite. Merci, Shirley.

Guy était-il au courant ? Il était venu voir Hannah aux aurores, mais elle ne s'était pas réveillée à ce moment-là. Chloe devrait penser à le prévenir si personne ne l'avait fait.

Arrivée au premier étage, elle vit Pam, la mère de Hannah, arpenter le couloir avec le bébé dans les bras. Elle se rapprocha en souriant.

— Bonjour, Pam. Salut, bonhomme, ajouta-t-elle en effleurant la joue de son neveu.

— Ah, Chloe ! Merci d'être montée si vite. Je ne sais pas quoi faire, ajouta Pam, au bord des larmes. Hannah est très énervée. Quand les infirmières lui ont amené le petit, elle a dit que ce n'était pas le sien, et elle répète ça en boucle !

— Oh là là...

Chloe avait envisagé beaucoup d'hypothèses, mais pas le déni de grossesse !

— D'après les médecins, elle se rétablit normalement, enchaîna Pam. Mais je voudrais... que vous discutiez avec elle. Comme vous avez assisté à la naissance, elle vous écoutera peut-être.

— Je vais voir comment elle se comporte avec moi. Tout va bientôt rentrer dans l'ordre, Pam.

Malgré son inquiétude, elle afficha un sourire rassurant. Puis elle ouvrit la porte de la chambre, consciente qu'une mission délicate l'attendait.

— Chloe ! Ouf, tu es là ! s'exclama Hannah en la voyant. Je compte sur toi pour me dire ce qui s'est passé.

Elle était toujours sous perfusion et monitoring, mais elle semblait en forme et capable de discuter. D'ailleurs, plus vite elle comprendrait la situation, mieux cela vaudrait.

— De quoi te souviens-tu ? demanda Chloe d'un ton doux.

— La dernière chose que je me rappelle, c'est de m'être couchée avec la migraine. Et je me suis réveillée là, dans ce lit d'hôpital. Pourquoi m'ont-ils recousu le ventre ? Est-ce que j'ai eu un accident ? Personne ne me dit rien, ici !

Chloe se rembrunit, perplexe. Hannah souffrait-elle de pertes de mémoire temporaires ? On lui avait présenté son bébé, mais elle semblait avoir occulté cet épisode.

— Ce… n'était pas un accident, répondit-elle prudemment. Tu as fait un malaise dans ta salle de bains, hier.

— Hier ? Quel jour sommes-nous ?

— Lundi. Ta mère nous a dit que tu t'étais plainte de migraines le samedi soir, et hier matin, tu as eu des convulsions, et ta tension est montée en flèche. Tu as fait une prééclampsie. Tu es arrivée ici en hélicoptère.

— Une pré… quoi ?

— Prééclampsie. C'est une pathologie liée à la grossesse. On a dû faire naître le bébé.

Hannah secoua vigoureusement la tête.

— Tu ne vas pas t'y mettre ! Tout le monde me parle de bébé, mais je n'ai pas de bébé !

Chloe s'assit sur la chaise près du lit et captura la main de Hannah.

— Écoute-moi, s'il te plaît. J'étais là quand l'hélicoptère est arrivé. J'ai assisté à la césarienne. Tu as des agrafes sur le ventre parce que le gynécologue t'a opérée. C'est moi qui ai fait la toilette de ton petit garçon. Il va très bien, d'ailleurs.

— N'importe quoi ! C'est du délire. Je n'étais pas enceinte. Je l'aurais su, quand même, ajouta Hannah dans un sanglot. Je ne suis pas bête à ce point !

Chloe était maintenant convaincue que sa belle-sœur avait fait un déni de grossesse. Ce phénomène était rare, mais bien réel et parfois lourd de conséquences.

— Calme-toi, dit-elle doucement. Il faut te reposer. Ton corps et ta tête ont besoin de temps pour se remettre, mais les choses vont s'arranger.

— Facile à dire ! Je suis complètement perdue. Cette histoire n'a aucun sens !

Hannah pleurait à chaudes larmes, à présent. Chloe se leva, s'assit au bord du lit et lui entoura les épaules.

— Sois certaine que je t'ai dit la vérité. Et tout ira mieux dans quelques jours, crois-en mon expérience.

Au bout d'un long moment, les sanglots s'espacèrent. Hannah prit une profonde inspiration, et Chloe lui essuya doucement le visage avec une lingette humide. Puis elle lui donna un mouchoir.

La crise semblait passée.

— Aimerais-tu voir ton fils ?

— Je… Pourquoi pas ? bafouilla Hannah.

Chloe repassa dans le couloir, où elle résuma la situation à Pam. Puis, avec douceur, elle prit son neveu et l'emmena dans la chambre. Il était vraiment adorable avec ses joues rondes et son petit nez. Quel bonheur de voir la famille s'agrandir, malgré les circonstances !

Quand elle s'avança vers le lit, Hannah garda les bras croisés sur la poitrine, refusant de prendre le bébé.

— Je ne sais pas quoi faire, marmonna-t-elle.

Chloe serra le bout de chou sur son cœur. Si Hannah acceptait de le tenir, le lien s'établirait probablement très vite, mais il ne fallait pas forcer les choses.

— Tu as peur, c'est normal, répliqua-t-elle doucement. Et tu as reçu un choc. Il est plutôt rare de se réveiller sur un lit d'hôpital pour découvrir qu'on a un bébé ! Tu n'as pas eu neuf mois de grossesse pour te préparer, te réjouir, anticiper la naissance… Tout ce qui arrive d'habitude. Mais ce petit bonhomme et toi faites partie de la famille, Hannah. On est tous avec toi.

— Guy est au courant ?

— Bien sûr. Il était là hier soir. Il est revenu tôt ce matin, mais tu dormais.

— Qu'a-t-il dit… pour le bébé ?

Chloe comprit d'un coup pourquoi sa belle-sœur semblait si inquiète. Elle craignait la réaction de Guy !

— Il est très content. Il dit que son fils est merveilleux, que tu es formidable… Tout va bien, Hannah. Il ne te laissera pas tomber.

— Tu… Tu crois ?

— J'en suis certaine ! Il a déjà tenu le bébé, lui ! ajouta-t-elle avec un clin d'œil. Es-tu sûre de ne pas vouloir essayer ? Pour une mère et son enfant, rien ne vaut le contact, tu sais.

— Je… D'accord.

Chloe lui mit le nourrisson dans les bras et la surveilla étroitement, guettant une réaction de rejet. Mais comme elle l'espérait, Hannah se pencha sur son fils, un sourire incrédule aux lèvres.

— Je n'arrive pas à croire que c'est le mien, balbutia-t-elle.

— Et pourtant, si.

— Mais pourquoi n'ai-je rien vu, rien compris ? C'est hallucinant, tout de même !

Chloe lui expliqua le mécanisme du déni de grossesse. Parfois, les femmes apprennent qu'elles sont enceintes au bout de quelques mois, au hasard d'un examen médical. Dans d'autres cas, elles ne le découvrent que le jour de l'accouchement...

— Tu as dû avoir des signes, mais tu n'as peut-être pas fait attention, dit-elle gentiment.

— Rien de spécial. J'ai pris cinq kilos, mais j'ai mis ça sur le compte de l'hiver et du manque d'exercice. Et j'ai eu des migraines pendant huit jours. Je pensais que c'était à cause des examens... Oh ! mon Dieu ! Mes examens !

— Pas de panique. Je demanderai au médecin d'appeler la fac, et tu iras au rattrapage. Tout va s'arranger.

À peine Chloe avait-elle fini sa phrase que Guy entra, un grand sourire aux lèvres. Elle embrassa son frère puis s'éclipsa pour laisser les jeunes parents en tête à tête.

Ils devaient avoir une foule de choses à se dire !

Dans l'ascenseur qui redescendait aux urgences, elle pensa à Xander. Guy semblait très heureux. Comment Xander aurait-il réagi dans la même situation ? Aurait-il changé d'avis sur la paternité s'il avait découvert, du jour au lendemain, qu'il avait un enfant ? Ou au contraire, aurait-il gardé ses distances ?

Elle n'en savait rien, mais elle espérait de tout cœur que, comme Guy, il aurait accueilli leur bébé à bras ouverts. Elle refusait d'imaginer qu'il aurait pu lui tourner le dos.

Il ne s'agissait pas uniquement du passé, mais de l'avenir.

6

Avant de sonner chez Xander, Chloe inspecta son reflet dans le miroir de l'étage.

Elle avait choisi un jean blanc, un T-shirt floral à encolure bateau découvrant les épaules et une veste en jean. Elle avait laissé sa chevelure bouclée sécher au vent car Xander adorait cette coiffure floue. Cela tombait bien : elle n'aurait pas eu le temps de s'apprêter davantage.

Elle avait consacré cette journée de repos à Hannah, fraîchement sortie de l'hôpital avec son petit Jonas. Elle avait veillé au grain et était repartie rassurée. Le lien mère-fils fonctionnait bien. Quant à l'appartement de Guy, équipé en urgence, il avait pris des allures de nursery grâce à la famille et aux amis.

Malgré sa joie, Chloe se réjouissait de pouvoir se changer les idées. Elle avait besoin d'un break après ces quelques jours épuisants, et passer la soirée en compagnie d'un homme aussi séduisant que Xander ajoutait à son excitation.

Quand la porte s'ouvrit, elle demeura muette.

Xander n'était apparemment pas tout à fait prêt. Achevant de s'habiller, il venait de glisser un T-shirt gris sur un ventre plat aux abdominaux parfaits...

— Salut. Est-ce que... j'arrive trop tôt ? bafouilla-t-elle.

— Non, pas du tout. C'est parfait.

Son regard appréciateur lui fit monter le rouge aux joues, mais avant qu'elle ait pu dire autre chose, il s'avança d'un pas, lui captura le visage et l'embrassa légèrement sur les lèvres.

Elle eut l'impression que son corps se désintégrait en un millier d'atomes.

Elle avait toujours eu ce genre de réaction en sa présence : il n'avait qu'à la regarder pour que son cœur batte plus vite, et dès qu'il la touchait, elle ne s'appartenait plus.

Affolée, elle recula d'un pas.

Elle devait se reprendre ! L'époque de l'insouciance, c'était fini !

— Veux-tu boire quelque chose avant d'y aller ? demanda Xander.

S'il avait perçu son mouvement de recul, il n'en montrait rien. Il souriait, l'air très détendu.

— Oui... Merci.

Il l'invita à le précéder à l'intérieur, où elle se percha sur un tabouret de bar.

— Gin tonic ? proposa-t-il.

— Oui, s'il te plaît.

Après avoir préparé les verres, il s'installa à côté d'elle.

— Alors, raconte. Comment vont Hannah et ton neveu ?

Ils ne s'étaient pas revus depuis le dimanche. Elle lui résuma son début de semaine.

— Trinquons à Hannah, Guy et Jonas, suggéra-t-il lorsqu'elle eut terminé.

— Oui, à eux ! répondit-elle en souriant.

Que Xander se préoccupe de sa famille faisait plaisir à Chloe. Elle n'aurait pas cru qu'il s'y intéresserait...

Ils entrechoquèrent leurs verres.

— Comment ton frère prend-il la paternité ?

— Très bien, assura-t-elle. Il y a beaucoup de détails pratiques à régler, mais pour le reste, il ne se pose aucune question. Il est ravi et soulagé que tout se termine bien. Même si Hannah et lui n'avaient pas prévu de fonder une famille si vite, il dit que Jonas est un cadeau.

— Quel âge a-t-il ?

— Vingt-trois ans.

— C'est un peu jeune, en effet.

— Oui et non. Ce n'est pas l'âge qui compte, mais la maturité affective et le caractère. Je sais que Guy fera un excellent père. Il avait trois ans à la mort de papa, et Tom n'était qu'un bébé. Ni l'un ni l'autre ne se souviennent de lui. Ayant connu ce manque, ils savent l'importance qu'a un père dans la vie d'un gamin. Ils ont toujours dit qu'ils s'investiraient à fond pour les leurs. Ils...

« Ils sont géniaux avec Lily », avait-elle failli dire.

Elle se mordit la lèvre.

Quelle idiote ! Elle avait failli gaffer !

— Donc, tu as deux frères.

— Oui, et toi ? Où est ta famille ?

— Mes parents vivent toujours à Adélaïde. Ils vont bientôt fêter leurs quarante ans de mariage. Je suis le benjamin de la fratrie. J'ai trois sœurs aînées. Et aussi quatre neveux et nièces, ajouta-t-il en riant.

Leur fille avait donc des cousins en Australie ! Elle n'avait jamais songé à cette possibilité.

— Tu es resté célibataire, commenta-t-elle d'un ton grave. Aimerais-tu te remarier un jour ?

— J'ai longtemps cru que non, mais en vérité, ce serait une bonne chose. Je ne m'imagine pas rester seul éternellement. Je voudrais fonder une famille.

— Ah bon ? Tu veux des enfants ?

— Bien sûr !

Xander envisageait d'avoir des enfants. Cela changeait beaucoup de choses. Cela changeait même... tout !

Bouleversée, elle se leva pour aller déposer son verre dans l'évier.

— Tu sembles surprise.

— En fait, oui. Je pensais que ta femme et toi aviez divorcé parce qu'elle voulait des enfants et toi non, justement.

— C'était un peu plus compliqué que ça.

Il descendit de son tabouret, puis jeta un coup d'œil sur sa montre.

— C'est presque l'heure. On y va ?

Quand il prit son téléphone et ses clés au coin du bar, elle comprit que la discussion était close.

Elle n'en était pas mécontente, d'ailleurs : il s'était rembruni. Or, elle détestait le voir triste. Mieux valait éviter les sujets délicats pour ne pas gâcher la soirée.

La brise printanière était tiède lorsqu'ils sortirent dans la rue. Xander lui lança un regard curieux.

— Rappelle-moi qui on va voir au pub, déjà... Je ne suis pas sûr d'avoir tout compris.

Elle s'esclaffa.

— J'admets qu'il y a de quoi s'embrouiller avec les prénoms. Alors voilà : j'ai deux meilleures amies. Elles s'appellent Carly et Esther. Ce soir, on fête l'anniversaire de Harry, le fiancé d'Esther. Adem, le fiancé de Carly, sera là également. Comme ils sont médecins tous les deux, tu ne seras pas perdu.

— Tes deux meilleures amies vont se marier ? Et toi, alors ? Tu n'as eu aucune relation sérieuse ces quatre dernières années ?

— Non. Je n'avais pas le temps.

— Ah bon ? Qu'avais-tu donc à faire ?

Elle haussa les épaules.

— Plein de choses. Je rêvais d'intégrer le service de secours aériens, et j'ai beaucoup travaillé pour y parvenir. Ils m'ont recrutée l'année dernière avec un aménagement de poste au Queen Victoria. J'ai enfin atteint mon but.

Et puis, cela prenait du temps d'élever un enfant...

Elle aperçut l'enseigne lumineuse du pub devant eux et poussa un soupir discret.

Elle avait encore failli se trahir. Au moins, en compagnie d'autres personnes, la conversation avait peu de chances de rouler sur des sujets trop personnels !

Pour la énième fois depuis le retour de Xander, elle se répéta que la comédie avait assez duré. Elle lui devait la vérité à propos de Lily. Ce n'était pas une option, c'était une nécessité. Elle lui parlerait en fin de soirée. S'il lui proposait d'aller boire un dernier verre chez lui, elle accepterait, et elle lui révélerait tout à ce moment-là.

Elle exhala une grande bouffée d'air, soulagée d'avoir pris sa décision.

— Ça va ? demanda Xander en lui ouvrant la porte du pub. Tu es bien silencieuse.

Elle lui sourit.

— Oui, ne t'inquiète pas. Allez, *go* !

Elle le précéda vers le fond de la salle, où Carly, Esther, Adem,

Harry et Raphaël occupaient une table près de la cheminée. Carly bavardait avec animation au téléphone. Elle raccrocha au moment où Chloe terminait les présentations entre Xander et le reste du groupe.

— Carly, Xander, Xander, Carly, acheva Chloe, en riant car son amie battait des mains avec animation.

— Enchantée, Xander, dit Carly d'un ton distrait. Vous autres, j'ai un scoop ! Devinez qui sera là à notre mariage ?

Adem s'esclaffa.

— Qu'attends-tu pour nous le dire ?

— Izzy, figure-toi.

— Génial ! s'exclama Esther. Dommage qu'elle ne soit pas là pour le nôtre, mais c'est super qu'elle revienne enfin.

— Les gars, on connaissait la triple peine, on aura la quadruple ! intervint Harry, hilare.

Chloe remarqua subrepticement que Raphaël, qui était un ami proche d'Izzy, était le seul à ne pas paraître étonné. Peut-être était-il déjà au courant de ce retour surprise ?

Elle se tourna vers Xander, ravie de ce qu'elle venait d'entendre.

— Izzy est la dernière mousquetaire, expliqua-t-elle. On s'est connues toutes les quatre à l'école de sages-femmes, mais elle ne vit plus à Londres. Elle est néo-zélandaise. Comme son père est diplomate, elle a bougé aux quatre coins du monde.

— Vient-elle avec son mari ? questionna Esther.

— Je crois que non, mais je n'ai pas très bien entendu, répondit Carly. Et puis, j'étais tellement contente que je n'ai pas posé de questions. On doit se rappeler demain. J'en saurai plus à ce moment-là. J'espère qu'elle arrivera à temps pour participer aux préparatifs du mariage.

Harry secoua la tête.

— Messieurs, échappons-nous ! Le mot « mariage » a été prononcé. Je vous suggère d'aller faire un tour au bar.

Chloe vit que Xander la regardait en souriant.

— Un gin tonic ? proposa-t-il.

— Volontiers, merci.

Dès qu'il eut tourné le dos, suivant les autres, Carly s'éventa avec un menu posé sur la table.

— Ooh ! il est trop sexy ! Dommage que je sois fiancée…

— … Et enceinte, compléta Esther.

— Ça doit être la faute aux hormones, décréta Carly.

Chloe, se sentant rougir, suivit Xander du regard.

Avec son jean indigo parfaitement coupé, ses boots noires et son T-shirt gris, il incarnait la masculinité dans toute sa splendeur.

— J'ai cru comprendre qu'il était australien, reprit Esther. Tu ne nous l'avais pas dit. Tu avais parlé du pays de Galles.

— C'est là-bas qu'il exerçait avant d'arriver à Londres.

— Mouais. Qu'est-ce que tu nous caches encore ? demanda Carly d'un ton soupçonneux.

— Mais… Rien, pourquoi ?

— Vous avez l'air de bien vous entendre, pour des gens qui se connaissent à peine.

Comme Xander revenait avec les boissons, Carly se tourna vers lui :

— Donc, tu es australien ?

— J'avoue, répondit-il en souriant. J'espère que tu n'as rien contre les Wallabies !

— Pas du tout, au contraire. J'ai toujours rêvé de visiter ton beau pays, si un jour je gagne à la loterie… Et donc, tu fais partie du service de secours héliportés ?

La discussion roula sur le travail de Xander à Londres et sur les missions qu'il avait exercées auparavant.

— Chloe a passé trois mois en Australie à la fin de ses études, commenta Esther. Dans le bush. Vous auriez pu vous rencontrer là-bas…

— Mais on s'est rencontrés, répondit Xander, visiblement surpris. Je travaillais à Broken Hill à l'époque. Elle ne vous l'a pas dit ?

Chloe baissa le nez sur ses chaussures, consternée.

Que faire ? Comment rebondir ?

— Xander ! On a besoin d'un quatrième au billard !

Elle aurait pu chanter de soulagement. En appelant Xander depuis l'autre bout de la salle, Harry venait de la tirer d'un mauvais pas.

— Vas-y, Xander, enjoignit-elle d'une voix rauque. Et sois charitable, laisse-les gagner un peu.

Elle se souvenait d'une soirée mémorable au Palace Hotel, où il avait largement battu ses adversaires. Était-il toujours aussi affûté au billard ?

— Je promets de louper quelques tirs, répondit-il en riant. Mesdames, si vous voulez bien m'excuser...

À peine fut-il hors de vue que Carly pointa un doigt accusateur.

— Chloe, tu le connaissais, espèce de cachottière !

— Je pense même que tu le connaissais très bien, renchérit Esther. Ça fait des étincelles entre vous. Il te regarde comme si tu étais son dernier ou son prochain cadeau de Noël !

— Tu lui touches sans arrêt le bras, il te frôle la main... Et on voit bien quel effet ça lui fait, susurra Carly.

Esther scrutait maintenant les joueurs de billard par-delà la foule.

— Il me rappelle quelqu'un, commenta-t-elle, songeuse. Je me demande où j'ai déjà vu ce regard-là... Oh ! Seigneur !

— Arrête, Esther, ordonna Chloe.

Comment avait-elle pu être assez naïve pour croire que ses amies ne se douteraient de rien ? Proches comme elles l'étaient, c'était couru d'avance.

— Mais quoi, à la fin ? demanda Carly d'une voix aiguë.

— J'ai tout compris ! s'écria Esther.

Chloe les regarda tour à tour, paniquée.

Elle devait faire baisser le volume sonore avant que ce vacarme n'attire l'attention de Xander et des autres.

— D'accord, très bien, chuchota-t-elle. Assieds-toi, Esther, et par pitié, taisez-vous toutes les deux. Je vais vous dire quelque chose, mais cela ne devra pas sortir d'ici.

Ses deux amies se lovèrent côte à côte sur le sofa près de la cheminée. Alors, elle rapprocha sa chaise pour être sûre d'éviter les oreilles indiscrètes.

— Xander est le père de Lily, murmura-t-elle.

— Quoi ? C'est avec lui que tu as passé un week-end torride en Australie, il y a quatre ans ?

— Carly, ne crie pas comme ça.

À l'époque, elle avait raconté que Lily avait été conçue suite à une brève rencontre. Elle n'avait pas voulu avouer à ses amies qu'elle était tombée amoureuse. Les filles n'avaient pas su quels vains efforts elle avait déployés pour retrouver Xander…

— Waouh ! s'exclama Esther. Le père de Lily…

— Chut. Pas de gaffe. Il ne sait rien.

Comme ses amies s'agitaient sur le canapé, Chloe enchaîna.

— Quand j'ai voulu le prévenir, il avait quitté le service de secours aériens, et personne n'a pu, ou voulu, me transmettre ses coordonnées. Moi-même, je ne les avais pas. Il s'agissait d'un amour de vacances. On n'était pas censés garder le contact.

— Tu avais dit « un week-end », rappela Esther.

— En réalité, notre histoire a duré un mois.

— Ce n'est pas la même chose, protesta Carly. Pourquoi nous avoir caché la vérité ?

— Parce que… Xander n'étant pas au courant, cela me gênait de raconter notre histoire. Je n'en ai parlé qu'à ma mère et à mes frères.

— Mais à lui, toujours pas ? questionna Esther.

— Non. J'attendais le bon moment. Et, stop, je sais ce que vous allez me dire : le « bon moment » n'existe pas ! Vous avez raison, la situation devient intenable. J'ai prévu de lui parler ce soir après le pub.

Carly battit des mains, visiblement surexcitée.

— C'est génial. Tu le tiens, ton conte de fées !

— Ne t'emballe pas. Ça va passer… ou casser. S'il accepte mal la chose, il risque de couper les ponts.

Certes, Xander lui avait affirmé vouloir des enfants, mais la problématique était différente. L'enfant existait déjà, et il n'en avait jamais rien su.

— À mon avis, tu t'inquiètes pour rien, affirma Carly. Quand on voit comment il te regarde…

— Vous êtes trop mignons, renchérit Esther. Je vais l'inviter à mon mariage.

— Mais non ! Pour quoi faire ? Je ne sais même pas s'il sera encore à Londres à ce moment-là.

— On verra. Fais confiance au destin, Chloe.

Le destin, encore et toujours ! Elle ne voulait surtout pas trop y croire sous peine d'être à nouveau déçue.

— Oui, on verra, répéta-t-elle. Si on parlait d'autre chose ?

Cette partie de billard était décidément très agréable.

Associé à Adem, Xander avait déjà remporté une partie, et il s'apprêtait à gagner la seconde. Il avait néanmoins veillé à ne pas écraser ses adversaires, car tel n'était pas le but. Il voulait que tout le monde passe une bonne soirée.

— Chloe m'a dit que vous attendiez un bébé, toi et Carly, dit-il en pivotant vers Adem.

— Oui, tout à fait ! Je m'habitue encore à cette idée.

— Ce n'était pas prévu ?

— Non, mais au final, c'est une excellente surprise. Et toi, tu as des enfants ?

— Pas encore.

Tous ses projets avaient été mis en sommeil six ans plus tôt. Aujourd'hui, il enviait les gens qui avaient une famille ou étaient sur le point d'en fonder une.

— Dommage, tu aurais pu me donner quelques tuyaux, répondit Adem en souriant. Mais remarque, on pourra compter sur Chloe. Elle a plus d'expérience que nous tous.

— Ah bon ? Pourquoi ?

— Parce qu'elle a déjà une fille.

Xander eut l'impression que la terre s'ouvrait sous ses pieds. Son expression dut le trahir, car Adem le regarda avec curiosité.

— Tu ne le savais pas ?

— Je... Non. Une fille... De quel âge ?

— Oh ! elle est petite ! Elle a deux ou trois ans, je crois.

Soudain, les mots lui parvinrent dans un brouillard. Adem parlait toujours, mais il ne l'entendait plus. Ses mains étaient moites, il avait chaud et froid en même temps.

Comme si un autre agissait à sa place, il réussit à finir la partie, et même à accepter un autre verre au bar. Mais après cela, n'y tenant plus, il prétexta avoir reçu un SMS urgent pour s'éclipser. Certes, ce n'était pas très poli, mais il avait besoin d'être seul.

Il contourna la salle par l'arrière puis, une fois dans la rue, il envoya un texto à Chloe pour répéter ce qu'il avait dit aux hommes : on le réclamait d'urgence.

Elle n'y croirait sans doute pas, car les hélicoptères volent rarement la nuit, et elle serait contrariée, mais tant pis.

Lui aussi était contrarié, et pas qu'un peu ! Pourquoi ne lui avait-elle jamais parlé de sa fille ? Elle en avait pourtant eu maintes fois l'occasion. Ce soir encore, ils avaient discuté de bébés, de leurs familles… Mais elle n'avait rien dit.

Consterné, il mesurait qu'il la connaissait très mal. Au lieu de fuir, il aurait dû questionner Adem. Ainsi, il aurait peut-être appris qui était le père de cette fillette et si cet homme restait présent dans la vie de Chloe. Avec un enfant en commun, c'était probable…

Et dire qu'il avait espéré pouvoir se rapprocher d'elle !

Cet événement changeait la donne et compliquait tout. Jamais, au grand jamais, il n'avait imaginé Chloe en mère de famille. Il n'était pas sûr de vouloir reprendre leur histoire, sachant qu'elle lui avait caché une part aussi importante d'elle-même.

Avait-elle craint sa réaction ? Avait-elle eu peur qu'il ne la rejette ? Il l'avait trouvée plus calme, mûre et réservée qu'à Broken Hill, et il comprenait à présent pourquoi.

Fonder une famille était une chose, démarrer une famille recomposée en était une autre. Il aurait pu tenter l'aventure avec Chloe si seulement elle lui avait dit quelque chose. Mais elle s'était tue, et il se demandait s'il pouvait encore lui faire confiance.

Au fond, il était responsable de ce qui arrivait. Il avait été incapable de lui offrir la vie qu'elle méritait, et elle avait trouvé le bonheur avec un autre. Un bonheur éphémère, apparemment…

Aimait-elle toujours le père de sa fille ? Pour quelle raison leur histoire n'avait-elle pas fonctionné ?

Autant de mystères qu'il devrait éclaircir.

Mais il n'allait pas appeler Chloe ce soir. Il était trop énervé. Il avait besoin de réfléchir, à défaut de dormir. Demain serait un autre jour. Demain, il essaierait d'y voir plus clair.

7

Désolé, je dois partir. J'ai une urgence.

Chloe jeta un regard désabusé sur son portable.

Elle n'avait pas cru un mot de ce message, la veille. Et ce matin, elle avait essayé de joindre Xander trois fois, en pure perte.

Pourquoi était-il parti sans lui dire au revoir ? Pourquoi ne répondait-il pas à ses appels ? Elle avait beau chercher, elle ne voyait aucune explication logique.

Elle sortit sa lessive de la machine à laver en soupirant.

Lily était à la crèche, et elle se trouvait seule à la maison, à faire ses corvées. Elle aurait cent fois préféré être de garde. Au moins, cela lui aurait évité de tourner en boucle…

Résignée, elle étendit son linge. Elle venait d'accrocher le dernier pyjama de Lily quand elle entendit un hurlement de sirène au loin.

Elle quitta la buanderie, tendit l'oreille.

À en juger par le bruit, plusieurs véhicules de police, de pompiers ainsi que des ambulances convergeaient au même endroit, et ce devait être tout près de chez elle.

Par la fenêtre du salon, elle aperçut une épaisse colonne de fumée grise s'élever dans le ciel. Alors, de manière réflexe, elle alluma la télévision pour essayer d'en savoir plus.

La nouvelle ne tarda pas à lui parvenir via une chaîne d'information en continu : un incendie s'était déclaré dans un centre commercial à quelques rues de la maison. À 10 heures passées, l'endroit était déjà très fréquenté, et l'évacuation s'annonçait difficile.

Peut-être pourrait-elle se rendre utile ? Dans ce genre de situation, on a toujours besoin de bras...

Le cœur battant, elle éteignit le poste, prit sa veste, ses clés, et sortit.

Pendant qu'elle descendait la rue au pas de course, le ronflement familier d'un moteur d'hélicoptère se joignit aux alarmes des ambulances.

Xander était de garde ce matin-là, Guy et Tom également. Les verrait-elle sur place ?

La vision qu'elle eut en arrivant lui arracha un cri d'effroi.

Une énorme pagaille régnait devant le centre commercial. Le bruit des klaxons, les ronflements de moteurs et les cris étaient assourdissants. De la suie tombait du toit en feu et une épaisse fumée se dégageait du brasier. Il y avait des véhicules arrêtés en travers de la route, des gens qui couraient alors que d'autres s'agglutinaient sur les trottoirs. Les curieux observaient la scène, fermement tenus à l'écart par des agents de police qui tentaient de limiter les mouvements de foule.

Jouant des coudes, elle se fraya un chemin jusqu'à un pompier qui semblait être le coordinateur des opérations. Mais avant qu'elle ait pu l'atteindre, un terrible bruit d'explosion se fit entendre, assez fort pour couvrir le chaos.

Levant la tête, elle vit une boule de feu s'échapper du toit du bâtiment. Elle songea qu'une conduite de gaz avait dû exploser, puis, dans la panique générale, elle ne pensa plus à rien, car tout le monde s'était mis à fuir en même temps.

Mais avec stupéfaction, Chloe vit une femme d'âge mûr, visiblement désorientée, revenir sur ses pas.

Que fabriquait-elle ? Elle fonçait vers le centre commercial au lieu de s'éloigner !

Un homme de haute taille en salopette orange accourut. Xander ! Au mépris du danger, il sprinta vers la dame qui risquait d'aller se jeter dans le brasier.

Avec la rapidité d'un sauveteur entraîné aux urgences, il l'atteignit juste avant qu'elle pénètre dans la bâtisse en flammes. Mais cinq secondes plus tard, l'impensable se produisit : une seconde explosion, encore plus forte que la première, fit voler en éclats la façade du centre commercial.

Horrifiée, Chloe vit des gravats en feu, ainsi que des éclats de verre et de métal, tomber sur Xander. Il s'était jeté sur la vieille femme, faisant bouclier avec son corps, mais lui, rien ne le protégeait !

Deux pompiers se précipitèrent pour éteindre les flammes avec leurs lances à incendie. Xander aurait dû se relever, à présent. Pourquoi ne bougeait-il pas ?

Le cœur au bord des lèvres, elle essaya d'avancer alors que, déjà, un secouriste se rapprochait de Xander.

Tom ! C'était Tom !

Elle tendit le cou et vit son frère prendre le pouls de Xander, puis l'équiper d'un masque à oxygène tandis qu'un autre sauveteur aidait la dame à se relever. Elle était groggy, mais debout alors que Xander, lui, semblait inconscient.

— *Tom !* cria Chloe.

Au lieu d'avancer tout droit, elle bifurqua à gauche pour rejoindre l'endroit où étaient garées les ambulances. Tom et un collègue portaient la civière de Xander. Elle ne devait pas les perdre de vue. Elle devait les rattraper !

Déjà, ils atteignaient les véhicules de secours. Elle poussa les gens autour d'elle, paniquée, bredouillant « pardon » sur « pardon », et elle avait presque atteint son but quand une main ferme la tira vers l'arrière.

— On ne passe pas, dit une femme policier d'un ton sec.

— Tom ! cria-t-elle. Tom !

Mais dans le vacarme, son frère ne l'entendait pas. Elle dut s'époumoner pour qu'il tourne enfin la tête.

— Tom, c'est Xander !

Elle avait la voix rauque à force d'avoir crié. Elle ne s'était pas rendu compte qu'elle pleurait, mais des larmes brûlantes lui roulaient sur les joues.

Son frère s'avança vers la policière.

— Elle travaille pour les secours aériens. Laissez-la passer, s'il vous plaît.

Bousculant l'agente au passage, Chloe courut vers Xander.

Elle avait totalement oublié qu'elle était fâchée contre lui. Elle était juste rongée d'angoisse.

Agenouillée près de la civière, elle se pencha sur lui.

Ses cheveux blonds étaient maculés de suie, et il avait les yeux fermés.

— Il respire bien sous oxygène, expliqua Tom, mais il ne réagit pas.

Bien que partiellement ignifugée, la combinaison orange n'était pas comparable à celle des pompiers. Avait-elle résisté aux flammes ? D'où venaient ces marques noires sur les poignets et le cou de Xander ? Saleté, brûlures ? Elle aurait été incapable de le dire...

— Tom, y a-t-il de la place dans l'ambulance ?

— Monte devant avec Diane. Je m'installerai à l'arrière. Ne t'en fais pas, Chloe. Il va s'en sortir.

Elle s'assit près de Diane comme un automate. Il lui semblait que ses membres ne lui obéissaient plus.

— Où va-t-on ? demanda-t-elle à la conductrice.

— À St. Barbara. C'est là qu'on évacue les cas les moins lourds. Les autres vont au Queen Victoria.

Elle aurait préféré que Xander soit admis dans « son » hôpital. Néanmoins, l'idée qu'il ne soit pas blessé grièvement la rassura un peu. Les ambulanciers secouristes, Tom le premier, connaissaient leur métier !

Bien que rapide, le trajet lui parut interminable. À l'arrivée, elle s'empêcha pourtant de sauter hors de l'ambulance pour aider l'équipe venue les accueillir. Elle ne connaissait personne ici. Elle devait faire confiance à ses collègues et les laisser travailler.

Pour la première fois de sa vie, elle se retrouvait de l'autre côté de la barrière, situation ô combien difficile. Elle n'avait plus qu'à arpenter la salle d'attente comme le faisaient chaque jour des dizaines de personnes pendant qu'elle exerçait son métier. Ici, elle n'avait tout simplement pas le droit d'intervenir...

Au bout d'une demi-heure, n'y tenant plus, elle sortit dans le couloir à la recherche d'une infirmière. Elle tomba sur une stagiaire qui, apparemment, courait d'un box à l'autre.

— Pardon… Pouvez-vous me donner des nouvelles de Xander Jameson, s'il vous plaît ?

— Êtes-vous une parente, mademoiselle ?

— Non, mais… nous sommes collègues et amis. Je suis sage-femme au Queen Victoria, et on travaille ensemble pour le service de secours héliportés.

— Avez-vous un badge ?

— Non, désolée. Dans la précipitation, je ne l'ai pas pris.

— Alors je suis navrée, mais je n'ai pas le droit de vous donner d'informations médicales. Il faudra attendre un peu.

— Très bien, merci.

Sur le point de regagner la salle d'attente, elle se retourna :

— J'aimerais bien le voir, si possible. Pouvez-vous poser la question, s'il vous plaît ?

Son interlocutrice hésita.

— Oui, d'accord. Quand je pourrai…

Que signifiait cette réponse ? Cette jeune femme était-elle débordée à ce point, ou Xander n'avait-il pas repris connaissance ?

Dans tous les cas, elle devait attendre sans protester. Le règlement était le règlement, elle était bien placée pour le savoir.

— Vous avez de la visite, docteur Jameson.

Xander tourna la tête pour regarder l'infirmière et réprima un grognement. Non seulement il avait mal au crâne, mais il avait l'impression d'être passé sous un rouleau compresseur.

— Ah bon ? Qui ça ?

— Je… ne sais pas. Voulez-vous que je pose la question ?

La jeune fille devait être stagiaire ou débutante. En tout cas, le fait qu'il soit médecin la rendait nerveuse. Il avait trop d'expérience pour ne pas le remarquer.

Il esquissa un sourire qui devait ressembler à une grimace.

— Homme ou femme ? demanda-t-il.

— C'est une dame.

— À quoi ressemble-t-elle ?

— Elle est… jeune, blonde, avec les cheveux bouclés. Elle dit qu'elle est sage-femme.

Chloe ! Chloe était venue.

— C'est bon. Laissez-la entrer, répondit-il gentiment.

Deux minutes plus tard, Chloe franchit le seuil de la chambre. Elle était blême et un pli soucieux barrait son front.

Elle courut vers le lit puis s'arrêta net, et il eut l'impression qu'elle se retenait de l'embrasser.

— Xander... Ça va ?

— Pas trop mal, répondit-il. Tout va vite rentrer dans l'ordre. Ont-ils pu circonscrire l'incendie ?

— Presque... Mais qu'est-ce qui t'a pris au juste ? Pourquoi as-tu couru derrière cette femme ?

— Je n'en sais rien. Je n'ai pas réfléchi. Va-t-elle bien ?

— Oui, mieux que toi. C'était vraiment idiot ! Tu n'es pas pompier, que je sache.

— Il fallait que quelqu'un l'arrête. J'étais le plus proche d'elle.

— Tu aurais pu être tué !

Chloe s'était vraiment inquiétée pour lui. Jamais il n'aurait cru qu'elle se ferait du souci à ce point-là...

— Je suis désolé de t'avoir fait peur, murmura-t-il. Mais je vais très bien, comme tu peux le voir. Arrête de stresser.

— J'arrêterai si tu me promets de ne jamais recommencer !

Il lui sourit, touché par sa sollicitude.

— Je te promets d'essayer, en tout cas.

S'avançant, elle lui captura la main gauche.

— Pourquoi as-tu le bras bandé ?

— Les collègues m'ont retiré quelques éclats de verre. Rien de bien méchant.

— Et ce pansement au cou ?

— Une brûlure superficielle.

Il s'abstint d'ajouter qu'il souffrait probablement d'une légère commotion. Avec les antalgiques, cette migraine ne serait bientôt plus qu'un mauvais souvenir. En revanche, il avait la nette impression qu'il devait parler de quelque chose à Chloe. Qu'avait-il à lui dire ? Il ne s'en souvenait plus...

— As-tu besoin de quelque chose ? demanda-t-elle, l'arrachant à ses réflexions.

La mémoire lui revint brutalement, et avec elle une vague de nausée. Ce n'était pas le contrecoup du choc, mais le souvenir qui venait de s'imposer à lui !

— J'ai juste une question, Chloe.

— Oui ?

— Hier soir au pub, Adem m'a appris que tu avais une fille.

Elle devint plus pâle encore et s'affala dans le fauteuil près du lit.

— Voilà pourquoi tu es parti...

— Pourquoi ne m'as-tu rien dit ?

— J'attendais le bon moment.

— Mais on a parlé de bébés, de ton neveu, de famille... Tu aurais pu embrayer dix fois si tu l'avais voulu !

— Tu es fâché ?

— Oui, et pas qu'un peu ! Ça m'énerve que tu m'aies caché une information aussi importante. On a discuté de plein de choses, et tu as gardé l'essentiel pour toi ! Tu ne m'as pas fait confiance !

— Ce n'est pas une question de confiance. Seulement je craignais ta réaction. Mais je comptais te le dire hier en fin de soirée, après le pub.

— Facile ! Comment veux-tu que je croie ça ?

— C'est la vérité... Je suis vraiment désolée. Je te présente mes excuses. J'aimerais beaucoup que... Que tu fasses la connaissance de Lily.

Chloe avait l'air au bord des larmes.

Il prit sur lui pour se contrôler. Il ne voulait pas d'une dispute. D'abord parce qu'il détestait les querelles, ensuite parce qu'il était fatigué.

— Je ne demande pas à faire sa connaissance, répliqua-t-il. J'aurais juste préféré que tu m'en parles.

— Mais... Ce serait bien que tu la rencontres. Lily vient juste d'avoir trois ans.

Elle lui lança un regard pénétrant dont il ne comprit pas la signification. Son cerveau tournait au ralenti, il ne savait plus quoi répondre.

— C'est ta fille, Xander, murmura-t-elle sur un ton implorant.

8

— Comment ? Répète un peu…

— Lily est ta fille. Tu es son père.

Chloe vit que Xander inspirait profondément. Puis il secoua la tête.

— Non, dit-il enfin. C'est impossible.

— Et pourtant, si. Je te jure que c'est vrai.

— Non ! répéta-t-il d'une voix forte. Non, non, non ! Ça n'a pas pu arriver ! Je n'ai pas d'enfant.

Elle le regarda sans rien dire, mortifiée.

Que croyait-il ? Que répéter « non » en boucle allait changer la donne ? Qu'elle allait revenir sur ses propos ?

Oh ! pourquoi avoir parlé dans cette chambre d'hôpital, au plus mauvais moment ? Vu l'état de Xander, elle aurait dû se méfier. Il n'était pas assez en forme pour avoir une discussion.

Désabusée, elle haussa les épaules.

Au fond, cela ne changeait rien. Ici ou ailleurs, il ne l'aurait jamais crue de toute manière. Il avait mis en doute la fidélité de Hannah. Il avait parlé de test ADN après la naissance de Jonas. S'imaginait-il que toutes les femmes étaient des menteuses et des tricheuses ?

Elle voulait bien admettre qu'il avait reçu un choc. Elle le comprenait parfaitement. Mais cela n'excusait pas tout !

Les paupières closes, elle compta jusqu'à dix afin de recouvrer son calme. La voix sèche de Xander brisa le silence tendu.

— Tu fais erreur, Chloe. Il est rigoureusement impossible que je sois le père de ta fille.

— Donc, tu m'accuses de mentir ?

— Non. Je dis juste que tu te trompes. Il a dû y avoir un autre homme.

Vexée et furieuse, elle se leva, les poings sur les hanches.

— Il n'y a eu personne d'autre ! Il n'y avait… que toi, ajouta-t-elle d'une voix tremblante.

— Chloe, je ne *peux pas* avoir d'enfant.

— Quoi ? Quelle idée ! Lily est la preuve du contraire.

— Je sais de quoi je parle. Je suis stérile. Ma femme est partie à cause de ça !

Estomaquée, elle le dévisagea. Comment aurait-elle pu prévoir que la conversation tournerait ainsi ?

— Mon ex et moi avons fait quatre cycles de FIV, reprit Xander.

— Et vous avez renoncé si vite ? C'est un peu court.

— Dans le même temps, ma femme a jugé bon d'aller voir ailleurs. Je l'ai découvert, et on a rompu.

— D'accord. Je comprends. Mais si vous aviez eu… l'occasion de persévérer, vous auriez peut-être réussi ? Ou alors, c'est que vous n'étiez pas compatibles sur le plan hormonal. Ce qui bloque avec une partenaire peut marcher avec une autre…

— Pas dans mon cas. C'est moi le problème.

Le beau regard de Xander était devenu presque noir. Il était vraiment convaincu d'être stérile, et sans le savoir, elle avait touché un point ultra-sensible. Comment faire pour le ramener à la raison ?

— Si ta fille est de moi, pourquoi ne m'as-tu rien dit à l'époque ? demanda-t-il.

— J'ai compris que j'étais enceinte à mon retour en Angleterre.

Elle lui résuma les vaines démarches entreprises pour le retrouver, et conclut :

— Comme je n'avais pas les moyens d'engager un détective privé, j'ai abandonné. D'ailleurs, après la naissance de Lily, j'étais trop occupée pour poursuivre mes recherches.

— Tu aurais dû envoyer un courrier à Broken Hill.

— Crois-tu que je ne l'aie pas fait ? Je l'ai même mis en

recommandé avec accusé de réception pour que tu ne puisses pas faire comme si la lettre s'était perdue... Mais la poste australienne me l'a retourné intact.

— Peux-tu prouver que je suis le père de ta fille ?

— Prouver ? Comment ? Ma parole ne te suffit pas ?

Xander secoua la tête et grimaça. Il devait avoir une sérieuse migraine.

— Malheureusement non, Chloe.

Devait-elle lui montrer des photos de Lily sur son téléphone ? Cela changerait-il quelque chose ?

Sans doute pas, hélas.

— Quel âge a-t-elle ?

— Elle a eu trois ans le 10 mars. Elle devait naître en avril, mais j'ai accouché six semaines avant terme. J'ai passé l'été précédent en Australie, de mai à juillet, et je n'ai pas eu d'autre partenaire que toi. Fais le calcul.

— Ce n'est pas une question de calcul, mais de ce qui est plausible ou non.

— Et moi, à l'école de sages-femmes, j'ai appris qu'il faut savoir calculer !

Lorsque Xander se frictionna les tempes, elle culpabilisa de se disputer avec lui alors qu'il se trouvait sur un lit d'hôpital. La discussion avait pris une mauvaise tournure, comme elle le craignait depuis le début.

— Le moment est mal choisi pour avoir cette conversation, dit-elle enfin. Tu as besoin de repos.

Xander lui jeta un regard noir.

— Entièrement d'accord avec toi. Tu ferais mieux de partir.

Xander se planta derrière sa fenêtre, contempla le ciel gris de Londres et poussa un soupir exaspéré.

Ce soir-là, la météo reflétait son humeur.

Six jours après l'incendie et cinq jours après sa dispute avec Chloe, il ne l'avait toujours pas revue, et leur discussion tournait en boucle dans sa tête.

Que croire, que penser ? Il n'en savait rien. L'annonce de

Chloe lui avait fait l'effet d'une bombe. Avait-elle dit la vérité ? Il le souhaitait de tout cœur, mais d'un point de vue scientifique, cela semblait impossible. Et pourtant, elle n'avait aucun intérêt à mentir !

Au moins, cette histoire aurait un bon côté : il avait profité de son arrêt maladie pour faire un bilan sanguin complet. Il avait scanné les résultats et les avait envoyés par e-mail à son oncologue australien. En toute logique, il aurait bientôt des nouvelles.

La sonnerie de son portable posé sur la table le fit sursauter. L'écran affichait l'indicatif d'un numéro international.

Il le prit, hésita… Voulait-il vraiment savoir ?

Il décrocha, l'esprit en ébullition.

— Salut, Matt ! Très bien, et toi ? Non, je n'ai pas bronzé depuis ton dernier coup de fil ! Tu es à la plage ? Merveilleux… As-tu reçu mon e-mail ?

— Bien sûr, répondit Matt d'un ton gai. J'étais content d'avoir de tes nouvelles, mon vieux !

— Alors ? Est-ce que je peux avoir des enfants ou pas ?

— Pour faire court, oui. Ton spermogramme est normal, tes spermatozoïdes sont mobiles. On se situe dans la fourchette basse, donc en théorie, tu as plus de chances de concevoir un enfant avec une femme jeune, mais c'est tout à fait possible. As-tu rencontré quelqu'un ?

— Si on veut… Une amie m'a affirmé que j'étais le père de son enfant.

— La question est donc rétrospective. Tu ne le savais pas ?

— Non. Je viens de l'apprendre, mais la petite a trois ans.

— Alors sa mère est tombée enceinte…

— Deux ans et quelques mois après ma chimio, compléta Xander.

— Tu n'avais pas fait de spermogramme ?

— Non. Heather et moi, nous avions des embryons congelés quand on m'a diagnostiqué mon cancer. Les FIV ont échoué, on s'est séparés, et je n'ai pas jugé utile d'approfondir la question. Je me fichais de savoir si je pouvais devenir père ou non puisque j'étais en plein divorce. Ce n'était vraiment plus la priorité.

— Si tu avais fait des analyses à l'époque, j'aurais eu un point de comparaison, mais là, c'est difficile à dire. À mon avis, c'est possible mais pas certain. Le seul moyen d'être sûr serait de faire le test ADN.

— Évidemment… Sauf que c'est délicat.

Après avoir résumé toute l'histoire à Matt, il le remercia pour son aide et prit congé.

L'éclairage apporté par son ami, loin de le rassurer, l'avait plongé dans un abîme de confusion. Tout restait possible, dans un sens comme dans l'autre. Il était peut-être le père de cette petite Lily…

Et s'il avait tout gâché ?

Certes, il avait des excuses pour avoir mal réagi sur le coup. Et puis, Chloe n'avait pas été un modèle de franchise. S'il était le père de sa fille, elle n'aurait pas dû lui cacher la vérité. Néanmoins, ce n'était pas une raison pour s'emporter comme il l'avait fait.

Quoi que l'avenir leur réserve, il devait aplanir la situation, c'était la moindre des choses.

Ce soir-là, en quittant l'hôpital, Chloe s'étonna de tomber sur Xander.

Cela faisait presque une semaine qu'elle ne l'avait pas revu, et depuis elle se perdait en conjectures. Comment allait-il ? Avait-il digéré la nouvelle ? Souhaitait-il couper les ponts ? Autant de questions sans réponses qui la rendaient folle et lui faisaient perdre le sommeil !

S'avançant vers lui, elle nota qu'il avait les traits tirés et les paupières creusées de cernes sombres.

— Qu'est-ce que tu fais là ? demanda-t-elle.

— Je t'attendais. J'aimerais que… Qu'on parle un peu, Chloe.

Il avait les mains derrière le dos, et soudain, à sa grande surprise, il lui tendit un bouquet de lys blancs.

— C'est pour me faire pardonner, ajouta-t-il.

Elle prit le bouquet, émue, songeant qu'aucun homme ne lui avait jamais offert de fleurs. Et Xander n'avait pas choisi n'importe lesquelles : Lily voulait dire « lys » ! Devait-elle y voir un heureux présage ?

— Merci, murmura-t-elle. C'est gentil.

— De rien. As-tu le temps de marcher un peu ?

— Oui, sans problème.

Elle le suivit le long des quais, où de nombreux promeneurs flânaient encore à cette heure-ci.

— Je m'excuse d'avoir mal réagi l'autre jour, commença-t-il. Même si j'étais sous le choc, j'aurais dû peser mes mots.

— Est-ce que ça veut dire que tu me crois ?

— Honnêtement, je suis toujours perdu.

Elle s'arrêta net et le dévisagea.

— Qu'essaies-tu de me dire, alors ? Pourquoi t'excuses-tu ?

— Je vais te raconter quelque chose.

Il s'accouda à la rambarde au-dessus de la rivière, et elle eut l'impression qu'il évitait son regard.

— Je t'ai parlé de Heather, mais tu ne sais pas tout. Après l'échec de la deuxième FIV, j'ai subi d'autres examens. On m'a diagnostiqué un cancer des testicules.

— Quoi ?

Elle hallucinait. Xander venait de lâcher sa bombe comme ça, l'air de rien, au détour de la conversation !

— Tu as eu un cancer, tu n'as pas jugé bon de me le dire, et après cela, tu m'accuses de faire des cachotteries ! Ça, c'est la meilleure ! éclata-t-elle. Moi, au moins, je n'ai pas menti délibérément. J'ai essayé de te retrouver. Pourquoi ne m'as-tu jamais parlé de ta maladie ?

Il haussa les épaules.

— On parlait peu de nos vies personnelles. On avait une relation plutôt légère, si tu t'en souviens. Et puis, j'étais mal dans ma peau. J'avais subi la maladie, la trahison de Heather, le divorce… Toi, tu es arrivée comme un rayon de soleil. Le seul faisceau de lumière dans la grisaille. Je n'ai pas voulu ternir ces moments de bonheur. Sans le savoir, tu m'as aidé à comprendre que je pouvais me reconstruire.

L'esprit de Chloe se transporta par-delà les océans vers une époque pas si lointaine.

À Broken Hill, elle avait mis la tristesse et la mélancolie de Xander sur le compte du divorce. Jamais elle ne l'avait cru atteint d'une maladie grave. Preuve qu'ils se connaissaient vraiment très mal…

— Mon ex-femme est un peu plus âgée que moi, reprit-il. Elle se souciait de son horloge biologique, ce qui me semblait normal. Donc, quand j'ai commencé la chimio, elle a encore fait deux FIV puisqu'il nous restait des embryons. J'ai voulu croire en la chance, mais ça n'a pas marché.

Il eut un rire amer, puis ajouta :

— Naïvement, j'ai cru que Heather resterait avec moi, mais elle a tout de suite pensé au pire. Elle a dû m'imaginer stérile, mort peut-être… Et moi, stressé comme je l'étais, je n'ai rien vu. Finalement, elle a eu une liaison, et elle est tombée enceinte. J'ai toujours pensé qu'elle l'avait fait exprès, pour s'assurer que je ne chercherais pas à la retenir. Mais il n'y avait aucun risque. Je déteste le mensonge.

Quand Xander se tourna enfin vers Chloe, elle ne lui avait jamais vu l'air si dur.

— Voilà pourquoi je ne t'ai rien dit à l'époque, conclut-il. Heather venait de se remarier, elle avançait. Moi, j'étais perdu. Je n'avais qu'une envie : oublier. Je ne me projetais absolument pas dans l'avenir.

— Ça fait beaucoup de choses à digérer, murmura-t-elle.

— Oui, je sais. Mais j'espère que tu me comprends.

— J'essaie, en tout cas. Quand le diagnostic a-t-il été posé ?

— Il y a six ans.

— Et maintenant ?

— Tout va bien. Tout allait déjà bien quand on s'est rencontrés.

— Avais-tu fait un spermogramme à l'époque ?

— Non.

— Tu ne peux donc pas savoir si tu étais stérile.

— Pas de manière certaine, en effet.

Elle extirpa son mobile de son sac et ouvrit la photo de Lily qu'elle avait prise la veille. Elle avait soigneusement calculé l'angle pour qu'on distingue bien le visage de sa fille.

— C'est Lily, dit-elle. Elle me ressemble, mais elle a tes yeux. J'aimerais que tu la rencontres. S'il te plaît.

— D'accord. On va prévoir ça, murmura Xander.

Elle sentit son cœur se serrer devant son manque d'enthousiasme.

Réussirait-il un jour à dompter les fantômes du passé pour connaître l'avenir qu'il méritait ?

Elle commençait à craindre que cela n'arrive jamais.

9

Ce samedi matin, en sonnant à la porte de Chloe, Xander se sentait particulièrement nerveux.

Quand elle lui avait proposé de venir chez elle, estimant que Lily serait plus à l'aise, il n'y avait pas vu d'inconvénient. La dernière chose qu'il voulait, c'était perturber la petite. Il tenait au contraire à faire bonne impression.

— Salut !

Chloe s'était matérialisée sur le seuil. Vêtue d'un T-shirt rose, d'un bermuda et chaussée de baskets en toile, elle semblait détendue, et il se relaxa légèrement.

— Salut, répondit-il.

— Si on allait au parc ? Lily adore faire du vélo. Ce sera mieux pour tout le monde si elle est occupée, je pense.

— Tu as raison.

— Super, je vais la chercher. On arrive tout de suite.

Ayant dit cela, elle tourna les talons, et il se retrouva planté sur le seuil comme un idiot.

Il avait beau faire, il était mal à l'aise, il n'y pouvait rien. Si seulement il avait pu se préparer un peu. Si seulement…

— Lily, je te présente Xander, c'est un ami du travail. Xander, voici Lily !

Elles étaient là derrière lui toutes les deux. Perturbé comme il l'était, il n'avait pas compris que Chloe et sa fille sortiraient par la cour. Mais avec un vélo, c'était logique.

Il se retourna et sentit son cœur manquer un battement.

Lily était la version miniature de Chloe, mais avec des cheveux blond vénitien et des prunelles grises…

— Bonjour, Lily, dit-il, bouleversé.

— Bonzour.

— Xander est médecin. Il travaille dans l'hélicoptère.

— Ah bon ? Tu les conduis, les licoptères ?

Devant cette bouille ronde et ce regard curieux, Xander eut l'impression de fondre. Gamine, sa sœur Martha faisait exactement la même tête. Lily était une Jameson !

Il secoua la tête.

— Non, ma puce. Ça, c'est le travail de Simon, le pilote.

— Tonton Tom, il conduit une abilance, et tonton Guy, un camion de pompiers.

— Mais c'est génial !

— Moi, suis crop petite pour conduire un camion, alors z'ai un vélo.

— Il est vraiment joli, dis donc…

— Allez, monte, Lily, intervint Chloe. On va au parc.

— Ouiiii !

Chamboulé, Xander ferma la marche tandis que Chloe restait près de Lily sur la piste cyclable. Que cette adorable enfant soit sa fille, il en avait été certain dès qu'il l'avait vue, et l'idée gonflait son cœur d'amour et de joie.

Sachant cela, un problème de taille allait se poser : il devrait bientôt rentrer en Australie, mais jamais il ne pourrait laisser son enfant derrière lui. Il avait perdu trois ans. C'était déjà beaucoup trop !

S'il voulait se montrer honnête, il devait en endosser la pleine responsabilité. Il s'était arrangé pour disparaître de la circulation. Il y était parvenu, mais à quel prix ?

Voyant que Lily les avait devancés sur le chemin, il se posta près de Chloe.

— Quand as-tu cessé de me chercher ? demanda-t-il.

— Je n'ai jamais arrêté. À chaque anniversaire de Lily, j'ai tenté ma chance. L'année dernière, j'ai lu un article qui parlait de toi dans un journal canadien en ligne. J'ai pris contact avec le service de secours local, mais tu étais déjà parti. Les Canadiens n'ont pas voulu me transmettre ton numéro sous prétexte de confidentialité. Je ne pouvais pas faire grand-chose de plus, conclut-elle en soupirant.

— Non, bien sûr. Tu as fait le maximum avec les informations dont tu disposais, répondit-il gentiment. Et... Qu'as-tu dit à Lily au sujet de son papa ?

Ils avaient atteint le parc, et la petite fille avait abandonné son vélo près d'un banc pour courir vers les balançoires.

— Je lui ai dit qu'il habite l'Australie, très loin de l'Angleterre. Qu'il ne peut pas venir la voir, mais qu'il l'aime beaucoup.

Après qu'ils se furent assis sur le banc, Chloe ajouta :

— Maintenant que tu es reparu, je dois savoir comment tu te positionnes. Si tu ne veux pas faire partie de sa vie, j'en resterai là pour les explications. Quand elle sera grande, je lui transmettrai tes coordonnées au cas où elle souhaiterait te contacter, et point final. La suite de l'histoire dépend de toi.

Comme Lily accourait en riant, la conversation s'arrêta. La puce avait besoin qu'on la pousse sur la balançoire.

Xander s'exécuta de bon cœur, ravi d'être mis à contribution. Infatigable, Lily voulut ensuite aller au bac à sable, et elle se serait dirigée vers les grands toboggans si Chloe n'y avait mis le holà.

— Il est bientôt midi, et tu t'es levée de bonne heure, rappela-t-elle. On va aller manger. Ensuite, tu feras une bonne sieste.

Lorsqu'ils atteignirent la maison, elle envoya Lily se laver les mains, et il sut qu'il était temps pour lui de s'éclipser. Les Larson avaient une vie de famille. Il n'en faisait pas partie. Du moins, pas encore.

— Attends, dit Chloe sur le seuil. Je reviens.

Elle reparut avec une grande enveloppe qu'elle lui tendit.

— Qu'est-ce que c'est ?

— Deux échantillons d'ADN : le mien et celui de Lily.

— Tu as fait un prélèvement ? demanda-t-il, étonné.

— Oui. J'ai réfléchi et je trouve que tes hésitations sont justifiées. Tu n'as aucune raison de me croire sur parole. Lily a trouvé ça très amusant que je lui chatouille la joue avec l'écouvillon. Puisque ça ne fait pas mal, pourquoi s'en priver ? Et comme je suis certaine que tu es son père, je ne prends aucun risque, conclut-elle en souriant.

Toujours médusé, il s'empara de l'enveloppe. Le geste de Chloe le bouleversait tant qu'il ne savait plus quoi dire.

— Si tu es libre demain, on pourrait passer la journée ensemble, tous les trois ? proposa-t-elle.

— Avec plaisir. Merci d'y avoir pensé.

Il l'embrassa sur la joue puis prit congé.

Il se sentait prêt à accepter beaucoup de choses pourvu qu'elle ne le rejette pas. Il avait tout à gagner dans l'histoire... Et aussi tout à perdre s'il n'y prenait garde.

Comme elle l'avait souligné, la suite dépendait de lui. La balle était dans son camp, et il avait la ferme intention de mettre toutes les chances de son côté.

— Alors, par quoi commençons-nous ?

Chloe venait de se garer sur un parking proche du port de Brighton. La journée s'annonçant radieuse, elle avait proposé de faire un tour à la mer, suggestion accueillie avec enthousiasme par Xander et par Lily.

Détendu et amical, Xander avait fait très bonne impression en venant les chercher ce matin-là. Connaissant la situation, sa mère et ses frères avaient évité de le bombarder de questions, et le petit déjeuner pris en commun s'était déroulé à merveille. Si Chloe avait pu savoir ce qu'il pensait, elle aurait été comblée.

Mais hélas, ce n'était pas le cas. Elle ignorait s'il avait accepté ou non l'idée d'être père. Pourvu qu'il fasse vite le test ADN ! Au moins, cette question-là serait réglée.

Ensuite, ils devraient songer au reste, à l'avenir de leur relation — mais on n'en était pas là. Cette plongée dans l'inconnu la déstabilisait, cependant elle devait faire avec. Elle n'avait pas le choix.

— Je ne sais pas, répondit Xander. Qu'y a-t-il à voir ?

— Plein de choses : le front de mer, l'aquarium, la fameuse tour d'observation...

— Ze veux la mer, moi ! déclara Lily, péremptoire.

— Va pour la promenade, répondit Xander en riant.

Ils commencèrent à longer la promenade d'un pas tranquille, Lily sautillant devant eux.

— Oh ! un château ! s'écria-t-elle lorsqu'ils atteignirent le Royal Pavilion, ancienne résidence d'été des rois d'Angleterre. On y va ? Y a une princesse dedans ? Ze voudrais bien être une princesse, moi !

Xander s'esclaffa.

— Je ne savais pas que les gamines de trois ans parlaient autant.

— Elle s'exprime bien pour son âge, répondit Chloe. Il faut dire qu'elle est entourée d'adultes : ma mère, mes frères, moi... Et en plus, elle a toujours une oreille qui traîne !

— Comme tous les gosses, j'imagine... Quelle est ta princesse préférée, Lily ?

— C'est Anna.

Chloe faillit éclater de rire devant l'air ahuri de Xander. Il devait connaître quelques contes de fées, mais pas *La Reine des neiges*, qui faisait pourtant un tabac depuis son adaptation en dessin animé. Les petites filles adoraient s'identifier à Anna ou Elsa, les deux sœurs de l'histoire...

— Anna ressemble un peu à Lily, expliqua-t-elle.

— Oui, z'ai des ceveux pareils, confirma Lily.

— Ah bon ? On va regarder sur mon téléphone.

Ils étaient arrivés devant le grand carrousel et dans la file d'attente, Xander fit de son mieux pour combler ses lacunes. Il découvrit non seulement Anna et Elsa, mais le bonhomme de neige Olaf, et lorsqu'ils arrivèrent à la caisse, il aurait pu raconter l'histoire par cœur.

Lily riait et parlait à toute vitesse, sautant du coq à l'âne, visiblement très à l'aise.

La connexion père-fille était-elle déjà présente ?

Chloe se chapitra : elle ne devait pas tirer de plans sur la comète ni espérer trop de choses sous peine d'être déçue.

Pendant que Lily s'amusait sur les chevaux de bois, Xander et elle bavardèrent de choses et d'autres, mais sans aborder *le* sujet essentiel. Ce n'était pas l'endroit ni le moment. Il y avait trop de monde, l'heure était à la détente...

Après ce manège ancien, Lily voulut essayer le trampoline géant.

— Tu es trop petite, chérie, objecta Chloe.

La moue boudeuse de sa fille laissait présager une colère, mais Xander intervint.

— On reviendra quand tu seras plus grande. Je te le promets. Allons plutôt vers les tasses qui tournent, d'accord ?

— D'accord !

Comme Lily repartait de bonne grâce en gambadant devant eux, Chloe pivota vers Xander.

— Ne lui fais pas de promesses si tu n'es pas sûr de les tenir, dit-elle.

— Je tiens toujours mes promesses, Chloe. Je déteste prononcer des paroles en l'air.

— Tant mieux… Bon, je vous laisse monter dans les tasses. Je vous regarderai. Je n'aime pas avoir le tournis.

— Je t'ai connue plus intrépide, commenta-t-il avec un sourire en coin.

— Ça, c'était avant !

Accoudée à la rambarde, elle les observa rire aux éclats sur le manège, le cœur serré. Ces moments exceptionnels se reproduiraient-ils ? Pourquoi voyait-elle le côté négatif des choses ? Pour elle qui positivait sans arrêt, c'était nouveau…

— Maman ! Maman ! Ze peux en faire un autre ?

Perdue dans ses réflexions, elle n'avait pas vu que Xander et Lily l'avaient rejointe. Elle jeta un coup d'œil sur sa montre et sourit.

— D'accord, mais un dernier. Ensuite, on ira manger.

Debout derrière Chloe, Xander observait Lily, laquelle s'était installée, toute fière, au volant d'un camion de pompiers miniature.

Sans réfléchir, il arrondit les paumes sur les hanches de Chloe. Elle se raidit à son contact.

— Ça te gêne ? demanda-t-il doucement.

— Non. C'est juste… bizarre, avec Lily dans les parages.

Son corps souple se détendit progressivement, et elle finit par se laisser aller vers l'arrière, la tête appuyée contre sa poitrine. Il perçut alors les effluves d'un shampooing fruité et sourit.

Il avait toujours aimé le parfum de Chloe, cela lui évoquait les paradis exotiques, la joie de vivre et le soleil.

Mais aujourd'hui, elle était soucieuse. Il avait senti son regard inquisiteur peser sur lui à plusieurs reprises. Or, il ne voulait pas qu'elle s'inquiète.

— Ça va aller, lui chuchota-t-il à l'oreille. On trouvera une solution.

Il avait mis du temps à regarder l'avenir sous un angle positif, mais à présent, il était capable d'avancer. Il devait juste convaincre Chloe qu'il n'était plus le même homme...

Voyant le manège s'arrêter, il contourna les barrières et récupéra Lily.

— Si on allait manger des frites ? suggéra-t-il.

— Oh oui ! Z'adore les frites !

— Comme ta mère. Surtout lorsqu'elle les pique dans l'assiette des autres, répondit-il en riant.

Chloe se mit à rire.

— C'est meilleur quand on les vole.

— Oui, apparemment.

Ils achetèrent leur repas à emporter dans un petit restaurant de *fish and chips*, puis allèrent le déguster sur un banc face à la mer. Lily nourrissait les mouettes autant qu'elle mangeait, mais si elle avait encore faim, il lui offrirait une glace. Ce midi, c'était fête !

Voyant un goéland en poursuivre un autre, elle se leva d'un bond pour aller chasser l'importun.

— Lily, attention !

Toute à sa course, elle n'avait pas vu le jeune garçon à vélo qui se trouvait sur sa trajectoire : elle le heurta de plein fouet. Alors, comme dans un film au ralenti, Xander la vit chuter lourdement, les bras écartés.

En deux enjambées, il fut auprès d'elle. Chloe accourut et se pencha :

— Je vais te porter, mon cœur.

Mais quand elle effleura le coude gauche de Lily, la puce se mit à hurler.

— Attends, dit Xander. Laisse-moi voir ça...

Lily était blême, son poignet gauche enflait à vue d'œil. D'ailleurs, elle le tenait serré contre son petit corps en un geste de protection.

— Lily, je vais t'aider, dit-il d'un ton apaisant. Respire avec moi… Voilà. Je vais regarder ton bras, mais sans le toucher.

Habitué à ce type d'urgences, il ne mit pas longtemps à poser son diagnostic. Chloe observait la scène d'un air hagard, visiblement sous le choc.

— Chloe… Écoute-moi, s'il te plaît. Je pense qu'elle a une fracture en bois vert due à l'hyperflexion. Il faut aller à l'hôpital. Sais-tu où il se trouve ?

Aucune réponse. Elle semblait avoir perdu ses moyens. C'est alors qu'une jeune femme poussant un landau s'arrêta près d'eux :

— Avez-vous besoin d'aide ?

— Oui, madame. Savez-vous s'il y a un hôpital près d'ici ?

— L'hôpital pour enfants est à moins d'un kilomètre, derrière le grand bâtiment là-bas, sur la droite. Vous le trouverez facilement.

— Merci beaucoup. Chloe, donne-moi ton foulard.

Elle s'exécuta comme un automate. Aussitôt, il fit passer l'écharpe derrière l'épaule de Lily, lui immobilisant le bras pour qu'elle ne souffre pas trop pendant le trajet.

— On va t'emmener à l'hôpital, ma puce, expliqua-t-il. Il faut qu'on prenne ton poignet en photo.

Très doucement, il la souleva de terre et la cala dans ses bras pour la porter vers la voiture. Finalement, ils mirent moins de dix minutes à trouver l'hôpital pour enfants, où il se gara sur le parking des médecins au mépris des règles en vigueur.

Il *était* médecin, après tout. Et il y avait urgence.

S'il avait vu juste, la lésion devait plutôt ressembler à une déchirure. Chez les petits, les os sont mous et se cassent comme une branche de bois vert, sans se briser nettement. Il fallait néanmoins réduire la fracture et poser un plâtre le plus vite possible.

Il porta Lily à l'intérieur, Chloe fermant la marche. Quelques fauteuils roulants étaient disponibles à l'accueil et pendant qu'il installait Lily sur l'un d'eux, il entendit une voix féminine s'élever depuis le couloir :

— Chloe, qu'est-ce que tu fais là ? Ça fait un bail depuis l'école !

— Joanna ! Je ne savais pas que tu travaillais ici.

Malgré son extrême pâleur, Chloe avait repris ses esprits. Elle parvint à expliquer la situation à l'infirmière qui venait de les accueillir, apparemment une camarade de promotion.

— Xander est médecin. Il pense que Lily a une fracture en bois vert, précisa-t-elle.

Joanna hocha la tête.

— Je vais appeler la radio pour que ta fille passe en priorité. En attendant, pourrais-tu remplir le formulaire d'admission ? ajouta-t-elle en prenant une fiche sur le comptoir d'accueil.

— Je m'en occupe, intervint Xander. Chloe, reste avec Lily.

Suivant les indications de Joanna, elle poussa le fauteuil roulant dans le couloir des urgences. Resté seul, il rejoignit la salle d'attente pour remplir les papiers, mais il comprit vite que c'était mission impossible sans l'aide de Chloe.

Il connaissait le nom de Lily, sa date de naissance, son adresse, mais pas son deuxième prénom. Il ignorait tout de ses antécédents médicaux. Il ne savait pas si elle avait des allergies. Il naviguait dans le flou total, et en ce qui concernait Chloe, ce n'était pas mieux.

Néanmoins, il comptait y remédier au plus vite. Cette fois, il ferait tout pour conquérir et garder la femme de sa vie — car elle l'était depuis le début.

Quand Joanna se matérialisa sur le seuil, il sursauta presque, tant il était perdu dans ses pensées.

— Vous aviez raison, c'est bien une fracture en bois vert, annonça-t-elle. Elles attendent le médecin. Avez-vous fini de remplir les papiers ?

— Non. J'ai besoin de Chloe pour certains détails.

Joanna, qui le considérait visiblement comme le père de Lily, lui lança un regard navré. Elle devait le prendre pour un benêt incapable de gérer la moindre chose sans sa femme.

Si elle avait su !

— Venez, répondit-elle. Vous pourrez attendre tous les trois en salle de soins.

— Merci beaucoup.

Une fois sur place, il pria Chloe de remplir les lignes vacantes du formulaire. Il lut ainsi que le deuxième prénom de Lily était Alexandra, découverte qui le surprit et l'émut.

— Je voulais lui donner quelque chose de toi, dit Chloe. C'était la seule possibilité que j'avais.

— Ça me touche beaucoup. Tu n'imagines pas à quel point...

L'arrivée du médecin mit un terme à la conversation. Habitué aux enfants, le Dr Swift n'eut aucun mal à mettre Lily à l'aise tout en lui expliquant ce qu'il allait faire.

— Quelle couleur veux-tu pour ton plâtre ? demanda-t-il. Rose ?

— Non. Ze veux un vert !

Vert comme la robe d'Anna, Xander l'aurait parié. Il ne savait pas grand-chose de sa fille, mais il connaissait au moins sa couleur préférée. Et plus il la côtoierait, plus il découvrirait cette foule de menus détails qui avaient tant d'importance.

Il espérait juste avoir l'occasion de le faire. Pour l'heure, il n'était sûr de rien.

Sous l'effet des calmants, Lily s'était endormie dans la voiture. Trop fatiguée, Chloe avait laissé le volant à Xander, lequel regardait fréquemment dans le rétroviseur pour s'assurer que leur puce allait bien.

— Je me suis senti inutile au moment de remplir les papiers, dit-il. J'ai mesuré tout ce que j'avais loupé depuis la naissance de Lily.

— Elle est petite. Tu pourras facilement rattraper le temps perdu.

— Certaines choses ne se rattrapent pas. La naissance, les premiers pas, la première dent, les premiers mots. Le premier sourire, les premiers jours à la crèche...

Chloe hocha la tête.

Elle n'avait aucune envie d'argumenter. L'après-midi avait été trop stressante. Mieux valait amener Xander sur un terrain plus positif.

— Prends le bon côté des choses : tu verras sa première journée d'école, la chute de sa première dent, son premier petit ami. Tu pourras lui faire la conduite accompagnée...

— Tu regardes l'avenir, moi je te parle du passé. Trois anniversaires, trois fêtes des pères, trois Noëls sans moi...

— Xander, je suis désolée, mais qu'y puis-je ? J'ai fait le maximum pour retrouver ta trace.

— Je sais. Ce n'était pas un reproche.

Elle lui jeta un regard en coin.

Cela y ressemblait beaucoup, pourtant. Et s'il passait son temps à remâcher ses regrets, ils n'allaient pas avancer !

— Je suis contente que tu sois là aujourd'hui, ici et maintenant, reprit-elle. Je ne sais pas ce que j'aurais fait sans toi. Lily est… toute ma vie, conclut-elle d'une voix rauque.

— Et moi, je suis content d'être là, Chloe. Vraiment. J'espère bien faire partie de sa vie, désormais.

— Il ne tient qu'à toi. Je te l'ai déjà dit.

— Je sais, répéta-t-il.

Le reste du trajet se déroula en silence.

À l'arrivée, elle courut ouvrir la porte tandis que Xander sortait Lily de la voiture avec mille précautions.

Il grimpa les marches du perron, son précieux fardeau dans les bras, et elle vit sa mère accourir dans le vestibule.

— Oh ! la pauvre chérie ! Comme elle a dû avoir mal !

— Sur le coup, oui, mais ça va maintenant, répondit Chloe, au bord des larmes. Je vais la monter. Avec un peu de chance, elle ne se réveillera pas.

Elle prit Lily en évitant le regard de Xander. Elle ne voulait pas se mettre à pleurer devant lui, là, maintenant. Ça aurait été le bouquet.

— À tout de suite, murmura-t-elle. Je n'en ai pas pour longtemps.

Xander frissonna tout en suivant Chloe du regard.

Il avait eu froid dès qu'elle lui avait retiré Lily des bras, et il éprouvait une sensation de vide telle qu'il n'en avait jamais connue.

Conscient du regard inquisiteur de Susan Larson, il s'efforça de prendre un air neutre.

— Venez donc boire un thé, Xander, proposa-t-elle.

— Volontiers, merci.

Ils s'installèrent dans la cuisine, où il lui relata l'accident de Lily par le menu.

— C'est ennuyeux, mais dans son malheur, ma petite-fille a eu de la chance, commenta-t-elle. Elle aurait pu tomber sur la tête.

— C'est vrai. Il faut relativiser.

— Passiez-vous une bonne journée, avant ça ?

— Oui, très bonne.

Disant cela, il n'était pas totalement honnête : il avait senti Chloe mal à l'aise et presque sur la défensive à certains moments.

— Chloe m'a raconté que vous aviez élevé vos enfants toute seule. Elle-même a l'air de très bien se débrouiller. J'espère qu'elle pourra me... faire une place, conclut-il, incapable de dissimuler ses craintes.

Susan secoua la tête.

— Vous devriez plutôt en parler avec elle, mais je peux quand même vous dire que nos histoires sont très différentes. Personnellement, je n'ai pas choisi d'être mère célibataire. Mon mari ne m'a laissé aucune alternative.

Étonné, il garda le silence. Il trouvait cette dernière phrase un peu bizarre.

— Que vous a dit Chloe au juste ? reprit Susan.

— Que son père était policier et qu'il était mort en service.

— C'est exact, mais il y a autre chose. Grant a eu une liaison, et il nous a quittés. Il m'a laissée seule avec les enfants. J'ai eu une mauvaise passe, et puis, grâce à ma mère qui est venue s'installer ici un moment, j'ai redressé la barre. Chloe avait sept ans, elle s'en souvient bien. Elle était très remontée contre son père. Depuis, elle a du mal à faire confiance aux gens, et aux hommes en particulier.

— À moi, c'est sûr ! Elle ne me raconte sa vie que par bribes, et au final je ne sais pas grand-chose.

— Il faut la comprendre. Comme elle n'a pas pu vous retrouver, elle s'est posé des questions. Elle a cru pendant un temps que vous étiez au courant de ses recherches et que vous l'évitiez.

— Mais pas du tout !

— Alors, je vous suggère de le lui dire. Je pense qu'elle a changé d'état d'esprit, mais cela vaudrait mieux. Et surtout, rassurez-la sur vos intentions.

— Comment cela ?

— L'univers de Chloe tourne autour de Lily. Nous la soutenons, mais je sais qu'elle a toujours regretté votre absence. Cela ne veut pas dire qu'il faut vous remettre ensemble, juste réfléchir à l'intérêt de la petite. Si vous voulez jouer votre rôle de père, il faudra être patient. Chloe n'acceptera peut-être pas tout de suite de partager Lily comme vous le souhaiteriez.

— Je comprends. C'est normal.

Un bruit de pas dans l'escalier mit un terme à la discussion. Quelques instants plus tard, Chloe parut dans la cuisine.

— Comment va-t-elle ? demanda Susan.

— Pas trop mal. Elle s'est réveillée un peu, est allée aux toilettes, et sitôt en pyjama, elle s'est rendormie. Mais attendons-nous à une nuit agitée.

— Tu as déjà l'air K-O, dit gentiment Xander.

— Merci. Ça fait plaisir d'entendre qu'on a une sale tête...

— Ce n'est pas ce que je voulais dire, voyons.

Pour lui, Chloe serait toujours belle, même si elle avait les traits tirés et les yeux cernés !

Elle se laissa tomber sur une chaise, et Susan s'éclipsa, prétextant une lessive à étendre.

— Lily ne m'a pas demandé ? s'enquit-il.

Chloe soupira.

— Non. Elle t'a vu deux fois. Elle te connaît à peine.

— Bien sûr. Tu as raison.

Le lien n'allait pas se tisser en un week-end. Lily aurait besoin de temps pour s'habituer à sa présence. Chloe aussi. Dans cette histoire, il n'avait pas droit à l'erreur. Il devait la convaincre que ses intentions étaient nobles et sérieuses, ce qui était loin d'être gagné.

— J'aimerais jouer mon rôle de papa, dit-il d'un ton ferme. Mais je dois savoir ce que *toi*, tu veux. C'est important, Chloe. On est dans le même bateau. Si on avance, on doit le faire ensemble. Dis-moi ce que tu veux, répéta-t-il.

— Je... Je n'en sais rien.

— Que voulais-tu quand tu m'as cherché partout ? Quels étaient tes rêves, tes espoirs ?

Elle eut un rire bref.

— Je voulais l'impossible. Je nous imaginais fonder une famille, vivre heureux... Mais je me suis consolée en pensant que tu ne voulais pas d'enfant. Donc, c'était mieux pour tout le monde.

— Sauf que je veux des enfants ! protesta-t-il. Et je veux

m'impliquer dans la vie de ma fille... Et dans la tienne. Réfléchis-y, Chloe. Ce ne sont pas des paroles en l'air.

Elle opina. Elle semblait épuisée.

Il se mit debout.

— On ne résoudra pas nos problèmes ce soir, dit-il d'un ton doux. On en discutera à tête reposée. Je t'appellerai demain pour prendre des nouvelles de Lily.

— D'accord.

Quand elle le raccompagna, il eut envie de l'embrasser, mais il se retint, pensant que ce serait mal venu. Il lui déposa donc un baiser sur le front puis prit congé.

Demain serait un autre jour. Il avait bien entendu les conseils de Susan, et il ne tarderait pas à les appliquer pour conquérir le cœur de Chloe. Jamais, de toute sa vie, il n'avait voulu quelque chose aussi fort.

À peine Chloe eut-elle refermé la porte qu'elle monta l'escalier quatre à quatre. Puis elle s'affala sur son lit et éclata en sanglots.

Xander voulait « s'impliquer » dans sa vie. Qu'entendait-il par là exactement ? Il pouvait très bien jouer son rôle de père sans renouer de liens particuliers avec elle, la mère de son enfant !

Il avait parlé de se remarier, mais comment réagirait-elle s'il épousait une autre femme ? Elle devrait laisser partir Lily régulièrement chez une inconnue. Ce n'était pas l'avenir dont elle rêvait pour sa fille ni pour elle-même.

L'équation était simple : elle voulait que Xander entre dans sa vie car elle l'aimait. Elle n'avait jamais cessé de l'aimer, depuis le premier jour.

Restait à savoir si la réciproque était vraie. Et ça, rien n'était moins sûr.

10

— Salut, toi. Quelle bonne surprise !

Suite à l'accident, Chloe avait posé des congés pour s'occuper de Lily, et Xander ne comptait pas la revoir avant plusieurs jours. Mais quel plaisir de la découvrir là, sur son pas de porte ! Cette visite inattendue était un vrai cadeau.

— Entre donc, proposa-t-il. Comment va Lily ?

— Très bien. Elle nous rend folles, ma mère et moi. Elle veut déjà remonter sur son vélo.

Il se mit à rire.

— Ça ne m'étonne pas.

Avisant l'enveloppe posée sur le guéridon du hall, Chloe haussa les sourcils.

— As-tu fait ton prélèvement ?

— Oui.

— Pourquoi ne l'as-tu pas envoyé au labo ?

Il l'invita à le précéder au salon, la fit asseoir et s'installa près d'elle.

— Parce que je n'ai pas besoin de connaître les résultats. Je m'en moque. Je veux que Lily soit ma fille.

— C'est le cas.

— J'en suis certain.

Il ne voulait plus mettre la parole de Chloe en doute. Il lui avait fait assez de peine comme cela.

Quand elle sortit une clé USB de son sac pour la poser sur la table basse, il lui lança un regard interrogateur.

— C’est un petit cadeau, expliqua-t-elle. Une copie des photos de Lily de la naissance jusqu’à son dernier anniversaire. De tous les moments que tu n’as pas vus.

— Merci beaucoup. Crois-tu que la présence d’un père lui a manqué ?

Elle haussa les épaules.

— Difficile à dire. J’ai fait de mon mieux, en tout cas.

— Et tu t’es très bien débrouillée. Lily est vive, curieuse, sociable. Elle parle comme un livre, et elle a confiance en elle. C’est grâce à toi, tout ça.

— Si tu entres dans sa vie maintenant, je suis sûre que ça ira. Avec ma mère et mes frères, on a posé les bases, mais comme tous les enfants, elle n’aura pas beaucoup de souvenirs de ses premières années. Il sera facile de vous construire un univers commun. Elle ne saura pas ce qu’elle a manqué.

— Mais moi, oui.

Chloe se rapprocha du bord du canapé, très raide, les bras croisés sur la poitrine.

— Je sais. Je suis désolée. J’aurais peut-être dû approfondir mes recherches. Mais, à un moment, j’ai cru que tu m’évitais.

— Absolument pas !

Il captura ses mains glacées et les serra dans les siennes.

— Je n’ai jamais su que tu me cherchais, sinon, j’aurais répondu. J’ai touché le fond quand tu es partie. Tout me rappelait ta présence, nos moments magiques, le bonheur… J’ai été heureux avec toi et horriblement malheureux sans toi. Alors j’ai quitté le bush. J’avais besoin de prendre de la distance avec tous ces souvenirs.

Chloe pivota vers lui. Elle semblait effarée.

— Alors, pourquoi n’es-tu pas venu me chercher au lieu de parcourir le monde pendant quatre ans ?

— Tu étais jeune, rayonnante, pleine de vie. Qu’aurais-tu fait d’un vieux grincheux comme moi ?

— Tu n’étais pas vieux, et pas toujours grincheux non plus, d’ailleurs, ajouta-t-elle en souriant.

— Mais à l’époque, j’avais deux cents ans dans ma tête. Je ne voyais pas le bout du tunnel. Je sortais d’un divorce, j’avais eu de gros ennuis de santé. Je ne savais pas si ma rémission allait durer.

Ça aurait été injuste de t'imposer l'épreuve de la maladie alors que tu avais l'avenir devant toi. Je n'avais rien à t'offrir, à l'époque.

— Et maintenant ?

— Maintenant, je me rends compte de mon erreur. Nous avons perdu beaucoup de temps par ma faute. Au lieu d'écouter ma tête, j'aurais dû suivre mon cœur. Je sais aujourd'hui que mon instinct me poussait dans la bonne direction. Mais il n'est pas trop tard, Chloe. Ça peut encore marcher. J'en suis sûr.

— Je ne vois pas bien comment.

— Moi, si. Je pourrais rester à Londres, trouver un poste permanent. Il m'aura fallu du temps et un long voyage, mais j'ai enfin compris : ma place est ici auprès de toi et de Lily. Il faut me croire, Chloe. J'ai besoin que tu me croies. S'il te plaît.

La caresse de Xander sur sa joue fit à Chloe l'effet d'un baume apaisant. Il la dévisageait avec une telle tendresse qu'elle se sentait fondre. La sincérité de son regard était évidente.

Mais pouvait-elle lui faire confiance à long terme ?

Quand il glissa une main dans ses cheveux, elle cessa de réfléchir. Sa vie avait peut-être changé, mais son attirance pour lui était intacte. Le contact de ses doigts tièdes sur sa nuque l'électrisait, et une douce sensation de chaleur lui irradiait le ventre.

Heureuse de sentir son corps renaître à la vie, elle glissa lentement vers Xander qui, déjà, inclinait la tête vers elle. Leurs lèvres se joignirent naturellement, et elle se livra à la douce exploration de sa langue, heureuse de retrouver la saveur exquise des baisers qui lui avaient tant manqué.

Arrondissant les paumes sur ses hanches, il la souleva sans effort et l'assit sur ses genoux. Puis, sans détacher les lèvres des siennes, il glissa une main sous sa chemise tandis qu'elle lui enlaçait la nuque.

Sans perdre de temps, il dégrafa son soutien-gorge d'une main experte. Elle gémit doucement lorsqu'il commença à taquiner le mamelon durci d'un sein. Déjà, elle ne s'appartenait plus et de manière réflexe, elle leva les deux bras pour qu'il puisse lui ôter son chemisier.

Nue jusqu'à la taille, elle sentit une pluie de baisers lui chatouiller les épaules et le cou. Joueur, Xander retardait le moment essentiel, et finalement elle lui prit la tête à deux mains pour l'attirer vers sa poitrine.

Une flambée de plaisir l'inonda quand sa bouche gourmande lui prit d'assaut un sein puis l'autre. Elle commença à onduler doucement pour apaiser le feu qui la dévorait. Elle avait besoin que Xander la touche partout. Elle voulait sentir le contact de ses mains sur sa peau. Cette attraction n'avait aucune limite, et elle en connaissait l'issue…

Avec des gestes que le désir rendait gauches, elle extirpa la chemise de Xander de son pantalon. Elle lui caressa le torse, éprouvant la fermeté de ses muscles et la chaleur de sa peau. Puis elle dénoua sa ceinture, et d'un coup de hanches — sans la lâcher —, il se redressa pour qu'elle puisse lui ôter son pantalon.

Jamais, de toute son existence, elle n'avait ressenti quelque chose d'aussi fort, pas même à Broken Hill. Elle ne vivait que pour cet instant depuis le jour de leurs retrouvailles, et son rêve était en train de prendre corps de la plus belle manière qui soit.

Oubliées, la tristesse et la solitude. Le passé était balayé. Elle ne voulait pas non plus penser à l'avenir, juste se perdre dans l'instant présent.

C'est à peine si elle se rendit compte que Xander l'avait débarrassée de son jean. Elle poussa un cri rauque lorsqu'il passa une main sous l'élastique de sa culotte pour taquiner le point le plus sensible de son intimité. Puis, d'un doigt glissé au creux de sa chaleur, il continua de l'amener au bord du vertige et elle ferma les paupières, subjuguée.

Folle d'impatience, elle lui arracha sa chemise et se pressa contre lui, peau contre peau, en ondulant au rythme de ses caresses. Mais alors qu'elle était sur le point d'exploser, il s'arrêta net.

Elle ouvrit les yeux et lut le doute dans son regard.

Pourquoi hésitait-il encore ? Elle le voulait à sa merci, incapable de résister. Elle voulait le sentir en elle. Elle ne respirait plus que par lui. Il avait fixé les limites de l'Univers, et à cette seconde, les limites étaient ses bras.

Prenant le contrôle, elle l'embrassa furieusement. Puis elle lui mordilla la lèvre et s'écarta. Elle voulait voir son visage au moment où elle lui rendrait le plaisir qu'il était en train de lui donner.

Elle lui enleva son boxer, et il gémit alors qu'elle capturait son sexe érigé. Son regard était devenu presque noir, il respirait par saccades, les lèvres entrouvertes.

— Attends, chuchota-t-il d'une voix rauque avec un sourire en coin, n'oublions pas le préservatif.

Tendant le bras, elle attrapa son grand sac où elle gardait toujours une trousse d'urgence.

— Et voilà !

— Tu en avais sur toi ? demanda Xander, incrédule.

— C'est mon métier qui veut ça, répondit-elle, taquine.

Elle le protégea puis le repoussa légèrement contre les coussins. Un grand frisson la parcourut quand elle le chevaucha. Il avait fermé les paupières, et elle se mit à osciller en rythme, galvanisée par les gémissements de plaisir qu'il poussait.

Une sensation de joie pure l'envahit tout entière lorsqu'il glissa une main entre leurs deux corps pour la caresser. Le temps avait aboli son cours. Elle allait bientôt disparaître dans un monde lumineux où plus rien n'aurait d'importance...

— Maintenant ! implora-t-elle.

Les lèvres de Xander se refermèrent sur son sein gauche tandis qu'il allait et venait de plus en plus vite, de plus en fort. Ils jouirent ensemble, accrochés l'un à l'autre comme des naufragés, et ce fut pour un moment d'allégresse tel qu'elle n'en avait jamais connu. Le bonheur ultime. La chaleur d'un univers perdu et retrouvé.

Plus tard, il faudrait penser à l'avenir, mais pas maintenant. Maintenant, elle voulait savourer ce moment précieux à sa juste valeur.

Chloe sortit de la salle de bains et s'habilla à regret.

Xander était déjà parti car il avait un vol d'entraînement programmé. Pour sa part, elle devait rentrer chez elle. La parenthèse avait été courte, mais elle ne regrettait rien.

Au-delà du plaisir physique, elle avait eu l'impression qu'ils connectaient leurs âmes. Xander était l'homme de sa vie. Elle l'avait toujours aimé, et plus elle découvrait de choses sur lui, plus elle en était convaincue.

Pour autant, cette incroyable alchimie n'allait pas tout régler. Xander voulait-il vraiment s'installer à Londres ? Quelle organisation trouveraient-ils pour Lily ? La puce ne savait pas encore qu'il était son père.

Si Chloe freinait cette annonce décisive, c'était pour ne pas la perturber, mais aussi pour gagner du temps. Elle n'avait jamais vraiment cru à la possibilité de revoir Xander. Ces retrouvailles avaient tout changé, et à présent, il y avait beaucoup d'enjeux pour Lily et pour elle-même.

Certes, elle était amoureuse, mais elle était sceptique sur la fidélité au masculin. L'exemple de son père ne l'avait pas encouragée à faire confiance aux hommes. Pourtant, elle devrait mettre ses doutes de côté et faire un effort. Sinon, ils n'avanceraient pas.

Dans le hall de l'appartement, son regard tomba sur l'enveloppe toujours posée en évidence au même endroit. Elle la prit, la rangea dans son sac puis sortit en claquant la porte derrière elle.

Dès le lendemain, elle emmènerait ce prélèvement au laboratoire. Ainsi, Xander aurait la preuve formelle que Lily était sa fille. Il avait beau affirmer qu'il la croyait sur parole, cette étape était nécessaire.

Une relation ne se construisait pas à sens unique. Xander aussi devait pouvoir lui faire confiance et s'ils arrivaient à croire l'un dans l'autre, alors seulement ils seraient sur le bon chemin.

11

Le mariage d'Esther et Harry était merveilleux à tous points de vue.

Après une cérémonie empreinte de simplicité et d'émotion, les mariés avaient quitté l'église sous un soleil radieux. La réception dans un manoir ancien avait tenu toutes ses promesses, et les discours des témoins et des époux, amusants et touchants, avaient ravi les invités. Quant à la mariée, elle était tout simplement sublime.

Chloe imaginait déjà Carly dans le même rôle d'ici quelques semaines. Cette fois-là, Izzy serait présente. Les retrouvailles de leur quatuor « historique » s'annonçaient phénoménales !

Bien sûr, les choses seraient différentes avec Esther et Carly jeunes mariées, mais elle ne doutait pas que les liens qui les unissaient demeurent aussi forts qu'avant. Elles avaient toutes évolué avec harmonie, même si dans son cas la vie personnelle était loin d'être un fleuve tranquille !

Son regard chercha Xander par-delà la foule des invités.

Elle espérait avoir tenu au mieux son rôle de demoiselle d'honneur, mais elle avait été un peu perturbée par le fait qu'il l'accompagne au mariage. Les clins d'œil complices de ses amies l'avaient embarrassée.

Tout le monde avait-il donc tiré des conclusions sur leur histoire ?

Si les gens savaient…

Il était très tard, à présent, et elle commençait à être fatiguée. Elle avait prévu de dormir chez Xander puisque sa mère gardait

Lily. Elle anticipait déjà le moment où ils se retrouveraient dans les bras l'un de l'autre. Il n'y en aurait sans doute plus beaucoup : il allait bientôt repartir, hélas.

Elle ne savait toujours pas ce qu'il allait faire à la fin de son contrat. Voulait-il le prolonger ? Chercher une mission ailleurs et revenir plus tard ? Les jours défilaient, il fallait qu'ils en discutent sérieusement !

Quand il traversa le parquet de danse pour la rejoindre à la table d'honneur, elle resta figée sur place. Il ne la quittait pas du regard, comme s'ils étaient seuls au monde...

Parvenu devant elle, il lui sourit.

— Puis-je te soustraire à ta mission ?

Elle prit sa main tendue et se leva.

— Sans problème. Les filles se défoulent sur la piste.

Ils sortirent sur la terrasse éclairée de lampions. Xander ne l'avait pas lâchée, et elle lui trouva l'air étonnamment sérieux.

— J'aimerais te demander quelque chose, dit-il.

Il la fit asseoir sur un banc, s'installa près d'elle.

Le jardin illuminé avait une allure très romantique et elle sentit son souffle se bloquer dans sa gorge.

— Chloe ?

— Oui...

— Je voudrais dire à Lily que je suis son papa.

— As-tu les résultats des tests ?

Il sortit une enveloppe de sa poche de veste et opina.

— Alors ? reprit-elle, le cœur battant, même si elle connaissait la réponse.

— Je ne l'ai pas ouverte, c'est inutile.

Ayant dit cela, il déchira l'enveloppe et remit les morceaux dans sa poche.

— Mais...

— Lily est notre fille, Chloe. Je n'ai pas besoin d'un bout de papier pour en être sûr. Je te crois et je te fais confiance. Mon cœur sait qu'elle est ma fille, alors je voudrais qu'elle le sache, elle aussi.

Il avait raison. Elle ne pouvait pas lui refuser ce droit et ce bonheur plus longtemps.

— As-tu réfléchi à la manière de procéder ?

— J'aimerais t'accompagner chez toi demain pour qu'on le lui dise tous les deux. Je repars en Australie la semaine prochaine. Mes parents fêtent leurs quarante ans de mariage, et je tiens à y être. Mes sœurs m'ont fait remarquer que j'avais trop joué les abonnés absents ces dernières années… Du coup, je voudrais emmener Lily avec moi.

Chloe eut un violent sursaut.

— Je… Comment ?

Elle hallucinait, ce n'était pas possible ! Des points noirs obscurcissaient sa vision, sa tête s'était mise à tourner. Allait-elle faire un malaise ou vomir ?

— Tu veux *m'enlever* Lily ?

— Pas du tout. Je veux la présenter à ma famille et…

— Ah, Chloe, tu es là ! Esther et Harry s'apprêtent à partir. J'ai pensé que tu voudrais leur dire au revoir.

Carly venait de les rejoindre, mais Chloe ne s'en était pas aperçue. Toujours sous le choc, elle garda le silence. Xander ne disait rien non plus, et Carly les regarda tour à tour avec embarras.

— Pardon, je vous dérange…

Recouvrant ses esprits, Chloe se leva.

— Non, ne t'inquiète pas, dit-elle sèchement. On avait fini.

Elle suivit son amie à l'intérieur et salua les mariés comme le voulait la tradition. Après leur départ, Adem vint chercher Carly pour une dernière danse, et elle se retrouva seule, furieuse et malheureuse à la fois.

Il était hors de question qu'elle aille chez Xander. Elle allait prendre un taxi pour rentrer chez elle.

— Chloe… Il faut que tu m'écoutes. S'il te plaît, laisse-moi m'expliquer !

Xander l'avait rejointe à leur table. Planté devant elle, il la dévisageait avec insistance, mais elle secoua la tête.

— Je suis fatiguée. Je vais y aller, répondit-elle, au bord des larmes.

— Accorde-moi dix minutes. *Je t'en prie.*

La détermination se lisait dans le regard gris de Xander, et elle ne pouvait pas faire d'esclandre en l'envoyant promener…

Elle soupira.

— Dix minutes, répliqua-t-elle d'un ton sec.

Elle le suivit sur la terrasse et se planta devant lui, les poings sur les hanches.

— Je ne veux pas emmener Lily en Australie toute seule, commença-t-il. Elle est petite, elle me connaît à peine... Je voudrais que tu viennes aussi.

Elle s'était attendue à tout, mais pas à ça !

— Moi ?

— Bien sûr, toi. Lily ne peut pas voyager à l'autre bout du monde sans sa mère, voyons ! Ça nous donnerait l'occasion de prendre des vacances en famille.

— Nous *ne sommes pas* une famille.

Avec douceur, il lui prit la main pour la faire asseoir sur le banc.

— Pas encore, mais j'aimerais qu'on le devienne. Maintenant que je vous ai retrouvées, Lily et toi, je ne veux plus vous quitter d'une semelle.

Stupéfaite, elle le vit s'agenouiller devant elle.

— Chloe Larson, veux-tu m'épouser ?

Tant d'émotions, c'était trop. Sa vision se brouilla, et le visage souriant de Xander s'estompa derrière un rideau de larmes.

— Je ne peux pas, bafouilla-t-elle.

— Mais pourquoi ?

Comment s'expliquer alors que les pensées se bousculaient dans sa tête ? Tout se précipitait, elle avait besoin de réfléchir.

— C'est... trop tôt. On a passé un mois ensemble il y a quatre ans. On s'est retrouvés il y a cinq semaines. Nous sommes presque des étrangers l'un pour l'autre.

— Je ne suis pas d'accord. Que fais-tu de l'alchimie qui existe... qui a toujours existé entre nous ?

— La passion n'est pas éternelle, Xander. Que restera-t-il quand la flamme sera éteinte ? Avoir un enfant en commun, cela ne suffit pas.

Il secoua la tête et resserra la pression sur ses mains.

— Entre nous, c'est différent, ma chérie. Nous sommes les deux moitiés d'un tout. On se complète et on est faits pour être ensemble. Tu dois le sentir aussi, c'est seulement que tu as peur.

Il lui embrassa les doigts l'un après l'autre, puis ajouta :

— J'aurais dû te demander de rester à Broken Hill. C'est mon plus grand regret. Si j'avais osé, on n'en serait pas là.

Comme elle avait espéré ce dénouement ! À l'époque, elle aurait accepté sans réfléchir. Elle aurait tout abandonné pour lui…

— C'est dommage, répondit-elle d'un ton triste.

— J'ai renoncé car je n'avais rien à t'offrir. Je n'avais pas passé le cap des cinq ans de rémission, loin de là. Et puis, j'étais perdu, en colère et malheureux suite au divorce.

— Aimais-tu encore ta femme ?

— Non, c'était mon ego qui souffrait. J'ai grandi dans une famille unie avec des parents soudés, donc je rêvais de reproduire le même modèle. Je le voulais tellement que je me suis marié trop jeune. Ni ma femme ni moi n'étions prêts, et notre couple a explosé dans l'épreuve. Je me suis alors réfugié dans le travail en pensant que cela suffirait. Mon métier m'a beaucoup aidé, mais j'ai besoin d'autre chose pour être heureux. Chloe, j'ai besoin de toi !

Il s'assit près d'elle sur le banc et lui entoura la taille.

Incapable de réagir, elle le dévisagea, perdue.

— Je n'ai pas eu le coup de foudre pour mon ex-femme, mais pour toi, oui, reprit-il. À la seconde où je t'ai vue, j'ai ressenti quelque chose de spécial. J'étais fasciné, attiré, subjugué. Et un mois plus tard, quand tu es partie, j'ai touché le fond. Cela n'avait rien de comparable avec mon divorce. J'étais perdu sans toi. Anéanti. Je ne referai pas deux fois la même erreur. Alors, s'il te plaît, épouse-moi ! Quoi qu'il arrive, je ne renoncerai pas.

Ces paroles, elle avait rêvé mille fois de les entendre. Mais pouvait-elle s'autoriser à les écouter ? Et si le destin finissait par lui jouer un mauvais tour ?

— On n'a pas besoin de mettre nos signatures sur un bout de papier, temporisa-t-elle.

— Pour moi, le mariage représente bien autre chose que deux signatures. Je le prends très au sérieux, et je ne supporte ni le mensonge ni la tromperie. Voilà pourquoi j'ai divorcé à l'époque. Mais je n'ai aucun regret parce que la vie m'a offert une deuxième chance : toi. Je ne prendrai pas le risque de te perdre à nouveau. Je t'aime, Chloe. Est-ce que toi, tu m'aimes ?

— J'ai peur.

— Peur ? De quoi ?

— Que les choses tournent mal. Mes parents se sont mariés à cause de moi. Ils n'auraient pas dû.

— Que s'est-il passé ?

Le moment était venu d'en parler à Xander. Peut-être, en lui racontant son histoire, serait-elle capable d'avancer ?

Elle prit une profonde inspiration.

— Mon père venait de rompre avec sa copine quand il a rencontré ma mère. Elle est tombée enceinte, et à l'époque, les gens se sentaient « obligés » de se marier, expliqua-t-elle en traçant des guillemets dans l'air. Dans leur cas, c'était une erreur. Il a fini par retrouver son ex, qu'il n'avait jamais oubliée. Tom venait de naître quand il est parti. Et même si j'ai compris ses raisons, je ne lui ai pas pardonné de nous avoir laissés en plan. Ma mère a eu beaucoup de mal à s'en remettre. Jamais il n'aurait dû faire trois enfants. Il aurait dû s'en aller tout de suite…

Elle secoua la tête.

— J'ai peine à croire que les gens puissent rester ensemble une vie entière. Même s'ils s'aiment, cela ne suffit pas toujours. Oui, j'ai rêvé de fonder une famille avec toi lorsque je suis tombée enceinte. Mais cela aurait-il marché ? Quelles chances avions-nous à l'époque ? Quelles chances avons-nous maintenant ?

— Chloe, je ne vais pas t'abandonner. Je te le promets.

— Tu repars en Australie !

Il lui sourit.

— Pour les vacances, pas pour toute la vie. Au retour, je m'installerai à Londres. Eloise va rejoindre son mari en Espagne. Son poste s'est libéré, et on me l'a proposé. Comme ma grand-mère maternelle était anglaise, j'ai le droit de m'installer ici sans visa de travail. Et je vais le faire. Je *veux* rester ici avec toi et Lily.

— Mais…

— Je resterais même si elle n'était pas ma fille. Cette demande en mariage te concerne, toi en particulier. Je n'ai aucun sentiment d'obligation. Je veux t'épouser parce que je t'aime !

Avec tendresse, il lui mit une main sur le cœur.

— Dis-moi ce que tu ressens, Chloe.

Pouvait-elle avouer qu'elle l'aimait depuis quatre ans ? Si *lui* croyait de nouveau en l'amour après un échec, elle n'allait pas rester bloquée toute sa vie.

— Je me sens bien avec toi, chuchota-t-elle. Je me sens à ma place.

— Alors, écoute ton cœur !

— Ce n'est pas mon cœur, le problème, c'est ma raison. Je me dis depuis des années que l'amour ne dure pas. Je suis tombée amoureuse de toi, il y a quatre ans. Il m'a fallu beaucoup d'efforts pour que tu sortes de ma tête.

— Tu m'aimais ? Tu pourrais m'aimer encore ?

— Je n'ai jamais cessé de t'aimer. Seulement, je me demande si l'amour peut suffire.

— Bien sûr que oui ! Ça va marcher, Chloe. Tu n'es pas tombée enceinte par hasard, et on ne s'est pas retrouvés par hasard. La destinée a voulu que l'on soit réunis. Je t'aime, j'aime notre fille, et je veux qu'on soit ensemble tous les trois. Fais confiance à l'avenir. Épouse-moi, s'il te plaît.

Avec Lily, cet homme exceptionnel était toute sa vie. Elle aurait été folle de ne pas saisir sa chance. Elle le comprenait maintenant, le risque zéro n'existait pas, et pour être heureuse, elle devait se jeter à l'eau.

Elle se blottit contre Xander et l'embrassa passionnément.

— Oui, murmura-t-elle. Oui, oui, oui ! Je t'aime, Xander.

Épilogue

Assise dans un fauteuil capitonné de style ancien, Chloe admirait le paysage féerique qui s'offrait à sa vue.

Elle vivait un rêve incroyable depuis le début de la journée. Elle s'était réveillée à Londres, et douze heures plus tard, elle se retrouvait à cinquante kilomètres de Paris, dans un hôtel de luxe, à contempler les lumières féeriques d'un château et de son magnifique parc.

Xander ouvrit la fenêtre donnant sur le balcon et lui sourit.

— Le feu d'artifice va bientôt être tiré, annonça-t-il.

— Cet endroit est magique. Quelle excellente idée tu as eue !

— J'ai trouvé que c'était une bonne manière de célébrer nos fiançailles.

Elle se leva pour mieux admirer le spectacle pyrotechnique offert aux visiteurs. Xander lui entoura les épaules d'un bras, et ils sortirent sur le balcon.

— On est aux premières loges, commenta-t-elle. Ça aurait plu à Lily.

— Veux-tu qu'on la réveille ?

— Surtout pas, laissons-la dormir ! Elle risque d'être grognon, et je veux qu'elle soit en forme demain matin pour le petit déjeuner des princesses !

Même si elle avait passé les trois quarts de la journée sur les épaules de Xander, la journée avait été fatigante pour Lily. Ils avaient enchaîné les découvertes, et il y aurait encore beaucoup à faire le lendemain !

— Tu as raison, approuva Xander. J'ai hâte de voir sa tête quand elle découvrira notre surprise. Mais en attendant, nous avons la nuit devant nous, ma chérie…

— Bonjour, Belle au bois dormant. Bonjour, princesse Anna. J'espère que Leurs Altesses Royales ont bien dormi ?

Chloe s'assit contre les oreillers et se frotta les yeux.

Elle avait regagné sa chambre aux aurores pour éviter que Lily ne se pose trop de questions. Cette dernière aurait tout le temps de s'habituer à voir son père et sa mère dormir ensemble après le mariage.

Allongée près d'elle, Lily s'étira en bâillant. Puis elle lança un regard intrigué à Xander qui s'était posté au pied du grand lit à baldaquin.

— C'est qui, la princesse Anna ?

— Vous, bien sûr, Votre Altesse.

La puce éclata de rire.

— Et pourquoi t'es habillé comme ça ?

Il portait un pantalon noir, une chemise blanche et un frac en velours bleu roi à boutons dorés avec une collerette en dentelle. Il aurait pu incarner sans problème un valet dans les animations du parc.

Il déposa le plateau qu'il avait apporté sur la table de chevet puis reprit, l'air très sérieux :

— Toutes les princesses ont droit à une boisson chaude servie au lit par le préparateur de petit déjeuner royal. Un thé pour la Belle au bois dormant et un chocolat chaud pour la princesse Anna. Ensuite, Leurs Altesses pourront se doucher et s'habiller.

— C'est auzourd'hui la surprise ? demanda Lily, surexcitée.

— Absolument. Leurs Altesses sont attendues en bas dans trois quarts d'heure. Je vais préparer votre tenue, princesse Anna.

— Où as-tu déniché cette veste ? demanda Chloe, qui se retenait de rire depuis le début.

— Les petites souris me l'ont fabriquée pendant la nuit.

Sur une dernière révérence, Xander tourna les talons et passa dans la chambre voisine. Que mijotait-il ? Les vêtements de Lily se trouvaient dans le dressing de Chloe…

Trois minutes plus tard, il reparut, les bras chargés d'un sac en coton brodé portant le logo du parc.

— C'est quoi ? demanda Lily d'une voix flûtée.

— Si je le dis, je vais gâcher la surprise.

— Ouiii ! C'est un cadeau pour moi ?

— Absolument, Votre Altesse.

Chloe eut le réflexe de prendre la tasse de Lily avant qu'elle renverse le chocolat sur son pyjama ou sur la couette. Ayant les mains libres, Lily se leva d'un bond et prit le sac.

— Ze peux l'ouvrir ?

— Bien sûr, acquiesça Xander.

Elle tira sur la fermeture, plongea la main à l'intérieur… et poussa un cri de joie en découvrant la tenue cachée dans du papier de soie.

C'était la robe de princesse Anna, avec un bustier en velours vert foncé, des manches ballon et une jupe crème rebrodée de vert plus pâle.

— Waouh, elle est magnifique, chuchota Chloe.

Lily se jeta dans les bras de Xander et se serra contre lui.

— Merci, papa, merci !

— De rien, mon cœur, ça me fait plaisir. Bon, je vous laisse vous habiller. À tout de suite.

Avant qu'il ne se détourne, Chloe eut le temps de voir les larmes de joie qui brillaient dans ses yeux.

Il allait être un papa formidable. Il l'était déjà.

D'ailleurs, elle n'avait jamais eu le moindre doute à ce sujet.

Lily ne tenait pas en place. Elle sautait et faisait tournoyer sa robe, imitée par d'autres princesses en tenue de gala, sous le regard indulgent des parents qui faisaient la queue à l'entrée du restaurant.

En avançant dans la file, Chloe avisa deux trônes sur sa droite, un rose et un doré. Il y en avait aussi un rouge sur la gauche, et les clients s'y installaient à tour de rôle pour prendre la pose devant un photographe en tenue de laquais.

— Une photo, madame, monsieur ? proposa celui-ci en français.

— Bien sûr, approuva Xander.

Lily choisit le trône doré, et ils s'y installèrent tous les trois.

— Quelle jolie famille ! commenta le photographe.

— Merci, répondit Chloe, radieuse.

Oui, sa famille était magnifique, et elle allait bientôt s'agrandir. Pour l'instant, c'était son petit secret, mais ce soir-là, elle annoncerait la grande nouvelle à Xander...

Elle lui planta un baiser sur la joue et entendit le crépitement du flash. Elle pivota alors vers l'objectif, un grand sourire aux lèvres, tandis que Lily riait aux éclats à l'une des plaisanteries de son père.

La vie était absolument merveilleuse. Un vrai conte de fées. Elle avait retrouvé son prince charmant, et cette fois pour toujours !

SUE MACKAY

Une sage-femme à conquérir

INTÉGRALE
SAGES-FEMMES DE LONDRES

Traduction française de
MICHELLE LECOEUR

SAGAS

HARLEQUIN

Titre original :
A FLING TO STEAL HER HEART

Ce roman a déjà été publié en 2020.

1

— Izzy, est-ce que tu es bien sûre de n'être plus amoureuse de Darren ?

Izzy Nicholson, le téléphone à l'oreille, leva les yeux au ciel.

— J'en suis on ne peut plus sûre !

Elle se retint d'en dire davantage. Raphaël était son meilleur ami, mais cela aurait été embarrassant d'admettre qu'elle doutait à présent d'avoir réellement aimé son ex.

Raphaël Dubois était l'ami à qui elle pouvait tout raconter à n'importe quel moment, même très tôt le dimanche, comme c'était le cas cette fois. En fait, s'il était 4 heures du matin ici à Wellington, on était encore samedi après-midi à Londres pour Raphaël, qui occupait le poste de ses rêves au département gynécologie et obstétrique de l'hôpital Queen Victoria.

Minute. Il lui avait envoyé un texto en lui demandant si elle était réveillée, alors qu'il savait très bien qu'elle souffrait d'insomnies. Qu'est-ce que ça cachait ?

— Au fait, pourquoi m'as-tu appelée ? Pas pour me questionner sur Darren, je suppose ?

— Izzy, me dis-tu bien la vérité, ou aurais-tu peur de la réponse ?

C'était typique de Raphaël qui, tout en ne manquant pas une occasion de lui poser les questions qui fâchent comme à ses patientes, ignorait les siennes quand cela l'arrangeait.

Ils pouvaient être deux à jouer à ce jeu, mais elle se sentait d'humeur conciliante.

— Est-ce que je ne te dis pas toujours la vérité ?

À part quelques détails, dans le cas présent.

L'un des deux avait trouvé la voie qu'il cherchait, et ce n'était pas elle. Deux ans plus tôt, pleine d'espoir et d'excitation, elle était retournée chez elle en Nouvelle-Zélande vivre avec Darren, l'homme qu'elle venait d'épouser, se fiant aux promesses qu'il lui avait faites.

Son intention avait été de se poser enfin, entourée de sa famille et d'amis. Au lieu de cela, un an plus tard, les amis qu'ils fréquentaient étaient seulement ceux de Darren. Quant à son père et sa mère, ils étaient pris par leur propre vie. Leur mariage à Darren et elle avait capoté, et elle était retournée à sa vie d'avant — à ce qu'elle savait faire, c'est-à-dire parcourir le monde d'un pays à un autre et d'un job à l'autre, s'arrêtant où cela lui plaisait, mais pour des périodes plus courtes.

Une quinzaine de jours auparavant, après avoir fait du bénévolat au Cambodge, elle était retournée voir ses parents le temps de décider quoi faire par la suite. Il fallait qu'elle trouve quelque chose de plus durable, se répétait-elle. Elle n'avait qu'à concrétiser seule son rêve de s'installer quelque part.

Sauf que, cette fois, elle ne parvenait à repartir nulle part.

Raphaël, lui, s'était installé à Londres depuis trois ans et y avait acheté une maison, maintenant une certaine distance avec sa famille quelque peu envahissante d'Avignon tout en restant aux prises avec ses propres tourments. Il semblait plutôt satisfait de sa vie tranquille, ce qui ne ressemblait pas au Raphaël qu'elle avait connu autrefois.

À présent, c'était son tour à elle d'avoir envie de se poser, même si elle devait rester célibataire, ce qui n'était pas si terrible après tout. Elle s'y était habituée. Les jobs d'infirmière et de sage-femme étaient assez faciles à trouver. Mais après avoir passé son enfance à suivre ses parents qui travaillaient au ministère britannique des Affaires étrangères, elle s'était mis dans la tête de retourner s'installer en Nouvelle-Zélande une fois mariée. C'était probablement là son erreur : accorder plus d'importance à l'endroit où elle vivrait qu'à l'homme qu'elle avait choisi. Et voilà qu'elle se retrouvait avec un mari en moins, s'efforçant d'ignorer le vide qu'elle ressentait et qui devrait sans doute être rempli par quelque chose qui s'appelait l'amour.

— Et toi, reprit-elle, qu'est-ce qui te pousse à m'appeler un samedi après-midi ? J'aurais pensé que tu étais à un match de rugby avec tes potes.

— J'ai mis au monde des triplés, répondit-il.

— Des triplés... Difficile d'imaginer comment les parents s'en sortent avec autant de bébés en même temps.

— Ceux-là avaient tellement envie de devenir maman et papa qu'ils étaient prêts à avoir des quadruplés. Si tu voyais ces petits bouts de chou, ils sont si minuscules dans leur couveuse, ajouta Raphaël d'un ton attendri. Ils font déjà craquer leurs parents.

— Mais ils sont en bonne santé ?

Elle savait qu'il détestait que les choses tournent mal. Quand un bébé dont il avait la charge avait des problèmes de santé qu'il ne pouvait pas soigner, il en était affecté pendant des jours, se sentant désespéré pour les parents et se faisant des reproches tout en sachant que ce n'était pas sa faute. Elle ne comprenait pas la raison de cette réaction excessive qui s'était manifestée ces dernières années. Apparemment, ils avaient tous deux des secrets l'un pour l'autre.

— Pour des triplés, ils sont en forme, bien que l'un soit plus petit que ses frères. Je vais le surveiller particulièrement. Comme la mère est arrivée à trente-quatre semaines de grossesse avant la césarienne, ils ont toutes les chances de leur côté. Les parents ayant des problèmes de fertilité, nous avions procédé à une insémination artificielle, et voilà le résultat.

Raphaël avait tendance à exagérer son accent français quand il était gagné par l'émotion.

— C'est un super résultat pour toute l'équipe, commenta-t-elle, sachant qu'il s'était investi presque autant que les parents. Tu devrais sortir fêter ça.

— Je vais retrouver quelques collègues dès que j'aurai fini de te parler. Et toi, où étais-tu hier soir ?

Curieux. Sa vie mondaine n'avait jamais semblé intéresser Raphaël jusqu'à présent. Il est vrai que, récemment, il s'était inquiété de savoir comment elle se remettait de sa rupture avec Darren.

— Je suis allée manger un morceau au troquet du coin avec une voisine.

Elle n'était pas restée très longtemps, préférant rentrer chez ses parents plutôt que de se laisser reluquer par les hommes alentour qui ne pensaient de toute évidence qu'à une seule chose. Elle vieillissait, sans doute. Ou bien elle devenait désabusée.

— C'est mieux que de rester entre quatre murs à s'apitoyer sur soi-même, lâcha-t-il.

Voilà qu'il recommençait. Qu'est-ce qui lui prenait, à la fin ?

— Là, tu es un peu dur, Rafe.

Elle préférait le voir fondre d'attendrissement devant les bébés qu'il mettait au monde que fouiller dans sa vie.

— Je vais te le redire encore une fois : je n'aime pas Darren. Les sentiments que j'avais pour lui se sont évanouis quand je l'ai trouvé dans notre lit avec Gaylene Abernethy serrée contre lui, entièrement nue.

Si seulement il suffisait d'accabler Darren de reproches en se sentant supérieure… Mais ce n'était pas le cas. Elle avait cru à ses belles paroles quand il lui avait fait miroiter leur vie ensemble, comblant elle-même les lacunes de son discours en y ajoutant ce qu'elle avait envie d'entendre, sans se rendre compte qu'il n'avait jamais aspiré à la même chose qu'elle.

Mais il était allé trop loin avec ses aventures.

— Voilà quelque chose de positif. Il fallait que je te pose la question.

Avait-elle vraiment décelé une once de soulagement dans la voix de Raphaël ? Après tout, ce n'était pas impossible. Les deux hommes, à l'opposé l'un de l'autre, ne s'étaient jamais entendus.

Naturellement, il n'en avait pas terminé.

— Tout de même, l'amour ne cesse pas forcément quand on a une bonne raison d'y mettre fin.

Il parlait d'expérience. Était-ce là qu'il voulait en venir ? Allait-il enfin lui raconter ce qu'il s'était passé six ans plus tôt, quand il avait eu le cœur brisé ?

— J'ai aimé Darren, même si cela n'a pas été « jusqu'à ce que la mort nous sépare ».

— Doit-on continuer à dire cette phrase ? s'interrogea Raphaël.

À soixante ans, qui est la même personne qu'à trente ans ? Et je ne parle pas de ceux qui atteignent les quatre-vingt-dix ans.

C'était cet homme-là qui s'était engagé pour la vie avec Cassie et qui avait été largué au bout de deux ans. Le mariage raté était un autre point qu'ils avaient en commun.

— C'est bien de toi de poser ce genre de question, dit-elle.

Si elle lui en disait un peu plus sur son mariage, la laisserait-il enfin tranquille ?

Peu probable. Rafe était ainsi. Et puis, ce n'était pas si facile de reconnaître qu'elle s'était trompée en épousant Darren.

Ses promesses d'acheter une maison et d'avoir des enfants ne s'étaient pas concrétisées. Au lieu de cela, ça avait été les matchs de rugby suivis des fêtes entre copains, les soirées qui se prolongeaient au bureau à cause du travail — ce qui s'était révélé faux —, les virées le week-end avec les collègues.

Cela n'avait fait qu'empirer, comme si Darren évitait de faire face aux engagements qu'il avait pris envers elle. Elle était devenue de plus en plus morose, si bien que, à l'époque de leur premier anniversaire de mariage, elle lui avait reproché tout ce qui n'allait pas dans leur vie sans se remettre elle-même en question. Elle n'avait pas voulu voir qu'elle s'était précipitée sur les belles promesses de Darren sans se demander si elle l'aimait autant qu'elle le croyait.

— Je vais bien, dit-elle. J'ai commis une erreur, elle fait maintenant partie du passé.

— Si tu en es sûre, marmonna Raphaël. Je ne voudrais pas que tu regrettes plus tard de l'avoir quitté.

— Laisse tomber, Rafe. On ne se remettra pas ensemble. C'est terminé.

Combien de fois devrait-elle le lui dire ?

— Bon. Parle-moi de Phnom Penh, alors. Pourquoi y es-tu restée un mois de plus ?

Elle aurait encore préféré parler de son ex.

— Il y a eu un cas tragique que j'ai vécu de trop près.

— On n'est pas censé faire ça, Izzy.

Comme si elle ne le savait pas !

— C'est différent, là-bas. Lorsque quelqu'un est sérieusement malade ou blessé, toute la famille est concernée, de la grand-mère au petit frère, et je me suis posé des questions.

Au point qu'elle avait mis un frein à sa recherche désordonnée du bonheur en se demandant ce qu'elle voulait réellement pour le futur.

— Est-ce qu'on peut changer de sujet ? demanda-t-elle.

— Pas de problème. Alors, qu'est-ce qui vient ensuite ? Un été en Antarctique avec le contingent scientifique de Nouvelle-Zélande ? Ou bien un mois sur un des bateaux d'une association caritative le long des côtes africaines ?

Derrière les questions de Raphaël, il semblait y avoir autre chose qu'elle ne parvenait pas à saisir. Étrange, dans la mesure où ils se connaissaient si bien ! — à part les petits secrets qu'ils avaient l'un pour l'autre.

Mais son palmarès de l'année précédente lui donnait plutôt raison : Auckland, Melbourne, le Cambodge… Elle ressemblait peut-être plus à ses parents qu'elle ne voulait l'admettre, raison pour laquelle elle ne trouverait sans doute jamais l'endroit idéal où se fixer. Durant leurs trente-deux années de mariage, son père et sa mère s'étaient rarement arrêtés quelque part plus de trois ans. Elle aurait préféré ne pas être entraînée dans ce rythme.

— Tu as l'air de dire que je ne tiens pas en place, mais j'ai passé six ans à Wellington à faire mes études et à travailler comme infirmière. Plus quatre ans à Londres pour être sage-femme avant de…

Elle entendit Rafe pousser un soupir au téléphone.

— Oui, je sais. Mais maintenant, tu vas te demander ce que tu feras ensuite : rester à Wellington, ou bien partir en Afrique ou en Amérique. Après cette rupture et vu ton attitude par rapport à l'échec, tu n'as pas fini de te perdre en conjectures. « Où aller vivre à présent ? », « quel nouveau projet entreprendre ? », « suis-je davantage néo-zélandaise ou anglaise ? ». Dis-moi si j'ai tort, Izzy.

Elle ne pouvait pas, car elle était exactement comme ça. Si ce n'est que cette famille au Cambodge l'avait changée d'une manière indéfinissable. Mais elle ne se sentait pas encore prête à en parler.

Se redressant sur son lit, elle ramena les bords de son épaisse couette autour d'elle.

— Tu seras satisfait d'apprendre que je ne rêve pas de me

retrouver coincée sur un iceberg pendant des mois à faire la conversation à des pingouins, déclara-t-elle en arrangeant son oreiller autour de sa nuque.

L'automne avait fait une avancée notable aujourd'hui, lui donnant un avant-goût de ce que l'hiver leur réserverait ici dans quelques semaines.

— Les pingouins sont sûrement plus intéressants que la moitié des gens qu'on rencontre tous les jours, dit Raphaël.

Mais son rire habituellement contagieux était cette fois empreint de lassitude.

— Quelque chose ne va pas à l'autre bout du monde ? s'inquiéta-t-elle.

— Rien de pire que d'habitude. On manque de personnel, et il semblerait que, à Londres, toutes les femmes de plus de vingt ans soient enceintes en ce moment.

— Et la vie en dehors du Queen Victoria ? Comment vont les amours, la fête et le reste ?

Raphaël était un des hommes les plus beaux qu'elle ait connus. Les femmes se pâmaient devant lui et tombaient amoureuses avant même qu'il ait eu le temps de leur dire bonjour. Pourtant, depuis Cassie, il n'avait pas eu une seule relation sérieuse, préférant les aventures sans lendemain quand il en avait le temps. Au moins, il ne faisait pas de fausses promesses. Il avertissait même ses conquêtes éphémères qu'il ne cherchait pas une compagne pour la vie. En fait, il s'y prenait avec tant de tact et de gentillesse qu'elles continuaient toutes à le trouver merveilleux longtemps après qu'il leur avait dit *ciao*.

Cette fois, il rit franchement.

— Je ne vois pas de quoi tu parles. Il ne me reste guère de temps en dehors du travail.

— Ta vie a l'air aussi pathétique que la mienne actuellement. On peut dire qu'on fait la paire.

Elle l'entendit prendre une longue inspiration.

— Moi, en tout cas, je ne suis pas en train de craquer, madame la sage-femme.

— En es-tu bien sûr ? marmonna-t-elle.

Elle le détestait quand il mettait le doigt là où ça faisait mal.

— Ce n'est pas moi qui reste éveillé toutes les nuits pendant des heures à tenter de rassembler les pièces du puzzle.

— Tu as raison, concéda-t-elle. Mais c'est parce que j'ai des décisions importantes à prendre.

— Du genre ?

C'était bien là le problème : elle ne savait pas par où commencer.

— Où je vais vivre...

— Qu'est-ce qui ne va pas avec l'endroit où tu te trouves ?

Toujours au cœur du sujet, comme d'habitude.

— Si je reste ici, je devrai m'acheter une maison et m'y investir.

Elle poussa un soupir : ce n'était pas toute la vérité. Encore un petit effort.

— C'est drôle, j'avais toujours pensé à Wellington comme mon chez-moi, mais depuis que j'y suis revenue, je ne ressens plus la même chose.

— Tu n'y as pas vraiment été heureuse dans le passé. Nous avons tous besoin d'avoir un lieu que nous considérons comme notre foyer, mais cela ne veut pas dire que nous devons nous y fixer s'il ne répond pas à notre attente. Comme pour moi Avignon.

Là-bas, il avait plutôt plus que ce qu'il espérait.

— C'est une ville intéressante, objecta-t-elle.

L'ancien rempart qui entourait le centre-ville, le vieux fort de l'autre côté du fleuve, le célèbre pont d'Avignon... Elle avait été attirée par son histoire, et cela lui avait donné envie d'être de quelque part, de sentir qu'elle appartenait à un endroit. Alors, quand elle avait connu Darren, elle était retournée à Wellington avec lui. Mais elle allait probablement repartir, car quelque chose manquait.

Cela avait-il à voir avec la ville, ou bien avec elle-même ?

— Je crois que j'ai besoin de revoir les amis et de me retrouver là où ma vie a évolué, lâcha-t-elle.

Raphaël devait être capable de comprendre.

Ils avaient fait connaissance dans les Alpes suisses sur une piste de ski, lors d'un voyage organisé par leurs écoles respectives. Elle avait perdu le contrôle de son snowboard et l'avait percuté. Ils s'étaient tout de suite bien entendus en se remettant du choc autour d'un chocolat chaud. Le père de Raphaël travaillait dans une banque de Genève, et le sien était consul de Nouvelle-Zélande dans la même ville. Elle avait déjà pris l'habitude de se faire des amis rapidement, sachant que trois années passent très vite et qu'elle devrait tout recommencer quand elle repartirait. À l'époque, Raphaël en voulait à ses parents de l'avoir emmené loin d'Avignon et se languissait de revoir sa grand-mère et ses cousins, tandis qu'elle ne rêvait que d'une chose : que ses parents rentrent à Wellington et cessent de déménager.

Au contraire, sa mère ayant obtenu un poste dans une compagnie financière internationale qui l'amenait à voyager souvent, elle avait été envoyée en pension en Angleterre, où elle s'était sentie perdue et abandonnée. Depuis, chaque fois qu'elle rentrait au bercail, elle était déconnectée. Elle avait grandi et mûri hors du giron familial.

De deux ans plus âgé, Raphaël s'était donné du mal pour garder le contact avec elle, et ils étaient restés proches, bien que vivant la plupart du temps dans des pays différents. Ils avaient brièvement travaillé ensemble en France à l'hôpital de Tours, où ça s'était très bien passé. Depuis, les moyens modernes de communication étaient pour elle la meilleure chose qui ait été inventée.

— Est-ce que tu reviens toujours pour assister au mariage de Carly ? demanda Raphaël.

— Je ne raterais ça pour rien au monde ! J'ai déjà suffisamment regretté de ne pas pouvoir être là pour celui d'Esther et Harry.

Elle avait alors prévu de prendre un vol pour Londres, mais l'association médicale caritative lui avait demandé de rester un mois de plus au Cambodge auprès de la famille Khy traumatisée qui requérait sa présence pour retrouver sa stabilité, elle n'avait pas pu refuser. Ils avaient été très proches et avaient eu besoin d'elle, ce qui lui avait fait du bien. Elle aimait qu'on ait besoin d'elle.

— Pourquoi ne pas prendre un aller simple ? suggéra Raphaël. Tes copines avec qui tu as fait tes études de sage-femme travaillent toutes au Queen Victoria, mais je ne sais pas pour combien de temps encore, avec tous ces mariages. Et puis, il y a *moi*.

Elle laissa échapper un petit rire.

— Avec toi, cela a l'air si simple…

Et cela l'était. Ayant une mère anglaise, elle pouvait obtenir immédiatement un visa pour travailler au Royaume-Uni. Mais avait-elle vraiment envie de retourner là-bas de nouveau célibataire et d'être surveillée ou interrogée sur le moindre de ses mouvements ou chacune de ses décisions ?

Car Raphaël avait changé. En fait, c'était depuis qu'elle avait quitté Darren. Il remettait toujours en question ce qu'elle faisait, les jobs qu'elle choisissait, les pays dans lesquels elle se rendait.

— Cela m'amène à la véritable raison de mon appel, dit-il d'une voix légèrement tendue. Il y a un poste d'infirmière qui se libère à la maternité du Queen Victoria, si cela t'intéresse. Avec tes qualifications de sage-femme et tes compétences d'infirmière, tu es la personne idéale pour ce travail. Pour l'instant la fille qui s'en va n'en a parlé qu'à moi, et elle a accepté d'attendre que je te propose le poste. Qu'est-ce que tu en penses ?

— Il faudrait que je commence quand ?

Ce n'était pas son genre de peser le pour et le contre, pourtant elle essayait de gagner du temps, loin de l'excitation qu'elle éprouvait habituellement quand on lui proposait quelque chose de nouveau sur un plateau.

— Jasmine voudrait partir dans trois semaines. Elle a un petit ami au Canada avec qui elle a prévu de traverser le pays en voiture pendant l'été.

Avait-elle réellement envie de retourner à Londres ? Ou vaudrait-il mieux qu'elle cesse de reprocher à Darren ses propres hésitations et qu'elle fasse un effort pour s'intégrer à Wellington et y fonder le foyer qu'elle désirait ?

— N'oublie pas qui est responsable de l'obstétrique, ajouta-t-il. Tu te rappelles comme on travaillait bien ensemble ?

Certes. Ces quelques mois passés à Tours juste après avoir terminé sa formation de sage-femme lui avaient laissé un excellent souvenir. Avoir son ami le plus proche dans le même hôpital avait été la cerise sur le gâteau. Rafe lui avait fait découvrir la vie à la française, l'avait emmenée à Avignon où elle avait fait la connaissance de sa grand-mère maternelle et de ses cousins, et pendant leurs jours de congé, il l'avait entraînée à travers le pays pour lui montrer les châteaux, les villes et la diversité des paysages.

Puis il était allé occuper son poste actuel à Londres, et elle avait rencontré Darren pendant un match de rugby opposant les Bleus aux All Blacks. La suite était de l'histoire ancienne. Une histoire chaotique, désolante, à moins que tout ce qui ne vous tue pas ne vous rende réellement plus fort.

Raphaël savait se montrer persuasif.

— Tu sais quoi ? Tu es déjà sur le départ.

— Ce n'est pas impossible...

— Allô ! Où est passée la fille forte et déterminée que je connaissais ? Tu viens, ou tu ne viens pas. Qu'est-ce que tu décides, Izzy ?

Il fallait qu'elle donne sa réponse tout de suite ?

Après tout, pourquoi pas ? Raphaël avait raison. Elle avait toujours abordé la vie de front sans perdre de temps en tergiversations, en acceptant le fait que se tromper faisait partie du jeu. Mais l'échec de son mariage l'avait emplie de doute. Elle était devenue hésitante sur le bien-fondé de ses choix et avait du mal à faire confiance aux gens. Et puis, elle avait vu la famille Khy si unie dans l'adversité autour du jeune fils qui luttait pour survivre, et cela l'avait bouleversée...

— Izzy ?

Si le choix de retourner travailler dans la ville où se trouvaient ses amies infirmières et Raphaël se révélait être une erreur, elle survivrait. Si Rafe se montrait trop autoritaire, elle lui dirait sa façon de penser. Mais en tout cas, les personnes qui comptaient le plus pour elle étaient toutes là-bas.

— Il faut que je te laisse, j'ai ma valise à faire.

2

Deux semaines plus tard, Raphaël faisait les cent pas à l'aéroport d'Heathrow quand le texto d'Izzy s'afficha sur son smartphone.

J'ai atterri.

Enfin !

Il eut une sensation étrange dans le bas-ventre, comme un mélange de soulagement et d'excitation. Il se sentait à la fois heureux et inquiet — le même sentiment qu'il avait éprouvé quand Izzy lui avait annoncé qu'elle venait à Londres.

Ses doigts tapotèrent sur l'écran.

Je t'attends dans le hall d'arrivée.

L'avion avait une heure de retard. Cela lui apprendrait à arriver trop tôt !

Mais ce matin, il avait été prêt dès le lever à aller la chercher. La tournée de ses patients et une visite aux triplés n'avaient pas suffi à calmer son envie d'arriver à Heathrow à l'heure — ce qui, chez lui, voulait dire en avance.

Il avait fait l'impasse sur son passage habituel au marché, pesté contre les embouteillages tout le long du trajet jusqu'à l'aéroport et fulminé chaque fois que le tableau des arrivées annonçait un avion qui n'était pas celui d'Izzy.

Bon sang, il brûlait d'impatience de la revoir ! Il lui semblait que des siècles s'étaient écoulés depuis qu'elle avait épousé Darren — d'après lui un parfait imbécile — et était retournée dans son pays d'origine où elle pensait trouver un vrai foyer. L'an dernier, quand elle l'avait invité à venir leur rendre visite à Wellington pendant ses congés, il avait prétexté d'autres engagements pour éviter de voir son mari.

Darren et lui n'avaient jamais vu les choses sous le même angle, notamment au sujet de la femme à laquelle ils tenaient tous les deux. Darren n'avait jamais pu se mettre dans la tête qu'Izzy et lui étaient de très bons amis mais n'avaient jamais été amants, et il n'avait cessé d'insister lourdement sur le fait qu'elle appartenait à son mari. Apparemment, cela ne lui avait pas réussi.

Son téléphone tinta de nouveau.

Tu peux apporter un chariot ?

Elle avait donc tellement d'affaires ?

Yes.

Izzy avait pourtant l'habitude de voyager léger. Alors que ses parents avaient toujours eu un conteneur rempli d'affaires qui les suivait partout où ils allaient, Izzy n'emportait jamais grand-chose avec elle. Était-elle donc venue à Londres avec l'idée d'y séjourner longtemps ?

Calme-toi.

Avant de se marier, Izzy avait déjà décidé de rester à Londres, et puis il y avait eu Darren et ses belles promesses. Depuis l'échec de cette union, elle semblait incapable de décider de ce qu'elle allait faire ensuite. Surprenant, car c'était plutôt une personne forte habituée à obtenir ce qu'elle voulait… Et en même temps, elle ne savait jamais exactement ce qu'elle voulait.

Et si elle avait fini par comprendre ce qu'elle cherchait ?

Quant à lui, il ne pourrait retourner voir sa famille à Avignon qu'une fois qu'il se serait débarrassé du mélange de culpabilité et de colère qu'il éprouvait envers Cassie. Le coup avait été rude et cruel quand il avait appris que leur fils avait été frappé par la mort subite inexpliquée du nourrisson à l'âge de huit jours alors qu'il n'avait pas été mis au courant de son existence. Encore une façon pour Cassie de lui faire payer le fait qu'il n'ait pas répondu à ses exigences démesurées.

Les portes s'ouvrirent de nouveau, et un petit groupe entra en poussant des valises sur un chariot, mais toujours aucun signe d'Izzy, et son téléphone restait muet.

Où était-elle ?

Sans doute en train de répondre aux questions du service d'immigration.

Un autre groupe de voyageurs visiblement épuisés arriva, suivi d'un chariot poussé par…

— Raphaël !

— Izzy.

Il poussa un soupir de soulagement tandis qu'Izzy se jetait dans ses bras. Elle avait l'air à la fois fatiguée et excitée, et il ressentit aussitôt son mélange de force et de douceur qui le faisait fondre. Il l'enlaça comme s'il n'allait plus jamais la relâcher.

Attention. Ils étaient amis, rien de plus.

— Hello, Rafe. C'est si bon de te voir.

Izzy était bien là. Izzy !

Prenant une profonde inspiration, il la serra plus fort et l'embrassa sur les joues, à la française. Amicalement. Puis, sans la lâcher, il s'écarta un peu pour mieux la contempler.

Voyant des traces de larmes sur son visage, il sentit l'irritation monter en lui.

C'était la faute de Darren, l'homme qui l'avait fait souffrir. En même temps, en cas de rupture, les torts sont souvent partagés. N'y était-elle pas aussi pour quelque chose ?

Les questions, ce serait pour plus tard, une fois qu'elle aurait récupéré un peu de sommeil et serait redevenue égale à elle-même. Comme la location de son appartement avait été annulée, elle resterait chez lui quelque temps — au moins jusqu'à leur première dispute, ce qui n'était pas rare entre eux.

— Content de te voir, *mon amie.*

La lueur espiègle qu'il connaissait bien brilla de nouveau dans le beau regard marron d'Izzy, mais elle ne sourit pas.

— Tu me vois chaque semaine sur ton ordi.

— Mais d'habitude, tu as un menton énorme, et je devine à peine tes yeux en haut de l'écran, répondit-il du tac au tac. Maintenant, je peux mieux voir tes expressions.

Ils avaient toujours eu des échanges animés. C'était ainsi qu'ils fonctionnaient, et il ne s'était pas rendu compte jusqu'à présent à quel point c'était important pour lui. Cela le maintenait sur les rails, notamment quand il se remémorait la trahison de Cassie.

Izzy ignorait tous les détails, mais elle avait toujours une oreille attentive pour lui au téléphone. Tous deux se connaissaient mieux que personne. Ils s'étaient souvent appuyés l'un sur l'autre pour faire face aux aléas de la vie. Pourtant, il ne pouvait s'empêcher d'éprouver de l'appréhension depuis qu'Izzy avait accepté de revenir à Londres occuper le poste qu'il lui avait proposé. Il ne comprenait pas pourquoi, à moins que cela ait quelque chose à voir avec la sensation de malaise — presque de douleur — qu'il avait éprouvée pendant la cérémonie de son mariage, quand elle avait échangé ses vœux avec Darren… La sensation de découvrir quelque chose d'important au moment où c'était trop tard.

— Je tâcherai de ne pas te déranger trop longtemps, dit-elle.

Cette fois, il fut presque déçu. Était-ce parce qu'ils risquaient de ne pas passer autant de temps ensemble qu'il l'aurait voulu ?

Il jeta un coup d'œil au chariot débordant de bagages.

— Ma voiture n'est pas vraiment conçue pour effectuer un déménagement complet, lâcha-t-il. Es-tu sûre de n'avoir rien oublié ?

Izzy laissa échapper un petit rire désenchanté.

— Ce n'est que le début. Un conteneur entier devrait arriver par mer au mois de mai.

Voilà qui ressemblait décidément peu à celle qu'il connaissait.

— Tu as vraiment tout rapporté ?

— N'aie pas l'air aussi choqué, dit-elle. Ce n'est pas parce que ça ne s'est pas bien passé à Wellington que ça ne marchera pas ici avec tous mes amis autour de moi.

Il l'étreignit de nouveau avec l'envie de voir un sourire éclairer son visage.

— Tu as raison, et je suis l'un d'entre eux.

— Je l'espère, murmura-t-elle avant de s'écarter de lui, toujours sans sourire.

Jusque-là, elle n'avait jamais douté de lui.

— J'ai juste expédié quelques meubles, de la vaisselle, et beaucoup de livres, ajouta-t-elle.

Il eut un pincement au cœur.

Elle déménageait pour de bon !

Il était excité pour elle. Il l'aiderait à se sentir bien dans son nouveau cadre de vie, mais il devrait veiller à garder ses distances pour ne pas risquer de mettre en péril leur amitié, étant donné les sentiments mitigés qu'il avait éprouvés à son mariage.

— Sérieusement ? dit-il d'un ton taquin.

Elle esquissa un petit sourire désabusé.

— Tout à fait. Il ne me reste plus qu'à trouver mon propre logement.

Le soulagement aurait dû l'envahir — mais ce ne fut pas le cas.

— Une location, pour commencer.

Il réprima un soupir.

Il fallait qu'il cesse de se torturer les méninges. Son amie était de retour, quelqu'un avec qui il pourrait parler, prendre une bière au pub ou se balader dans la campagne. À chaque jour suffisait sa peine. Peu à peu, ils retrouveraient la relation si agréable et naturelle qu'ils avaient vécue jusqu'à ce qu'Izzy se marie. Même si, à la vérité, s'il remontait plus loin, il ne lui avait jamais beaucoup parlé de sa vie avec Cassie ni du mal que celle-ci lui avait fait.

— Merci de m'offrir un toit jusqu'à ce que je trouve quelque chose, dit Izzy.

— Ce sera mieux que d'aller squatter sous le London Bridge, plaisanta-t-il.

Tout à coup il éprouva une réelle sensation de joie.

Il avait tant attendu ce moment ! Et à présent, Izzy était ici, près de lui. Ces derniers temps, sa vie avait été dédiée surtout au travail et très peu au plaisir. Il avait souvent annulé au dernier moment des sorties entre collègues avec toujours la même excuse : ses patients avaient besoin de lui. Certes, il était médecin avant tout, mais son métier ne devrait pas occuper entièrement ses journées. Il devait avoir une vie plus équilibrée, et Izzy saurait le secouer comme il fallait sans prendre la peine d'écouter ses prétextes.

— Sortons d'ici, dit-il en poussant le chariot.

Elle étouffa un bâillement.

— Ce voyage a été un enfer, entre des bébés qui pleuraient tout le temps et mon voisin de siège, un homme énorme qui n'arrêtait pas de tomber endormi sur moi.

— Tu fais quelque chose pour tes insomnies ?

Elle secoua la tête, et ses boucles auburn voletèrent autour de son visage.

— À quoi bon ? J'ai tout essayé sauf les somnifères, et je ne voudrais jamais y avoir recours. J'ai vu trop de patients devenir accros et pour finir perdre les bénéfices du sommeil. Et puis, j'ai pris l'habitude de dormir par tranches de deux heures.

Il en avait été ainsi pratiquement depuis qu'il la connaissait. Parfois elle manquait sérieusement de sommeil, et ces dernières années cela n'avait fait qu'empirer. Même si elle y était habituée, ce n'était pas bon pour elle.

— Tout de même, je pense que tu devrais voir un de mes collègues. Il est très fort pour aider les gens à trouver la cause de leur problème, et il pourrait aussi te donner des conseils pratiques.

— Laisse-moi au moins arriver et défaire mes bagages avant de commencer à organiser ma vie, dit Izzy, le sourire en coin.

Était-ce un avertissement ?

— Alors, qu'est-ce que tu as planifié pour ce soir ?

— Faire trois fois le tour du quartier en courant avant de bêcher le jardin de derrière et d'y planter des fleurs, répondit-il sur le même ton.

— Cool. Pendant ce temps, je me commanderai une pizza et je regarderai un film sur mon smartphone.

Il ne put s'empêcher de rire, comme au temps où il n'avait pas encore le cœur brisé. Arrêtant le chariot, il la reprit dans ses bras et la serra contre lui.

— Cette fois, tu y es.

Il y avait maintenant une sorte de gaieté dans l'air autour d'eux. C'était une sensation familière qui datait de leur première rencontre quelque peu brutale, et qui avait pris le pas sur la douleur à la cuisse causée par le snowboard.

Elle n'avait pas apprécié de perdre le contrôle et avait accusé Raphaël de s'être mis sur son chemin. Ils s'étaient disputés, puis avaient éclaté de rire, pour finir par aller boire un chocolat en échangeant leurs numéros de téléphone. Ensuite ils s'étaient retrouvés tous les week-ends à Genève quand leurs activités scolaires le permettaient.

— Tu m'as manqué, murmura-t-il.

Plus tard, cela n'avait pas été simple de continuer leurs conversations téléphoniques avec un mari dans les parages. À cette époque-là, Izzy avait été un peu distante avec lui.

— Toi aussi.

— L'année dernière, j'étais prêt à venir passer une semaine avec toi pour te remonter le moral, mais tu n'étais jamais disponible.

À cette époque, quand il l'avait eue au téléphone, sa voix était pleine de tristesse, presque de désespoir, mais elle ne lui avait jamais expliqué pourquoi.

De nouveau ses boucles voletèrent tandis qu'elle secouait la tête.

— Tu n'avais pas à faire ça. Je suis une grande fille. Si tu étais venu me retrouver, tu en aurais eu assez de moi au bout d'une journée. Quoi qu'il en soit, je m'en suis remise, et j'ai toujours pu compter sur toi pour te parler au téléphone lorsque j'en avais besoin.

Il entra les bagages d'Izzy dans l'ascenseur qui devait les conduire au parking.

— Mercredi, je suis tombée sur Carly à l'hôpital. Elle était très excitée à l'idée de te voir revenir au Queen Victoria.

— Elle est encore plus excitée par son mariage ! On a déjà prévu une soirée avec les deux autres de notre groupe de formation. C'est super de se retrouver toutes là. Je me demande si nous sommes tous en train de nous assagir et de devenir des adultes responsables, ou s'il s'agit juste d'une autre étape sur notre parcours... On dirait que Londres est notre endroit à tous. Est-il le mien ?

Voilà qui ressemblait davantage à l'Izzy qu'il connaissait : à la fois sûre d'elle en apparence et remplie d'un sentiment d'insécurité, craignant toujours que ses proches ne rompent les liens dont elle avait tant besoin. Ses parents l'avaient envoyée en pension parce qu'ils avaient pensé qu'elle y trouverait plus de soutien et de compagnie qu'avec eux. Ce qu'ils ignoraient, c'est que c'était lui qui l'avait soutenue quand elle s'était effondrée en pleurs dans ses bras, se sentant abandonnée.

Après être tombé follement amoureux de Cassie et avoir eu le cœur en lambeaux, il comprenait ce qu'Izzy avait ressenti, et il n'avait de son côté aucunement l'intention de s'engager de nouveau — ni de faire souffrir quelqu'un d'autre en n'étant pas capable de lui donner assez de lui-même.

— Arrête un peu de toujours chercher à prévoir ce qu'il va arriver et contente-toi d'apprécier de te retrouver parmi nous, décréta-t-il.

Il ne l'abandonnerait jamais. D'ailleurs il avait autant besoin de son amitié qu'elle avait besoin de la sienne. Elle le comprenait mieux que personne. Si seulement il pouvait éviter de laisser la place à d'autres émotions…

— Tu peux le faire, continua-t-il. Il faut que tu croies en toi.

Elle lui jeta un regard en coin.

— Comme toi ? Il faudrait que je suive ton exemple, que je travaille sans arrêt et que je m'achète une maison dans laquelle je n'aurais même pas le temps de vivre ?

Sa sensation de joie s'évanouit.

— C'est donc ce que je suis devenu pour toi ? Un accro au boulot ?

— C'est toi-même qui m'en as parlé il y a à peine deux semaines.

— Je cherchais sans doute à te détourner de tes problèmes.

Il lui avait raconté que tout le monde autour de lui semblait trouver l'amour et faire des bébés, alors qu'il ne faisait que s'enfoncer davantage dans le travail. Ce qu'il n'avait pas dit, c'était qu'il espérait arriver à oublier le passé et essayer de tourner la page. Mais il ne pouvait pas. À cause de l'égoïsme de Cassie, il avait perdu un fils, et il ne parvenait pas à faire la paix avec lui-même.

— Est-ce que tu seras toujours là pour moi dans les mauvais moments ?

Était-ce bien Izzy Nicholson qui venait de parler ?

— Oui. Tu pourras toujours compter sur moi. Ça, tu le sais déjà, non ?

— Merci. C'est si bon de passer de nouveau du temps avec toi ! Cela faisait longtemps qu'on ne m'avait pas dit ce que je devais faire.

— C'est parce que la plupart des gens ont trop peur de toi, dit-il en riant. Allons porter tes affaires chez moi avant d'aller au pub fêter ton arrivée à Londres.

Mieux valait qu'ils soient entourés de monde plutôt que de se retrouver tous les deux seuls dans sa cuisine. Il commençait seulement à comprendre que ce ne serait peut-être pas aussi simple qu'il l'avait pensé de partager sa maison. Izzy serait occupée à commencer une nouvelle vie, alors qu'il continuerait de mener l'existence terne qu'il s'était créée.

— Parfait, dit celle-ci. J'adorais manger au pub quand je vivais ici. Franchement, Rafe... Je n'arrive toujours pas à y croire. Cela faisait une éternité qu'on ne s'était pas vus pour de vrai ! Au téléphone et par Internet, ce n'est pas la même chose. Cela me ravit de savoir que tu es à portée de main...

Elle se gratta la gorge, l'air embarrassé.

— Je parle trop, ce doit être le décalage horaire.

L'espoir qu'il avait senti poindre au fond de lui pendant une seconde s'évanouit.

D'après ce qu'il savait d'Izzy, il ne pourrait pas lui suffire. Elle avait besoin de quelqu'un qui l'aime de manière inconditionnelle, et ce ne pouvait pas être lui, car depuis Cassie il n'avait plus confiance en l'amour. Quant à Izzy, elle avait du mal à croire que quelqu'un puisse l'aimer au point de rester avec elle...

Bon, d'ici quelques jours, tout irait sûrement mieux. Elle aurait retrouvé ses copines. Elle sortirait avec elles, et il pourrait se détendre.

Izzy resta silencieuse jusqu'à ce qu'ils gagnent la voiture, ce qui ne lui ressemblait pas.

Il se passait quelque chose. Il fallait qu'il trouve de quoi il s'agissait s'ils étaient appelés à se côtoyer. Mais pas aujourd'hui.

Il pencha la tête de côté pour la regarder.

En temps normal, il aurait respecté son désir de garder le silence, mais aujourd'hui il voulait voir disparaître cette lueur de tristesse dans ses yeux. Il avait envie qu'elle soit heureuse.

— Assieds-toi confortablement, dit-il en lui ouvrant la portière.

— Tu me parles comme à une personne âgée, observa-t-elle avec un petit sourire. À propos, comment va grand-mère ? Bien remise de son problème de hanche ?

— Apparemment. Elle poursuit ses arrière-petits-enfants avec sa béquille.

Il adorait sa grand-mère. Elle était la seule personne en dehors d'Izzy qui le soutenait dans toutes ses entreprises, contrairement au reste de sa famille qui ne se privait pas de le critiquer.

— Je lui ai parlé hier au téléphone, et elle t'invite à passer la voir chaque fois que tu en auras envie.

Grand-mère avait un faible pour la petite exilée du pays des Kiwis, qui allait souvent passer le week-end avec elle quand elle travaillait à Tours.

— Super. J'irai la voir bientôt. J'adore ta grand-mère, et Avignon est une de mes villes préférées. Ta famille est toujours aussi étouffante ?

Izzy n'avait pas son pareil pour sauter à pieds joints sur les sujets délicats.

— Qu'est-ce que tu as mis dans tes valises ? grommela-t-il en chargeant l'une d'elles dans la voiture. Tu as dû payer une fortune en excédent de bagages quand tu as pris l'avion.

— Essaierais-tu d'éviter ma question ?

— Tu le sais bien. Tu ferais mieux d'attacher ta ceinture avant que je change d'avis et que tu doives aller à Londres en train !

Izzy frissonna et s'enfonça dans son siège en tentant de rassembler autour d'elle les pans de sa veste en denim froissé.

Londres n'avait pas accueillie Izzy avec le soleil, mais Raphaël avait largement compensé la froideur du temps en la serrant dans ses bras. À présent elle était ici, et elle avait besoin d'amis qui ne lui posent pas de questions embarrassantes. Autant dire que Raphaël n'était pas dans le lot.

Elle retint un soupir.

Il ne laissait jamais rien passer. En même temps, il était celui qui savait le mieux comment l'aider. Il avait eu raison d'exiger d'elle une décision immédiate pour le job au Queen Victoria. Depuis qu'elle lui avait donné sa réponse, il lui semblait que sa vie était en train de se reconstruire et que son vide intérieur se remplissait peu à peu. L'excitation commençait même à la gagner. Le chemin était encore long, mais c'était un début.

Raphaël s'installa au volant.

— Prête à découvrir Richmond ?

— Plus que prête. À quoi ça ressemble ? J'ai entendu dire que c'est un beau quartier.

— Il y a toutes sortes de cafés fabuleux, et j'aime aller marcher ou faire du vélo le long du fleuve à la fin d'une journée difficile pour remettre de l'ordre dans mes idées.

— Cela doit t'arriver souvent, commenta-t-elle.

Il se donnait entièrement à ses patients.

En l'étudiant à la dérobée alors qu'il manœuvrait pour sortir la voiture de l'aéroport, elle eut un léger choc.

Il avait changé. Il avait les traits tirés et parlait de manière plus réfléchie. Pourquoi ?

Comme il n'apprécierait pas qu'elle lui pose la question, elle changea de sujet.

— Comment va Pierre ?

Elle savait que le fils de son cousin occupait une place à part dans son cœur. Rafe n'était âgé que de dix-sept ans quand il avait assisté Adèle pour la naissance de son fils. Il l'avait emmenée en voiture jusqu'à la maternité sur les routes de campagne, et il avait supporté sans broncher qu'elle lui agrippe le bras en criant lorsque les contractions s'étaient rapprochées. C'était la première naissance à laquelle il avait participé, et ensuite il avait su quelle orientation donner à sa future carrière de médecin.

— Pierre ? C'est maintenant un solide ado de quinze ans. Il envisage de faire aussi médecine, mais pas dans l'obstétrique. Il s'intéresse à la cardiologie, peut-être parce qu'il a le cœur chamboulé en ce moment : il est tombé amoureux de la fille des voisins. Et je crois qu'il en mourra si elle ne lui donne pas bientôt un baiser. On est excessif à cet âge-là, ajouta Rafe avec un petit rire.

— Tu crois ? dit-elle en riant.

Elle regarda par la fenêtre pendant qu'ils roulaient en direction de la ville.

Ça lui faisait plaisir de retrouver un paysage familier. Elle était de plus en plus convaincue qu'elle avait eu raison de revenir. Elle se sentait réellement connectée à Londres, ce qui ne lui arrivait pas souvent. Wellington était la seule autre ville qui lui avait procuré ce sentiment, mais l'infidélité de Darren y avait mis fin. Certes il n'avait pas été le seul à commettre des erreurs, mais il lui avait brisé le cœur en allant chercher du réconfort dans les bras d'autres femmes, détruisant la confiance qu'elle avait dans les hommes.

— Papa et maman sont retournés vivre dans la maison familiale d'Avignon, dit Raphaël. Papa a quitté la banque, c'était devenu trop stressant. Maintenant, il travaille à temps partiel dans l'import-export et apprécie le temps qu'il passe avec la famille.

Soudain elle eut un pincement au cœur.

M. Dubois avait travaillé dur pendant la plus grande partie de sa vie. Est-ce que Raphaël n'allait pas lui aussi retourner vivre là-bas ? Alors qu'elle venait d'arriver à Londres et qu'elle voulait passer du temps avec lui ?

— C'est une grande nouvelle, non ?

Elle vit les mains de Raphaël se crisper sur le volant.

— Oui, dit-il simplement.

— Mais ?

— Je ne suis pas encore prêt à les revoir, répondit-il d'un ton peu engageant.

Inutile de chercher à aller plus loin. Mieux valait ne pas le perturber davantage. Il semblait aller mieux que pendant les jours sombres qui avaient suivi sa rupture avec Cassie, mais elle se demandait parfois s'il était vraiment satisfait de la vie qu'il menait.

Elle rejeta la tête en arrière et ferma les yeux, laissant le silence s'installer.

— On avait tellement de projets tous les deux, tu te rappelles ? dit-elle avec un soupçon de mélancolie. Rien ne s'est passé comme nous l'avions envisagé.

Excepté qu'il n'y avait jamais eu aucun doute que Raphaël deviendrait médecin. Il avait prévu de monter un cabinet privé dans sa ville natale, tandis qu'elle avait envisagé tour à tour de faire des études de marketing, puis de vendre des voitures et de tenir un bar. Mais il y avait toujours ce sentiment que quelque chose manquait.

Puis elle avait entendu Raphaël parler de ses rapports avec ses patients, de ces sentiments mêlés de peur, de douleur, de compassion et d'amour, auxquels il était confronté quotidiennement. Elle avait compris qu'elle aussi voulait avoir des contacts humains dans son travail. Non pas en servant un verre aux clients derrière un comptoir, mais en apaisant les craintes des malades et des blessés et en les soignant avec sollicitude.

Elle avait alors commencé sa formation d'infirmière, et les années qui avaient suivi avaient été les plus agréables de sa vie — jusqu'à ce qu'elle obtienne son diplôme. Ensuite, l'agitation l'avait reprise, et elle avait fini par aller à Londres suivre des cours pour être sage-femme. En apportant ses soins à ces bébés, en étant témoin de l'amour et la joie que chaque naissance suscitait chez les parents, elle avait été plus heureuse qu'elle ne l'aurait cru possible.

Elle avait maintenant deux orientations professionnelles possibles, ce qui était un réel bonus, et elle était bien décidée à s'arrêter là. C'était la seule chose dont elle était absolument certaine.

— Je suis si content que tu sois là, Izzy, dit Rafe avec un sourire contraint. Dommage que je n'aie pas beaucoup de temps libre à passer avec toi.

Ses paroles sonnaient comme un avertissement, et elle eut de nouveau un pincement au cœur.

De toute façon, Raphaël était un *ami*, il ne pouvait être rien d'autre, se dit-elle, contrariée.

— Moi aussi, je vais être occupée, assura-t-elle dans un sursaut d'amour-propre. Je vais chercher un appartement à louer, retrouver les filles, démarrer mon nouveau travail…

Jetant un coup d'œil à Rafe, ce qu'elle n'avait pas pu faire depuis une éternité, elle sentit une vague de pur bonheur la submerger. C'était comme si elle était rentrée chez elle au lieu d'en partir. Et elle se doutait que ce n'était pas seulement dû à Londres et à ses amies, mais à Raphaël en particulier.

Pour l'instant elle était trop fatiguée pour se pencher sur la question. Elle étouffa un bâillement.

Elle avait besoin de dormir, mais elle savait par expérience qu'elle allait encore rester éveillée quelques heures et qu'un repas décent lui ferait du bien.

— J'ai hâte de voir ta maison, dit-elle, rompant de nouveau le silence.

Raphaël se gratta la gorge.

— Tu vas être déçue. Je n'ai encore rien fait pour l'améliorer, que ce soit en renouvelant les peintures ou en modernisant la cuisine et les salles de bains. Je n'arrive jamais à trouver l'énergie ni le temps pour ça.

— Je pourrai peut-être t'aider, proposa-t-elle.

Il haussa les sourcils.

— Tu n'imagines pas l'ampleur de la tâche.

— Il faut bien commencer quelque part, et avant d'avoir mon endroit à moi, autant que je m'exerce d'abord chez toi.

— Vraiment ? dit-il avec un sourire taquin. Je crains de devoir refuser ta proposition. Je ne tiens pas à me retrouver avec des murs pourpres et des rideaux à fleurs.

— Rassure-toi, moi non plus. Je suis davantage pour les surfaces claires et unies.

— Excellent. Nous allons peut-être pouvoir nous entendre.

Elle sourit à son tour, sensible à la façon dont il avait dit « nous », comme si elle avait une place dans sa vie.

En fait, elle l'avait toujours eue. Cependant elle doutait de pouvoir se loger dans son voisinage. À Richmond, elle aurait tout juste les moyens de s'offrir une niche…

L'idée de devoir emménager loin de Raphaël la contrariait étrangement. C'était normal que des amis s'éloignent ou se rapprochent selon les aléas de leur vie. Actuellement, ils étaient dans une phase de retrouvailles. Pour combien de temps ?

— Nous sommes arrivés, annonça Raphaël en se garant devant une rangée de villas en brique rouge. Bienvenue à la maison.

Ce n'était pas chez elle. Ce n'était qu'une brève halte avant qu'elle trouve quelque chose pour se loger, mais elle apprécia la chaleur de ces paroles. Se redressant sur ses jambes fatiguées, elle réussit à sortir de la voiture et regarda autour d'elle.

La rue était bordée d'arbres, et on entendait un chien aboyer derrière la maison voisine. Des flaques d'eau luisaient sous le soleil, qui avait à cet instant la bonne idée d'émerger de derrière les nuages.

C'était exactement ce qu'elle avait rêvé d'avoir à Wellington ! Une maison dans un quartier tranquille, avec des amis tout près. Rafe avait su choisir cet endroit. Il était parfait, même si, à l'en croire, la maison n'était pas exempte de défauts.

Pour le coup, sa fatigue s'envola. Elle suivit Raphaël à l'intérieur en portant sa plus petite valise et s'arrêta net pour considérer les murs de l'entrée.

— Un rouge violacé ! s'exclama-t-elle avec stupéfaction. C'est si foncé qu'on croirait que l'espace s'est rétréci !

Cette couleur était hideuse et devrait disparaître tôt ou tard.

— Attends d'avoir vu la cuisine...

Elle suivit Raphaël dans l'escalier.

À l'évidence rien n'avait été fait depuis longtemps pour rafraîchir cette maison. Chaque pièce devant laquelle elle passait avait besoin d'un bon coup de peinture — de préférence plus claire — et d'une nouvelle déco.

Arrivé au troisième étage, Raphaël déposa son bagage le plus lourd.

— Voici ta chambre pour aussi longtemps que tu voudras, dit-il, avant de redescendre chercher le bagage suivant.

Elle jeta un coup d'œil autour d'elle.

La pièce était nette mais sans cachet. Avec ses murs mauve pâle, on aurait dit la chambre d'une vieille dame.

D'accord, elle avait un endroit où se détendre, et cela lui donnait le temps de chercher une location. Mais comment expliquer la pointe d'excitation qui surgissait en elle ?

Se laissant tomber sur le bord du lit, elle parla tout haut pour s'assurer qu'elle ne rêvait pas.

— Je suis de retour à Londres, dans mon autre pays !

La mère d'Izzy venait du Lake District, au nord-ouest de l'Angleterre. Ses parents lui en avaient toujours voulu d'avoir épousé un Néo-Zélandais au lieu du lord qu'ils avaient escompté avoir pour gendre. La brillante carrière de son mari au ministère des Affaires étrangères n'y avait rien changé, et Izzy n'avait pas l'intention de les supplier de la reconnaître comme leur petite-fille.

La voix de Raphaël la fit sursauter.

— Moi aussi, je suis content pour nous deux.

Il était déjà de retour avec une valise.

— Merci de m'avoir offert ce job...

— Aucun problème. Tu auras une salle de bains pour toi toute seule à l'étage au-dessous. J'ai une autre salle de bains qui communique avec ma chambre. Le garde-manger de la cuisine est plein à ras bord, n'hésite pas à te servir comme bon te semble. Et dans le congélateur, il y a ton poisson préféré.

Elle renifla sa veste et fit la grimace.

— Pour l'instant j'ai surtout besoin d'une bonne douche et de vêtements propres.

— Prends le temps qu'il te faudra. Le pub est tout près d'ici, on s'y rendra à pied.

C'était pour ça qu'elle était revenue : pour avoir une vie « normale », même si elle ne savait pas exactement ce que ça signifiait. Oui, elle avait pris la bonne décision. C'était même carrément génial d'être ici, et l'avenir se montrait plein de promesses.

Cependant, sa relation avec Raphaël ne lui semblait pas être redevenue tout à fait comme avant. C'était sans doute l'affaire de quelques jours ? Pour le moment, tout allait bien, et elle était heureuse de se trouver avec lui, sachant qu'il ne lui ferait jamais de mal quelle que soit la manière dont leur amitié évoluerait.

3

— À Londres, à ton nouveau travail, et à ton retour parmi tes amis, dit Raphaël en levant son verre pour trinquer, au moment où un rire fusait à l'autre extrémité du bar. J'espère aussi ne plus voir ces yeux tristes que tu as parfois lorsque tu crois que je ne te regarde pas...

Ignorant sa dernière remarque, Izzy choqua son verre contre le sien.

— Au temps que nous allons passer ensemble.

Sauf qu'il l'avait déjà prévenue qu'il ne serait pas toujours disponible.

Tous deux avaient choisi de s'en tenir à des boissons non alcoolisées, car elle était épuisée et à cran — et en même temps excitée par ce retour. Le trajet depuis l'aéroport l'avait touchée de façon inattendue, avec cette impression de rentrer chez elle. Peut-être Raphaël en était-il la raison ? Ils se comprenaient si bien, en dehors des sujets embarrassants qu'ils avaient évité d'aborder au fil des années — Cassie, l'amour de sa vie, et sa confiance perdue dans le mariage.

Elle ne s'était pas rendu compte à quel point ses remarques tranchantes lui avaient manqué, même si elle avait eu plus de mal à les supporter récemment.

— Ça, ce n'est pas gagné, répondit Raphaël avec un petit sourire tendu. Je n'arrive déjà pas à passer du temps avec moi-même.

Qu'est-ce qui ne va pas ? se demanda-t-elle. Rafe n'avait pourtant pas l'habitude de renoncer à s'amuser pendant son temps libre, malgré son côté sérieux et le fait qu'il se souciait davantage de ses patients que de lui-même.

— On dirait que tu as peine à te trouver une vie.

— Aurais-tu l'intention de m'aider ? grommela-t-il. Peut-être qu'un coup de pied au derrière me ferait du bien...

Si seulement elle restait assez longtemps avec lui, compléta-t-elle silencieusement.

Soudain, l'idée la traversa qu'elle pourrait peut-être rester toujours avec lui.

D'où cela lui venait-il ? Mais après tout, qu'y avait-il de choquant là-dedans ? Parce qu'ils étaient amis ?

En fait ils n'avaient jamais partagé le même logement, pas même quand ils avaient travaillé à Tours. Elle aurait voulu en profiter pour discuter davantage avec lui, qu'il l'aide à démêler la pagaille qu'elle avait faite de sa vie et qu'elle aille de l'avant à Londres.

En même temps, il fallait qu'elle élimine cette sensation de vouloir plus de lui. Raphaël avait le don de lui maintenir les pieds sur terre. Il était toujours celui qu'elle connaissait — fiable, serviable, plein de sollicitude —, mais elle éprouvait quelque chose de plus. Un sentiment plus profond qui voulait le laisser prendre de la place d'une autre façon. En pénétrant dans son cœur ?

Non ! Pas question ! Elle ne pourrait que lui faire du mal, et c'était la dernière chose qu'elle souhaitait. Elle devait faire l'effort de revenir à la situation antérieure qu'ils avaient connue, ou il lui faudrait quitter cette maison dès demain.

Elle reposa brusquement son verre sur le comptoir.

— Je ne resterai pas longtemps chez toi, déclara-t-elle. Dès demain je ferai les agences de location.

Raphaël la regarda attentivement.

— Rien ne presse, dit-il en posant sa main sur la sienne. Tu viens tout juste d'arriver.

Elle retira aussitôt sa main et jeta un coup d'œil autour d'elle en s'efforçant de calmer les battements désordonnés de son cœur. Mais quand elle le regarda à la dérobée, son cœur tressaillit de nouveau.

Oui, quelque chose avait changé. Rafe avait vraiment un physique renversant. Il avait toujours été beau, mais elle ne l'avait jamais réellement vu comme les autres femmes, car il avait toujours été son ami. Alors, pourquoi remarquait-elle maintenant l'ombre de barbe qui ornait son menton et devait-elle se retenir de la caresser du bout des doigts ?

Quelque chose avait bel et bien changé entre eux.

— Est-ce que tu as fait de la cuisine française, récemment ? demanda Rafe.

Avait-il senti la tension qui l'habitait et cherchait-il à détendre l'atmosphère ?

— Pas vraiment.

Darren refusait de goûter le moindre plat qu'il soupçonnait d'être français, tout ça parce qu'il était jaloux de Rafe. C'était parfaitement puéril, mais pour maintenir la paix dans le ménage, elle avait rangé son livre de recettes et s'était cantonnée aux plats basiques : rôti, steak, saucisses.

— Nous allons remédier à cela, assura Raphaël. Tu n'as pas pu oublier comment faire une bonne sauce béarnaise ?

Il avait retrouvé le sourire amical qu'elle connaissait bien.

Son cœur se serra, et en même temps elle se sentit soulagée de ce retour à la normale : sans doute était-ce la fatigue qui était à mettre en cause dans son changement de perception des choses. Et puis, pour Rafe, elle était maintenant une ex-femme mariée qu'il ne connaissait plus aussi bien que quand elle était célibataire.

— La dernière fois que je t'ai vu avant de partir en Nouvelle-Zélande, c'était dans un bar un peu plus loin dans cette même rue, se rappela-t-elle. Tu cherchais une maison à acheter.

Ils avaient trinqué à son retour dans son pays avec son mari. Dans l'effervescence du départ, elle n'y avait pas prêté attention, mais maintenant elle se rendait compte que Raphaël n'avait pas paru très enthousiaste.

Qui pouvait savoir à présent combien de temps elle resterait ici ? Mieux valait ne pas l'oublier si ses sentiments étranges pour Raphaël refaisaient surface.

— C'est vrai, marmonna-t-il.

— Tu avais trop bu, et j'avais dû te mettre dans un taxi pour te ramener chez toi.

Il fit la grimace.

— Parfois, tu as une trop bonne mémoire.

Habituellement, Rafe ne buvait pas ou très peu, et seulement quand il avait vécu quelque chose de terrible.

— À propos, pourquoi t'étais-tu mis dans cet état ?

— Je ne me souviens pas, répondit-il sans la regarder. Ah ! voilà les frites qu'on a commandées.

Il évitait encore la question. Elle aurait dû insister, mais elle ne voulait pas gâcher la soirée, même si elle savait qu'elle serait parvenue à ses fins en le questionnant.

Puis elle sentit l'odeur des frites chaudes et se détendit.

— Hum. C'est bon d'être de retour.

Pourtant, ses jambes lui faisaient mal, et elle avait la tête dans du coton.

Elle recommençait tout, de nouveau, et pour la première fois, cela lui faisait peur. Jusque-là, elle avait toujours cherché à avoir des gens avec elle et pour elle. Après avoir accepté impulsivement le job au Queen Victoria, elle s'était assise et avait réfléchi un long moment, se rendant compte à quel point elle était lasse de courir d'une opportunité à une autre. Son expérience cambodgienne lui avait fait prendre conscience à quel point les liens familiaux peuvent être forts et résistants. Elle avait compris qu'elle devait croire en elle avant de vouloir croire en quelqu'un d'autre. Désormais, elle chercherait à donner plus qu'à recevoir.

— Izzy, tu veux boire encore quelque chose ? demanda Rafe en attirant l'attention du barman.

Le cerveau de plus en plus dans le brouillard, elle repoussa son verre.

— Est-ce que je peux avoir de l'eau, s'il te plaît ? demanda-t-elle.

Elle l'étudia quelques secondes pendant qu'il passait commande.

L'adolescent dégingandé avait cédé la place à un homme mince et musclé, dont le visage ouvert inspirait la confiance. Un visage qui donnait aux femmes l'envie de le rejoindre au lit.

Son estomac se serra. Décidément, quelque chose n'allait pas, et ce n'était pas d'ordre sexuel.

— Est-ce que tu vois quelqu'un, en ce moment ?

Zut, la question était sortie toute seule.

Mais depuis quand hésitait-elle à interroger Raphaël sur quoi que ce soit ? Elle ignorait pourquoi cela lui était si important de savoir où il en était dans ce domaine. Parce que le fait d'être au courant de ce qu'il se passait autour de soi aidait à appréhender les problèmes avant qu'ils n'apparaissent ?

Excepté quand il s'agissait de son mariage. Elle avait eu peur de regarder la vérité en face et d'accepter qu'elle avait fait une erreur monumentale.

— *Moi* ? s'exclama Rafe, l'air faussement choqué.

Un homme séduisant reste rarement seul longtemps, en particulier s'il est médecin dans un hôpital empli de femmes de tous âges. Elle savait qu'il avait eu plusieurs aventures, car il lui en avait parfois parlé. Jamais de manière désobligeante pour ses conquêtes, mais en ne croyant pas aux relations qui durent toujours.

— Non, dit-il. Rien de sérieux, et le plus souvent rien du tout.

Se redressant sur sa chaise, elle avala une gorgée d'eau.

— Parle-moi de mon nouveau boulot. Est-ce qu'il y a quelqu'un que je connais dans le service ?

— Pas que je sache. Aucune de tes copines ne travaille à la maternité.

— Le mariage de Carly se rapproche, et l'excitation grandit, d'après les mails que j'ai reçus. Est-ce que tu veux venir avec moi ? L'invitation est pour Izzy et son cavalier. Carly a insisté pour que je fasse partie des demoiselles d'honneur.

— Tu n'as personne d'autre à inviter ? demanda Rafe avec un sourire un peu forcé.

— J'ai *envie* que tu viennes. Sinon, j'irai toute seule.

En réalité elle ne tenait pas à aller au mariage de Carly sans être accompagnée. Ses trois amies avaient toutes quelqu'un, et elle se sentirait plus seule que jamais si Raphaël n'était pas à ses côtés.

— Tu peux m'ajouter à la fête, dit-il après avoir consulté son agenda. Je suis libre pendant ce week-end-là.

— Super. Es-tu toujours heureux de ton poste au Queen Victoria ?

Il sourit.

— C'est exactement ce que je voulais.

Et Avignon ? Il avait toujours envisagé d'y retourner un jour.

— Je suis contente pour toi. Tu le mérites.

Elle n'avait plus qu'à espérer pouvoir dire la même chose

à propos de son travail. Cela l'aiderait à s'installer dans cette nouvelle vie et à s'y sentir bien.

— Ce sera la même chose pour toi, assura Rafe en la fixant, l'air sérieux. Il te suffit d'y croire.

— J'y crois.

— Répète-moi ça, mais cette fois avec plus de conviction.

Il n'allait pas la lâcher… Son accent français aussi lui avait manqué. Quand ils parlaient sur le Net, ce n'était pas le même son.

— J'y crois, grommela-t-elle.

Et soudain, elle eut envie à la fois de rire et de pleurer.

En rejoignant Raphaël à Londres, elle avait fait ce qu'il fallait, même si ça ne l'empêchait pas de se poser tout un tas de questions.

En entendant son téléphone sonner, Raphaël sursauta.

Pourvu que ce soit la maternité, pria-t-il silencieusement en sortant son smartphone de sa poche. Il avait besoin de mettre un peu d'espace entre lui et les questions d'Izzy. Il balançait entre l'excitation de la revoir et l'inquiétude de passer trop de temps avec elle.

— Hello, Cooper, comment ça se passe ? demanda-t-il après avoir regardé l'écran.

— Ramène-toi vite fait, répondit son collègue et ami d'une voix tendue. Haley est en travail, et tu as promis d'être avec nous pour l'accouchement.

C'était le répit attendu. Haley avait tout juste trois semaines d'avance, il n'y avait donc pas de souci à se faire.

Il se leva et enfila sa veste, le téléphone coincé entre l'oreille et l'épaule.

— Où en est-elle ?

— La sage-femme a dit qu'elle était dilatée de quatre centimètres. C'était il y a dix minutes, répondit Cooper d'un ton angoissé.

Les papas et leur premier bébé…

— On a encore du temps. Je me mets en route tout de suite.

En espérant que le bébé ne décide pas de précipiter sa sortie, ajouta-t-il pour lui-même en coupant la communication.

Izzy se leva à son tour, vida son verre d'eau et accrocha son sac à main à l'épaule.

— Je viens avec toi, dit-elle d'un air décidé.

— Tu es épuisée. Tu pourrais prendre un taxi pour te ramener à la maison.

— Oui, mais il est encore tôt, et j'essaie toujours de rester debout jusqu'à mon heure habituelle après un long vol.

Il n'avait pas le temps de discuter.

— Cooper et Haley travaillent à l'hôpital, expliqua-t-il. Il est chirurgien généraliste, elle est radiologue, et c'est leur premier enfant.

Une minute plus tard, il roulait à vive allure en direction du Queen Victoria, et ils arrivèrent à l'hôpital en un temps record. Suivi d'Izzy, il rejoignit Claudia, la sage-femme de service, et il les présenta l'une à l'autre.

— Voici Izzy Nicholson, qui commence ici la semaine prochaine.

Les deux femmes échangèrent un sourire.

— Haley a atteint six centimètres et elle s'est arrêtée, résuma Claudia. On a une nuit chargée qui s'annonce, avec plus de bébés que de lits.

Une sonnerie retentit à travers la salle.

— Il faut que j'y aille, marmonna Claudia. Je reviens le plus vite possible.

Cooper l'attendait à l'entrée de la salle d'accouchement.

— Ah, te voilà ! Les contractions se sont ralenties, probablement pour te permettre d'arriver.

— Les amendes pour excès de vitesse que j'ai récoltées ce soir, je les garde à ton intention, plaisanta Raphaël en lui tapotant l'épaule en un geste de réconfort. Voici Izzy, l'amie que je suis allé chercher à l'aéroport cet après-midi.

Cooper lui tendit la main.

— C'est vous qui êtes infirmière ?

— Oui, et aussi sage-femme.

— Venez voir Haley. Un peu de distraction lui fera du bien.

Raphaël soupira en silence, résigné.

Pour ce qui était de mettre de la distance entre eux, c'était plutôt raté.

Izzy quêta son assentiment du regard.

— Tu es d'accord ?

— Bien sûr.

Il la conduisit auprès de Haley, qu'il salua avec un grand sourire.

— Alors, il paraît que le rythme s'est ralenti depuis que Cooper m'a appelé ?

Haley lui saisit la main et fondit en larmes.

— Je suis si contente que tu sois là ! J'ai cru que j'allais avoir le bébé sans ton aide.

— Je te rappelle que c'est toi qui fais tout le travail. Pour ma part, je me contenterai de t'assister et de surveiller la progression.

Au moment où il se penchait pour l'embrasser sur la joue, une contraction la saisit, et il se retrouva avec la main dans un étau.

— Exhale lentement... C'est ça.

— C'est facile à dire pour toi, grommela Haley. Ce n'est pas toi qui es en train de subir ce supplice.

— C'est vrai, dit-il d'un ton conciliant. Combien de temps s'est écoulé depuis la contraction précédente ?

— Cinq minutes, répondit Cooper.

— Cinq, ou quatre, ou six... Quelle importance ? haleta Haley. Aidez-moi à faire sortir ce bébé !

Elle remarqua la présence d'Izzy, qui fit un pas en avant.

— Bonjour, Haley. Je m'appelle Izzy, je suis une amie de Rafe.

— Alors, vous êtes finalement arrivée. Raphaël n'était pas sûr que vous viendriez.

— Je n'avais jamais rien dit de tel, protesta-t-il.

Haley pencha la tête vers lui.

— Tu es sur des charbons ardents depuis qu'elle a accepté le poste ici.

— Reste allongée tranquillement une minute. Je vais écouter le bébé.

Et ne dis plus rien, sinon Izzy va s'imaginer des choses, ajouta-t-il en lui-même.

— Aah ! gémit Haley. Ça recommence !

Cooper lui prit aussitôt la main, et Raphaël souleva le drap qui la recouvrait.

— Est-ce que tu te sens à l'aise en restant allongée pendant les contractions ? demanda-t-il.

— Je préférerais être debout, mais quand il y en a une qui commence, je n'arrive pas à me lever assez vite.

— Si vous voulez essayer la prochaine fois, je vous aiderai, proposa Izzy en commençant à lui frotter le dos pour défaire les nœuds qui s'étaient formés dans ses muscles.

Il vit Haley se détendre.

— C'est d'accord, répondit celle-ci à sa surprise.

Il profita de la diversion créée par Izzy pour examiner sa patiente.

— Huit centimètres, annonça-t-il. C'est reparti.

— Je savais que le bébé t'attendait, plaisanta Cooper, qui s'était détendu depuis leur arrivée. Maintenant il n'y a plus rien pour l'arrêter.

Izzy continuait à frotter le dos de Haley.

— Marcher dans la pièce pourra vous aider à diminuer la douleur et accélérer le travail, dit-elle.

— Je suis prête à n'importe quoi pourvu que ça se termine, répondit Haley, s'asseyant lentement sur le lit et étendant les jambes sur le côté.

Comme une nouvelle contraction survenait, Izzy et Cooper la saisirent chacun par un bras pour la mettre sur ses pieds.

Cooper la maintint contre lui.

— Tu vas y arriver, chérie.

— Je n'ai pas vraiment le choix, marmonna-t-elle entre ses dents.

— Essayez de faire quelques pas, l'encouragea Izzy.

Raphaël l'observait avec Haley : elle savait s'y prendre pour l'amener à se détendre. Elle serait un réel atout pour le service.

Quand la contraction suivante arriva, elle fut près d'elle, l'encourageant pendant que Cooper murmurait à l'oreille de sa femme.

— Je sens une pression, et j'ai envie de pousser. Cela veut dire que c'est pour bientôt ? demanda Haley au bout d'un moment.

— Il est temps de retourner au lit, dit Raphaël. Je vais vérifier où ça en est.

Izzy resta près de lui.

— Ça se présente bien, commenta-t-elle.

— Absolument, répondit-il en souriant. On voit le haut du crâne du bébé. Préparez-vous à faire sa connaissance.

Cooper serra la main de sa femme dans la sienne.

— Allez, ma chérie. C'est le moment de donner tout ce que tu as.

— Qu'est-ce que tu crois que j'ai fait jusqu'à présent ?

Mais cette fois il n'y avait aucune irritation dans la voix de Haley, et elle sourit à son mari avant de prendre une inspiration et de commencer à pousser.

Izzy se remit à lui frotter le bas du dos.

— C'est ça. Vous vous débrouillez très bien.

Puis elle leva les yeux vers Raphaël et lui sourit, comme pour lui dire : « J'adore ce métier ».

Il sourit à son tour.

Lui aussi. Mettre des bébés au monde était la plus belle expérience qu'il puisse avoir. Et que le père de ce bébé soit son ami, il n'en était que plus heureux.

— Poussez encore, dit-il à Haley. Les épaules sont sorties. Encore une fois…

Quelques secondes plus tard, il tenait le minuscule être humain dans ses grandes mains. Il lui jeta un rapide coup d'œil avant de le poser doucement sur le ventre de sa maman.

— Haley, Cooper, je vous présente votre fils.

Bon sang. Il n'était pas censé se laisser gagner par l'émotion, mais il était si heureux pour ces trois-là !

— Izzy, Cooper voudrait couper le cordon. Peux-tu l'assister, s'il te plaît ?

— Bien sûr.

Elle enfila des gants trouvés sur le chariot et aida Cooper à couper le cordon quand il eut cessé de pulser. Il l'observa pendant qu'elle essuyait soigneusement le bébé avec une serviette.

Elle avait l'air parfaitement à sa place. Comment serait-elle avec son propre enfant ? Complètement gaga, sans aucun doute.

Elle enveloppa doucement le bébé dans une serviette propre avant de le remettre sur sa maman.

Pour une fois, Cooper était silencieux, gagné par l'émotion, tandis que Haley semblait égale à elle-même.

Il tapota l'épaule d'Izzy en lui désignant la porte.

— Nous allons vous laisser tranquilles quelques instants pour créer le lien avec lui, dit-il aux heureux parents. Appelez si vous avez besoin de quoi que ce soit.

Une fois dans le couloir, Izzy s'appuya contre le mur, une expression de joie sur son visage fatigué, souriante.

— Waouh ! C'est dingue, n'est-ce pas ? Cette sensation quand le bébé arrive dans nos mains...

— Sans aucun doute.

Sans se soucier d'être vu, il l'attira contre lui et la serra dans ses bras.

— Bienvenue chez toi, Izzy.

Il sentit son corps se tendre puis se relâcher.

— Oui, enfin.

Le lendemain en fin de matinée, quand Raphaël sortit de la douche, des images de la veille défilaient toujours dans sa tête : Izzy se précipitant sur lui à l'aéroport, ouvrant de grands yeux quand elle avait découvert sa maison, bâillant au pub entre deux frites. Et puis, il y avait eu le moment où, de retour de l'hôpital, il l'avait soutenue pour l'aider à monter jusqu'à sa chambre au troisième étage. Gagnée par l'épuisement et n'arrivant plus à mettre un pied devant l'autre, elle s'était laissée aller de tout son poids contre lui...

Il avait tenté de les faire disparaître, en vain. Il ne s'était pas attendu à être aussi ébranlé par le fait de la revoir et de l'entendre rire et parler.

C'était Izzy, mais avec quelque chose de différent. Le rire était un peu forcé, la parole embarrassée. Son cœur avait été troublé quand il l'avait vue, et c'était peut-être plus intense que de l'amitié. Ils s'aimaient de façon platonique, certes, mais il ne pouvait nier que, depuis le jour où il l'avait vue épouser Darren, il avait eu l'impression de l'aimer comme il n'aurait pas dû l'aimer. Cependant, il ne pouvait pas se fier à ses sentiments. Il n'y avait qu'à voir où ils l'avaient mené la dernière fois ! Il avait eu le coup de foudre pour Cassie et lui avait tout donné, ce qui ne l'avait pas empêchée de se plaindre continuellement que ce n'était pas assez, jusqu'à la trahison finale.

Lorsque Izzy lui avait annoncé qu'elle et Darren se séparaient, il avait d'abord ressenti égoïstement un grand soulagement, puis de l'indignation et de la colère en apprenant comment ce type l'avait traitée. Depuis ce jour, il était passé par toutes les émotions allant de l'espoir au désespoir… Mais il préférait éviter de trop se rappeler ces moments.

Après avoir enfilé un bermuda et une chemise, il entreprit de refaire son lit.

Plus tôt dans la matinée, quand il était passé dans la cuisine prendre ses clés avant d'aller courir, il avait remarqué les bouteilles d'eau vides sur le comptoir, preuve qu'Izzy était descendue pendant la nuit alors qu'elle aurait dû dormir d'une seule traite d'un sommeil réparateur.

Il fallait faire rapidement quelque chose à propos de ses insomnies. Si on attendait trop longtemps, elle serait rattrapée par une fatigue chronique qui aurait un impact négatif sur tout ce qu'elle ferait.

Désormais, il devait gérer le fait que, même si ce n'était que provisoire, Izzy vivait dans son propre espace — un espace dans lequel elle s'était introduite hier soir avec une grande facilité. Cependant, il ne devait pas ignorer l'état de son propre cœur. Si Cassie était maintenant passée à l'arrière-plan, ce n'était pas le cas de la perte de son enfant. Cela, il ne le lui pardonnerait jamais, et il ne se sentait pas prêt à aimer quelqu'un d'autre.

Un délicieux arôme de café monta depuis l'escalier, lui chatouillant agréablement les narines.

Izzy devait être dans la cuisine.

Quand il la rejoignit, elle était appuyée contre le comptoir, un mug fumant dans les mains, et elle l'accueillit avec un sourire perplexe.

— Tu as un chat, s'étonna-t-elle en abaissant les yeux sur l'animal qui se frottait contre ses jambes.

— Je suis allé le chercher dans un refuge.

— Toi, avec un animal ?

— Depuis que je suis petit, j'ai toujours voulu avoir un chien. Maintenant que je suis installé, je peux réaliser mon rêve.

Izzy se mit à rire.

— Au cas où tu ne l'aurais pas remarqué, ce n'est pas un chien.

— En tout cas, je l'ai appelée Doggy.

— Voilà qui n'est pas très gentil !

Elle prit la chatte contre sa poitrine, et il ne put s'empêcher de remarquer la rondeur de ses seins, que son T-shirt moulait à la perfection.

Sans répondre, il se prépara un mug de café.

Izzy frotta son menton sur la tête de Doggy.

— Je parie qu'elle est pourrie gâtée par toi.

— J'aurais préféré avoir un chien, mais cela réclame trop d'attention, et avec mon emploi du temps chaotique, ça n'aurait pas été bien pour lui.

Izzy se mordit la lèvre inférieure, ce qui ne lui était pas habituel.

— Qu'est-ce qu'il y a ? demanda-t-il. Tu as l'air de quelqu'un qui se demande où il est.

Elle avala une gorgée de café avant de répondre.

— Je sais exactement où je suis, mais je me sens un peu perdue. J'ai l'impression d'être décalée, que mon corps est là et que mon cerveau arrivera plus tard. Peut-être que c'est le dernier déménagement de ma vie…

Ce serait certes un changement pour elle.

— Moi, j'ai décidé que cet endroit était ma maison, dit-il en se frappant le torse du plat de la main. Et j'y resterai jusqu'à ce que j'en aie décidé autrement.

— Et c'est la réalité ? demanda-t-elle en le fixant d'un regard intense.

Attendait-elle qu'il lui fournisse une réponse ?

Désolé, Izzy, mais je ne peux pas savoir ce qui est vrai pour toi, si je n'en suis même pas sûr pour moi.

— C'est aussi réel que tu le veux, toi.

Elle fit la moue en hochant la tête. Puis elle posa la question qui tue.

— Tu n'as aucun regret ?

Il réfléchit quelques secondes.

— Honnêtement, non. Parfois je me demande ce qu'aurait été ma vie si j'avais laissé Cassie me convaincre d'aller vivre à Paris, mais…

Il haussa les épaules et choqua son mug de café contre le sien. Il était temps de revenir aux préoccupations ordinaires.

— Je vais aller voir Haley et le bébé, cela te dit de m'accompagner ?

Oups. Ce n'était pas ce qu'il avait prévu de dire.

— Donne-moi dix minutes pour prendre une douche, répondit Izzy sans hésiter.

— Je te présenterai à tout le monde là-bas. Tu pourras aussi faire la connaissance de mes triplés favoris dont je t'ai déjà parlé.

— Ils t'ont touché au cœur, pas vrai ? dit-elle en se dirigeant vers l'escalier.

— Juste un peu.

Il aurait adoré fonder sa propre famille. Rien ne pourrait remplacer le fils qu'il avait perdu, mais n'était-il pas temps d'aller de l'avant ?

Il n'était sûr que d'une chose : il ne supporterait pas de souffrir de nouveau ainsi.

4

— Bonjour, Haley, dit Izzy en arrivant dans la chambre où la jeune femme avait été transférée après l'accouchement. Comment vous sentez-vous aujourd'hui ?

— Ryan n'est-il pas le plus beau bébé du monde ? répondit Haley, les yeux brillants, en cajolant son fils. Je n'arrive pas à croire que je suis maman.

Elle ne tarderait pas à s'y habituer après quelques nuits sans sommeil et les couches à changer plusieurs fois par jour.

— Croyez-moi, vous l'êtes, assura Izzy. J'ai été témoin.

— Moi aussi, renchérit Raphaël en riant. Est-ce que je peux le tenir ? ajouta-t-il en tendant les bras.

Haley lui confia son bébé avec réticence.

— D'accord, mais juste une minute.

— Après, ce sera à moi, dit Izzy. Comment se passe l'allaitement ?

— Ce n'est pas facile. Je n'y arrive pas encore très bien, mais il paraît que c'est normal.

— Absolument. Vous allez vite vous y habituer. Il ne faut pas que cela vous stresse, cela ne ferait que compliquer les choses.

Raphaël semblait ravi de tenir le bébé contre lui. En le regardant, elle sentit quelque chose remuer au plus profond d'elle, comme si son horloge biologique venait soudain de s'éveiller.

Mais non, elle n'était pas prête. Pas tant que tout le reste ne serait pas réglé. En attendant, elle se contenterait de fondre devant les bébés des autres.

— C'est mon tour, dit-elle en tendant les bras à Ryan, que Rafe lui remit à contrecœur.

La minute passa très vite, et elle aussi eut du mal à le rendre à Haley qui l'attendait impatiemment.

— Viens voir les triplés, lui proposa Rafe quand ils eurent quitté la chambre.

Les trois berceaux étaient alignés l'un à côté de l'autre, et dedans, les trois petits garçons étaient bien réveillés, gesticulant et réagissant au moindre de leurs mouvements quand ils se penchèrent sur eux.

Il y avait de la chaleur dans les yeux de Raphaël, mais elle crut y voir aussi une ombre.

— Bonjour, Raphaël, lui dit la maman. Vous n'aviez pas besoin de venir me voir pendant votre jour de congé. Je sais que vous n'avez pas beaucoup de temps pour vous.

Elle tourna la tête vers Izzy.

— Votre compagne doit en avoir assez que vous soyez tout le temps pris par votre travail, ajouta-t-elle.

Raphaël se gratta la gorge.

— Tout va bien, Melody. De toute façon je devais venir voir une autre patiente. Voici Izzy Nicholson, qui est infirmière et sage-femme et qui va venir travailler à la maternité d'ici quelques jours.

Melody la salua, un peu confuse. Elle avait visiblement compris qu'elle n'était pas la compagne de Rafe, même s'il ne l'avait pas dit explicitement.

Raphaël salua l'homme à côté d'elle, qui regardait les bébés avec adoration.

— Izzy, voici Ollie, l'heureux papa.

— Bonjour, dit-elle. Vos petits garçons sont magnifiques. Regardez-les agiter leurs petits bras et leurs petites jambes. Vous allez avoir une vie très intense, une fois de retour chez vous !

— J'ai hâte, répondit Ollie avec un large sourire. Anthony est un peu plus lent à se développer, mais tous les trois sont en forme, nous avons beaucoup de chance. Plus tôt nous serons chez nous, mieux cela vaudra.

Melody semblait moins enthousiaste, elle jeta un coup d'œil inquiet à Raphaël.

— Je ne tiens pas à précipiter les choses. Et si je ne m'en sortais pas ? ajouta-t-elle. Je n'ai pas beaucoup d'expérience avec les bébés, et en avoir trois d'un seul coup est assez impressionnant. Mais je suis aussi très heureuse de les avoir, assura-t-elle. On a attendu si longtemps...

Ollie déposa un baiser sur le front de sa femme.

— Tout va bien se passer, mon cœur. Avec la famille qui viendra nous aider et les visites quotidiennes de l'infirmière, tu ne tarderas pas à envoyer tout le monde promener pour pouvoir t'occuper seule de tes fils.

Raphaël approuva de la tête.

— Vous serez sûrement fatiguée et trouverez qu'il n'y a pas assez d'heures dans une journée, mais je vous promets que vous y arriverez. Toutes les mères qui ont un bébé pour la première fois, même un seul, ont les mêmes inquiétudes que vous.

— C'est ce que tout le monde me dit, soupira Melody. Mais si malgré tout je n'étais pas à la hauteur en tant que mère ?

— Arrête, dit doucement Ollie. On sera de très bons parents. N'oublie pas que nous sommes deux, nous y arriverons ensemble.

Il se tourna vers eux.

— J'ai transformé une des chambres en bureau pour pouvoir travailler à la maison pendant quelque temps. Les clients qui ont besoin de me voir peuvent aussi bien me retrouver là que dans les bureaux de la compagnie.

Il y avait toujours de l'inquiétude dans les yeux de Melody. Était-elle guettée par une dépression postnatale ? Mais Raphaël y avait sûrement pensé aussi.

— Je vais vous organiser un rendez-vous avec quelqu'un qui vous expliquera comment gérer la situation, promit-il. Essayez de ne pas vous inquiéter pour tout et profitez de votre séjour ici pour vous préparer à être maman chez vous. Appréciez les moments avec vos bébés, ils vont grandir si vite que vous ne verrez pas le temps passer.

Ollie prit un petit garçon — Shaun, d'après l'écriteau sur son berceau — et le tendit à sa mère.

— À toi de jouer, maman.

Melody se détendit immédiatement quand il posa son fils sur sa poitrine, et elle se mit à lui frotter doucement le dos.

— Vous vous débrouillez comme une pro, approuva Izzy. Voyez comme il a l'air heureux, blotti contre vous.

Le papa souleva Anthony et le berça dans ses bras pendant qu'elle se penchait sur le troisième berceau.

— Bonjour, Morgan. Que tu es mignon...

Le bébé cligna des yeux et agita une main.

Il était si innocent, si confiant. À quoi ressemblerait sa vie — toutes leurs vies ? Est-ce qu'ils veilleraient tous les trois les uns sur les autres, ou seraient-ils en compétition ?

Si elle-même avait eu une sœur jumelle, sa vie aurait été différente. Elle n'aurait pas vagabondé d'un pays à l'autre, elle en était certaine. Il y aurait toujours eu quelqu'un pour elle, qui aurait compris ses aspirations, partagé les bons moments comme les mauvais, et l'aurait aimée de façon inconditionnelle.

Pourtant, tous les jumeaux ne s'entendent pas. De toute façon, ça ne servait à rien de revenir sur ce qui ne pouvait pas être changé. À présent, elle était adulte et vivait sa vie sans se plier aux exigences de ses parents. Et puis, elle avait Raphaël depuis qu'elle était adolescente. Il était toujours là, comme un frère.

Comme un frère ? Les sentiments qu'elle éprouvait pour lui depuis son retour n'avaient pas grand-chose à voir avec ceux d'une sœur...

Raphaël était en train de parler à Melody.

— L'infirmière m'a dit que votre cicatrice de césarienne était un peu infectée.

— Comment est-ce possible alors que je prends des antibiotiques ? dit Melody qui semblait au bord des larmes. Ce n'est pas juste !

— J'aimerais y jeter un coup d'œil. Nous allons essayer un autre médicament. Izzy, tu peux m'apporter des compresses ? demanda-t-il en découvrant l'inflammation. Elles sont sur le chariot dans le couloir.

— Bien sûr.

Elle poussa le chariot dans la chambre et enfila une paire de gants avant de lui tendre les compresses ainsi que la Bétadine.

— Merci.

Il nettoya la zone de la cicatrice et y appliqua le liquide antiseptique.

— Voilà, cela devrait aller mieux. Je vais rédiger une ordonnance pour les infirmières, qu'elles veillent à ce que ce soit fait régulièrement.

Une fois sorti de la chambre, il se tourna vers Izzy.

— Je vais aller voir mes autres patientes. Je peux te laisser un moment ?

En réalité, elle aurait été ravie de faire un petit somme.

— Si tu ne me trouves pas à ton retour, c'est que je me serai endormie dans un coin.

Il lui jeta un regard inquiet.

— Est-ce que ça va ? Cela ne te ressemble pas de souffrir du décalage horaire.

— Je reconnais que c'est nouveau. Mais ça commence à faire longtemps que je manque de sommeil.

C'était surtout depuis qu'elle avait enfin admis qu'elle avait choisi de faire sa vie avec Darren principalement parce qu'il lui avait promis la sécurité. Quand elle avait trouvé son mari au lit avec une autre femme, elle s'était demandé pourquoi elle l'avait épousé, et elle n'avait pas aimé la réponse. À présent, c'était de l'histoire ancienne, mais comment faire de nouveau confiance à un homme, comment lui donner son cœur ?

Avant de la laisser, Raphaël lui présenta Annabel et Mary, deux infirmières occupées à rentrer des données sur leur ordinateur dans l'espace de travail. Celles-ci la couvrirent d'un regard interrogateur. Visiblement, elles s'interrogeaient sur ses rapports avec Rafe.

— J'ai vu votre nom sur le planning de la semaine, bienvenue à vous, lui dit poliment Annabel. Raphaël, il faudrait que vous passiez voir Mme Baxter. Je vous accompagne.

À l'évidence, au moins une des deux infirmières avait un faible pour le plus beau médecin du service.

Izzy resta avec Mary, qui lui proposa un café.

— Avec plaisir.

Cela l'aiderait peut-être à rester éveillée.

Mary lui tendit un mug et posa le pot de café près d'elle. Elle lui expliqua le fonctionnement du service — qui n'était guère différent de ce qu'Izzy connaissait — puis s'appuya contre le plan de travail et parut l'étudier du regard.

— Tu as déjà travaillé à Londres, n'est-ce pas ? Je connais Esther, il paraît que vous vous entendiez bien. Et tu sembles proche de Raphaël… ?

— Nous sommes de vieux amis. Je viens juste d'arriver en Angleterre, nous ne nous étions pas vus depuis longtemps.

Elle n'en dirait pas plus.

— Où as-tu occupé ton dernier poste ? demanda Mary, toujours curieuse.

— En Nouvelle-Zélande, à Wellington. Auparavant, j'avais été bénévole au Cambodge.

D'accord pour entrer dans les détails de sa vie professionnelle, du moment qu'elle évitait les questions sur sa vie privée. L'important, c'était qu'elle soit là.

— Comment se passent les rapports entre collègues, ici ? interrogea-t-elle. Est-ce que vous sortez boire un verre ensemble en fin de semaine ?

— Certains d'entre nous le font. Cela t'intéresse ?

— Tout à fait. C'est le meilleur moyen de connaître les autres.

Elle sentait ses yeux se fermer et avait la tête lourde de sommeil. Se raidissant sur sa chaise, elle fit un effort pour se ressaisir. Où était Raphaël ? Elle trouvait qu'il était bien long.

Un téléphone sonna, et Mary répondit.

— Et voilà, soupira-t-elle, ce moment de calme était trop beau pour durer.

Izzy regarda autour d'elle. Tout semblait fonctionner normalement, elle ne voyait rien qui lui paraisse inhabituel. Cela ne devrait pas être trop dur pour elle de s'adapter et de s'entendre avec tout le monde.

Elle étouffa un bâillement, luttant pour garder les yeux ouverts… Une main ferme la secoua doucement.

— On se réveille, Belle au bois dormant ! Le café ne devait pas être assez fort. Allons-nous-en d'ici avant que tu donnes une fausse image de toi, ajouta Raphaël avec un clin d'œil.

Il y avait plus de monde dans le service, à présent. Le samedi après-midi était le moment des visites des familles et des amis.

— Est-ce que quelqu'un ici sait que j'habite chez toi ? demanda-t-elle pendant qu'ils attendaient l'ascenseur pour regagner le parking.

— Je n'en ai parlé à personne excepté à Jacki, l'infirmière en chef du service. D'ailleurs, ça ne regarde personne. Ce n'est pas un secret, mais je ne voudrais pas que l'on dise que tu es favorisée. Si on allait faire quelque chose d'intéressant ? proposa-t-il en montant dans l'ascenseur avec elle.

— Comme quoi ?

— En ce qui te concerne, cela veut dire aller dormir.

— Mais si je dors pendant la journée, je ne dormirai pas cette nuit...

— Le problème, c'est que, avec ce raisonnement, tu rates les occasions de récupérer quand elles se présentent. Et de toute façon, tu ne dors pas la nuit.

Elle fit la grimace.

— C'est vrai. Je pourrais peut-être faire un petit somme. Et ensuite, on irait se balader le long du fleuve ? Un peu d'exercice me ferait du bien.

— Veux-tu que l'on discute de la raison de cette fatigue ? proposa-t-il pendant qu'ils roulaient en direction de Richmond.

— Pas vraiment.

Cela ne changerait rien. En même temps, il était la seule personne à qui elle se confiait habituellement.

— C'est à cause de Darren, pas vrai ?

Il suffisait de cracher le morceau, de se libérer de ce poids. Qu'est-ce que Raphaël dirait qu'elle ne se soit pas déjà dit ?

— J'ai été complètement aveugle. Je me suis leurrée sur moi-même, avoua-t-elle enfin. Notre rupture n'était pas seulement la faute de Darren.

— Dans les cas de ce genre, il y a souvent deux versions contradictoires, observa doucement Rafe.

Exactement. Et elle n'était pas à l'aise pour parler de sa contribution à cet échec.

— Je ne l'aimais pas autant que je l'aurais dû, lâcha-t-elle.

Raphaël fronça les sourcils.

— Dans ce cas, pourquoi l'avoir épousé ?

Elle n'aurait pas dû lui en parler, mais maintenant qu'elle avait commencé, autant aller jusqu'au bout.

— Parce que je croyais que je l'aimais. J'ai *voulu* le croire, jusqu'à ce que tout commence à se dégrader.

En fait, c'était bien avant ça. Elle était restée dans le déni aussi longtemps qu'elle avait pu.

Raphaël eut l'air intrigué.

— Mais alors, la douleur n'a pas dû être si forte que ça ?

— Si, mais pour d'autres raisons : lorsque j'en ai pris conscience, ce qui m'a fait mal, c'est que, quelque part, je l'aie trompé aussi...

Elle prit une profonde inspiration.

— Darren m'avait promis un foyer et une famille, il m'avait assuré que l'on vivrait dans la même ville pour le restant de nos jours. Je désirais cela tellement que c'est tout ce qui a compté pour moi. Je voulais vivre la vie que mes parents m'avaient refusée. Et le pire, c'est que je ne suis même pas certaine d'avoir compris la leçon. Et si je refaisais la même erreur ? Si je manquais encore de discernement et que je retombais amoureuse pour me rendre compte ensuite que j'aurais commis une autre erreur ?

Ils s'étaient arrêtés à un feu rouge. Les doigts de Raphaël pianotèrent sur le volant.

— Nous faisons tous des erreurs, Izzy.

— Je me suis trompée de rêve pendant presque toute ma vie, dit-elle amèrement. C'est pourquoi je voudrais agir seule maintenant et me créer mon propre chez-moi. Je n'ai pas envie de faire souffrir quelqu'un d'autre.

— Je te trouve dure avec toi-même.

— C'est vrai, Darren avait des aventures et passait plus de temps avec ses copains qu'avec moi, mais si je l'avais aimé autant que je le prétendais, il n'aurait pas eu besoin de le faire.

Quoique, d'après ce que lui avait dit la compagne d'un de ses amis, il était plutôt coureur, et elle n'était pas la première femme qu'il avait trompée — juste la première épouse.

— Il aurait pu en discuter avec toi au lieu d'enfouir sa tête dans le sable, objecta Raphaël.

— Comme Cassie et toi ? répliqua-t-elle promptement.

Elle regretta aussitôt ces paroles. Son histoire n'avait rien à voir avec celle de Raphaël.

— Je n'aurais pas dû dire ça...

— Non, tu n'aurais pas dû.

Un silence s'installa dans la voiture.

Elle regarda distraitement le paysage défiler et sentit de nouveau un sentiment de soulagement monter en elle.

Oui, elle avait bien fait de quitter la Nouvelle-Zélande et de tirer un trait sur son mariage. Il ne lui restait plus qu'à espérer que ce problème de confiance se règle de lui-même, afin qu'elle puisse envisager un jour une nouvelle relation.

— Alors, qu'est-ce que tu pensais faire cet après-midi ?

Raphaël prit une profonde inspiration et soupira.

Après ce qu'il avait vécu avec Cassie, il pouvait comprendre la crainte d'Izzy de répéter son erreur. Lui aussi était réticent à recommencer. Il avait tout donné à Cassie : son amour, sa vie, sa confiance. Le seul refus qu'il lui avait opposé, c'était d'aller vivre à Paris parce qu'il avait trouvé à Londres le poste dont il avait besoin pour mener la carrière qu'il souhaitait. Ce refus s'était retourné contre lui et lui avait révélé l'inconstance de Cassie.

Alors, non, il n'était pas prêt à s'engager avec quelqu'un d'autre, et certainement pas avec la femme assise à côté de lui.

— J'ai pensé qu'on pourrait se balader à vélo le long de la rivière.

— Quoi ?

Izzy lui jeta un coup d'œil horrifié.

— Moi ? À vélo ? Tu dois te tromper de personne.

Pour le coup, elle en oublia de mordiller sa lèvre, qui était toute gonflée.

Un baiser pourrait peut-être la soulager ?

Réprimant un juron, il se hâta de penser à autre chose.

— Un des médecins vendait le vélo de sa femme la semaine dernière. Je l'ai acheté pour toi.

— J'espère que tu as les genouillères, le casque et le gilet rembourré qui vont avec ?

— Mais bien sûr. Tu as oublié les bottes cerclées de fer...

Il fut content d'avoir réussi à la faire sourire — tout en n'oubliant pas sa dernière remarque sur Cassie.

Même si c'était la vérité, ce n'était pas l'habitude d'Izzy de l'attaquer sur ses points faibles.

Il ne lui avait jamais raconté toute l'histoire. Il ne lui avait pas parlé du bébé, dont il n'avait appris la brève existence que quand il avait retrouvé Cassie, deux ans plus tôt. Il avait été choqué de constater que la mort de leur enfant n'avait pas beaucoup affecté celle-ci : elle cherchait alors à devenir actrice, et un bébé aurait été un frein pour sa carrière. Il avait appris ensuite qu'elle n'avait joué que quelques rôles insignifiants et qu'elle travaillait dans un bar miteux de la banlieue de Los Angeles, peinant à joindre les deux bouts.

C'était la dernière fois qu'il l'avait vue, et il avait enfin ouvert les yeux : tous deux n'avaient rien en commun. Il s'était demandé comment il avait pu l'aimer autant. On dit que l'amour est aveugle, et il l'avait appris à ses dépens. Il n'avait pas envie de perdre de nouveau sa lucidité en retombant amoureux.

Un jour, il trouverait le courage de raconter à Izzy la fin de cette histoire, mais pas aujourd'hui. Il détesterait voir de la pitié dans ses yeux.

— Franchement, Rafe... Je ne suis pas montée sur une bicyclette depuis l'adolescence.

— Ce qui veut dire que tes jambes et ton dos seront douloureux ensuite...

L'espace d'une seconde, il imagina le bas de son dos ondulant sur la selle dans un short moulant, et son corps s'enflamma.

— Tu as raison, dit-il à la hâte, je ferais mieux d'y aller seul, et je rentrerai plus tôt. En attendant, on va s'arrêter quelque part pour déjeuner pendant qu'il en est encore temps.

— C'est toi qui m'invites, lança-t-elle avec un sourire de défi. Cela t'apprendra à me faire des frayeurs.

— C'était bien mon intention, mon amie.

Sauf qu'une amie n'était pas censée lui procurer de telles sensations dans le ventre quand elle lui souriait.

La situation était en train de lui échapper. Il avait besoin d'espace, ce qui n'allait pas être facile à trouver alors qu'ils partageaient sa maison et travaillaient dans le même service.

— Et si nous instaurions une semaine française ? proposa-t-il.

Izzy savait exactement ce qu'il voulait dire, car ce n'était pas la première fois qu'ils avaient des conversations dans sa langue natale.

— Partout où nous allons sauf à l'hôpital, précisa-t-il.

Elle s'exécuta aussitôt.

— Je ne veux pas faire de vélo, articula-t-elle avec une adorable pointe d'accent suisse.

Il se mit à rire.

— Tu verras, tu te rappelleras tout de suite comment appuyer sur les pédales.

— Est-ce que tu nous fais à dîner ce soir ? demanda-t-elle, visiblement pour changer de sujet. J'aimerais un coq au vin.

— Demande-le-moi en français, et il se pourrait que tu obtiennes satisfaction.

Il avait l'intention de l'emmener à Avignon rendre visite à sa grand-mère dans les prochaines semaines. Et, bien sûr, cela n'avait rien à voir avec les sentiments qu'il se refusait à admettre.

5

Izzy venait de passer plusieurs heures à apprendre où se trouvaient les escaliers de secours et les extincteurs et leur fonctionnement, ainsi que les règles de sécurité impliquant le personnel. Il était près de 2 heures de l'après-midi, et elle mourait de faim, quand Raphaël s'assit sur le siège en face d'elle à la cafétéria de l'hôpital, un mug de café dans une main et un sandwich œuf-mayonnaise dans l'autre.

— Qu'est-ce que tu fais ici ?

— Un cours d'initiation.

À 8 heures du matin, elle avait reçu un appel de l'infirmière en chef de la maternité lui demandant de participer à l'exercice auquel devaient se plier tous les nouveaux employés.

— Bon sang ! s'exclama Rafe. Désolé, j'étais censé t'en parler.

Il la regarda avec attention.

— Tu as l'air beaucoup plus éveillé qu'à ton arrivée, constata-t-il. On dirait que tu as récupéré de ta fatigue.

— Comment ça s'est passé en chirurgie ?

Il était parti le matin avant 6 heures, car il avait quatre opérations sur sa liste dont une qui pouvait révéler des complications, et il voulait s'y préparer.

Son regard s'assombrit.

— Comme je le craignais pour la femme dont je t'ai parlé, le cancer a gagné l'utérus, et nous avons trouvé une autre grosseur. Après avoir fait ce que je pouvais, j'ai dû appeler David Stokes, un des chirurgiens généralistes, pour qu'il prenne le relais. Il y a des gens qui ne sont pas gâtés, ajouta-t-il en secouant la tête.

Sa frustration était palpable. Cela n'avait pas l'air bon pour cette patiente.

— Tu as fait ton possible, commenta-t-elle, en lui serrant brièvement la main avant de s'empresser de la relâcher.

Ce n'était pas un geste qu'elle avait normalement envers Raphaël.

— Je sais, dit-il. C'est du domaine de l'oncologie, à présent. Elle n'a que quarante et un ans...

Elle voyait à la tension entre ses épaules combien il était affecté. Elle aurait tant voulu pouvoir alléger son fardeau.

Une des raisons pour lesquelles elle préférait travailler à la maternité plutôt que de soigner les patients de spécialistes comme Raphaël, c'était que, ordinairement, elle n'avait pas à affronter des cas aussi graves.

— Si tu ne finis pas trop tard ce soir, tu serais d'accord pour sortir dîner ? proposa-t-elle.

Elle croisa discrètement les doigts, sachant qu'un médecin avait peu de contrôle sur son emploi du temps.

— Si je termine vers 18 heures, on pourrait aller dans un des bars que tout le monde fréquente, au bord de la Tamise, répondit-il. Ça va te plaire.

Youpi ! La perspective de cette journée devenait très excitante... Sauf qu'elle ne devait pas oublier qu'il était son ami. Il ne s'agissait pas d'un rendez-vous galant, ni pour lui ni pour elle.

Pourtant, quand elle était avec Raphaël, elle se détendait d'une manière qu'elle n'avait pas connue depuis longtemps — deux ans, en réalité. Parce qu'ils étaient des amis proches ? Ou y avait-il une autre raison pour qu'elle éprouve cette profonde sensation d'être à sa place chaque fois qu'elle était avec lui ? Elle avait de plus en plus la sensation d'être rentrée chez elle, d'avoir trouvé sa voie...

Si seulement elle parvenait à démêler ses sentiments !

Elle s'efforça de se calmer en ralentissant sa respiration.

— Super, dit-elle. En t'attendant j'essaierai de revoir Carly. Cette semaine, elle travaille la journée.

— Ah, il faut que je te dise : on va probablement t'appeler pour te demander si ça ne t'ennuie pas de commencer demain au lieu de mercredi, car trois membres du personnel sont absents, et nous avons une grosse charge de travail. Mais ne te sens pas obligée d'accepter. Je sais que tu es encore fatiguée et que tu fais des siestes comme un gros bébé.

Raphaël lui sourit, et elle sentit un frisson la parcourir.

C'était carrément étrange. Il n'aurait pas dû déclencher en elle de telles réactions, mais elle n'y pouvait rien. Depuis quand les sourires de Raphaël la perturbaient-ils ainsi ? Leur relation était en train de changer. Pourvu que ce soit dans le bon sens !

— Pas de problème, affirma-t-elle. Ce serait même bien que j'aie quelque chose à faire. J'aurai le week-end pour rattraper mon retard de sommeil.

— As-tu commencé à chercher un appartement ? demanda Raphaël.

Il ne souriait plus. En fait, il avait probablement hâte de la voir partir.

Elle se raidit, refusant de se laisser gagner par la déception.

— C'est que je n'ai pas eu beaucoup de temps à moi. Je ne pensais pas que tu étais si pressé, répondit-elle d'un ton neutre.

— Ce n'est pas du tout le cas, assura-t-il en la regardant droit dans les yeux. Je me suis dit que tu étais peut-être impatiente de commencer à t'installer.

Une fois de plus, elle avait réagi trop vite et tiré la mauvaise conclusion.

— Je ne vais pas tarder à m'y mettre. Il faut que je trouve un endroit qui ne soit pas trop loin de l'hôpital tout en n'étant pas isolé, si possible proche du centre-ville. J'aime beaucoup ton quartier, mais le prix des loyers doit être exorbitant. Et puis, tu n'apprécierais sans doute pas que je sois trop près et que je risque de guetter tes moindres faits et gestes, ajouta-t-elle sur le ton de la plaisanterie.

— C'est faux, Izzy. Je suis absolument ravi que tu habites dans ma maison, et que tu travailles dans mon service. Cela faisait trop longtemps que nous n'avions pas passé du temps ensemble.

Quelque chose dans son discours sonnait faux, mais elle n'aurait pas su dire quoi.

— Je suis d'accord avec toi. Cela fait du bien de pouvoir de nouveau bavarder tous les deux.

La seule idée de ne plus avoir Rafe près d'elle ne lui semblait pas envisageable. Comme si la dernière pièce du puzzle avait trouvé sa place et qu'ils étaient faits pour être ensemble...

Elle et lui ensemble ? Comme un couple ? Allons donc. C'était ce qu'elle évitait d'admettre depuis son retour à Londres.

Raphaël se leva et ramassa son assiette et son mug.

— Je t'enverrai un texto ce soir dès que j'aurai terminé, lui dit-il en souriant, une lueur de joie dans ses yeux bleus. Tu veux que je débarrasse ton assiette, ou as-tu l'intention de finir cette tarte ?

Elle secoua la tête et poussa l'assiette vers lui.

Elle se sentait déphasée, et il ne l'aidait pas en la regardant comme s'il attendait autre chose. Elle devait essayer de comprendre pourquoi elle se sentait ainsi quand il était dans les parages.

Parce que c'était quelqu'un de fiable et de gentil et qu'elle ne s'attendait pas à de mauvaises surprises avec lui ?

Hum. En tout cas, si elle devait retomber amoureuse, ce serait pour de bonnes raisons. Son histoire avec Darren était bel et bien terminée. D'ailleurs celui-ci n'était ni aussi sexy que Raphaël, ni aussi gentil et désintéressé — ni aussi beau...

Elle se leva et se dirigea vers la sortie. Elle avait soudain besoin de prendre l'air.

Raphaël la rattrapa à la sortie de la cafétéria.

— Où vas-tu ?

— J'ai prévu de me présenter au reste de l'équipe de la maternité, répondit-elle en se rapprochant de l'ascenseur.

— Izzy...

Elle se tourna lentement vers lui.

— Oui ?

— Ça va bien se passer pour toi, dit-il avec un sourire hésitant.

Puis il s'éloigna à grands pas.

Elle s'appuya quelques secondes contre le mur.

Qu'était-il arrivé à leurs échanges si ouverts et naturels ? Auparavant elle ne s'était jamais sentie embarrassée avec lui. Or, elle ignorait à cet instant ce qu'il avait dans la tête ou ce qu'il voulait, et cela s'était produit plusieurs fois ces deux derniers jours.

Son téléphone sonna au moment où elle atteignait le poste des infirmières près de la salle de maternité.

— C'est Jacki Johnson, Isabella. J'appelle pour vous demander un service.

Elle regarda autour d'elle et vit une femme en train de parler au téléphone à environ quatre mètres d'elle.

— Jacki ? appela-t-elle. Je suis Isabella.

L'infirmière en chef pivota sur son siège et lui sourit.

— Oh. C'est ce que l'on appelle de la synchronicité.

— Vous pouvez m'appeler Izzy. J'ai pensé que je pourrais faire un saut pour me présenter.

— J'étais en train de vous appeler pour vous demander si cela vous ennuierait de commencer plus tôt que prévu, c'est-à-dire demain. On est à court de personnel, et ça risque de devenir la pagaille ici.

Grâce à Raphaël, elle avait déjà préparé sa réponse.

— Pas de problème, quelle que soit l'équipe que vous avez besoin de compléter.

Jacki poussa un profond soupir.

— Merci… Raphaël m'avait dit que vous seriez probablement d'accord, mais j'étais quand même inquiète. La situation est un peu tendue en ce moment.

— Voulez-vous que je reste aussi cet après-midi ?

— Merci, mais pour aujourd'hui on va se débrouiller. Je sais que vous n'êtes à Londres que depuis deux jours. Profitez de votre après-midi pour vous détendre, vous serez suffisamment occupée demain.

Sentant que sa tête commençait à s'alourdir, elle acquiesça.

— Jacki ? appela une infirmière d'un ton angoissé. On a besoin de toi pour un prématuré.

— Merci encore, Izzy, dit Jacki en s'éloignant.

Pendant qu'elle attendait l'ascenseur, Izzy envoya un texto à Carly.

D'accord pour un café quand tu auras fini ?

Comme Carly travaillait, elle n'attendait pas de réponse

immédiate. Elle se dirigea vers l'entrée principale pour respirer un peu d'air frais.

Bavarder avec Carly et l'entendre parler de son amour pour l'homme qu'elle allait épouser l'aiderait sans doute à remettre les choses à leur place dans sa tête. Elle pourrait de nouveau voir Raphaël comme elle l'avait toujours vu, c'est-à-dire le meilleur ami qu'elle avait jamais eu et qu'elle venait de retrouver. Celui qui lui avait dit autrefois qu'ils pourraient toujours compter l'un sur l'autre pour n'importe quoi.

Ding. Un texto arriva sur son téléphone.

15 h 30 au café à gauche de l'hôpital. Carly.

Bon, il lui restait une petite heure à tuer. Elle allait marcher le long de la Tamise et digérer un peu tout ça.

Elle devait cesser de s'inquiéter à propos de tout. Et si c'était elle qui se faisait des idées et que rien n'ait changé entre elle et Raphaël ?

Mais si ! Elle était différente. Elle avait dû prendre une importante décision pour venir ici, et elle l'avait fait en une seconde, quand Raphaël lui avait proposé cette offre de travail.

Raphaël. Tout la ramenait à lui.

Le soleil n'était pas très fort, mais cela n'avait pas d'importance. L'air était plus frais que dans l'atmosphère surchauffée de l'hôpital. Le ciel d'un bleu pâle était parsemé de nuages cotonneux, et des bateaux de toutes tailles et de toutes formes se croisaient sur la Tamise. De nombreux touristes se pressaient déjà dans les allées et sur les ponts, caméra au poing, et faisaient des selfies en poussant des exclamations excitées.

Elle était à Londres !

Elle se rappela la première fois qu'elle était venue ici : elle avait ressenti exactement la même chose.

Elle sourit toute seule à ce souvenir et se détendit, entraînée par le flot de touristes. Pour la première fois depuis qu'elle avait atterri à Heathrow, elle ne se sentait pas somnolente et n'avait plus de nœuds à l'estomac.

Ayant un peu perdu la notion du temps, elle dut se dépêcher pour ne pas arriver en retard au café.

— Izzy, par ici !

Carly lui faisait signe depuis une table au fond de la salle.

Elles tombèrent dans les bras l'une de l'autre en riant.

— Cela faisait longtemps, dit Carly.

— Vous toutes m'avez tellement manqué…

Carly se rassit sur sa chaise, la main sur son ventre.

— On a plein de choses à se dire, mais commence par te prendre un café.

Elles auraient pu fêter leurs retrouvailles avec une bouteille de vin, mais ça n'aurait pas été recommandé avec le futur bébé.

Lorsque Izzy revint avec un mug plein et une bouteille d'eau, Carly était en train d'envoyer un texto. Celle-ci releva la tête, le visage radieux.

— C'est Adem.

— Regarde-toi, tu rayonnes de bonheur ! Je suis si heureuse pour toi, dit Izzy. Parle-moi d'Adem. Je veux tout savoir sur lui.

— Oh ! Izzy, soupira Carly, il est tout ce que j'ai toujours voulu, et même davantage.

Elles bavardèrent longuement, échangeant des nouvelles ponctuées d'éclats de rire.

Pendant que son amie lui parlait de l'homme de sa vie et du bébé qu'ils avaient conçu, Izzy se sentit envahie d'un mélange de joie pour Carly et de mélancolie pour elle.

De son côté, elle passa rapidement sur son épisode avec Darren. Il y avait des choses que son amie n'avait pas besoin de connaître. Elle avait fini par en parler à Raphaël parce qu'il s'était montré trop perspicace et qu'elle n'avait pas voulu que cela demeure comme une gêne entre eux. Mais Carly n'avait pas besoin de savoir à quel point elle avait été stupide.

— À présent, j'espère que tu es prête à faire de la place à un autre homme dans ta vie ? dit celle-ci. Un médecin sexy, peut-être ?

Izzy lui rendit son sourire.

Raphaël était on ne peut plus sexy. Et médecin… Mais ça, c'était ce que les autres femmes disaient de lui. Pas elle !

— Je suis prête à l'envisager, mais je ne suis pas pressée, répondit-elle posément.

Elle avait envie de tomber vraiment amoureuse, et cette fois de quelqu'un qui ne papillonnerait pas. Raphaël, lui, n'aurait jamais fait ça.

Elle reposa un peu trop brusquement son mug sur la table.

Mais qu'est-ce qui n'allait pas chez elle ? Impossible d'incriminer encore le décalage horaire. C'était *elle* le problème.

— C'est fantastique que tu habites chez Raphaël, dit Carly. Il est célibataire, tu t'entends super bien avec lui… Je me demande si quelque chose ne serait pas en train de se passer ?

— Carly, arrête ! Nous sommes amis. On s'entend bien pour parler, s'amuser et faire des activités ensemble, mais il n'est pas question entre nous de sexe ni même de flirt. Et encore moins de fonder un foyer et d'avoir des enfants.

Qui essayait-elle de convaincre ?

Son amie se mit à rire.

— Vraiment ? Il est très sexy, et vous vous connaissez si bien. Sérieusement, qu'y a-t-il de mauvais dans cette idée ?

Izzy sentit ses doigts trembler, et sa tête se mit à tourner.

Tout !

Rien, en fait.

— Je suppose que tu fais ce que font tous les gens qui viennent de tomber amoureux, en tentant d'inciter leurs amis à vivre la même expérience.

— Exact, dit Carly. Et Raphaël est parfait pour toi. Les conditions aussi sont idéales : tu vis dans sa maison, vous passez beaucoup de temps ensemble… Peux-tu honnêtement prétendre que tu ne vois pas à quel point il est séduisant ?

— Non, je n'ai pas remarqué, marmonna-t-elle.

Hum. Ça, c'était vrai… avant. Tout à l'heure, à la cafétéria, elle avait admiré la façon dont ses épaules remplissaient parfaitement sa veste, elle ne pouvait pas le nier. Elle avait intérêt à contacter rapidement une agence de location.

Mais comment trouverait-elle le temps d'aller prospecter alors qu'elle commençait un nouveau travail demain et qu'elle devait voir une couturière pour faire retoucher sa robe de demoiselle d'honneur ?

— S'il te plaît, concentre-toi sur Adem et laisse-moi me charger de ma vie.

En guise de réponse, son amie se contenta de rire.

Oh non ! Et Raphaël qui venait au mariage ! Après cette conversation, Carly risquait de garder un œil sur eux pour surveiller ce qu'il se passait entre eux.

Décidément, ça devenait trop compliqué. Elle était plus tendue que jamais, et avec des aberrations plein la tête.

Au moment où Izzy s'assit au pub à côté de Raphaël après avoir quitté Carly, toute velléité de déménager s'évanouit. Pourquoi se précipiter dans un vieil appartement quelconque juste pour mettre de l'espace entre eux, alors qu'ils s'entendaient si bien ? Excepté qu'ils n'étaient plus aussi à l'aise l'un avec l'autre en ce moment.

Bon, elle prendrait le temps de contacter des agences. Entretemps, en vivant comme des colocataires au quotidien, ils finiraient par se disputer à propos de la vaisselle sale restée dans l'évier ou de la bouteille de lait qui n'a pas été remise au frigo, et la situation redeviendrait normale.

À moins que ce ne soit le contraire.

— Tiens, tu as l'air d'avoir besoin de ça, lui dit Raphaël en lui tendant un verre de vin.

Le liquide frais la calma un peu.

— J'ai entendu dire que tu as accepté de commencer demain, ajouta-t-il.

— Jacki m'a parlé brièvement cet après-midi, elle semblait un peu débordée. Elle a dû me laisser pour un prématuré.

Il poussa un soupir.

— Joseph Raphaël Gleeson… Le bébé est maintenant aux soins intensifs pédiatriques, relié à toutes sortes de moniteurs. Il est arrivé précipitamment, douze semaines trop tôt. Il tenait dans le creux de ma main quand je l'ai transféré dans la couveuse. Je ne m'y habituerai jamais, ajouta-t-il en secouant la tête. Si tout se passe bien pour lui, un jour il deviendra adulte, travaillera, jouera et aura peut-être lui-même des enfants.

Elle posa sa main sur la sienne et la serra doucement.

— Ils lui ont donné ton prénom, dit-elle, les yeux humides. Cela a dû te faire tout drôle.

— En effet. Et Joseph, le grand-père, a aussi été ému, répondit-il, glissant ses doigts entre les siens.

Oups.

À contrecœur, elle retira doucement ses doigts.

— Combien de Raphaël y a-t-il dans le coin à cause de toi ? plaisanta-t-elle d'un ton un peu forcé.

Ils s'étaient tenu brièvement la main, ce que n'étaient pas censés faire des amis.

— Pas tant que ça, Dieu merci. Imagine, si on m'avait donné un prénom vraiment horrible. Plus tard, à l'école, on n'arrêterait pas de se moquer d'eux.

Elle rit franchement, de nouveau prise d'une envie de s'amuser de tout.

Le bonheur n'est pas particulièrement drôle, pourtant elle aurait juré qu'elle se sentait très heureuse — plus qu'elle ne l'avait été depuis une éternité. Carly aurait-elle raison ?

Elle y réfléchirait plus tard, une fois au lit. Seule.

Raphaël semblait absorbé dans la contemplation de son verre — ce qui lui arrivait souvent depuis quelque temps.

— Ce week-end, je participe à une conférence à Cardiff, dit-il. Je ne serai pas là pour t'emmener faire du shopping.

— Je n'ai pas besoin de toi pour ça ! Je sais très bien où aller. Et j'espère pouvoir visiter un ou deux appartements samedi matin. La femme que j'avais contactée depuis Wellington m'a appelée pour me dire qu'elle a des logements qui peuvent m'intéresser.

Rafe avait-il l'air déçu, ou se trompait-elle ?

— C'est plutôt rapide, observa-t-il.

— Je n'ai pas envie de t'encombrer trop longtemps, sinon tu finirais par regretter de m'avoir offert cet emploi, et j'en ai besoin !

— S'il te plaît, ne prends pas une décision trop rapide que tu risquerais de regretter plus tard.

— Je t'en parlerai tout de suite si je trouve quelque chose qui me plaît, promis.

— Bonne idée.

— Jacki m'a envoyé un texto pour me demander de remplacer quelqu'un la nuit de samedi, et j'ai dit oui.

— Il n'y a rien qui t'en empêche, pas vrai ?

Raphaël finit son verre.

— Si on commandait ? Je voudrais réviser des notes en rentrant.

— Pour la conférence ?

Il hocha la tête.

— Dimanche matin, avec l'homme qui est encore mon mentor, je vais parler de deux cas de ménopause précoce que nous avons eus cette année. Je ne vois pas bien pourquoi il a voulu que je sois là, étant donné que tout ce qui va sortir de ma bouche vient de lui.

— Je n'ai pas non plus envie de rentrer tard. Je commence demain matin, n'oublie pas. On partage une pizza ? suggéra-t-elle.

Raphaël retira ses gants en vinyle et les jeta dans la poubelle de la salle d'opération.

Il avait passé la nuit à tourner et virer en pensant à Izzy et à leur relation, et les mêmes pensées revenaient l'assaillir à présent qu'il n'était plus exclusivement concentré sur son travail.

C'était lui qui avait souhaité qu'elle vienne à Londres et qu'elle travaille avec lui. Il avait obtenu ce qu'il voulait, non ?

À 6 h 10, ils avaient pris le même train pour l'hôpital. Izzy s'était levée tôt et avait été prête bien avant lui, semblant même plus concentrée qu'il ne l'était. Mais il avait trouvé dans la cuisine les preuves habituelles qu'elle n'avait pas passé la nuit sans y descendre. Était-elle seulement allée se coucher ?

Jacki l'appela sur son téléphone de travail.

— Pouvez-vous passer voir Milly Frost dès que possible ?

Il n'avait plus l'excuse de la chirurgie pour éviter Izzy.

— Izzy a remarqué que le rythme cardiaque fœtal était perturbé, expliqua l'infirmière en chef avant qu'il entre dans la chambre de Milly. J'ai vérifié, et je suis d'accord.

Jacki avait dû observer attentivement tout ce qu'Izzy avait fait aujourd'hui. C'était toujours une contrainte de prendre un nouvel employé, même chaudement recommandé.

— Je vais écouter aussi, dit-il. Trois personnes valent mieux qu'une.

Accrochant un sourire sur son visage, il s'approcha du lit et salua Milly et Aaron, les parents.

— Le travail se déroule bien, mais on va vérifier que le bébé n'a pas de problème. Je vais écouter son cœur et regarder sur l'écran ce qu'il se passe.

Si Izzy et Jacki ne s'étaient pas trompées — et c'étaient deux personnes compétentes — il n'allait pas tarder à se retrouver au bloc avec Milly, ce qui faisait une opération de plus à ajouter à son planning. Rien d'inhabituel là-dedans, si ce n'est qu'il rentrerait plus tard chez lui. Et, pour la première fois depuis des années, il le regrettait.

Il croyait vouloir prendre un peu de distance par rapport à Izzy, mais la vérité, c'était qu'il n'avait aucune idée de ce qu'il voulait.

— Est-ce qu'Evie va bien ? demanda Milly, l'air angoissé.

— Je vais d'abord vous examiner avant de vous répondre, répondit-il calmement.

De l'autre côté du lit, Izzy souleva le drap et la chemise de Milly. Celle-ci eut une contraction et se balança vers l'avant, le visage crispé de douleur, en s'accrochant à la main de son mari. Izzy lui frotta le dos en attendant que le spasme se dissipe.

Raphaël attendait aussi, les yeux fixés sur le moniteur du rythme cardiaque fœtal.

Heureusement, le cœur du bébé ne ralentit pas davantage pendant la contraction, mais il était trop lent.

Il l'ausculta ensuite avec son stéthoscope.

— Est-ce que le bébé bouge autant que d'habitude ?

— Pas depuis quelques heures, répondit Milly avant de se mettre à pleurer. Je n'ai rien dit, je pensais qu'il se reposait. C'est ma faute…

— Ce n'est la faute de personne, assura-t-il.

Y avait-il eu des signes qu'il aurait dû remarquer plus tôt, avant que le travail commence ? Non. Chercher un responsable n'apporterait rien.

— Je vois qu'Izzy a noté que son rythme cardiaque a ralenti très récemment.

Il se redressa pour annoncer à Milly et Aaron la nouvelle qu'ils n'avaient pas envie d'entendre.

— Je vais devoir pratiquer une césarienne. Le bébé est en souffrance, et il faut le sortir de cet état.

— Est-ce que notre fille est en danger ? demanda Milly d'une voix aiguë.

L'explication n'était jamais facile à donner à une future maman.

— La chirurgie est l'option la plus sûre. Il y a un risque que du méconium se trouve dans le liquide amniotique, et je ne veux pas que le bébé l'avale, il faut donc opérer d'urgence. Izzy va vous préparer pour le bloc opératoire pendant que je vais organiser l'équipe d'urgence et me changer.

Il fit une pause, s'attendant à une foule de questions, mais les parents, sonnés, avaient joint leurs mains et se regardaient fixement en silence.

— Izzy, pouvez-vous rester avec Milly et Aaron jusqu'à ce qu'ils aillent au bloc ? demanda-t-il.

Puis il s'éloigna avec son téléphone, déjà en communication avec l'infirmière responsable du bloc opératoire.

— Ma prochaine procédure a changé, dit-il. Il y a une césarienne urgente pour sauver un bébé à terme.

Il gagna le vestiaire et commença à se préparer, se remémorant chaque étape de la procédure qu'il avait exécutée un nombre incalculable de fois. La fille de Milly et Aaron devait avoir toutes ses chances.

Il mit au monde Evie Frost quelques minutes après l'arrivée de Milly au bloc. Il écouta sa respiration à la recherche d'anomalies, puis il sourit à la mère.

— Tout va bien. Il n'y a pas de méconium dans ses poumons. Le rythme cardiaque d'Evie est normal à présent, annonça-t-il, soulagé.

Lorsqu'une infirmière présenta le bébé à Milly, il sentit une fois de plus sa gorge se nouer.

Devenir parents, surtout pour la première fois, ce devait être quelque chose de merveilleux, de spécial. Il n'y avait pas de mots pour décrire l'étonnement et l'émerveillement que reflètent les visages d'un père et d'une mère quand ils découvrent leur enfant.

Aaron en était baba, et son regard plein d'amour restait fixé sur sa femme et sa fille.

Raphaël se retira discrètement.

Il avait une fois de plus contribué à ce que cette scène se passe bien pour le bébé et ses parents, et il n'en serait jamais las, mais la colère le remplit de nouveau quand il pensa à son propre bébé.

De quoi avait-il eu l'air ? À qui avait-il ressemblé ? Était-il blond ou brun, petit ou grand ? Cassie avait refusé de lui en dire quoi que ce soit, arguant qu'il était préférable qu'il ne sache rien.

Préférable pour qui ?

Elle n'avait jamais répondu à cette question.

Il sortit respirer un peu d'air frais, puis il retourna au bloc opératoire et s'absorba dans le travail.

Lorsque Raphaël passa voir Milly après sa dernière opération de la journée, Izzy était présente.

— Evie est si mignonne, soupira-t-elle. Mais il est vrai que je dis ça de tous les bébés.

Elle avait veillé sur la maman et l'enfant tout l'après-midi.

Il sortit avec elle de la petite chambre.

— As-tu déjà pensé à avoir ta propre progéniture ? lui demanda-t-il dans le couloir, surpris par sa propre question.

C'était quelque chose dont Izzy et lui n'avaient jamais parlé. Probablement parce que cela n'avait pas été d'actualité avant son mariage avec Darren, et qu'il n'avait pas voulu l'entendre dire oui ensuite. Quant à lui, il avait toujours voulu avoir des enfants.

Izzy parut hésiter.

— J'ai toujours pensé que j'aurais des enfants un jour, et que cela viendrait une fois que je serais mariée. À présent, je ne pense pas faire de projet dans ce sens de sitôt. Tout le monde pense qu'il est normal de tomber enceinte quand on en a envie, mais pour avoir travaillé dans ce métier je sais à quel point c'est faux.

— À propos, n'étais-tu pas censée finir ton service il y a une heure ?

Il avait terminé la chirurgie. Il avait encore des patientes à voir, mais il se sentait soudain épuisé. Cela lui arrivait souvent après une journée chargée au bloc et dans la salle — surtout après une nuit blanche. La confusion qu'il ressentait par rapport à Izzy n'arrangeait rien.

— Tu pourrais prendre des plats italiens sur le chemin du retour ? demanda-t-il. J'en ai encore pour environ une heure.

— Entendu. On se retrouve à la maison.

« La maison ».

Il réprima un soupir.

Si tu savais, Izzy.

Il porta la main à son portefeuille, mais elle secoua la tête en souriant.

— C'est moi qui invite.

Inutile de discuter, il savait qu'il ne gagnerait pas.

— D'accord. À tout à l'heure, dit-il.

Plus vite il verrait ses patientes, plus tôt il serait « à la maison ». Il n'avait jamais prêté une telle attention à ce mot, et c'était un peu effrayant. Cependant, le besoin de se fixer grandissait chaque fois qu'il passait du temps avec Izzy.

Elle n'était pas la seule à vouloir trouver une place spéciale dans la vie. Ne serait-ce pas merveilleux si lui et elle pouvaient obtenir ce qu'ils voulaient ensemble ?

Stop. Elle avait été blessée une fois. Il ne pouvait pas lui faire courir encore le même risque.

Son rôle en tant qu'ami était de veiller sur elle, et donc de maintenir certaines barrières entre eux.

6

— Dieu merci, on est vendredi, s'exclama Izzy en claquant derrière elle la porte d'entrée de la maison.

Elle s'immobilisa quelques secondes dans le hall pour décompresser.

— Tu n'as même pas fait une semaine complète, objecta Raphaël depuis la cuisine. J'attendais que tu rentres pour prendre un verre avec toi.

— Bonne idée.

Elle y avait droit, après les journées intenses qu'elle avait passées à la maternité.

— Le dîner est bientôt prêt.

Le verre de vin rouge de Raphaël pour accompagner le dîner était devenu un rituel. Une autre habitude qu'il tenait de sa famille d'Avignon.

Elle s'arrêta sur le seuil de la cuisine et l'observa en train de remuer une sauce dans une casserole.

Il avait l'air détendu, et cela lui allait bien.

— Ça sent divinement bon, comme toujours.

— Bœuf à la bordelaise, annonça-t-il.

— Hum. Mais je croyais que tu devais aller à Cardiff cet après-midi et que c'était pour cette raison que tu avais pris ta demi-journée ?

Il se raidit quelque peu.

— Il n'y a pas d'urgence. La conférence officielle ne commence pas avant 9 heures demain. Je partirai à la première heure. Ce n'est pas grave si je suis un peu en retard.

Une vague de chaleur l'envahit. Elle ne serait pas seule cette nuit, après tout.

— Super. Je vais me changer.

Ce verre de vin lui ferait du bien.

Elle avait passé une heure avec Carly à discuter de mariage et d'amour. En fait, elle avait surtout écouté, s'efforçant d'ignorer la mélancolie qui la gagnait à la pensée que pour elle, un mariage ne serait pas envisageable de sitôt. Ce qui ne l'empêchait pas d'être très heureuse pour son amie.

Elle hésita avant de monter l'escalier.

Il faudrait vraiment que cette couleur disparaisse des murs.

— Izzy, qu'est-ce qu'il t'arrive ? demanda Raphaël qui passait dans le couloir.

— Ce rouge magenta est vraiment trop laid, dit-elle. Il est sombre, inquiétant, et le hall s'en trouve rétréci.

Il haussa les épaules.

— Comme tu le sais, je ne dispose pas de quarante-huit heures par jour.

Elle pourrait lui filer un coup de main jusqu'à ce qu'elle emménage dans son appartement.

— Quand tu auras servi le vin, tu pourras sortir le nuancier de couleurs dont tu m'as parlé ? demanda-t-elle tout en montant.

— *Yes*, madame.

Ils n'avaient pas respecté la semaine française, mais ils passaient souvent d'une langue à l'autre au cours de la conversation.

Elle fit une pause pour regarder Raphaël en bas.

— J'ai plus de temps libre que toi, et j'aimerais bien refaire la déco. Tu vas être épaté par mes talents.

— Oh non... Ne me dis pas que tu vas peindre mon couloir ?

— Pourquoi pas ? Ce ne serait pas la première fois que je manierais le pinceau.

Et puis, se rendre utile l'aiderait peut-être à mieux dormir la nuit. Elle craindrait moins d'être une gêne pour Raphaël.

— Quelque part, tu dois être bien content que je me charge du problème, non ? ajouta-t-elle avec un petit sourire. Alors trouve-moi le nuancier.

Raphaël secoua la tête d'un air faussement désespéré et regagna la cuisine.

Lorsqu'elle revint après avoir pris sa douche, le nuancier était sur la table. Elle le parcourut aussitôt et trouva plusieurs couleurs intéressantes dont certaines avaient déjà été cochées.

Raphaël resta à côté d'elle, semblant se prendre au jeu, puis il lui tendit son verre de vin.

— Alors, comment te sens-tu au bout de ta première semaine à la maternité ? questionna-t-il. Contente de nous avoir rejoints ?

S'appuyant contre le comptoir, il étendit ses jambes interminables devant lui.

Il avait toujours eu les mêmes jambes. Pourquoi étaient-elles différentes ce soir ? se demanda-t-elle en avalant deux gorgées de vin coup sur coup.

Quelle était la question ? *Ah oui.*

— J'ai adoré. Cette fois, je crois que j'ai vraiment fait le bon choix.

Elle se percha sur la chaise à côté de lui, le nuancier toujours à la main, et nota les couleurs retenues tout en caressant Doggy qui avait sauté sur le comptoir.

Elle s'était attachée à la petite chatte qui le lui rendait bien, l'aidant à se sentir de plus en plus à l'aise. Elle venait partager son lit pendant la nuit et aimait se blottir sur ses genoux quand elle descendait boire un verre d'eau.

Mieux valait se concentrer sur le nuancier plutôt que sur ces longues cuisses moulées dans un jean noir.

— C'est toi qui avais sélectionné ces couleurs ? demanda-t-elle.

— Figure-toi que pendant les premiers mois de mon installation, je suis allé dans un magasin de peinture. La vendeuse m'a donné des conseils, et j'ai fait quelques achats. Elle m'a indiqué des couleurs claires qui plairaient au plus grand nombre d'acheteurs si je voulais revendre un jour.

— Tu pensais déjà à déménager ? s'inquiéta-t-elle.

Elle-même commençait à peine à s'habituer à voir Raphaël ici, et elle avait espéré qu'ils vivraient dans le même quartier. Certes, elle n'ignorait pas qu'il finirait par retourner à Avignon, ce qui était sans doute le mieux pour lui. Mais si vite ?

Son cœur se serra. Ne voulait-elle pas qu'il soit heureux ?

Elle inspira profondément.

Si. Elle le désirait plus que tout. Plus que son propre bonheur.

Elle avala une gorgée de vin.

— On ne peut rien garantir pour toujours, mais je resterai ici au moins dans un futur proche, assura-t-il en sirotant son vin.

— Heureuse de l'entendre, dit-elle, soulagée.

— Qu'est-ce que tu recherches comme appartement ?

— Un deux-pièces situé près de la gare, des boutiques et des commerces alimentaires. Même une seule pièce me suffirait.

— Rien que de très ordinaire.

— L'ordinaire me convient très bien, à présent.

— Tant que tu ne t'ennuies pas...

— Je n'ai pas l'intention de repartir encore. Cette fois, je suis déterminée à habiter là en permanence.

Raphaël retourna tourner sa sauce.

— Si tu sens que ça ne fonctionne pas, s'il te plaît, dis-le-moi.

— Pourquoi ? s'étonna-t-elle.

Il prit une petite gorgée de son merlot.

— Cela me plaît que tu sois de retour à Londres.

Et alors ? Elle aussi, elle aimait être ici.

Retenant son souffle, elle attendit la suite.

— Je suis dans cette maison depuis deux ans, et jusqu'à présent je n'ai fait qu'entrer et sortir sans vraiment la remarquer. C'est un abri avec quatre murs, confortable mais pas très agréable. Bref, c'est une maison, pas un foyer.

Qu'est-ce que ça avait à voir avec elle ?

— Depuis que tu es arrivée, je me sens différemment ici. Cela ressemble plus au foyer que j'avais l'intention de créer. Maintenant, j'ai envie de rentrer à la fin de la journée — pas seulement pour me doucher, étudier et dormir après avoir dîné quelque part.

Il se tut.

Que pouvait-elle répondre à cela ? se demanda-t-elle, la bouche sèche.

Rien ne lui venait à l'esprit. Certes, ils s'entendaient bien tous les deux, mais jusqu'à quel point ? Étaient-ils en train de devenir plus que des amis, alors qu'il n'y avait jamais eu d'attirance entre eux dans le passé ? Pouvait-on brusquement désirer quelqu'un physiquement après avoir passé une bonne partie de sa vie sans remarquer cet aspect-là chez l'autre ?

— Je suis contente que tu finisses par apprécier ton chez-toi.

C'était stupide. Mais elle ne pouvait pas lui dire tout ce qui lui passait par la tête. Elle était ici depuis très peu de temps et n'était pas fiable sur le plan relationnel, alors que Raphaël était vulnérable depuis Cassie.

— Je t'ai surprise, on dirait.

— Un peu.

Elle aurait été soulagée de lui dire ce qu'elle ressentait, mais cela n'aurait fait que compliquer les choses. Mieux valait se taire.

Elle se remit à parcourir le nuancier, s'efforçant de ne pas s'imaginer en train d'embrasser Raphaël qui le lui rendrait bien.

Le lendemain à 5 heures du matin, un quart d'heure avant la sonnerie du réveil, Raphaël sortit du lit et passa sous la douche, puis il inspecta son visage dans le miroir tout en se rasant.

Toute la nuit, il s'était imaginé ce que pourrait être la vie dans cette maison si Izzy ne trouvait pas d'appartement et qu'elle s'installait chez lui — dans sa propre chambre à coucher.

Le rasoir dérapa, et il poussa un juron en tamponnant la goutte de sang avec un coton.

Concentre-toi, mec.

Jusqu'à maintenant, seule Cassie l'avait chamboulé à ce point. Mais avec Izzy, c'était différent, ce n'était pas un emballement soudain. Il avançait lentement, avec précaution, en évaluant les nombreux problèmes à résoudre.

Cette étrange sensation qu'Izzy faisait naître en lui se manifestait chaque fois qu'il n'était pas entièrement absorbé par son travail. Une chose était certaine : il ne pouvait pas continuer à ignorer ses sentiments pour elle.

Mais il ne pouvait rien faire tant qu'il ne serait pas de retour de Cardiff. Il ne se voyait pas lui apporter un mug de café dans sa chambre en lui disant : « Au fait, je crois que j'aimerais bien passer le reste de ma vie avec toi, mais je ne peux pas en parler maintenant. On se voit demain soir ? »

Tout ce qu'il savait, c'est que si Izzy se moquait de lui, il en mourrait intérieurement.

Quand il fut prêt, il descendit dans la cuisine en costume et cravate avec son sac de voyage et trouva Izzy assise à la table ronde, un mug dans une main et Doggy sur les genoux se frottant contre son autre main.

— Salut, dit-elle. Le café est prêt.

— Bonjour...

Cette fois il n'avait rien senti. Trop distrait.

— Cette chatte ferait n'importe quoi pour attirer l'attention, marmonna-t-il.

Il évita de loucher sur le haut sans manches d'Izzy, d'autant plus qu'elle ne portait visiblement pas de soutien-gorge dessous. Un haut de pyjama ?

— J'en déduis que tu n'as encore pas dormi ? dit-il. Tu devrais peut-être arrêter de boire du café.

— Je t'ai devancé sur ce coup-là, répondit-elle en levant son mug. C'est du thé.

Il remarqua alors le nuancier qui était de nouveau étalé devant elle.

— On dirait que tu étais sérieuse en parlant de redécorer.

Elle parut inquiète.

— Cela t'ennuie ?

Il secoua la tête.

— Pas du tout. J'aurais dû me douter que tu te chargerais de mon bazar.

Elle l'avait toujours fait. Sauf que, cette fois, il s'agissait d'un gros boulot.

Izzy se détendit, et Doggy obtint une autre caresse.

Heureuse chatte.

— Rassure-toi, tu reconnaîtras la maison à ton retour demain soir. J'ai beaucoup d'autres choses à faire aujourd'hui.

— Le ciel en soit remercié... Il faut que j'y aille, dit-il après avoir bu son café.

Izzy sirotait son thé et sa langue se glissa entre ses lèvres, éveillant une sensation aiguë dans son ventre.

Finalement, ce n'était pas plus mal qu'il doive partir.

Raphaël se leva avec son collègue Jeremy pour recevoir les applaudissements chaleureux du public à la fin de leur conférence, mais il savait qu'il ne resterait pas pour les ateliers de l'après-midi.

— Je vais m'en aller, annonça-t-il à Jeremy.

— Cela ne me surprend pas, dit celui-ci. De toute façon, à part durant ton exposé, tu as été à des kilomètres d'ici dans ta tête depuis que tu es arrivé.

Il acquiesça.

Izzy lui manquait. Depuis qu'il avait quitté Richmond la veille, il luttait contre l'envie de lui envoyer un texto pour savoir ce qu'elle faisait. Il avait juste envie d'être avec elle.

— À quoi penses-tu, si ce n'est pas indiscret ? lui demanda Jeremy alors qu'ils quittaient la scène.

Il ne parlait jamais d'Izzy à personne, mais il ne voulait pas mentir à son vieil ami.

— Cela n'a rien à voir avec le travail. Mon amie Izzy habite chez moi depuis quelques jours.

— Et tu voudrais passer plus de temps avec elle ? Pourquoi ne me l'as-tu pas dit ? Ooh. Je soupçonne quelque chose, ajouta Jeremy en haussant les sourcils. Cette Izzy, je l'ai vue à la maternité. C'est une sage-femme compétente et une très jolie personne. Tu la connais depuis longtemps ?

— Oui. J'étais encore un ado inexpérimenté.

— Et maintenant, tu n'es plus inexpérimenté. Et tu n'as pas envie que vous restiez juste amis.

Il avait tout compris.

Jeremy le saisit par le bras.

— Tu ne vas rien manquer si tu n'es pas là le reste de la journée, assura-t-il. Il est temps pour toi de faire passer un peu ta vie privée avant ta carrière. Tu as besoin d'une vie équilibrée, Raphaël. Avec quelqu'un qui est là quand tu rentres chez toi le soir.

— Je sais...

Pourtant, c'était nouveau. L'idée avait commencé à faire son chemin le jour où il était allé chercher Izzy à l'aéroport. Sauf que, en vérité, deux ans plus tôt, il avait déjà compris ce qu'il voulait quand elle s'était mariée. Mais il avait enfoui son désir au fond de lui et s'était focalisé sur son travail.

— Merci, Jeremy. J'y vais.

Il n'allait pas pour autant ouvrir son cœur une fois rentré. Certainement pas. Il avait encore beaucoup de chemin à faire avant même d'admettre son amour.

À son arrivée, la maison était fermée à clé.

Il appela une fois dans le hall, mais le silence lui répondit. L'aspirateur était posé contre le mur, encore branché, comme si Izzy avait été interrompue et prévoyait de revenir terminer ce qu'elle avait commencé.

Elle ne l'attendait certainement pas si tôt. Naturellement elle avait dû sortir faire ce qu'elle avait à faire, au lieu de compter les heures en l'attendant. Pourquoi l'aurait-elle fait ?

L'impatience qui l'avait saisi sur le trajet du retour avait maintenant complètement disparu, et il se sentait comme un idiot.

Et s'il lui envoyait un texto ? Il pourrait la rejoindre pour prendre un verre ou faire du shopping ensemble. Il savait que la veille elle était allée visiter des appartements. Cela voulait dire qu'elle serait peut-être bientôt partie et qu'il pourrait reprendre sa vie tranquille — dont il ne voulait plus.

Poussant un soupir, il se rendit au Queen Victoria pour voir comment se portaient ses patientes.

— Je vais vous apporter un autre gobelet, ce n'est pas un problème, dit Izzy à Brooke.

Sa patiente était stressée pour un rien à mesure que les contractions devenaient plus fortes et plus proches.

— Vous êtes d'un calme, c'en est énervant, grommela Brooke entre ses dents.

Izzy rit doucement.

— Vous n'êtes pas la première à vous en plaindre.

— Attendez d'avoir un bébé, et on verra si vous êtes toujours aussi zen. À moins que vous n'ayez déjà des enfants ?

— Pas encore.

« Pas encore » ? Comme s'il existait une possibilité dans un futur proche ?

Une fois de plus l'image de Raphaël s'imposa à elle — comme pendant tout le week-end. Pas étonnant qu'elle ait accepté tout de suite de venir remplacer cet après-midi une infirmière malade.

Raphaël et elle avec des bébés, tous ensemble…

Même s'ils s'étaient encore rapprochés — et elle se demandait où cela allait les mener —, il y avait toujours un certain flottement dans l'air entre eux. Son rêve de bébés avec Darren avait été brisé, et elle ne voulait pas se retrouver de nouveau vulnérable.

— Il faudrait d'abord que je trouve un homme, répondit-elle à Brooke.

Mais d'abord, il fallait qu'elle trouve ce gobelet.

Elle se dirigea vers le distributeur d'eau et son stock de gobelets en carton et jeta un coup d'œil à sa montre.

Encore un peu moins d'une heure.

Elle venait de vivre quelques heures très intenses, les bébés arrivant de tous les côtés.

Raphaël était resté muet. Pas de texto pour lui demander ce qu'elle faisait ou lui dire comment se passait la conférence. Il avait sûrement fini son exposé depuis des heures, et il était peut-être en route. Qu'est-ce qu'il voudrait pour le dîner ?

Après avoir donné à Brooke son verre d'eau et vérifié que son bébé allait bien, elle alla voir Caitlin Simons qui avait accouché une heure plus tôt. La porte était ouverte, et elle jeta un coup d'œil dans la chambre pour vérifier qu'elle ne dérangeait pas.

Elle s'immobilisa, réprimant une exclamation.

Assis sur une petite chaise, Raphaël tenait tendrement dans ses bras bébé Simons, enveloppé dans une couverture blanche. Mais dans son regard, il y avait autre chose que de la joie et du soulagement… On aurait dit de la douleur.

Ce n'était pas possible, il n'y avait aucune raison !

Soudain, sa gorge se noua.

Rafe ferait un merveilleux père. Il y avait en lui quelque chose de si tendre qu'elle en était profondément touchée. Darren n'aurait jamais pu être ainsi.

Elle contempla cet homme séduisant tenant un minuscule bébé et sentit son cœur fondre.

Raphaël, cet homme qu'elle connaissait depuis si longtemps, voilà qu'elle en était tombée amoureuse.

Comment avait-elle pu croire qu'elle aimait Darren ? Raphaël était l'exact opposé de son ex. Le sentiment qu'elle s'efforçait de nier depuis son arrivée à Londres était si différent… Elle avait l'impression que son cœur débordait.

Mais elle n'était pas stable, et elle ne voulait pas risquer de le faire souffrir.

Elle ferma les yeux et compta jusqu'à dix avant de les rouvrir, remplis de larmes.

Elle et Raphaël étaient de grands amis. Comment seraient-ils en tant qu'amoureux ? Il méritait une femme qui soit à ses côtés dans toutes les circonstances, et elle ne pouvait pas garantir que c'était elle, quels que soient les efforts qu'elle ferait pour s'installer ici.

Elle s'essuya les joues, le cœur broyé dans sa poitrine.

Comment allait-elle retourner dans la maison de Raphaël ce soir et faire comme si rien n'avait changé ? Il fallait qu'elle parte.

Au moment où elle faisait demi-tour, elle entendit la voix de Raphaël.

— Hé, Izzy, viens dire bonjour à Fleur.

Elle se figea. Lentement, elle entra dans la chambre et, levant les yeux sur lui, elle regarda l'homme avec qui elle voulait passer sa vie lui tendre le précieux petit être.

Elle contempla le visage rose de la petite fille qu'elle avait mise au monde un peu plus tôt et qui avait maintenant les yeux grands ouverts.

— Hello, Fleur.

Elle ne put plus dire un mot, craignant de se laisser submerger par l'émotion.

— Izzy ?

— Izzy, Brooke te demande, appela Claudia depuis la porte. Je crois qu'il n'y en a plus pour longtemps.

— J'arrive.

Elle reposa doucement Fleur dans son berceau et se tourna vers Caitlin.

— Elle est magnifique, félicitations. Désirez-vous quelque chose ?

— Ma maman. Elle est allée prendre un café, et j'ai besoin d'elle.

Caitlin était une mère seule. Le père avait décampé quand il avait su qu'elle était enceinte.

— Pas de problème. Je vais passer à la cafétéria tout de suite.

— C'est moi qui irai voir Mme Johnson, Izzy, intervint Raphaël.

Elle qui voulait en profiter pour mettre un peu d'espace entre eux… Que pouvait-elle dire ? Les médecins passaient avant les sages-femmes.

— Depuis quand es-tu de service ? demanda-t-il en la rejoignant à la porte.

— J'ai commencé à l'heure du déjeuner, et j'aurai bientôt terminé. Tu es revenu tôt de Cardiff… Et je ne m'attendais pas à te retrouver ici avec un nouveau-né dans les bras.

Raphaël lui jeta un regard intense.

— Au cas où tu l'aurais oublié, je veux avoir un jour des enfants avec une femme que j'aime.

Cette conversation n'était probablement pas terminée.

— Je t'attends. Je te ramènerai en voiture quand tu auras fini, ajouta-t-il.

— Ce n'est pas nécessaire.

— Peut-être, mais j'attendrai quand même.

7

— Raphaël, est-ce que vous pouvez passer voir Janice Crowe ? demanda Jacki au moment où il quittait la chambre de sa patiente. Le bébé se présente par le siège.

Aucune chance de pouvoir avaler un café.

— Quelle chambre ?

— Numéro 3. Janice a dix-huit ans, elle n'a pas assisté aux cours d'accouchement ni vu un médecin depuis trois mois.

Donc elle devait être terrifiée et en vouloir à tout le monde.

Il soupira.

Les naissances étaient toujours plus difficiles pour les jeunes femmes sans soutien familial.

— Que disent les tests sanguins ?

— Il y a une carence en fer. On attend les résultats du groupe sanguin et des fonctions hépatiques.

Il haussa un sourcil.

— De la drogue ?

Jacki hocha la tête.

— Sa peau et ses yeux sont un peu jaunes.

Dans la chambre, il retrouva Izzy qui tentait de calmer la jeune femme désemparée.

— Janice, respirez profondément. C'est bien. Continuez comme ça, cela va aider le bébé.

En le voyant arriver, elle lui jeta un coup d'œil soulagé.

— Voici le Dr Dubois, l'obstétricien. Il vient vous aider.

— Bonjour, Janice. Appelez-moi Raphaël, dit-il pour la mettre à l'aise.

Il avait son dossier à la main, mais il ne l'ouvrit pas, préférant garder le contact visuel avec sa patiente qui mordait nerveusement sa lèvre inférieure.

— Vous voulez bien que je vous examine ?

Ce serait un problème si elle refusait, car il n'y avait pas de femme médecin de service aujourd'hui.

— Ou bien vous préférez que ce soit Izzy qui le fasse ? Mais j'aimerais bien voir moi-même ce qu'il se passe.

— OK.

— Parfait.

Enfilant des gants, il attendit qu'Izzy ait fait allonger Janice avec les jambes pliées et les pieds écartés.

— Maintenant je vais remonter le drap jusqu'à la taille, dit Izzy. Au moins, la chambre est bien chaude.

Elle savait s'y prendre pour rassurer leur patiente.

— Vous avez une autre contraction ?

Aussitôt elle lui prit la main jusqu'à ce qu'elle passe.

— Respirez toujours profondément. Oui, comme ça.

Les larmes coulèrent sur les joues de Janice.

— Ça fait si mal…

— Le calmant ne va pas tarder à agir. Détendez-vous. Je sais, ce n'est pas facile, ajouta-t-elle en souriant. Mais, croyez-moi, si vous arrivez à vous détendre un peu l'analgésique sera plus efficace. Maintenant, Raphaël va voir où en est le bébé.

Il se positionna au pied du lit.

— Vous savez si vous allez avoir un garçon ou une fille, Janice ?

En la faisant parler, il pourrait l'examiner plus facilement.

— Non. Quand j'ai fait mon échographie, il était encore trop tôt. Mais je voudrais bien avoir un garçon.

— Pourquoi un garçon ? demanda Izzy, tout en restant près de lui pour lui passer ce dont il pourrait avoir besoin.

Janice haussa les épaules.

— Ils semblent plus faciles.

— Vous croyez ? Ma mère ne serait pas d'accord avec vous.

Il se mit à rire tout en palpant le bébé.

Celui-ci était toujours mal positionné. Il ne se retournerait plus, et le cordon ombilical était coincé sous les fesses.

Il n'eut plus envie de rire.

Ils avaient un problème qu'il fallait résoudre d'urgence.

— Janice, votre bébé essaie de sortir par les pieds, et ça ne fonctionne pas. Il y a une complication parce que le cordon est aplati sous lui et il n'y a pas assez de sang qui circule.

— Est-ce que mon bébé va mourir ?

— Non, je vais pratiquer une césarienne d'urgence. C'est le mieux pour le bébé et pour vous. Cela ne prendra pas très longtemps, et vous n'aurez plus à attendre les contractions. Ensuite, ce sera douloureux pendant quelques jours, et on vous aidera avec le bébé. Mais on en parlera plus tard.

La jeune patiente hocha la tête en silence, et Izzy rabattit le drap sur elle.

— Vous êtes très courageuse.

— Est-ce que vous pouvez rester avec moi pendant qu'il sortira le bébé ?

Izzy jeta un coup d'œil interrogateur à Raphaël.

— Si Jacki est d'accord pour se passer de toi un moment, ça me va.

De toute façon il lui fallait une infirmière, alors pourquoi pas Izzy ? Il aimait travailler avec elle.

— Je vais préparer Janice, lui dit-elle avec un sourire qui le réchauffa de la tête aux pieds.

Tout se passa bien avec la césarienne. La petite fille était en pleine santé, et Janice oublia immédiatement qu'elle voulait un garçon quand le bébé fut posé sur elle.

De son côté, il sentit la tension quitter ses épaules en voyant qu'un nouveau bébé était venu au monde et qu'il allait bien. De nombreux obstacles attendaient Janice et sa fille, mais il avait fait sa part.

Lui et Izzy.

Il regarda celle-ci s'occuper de Janice, lui donnant à boire, lui essuyant le visage, gardant constamment un œil sur le bébé, puis montrant à Janice comment le tenir.

Oh oui, elle savait s'y prendre !

Il avait la bouche sèche et sentait son cœur résonner dans sa poitrine.

Qu'allait-il faire ?

Le mercredi, juste après minuit, Izzy appela Raphaël sur le téléphone de la salle.

— On a besoin de toi. Tania Newman montre des signes de septicémie puerpérale.

— Je mets le haut-parleur pour que tu me donnes les détails pendant que je m'habille.

— Le rythme cardiaque et la respiration sont rapides, la tension est basse, et la fièvre monte. Il y a une heure le nombre de globules blancs était assez élevé mais sans indicateurs d'infection.

— A-t-elle des douleurs abdominales qui n'ont rien à voir avec l'infection ?

— Oui, et elle a commencé à vomir.

— Je pars maintenant. Demande encore une numérotation globulaire complète au labo et marque « urgent » dessus. Ça arrive toujours la nuit, pas vrai ?

Elle n'avait pas répondu qu'il avait déjà raccroché.

Elle retourna en hâte dans la chambre de Tania avec le kit de phlébotomie.

— Le Dr Dubois arrive. Il veut un autre test sanguin.

Katie, l'infirmière de service, était en train de réconforter Tania et son mari, Dominic.

— Tania, lui dit-elle. Je sais que vous n'aimez pas les aiguilles, mais ce test est très important.

— Faites ce que vous avez à faire, mais, je vous en supplie, sauvez mon bébé, geignit la patiente de trente-quatre ans.

— Que puis-je faire pour aider ? demanda Dominic, visiblement désemparé.

— Restez près de Tania pour la calmer.

C'était une lourde tâche, car celle-ci semblait morte d'inquiétude et de peur.

— J'ai regardé sur Internet ce qu'on disait sur la septicémie puerpérale, gémit Tania. Ce n'est pas bon, le bébé peut ne pas s'en sortir…

C'était exact, une infection à ce stade de la grossesse était préoccupante.

— Parfois, je souhaiterais qu'Internet n'ait jamais été inventé, marmonna Izzy tout en effectuant la prise de sang. Je vais porter tout de suite l'échantillon au labo, en espérant que nous aurons les résultats quand le Dr Dubois arrivera.

— Ah ! cria Tania en s'agrippant aux mains de son mari, qui pâlit mais tint bon.

— Respirez profondément, dit Izzy en lui frottant constamment les reins jusqu'à ce que le spasme disparaisse.

— C'est si douloureux, haleta Tania. Et puis il y a cette infection… J'ai peur.

Elle posa la tête sur l'épaule de son mari, qui prit le relais pour la masser.

— Est-ce que je peux vérifier votre col ? demanda Izzy.

Elle préférait demander, car elle avait remarqué qu'une simple question pouvait donner à la patiente l'impression qu'elle avait un certain contrôle de la situation — alors qu'elle n'en avait aucun dans ce cas. Dès que Raphaël serait là, le rythme allait changer, et Tania n'aurait plus rien à dire. Si le diagnostic était confirmé, l'infection pourrait se répandre rapidement s'ils n'étaient pas vigilants. Des antibiotiques avaient déjà été administrés, mais Rafe pourrait augmenter le dosage.

— Je ne comprends pas d'où vient cette infection, interrogea Tania.

— En arrivant, vous avez dit que vos seins étaient douloureux, répondit Katie. Il est possible que vos mamelons aient été infectés. Le médecin de service vous a donné des antibiotiques, mais l'infection s'était peut-être déjà répandue.

— Que se passera-t-il si le bébé attrape cette infection ? demanda Tania d'un ton angoissé.

C'était tout le problème.

— Le Dr Dubois vous expliquera tout quand il arrivera.

— Bonjour, Tania, Dominic.

L'homme en question venait d'entrer dans la pièce, l'air très calme. Mais Izzy, qui le connaissait, nota son degré de tension à un coin de sa bouche qui se contractait.

— Tania, décrivez-moi la tension que vous ressentez dans le ventre.

À partir de cet instant, tout s'accéléra. Raphaël prit l'appel du labo donnant les résultats attendus et administra un autre antibiotique par intraveineuse. Tania commença à pousser avant même d'y être invitée, et en quelques minutes ce fut terminé.

Bébé Sophie fit brièvement connaissance avec ses parents avant d'être déposée sur un lit spécial et d'être nettoyée avec beaucoup de soin à cause de l'infection de sa maman.

— Je vais aussi donner un antibiotique à Sophie, annonça Raphaël aux parents inquiets. Nous ne savons pas encore si elle a attrapé l'infection, mais je préfère prendre mes précautions.

Il précisa qu'il se devait de les prévenir que la situation pourrait s'aggraver, puis il les rassura en disant que c'était peu probable.

— Elle va aller aux soins intensifs pédiatriques où elle sera sous moniteur en permanence.

Tania était en larmes.

— Je sais que vous faites ce qu'il faut, mais c'est si injuste ! Nous avons attendu notre bébé pendant des années, et je ne peux même pas tenir ma fille dans mes bras.

Dominic étreignit sa femme, pleurant avec elle.

— Chut, ma chérie. Tout va bien se passer.

Raphaël dit encore quelques paroles apaisantes au couple. Quand il eut fini, Izzy le regarda ainsi que Katie, et tous trois hochèrent la tête et quittèrent tranquillement la pièce en poussant le lit de Sophie devant eux.

Izzy soupira.

— Ce n'est jamais facile avec des parents angoissés.

— Le jour où tu trouveras cela facile, c'est qu'il sera temps pour toi de partir d'ici et de devenir décoratrice d'intérieur, lâcha Raphaël avec un petit rire. Et moi, j'apprendrai à jouer du banjo.

— Et moi, je me trouverai un homme riche et je prendrai ma retraite, ajouta Katie. Allez, Sophie, je t'emmène aux soins intensifs.

Elle s'éloigna dans le couloir avec son précieux chargement.

— C'est un bébé si vulnérable, murmura Izzy.

— Ils le sont tous, dit Raphaël. Je me demande toujours comment ils peuvent être à la fois aussi minuscules et fragiles et aussi forts.

Elle hocha la tête.

— C'est vrai. J'espère que tu auras le temps de rentrer avant qu'il soit l'heure pour toi de te lever pour venir travailler.

Elle-même en avait encore pour cinq heures avant de terminer à 7 heures du matin. Quand elle atteindrait la maison, Raphaël serait de retour à l'hôpital.

Ne serait-ce pas l'idéal s'ils se croisaient toujours ainsi ? Elle n'aurait pas besoin de se demander s'il fallait qu'elle lui dise la vérité — qu'elle lui avoue qu'elle voulait que leur relation aille plus loin, et en même temps qu'elle avait peur que cela ne les fasse souffrir tous les deux, surtout lui. Ni de lui expliquer qu'elle craignait de ne pas pouvoir lui apporter ce qu'il lui fallait après ce qu'il avait vécu avec Cassie, et pourtant qu'elle avait envie d'essayer.

Il haussa les épaules.

— Je ferai mon possible. Tu as prévu de faire quelque chose aujourd'hui, une fois que tu auras dormi ?

— Une deuxième visite de l'appartement que je vais louer.

En une seconde, Raphaël se rembrunit.

Elle aurait pensé qu'il serait heureux quand le jour de son départ viendrait. Apparemment, il n'y avait pas qu'elle qui ne savait pas ce qu'elle voulait.

Ce vendredi marquait la fin d'une semaine particulièrement riche en cas difficiles. Raphaël se sentait revivre à la perspective d'avoir un week-end de liberté.

Qu'allait-il en faire ? Passer du temps avec Izzy quand elle ne travaillerait pas ?

Il pourrait aller voir où elle avait l'intention de s'installer ou faire les boutiques. Elle avait commencé à acheter des ustensiles de cuisine, et le palier du deuxième étage était couvert de paquets et de petits cartons.

Chaque fois qu'il gagnait sa chambre, il avait le cœur lourd. Izzy était bel et bien en train d'équiper son propre logement, prête à aller de l'avant dans sa vie. Il n'avait plus qu'à trouver le courage de faire la même chose.

Il ouvrit la porte de sa maison, sentit des odeurs de peinture et s'arrêta en poussant une exclamation.

— Waouh !

Une clarté inhabituelle régnait dans le hall. Quelle différence ! Il aurait dû le faire depuis des lustres ! À l'époque il n'avait pas la motivation pour ça, mais Izzy avait tout changé.

Elle se tenait au pied de l'escalier, vêtue d'une salopette extra-large couverte de taches de peinture, un rouleau à la main, et elle l'accueillait avec un large sourire. Une traînée de peinture claire lui barrait la joue. Elle était plus jolie et sexy que jamais.

— Qu'est-ce que tu en penses ? demanda-t-elle.

J'en pense que j'ai envie de t'embrasser. De goûter à tes lèvres douces.

Il avait le sang en ébullition, c'était un vrai torrent qui coulait dans ses veines. Il avait attendu, il s'était montré patient, lui avait donné du temps. Maintenant, il allait devoir faire quelque chose et lui exposer ses sentiments pour elle.

Détournant les yeux, il contempla autour de lui, le sourire aux lèvres, les murs blancs agrémentés de quelques touches de gris.

— Stupéfiant. Qui aurait cru que se débarrasser de ce magenta pourrait faire une telle différence ! Ce hall paraît deux fois plus grand que quand je suis parti travailler ce matin.

— Je suis soulagée, dit-elle en replaçant le rouleau dans son bac.

— Tu craignais que ça ne me plaise pas ? Il n'y avait pas de raison, puisque c'était moi qui avais acheté la peinture il y a deux ans.

Il posa ses clés et son téléphone sur la première marche de l'escalier et s'approcha d'elle, plongeant dans ses beaux yeux marron.

Izzy leva la tête et accrocha son regard au sien.

— Je craignais d'être allée trop loin en prenant l'initiative de peindre sans t'en avoir parlé.

Elle n'avait jamais eu ce genre d'inquiétude auparavant, faisant toujours ce qui *lui* semblait juste. C'était la marque de leur amitié, l'avait toujours été et c'était une des raisons pour lesquelles il l'adorait. Quelque chose n'était plus centré, et il se sentait frustré de ne pas savoir quoi.

— Détends-toi. Je suis plus que ravi de ce que tu as fait. En réalité, je suis épaté. C'est… C'est renversant. Et cela m'encourage à faire de même avec le reste de la maison.

Elle écarquilla les yeux, et il vit la pointe de sa langue apparaître au coin de sa bouche.

— Eh bien…

N'y tenant plus, il posa les mains sur ses bras et l'attira à lui.

— Merci encore. Tu as commencé à faire de cette maison un foyer. Jusque-là, je ne m'étais pas rendu compte combien il est important, si je continue à habiter à Londres, de ne pas vivre uniquement pour travailler à l'hôpital.

Il la sentit trembler sous ses mains.

— Izzy…

— Rafe…

Ensuite, il ne sut pas très bien comment, sa bouche se posa enfin sur la sienne.

Izzy. À la fois forte et douce. Et elle lui rendait son baiser ! Quand elle glissa la langue dans la bouche de Raphaël, tout se figea autour d'eux tandis qu'il s'enflammait tout entier. Il la serra contre lui, sa poitrine contre son torse, ses cuisses contre son bas-ventre, sa bouche contre sa bouche.

C'était ce qu'il avait toujours attendu sans le savoir.

Izzy. Elle avait toujours été là dans son sang, dans son cœur, mais il avait fallu qu'elle épouse quelqu'un d'autre pour qu'il se réveille enfin.

Elle s'écarta de lui, cherchant son regard. Ses yeux étaient immenses, remplis de désir.

— Oh ! Rafe, murmura-t-elle.

— Izzy ? Est-ce que tu es d'accord avec ça ?

S'il te plaît, dis oui.

Elle hocha lentement la tête.

— J'ai envie qu'on soit plus que des amis, depuis déjà quelque temps, ajouta-t-il.

Elle acquiesça de nouveau, mais cette fois il vit une lueur d'inquiétude dans ses yeux.

Raphaël avait envie d'elle.

Izzy aurait voulu prendre le temps de digérer cette information extraordinaire, mais elle ne pouvait pas se résoudre à le lâcher.

Elle le désirait. Oui, elle l'admettait à présent. Mais il y avait toujours cette peur dans un coin de son cerveau : et si elle le décevait ? Si ça ne marchait pas ? Elle perdrait alors la personne la plus importante de sa vie.

— Tu n'es pas d'accord ? murmura-t-il. Tu préfères qu'on soit juste amis ?

Il attendait patiemment sa réponse, mais elle pouvait sentir ses muscles se contracter sous ses mains, voyait la tension dans sa mâchoire.

Amis ou amants ? Elle ne pouvait pas continuer à être neutre, elle devait cesser de jouer la prudence.

Glissant les bras autour du cou de Raphaël, elle regarda cet homme qu'elle avait toujours connu et qu'elle allait maintenant découvrir sous un autre aspect. D'un seul coup, il n'y eut plus de questions, plus d'hésitations, ni de besoin de devenir quelqu'un. Elle était qui elle était, et elle avait Raphaël.

— Si on montait ? murmura-t-elle.

Il la souleva aussitôt dans ses bras.

— J'ai cru que tu ne me le demanderais jamais !

Fourrageant dans son cou, elle sourit quand il resserra ses bras autour d'elle et la porta jusqu'à sa chambre.

Là, debout en face de lui, elle commença par défaire le premier bouton de sa chemise et se pencha pour embrasser l'endroit qu'elle avait révélé. Sous le bouton suivant, elle lécha sa peau, souriant quand il se mit à grogner. Au troisième bouton, les mains de Raphaël se posèrent sur les fesses d'Izzy, et il l'attira contre son membre dressé.

Elle avait envie de toucher chaque centimètre carré de sa peau. Oubliant les boutons, elle passa la chemise par la tête et la laissa tomber par terre. En quelques secondes, tous deux se retrouvèrent dans le plus simple appareil.

Il caressa doucement le bout de ses mamelons, et elle se mit à gémir, déjà trempée d'attente.

— Rafe, s'il te plaît, pria-t-elle. Je n'en peux plus.

Rapidement, il prit un petit sachet dans le tiroir de la table de nuit et la souleva jusqu'à ce qu'elle enroule les jambes autour de sa taille. Quand il la pénétra avec un grognement de volupté, elle poussa un cri en écho et se balança en cadence avec la sensation que son corps allait exploser de plaisir.

Quelques instants plus tard, ils se retrouvaient allongés sur le lit, haletants, les yeux clos, bras et jambes entremêlés.

Elle poussa un immense soupir de bien-être.

Elle n'aurait jamais cru vivre un tel moment. C'était comme si elle avait trouvé quelque chose de très spécial et de précieux qu'elle devait veiller à ne pas laisser perdre. Il était évident qu'il n'y avait aucune comparaison entre ses sentiments pour Raphaël et ceux qu'elle avait cru éprouver pour Darren.

Il y avait tant de choses qu'elle voulait lui dire ! Combien elle l'aimait et qu'elle voulait être toujours avec lui. Mais elle n'oubliait pas ce qu'il s'était passé la dernière fois qu'elle avait dit à un homme qu'elle l'aimait. À présent, elle avait même peur de prononcer le mot.

Et si Rafe ne voulait que du sexe et n'avait aucune envie d'un avenir avec elle ?

Elle roula sur le dos lorsqu'il se leva pour aller jeter le préservatif dans la salle de bains, et elle fixa le plafond qui avait terriblement besoin d'une nouvelle couche de peinture.

— Pince-moi, dit-elle quand il revint s'allonger près d'elle.

— S'il te plaît, ne me dis pas que tu regrettes déjà ?

Elle lui prit la main et la serra.

— Certainement pas.

Il s'appuya sur un coude pour mieux la regarder, et elle aurait pu jurer qu'il y avait de l'amour dans ses yeux.

Mais ce n'était pas possible, et elle n'était pas prête à en parler, cela risquait de tout gâcher.

La prenant tendrement dans ses bras, il se mit à lui faire l'amour comme s'il n'allait jamais s'arrêter.

Elle voulait profiter de ces moments tant qu'ils lui étaient offerts. La réalité la rattraperait sans doute dans quelque temps, mais au moins elle ne chercherait plus à courir après des rêves qui ne lui correspondaient pas.

Raphaël bâilla une fois de plus.

C'était son tour de ne pas dormir. Comment l'aurait-il pu, avec Izzy lovée tout contre lui, toute douce et chaude ?

Elle était la meilleure chose qui lui soit arrivé depuis longtemps, sinon depuis toujours. Il lui semblait que, en lui faisant l'amour cette nuit, il avait déversé sur elle des années d'émotions enfouies en lui. L'avait-il toujours aimée ?

Mais si c'était le cas, il n'aurait pas dû être aussi dévasté par ce que Cassie lui avait fait…

Il réprima un frisson.

La nuit dernière avait été extraordinaire, mais cela ne changeait rien. Lui et Izzy étaient toujours amis, même s'ils étaient devenus plus intimes. Izzy était vulnérable, pas encore complètement remise de la trahison de Darren. Elle n'avait pas besoin qu'il se rapproche trop vite pour découvrir ensuite qu'il n'était pas prêt à s'engager avec elle. Car il n'arrivait toujours pas à accepter la mort de son enfant et le fait qu'on le lui ait caché. S'il parlait à Izzy de Joshua, cela pourrait libérer certaines tensions en lui, mais il avait du mal à lui montrer sa vulnérabilité.

Il faudrait quand même qu'il le lui dise, décida-t-il. Sinon ce serait une façon de lui mentir. Elle avait le droit de tout savoir, ou bien il ne pourrait pas lui demander de faire partie de sa vie le jour où il serait prêt. Si cela arrivait.

— Rafe ? marmonna Izzy.

— Oui ?

Un léger ronflement lui répondit.

Heureusement, elle n'était pas encore prête à parler. Il savait qu'elle était détendue comme cela ne lui était pas arrivé depuis son retour. Il pouvait continuer à rêver en tenant son corps chaud contre lui et en sentant son souffle sur sa peau.

Mais c'était Izzy. Elle allait se poser des questions, se demander s'ils avaient raison de faire ce qu'ils faisaient et combien de temps cela pourrait durer.

Il ne voulait la blesser en aucune façon. Mieux valait qu'il prenne un peu de distance jusqu'à ce qu'il ait réglé son problème. C'était le seul moyen d'avancer.

Mais comment faire, maintenant qu'elle et lui se connaissaient intimement et qu'elle vivait dans sa maison pour encore quelques semaines ?

Et qu'il allait se rendre au mariage avec elle ?

Bon sang, il n'avait fait que compliquer la situation.

8

Izzy étira ses doigts de pieds et s'appuya contre le comptoir pour dénouer les dernières tensions musculaires qu'une longue douche chaude n'avait pas fait disparaître.

Quelle nuit. Et quel amant était Rafe. Elle ne se serait jamais doutée que le sexe pouvait être aussi merveilleux.

Elle avait ensuite dormi comme cela ne lui était encore jamais arrivé — jusqu'à 10 heures du matin. Pourquoi ? Normalement, l'excitation aurait dû la maintenir éveillée toute la nuit. Avait-elle trouvé auprès de lui la sécurité qu'elle recherchait ? Mais non. Ça devait être parce qu'il l'avait épuisée en lui faisant l'amour.

Pourtant, elle se sentait différente. Détendue, heureuse.

Pourquoi Raphaël n'était-il pas ici ? Cela l'avait un peu blessée de se retrouver seule au réveil. Elle ne l'avait pas non plus trouvé en bas quand elle était allée dans la cuisine. Il avait laissé un mot disant qu'il allait courir et qu'il irait peut-être travailler ensuite. Comme s'il mettait de la distance entre eux. Regrettait-il déjà la nuit dernière ?

Son cœur se serra.

Ce n'était pas impossible.

Et après ? Elle n'aurait qu'à emménager dans l'appartement qu'elle s'apprêtait à louer. De toute façon, elle devait le faire. Ce n'était pas parce qu'ils étaient devenus amants qu'elle allait changer quoi que ce soit. Elle devait continuer à avancer dans sa vie. De préférence en y incluant Raphaël, mais elle n'allait pas se perdre en voulant le suivre ou faire ce qu'il lui dirait. Avant tout, elle devait être fidèle à elle-même. Elle ne referait pas la même erreur.

Son téléphone sonna.

Rafe.

— Hé, bonjour, dit-elle gaiement. J'ai dormi pendant des heures, et je me sens si bien.

Mieux valait le laisser parler et dire pourquoi il avait appelé.

— Je crois qu'une bombe aurait pu exploser à côté de toi que tu n'aurais pas bougé, répondit-il en riant. Est-ce que ça te tente d'aller au cinéma ce soir et de dîner dehors ensuite ?

Pardon ?

— Comme un rencard ?

Il y eut un silence.

— Oui.

Il aurait pu paraître plus enthousiaste.

— Tu es sûr que c'est ce que tu veux ? Parce que si cette nuit n'était qu'une exception, tu n'as qu'à le dire.

Elle ravalerait sa peine et passerait à autre chose.

— Izzy, j'ai envie de sortir avec toi ce soir. Et…

C'était maintenant qu'il lui brisait le cœur.

— Continue.

— Je ne veux pas que ce soit juste pour une nuit…

Ouf !

— Mais j'avoue que je ne sais pas où cela va nous mener, ajouta-t-il.

Et pourquoi pas à une relation qui s'épanouirait dans l'amour ?

— Inutile de nous précipiter, Rafe, dit-elle, sentant son cœur se serrer de nouveau. J'ai encore des choses à régler.

— Je sais, c'est aussi ce qui me retient. Alors, c'est d'accord pour ce soir ?

— Oui.

Cela allait peut-être mal finir, mais elle devait saisir sa chance.

— On se retrouve à 18 heures, alors.

Et il avait déjà raccroché. Il ne lui avait même pas dit où il se trouvait. C'était le week-end, et il n'était pas d'astreinte, mais elle aurait pu parier qu'il se trouvait à l'hôpital. Elle se rendait compte que c'était son refuge. S'il pouvait y caler son lit dans un coin avec à côté un placard rempli de ses vêtements, il ne rentrerait jamais chez lui. Pas étonnant qu'il n'ait jamais eu le temps de faire la peinture.

Doggy vint se frotter contre sa jambe.

— Salut, toi. Heureusement que tu es là, dit-elle en prenant la chatte dans ses bras pour un câlin. Figure-toi que j'ai un rencard avec ton papa.

Qui disait rencard disait tenue décente. Si elle voulait revivre la nuit précédente, mieux valait oublier le jean et le T-shirt.

Raphaël resta bouche bée devant l'apparition en robe rouge qui l'attendait dans le salon. Il sentit son cœur prêt à exploser tandis que son bas-ventre se réveillait. Était-ce vraiment Izzy ?

— C'est la robe la plus sexy que j'aie jamais vue, marmonna-t-il. J'ai envie de monter dans la chambre et de te l'arracher.

— À ce point ? dit-elle en souriant.

— Oh oui.

Il devait se ressaisir, sinon ils n'arriveraient jamais au restaurant. Quelle que soit son envie de faire l'amour à Izzy, il tenait à ce qu'ils aient un vrai rendez-vous galant pour se remettre de la nuit précédente et prendre un peu de recul. Pour cela, il devait se montrer fort et détourner les yeux de ces jambes ensorcelantes terminées par des escarpins à talons aiguilles.

La prenant par la main, il l'entraîna vers la porte.

— Partons d'ici pendant que j'en suis encore capable.

Environ deux heures plus tard, ils sortirent du cinéma et se dirigèrent vers le bar. Pendant le film, il avait réussi à oublier un peu Izzy, et son corps s'était apaisé.

Il commanda du vin au comptoir pendant qu'elle allait s'installer à une table au fond de la salle et posait son joli derrière sur un tabouret.

De nouveau, son désir se réveilla pendant que son esprit tentait de se calmer.

Son téléphone personnel vibra dans sa poche, mais il l'ignora. D'ailleurs il n'aurait pas dû l'apporter. Pour la première fois depuis bien longtemps, le téléphone de l'hôpital était resté sur la table chez lui. Après tout, il y avait d'autres spécialistes pour se charger des patientes si c'était nécessaire. Ce soir, personne ne les interromprait.

— Comment va grand-mère ? demanda Izzy. Elle s'est remise à faire du vélo ?

— Pas encore, ou alors en cachette car elle sait que je désapprouverais. Elle a appelé aujourd'hui et aimerait que j'aille la voir bientôt.

Izzy le regarda fixement.

— Pour passer du temps avec elle, ou bien y a-t-il une autre raison ?

Était-ce une façon détournée de lui demander s'il avait toujours l'intention de retourner un jour dans son pays ?

— Elle dit que je lui manque, et elle serait contente si tu venais aussi.

— J'adorerais t'accompagner.

Elle le regardait toujours, comme si elle attendait autre chose.

S'il décidait de repartir en France, comment réagirait-elle ? Elle pourrait se poser des questions sur son désir de revenir à Londres et douter de pouvoir s'installer quelque part un jour et d'y être heureuse.

Mais elle n'avait pas d'inquiétude à avoir. Il ne ferait rien pour gâcher son bonheur tout neuf, même si c'était au détriment du sien.

Il pensa aux moments extraordinaires qu'ils avaient passés en faisant l'amour. Il lui avait semblé qu'il avait trouvé ce qu'il avait cherché toute sa vie, et en même temps il était terrifié. Il n'était pas prêt.

Le serait-il un jour ?

C'était peut-être aussi trop tôt pour Izzy. Sans compter qu'il n'avait pas réglé la question de Joshua. Il n'aurait jamais cru que ce serait si dur d'en parler à Izzy — de révéler la profondeur de sa peine et de sa colère, et du même coup sa vulnérabilité.

— Allô, Rafe, ici la Terre. Où es-tu parti ?

— Euh… Je me demandais quand nous pourrions aller ensemble à Avignon. Ce sera pendant un week-end où nous serons tous les deux en congé.

Les pizzas arrivèrent, dégageant une odeur appétissante, et ils se régalèrent.

— Je sais que grand-mère s'est bien remise de son opération de la hanche, dit Izzy au bout d'un moment. Mais a-t-elle ralenti le rythme, et penses-tu qu'elle commence à envisager l'avenir sous un jour différent ?

— Elle dit qu'elle n'est pas prête à quitter la maison de famille, d'autant plus que papa et maman sont de retour à Avignon. Elle doit s'installer dans les pièces du rez-de-chaussée, si bien qu'elle n'aura plus à utiliser ces horribles escaliers.

Izzy le regardait toujours avec attention.

— C'est une tradition chez vous que, à chaque génération, il y ait un membre de la famille qui vive dans cette maison, n'est-ce pas ?

— Oui.

— Et n'as-tu pas l'intention d'y retourner toi aussi ?

Voilà où elle voulait en venir.

— Izzy, dit-il en lui prenant la main. Je vis ici, à Londres. Je ne suis pas prêt à retourner à Avignon.

Penchant la tête de côté, elle l'étudia un instant avec intensité.

— Si tu en es sûr et que tu es heureux ainsi...

Puis elle prit une part de pizza et mordit dedans comme si de rien n'était.

Si elle était déterminée à s'installer pour de bon à Londres, il en tiendrait compte dans les décisions qu'il prendrait pour son avenir.

Son cœur se serra.

Il avait envie de retourner chez lui un jour. Et il voulait aussi qu'Izzy fasse partie de son futur une fois qu'il aurait réglé tout le reste.

À peine la pizza terminée, Izzy repoussa son assiette et se leva.

— Si on rentrait ? Je suis crevée. Exténuée.

— Moi aussi.

Physiquement et mentalement.

Pendant le trajet du retour, Izzy se plongea dans ses pensées.

Elle ne parvenait pas à voir clair en Raphaël. Il semblait partagé, comme s'il ne voulait pas être avec elle tout en appréciant sa compagnie. Qu'est-ce qui avait changé depuis la veille ? Est-ce qu'il avait peur ? Allait-il la laisser tomber, lui aussi ? Il ne lui avait fait aucune promesse. Pour lui, c'était peut-être juste l'affaire d'une nuit ?

Sauf que cela, elle ne pouvait pas l'accepter. Ils étaient beaucoup trop proches. À moins que le problème ne soit là : ils étaient très proches et il craignait de tout perdre. Ça, elle pouvait le comprendre.

— Merci pour cette soirée, dit Raphaël en garant la voiture dans l'allée de sa maison. J'ai bien aimé.

Et c'était tout ?

— Moi aussi.

Elle ouvrit la porte d'entrée et attendit à l'intérieur qu'il la rejoigne.

— Je crois que je vais encore travailler un peu sur l'ordinateur, marmonna-t-il sans la regarder.

Nouant les bras autour de son cou, elle leva la tête et le regarda droit dans les yeux.

— C'est vraiment ce que tu veux ?

— Je... Je crois que c'est mieux.

Pour qui ?

Elle se dressa sur la pointe des pieds, posa sa bouche sur la sienne et glissa la langue entre ses lèvres.

Il la saisit par les hanches — pour l'attirer vers lui ou pour la repousser ?

— Izzy, grogna-t-il. Stop.

Elle sentait son sexe dur contre son ventre.

Alors, comme ça, il voulait qu'elle s'arrête ? À d'autres, Rafe.

Soudain il se mit à l'embrasser avec passion, donnant autant qu'il recevait. Les pointes des seins dressées pressées contre son torse, elle sentit une vague de désir la submerger, mettant son corps en feu.

— Isabella.

S'il l'appelait par son prénom officiel, c'est qu'il était sérieux.

— Ne t'avise pas de me dire qu'on ne peut pas le faire, gronda-t-elle. Pas maintenant.

— Tu ne comprends pas...

— Non, c'est exact.

— Je ne peux rien te promettre, Izzy.

Elle se détendit en l'entendant l'appeler Izzy.

— Je ne t'ai rien demandé.

Il la tenait toujours.

— Je sais. Mais je ne voudrais pas te faire souffrir.

Elle aussi, elle pourrait lui faire du mal.

— Je suis une grande fille, Rafe. Je suis capable d'encaisser.

— Oui, mais...

— Mais rien du tout, coupa-t-elle en posant un doigt sur sa bouche. Fais-moi l'amour. S'il te plaît.

Il y avait de l'appréhension dans son regard bleu, mais aussi de l'excitation.

— Si tu en es sûre...

La soulevant dans ses bras, il la porta à l'étage.

Elle en était tout à fait sûre : quelles que soient les conséquences, elle les assumerait. Ce serait peut-être douloureux au bout du compte, mais elle ne pouvait pas le laisser partir comme ça. Pas ce soir.

Izzy et les deux autres demoiselles d'honneur, très élégantes dans leurs robes de soie froufroutante, admiraient le merveilleux jardin débordant de roses, de pivoines et d'autres fleurs de nuances variées où aurait lieu dans quelques minutes la cérémonie de mariage de Carly et Adem.

— N'est-ce pas magique ? s'exclama Esther.

Izzy acquiesça avec enthousiasme avec Chloe.

Elle était si heureuse pour son amie ! Et en même temps, elle ne pouvait pas s'empêcher de se demander si elle et Raphaël en arriveraient là un jour.

Celui-ci était un peu plus loin avec les compagnons de ses amies, l'air tout à fait à l'aise. Dès que Carly avait su qu'il l'accompagnait, elle avait insisté pour qu'il l'escorte au moment de l'échange des vœux entre elle et Adem.

Que pouvait-il bien penser ?

Ils avaient passé une semaine extraordinaire, faisant l'amour toutes les nuits, mais elle sentait une hésitation chez lui, comme s'il n'était pas prêt. De son côté elle n'était pas à cent pour cent sûre d'elle non plus, mais elle était décidée à leur donner une chance et à faire taire les démons du doute : le passé était loin derrière, et les inquiétudes générées par Darren devaient disparaître.

Mais aujourd'hui, c'était le jour de Carly.

Celle-ci s'approcha pour les embrasser. Elle était très belle dans sa robe longue, avec ses cheveux tombant librement sur ses épaules et son petit ventre rond qui commençait à se voir.

Izzy sentit l'émotion la gagner.

— Tu es époustouflante. Et tu as l'air si heureuse…

Elles s'étreignirent toutes quatre, les yeux mouillés de larmes.

— Ce n'est pas bon pour le maquillage, dit Chloe en riant.

— Ze veux un câlin, dit la petite Lily en tirant sur la jupe de sa maman.

Elle en eut quatre, puis Izzy, Chloe et Esther se regroupèrent autour de Carly pour l'escorter.

La cérémonie fut brève et émouvante, on parla d'amour et d'engagement. Izzy jetait des regards de côté à Raphaël, et le doute la saisit une fois de plus.

Voilà un homme qu'elle aimait de tout son être, pourtant elle ne pouvait pas se réjouir. Il ne montrait pas qu'il l'aimait en retour. Était-elle condamnée à avoir de nouveau le cœur brisé ? Cette fois, il lui serait beaucoup plus difficile de s'en remettre.

Elle s'efforça de respirer profondément. Ce n'était vraiment pas le jour pour s'inquiéter, alors que son amie fêtait son union avec l'amour de sa vie, et qu'elle-même se tenait près de Raphaël.

— Je savais que j'en aurais besoin, murmura-t-il en lui tendant un mouchoir.

Lui-même semblait ému, comme s'il était sensible à cette atmosphère remplie d'amour. Mais en y regardant bien, c'était le cas de tout le monde dans le jardin.

Elle se tamponna les yeux, s'efforçant de préserver son maquillage. Mais lorsque Carly et Adem échangèrent leurs anneaux, le mouchoir n'était déjà plus qu'un souvenir, et Raphaël lui en tendit un second.

Lorsque les mariés s'embrassèrent, elle applaudit avec enthousiasme, dissimulant une légère pointe d'envie.

— Tu es si sentimentale, lui dit Raphaël sans la regarder.

— Et pas toi, peut-être ?

— Si, un peu.

Seulement un peu ?

Elle savait que sous l'apparence sérieuse du spécialiste, il y avait un homme sensible qui s'y entendait pour masquer ses sentiments de crainte que l'on ne s'en serve contre lui. Était-ce pour cela qu'il semblait hésiter sur l'avenir ? Parce qu'il avait quelque chose à cacher ?

— Le mariage fait souvent cet effet aux gens, rétorqua-t-elle.

— Pas à moi, habituellement. Mais, je ne sais pourquoi, aujourd'hui a l'air d'être un jour très spécial.

Rafe plongea son regard sans le sien et lui décocha le sourire qu'elle aimait tant.

Que voulait-il dire ? se demanda-t-elle en lui rendant son sourire — un sourire qui ne pouvait manquer de refléter tout l'amour qu'elle éprouvait pour lui.

Raphaël lui déposa un baiser sur le front.

— Je te trouve très belle, Izzy. À l'intérieur comme à l'extérieur.

— Combien de mouchoirs as-tu apporté ? demanda-t-elle, la gorge serrée.

— Trois paquets.

Il fit un pas en arrière et parut s'absorber dans la contemplation des roses du jardin.

Super. Il s'était de nouveau déconnecté. Cela lui arrivait de plus en plus souvent. Elle aimait quand il l'embrassait, cela lui faisait sentir qu'elle comptait pour lui. Mais le doute refaisait aussitôt surface. Combien de temps cela durerait-il ? Qu'attendait-il de la vie ? Allait-il s'impliquer ou s'éloigner ?

Elle se remémora Raphaël à la maternité, tenant un bébé dans ses bras.

Il voulait une famille, des bébés. Pourtant, elle sentait que quelque chose bloquait, quelque chose qu'il ne lui avait pas expliqué. Quant à elle, elle devait surmonter sa crainte de le décevoir.

— Je vais féliciter les mariés, dit-elle.

— Je viens avec toi.

— Carly, je te souhaite beaucoup de bonheur, dit-elle en entourant son amie de ses bras.

— C'est toi la prochaine, murmura la mariée.

Il ne fallait pas dire ça, mieux valait ne pas tenter le sort.

— Oh ! on en est loin ! assura-t-elle à son oreille. Pour l'instant, j'apprécie surtout le sexe.

Carly lui jeta un regard étonné.

— Tu ne penses pas que cela vous mènera quelque part ?

La question resta en l'air, car de nombreuses personnes autour d'elles voulaient féliciter la mariée.

Après les félicitations, tout le monde se retrouva autour d'un verre de champagne.

Izzy leva le sien en souriant à ses amies.

— Comme au bon vieux temps !

— Tu veux dire, toutes les quatre ensemble ? demanda Chloe.

Elle sourit en hochant la tête.

— Exactement.

Le soir venu, ils dînèrent et portèrent des toasts tout en rivalisant de discours plus drôles et émouvants les uns que les autres. Ils passèrent un très bon moment. Puis Adem se leva et attira sa femme près de lui.

— Merci du fond du cœur à tous d'être venus partager cette journée très spéciale avec nous, dit-il. À présent, il est temps pour nous de vous quitter.

Après le départ des jeunes mariés, la soirée se termina assez rapidement. Soudain, Izzy n'avait plus qu'une envie : rentrer à la maison avec Rafe, tout en se demandant si cette nuit il allait lui faire l'amour ou bien s'il allait lui dire qu'il avait du travail à finir, comme c'était arrivé deux fois la semaine précédente.

Le trajet fut bref, et lorsque Raphaël referma la porte sur eux, elle l'entoura de ses bras.

Elle le sentit se contracter.

— Izzy...

— Tu ne travailleras pas cette nuit.

Elle l'embrassa longuement, et il finit par lui répondre avec la même ardeur. Glissant les doigts sous sa chemise, elle toucha sa peau, et il émit un grognement de plaisir.

— Izzy !

C'était mieux qu'Isabella.

— Ne dis plus rien, ordonna-t-elle en le déshabillant.

Il se retrouva en boxer-short, incapable de dissimuler son désir pour elle.

Tout en l'embrassant, elle caressa son membre dressé. Elle le voulait. Maintenant.

Elle enroula les jambes autour de sa taille, et Raphaël la monta dans sa chambre. Il lui retira sa robe et son slip et se pencha sur son sexe, mais elle l'arrêta.

— Non. J'ai trop envie de toi.

Quand il la pénétra, elle cria de bonheur, et ils firent l'amour avec fougue. Ils atteignirent rapidement le summum du plaisir, tant leur désir était à son paroxysme.

Elle retomba sur l'oreiller et haleta encore durant quelques instants. Raphaël s'étendit près d'elle et lui entoura la taille de son bras.

— Rafe…

— Chut.

Il ne voulait pas qu'elle parle, alors qu'elle avait envie de lui dire qu'elle l'aimait ?

Les mots restèrent coincés dans sa gorge, et pourtant elle savait au plus profond d'elle-même que, pour elle, il était le seul homme. Mais comment être sûre qu'elle ne cherchait pas encore à vivre le rêve qu'elle entretenait depuis qu'elle était enfant ?

Raphaël écoutait la respiration d'Izzy se calmer.

Ils avaient fait l'amour sauvagement, passionnément. Il avait tenté de ralentir le rythme, mais elle ne l'avait pas accepté.

Au début il avait voulu éviter d'aller au lit avec elle. Quand il avait vu la tristesse dans ses yeux au moment où Carly et Adem avaient échangé leurs vœux, il s'était dit qu'il ne devait surtout pas la faire marcher. Ce n'était évidemment pas son intention, mais il n'était pas certain de pouvoir lui donner ce qu'elle désirait tant :

l'amour-toujours, le mariage, les enfants. S'il avait fait une croix sur Cassie, il ne se remettrait sans doute jamais complètement de la perte de Joshua. Avant d'aller plus loin, il devait en parler à Izzy et à sa famille. Seulement, il ne savait pas comment s'y prendre pour exposer son cœur et sa vulnérabilité. Même si Izzy le connaissait bien, ce n'était pas facile. Il n'avait jamais parlé spontanément des sujets délicats, surtout s'ils étaient importants pour lui.

Il savait qu'elle ne dormait pas. Ne devrait-il pas en parler maintenant ?

Il ouvrit la bouche puis la referma.

Non. Pas encore.

Enfin, Raphaël dormait profondément.

Izzy n'arrêtait pas de penser à leur relation à tous deux, et elle ne trouvait pas de réponses à ses questions. Impossible de s'endormir.

Elle se glissa hors du lit avec précaution, alla prendre une douche rapide, revêtit un pantalon de jogging et un sweat-shirt et descendit au rez-de-chaussée.

Le ciel commençait à s'éclaircir et les oiseaux se réveillaient peu à peu en pépiant joyeusement, mais elle n'était pas à l'unisson. Elle avait le cœur lourd. Souvent elle n'avait pas su quoi faire de sa vie, mais elle s'était rarement sentie aussi mal.

Un téléphone sonna. Celui de Raphaël.

Elle suivit le son qui la mena dans le hall, où sa veste était suspendue. Sortant l'appareil de la poche, elle vit le nom de la mère de Raphaël apparaître sur l'écran.

— Bonjour, c'est Izzy.

— Raphaël est-il là ?

La voix de Céleste était tendue.

— Il est dans sa chambre, je vais l'appeler.

Raphaël apparut en haut de l'escalier.

— Izzy ? Qui est-ce ?

— Ta mère.

Il se précipita en bas et saisit l'appareil.

— Maman, que se passe-t-il ?... Quand est-ce arrivé ? Pendant la nuit ?

Izzy retenait sa respiration.

Raphaël la regarda, les yeux écarquillés, et éloigna une seconde l'appareil de son oreille.

— Grand-mère est à l'hôpital. Elle est retombée dans l'escalier. Maman, est-ce que les blessures sont sérieuses ?

Heureusement qu'elle comprenait le français. Elle attendit stoïquement en croisant les doigts. Pourvu que ce ne soit pas grave.

— Elle s'est cassé l'autre hanche ? Et le fémur ? Et elle est inconsciente ?

Raphaël était visiblement sous le choc. Il voudrait aller voir sa grand-mère dès que possible.

Elle alla chercher son téléphone dans la cuisine et regarda quels étaient les premiers vols Londres-Avignon.

— Être dans le coma est plus sérieux que d'avoir des os cassés, dit Raphaël en passant la main dans ses cheveux. Je viens aussi vite que je peux. Oui, aujourd'hui si possible.

Elle lui tapota l'épaule.

— Il y a un vol à 5 h 45 au départ d'Heathrow.

Il leva le pouce, l'air soulagé.

— Maman, Izzy vient de se renseigner. J'appelle l'hôpital. Je t'enverrai un texto avec mon heure d'arrivée.

Il posa l'appareil sur la banquette et la regarda.

— Tu te rends compte ? Elle est dans le coma après être tombée dans l'escalier qui descendait jusqu'à sa chambre, alors qu'elle n'était pas encore censée s'en servir. Ce qu'elle peut être entêtée !

La vieille dame était résistante, mais quelle serait l'issue cette fois-ci ?

— Il faut que je la voie et que j'interroge les médecins sur place, mais je dois d'abord parler à quelqu'un de la maternité pour m'assurer qu'ils peuvent me remplacer pendant au moins deux jours.

Ce n'était plus le moment de se poser des questions sur leur relation.

— Veux-tu que je vienne avec toi ? demanda-t-elle.

Raphaël hésita, puis il la regarda droit dans les yeux en hochant la tête.

— Oui. Cela me ferait très plaisir. Merci beaucoup, Izzy.

Il se tint debout près de la fenêtre et regarda dehors, le dos raidi par le stress, pendant qu'il parlait avec deux spécialistes de l'hôpital.

— Merci, Jerome. Je te rappellerai demain quand j'en saurai davantage.

— Tu n'aurais pas ton numéro de passeport sur ton appareil, par hasard ? lui demanda-t-elle quand il eut fini ses appels.

Il tapota sur son clavier.

— Tiens. Et voilà ma carte bancaire. Merci, Izzy, tu es un chef.

Elle réserva les billets en un rien de temps.

— Je suis désolé, dit Raphaël en se frottant la nuque.

Elle fit demi-tour sur son tabouret.

— Hé... Tu n'as pas à t'excuser.

D'autant plus que cela pouvait être bon pour eux de se retrouver ensemble au chevet de grand-mère. Connaître la gravité après la gaieté, c'était la vraie vie, non ? Elle pourrait se rendre compte sur place s'il était déterminé à retourner à Avignon dans le futur, car si c'était vraiment ce qu'il voulait, là-bas, il ne pourrait pas le cacher.

Se penchant en avant, il lui embrassa le front.

— Tu es sûre que cela ne te dérange pas de venir ?

— Absolument. Les amis sont là pour ça.

Il la fixa un instant en silence.

— Bien sûr. Je vais faire mes bagages.

9

— Oh ! grand-mère, dans quel état tu es, murmura Raphaël, des larmes dans la voix.

Sans un mot, Izzy lui prit la main et la serra.

Elle avait beau être infirmière, la vue de la grand-mère de Rafe, le teint livide et les longs cheveux gris emmêlés sur l'oreiller blanc, lui faisait un choc.

— Comment va-t-elle ? demanda-t-il au médecin de garde.

— Elle est toujours dans le coma, malheureusement, répondit le consultant. Il n'y a aucun signe de réveil pour l'instant.

Les deux médecins entamèrent une discussion sur la gravité des blessures et le traitement envisagé.

Izzy détacha sa main et se pencha par-dessus la barre de protection, relevée pour éviter que grand-mère ne tombe du lit si jamais elle bougeait en se réveillant. Elle posa sa main sur celle, froide et ridée, de la vieille dame.

— Bonjour, grand-mère, c'est Izzy, dit-elle, le cœur serré.

Cet accident risquait de changer la vie de grand-mère pour toujours — mais c'était encore trop présumer de l'avenir pour l'instant.

Celle-ci ne bougea pas un cil, ne fit pas le moindre mouvement. Sa main restait inerte dans la sienne.

Du bout de son pouce, Izzy frotta doucement la peau froide.

Rafe agrippa son épaule.

— Je voudrais qu'on reste un moment. Je n'ai pas envie de la laisser seule. C'est idiot, je sais, mais je ne peux pas m'en empêcher.

— Pas de problème, Rafe. Tu ne fais qu'éprouver les mêmes sentiments que la plupart des gens dans cette situation. Tu te sens impuissant, tu es inquiet. Que tu sois médecin n'est pas d'une grande utilité dans ce cas. En fait, c'est peut-être pire parce que tu connais exactement tout ce qui pourrait mal tourner.

La liste devait défiler dans sa tête en permanence.

— Tu as raison, admit-il. Je suis un médecin qui n'a pas de rôle à jouer ici.

— Bien sûr que si. Grand-mère a besoin que tu la stimules et que tu lui dises de se dépêcher de se réveiller. C'est ton rôle. On retournera dormir à la maison plus tard.

Ils s'étaient très peu reposés la nuit dernière avec le voyage. Quant à la nuit précédente, ils n'avaient guère fermé l'œil… Mais pas pour les mêmes raisons.

Au moins, maintenant, quand elle allait se coucher elle dormait pour de bon. Depuis sa première nuit avec Rafe. Cela la confortait dans l'idée qu'elle avait raison de rester avec lui et de croire qu'ils devraient se donner une chance ensemble.

— On ne pourrait pas avoir passé deux nuits consécutives plus différentes, dit-il comme s'il lisait dans ses pensées.

Elle lui jeta un coup d'œil en coin.

— Personnellement, je sais celle que je préfère, dit-elle.

Le regard de Rafe s'éclaira, et il parut se détendre un peu.

— Moi aussi. Merci d'être là, Izzy. Cela signifie beaucoup pour moi. Je ne me sens pas seul.

En fait, Raphaël n'était pas seul, ici. Il avait une grande famille en ville et dans les environs. N'envisagerait-il pas de revenir si sa grand-mère avait besoin de lui ?

Si oui, qu'adviendrait-il d'elle ? Se fixerait-elle à Londres où elle avait annoncé qu'elle avait l'intention de vivre en permanence, ou irait-elle en France dans une nouvelle tentative de se poser quelque part ?

Du calme. Inutile d'anticiper. Pour l'instant, elle n'avait même pas commencé à s'installer dans son propre appartement.

— Je ne l'ai jamais vue avoir l'air aussi frêle, dit Raphaël d'une voix éraillée par l'émotion. On dirait qu'elle a vieilli d'un seul coup.

Ne trouvant rien à répondre, elle se contenta de lui prendre la main et de la serrer.

— Même une fois qu'elle sera sortie du coma, cela prendra du temps et de la patience pour qu'elle puisse remarcher, poursuivit-il. Je me demande comment elle va y arriver. Ses os sont fragiles, et la guérison est plus longue quand on a quatre-vingt-cinq ans.

Elle nota qu'il n'envisageait même pas qu'elle ne reprenne jamais conscience, se voulant résolument positif.

— Elle n'est pas non plus connue pour sa patience, ajouta-t-elle.

— C'est exact. Mais ce qui m'inquiète le plus, c'est qu'elle risque de perdre sérieusement confiance dans ses capacités. J'ai souvent vu le cas chez des personnes âgées qui ne bougeaient pratiquement plus. J'essaie de ne pas l'imaginer dans un fauteuil en train de faire marcher tout le monde à la baguette autour d'elle, tout en prêtant une oreille attentive à ceux qui en ont besoin. Dire qu'il y a à peine quelques semaines elle me disait que, si quelque chose lui arrivait, elle ne voulait pas aller en maison de retraite parce que c'est pour les vieux !

— Je suis surprise qu'elle y ait même seulement pensé. Comme si elle avait eu une prémonition. Grand-mère a toujours su ce qu'elle voulait et tout fait pour l'obtenir.

— Si c'est nécessaire on pourra employer une aide à domicile à plein temps, mais ce ne sera pas drôle pour les infirmières…

Ils restèrent assis près de sa grand-mère pendant encore une heure, puis Raphaël se leva et s'étira.

— Allons faire un tour en ville, un peu d'air frais nous fera du bien.

Izzy tapota le dos de la main de la vieille dame.

— On sera bientôt de retour.

Intra-muros, les rues étaient animées et les touristes remplissaient les terrasses des cafés. Tout en marchant aux côtés de Raphaël, Izzy s'imprégnait d'images et d'odeurs et admirait les murs de vieille pierre.

— C'est toujours aussi merveilleux.

— Café ?

Il désigna une table vacante sur le côté de la rue.

— Volontiers. Après, on pourra faire un tour au marché ? J'ai envie de sentir les épices.

— Ah oui, je me rappelle ! Tu peux y passer des heures. Tu en achètes des tas, et tu ne t'en sers jamais.

Il sourit en avançant sa chaise, puis il alla passer commande, et elle le vit sortir son téléphone avant d'arpenter le trottoir, l'appareil à l'oreille.

Avec qui pouvait-il bien discuter ?

Elle regarda autour d'elle les gens occupés à flâner dans la rue, à parler et à rire, et se rappela son sentiment d'émerveillement la première fois qu'elle avait visité Avignon. Il était toujours présent, elle éprouvait un sentiment de bien-être, alors qu'elle aurait dû s'inquiéter pour grand-mère… Mais comme elle ne pouvait rien faire pour celle-ci, autant profiter un peu de la ville.

Raphaël fut de retour, deux tasses de café à la main.

— J'ai besoin de rester ici plusieurs jours, peut-être plus d'une semaine, annonça-t-il en se grattant la gorge. Je viens de parler à mes collègues, et ils sont d'accord pour me remplacer aussi longtemps que nécessaire.

Il aurait peut-être pu lui en parler avant ?

— Fais ce que tu crois juste pour ta grand-mère, dit-elle simplement. Après tout, elle a toujours été là pour toi.

— Je suis content que tu comprennes. Je sais que tu dois repartir demain, et tu vas me manquer. Tu m'es d'un grand soutien…

En se retrouvant ici ensemble au chevet de grand-mère, ils avaient resserré le lien qui les unissait et approfondi la compréhension qu'ils avaient l'un de l'autre. Rafe avait besoin qu'elle reste forte pour lui.

— Adèle voudrait me voir ce soir pour discuter, ajouta-t-il.

— De quoi ?

— Des affaires de famille.

Là, elle se sentit carrément remise à sa place.

Sans doute n'était-elle pas aussi proche de Rafe qu'elle le pensait ?

Il regardait autour de lui avec aux lèvres un sourire qu'elle n'avait pas l'habitude de voir. Il avait l'air à l'aise, comme chez lui. Ce qui était le cas. Il connaissait ces rues par cœur, ayant passé une partie de son enfance ici avant que ses parents partent pour Genève.

C'était ce qu'elle avait envie de vivre, mais à Londres. Avec lui. Était-ce trop demander ?

Elle avala son café et se leva.

— Je vais au marché chercher des gâteaux et du fromage. Tu m'accompagnes ?

— Bien sûr, répondit-il.

— Pour le repas de ce soir, qu'est-ce que je pourrais apporter à ta mère ?

Adèle n'était pas la seule à venir. Toute la famille Dubois serait présente.

— Maman a déjà tout organisé, tu peux lui faire confiance.

— Alors je prendrai des fleurs, décida-t-elle en entrant dans les halles de la ville.

Aussitôt, elle inspira la bonne odeur d'épices, de café et de pain chaud.

Jetant un coup d'œil à Raphaël, elle sentit son cœur se serrer.

Il semblait ravi de l'accompagner. C'était de la joie qu'elle voyait dans ses yeux, ce qui n'était pas arrivé depuis longtemps. Même leurs nuits torrides n'avaient pas entraîné cette réaction. Il était vraiment chez lui ici.

Le repas animé pris autour de la table familiale ne fit qu'accroître son malaise. Malgré le drame qui avait entraîné leur venue, tout le monde riait et plaisantait, et Raphaël n'était pas le dernier.

— Izzy, reprends un peu de ragoût de bœuf, je sais que c'est ton préféré, lui dit-il en la servant sans même attendre sa réponse.

— Laisse-la souffler un peu, intervint Adèle en riant.

Prenant une profonde inspiration, elle sourit et s'efforça de se détendre.

Après-demain, elle devait déjà repartir. Ce n'était pas facile de voir Raphaël s'amuser autant. Bien sûr elle était heureuse pour lui, mais plus le temps passait, plus elle se demandait s'il aurait envie de revenir à Londres.

Là-bas, il avait un travail qui le passionnait, une maison, un chat. Cependant, ici aussi, c'était chez lui.

Raphaël enlaça Izzy et l'attira contre son corps nu.

Ils venaient de se réveiller dans son ancienne chambre, celle qu'il occupait chaque fois qu'il séjournait à Avignon.

Il y avait eu un moment de gêne la veille quand ils étaient allés se coucher, car sa mère avait préparé une autre chambre pour Izzy. Or, il avait besoin qu'elle soit avec lui. Et puis, elle était venue pour le soutenir, et il lui en était reconnaissant.

— Si on allait marcher un peu en ville et prendre le petit déjeuner près du pont ? proposa-t-il. On pourrait rendre visite à grand-mère sur le chemin ?

Izzy rejeta les couvertures et s'assit sur le lit, les jambes nues.

— Allons-y. Elle est la raison de notre venue, pas vrai ?

Quelque chose clochait chez Izzy depuis qu'ils étaient arrivés à Avignon dans la nuit de dimanche. Il y avait de nouveau dans ses yeux une tristesse qu'il n'aimait pas.

— Parle-moi, dit-il doucement.

— Tes liens avec ta famille sont très forts, très différents de ceux que j'ai avec la mienne. Tu as beaucoup de chance.

Il approuva de la tête.

— Je commence à penser la même chose. Tu peux aussi en faire partie, Izzy. Ils t'adorent tous.

Ils avaient tous cherché à attirer son attention pendant le dîner, ayant tous des choses à lui raconter. Ils n'avaient jamais été comme ça avec Cassie.

— Je sais, dit-elle, le regardant droit dans les yeux.

— Alors, quel est le problème ?

— Je ne sais pas où nous allons. Et toi ?

Quelque chose se dénoua en lui quand elle prononça ces mots. C'était le moment crucial. Il n'avait pas prévu de lui parler maintenant, mais finalement c'était aussi bien. Il ne pouvait pas attendre davantage et continuer à prétendre que tout allait bien. Il se devait d'être honnête avec elle.

Il s'assit à son tour, la gorge serrée.

Izzy lui jeta un coup d'œil inquiet.

— Rafe ? Tu me fais peur d'un seul coup...

— J'ai été père, dit-il sans préambule.

Elle se figea, les yeux écarquillés, mais ne dit rien.

— Il s'appelait Joshua. Il a été frappé par la mort subite du nourrisson à l'âge de huit jours.

Izzy prit dans les siennes ses mains tremblantes.

— Oh ! Rafe ! Je suis navrée.

— Quand Cassie m'avait quitté pour retourner à Los Angeles, elle ne m'avait pas dit qu'elle était enceinte.

— Tu n'étais pas au courant ? s'exclama-t-elle, l'air horrifié.

— Non. Je savais seulement qu'elle était partie pour passer des auditions dans l'industrie du cinéma. Elle voulait devenir actrice. Et moi, j'étais l'entêté qui ne voulait pas s'installer à Paris, la ville la plus géniale du monde, où elle pourrait s'éclater. En fait, je doute qu'elle ait jamais eu un don pour jouer la comédie, excepté quand il s'agissait de mentir. Et le fait d'être enceinte n'a pas dû augmenter ses chances. Moi, je ne me doutais de rien, je l'ai appris il y a seulement deux ans. On n'avait pas eu de contacts depuis qu'elle avait quitté la France, et je suis allé la voir pour mettre officiellement fin à cette histoire.

— Et tu en as découvert un autre chapitre, murmura Izzy.

— Je n'ai jamais vu mon fils. J'ai ignoré son existence jusqu'à ce qu'il soit trop tard. Je n'ai jamais pu le tenir, l'embrasser, le cajoler…

Les larmes coulaient maintenant sur ses joues, mais peu lui importait.

— Comment a-t-elle pu me faire ça ? Est-ce qu'elle me détestait à ce point ?

Izzy l'entoura de ses bras, et il s'abandonna contre elle.

— Cassie a toujours été très égoïste, dit-elle simplement.

— C'est vrai. Mais là, elle est vraiment allée trop loin.

Elle plongea son regard dans le sien.

— Est-ce que tu en as parlé à ta famille ?

— Tu es la seule à être au courant. Cela fait des semaines que je me demande s'il vaut mieux le dire ou bien faire comme si rien ne s'était passé. Mais tu méritais de savoir.

— Merci.

Elle essuya sa joue humide avec le pouce.

— C'est pour cette raison que tu t'es tenu à l'écart de ta famille ?

Il hocha la tête.

— Déjà qu'ils n'aimaient pas beaucoup Cassie… J'ai pensé qu'ils la détesteraient s'ils savaient, et qu'ils m'en voudraient encore plus de l'avoir choisie. J'ai fait une erreur monumentale en tombant amoureux d'elle, mais je n'ai pas envie de lire des reproches dans leurs yeux chaque fois que je les vois.

— Je pense que tu dramatises un peu. Ta famille t'aime, c'est tout ce qui compte. Ils ne vont pas te juger parce que tu as commis une erreur. Qui n'en fait pas dans sa vie ?

Il se sentit soulagé.

— Izzy, tu es étonnante. J'appréhendais de te raconter cette histoire, et toi, tu analyses la question avec un tel bon sens…

Elle se pencha vers lui pour l'embrasser.

— Dis-le à tes parents, ils comprendront. Tu leur dois ça, à eux aussi. Je vais vite prendre une douche, ajouta-t-elle en se levant. Ensuite, on ira voir grand-mère. Tu pourrais t'exercer sur elle, puisqu'elle ne t'entendra pas.

— J'aurais dû t'en parler depuis longtemps.

— Oui, Rafe, tu aurais dû.

Lui prenant les mains, il sentit qu'elles tremblaient aussi. Était-ce de colère, de tristesse ? Connaissant Izzy, c'étaient sans doute plusieurs émotions mélangées.

Izzy marchait au cœur de la vieille ville en direction des halles, Raphaël perdu dans ses pensées à côté d'elle.

Rien d'étonnant, après ce qu'il venait de lui révéler. Elle-même ne s'en était pas encore remise. Elle ne comprenait pas comment Cassie avait pu être assez cruelle pour le laisser ignorer qu'il était père et le priver de la chance de connaître son enfant. Quelque part, il devait se sentir encore père. Il avait évité d'exprimer sa peine, de crainte qu'ensuite elle n'augmente encore. Cela, elle le comprenait très bien.

Ils passaient devant des gens installés aux terrasses des cafés, mais cette fois elle n'eut pas l'eau à la bouche en sentant l'odeur des croissants frais et les arômes de café chaud. Quand ils arrivèrent au marché, elle hésita. Même les innombrables variétés d'épices ne parvenaient pas à la distraire.

Observant Raphaël à la dérobée, elle vit un sourire flotter sur ses lèvres malgré son cœur lourd.

C'était quelque chose qui devait lui manquer à Londres. Il était français. Ici, il était chez lui. Il pourrait y revenir plus facilement s'il parlait de Joshua à ses parents. Il devait le faire, sinon il continuerait à porter le poids de son silence, et cela affecterait toutes ses décisions.

— Allons prendre ce petit déjeuner, dit-il en l'embrassant sur la joue.

Elle acquiesça en silence.

En fait, elle le comprenait mieux qu'il ne pouvait l'imaginer, probablement mieux que lui-même. Et une fois qu'il aurait eu le courage de dire la vérité à sa famille…

Elle n'alla pas au bout de sa pensée, cela faisait trop mal.

La viennoiserie était sèche sur sa langue, le café ordinaire. Repoussant son assiette, elle regarda Raphaël.

Elle l'aimait tant et ne parvenait pas à trouver le courage de le lui dire.

— Viens, dit-il. On va acheter du camembert et du bleu d'Auvergne pour que tu les emportes demain.

— Mes fromages préférés… Allons-y. J'aimerais revoir grand-mère encore une fois aujourd'hui.

Celle-ci était toujours dans le coma, mais quand ils avaient appelé le médecin la dernière fois, il avait dit qu'elle réagissait de manière perceptible au toucher.

— J'espère qu'elle t'a entendue lui parler, dit Raphaël. Tu occupes une place spéciale dans son cœur.

Elle sentit les larmes lui monter aux yeux.

— Elle m'a toujours bien accueillie et a été gentille avec moi, même quand j'étais une ado prétentieuse.

— Je crois que c'est pour ça qu'elle t'aime bien. Tu ne t'en laisses compter par personne.

Raphaël lui passa un bras autour des épaules et l'attira contre lui tout en continuant à marcher en direction de l'étal de fromages. Il ne la lâcha pas pendant tout le temps qu'ils firent leurs courses ni même ensuite sur le chemin de l'hôpital. Elle eut l'impression qu'il avait besoin d'elle autant qu'elle de lui et s'en sentit heureuse.

L'infirmière leur dit qu'il n'y avait pas de changement dans l'état de la vieille dame.

— C'était prévisible, murmura Rafe, avec une pointe de déception dans la voix.

— C'est l'occasion de lui dire ce que tu crains qu'elle entende, suggéra-t-elle.

Raphaël s'arrêta net au milieu du couloir et se tourna vers elle.

— Tu avais raison, il faut que je parle de Joshua à ma famille. Je le ferai cet après-midi.

Elle déposa un baiser léger sur sa joue.

— Je suis fière de toi.

« Et je t'aime ». Mais ça, ce serait pour une autre fois.

Le lendemain matin, Raphaël sauta du lit et se précipita sous la douche à 7 heures.

— Ma parole, tu te prends pour un kangourou, grommela Izzy. Il y en a qui ont encore besoin de dormir.

— Je n'avais pas aussi bien dormi depuis des siècles, dit-il sans répondre directement. J'ai bien fait de parler de Joshua à papa et maman. C'est comme si j'étais soulagé d'un énorme poids. Je vais de ce pas voir grand-mère et tout lui raconter, même si elle est toujours inconsciente.

— Parfait. Je vais rester ici et me reposer encore un peu.

— Alors, à tout à l'heure. Je t'emmène à l'aéroport à 14 heures. Cela te va ?

— Pas du tout... Je n'ai aucune envie de rentrer maintenant.

En fait, elle n'avait surtout pas envie de quitter Raphaël. Elle avait aimé le temps passé ici avec lui et sa famille.

— Dis bonjour à grand-mère pour moi.

Une heure plus tard, elle sortit du lit à son tour, et après une douche rapide, alla s'asseoir sur la terrasse avec un café pour contempler la vue sur le Rhône et sur une partie de la ville.

L'architecture des maisons anciennes était remarquable avec tous ces murs en vieille pierre, mais ce n'était pas chez elle ici.

C'était à Londres. Il fallait qu'elle continue à le croire, sinon elle repartirait dans la même spirale qu'avant.

La mère de Raphaël apparut sur la terrasse, une tasse de café à la main.

— Bonjour, Izzy. Quelle merveilleuse matinée. Où est Raphaël ?

— Il est parti à l'hôpital voir grand-mère.

Céleste s'assit à côté d'elle.

— Je ne peux pas croire ce que cette femme lui a fait. Il ne saura jamais à quoi son fils ressemblait.

Elle hocha la tête, pensive. Pourtant Cassie avait aimé Raphaël. Cela n'avait-il compté pour rien ?

— C'est bien qu'il nous l'ait dit, poursuivit Céleste. Nous comprenons à présent pourquoi il avait pris ses distances. Mais il n'aurait pas dû, nous le soutiendrons toujours.

— Je pense qu'il le sait.

Céleste sirota son café, le regard perdu dans le paysage.

— Et toi, Izzy, tu vas t'installer à Londres ?

— Oui. J'ai hâte d'emménager dans mon appartement et de le décorer à mon goût.

— Combien de temps envisages-tu d'y rester ?

Pourquoi cette question ?

— Longtemps. J'ai toujours beaucoup bougé. À présent, j'ai besoin de faire un break, peut-être pour toujours.

— Et Raphaël ?

Elle sentit un nœud se former dans son estomac, et son cœur battit la chamade.

— Comment ça ?

— C'est ici chez lui, Izzy. Avec sa famille. Avignon lui manque, et nous tous aussi, en particulier grand-mère.

Difficile pour elle de dire le contraire.

— C'est vrai...

Céleste lui sourit.

— Merci à toi de le comprendre.

Puis elle se leva et rentra dans la maison, la laissant un peu sonnée.

C'était normal que sa famille veuille le voir rentrer chez lui. Et Raphaël aussi, probablement. C'était à elle, soit de changer d'avis par rapport à l'endroit où elle voulait vivre, soit de renoncer à l'idée d'être avec lui. D'autant plus qu'il ne semblait pas l'y encourager. Elle se raccrochait néanmoins à cette idée parce qu'il continuait à lui faire l'amour. Cela devient bien signifier quelque chose ?

Elle ne pouvait pas rester assise là à attendre qu'il rentre de l'hôpital. Il fallait qu'elle marche.

Mais cette fois la superbe vue sur le Rhône et la ville depuis le rocher des Doms ne suffit pas à la distraire. Elle aimait tellement Raphaël qu'elle ne savait plus quoi faire. Renoncer à son propre but pour le suivre, où qu'il choisisse d'aller, ce serait en fait plus facile que de se battre pour ce qu'elle voulait. Mais en abandonnant son rêve après avoir commencé à le réaliser, elle n'était pas fidèle à elle-même.

De toute façon elle anticipait beaucoup trop, puisque son amour pour lui ne semblait pas réellement réciproque.

Raphaël venait juste de rentrer quand il aperçut son père en compagnie d'un homme d'âge mûr dont le visage lui était familier.

— Raphaël, tu te rappelles le Dr Louis Fournier ?

— Bonjour, docteur. Cela faisait quelque temps que je ne vous avais pas vu.

À en juger par l'expression de son père, quelque chose se tramait.

— J'ai suivi de loin votre carrière grâce à votre père, dit le médecin. Vous avez bien réussi.

— Merci. J'ai travaillé dur pour en arriver là.

— Louis a quelque chose à te dire, mon fils. Allez dans le jardin d'hiver pour être tranquilles.

— J'irai droit au but, dit le médecin dès qu'ils furent installés. Il y a un poste de gynécologue qui va se libérer à l'hôpital général d'Avignon, et je pense à vous. Est-ce que cela vous intéresse ?

Son cœur se mit à battre à grands coups.

— Oui, certainement.

Bien sûr qu'il était intéressé. C'était le rêve de toute sa vie de pratiquer la médecine ici.

Mais Izzy ?

Il inspira profondément.

Il ne pouvait pas la laisser maintenant. C'était elle qui l'avait convaincu de parler de Joshua à sa famille. Elle l'avait accompagné et soutenu quand il était si inquiet pour sa grand-mère. Elle n'était pas Cassie. Il devrait la convaincre de tout recommencer — encore — après avoir passé ces dernières semaines à l'aider à se rendre compte qu'elle était là où elle voulait vraiment être. Non, il ne pouvait pas lui faire ça.

Que faire ? Penser d'abord à Izzy, son véritable amour, ou suivre son propre rêve en espérant qu'elle viendrait avec lui ?

Non, il ne lui demanderait jamais ça. Mais il ne voulait pas non plus renoncer à cette opportunité à Avignon où se trouvait sa famille. Pour la première fois depuis des années, il était prêt à revivre dans sa ville d'origine.

Si seulement il pouvait trouver le moyen de rendre tout le monde heureux, de satisfaire tout le monde !

Son père les rejoignit.

— Alors, qu'est-ce que tu en penses ? Ça ne pouvait pas tomber mieux, non ?

Oh ! si ! Il avait terriblement envie d'accepter. Mais son cœur était partagé. Moitié pour Izzy, moitié pour Avignon. L'accident de grand-mère lui avait fait comprendre que s'il voulait passer du temps avec sa famille, c'était le moment.

— Quand vous faut-il une réponse ?

— Et si nous y allions ? Je vous montrerai les lieux et vous présenterai à notre équipe, comme ça, vous aurez une idée de la façon dont nous fonctionnons.

À l'évidence, Louis n'avait pas l'intention de le laisser hésiter trop longtemps.

Qu'avait-il à perdre ? Bien qu'il ait déjà une idée de sa réponse, il ne s'engagerait pas tout seul alors que son cœur appartenait à Izzy.

— Entendu. Du moment que je suis de retour à temps pour ramener Izzy à l'aéroport.

Izzy regarda Raphaël se changer et revêtir un costume.

— Tu as quelque chose à me dire ?

— Je fais un saut dehors, mais je serai de retour à temps pour t'emmener à l'aéroport. Sinon, maman t'accompagnera.

— En fait, tu vas à l'hôpital pour discuter du poste que l'on t'a offert.

Il la fixa sans rien dire.

— Si tu ne voulais pas que j'entende ta conversation avec le Dr Fournier, il ne fallait pas rester près de la porte, avec la fenêtre de notre chambre ouverte juste à côté.

Il resta muet, l'air déconcerté.

— Alors ? demanda-t-elle, les poings sur les hanches. Est-ce que tu projettes de revenir vivre ici et de prendre ce travail ?

— Non... Oui... Je ne sais pas encore.

Elle sentit la colère la gagner.

— Merci de ne pas m'en avoir parlé ! J'étais censée attendre et accepter ta décision ? Je sais que nous étions d'accord pour prendre le temps de voir où notre relation nous mènerait, mais si tu n'es pas honnête avec moi, ça ne va pas nous aider.

— Izzy, on en parlera sur le chemin de l'aéroport...

— Non, merci. Je me débrouillerai par moi-même. Tu n'as qu'à aller voir ce que l'hôpital a à t'offrir.

— Izzy, je suis désolé, mais j'ai vraiment des décisions à prendre. C'est juste que je ne sais pas lesquelles...

Elle lui tourna le dos, attendant qu'il quitte la pièce.

Moins d'une heure plus tard, elle payait le taxi qui l'avait déposée à l'aéroport, accrochait son sac sur l'épaule et se présentait à l'enregistrement, le cœur lourd.

Raphaël s'était vu offrir un poste à l'hôpital d'Avignon. Elle aurait dû s'y attendre. Il allait l'accepter. Quand le Dr Fournier lui avait demandé s'il était intéressé, n'avait-il pas répondu : « Oui, certainement » ?

Une fois assise dans l'avion, elle ferma les yeux et essaya de dormir.

Pour la première fois depuis qu'elle connaissait Raphaël, elle avait envie de le détester. Il avait menti par omission, et elle le croyait au-dessus de ça. Il aurait dû lui dire la vérité.

Mais au lieu de le haïr, elle l'aimait encore plus. Et cela la faisait terriblement souffrir.

10

La patiente sur le point d'accoucher qui avait été admise une heure plus tôt était maintenant apaisée, en train de lire un livre en attendant la suite des événements.

Izzy n'avait pas réussi à se concentrer pleinement sur son travail de toute la journée. Celle-ci lui avait semblé interminable. Dès que son service fut terminé, elle quitta l'hôpital.

Elle rentra chez Raphaël en titubant, épuisée par le manque de sommeil, et alla se servir un verre de vin en se frottant le bas du dos. Son verre à la main, elle sortit sur la terrasse et se laissa tomber sur la première chaise venue.

Doggy sauta aussitôt sur ses genoux et s'allongea en ronronnant.

— Bonsoir, ma belle. Tu es seule, toi aussi ?

Ronron, ronron.

La semaine prochaine, elle emménagerait dans son appartement et commencerait à déballer la montagne d'ustensiles de cuisine et autres bricoles qu'elle avait achetés. Ce serait le commencement de tout ce qu'elle avait souhaité — excepté vivre avec Raphaël. Il quitterait probablement cette maison pour Avignon et sa maison de famille qu'il avait commencé à retrouver.

Un vent frais se mit à souffler, soulevant les feuilles, et elle frissonna.

— On ferait mieux de rentrer, Doggy.

Elle monta les marches menant, non pas à la chambre de Raphaël, mais au troisième étage où elle se glissa sous les couvertures tout habillée. Qui s'en souciait ?

La chatte la suivit et se blottit contre elle avec un plaisir évident.

Jetant un coup d'œil circulaire, elle soupira.

La chambre était froide et impersonnelle, le lit peu accueillant. Sans Raphaël, cet endroit n'était qu'une maison comme une autre.

— Je l'aime, gémit-elle à voix haute.

Tellement fort que c'en était presque insupportable. Voulait-elle vraiment renoncer à lui pour vivre dans un minuscule appartement ? Après avoir vu la joie de Raphaël quand il se promenait dans Avignon, la perspective de vivre à Londres de façon indépendante ne l'emballait plus guère. À quoi bon, si elle n'était pas avec l'amour de sa vie ?

Un proverbe lui revint en mémoire : « Ta maison est là où se trouve ton cœur. »

Ce fut comme une illumination : elle ne pouvait pas quitter Raphaël. Elle le suivrait même au bout de la terre s'il devait s'y rendre. Mais c'était peu probable. S'ils s'installaient à Avignon, ce serait pour longtemps, sans doute pour toujours.

Elle pouvait le faire et être heureuse. Parce qu'elle était amoureuse. Il ne pouvait rien y avoir de mieux que ça.

Après l'hôpital, Raphaël fit un dernier tour au centre-ville.

Il connaissait chaque recoin de cet endroit, qu'il avait souvent arpenté avec grand-mère, ses parents, ses cousins... Peu de choses avaient changé.

Il sentit son cœur se serrer en pensant au regard accusateur d'Izzy quand elle lui avait dit qu'il n'avait pas été honnête avec elle.

Elle était partie peinée et en colère. Il l'avait déçue. Il était grand temps de lui dire ce qu'il éprouvait.

Il sortit son téléphone de sa poche.

— Raphaël ?

Sa voix était atone.

— Izzy, je suis désolé.

— Tu peux.

— Est-ce que tu pourras venir me prendre à l'aéroport d'Heathrow ce soir ?

— Parce que tu rentres à la maison ?

Il devina sa vraie question : « Est-ce que tu reviens pour de bon ? »

— Bien sûr.

Sauf que cela n'avait rien d'évident, étant donné son attitude la dernière fois. Le terme « maison » revêtait maintenant une nouvelle signification pour lui. Ce n'était plus un simple logement avec un lit, mais le lieu où se trouvait son cœur.

— Entendu, répondit-elle brièvement.

Il tenta une autre approche.

— Grand-mère a ouvert les yeux pendant quelques minutes cet après-midi, annonça-t-il. J'étais en train de lui parler de tout et n'importe quoi, quand j'ai vu tout à coup ses yeux fixés sur moi.

Son sang n'avait fait qu'un tour, et en un geste réflexe, il avait aussitôt pris son poignet pour vérifier son pouls.

— Oh ! mais c'est une grande nouvelle ! s'exclama Izzy.

Il aurait dû commencer par là.

— Fais-lui un câlin de ma part.

— C'est déjà fait, répondit-il.

— Tu seras là à quelle heure ? demanda-t-elle d'un ton redevenu neutre.

Il lui donna le numéro de vol et l'heure d'arrivée.

— À tout à l'heure.

Son estomac se noua.

Et si elle lui tournait le dos ? Si elle estimait qu'il n'en valait pas la peine ?

Dans quelques heures, il serait fixé.

Il s'empressa de finir ses bagages. Pas question de rater l'avion.

Un peu plus tard, alors qu'il était sur le point d'embarquer, son téléphone tinta.

Bonne chance, mon garçon.

Grand-mère ! Décidément, son cerveau n'avait pas été touché.

Le vol lui parut interminable avec le changement d'avion. Dans le hall d'arrivée d'Heathrow, il aperçut Izzy de loin et lui trouva l'air triste et fatigué. Cela lui serra le cœur.

— Izzy, murmura-t-il quand il se trouva devant elle.

Il tendit les bras pour la serrer contre lui, mais elle recula d'un pas.

— Tu as pris le poste ?

— Non.

— Pourquoi ne m'as-tu pas dit que tu allais en ville pour ça ? Pourquoi ne pas m'en avoir parlé tout de suite ?

Laissant tomber son bagage sur le sol, il posa les mains sur ses épaules et plongea son regard dans le sien.

— Parce que je ne voulais pas te bouleverser inutilement alors que je n'avais aucune idée de ce que je déciderais. Je voulais être sûr de mon choix avant de t'en parler.

Elle le fixa de ses yeux tristes.

— Vraiment ?

— Vraiment. Sur le coup, je ne savais pas. Mais j'ai refusé l'offre. Je vis à Londres, Izzy...

Elle se mordit la lèvre, silencieuse.

— Je suis revenu te dire que je ne partirai pas. Avignon n'est qu'une partie de moi. Je suis revenu à la raison, et j'ai compris que je ne faisais que rêver à mon retour. Lorsque l'opportunité s'est présentée de vivre et travailler là-bas, j'ai compris que c'était une erreur. Je ne nie pas qu'une partie de mon cœur sera toujours avec ma famille, mais...

C'était le moment de sortir ce qu'il avait au fond de lui.

Il prit une profonde inspiration.

— Mais mon cœur t'appartient ; à toi, à Londres, à notre maison. Je t'aime, Izzy.

— C'est vrai, Rafe ?

Une larme coula sur sa joue.

— Oui. Je t'aime de tout mon cœur, Isabella Nicholson.

— Je t'aime aussi, murmura-t-elle. Je t'aime, Rafe, répéta-t-elle plus fort. C'était si dur de penser que tu ne m'aimais pas en retour.

— Oh ! Izzy...

Il la serra tendrement dans ses bras.

— Je n'arrive pas à y croire, dit-elle. On fait une sacrée paire, non ? À la fois grands amis et amants passionnés.

Son regard n'avait plus rien de triste, et il décida de ne pas attendre qu'ils soient rentrés. Plongeant la main dans sa poche, il en retira le petit écrin qui y était niché et posa un genou à terre.

— Izzy Nicholson, veux-tu me faire l'honneur et la joie de m'épouser ?

Elle réprima une exclamation.

— Raphaël ! Ai-je bien entendu ?

— S'il te plaît, Izzy, épouse-moi. Je t'aime tellement, je ne peux même pas supporter l'idée de ne pas être avec toi.

— Je t'aime plus que tout, Rafe, murmura-t-elle. Mais je ne veux pas que tu renonces à tes rêves pour moi.

— Je ne renonce à rien, assura-t-il. C'est vrai, j'adore ma famille, et cela a été merveilleux de retourner à Avignon, mais mon cœur est à Londres avec toi.

— Tu sais, je me suis dit que je pourrais vivre n'importe où si nous sommes ensemble. Oui, je vais t'épouser. Jusqu'à ce que la mort nous sépare… Pas avant une soixantaine d'années, j'espère !

Izzy lui sourit, et il sentit enfin le soulagement le gagner.

— Sommes-nous officiellement fiancés ? demanda-t-elle.

Il glissa la bague de fiançailles de grand-mère à son doigt.

— Maintenant, oui.

La faisant pivoter, il l'embrassa pour sceller leur engagement.

À cet instant, des cris d'approbation et des applaudissements fusèrent autour d'eux, et ils revinrent à la réalité : ils se trouvaient toujours dans l'aéroport.

Prenant Izzy par la main, il se dirigea vers la sortie.

— Hé, monsieur, vous oubliez votre sac, cria quelqu'un derrière lui.

— Merci, dit-il, le sourire aux lèvres, en revenant chercher son bagage.

Il se sentait l'homme le plus heureux du monde.

Izzy, les clés à la main, le conduisit vers la voiture.

— Je sais que c'est toi que je veux dans ma vie, déclara-t-elle. Et cela compte plus que d'avoir un foyer stable quelque part. Si nous devions changer de maison tous les ans, je ne serais pas moins heureuse. Et je ne m'opposerai certainement pas à ce que tu retournes à Avignon retrouver ta famille si tu changes d'avis un jour.

— *Tu* es ma famille, Izzy. J'ai une maison qui est aussi la nôtre et deviendra notre foyer. Nous avons tous les deux des métiers que nous adorons, mais je vais faire en sorte que le mien me prenne moins de temps pour pouvoir être plus souvent avec toi. Nous avons tout ce qui compte pour nous, Izzy.

Elle essuya une larme.

— Tu dis des choses si gentilles, quand tu veux.

— Je t'aime, ma chérie.

Épilogue

Quelques mois plus tard

Harry tapota son verre avec la lame de son couteau.

— Levons tous nos verres pour porter un toast à ce couple scandaleusement heureux, dit-il d'une voix forte.

Izzy prit la main de Rafe, et ils entremêlèrent leurs doigts.

— On y est arrivés !

Il avait fallu du temps pour organiser un dîner dans leur maison de Londres avec leurs amis, tout le monde étant très occupé et un bébé étant né. Ils auraient voulu se marier dès à présent, mais les divorces prenaient du temps, et il leur fallait se montrer patients.

Tout le monde leva son verre et but à leur santé.

Izzy sourit et essuya ses larmes de bonheur.

— Merci à tous de vous être joints à nous pour cette soirée. Plus que neuf mois à attendre avant le mariage.

Raphaël lui jeta un coup d'œil interrogateur, et elle acquiesça d'un signe de tête.

— Les amis, annonça-t-il, dans quelques mois nous allons nous aussi vous rejoindre dans le cercle des parents.

Tout le monde applaudit bruyamment, et Izzy se retrouva dans les bras de Carly.

— C'est fantastique ! se réjouit celle-ci.

— Qui l'aurait cru ?

— Tout le monde à part vous, répondit son amie en souriant.

— Pas étonnant que tu aies ce teint de pêche, lui dit Esther qui l'embrassa pour la féliciter.

Izzy poussa un soupir de bien-être.

— Je suis si contente que Rafe m'ait suggéré de revenir à Londres !

— Ça a marché, non ? dit Chloe en l'embrassant à son tour.

Oh oui, cela avait marché. Elle avait reconnu enfin celui qui la complétait — l'homme avec qui elle allait passer sa vie, élever ses enfants, rire, aimer… Peu importait où, du moment qu'elle était avec Rafe.

Elle avala une gorgée de champagne et reposa son verre.

Désormais, de l'eau suffirait jusqu'au jour de leur mariage, auquel leur bébé assisterait.

La vie n'aurait pas pu être plus belle.